Jan Landers, 34, ist *Tagesschau*-Sprecher in Hamburg. Aufgewachsen in Ostberlin, hat er in den Jahren nach der Wende schnell Karriere gemacht – vom Wetterfrosch eines Lokalsenders zu dem Mann, der jeden Abend die Wahrheit der wichtigsten Nachrichtensendung des Landes verkündet. Doch obwohl er seine ostdeutsche Vergangenheit längst hinter sich gelassen zu haben scheint, ist er nie im Westen angekommen. Er bewegt sich im schicken Aufsteigermilieu der Stadt, doch zugleich in einem gesellschaftlichen Niemandsland, dessen Gesetze undurchschaubarer sind als die seiner alten Heimat.

Als sich das Gerücht verbreitet, Landers habe als »IM« mit der Stasi zusammengearbeitet, wird er sofort von seiner Arbeit suspendiert. Um den Verdächtigungen nachzugehen, reist er in seine Heimatstadt Berlin, zurück in seine Vergangenheit, zurück in die unsicheren Regionen seiner Erinnerung. Eine ehrgeizige Spiegel-Reporterin und ein versoffener Lokaljournalist nehmen seine Spur auf ...

Alexander Osangs Roman »die nachrichten« ist die spannende Geschichte eines Mannes, der erst seine Illusionen und dann sich selbst verliert: Ein Buch über die Medienwelt und das schillernde Wesen der Wahrheit, ein ebenso scharfsinniger wie scharfzüngiger Gesellschaftsroman über das Deutschland der 90er Jahre.

Alexander Osang, geboren 1962 in Berlin, ist einer der bekanntesten Journalisten Deutschlands. Nach dem Studium in Leipzig wurde er Reporter, dann Chefreporter der *Berliner Zeitung*, für die er auch heute noch als Kolumnist arbeitet. Seit September 1999 ist er beim Spiegel, für den er zur Zeit aus New York berichtet. Für seine journalistischen Arbeiten erhielt Alexander Osang 1995 den Theodor-Wolff-Preis sowie 1993, 1999 und 2001 den Egon-Erwin-Kisch-Preis. Er veröffentlichte mehrere Bücher mit Reportagen, darunter »Hannelore auf Kaffeefahrt« (1998). »die nachrichten« ist sein erster Roman.

Unsere Adresse im Internet: www.fischer-tb.de

Alexander Osang

die nachrichten

Roman

Fischer Taschenbuch Verlag

Veröffentlicht im Fischer Taschenbuch Verlag,
Frankfurt am Main, Februar 2002

Lizenzausgabe mit freundlicher Genehmigung
des S. Fischer Verlags GmbH, Frankfurt am Main
© S. Fischer Verlag GmbH, Frankfurt am Main 2000
Druck und Bindung: Clausen & Bosse, Leck
Printed in Germany
ISBN 3-596-15256-9

Für Anja

»Sie sind aber doch unschuldig?«
»Nun ja«, sagte K.
(Franz Kafka, Der Proceß)

Gestern

Zelewski wünschte sich Italien. Er wünschte sich Argentinien, Russland, Holland oder wenigstens Schweden. Er ahnte allerdings, dass wieder nur so was wie Südkorea kommen würde oder Saudi-Arabien. Auf wundersame Weise gerieten sie immer in die leichtesten Gruppen. Sie hatten Glück. In den Qualifikationsrunden zu den Weltmeisterschaften bekamen sie Albanien, Wales und andere Witzfußballländer zugelost. In den Turnieren verpulverten die schön spielenden Mannschaften ihre Kräfte untereinander, bis sie von ihnen umgestoßen wurden. Es war eine persönliche Lotterie zwischen ihm und ihnen, aber er hatte kein Glück. Schon lange nicht mehr.

Es war zwei Minuten vor acht.

Zelewski rülpste. Er schmeckte die Buletten nach, die er vor drei Stunden gegessen hatte, was er nicht unangenehm fand. Es waren gute, lockere Buletten, denen man noch beim späten Aufstoßen anmerkte, woraus sie gemacht waren, was bei den Buletten der Regimentskantine nie der Fall gewesen war. Er war eigentlich nicht unzufrieden. Er war beim Glücksrad schneller gewesen als die idiotischen Kandidaten. HORCH WAS KOMMT VON DRAUSSEN REIN, war zu erraten gewesen. Eine der Frauen hatte immer wieder gesagt EIN UNGLÜCK KOMMT SELTEN ALLEIN. Obwohl die beiden S in DRAUSSEN schon standen und das H am Anfang und obwohl es sechs Wörter waren und nicht fünf. Sie hatte es ignoriert, als könne sie durch ständiges Wiederholen die Welt verändern. Sie hatte geplappert, die Nerven verloren. Er verlor nie die Nerven. Er sollte sich da bewerben. Dann würden sie endlich mal einen neuen Fernseher bekommen. Er kletterte aus seinem beigen, speckigen Kordsessel, schlurfte aus dem Halbdunkel ins Licht seines Fernsehers und schaltete den kantigen Metallknopf drei Stufen nach rechts. Klack. Klack. Klack.

Es war um acht. Die Tagesschaumelodie rauschte. Er sah nie Nachrichten, sie interessierten ihn nicht mehr, die Welt war mit der Aktuellen Kamera gestorben.

Geschirr klimperte vorwurfsvoll in der Küche. Zelewski lief zu seinem Sessel zurück. Einer mit Fernbedienung wäre nicht schlecht. Wahrscheinlich gab es gar keine mehr ohne Fernbedienung. Seiner war noch ein RADUGA, den er von seinem Studium aus Leningrad mitgebracht hatte. Der erste Farbfernseher im Block. '80, bei der Moskauer Olympiade, waren sie alle bei ihnen gewesen. Sogar der Oberst. Dombrowski hatte den Weitsprung gewonnen, Gerd Wessig den Hochsprung. Sie sollten *ihn* fragen. Er wusste alles. Er war ein Fall für den Großen Preis. Vielleicht sollte er sich lieber da bewerben. Czierpinski hatte den Marathon gewonnen. Heute kam keiner mehr. Der Oberst war nach Altenburg zu seinen Kindern gezogen. Der RADUGA hatte nur SECAM, das Ostfarbsystem. Im Westen gab es nur PAL. In Frankreich wäre er zu gebrauchen, in Frankreich gab es auch SECAM. Aber Frankreich war weit weg und seit drei Jahren gab es kein Ostfernsehen mehr.

So lief die Tagesschauuhr in einem Schwarzweiß, über dem ein blauroter Schimmer lag. Dieser blaurote Schimmer war der einzige Beweis dafür, dass es Thorsten Zelewski und seiner Frau eines Tages ganz gut gegangen war.

Es war kurz nach acht. Der Tag lief aus. Die Auslosung noch, dann würde er ihn nicht mehr spüren. Langsam in die Nacht abgleiten. Eindämmern, dämmern, seine Filme sehen, Filme, die keinen Farbfernseher brauchten, aufdämmern. Weitermachen irgendwie. Zelewski sah gelangweilt den Nachrichten zu. Sie betrafen ihn nicht. Die Weltlage war unerheblich, manchmal hörte er den Wetterbericht, obwohl der auch keine große Rolle spielte. Zelewski verließ seine Wohnung nur noch selten. Es war ein lauer, regnerischer Dezember, aber auch wenn es kälter werden sollte, müsste er keine Asche runterbringen. Sie hatten Zentralheizung. Der Sprecher hob den Kopf und senkte ihn, las regungslos eine Nachricht nach der anderen ab, vielleicht waren sie ihm auch egal. Einmal, als er von seinem Blatt aufschaute und sein Kinn vorschob wie ein Junge, der größer sein wollte, als er war, da schien es Zelewski, als habe er den Mann schon mal getroffen. Vor langer Zeit. Damals. Komisch eigentlich, denn er kannte keinen einzigen Westler. Logisch, sonst hätten sie ihn nie genommen. Zelewski wurde wacher. Der Sprecher musste aus dem Osten kommen. Er versuchte zwischen den kurzen Filmberichten in dem Gesicht zu lesen. Somalia, dieses vorgeschobene Kinn, der deutsche Außenminister in Moskau, jetzt schien es wieder fremder zu sein, weiter weg, versunken in der Vergangenheit. Aber beim nächsten Mal erkannte er es wieder, er kannte den Mann, verdammt noch mal, Zelewski vergaß kein Gesicht. Dafür war er mal bezahlt worden. Und gar nicht so schlecht. Jetzt war er wieder weg. Der Potsdamer Oberbürgermeister wurde gewählt. Dann kam er wieder. Er kannte dieses Gesicht. Die Haare waren kürzer gewesen. Natürlich, das waren sie bei allen. Aber woher kannte er ihn? Aus Sonneberg? Aus Leipzig? Aus Heiligenstadt? Oder von hier aus Lichtenberg? So viele Orte, immer die gleichen kleinen Wohnungen. Blöcke. Er hatte nur in Blöcken gelebt. Und jetzt war er angekommen. Eingemauert in seinen letzten Betonblock. Wie ein Mafiaopfer. Er kannte dieses Gesicht. Zelewski grinste.

»Karin!«, rief er in Richtung Küche.

Sie antwortete nicht. Sie hörte ihn, aber sie antwortete nicht.

»Karin!«, rief er noch mal. Etwas lauter.

Keine Antwort. Er wäre gern rausgegangen und hätte ihr ihren Namen ins Ohr gebrüllt. Aber jetzt erschien Las Vegas, die Luftaufnahme einer Pyramide. »Hotel Luxor«, sagte der Sprecher. Man sah einen langen Tisch, auf dem eine Glaskugel mit silbrig funkelnden Zylindern stand. Da waren Funktionäre und Fußballer in Anzügen. Roger Milla, Platini, Eusebio, Beckenbauer. Zelewski sah auf den Bildschirm, wo die Gruppen zusammenwuchsen. Josef Blatter zog Deutschland als erste Mannschaft. Sie waren in Gruppe C. Sie bekamen Bolivien. Er hatte es gewusst! Dann Spanien. Gut, mit Spanien konnte er leben. Und Südkorea. Südkorea! Die anderen Gruppen. Nigeria, Argentinien, Bulgarien, Griechenland. Oder Gruppe F. Italien, Irland, Norwegen, Mexiko. Das waren Gruppen. Bundestrainer Berti Vogts redete von schweren Gegnern.

Klar.

Zelewski wurde wütend, sein Magen krampfte sich zusammen, es war vorbei. Einen guten Medaillenspiegel hatte er zum letzten

Mal 1988 gesehen. Nach der Sommerolympiade in Seoul. Das war sechs Jahre her. Es kam ihm länger vor.

Der Nachrichtensprecher erschien noch mal. Er war ihm immer noch vertraut, aber nicht mehr so wichtig. Das Wetter. Morgen sollte es wieder regnen. Morgen war ja auch noch ein Tag. Irgendwann würde er sich schon erinnern. Zeit hatte er ja. Vielleicht müsste er doch nicht zum Glücksrad. Wäre ihm eigentlich auch lieber so. Er wollte nicht ins Fernsehen. In vier Tagen war Heiligabend.

Fernsehen brachte einem nur Scherereien.

Zwanziguhrdreizehnfünf, Strittmatter ist tot.

Tot. Toot. Tott.

Dort vorne schwammen immer noch Autos und die Reste von Holzhäusern durch den Golf von Mexiko, Hubschrauber schwirrten über den langen Strand. Schlauchboote mit zappelnden Menschen schaukelten auf den beiden Monitoren vor seinem halbrunden Papptisch. Die Bilder waren blaugrau und verwaschen, dazu schwang die Stimme des Korrespondenten aus St. Petersburg, Florida, in guter alter Korrespondentenart atemlos auf und ab. So als würde er selbst in einem kleinen Boot zwischen all den Trümmern treiben und hätte nicht den schärfsten Job der Welt. Landers schaute auf das nächste Manuskript. Es war rosa. Seine Manuskripte hatten die Farben von Babysöckchen. Rosa. Hellblau. Rosa. Immer abwechselnd. Er machte einen runden Bogen unter den Namen des Schriftstellers. Und dann noch einen schrägen dahinter. Dort wollte er eine Pause lassen. Die Vorsilbe war bereits markiert.

Erwin Strittmatter ist tot. Erwin. Erwin.

Eine Todesnachricht auf einem rosa Blatt. Landers schüttelte vorsichtig den Kopf, denn er konnte sich nicht richtig bewegen, wenn er hier saß. Er fühlte sich vollkommen verkabelt und hatte Angst, dass irgend etwas von ihm abfallen könnte. Ein Knopf, ein Draht, ein Ohrhörer oder eine Maskenschicht, die auf sein dunkelblaues Jackett fiel wie ein Stück Haut. Ein Leprakranker verlas die ersten deutschen Nachrichten. Manchmal fürchtete er, mitten in den Meldungen auf seinem lehnenlosen Drehschemel zusammenzubrechen. Er wollte keine Lachnummer für Jahresrückblicke werden. Er warf einen Blick auf die dunkel schimmernde, rechteckige Glaswand, hinter der sich die Regie, die Beleuchter, Tonassistenten, Wortredakteure, Bildredakteure und einige andere wichtige Leute verschanzt hatten. Er hing an ihren Fäden wie eine Marionette. Dann ordnete er die letzten drei Blätter, legte das gerade verlesene rosa Blatt mit dem leichten Zwischenfall in dem mit drei Bögen markierten schwer auszusprechenden Atomkraftwerk von Dnjeprpetrowsk in den für die Zuschauer unsichtbaren Raum neben ihm. Die 27.

28 lief. Immer noch Florida. Zwanziguhrdreizehnneun.
Erwin. Errrrwin.
Er trat mit dem linken Fuß auf das kleine Pedal unter seinem
Nachrichtensprechertisch. Es war ein Kontrollpedal. Es bewirkte,
dass sein Bild auf dem linken der beiden Monitore erschien. Die
Sprecher und Moderatoren konnten sich selbst sehen, wenn sie es
traten. Oder wenigstens ihren Nachrichtensprecheroberkörper.
Auf dem Monitor, der rechts vor ihm stand, sah er den Amerikakorrespondenten mit wehendem weißen Haar. Er war braun
gebrannt. Hinter ihm sah man schaukelnde Palmen und einen
umgestürzten Wohnwagen. Daneben sah er auf dem Nachbar-
bildschirm wie eine geschminkte Leiche aus. Er hatte keine Falten
mehr. Aber mit ihnen waren die Konturen seines Gesichtes verschwunden, obwohl er schon eingeleuchtet worden war. Er zog
die rechte Augenbraue hoch, um sich zu beweisen, dass er noch
am Leben war. Er lebte, aber er sah irgendwie alt aus und wäch-
sern, fast wie Lenin, auf den er anlässlich seiner Jugendweihereise
1975 mal einen kurzen Blick geworfen hatte. Lenin hatte gelb
ausgesehen und unecht. Landers zupfte kurz an der silberfarbenen Krawatte, dann nahm er den Fuß vom Pedal. Er verschwand
vom Kontrollbildschirm. Der rechte Monitor erlosch kurz und
zeigte wieder Florida. Wladimir Iljitsch Lenin verlas die Haupt-
nachrichten des ersten deutschen Fernsehens.
Zwanziguhrdreizehnelf. Landers sah in die Kamera drei, die zwischen den beiden Monitoren wartete. Es war seine Kamera, die
von unsichtbaren Regisseurhänden automatisch bewegt wurde.
Er machte eine energische Bewegung mit dem Kinn. Er brachte es
nach vorne. Es war zu klein, fand er. Zu spitz. Vielleicht könnte
man da was ändern lassen. Bestimmt gab es schon kleine Silikon-
kissen für die Kinnpartie. Seine Nase war im letzten Sommer
schmaler geworden. Er hatte ein anderes Verhältnis zu seinem
Gesicht, seit er beim Fernsehen war. Er war immer eitel gewesen,
aber die Breite seiner Nase hatte ihn erst gestört, nachdem er
Videoaufzeichnungen von sich gesehen hatte. Auch sein kleines
Kinn war ihm dreißig Jahre lang gar nicht aufgefallen. Nachrichtensprecher mussten ein entschieden wirkendes Kinn haben, fand

er. Zunächst müsste er mit dem Beleuchter reden. Beim alten Günther Bergmann arbeiteten sie auch immer eine halbe Stunde, bis seine vielen Rauch- und Fettbeutel weg waren. Bei Gottschalk schafften sie es auf wundersame Weise, eine Glatze verschwinden zu lassen. Und keine kleine. Sie waren Zauberer. Sie würden ihm ein breiteres Kinn zaubern. Und er müsste mit Ritschie reden, seinem Maskenbildner. Eine andere Farbmischung. Weniger ocker, weniger oliv, weniger leninesk.

Zwanziguhrdreizehndreizehn.

Errrwin. Strrrritmattter.

Er legte den linken Arm nach vorn, fuhr mit der rechten Hand unter den Rand des rosa Meldungsblattes und drückte sein zu kleines Kinn nach unten. Die Kamera sollte ihn erfassen, wenn er das Aufschauen von seinem schweinchenrosahellblauen Blätterstapel abgeschlossen hatte. Er fand, dass so der meiste Druck rüberkam. Ein triumphaler Blick aus der Bewegung heraus. Die rechte Augenbraue unmerklich nach oben gezogen. Ein Hauch von Distanz. Genau so viel, dass daraus Seriosität unter Druck wurde.

Der Korrespondent aus St. Petersburg, Florida, ließ die Stimme fallen, um zu zeigen, dass er jetzt endlich fertig wurde. Er war zu lang gewesen. Vermutlich hatte er ein schlechtes Gewissen wegen seines Standortes. Miami, das klang deutlich nach Cabrios in der Farbe der Tagesschaumanuskripte und Drinks, in denen Minzeblätter badeten. Dann verschwand der Mann aus Florida mitsamt dem albernen umgekippten Caravan aus den deutschen Wohnzimmern und machte einer letzten Totale Platz.

Auf einem der vier kleinen Schwarzweißmonitore, die zwischen den beiden großen Bildschirmen vor dem Nachrichtensprechertisch aufgebaut waren, hätte man ihn sehen können, wie er sich auf der anderen Seite des Atlantischen Ozeans abkabelte, den Kopfhörer aus dem Ohr nahm, irgendetwas zu einem unsichtbaren Kameramann sagte. Aber niemand sah ihm dabei zu, niemand hörte ihn. Der Platz vor dem Colosseum, von dem aus der Rom-Korrespondent über einen weiteren Prozess gegen irgendeinen der unzähligen mit der Mafia verstrickten Politiker berichtet hatte, war schon seit sieben Minuten leer. Man sah Autos vorbeirauschen und lose Zeitungsblätter aufwirbeln. Die kleinen schwarzweißen Monitore zeigten das Leben einer Eintagsfliege. Vor der Sendung sah man den Reporter, wie er auf seinen Kurzauftritt wartete, sich an der Garderobe zuppelte, die Haare ordnete, nervös war oder nicht. Dann hatte er seinen Auftritt, tauchte ins Licht, eine halbe Minute, glänzte, flatterte, spreizte sich, dann ging das Licht aus und er versank wieder im Gestrüpp der Welt. Ein Fernsehreporter war eine Wunderkerze, alles andere war Unsinn. Zwanzigdreizehnvierzehn.

Tot. Toooot. Ssstdeutsch.

Floridas Probleme verschwanden aus Deutschland. Jan Landers' Kopf befand sich in der entscheidenden Phase einer perfekten Aufwärtsbewegung. Das rote Licht würde ihn in dem Moment treffen, in dem er das Aufschauen beendet hatte. Die rechte Augenbraue würde sich genau da befinden, wo sie sein sollte. Er spürte es in der Bewegung. Er würde hoch präsent sein.

Ist tot. Tot.

Normalerweise dachte er nicht während der 20-Uhr-Nachrichten. Es waren *die* Nachrichten.

Landers las sie seit zweieinhalb Jahren. Er hatte ein eigenes Lichtprogramm dort oben an der Decke, nur für sein Gesicht, die Höhe seiner Wangenknochen, die Tiefe seiner Augenhöhlen, die Krümmung seines leicht korrigierten Nasenrückens. Seine Schulterbreite, sein Brustumfang und sein spitzes Drosselbartkinn waren gespeichert worden und dort oben zu speziellem Jan-Landers-Licht geronnen. Das Programm musste beim Einleuchten nur auf Tagesform gebracht werden. Er hatte schon die vierte Reihe Autogrammpostkarten drucken lassen. Den ersten Satz vor, den zweiten nach der Nasenoperation. Er erschien erst eine halbe Stunde vor der Sendung. Er hatte Routine. Er nutzte die Pausen, in denen er hätte denken können, um das Pedal für den Kontrollmonitor zu treten. Er sah sich gern an. Er bekam gute Laune, wenn er gut aussah, er sah meistens gut aus, und es war wichtig, dass er gut aussah, denn er gehörte zur Form. Wie das spezielle Blau, das Tagesschaublau, ein kühles Hamburger Blau, das Licht, härter als das Licht der Privaten, schärfere Konturen, höhere Seriosität, die Grafiken, die Schriften, und eben er, Landers, seine Haltung, seine Mimik, seine Frisur, seine Stimme, seine Augen. Form. Jeder Gedanke war eine Schlinge für die Zunge. Ein Lasso, das ihn zwei, drei Sätze später packte und zu Boden warf.

Ein guter Nachrichtensprecher dachte nicht. Er wollte die schwarzäugigen Außenminister richtig betonen, was sie sagten, war ihm egal.

In den Frühnachrichten, wenn er noch nicht richtig wach war, dachte er, während seine Stimme sich durch obdachlose, verschlammte Menschenmassen in Delhi wühlte, schon mal daran, ob er zu Hause die Kaffeemaschine ausgeschaltet hatte. Je nach Nachricht dachte er auch mal ans Ficken, ans Sterben oder daran, dass er sich endlich ein paar von diesen Computeraktien kaufen müsste.

Zwanziguhrdreizehnfünfzehn.

Die 28 starb. Eine Totale auf einen verwüsteten Strand. Eine Empfehlung für die Kollegen der Abteilung Bild. Filmberichte nie mit einem Detail beenden. Die Wolken trieben schnell und tief. Es war trotz allem warm dort. Die Menschen zwischen den verstümmelten Segelbooten und angewehten Papphäuserfetzen trugen kurze Hosen, T-Shirts. Nackte braune Oberkörper. Landers sah sie nicht mehr, er war in der Aufwärtsbewegung.

Erwin. Tot. Tot.

Florida.

Ostdeutscher. Ssstdeutscher. Tdeutscher.

Er war fast dreißig Jahre alt gewesen, aber er hatte es erlebt wie ein Kind. Der erste amerikanische Himmel seines Lebens war dunkelrot, violett, orange gewesen. Wie eine exotische Frucht. Als er das klimatisierte Flughafengebäude von Tampa verlassen hatte, war ihm eine unerwartete, nie gespürte dicke Wärme entgegengeschlagen. Er hatte die Nummernschilder amerikanischer Autos erkannt, die aussahen wie in den Fernsehserien. Die Veloursitze des riesigen weinroten Chevrolets, der im Parkhaus der Mietwagenfirma auf sie gewartet hatte, fühlte er jetzt noch.

Landers hatte den weinroten Sarg in mehreren weichen Stößen aus der Tiefgarage bewegt. Er hatte die schwere Wärme mit der Klimaanlage abgestellt, die eiskalte Luft, die in den Wagen strömte, roch amerikanisch. Es war Nacht gewesen in Florida, Kathrin hatte ihn immerzu prüfend angesehen, Linda hatte geschlafen. Bis zu einem kleinen verstaubten Ort, in dem es eine vorzügliche Eisdiele gegeben hatte. Sie hatten ein hübsches Apartment in der Nähe des Meeres gehabt. Die Leute hatten mit ihren Pick-ups direkt auf dem Strand geparkt. Der Strand war breit genug. Daytona? Daytona Beach? Er hatte den Namen vergessen. Es war schrecklich, dass ihm der Name des Ortes nicht mehr einfiel, in dem er die erste amerikanische Nacht seines Lebens verbracht hatte.

Den Kompetenten hinter der dunklen Glaswand wäre das nie passiert. Man kannte seinen Urlaubsort. Bei einem Abendessen in Hamburg hatte Landers vor ein paar Monaten stolz einem schwedischen Journalisten mitgeteilt, dass er schon mal in Schweden Urlaub gemacht hatte. Es war Smalltalk gewesen. Aus irgendeinem Grund hatte man ihn mit diesem Schweden zusammengesetzt. Er hätte genauso gut mit Martin Dahlin anfangen können oder mit Abba. Der Schwede hatte gefragt, wo er denn gewesen sei. Er hatte es nicht mehr gewusst. Er hatte Bäume vor sich gesehen, rote und gelbe Holzhäuser, Mücken, verlassene Seen, die mit rötlich-braunem Wasser gefüllt waren. Er hatte sich an das Geräusch erinnert, das entstand, wenn man in einem dieser rotbraunen Seen watete. An die riesigen Fische, die er unter sich vermutete, wenn er mit offenen Augen durch die stillen, verlassenen Seen kraulte. An die Angst, die er dabei hatte. Er dachte immer daran, dass irgendein Perverser ein Krokodil ausgesetzt hatte. Er hatte sich an die vielen Fliegen erinnert, die an dem verkrumpelten gelben Klebeband hingen, das über dem Küchentisch des alten Holzhauses baumelte, das sie gemietet hatten. An Fliegen. Aber nicht an den Namen des kleinen Dorfes, in dem das Haus stand. Nicht mal an die Landschaft, in deren Mitte sich dieses Dorf befand. Die einzige Angabe, die er machen konnte, war, dass in der Nähe des Hauses Astrid Lindgren gelebt hatte. Er war mit Linda in einem Astrid-Lindgren-Freizeitpark gewesen. Pippi Langstrumpf! Der schwedische Journalist hatte nicht gezeigt, ob er enttäuscht gewesen war. Er hatte ihm freundlich mitgeteilt, dass er in Småland gewesen war.

Florida. Småland. Montana. Ssssdtsch.

Zwanziguhrdreizehnsechzehn. Einmal um die ganze Welt. Landers tauchte vom Grund eines rostig braunen schwedischen Sees auf. Er sah das Tageslicht heller werden, immer heller, bis er durch die Wasseroberfläche brach.

Die Bewegung war zu Ende. Auf Kamera drei brannte ein rotes Licht.

Tot.

Es war 20 Uhr, 13 Minuten und 16 Sekunden in Deutschland. Jan Landers, Sprecher der Tagesschau und damit Träger eines der bekanntesten Gesichter des Landes, blickte von seinem rosa Manuskript auf. Mit einer Miene, die sich, wie er hoffte, ein wenig von der unterschied, mit der er in den vergangenen dreizehn Minuten Nachrichten verlesen hatte. Denn zwischen seinen Händen lag das grotesk fröhlichfarbige Blatt mit der Todesnachricht des Schriftstellers. Des ostdeutschen Schriftstellers.

Erwin Strittmatter war tot, aber das Mienenspiel eines Tagesschausprechers war begrenzt. Es gab keine hochgezogenen Augenbrauen, keinen geringschätzigen Zug um die Mundwinkel. Ein Sprecher überbrachte Nachrichten wie der Drucker einer Nachrichtenagentur. Verglichen mit Jan Landers von der Tagesschau, war Theodor Brahnstein von den Tagesthemen Stan Laurel. Aber das hier war ein Sonderfall. Landers wollte mehr Ergriffenheit in seinen Blick und seine Stimme legen, als es dem alten Bergmann möglich gewesen wäre. Er wollte es nicht zu einem dummen Zufall machen, dass ausgerechnet er, der einzige ostdeutsche Tagesschausprecher, die Todesnachricht eines ostdeutschen Volksdichters verkündete.

»Erwin Strittmatter ist tot«, sagte Jan Landers und hoffte, dass seine Augen sprachen. Sie sollten den Menschen in Dresden erklären, dass Jan Landers, ihr Mann in Hamburg, wusste, wer hier gestorben war. Seine Augen sollten den Mecklenburger Fernsehzuschauern erzählen, dass Landers alle drei Teile des »Wundertäters« gelesen hatte. Er hatte nur einen gelesen, aber sie hatten alle drei Teile im Schrank gehabt. Kathrin hatte sie mit in die Ehe gebracht, im ersten Teil hatte in schwungvoller Schrift und mit Tinte der Mädchenname ihrer Mutter gestanden. Und außerdem sollten Jan Landers' Augen den Zuschauern in Wuppertal mitteilen, dass es hier mal jemand richtig Wichtiges in die Verstorbenenecke der Tagesschau geschafft hatte. Es war sicher ein bisschen viel auf einmal, aber Jan Landers betrachtete es als ausgleichende Gerechtigkeit dafür, dass ihm achtzig Prozent der bedeutenden deutschen Schauspieler, deren Tod er gelegentlich um zwanzig Uhr dreizehneinhalb als 28 oder 30 zu verkünden hatte, völlig unbekannt waren. Wahrscheinlich weil sie ihre größten Erfolge in irgendwelchen Nazi- oder Wirtschaftswunderfilmen gefeiert hatten, die er nie gesehen hatte. Aber bald würden die unbekannten Westdeutschen alle tot sein. In zehn Jahren würde er die Toten Deutschlands kennen.

Rechts neben ihm schaute jetzt das Gesicht Strittmatters aus dem Fernseher. Landers und Strittmatter. Zwei Ostdeutsche. Der Sprecher und der Schreiber. Zwei, die es geschafft hatten. Zwei, die aus der mausgrauen Masse aufgetaucht waren. Zwei Stars. Zwei Generationen. Zusammen auf Millionen von Bildschirmen.

Landers wäre gern etwas verbindlicher gewesen. Er hätte gern den Schlipsknoten gelockert und den Leuten in Gelsenkirchen und Emden erzählt, dass er Erwin Strittmatter immer mit Erwin Geschonneck verwechselt hatte. Geschonneck, der Volksschauspieler des Ostens, der es vielleicht auch in die Verstorbenenecke schaffen würde. Geschonneck wurde demnächst 90. Diese Geschichten.

»Strittmatter gehörte zu den erfolgreichsten ostdeutschen Schriftstellern.«

Er hatte *ostdeutsch* gesagt, laut und deutlich. *Ost* nicht *Sst.* Vorhin, als er sich die stramplerfarbenen Blätter aus dem Großraum des Sendeteams Wort geholt hatte, als er getroffen worden war von der Nachricht, die er zum ersten Mal las, hatte er kurz gestutzt, als er dieses *ostdeutsch* gelesen hatte. Das Gefühl des

Verlustes, den die anderen hier nicht empfinden würden, hatte ihn aufmüpfig gemacht. Martin Walser war ja auch nur deutsch. Dann hatte er eine kleine Wellenlinie unter die drei Buchstaben gemalt. Ein neues Symbol. Es sollte ihn daran erinnern, das *Ost* unterzubetonen. Er wollte es verschleifen, anschleifen. *Ssstdeutsch*. Eine sinnlose kleine Geste.

»Zu seinen bekanntesten Werken zählen die Trilogien ›Der Laden‹ und ›Der Wundertäter‹, in denen er wie kein anderer das Leben auf dem Lande in der ehemaligen DDR beschrieb. Erwin Strittmatter starb am 31. Januar nach schwerer Krankheit. Er wurde einundachtzig Jahre alt«, sagte Landers.

Ehemalige DDR. Das Leben auf dem Lande. Er hatte es versaut. Er hatte den Toten zu einem Dorfdeppen aus der Zone gemacht. Wahrscheinlich hielten die Fernsehzuschauer in Schwabing Strittmatter jetzt für einen schreibenden LPG-Vorsitzenden. Die Meldung hätte genauso gut Günther Bergmann vorlesen können. Kathrin würde lächeln, wenn sie da draußen zusah. Das schwarzweiße Porträt von Strittmatter, rechts oben neben ihm, verschwand. Landers war wieder allein. Das Wetter lief.

»Wir machen die kurze Ankündigung auf die Tagesthemen, Jan«, sagte eine Stimme aus dem Dunkel. Es war Hans-Henning Kurzes Stimme. Die Stimme des Regisseurs.

Er nannte sich Regisseur, aber er wusste wahrscheinlich selber, dass das ein Witz war. Er konnte bestimmen, ob es eine kurze oder lange Anmoderation der Tagesthemen gab. Mehr nicht. Er hatte eine Stoppuhr in der Hand und achtete darauf, dass unter dem grinsenden Bundeskanzler nicht versehentlich der Schriftzug »Dalai Lama« eingeblendet wurde, weil die Grafikassistenten gepennt hatten. Fernsehen hieß Hochstapelei. Jeder vergammelte abgebrochene Abiturient, der hier einen Ferienjob machte, durfte sich Assistent nennen. Jeder, der einen Satz schreiben konnte, wurde Redakteur. Und wer die Uhr lesen konnte und den richtigen Knopf zur richtigen Zeit drückte, war gleich Regisseur. Das Fernsehen wimmelte von Wichtigtuern. Deshalb brauchte es Superlative. Ein Wunder, dass es noch keine Oberchefregisseure gab und keine Superassistenten.

Nur er war und blieb der Sprecher. Die anderen brauchten Titel für die Visitenkarte, denn sie wurden in der Kneipe nicht erkannt. Er schon. Und das war nur der Anfang. Männer brauchten etwa sieben Jahre, um als Individuen vor den Nachrichten erkannt zu werden, hieß es. Als Fernsehgesichter, als Stars. Frauen schafften es schneller. Er hatte zwei Jahre rum und bekam jetzt schon zwanzig Autogrammwünsche in der Woche. Es ging erst los.

»Kurze Ankündigung. Klar, Hans-Henning«, sagte Landers. Sie hatten Zeitprobleme. Sie würden die Zwanziguhrfünfzehn schrammen. Es lag an Florida. Florida war zu lang gewesen. Es lag an den unberechenbaren Live-Schaltungen, die sie seit kurzem machten. Früher hatte es so was um 20 Uhr nicht gegeben. Früher war jeder Beitrag vorbereitet gewesen und wurde vom Band gestartet. Früher war die Wirklichkeit noch nicht so brutal in die heilige Sendung eingedrungen. Die Sprecher hatten sicher in ihrem Studio gesessen. Sie hatten noch keinen Knopf im Ohr gehabt wie er und die Welt war für fünfzehn Minuten stehen geblieben.

»Das Wetter.«

Es war zu warm, der 3. Februar 1994 würde Regen bringen. Acht Grad und Regen. Er hatte es einfach versaut. Mehr nicht. Es ließ auch schon nach. Starb ab. Der tote Dichter sank auf den trüben, sumpfigen Grund von Landers' Vergangenheit, zu Berlin, den Ofenheizungen, Wartburganmeldungen, Milchtüten, zu seiner Ehe, zu Linda.

Landers wurde ruhig. Er war der Vorleser. Er durfte kein einziges Wort verändern, dass ihm die Redakteure vorlegten. Und da hatte eindeutig *ostdeutsch* gestanden. Er hätte das *Ost* nicht streichen dürfen. Er tat das rosa Blatt zu den anderen auf dem kleinen schwarzen Holztisch, auf dem die Haarsprays standen. Die Nachrichten des Tages neben der exklusiven Salonedition von Neofinish Haarlack, Keune-Gel, Plastikbechern und zerknüllten Tempotüchern.

Die Zeiten waren eben so, dass Leute wie er länger im Bild blieben als Leute wie Erwin Strittmatter.

»Wir melden uns wieder um 22 Uhr 30 mit den Tagesthemen. Auf Wiedersehen, meine Damenundherren.«

Während die Abschlussmelodie lief, lächelte er und schraubte noch ein bisschen an dem Kugelschreiber herum, der neben seinem Manuskriptpapier lag. Er wusste, dass ihn Kamera fünf bis zum Ende beobachtete. Sie stand ganz links in der Ecke, sie hatte den Überblick. Das Auge der Totale. Dann war es vorbei. Er war allein in dem großen Studio. Die Monitore vor ihm erloschen. Nur auf den drei kleinen Schwarzweiß-Bildschirmen sah er noch die verlassenen Korrespondentenplätze. Das Colosseum. Der umgeworfene Wohnwagen in Florida. Eine Autoeinfahrt vorm Verteidigungsministerium. Komische Sendung. Er hatte seit langem nicht mehr so viele Bilder im Kopf gehabt. Es lag an Strittmatter. Aber den hatte er jetzt beerdigt. Landers sah auf die kleinen schwarzen Mikrophonköpfe, die sich wie Schlangen aus dem Sperrholztisch bohrten.

Er wusste, dass sich der Raum hinter der Glasscheibe jetzt leerte. Sie liefen zur Sitzung nach oben. Jeder wollte dabei sein, zeigen, dass er nützlich war. Normalerweise stand Landers nach der Sendung sofort von seinem Tischchen auf und ging nach oben zu den anderen. Nicht, weil er sich zeigen wollte. Dass *er* da war, hatten ja alle gesehen. Er ging mit ihnen, weil er dazugehören wollte. Es war das Minderwertigkeitsgefühl des Sprechers. Bergmann hatte ihm alles darüber erzählt, hatte ihn gewarnt und beruhigt, aber manchmal schwappte es eben doch hoch wie Sodbrennen. Am nächsten Wochenende war Talkshow. Danach ging es.

Die Scheinwerfer, mit denen die Studiodecke zugehängt war, knackten leise, während sie abkühlten. Alle Scheinwerfer hingen paarweise. Jedes Licht hatte ein Ersatzlicht. Die blaue Gummiwand hinter ihm entfärbte sich. Die langen, mit blauem Licht gefüllten Kunststoffröhren hinter der Wand verblassten. Der Bluescreen erlosch, der es möglich machte, den Sprecher aus dem Fernsehbild zu schneiden, um mit dem Hintergrund zu spielen. Sie konnten mit seinem Bild machen, was sie wollten. Sie könnten es ins All werfen, in einen ausbrechenden Vulkan, in eine Dorfkneipe. Er würde die Nachrichten vor einem nackten Frauenarsch verlesen, ohne es zu merken. Es war still und kühl. Die dicken braunen Stahltüren hielten jedes Geräusch von ihm fern. Die fünf beweglichen Kameras starrten. An Wochenenden, wenn neben dem Moderator der Tagesthemen und dem Nachrichtensprecher auch noch ein Sportredakteur am langen halbrunden Tisch saß, fuhren die Kameras wie altmodische Roboter aus einem Sciencefictionfilm der achtziger Jahre durchs Studio. Manchmal wünschte er sich, dass noch ein Kameramann hinter der Kamera stünde. Es hätte etwas Vermittelndes gehabt. Er hätte zu dem Kameramann gesprochen. Und nach der Sendung hätte er sagen können: *So, das war's.* Oder: *Dann bis nachher.* Landers hätte einen Zuhörer gehabt. So sprach er direkt in die Vervielfältigungsmaschine. Es gab kein Halten mehr. Jedes Wort, jede Geste rutschte in die Maschine, durch die Kabel, schwamm über Wellen in Sekundenschnelle und uneinholbar von ihm weg.

Gegenüber stand der verlassene Tisch der Weltspiegelredaktion, daneben das Tischchen der Frau, die den Text für den Teleprompter bediente. Er wurde per Hand durchgekurbelt. Die Frau konnte den Moderator schnell und langsam stellen wie den Quirl einer Küchenmaschine. Sie konnte ihn auch vollkommen zum Schweigen bringen. Eine unheimliche Vorstellung. Glücklicherweise gab es noch keine Teleprompter für Nachrichtensprecher. So war der Stuhl der Teleprompterbedienerin leer.

Er fühlte sich allein. Die Bahnhofsuhr, die auf drei übereinander gestapelten Monitoren in der Studioecke glotzte wie das Auge eines Zyklopen, klickte auf 20 Uhr 17.

Die Tür ging auf, ein Tontechniker erschien und löste ihn von seinem Kabel. Mark oder Mike oder Micha oder Matti. Er roch nach kaltem Tabakrauch, seine Hände waren feucht, hinterließen dunkle Stellen auf seinem Jackett. Es gab unglaublich viele Menschen, die ihn täglich berührten, er war eine Schaufensterpuppe.

»Danke«, sagte Landers.

Er steckte den Kugelschreiber ein, der den Leuten da draußen einreden sollte, dass er hier bis zum Schluss an den Meldungen redigierte. Landers stand auf und folgte den anderen.

Er war der Letzte und musste sich an den Türrahmen zu dem kleinen Konferenzraum in der Sendeabteilung lehnen. Platz zum

Sitzen gab es nicht mehr. Manchmal kam es ihm vor, als fände eine Art Wettrennen in die Sitzung statt. Auch wenn er sich beeilte, war er immer der Letzte. Es waren etwa vierzig Leute da. Viel mehr waren um diese Zeit auch nicht mehr im Haus. Sie hockten in dieser Teamatmosphäre zusammen, die er nicht leiden konnte. Er fühlte sich immer ausgegrenzt unter den aufgekrempelten Hemdärmeln, gelockerten Schlipsknoten und dem anderen Zeug, das sie sich aus *Alle Männer des Präsidenten* abgeguckt hatten. Er trug einen dunkelblauen Zweireiher, ein zart orangefarbenes Hemd und eine stahlfarbene Krawatte. Er zog an seinem Schlipsknoten. Nicht zu stark, weil er nachher noch die Nachrichten der Tagesthemen lesen musste. Er fühlte sich eingesperrt in seinem langweiligen Zweireiher. Er sah auf die Uhr über Grundmanns Kopf.

Es war Zwanziguhreinundzwanzigacht und Strittmatter war tot. *Tot.*

Wie Landers, hasste auch Chefredakteur Karlheinz Grundmann die Teamatmosphäre. Jeden Abend erwarteten sie von ihm, so behandelt zu werden, als hätten sie gerade den amerikanischen Präsidenten gestürzt. Diese Nachrichtenbeamten. Manchmal spielte er ihr Spiel mit, manchmal nicht. Je nachdem wie er gelaunt war. Heute war er schlecht gelaunt. Er machte ein mürrisches Gesicht, was schwierig war, weil er aussah wie ein Clown. Er hatte eine riesige dunkelrote, tropfenförmige Nase, buschige feuerrote Augenbrauen und zwei gewaltige Haarbüschel der gleichen Farbe, die links und rechts von seinem Kopf abstanden. In der Mitte glänzte ein zwanzig Zentimeter breiter unbewachsener rosa Streifen. Abgesehen von der Nase hatte er die Blässe der Rothaarigen. Zwischen den beiden mittleren Schneidezähnen klaffte eine Lücke, die sich in den letzten drei Jahren vergrößert hatte. Er hatte es mit Steichhölzern nachgemessen. Beim Reden sprühte Speichel durch diese Lücke. Seine Arme und Beine waren eindeutig zu lang für seinen Rumpf. Er hatte Schuhgröße 47. Ein unglücklicher Clown.

Neben Grundmann hockte Günther Jaspers, den alle nur Sancho

nannten. Ein kleiner fetter Hamburger in einem gelb-grün karierten Jackett. Der ewige Stellvertreter. Er liebte Portwein, rauchte Pfeife und ließ sich von seinen Chefs öffentlich demütigen. Auf diese Weise hatte er bereits drei von ihnen überlebt. Er würde auch Grundmann überleben, der im Herbst nach Washington wechselte. Jaspers wollte ihn nicht beerben. Er schwamm immer im Schatten der Wale mit.

»Florida war zu lang«, brummte Grundmann, für den ein Sturm in Florida so viel Nachrichtenwert hatte wie ein Furz von Jaspers. Er war vom Bayerischen Rundfunk in die Nachrichtenzentrale nach Lokstedt delegiert worden. Zuvor war er Korrespondent in Buenos Aires und Madrid gewesen. Er hasste Hamburg. Das Wetter, das Bier, den Dünkel, die Frauen. Die Segler, die Pullover, die Geschäfte, die Partys, den Fisch. Das NDR-Gelände. Den Medienklumpen in der Stadt. Jaspers.

»Eindeutig«, sagte Sancho Jaspers und nickte. Die Haut über seinen Wangenknochen glühte. Jaspers hatte ein Haus im Norden Portugals und einen großen Weinkeller in einem wunderschönen dänischen Haus in Altona. Wahrscheinlich war Portwein die einzige Sache, von der er wirklich etwas verstand.

Der außenpolitische Chef vom Dienst »Wort«, Jost Schäfer, sah zum außenpolitischen Chef vom Dienst »Bild«, Florian Ducke, hinüber. Sie nickten beide, als wüssten sie mehr, als sie hier sagen konnten. Die übliche Methode, Kritik an einen imaginären Ort weiterzuleiten. Im besten Fall an den Korrespondenten, der sich nie wehren konnte. Aber da Florida in Amerika lag und es hieß, dass Grundmann demnächst nach Amerika gehen würde, hielten sie sich etwas zurück.

Ducke und Schäfer hassten alle Korrespondenten dafür, dass sie dort draußen sein durften. In der richtigen Welt, vor der Ducke und Schäfer Angst hatten. Florian Ducke war ein halbes Jahr im Warschauer Büro gewesen. Er hatte an drei längeren Beiträgen gearbeitet, die nie fertig geworden waren und viermal live berichtet. Berichte, von denen man vor allem eines nicht vergessen würde: die nackte Angst in Duckes Augen. Er hatte eine riesige Pelzmütze getragen, denn es war Winter gewesen in Polen, und sich in jedem Satz zweimal versprochen. Er hatte ausgesehen wie ein dampfendes Kaninchen mit Mikrofon. Nach einem halben Jahr hatte man ihn in den Bau zurückgeholt. Jost Schäfer hatte sich heimlich Kopien von den vier Berichten gezogen, die er in seiner heimischen Videothek aufbewahrte.

Schäfer war nie *draußen* gewesen.

Da Schäfer und Ducke die gleichen Kompetenzen hatten, belauerten sie sich ständig. Wenn Schäfer in Grundmanns Zimmer war, zogen sie über Ducke her. Wenn Ducke da war, ging es gegen Schäfer. Grundmann mochte diese Sachen. Es lenkte ihn von seiner gnadenlosen Selbstbeobachtung ab.

»Der Verteidigungsminister hat nur gequirlte Scheiße geredet«, brummte Grundmann. Bei den Zischlauten sprühten kleine Fontänen auf seine Untergebenen.

Sancho Jaspers nickte ernsthaft. Auf den Revers seines karierten Jacketts glänzte der Speichel seines Chefs.

»Das tut er doch immer«, sagte Andreas Katschlik, stellvertretender Chef vom Dienst »Innenpolitik«, und brach in ein asthmaartiges Gelächter aus. Die anderen lächelten nachsichtig, nachdem sie sich versichert hatten, dass Grundmann die Bemerkung nicht witzig fand. Katschlik war ein zappeliger Vielraucher mit braunen Beuteln unter den Augen, kleinen gelben Zähnen und einer feucht glänzenden Stirn. Wahrscheinlich hatte er Probleme mit Alkohol. Er war knapp vierzig, hätte aber auch gut Mitte fünfzig sein können. Er war kein Karrierist. Vielleicht weil ihm nichts anderes übrig blieb.

»Ich will diesen Mist nicht«, sagte Grundmann. »Wenn er nichts zu sagen hat, fliegt er raus. Wir wollen Nachrichten. Klar?«

Schäfer und Ducke nickten. Wroblewski, stellvertretender Wortchef »Inland« und ein kleiner knopfäugiger Mann mit schütteren, aber ordentlich gescheitelten weißen Haaren, starrte Grundmann an. Er hatte fünfundzwanzig Jahre im Bonner Büro gearbeitet, zehn davon als Büroleiter, er war von einem einunddreißigjährigen Aufsteiger abgelöst worden und in die Zentrale geflüchtet. Wroblewski hatte auch Chefredakteure kennen gelernt, für die ein Außenminister vor der Kamera bereits eine Nachricht war.

Wroblewski wollte nur noch bis zur Rente durchkommen. Er war langweilig, aber anständig.

»Aber Sie hatten doch auf der 12-Uhr-Konferenz gesagt, dass Sie ihn unbedingt haben wollen«, sagte er.

Grundmann sah Wroblewski an wie ein unartiges Kind. Wroblewski wartete einen Moment, dann kritzelte er irgend etwas auf das Blatt, das in seiner Brettmappe klemmte.

»Dnjeprpetrowsk?«, fragte Ducke geschäftig. Er brauchte jetzt ein Lob, nachdem er die Kritik für Florida nicht hatte abschütteln können. Die Abfuhr für Wroblewski hatte gut getan, aber sie genügte ihm nicht. Schäfer schaute interessiert.

»Dnjeprpetrowsk?«, wiederholte Grundmann nachdenklich und machte eine Pause. Dann sagte er: »Schwieriger Name.« Er grinste. »Gut ausgesprochen, Landers.«

Auf Kommando wandten sich alle Blicke zu Landers, der im Türrahmen lehnte. Landers lächelte sie schief an, dann drehten sich die Köpfe wieder zu Grundmann. Alle grinsten, nur Wroblewski kritzelte.

»Aber das hatten wir wirklich ziemlich exklusiv«, sagte Ducke, wieder ernsthaft.

»Ziemlich?«, fragte Grundmann. »Ziemlich und exklusiv sind zwei Wörter, die nicht zusammenpassen, Ducke. Sie haben nichts miteinander zu tun.«

Grundmann hatte keine Lust, nett zu sein. Er hatte vor einer halben Stunde beim Händewaschen in den Spiegel geschaut. Er wusste, dass er das nicht tun durfte. Aber manchmal war er so voller Hoffnung, dass er es einfach wagte. Es war immer ein Fehler.

Er war erst achtundvierzig, aber sein Gesicht zerfiel vor seinen Augen. Sein Kiefer ging bereits ansatzlos in seinen Hals über. Gestern morgen hatte er bemerkt, dass seine Schneidezähne locker wurden. Parodontose im Endstadium. Sein Zahnarzt schüttelte den Kopf, wenn er ihm in den Mund sah, als habe er so was noch nicht gesehen. Ein Amerikakorrespondent mit falschen Zähnen. Er würde zum Gespött der Leute werden, im Land der perfekten Gebisse.

Ducke war knallrot. Schäfer grinste.

»Das war's«, sagte Grundmann. Er verließ den kleinen Raum. Sie kotzten ihn an. Speichellecker. Nichtsnutze. Sesselfurzer. Allein ihre Funktionen waren doch ein Grund, von hier zu fliehen. *Stellvertretender außenpolitischer Chef »Wort«.* Wie in einem Politbüro. Er hatte anderthalb Jahre gebraucht, um die hauchdünnen Kompetenzunterschiede zu lernen, die ihnen so wichtig waren. Die winzigen Anhöhen, auf die sie in jahrelangem Kampf geklettert waren. Er war es leid. Er wollte kein Nachrichtenamt mehr leiten. Auch nicht das oberste Nachrichtenamt der Republik. Es wurde Zeit, dass er hier wegkam. Vielleicht fing ihn Amerika auf.

Beim Hinausgehen hätte er Landers, der immer noch im Türrahmen lehnte, fast umgerannt. Grundmann sah ihn zerstreut an. So als müsse er einen Moment überlegen, wen er vor sich habe. Landers starrte auf die weinrote Nase. Er konnte nicht anders. Es war, als würde er sich einem Abgrund nähern, der ihn magisch anzog.

»Ach Sie«, murmelte Grundmann und lief weiter. Es hatte geklungen wie: Ach Sie nur.

Dann drehte er sich noch mal um und sagte: »Herzliches Beileid.«

Landers sah ihn verständnislos an.

»Ihr Schriftsteller vom Lande«, sagte Grundmann und schlug ein Kreuz.

Landers strich Grundmann von der Gästeliste seiner Party, die er seit etwa anderthalb Jahren im Geiste zusammentrug. Es herrschte eine hohe Fluktuation auf dieser heimlichen Gästeliste für eine Party, von der noch niemand wusste.

Grundmann beispielsweise war soeben das dritte Mal rausgeflogen.

Er sah auf den Redakteurshaufen, den der Chefredakteur zurückgelassen hatte. Die Teamatmosphäre verflog augenblicklich. Die Konzentration war weg. Die Nachrichtenarmee zerfiel in einzelne schwache Angsthasen. Diener. Dulder. Streber. Die Alten hatten scharfe Mundfalten, fahle, großporige Haut und müde Augen, die Jungen wollten älter wirken, um ernst genommen zu werden. Es war ein Altmännerverein, der nach Armeeregeln funktionierte. In Wahrheit genossen es einige bestimmt, mal so richtig vom Kompaniechef zusammengeschissen zu werden. Die Spannung nach Grundmanns Abgang entlud sich in Geschnatter. Die Davongekommenen beruhigten die Getroffenen, um sich noch besser zu fühlen. Aber nicht mal in diese Heuchelei wurde Landers mit einbezogen. Kein Blick warb um ihn. Er gehörte nicht zu ihnen. Er war der Vorleser. Der Dumme. Er würde niemanden von ihnen einladen. Außer Ilona.

Ilona war Planungsredakteurin, sie war zwei Jahre jünger als er. Landers mochte die distanzierte Art, mit der sie sich zwischen den nervösen Planungsredakteuren bewegte, die morgens im Schlafanzug anfingen, die Welt zu verplanen. Ihre Kollegen weckte der Radiowecker mit dem Deutschlandfunk, sie zappten beim Frühstück den Videotext durch, während sie in der Zeitung blätterten. An der letzten Ampel vorm Sender war ihr Tag bereits in Meldungsstücke zerschnitten. Wenn sie den Pförtner grüßten, war die Uhr bereits eine Torte. Ilona wirkte wie ein Kind in diesem Laden. Sie arbeitete an einer Doktorarbeit über die Schnittstellen von Journalismus und Literatur, wenn er sich richtig erinnerte. Sie redete viel über irgendwelche amerikanischen Schreiber, früher jedenfalls hatte sie viel über sie geredet. Ilona war eigentlich nur eine Schwangerschaftsvertretung gewesen und danach irgendwie hängen geblieben. Langsam begann sie sich einzureden, dass dies eine Grundlage sein würde. Wofür, wusste sie noch nicht. Der Laden griff nach ihr.

Ilona hatte heute Frühschicht. Sie fehlte ihm jetzt.

Er würde ein, zwei Techniker einladen, seinen Beleuchter und Ritschie, Dave und Ollie aus der Maske. Schwule machten immer Stimmung. Seine Sprecherkollegen würden sicher kommen. Brahnstein und Lisa Kirchner von den Tagesthemen. Vielleicht auch Katschlik, dessen Augen gerade einen Aschenbecher suchten. Er fand keinen und klopfte die Asche einfach in seine linke Hand. Vielleicht auch Sancho. Man wusste nie, wozu man ihn noch brauchen konnte. Und er brachte ihm sicher eine Flasche schönen alten Port mit.

Landers stieß sich vom Türrahmen ab, er ging über zwei lange Flure zum Sprecherzimmer, um auf seinen Kurzeinsatz bei den Tagesthemen zu warten.

Es gab eine ausrangierte beige Samtcouch mit zwei Sesseln, die nicht dazu passten. Einen Fernseher, ein Tischchen, auf dem eine aufgerissene Schokoladenkekspackung lag und die vorletzte Ausgabe von Gala, Karin Kulischs Lieblingszeitschrift, einen schmalen Schreibtisch mit einem Computer, der eingestaubt war, weil Sprecher nicht schrieben, und ein schmales Schränkchen mit ihren Postfächern. In den Fächern lagen Zigarettenpäckchen, Haarwachsdosen, Lippenstifte, Pfefferminzbonbonrollen, Tempotaschentücher, Fläschchen mit Nagellackentferner und natürlich die Stapel mit den Autogrammpostkarten. Als er das Zimmer zum ersten Mal gesehen hatte, musste Landers an die Wachzimmer bei der Armee denken. Buchten, in denen man die Zeit totschlug. Der Geruch nach Zigaretten, verbrauchter Luft und verlorener Zeit lag in diesem Raum.

Landers warf sich in die Samtcouch, aß zwei Schokoladenkekse und zündete sich eine Zigarette an. Er starrte an die Decke und überlegte, wie der Ort in Florida hieß, den er 1990 besucht hatte. Er wartete. Er döste.

Er fragte sich, wo Kurt Böttcher, der Off-Sprecher geblieben war. Sie hatten die gleiche Schicht. Kurt war immer eine gute Ablenkung. Er zog ununterbrochen über seinen Freund her, der Pressesprecher des Hamburger Innensenators war und für die Öffentlichkeit und seinen Chef mit einer Frau und zwei Kindern zusammenlebte. Der Innensenator galt als harter Hund. Kurt sprach nur im Off. Ein einziges Mal hatte er rausgeguckt. Als Karin Kulisch, die Chefsprecherin, vier Minuten vor der Sendung eine Gallenkolik bekommen hatte. Er hatte die 20-Uhr-Nachrichten mit der Krawatte von Florian Ducke verlesen. Es gab hier keine Garderobe wie in Berlin. Man musste seine Sachen selber kaufen und mitbringen. Böttcher aber hatte nicht mehr damit gerechnet, einmal ins On zu kommen. Er trug immer nur Seidentücher im

Hemdkragen. Das war drei Jahre her, vor Landers Zeit. Aber er kannte natürlich das Band. Böttcher zeigte es allen.

Landers überlegte, ob er ein paar Autogrammpostkarten verschicken sollte. Er brannte sich noch eine Zigarette an. Ulkigerweise hatten die schwulen Sprecher die tiefsten, männlichsten Stimmen. Böttcher hätte Charles Bronson synchronisieren können.

Landers sah sich *Die Straßen von San Francisco* an. Die Schlaghosen erinnerten ihn an seine Jugendweihe, die Nase von Karl Malden an Grundmann. Leider kannte er das Ende. Er musste die Folge vor zwanzig Jahren schon mal gesehen haben.

30. April

Die Vögel singen.

Wahrscheinlich werde ich nicht mehr einschlafen können. Wenn ich die Vögel höre, ist es meistens zu spät. Gleich wird Rehberg aus dem dritten Stock seinen Honda Accord starten, den er immer noch nicht abbezahlt hat. Rehberg hat Arbeit, fast als einziger in diesem Rentnerhaus. Die meisten sind im Vorruhestand. Manche machen noch nebenbei irgendwas. Ehrlich gesagt gehört Rehberg auch dazu, denn eigentlich ist er Bauingenieur und jetzt arbeitet er als Hucker auf einer dieser Siedlungsbaustellen auf dem Weg nach Neustrelitz. Deswegen muss er früh raus. Rehberg ist der erste, der das Haus verlässt. Er setzt das erste Lebenszeichen. Dann wird es viertel sechs sein.

Wenn ich Rehberg höre, dann schaffe ich es nicht mehr. Dann werde ich nicht mehr einschlafen können. Dann wird es endgültig zu spät sein. Ich habe noch etwa eine halbe Stunde oder sogar noch eine Stunde. Ich traue mich nicht, auf die Uhr zu schauen, denn vielleicht sind es auch nur noch zehn Minuten, und das würde mir die letzte Hoffnung rauben, doch noch einschlafen zu können.

Manchmal stelle ich mir vor, wie in meinem Rentnerhaus alle wach liegen und dem Rehberg zuhören, wenn er seinen Honda-Accord startet. Hinter all diesen Rentnerhausfenstern liegen Menschen, die Angst haben, jetzt nicht mehr einschlafen zu können. Wenn sie einen alten Ehepartner neben sich liegen haben, trauen sie sich nicht, sich zu bewegen, weil sie ihn nicht wecken wollen. Dabei liegt der Ehepartner genauso wach neben ihnen. Genauso regungslos und mit geschlossenen Augen. Sie kennen sich nicht, nach all den Jahren.

Rehberg beginnt eine wichtige Rolle zu spielen im Leben vieler Menschen. Vielleicht die wichtigste Rolle seines Lebens. Eine unheimliche, eine traurige Vorstellung.

Dutzende Menschenohren werden ihm dabei zuhören, wie er die Haustür ins Schloss fallen lässt, werden ihm dabei zuhören, wie er in den Morgen hustet, er hustet immer, wenn er das Haus verlässt, sie werden in Gedanken seine Schritte bis zum Honda zählen. Es sind fast immer dreißig, denn Rehberg hat fast immer den gleichen Parkplatz, weiß der Teufel, wie er das macht. Vielleicht traut sich keiner mehr, dort zu parken. Er hat ihn abgesteckt. Der Claim des einzigen Arbeiters. Sie werden hören, wie er, bevor er die Autotür zuschlägt, ein zweites Mal hustet. Dann werden sie hören, wie er den Wagen startet. Ein leises Röcheln, dann läuft der Honda-Motor, nicht mal an den kältesten Wintermorgen braucht Rehbergs Auto einen zweiten Versuch.

Nicht wie früher, wo auf dem nur spärlich gefüllten Parkplatz vor unserem Haus der einsame Anlasser eines Trabants durchlief, bis er immer kraftloser in einer kalten Winternacht starb. Keine wütenden Startversuche einer 150er MZ oder eines Simson-Mokick, keine verlorenen, schallenden Geräusche. Es gibt heute keine Misserfolge auf dem Parkplatz. Der Parkplatz ist jetzt das Maß aller Dinge. Auf ihm wird festgestellt, wer gut angekommen ist in der neuen Gesellschaft. Die Autos funktionieren. Sie glänzen. Sie erzählen nichts über Schulden, Kredite, Ehestreit. Sie stehen erst mal da. Tote, funkelnde Konkurrenten. »Wir sind keine Verlierer!«, rufen sich die glänzenden Vectras, Meganes, Golfs und Ponys zu. Der Parkplatz ist gut gefüllt.

Rehberg wird also seinen zuverlässigen Wagen behutsam, liebevoll aus seiner Lieblingsparklücke steuern, ein leises Summen, das immer leiser wird, bis es in dem fernen gleichmäßigen Rauschen der Neustrelitzer Straße untergehen wird. Irgendwo am Waldrand wird sein letztes Geräusch verschluckt sein. Dann wird wieder Ruhe herrschen vorm Rentnerhaus.

Dann hat Rehberg seine Rolle gespielt. Er ist abgegangen. Und die wachen Menschen in ihren Betten könnten zufrieden sein. Wenn sie nicht wüssten, dass es zu spät ist.

Aber noch ist es nicht so weit. Ich spüre, dass ich noch eine Chance habe einzuschlafen. Ich habe die Augen geschlossen, wechsele die Seite und spüre den zarten, schwachen Schlaf, der an mir zieht. Er ist so zart und schwach, dass der kleinste unangenehme Gedanke ihn vertreiben kann. Ein kleiner unangenehmer Gedanke, um den sich weitere unangenehme Gedanken scharen. Sie ballen sich zusammen, häufen sich auf.

Bis ich weiß, dass mein ganzes Leben verpfuscht ist.

*Der unangenehme Gedanke ist jetzt da. Und er ist nicht klein.
Überhaupt nicht.*

*Ich zerstöre Leben. Familien. Ehen. Karrieren. Um selbst zu
leben. Aber niemand gibt mir das Recht dazu. Andere können
sich auf ihre Geschichte berufen. Ich auch. Aber es ist eine private
Geschichte. Sie ist klein. Sie rechtfertigt nicht, was ich tue. Ich
könnte es auf andere Weise tun, wenn ich nur den Mut hätte.*

*Der Schlaf ist tot. Ich drehe mich noch mal auf die andere Seite
und suche dort einen feinen Rest. Doch ich weiß genau, dass ich
nichts finden werde. Ich stopfe mir das Kissen unter den Kopf,
der hellwach ist. Der gegen mich ist. Die Vögel sind jetzt lauter.
Ich denke, Rehberg wird gleich kommen.*

*Seltsamerweise wage ich immer noch nicht, auf die Uhr zu schau-
en. Ich wage nicht einmal, zum Fenster zu schauen, um zu sehen,
wie viel Tageslicht durch die alten verrauchten Gardinen sickert,
die niemand mehr wäscht. Ich rauche zu viel. Ich spüre es in der
Brust, ich spüre es in den Beinen, die sofort einschlafen, wenn ich
sie übereinander schlage, ich sehe es an der fahlen, großporigen
Haut auf meiner Stirn, an meinen braunen Fingern, ich rieche es,
wenn ich das Zimmer nach langer Zeit zum ersten Mal betrete. Es
kotzt mich an, aber ich habe keinen Grund aufzuhören. Am
wenigsten den Lungenkrebs. Am ehesten die schrecklichen feuchten Hände, die ich mir an den Hosen abwischen muss, bevor ich
jemandem die Hand schüttele.*

*Ich liege mit geschlossenen Augen auf meinem Kissen. Ich fühle,
dass es so etwa halb sechs ist. Vielleicht fünf Minuten vor oder
nach. Ich verschätze mich fast nie in der Zeit. Ich hätte eine gute
Karriere als Uhr machen können, als Wecker, haha.*

*Ich hoffe, dass es wenigstens ein grauer, regnerischer Tag ist. Seit
drei, vier Jahren hasse ich schönes Wetter. Es soll grau sein. Wenn
es halb sechs ist, und ich spüre, dass es halb sechs ist, könnte ich
immer noch anderthalb Stunden schlafen. Um sieben müsste ich
aufstehen. Eigentlich würde halb acht auch reichen. Aber bis halb
acht könnte ich nie schlafen. Nie. Es ist furchtbar. Es ist wie bei
den Rentnern, die eigentlich bis Mittag im Bett liegen könnten,*

*aber im Morgengrauen aufwachen. Sie können es nicht genießen.
Ich kann es nicht genießen. Ich bin erst sechsunddreißig. Doch
manchmal denke ich, ich bin wie sie. Ich fühle wie sie. Ich habe
nichts mehr zu erwarten. Ich habe keine Kraft, ich habe keine
Lust mehr.
Ich bin wie sie. Aber das wissen sie nicht.
Die meisten im Rentnerhaus kennen mich, seit ich drei Jahre alt
war. Ein Kind. Ein viel versprechendes Kind. Nicht besonders
sportlich, aber immer der Beste in der Schule. Sie haben mich nie
gemocht, ich war kein Kind zum Mögen, aber sie sind mir immer
mit Respekt begegnet. Wenn ich sie heute im Fahrstuhl treffe,
mustern sie mich wie einen Versager. Sie behandeln mich wie ein
sechsunddreißigjähriges Kind.
Sie duzen mich. Alle duzen mich, als sei ich ein Kind. Ein erwach-
senes Kind. Ein Zurückgebliebener. Sie tuscheln hinter meinem
Rücken. Und hinterm Rücken meiner Mutter. Ich habe es nie
gehört, aber ich sehe es in ihren Augen. Wenn sie zusammenste-
hen und ich gehe an ihnen vorbei, sehe ich die Vorfreude aufglim-
men, ein neues Gesprächsthema gefunden zu haben.
»Auch tragisch, nicht wahr? Dabei war er ein ganz normaler Junge. Dabei hat er doch Arbeit. Ich seh ihn jedenfalls immer wegge-
hen. Unsere konnten es ja gar nicht erwarten, eine eigene Wohnung zu haben. Aber er, bald vierzig, und hängt immer noch an
Mutters Rockzipfel. Die arme Frau. Wenigstens scheint sein kleiner Bruder ja ganz normal zu sein. Der hat wohl ne Frau. Aber
er? Scheint sich nicht für Frauen zu interessieren. Soll's ja geben
so was.«
Ich rolle mich noch einmal auf die andere Seite, dann wieder
zurück, schließlich klemme ich mir das Kopfkissen in den Nacken
und öffne die Augen.
Hinter den Gardinen sehe ich das Licht eines wunderschönen
Frühlingsmorgens. Es wird sicher warm werden heute. Die Radiomoderatoren werden jubeln, wenn sie den Wetterbericht verlesen.
Ich hasse sie. Ich hasse das Wetter. Ich hasse den Sommer. Ich
schaue auf meine Armbanduhr. Es ist zwei Minuten nach halb
sechs.*

Ich bleibe auf dem Rücken liegen und betrachte das Zimmer, in dem ich seit dreiunddreißig Jahren lebe. In den ersten zehn Jahren zusammen mit meinem kleinen Bruder. Wir hatten ein Doppelstockbett. Dann zog mein Vater aus, meine Mutter schlief auf der Couch im Wohnzimmer und mein Bruder bekam sein eigenes Zimmer. Er zog aus, als er sechzehn war. Er zog zu einem Mädchen, das eine eigene Wohnung hatte. Vorher hatte er auf seiner Couch schon verschiedene Mädchen durchgevögelt. (Ich werde sogar rot, wenn ich dieses Wort aufschreibe. Irgendwie denke ich, ich bin nicht berechtigt, es zu benutzen.) Ich habe es gehört. Die Wände hier sind dünn. Und wenn ich den halbnackten Mädchen manchmal auf dem Weg ins Badezimmer begegnete, guckten sie mich immer mit einem belustigten Blick an. Als habe mein Bruder ihnen erzählt, ich sei zwar drei Jahre älter als er, aber ich sei noch Jungfrau. Und er hätte ja auch recht gehabt.

Jedenfalls war ich erleichtert, als mein Bruder auszog. Ich blieb. Bis heute. Ich bin der letzte Mann meiner Mutter. Manchmal denke ich, sie wirft mir das vor. Als hätte ich die anderen beiden vertrieben. Vielleicht stimmt das sogar.

Mein Zimmer ist vielleicht sechzehn Quadratmeter groß. Eine Liege, ein kleiner Fernseher, meine Musikanlage von Yamaha, auf deren glänzendem Plattenspieler ein Paar Kopfhörer liegen, die mich 750 Mark gekostet haben. Ich besitze 484 CDs, 235 Langspielplatten und 72 Singles, ich führe genau Buch darüber. Genau wie ich über meine alte Kassettensammlung Buch geführt habe. Ich habe mich vor vier Jahren von ihr getrennt. Die Tonqualität der Kassetten war einfach zu schlecht. Ich habe sie weggeworfen, aber es ist mir nicht leicht gefallen. In den zwei weißen Ikea-Regalen stehen meine Bücher. Es sind die Bücher meiner Kindheit. Charles Dickens, Ludwig Renn, James Krüss, Günter Görlich, Agatha Christie, Erich Kästner. Die Bücher meiner Jugendzeit. Raymond Chandler, Nikolai Ostrowski, Emile Zola, James Baldwin, Erwin Strittmatter, Woody Allen, Erik Neutsch, Erich Maria Remarque, Joseph Heller, Heinrich Böll, Tschingis Aitmatow, John Updike, Hermann Kant und viele dunkelblaue Kriminalromane aus der DIE-Reihe. Ich habe noch ein paar Fachbücher

*aus meiner Studienzeit aufgehoben, die Erkenntnisse in Biblio-
thekswissenschaften dürften sich nicht sonderlich geändert haben,
denke ich. Abgesehen von den Computern.*

*Ich bin Diplombibliothekar. Ich hätte auch andere Richtungen
studieren können. Ich war ein sehr guter Schüler, wie gesagt. Aber
irgendwie hatte ich Angst vor den meisten Berufen. Bibliotheken
geben mir Sicherheit. Ich schätze die Ordnung. Katalogisieren. Ich
liebe die Ruhe. Das Bewegen von Papier in der Stille. Das
Zuschlagen eines Buches. Das Schließen eines hölzernen Kartei-
kastens. Und ich liebe natürlich Bücher.*

*Die neuen Zeiten aber bedrohen die Ordnung der Bücher. Man
kann nicht mehr alles erfassen. Ich stehe in Buchhandlungen und
fühle mich bedrängt. Unwohl. Bunte Bücher schreien mich an.
Wollen mich überreden, sie zu kaufen. Beschwatzen mich. Ich
möchte mir die Ohren zuhalten. Die Buchhändlerinnen sind Ver-
käuferinnen. Sie haben die Bücher nicht gelesen, die sie mir empfehlen. Ich sehe es in ihren Augen. Sie empfehlen Bestseller. Wie
Äpfel ohne faulige Stellen. Ich habe mir nach der Wende fast nur
noch zeitgeschichtliche Sachbücher gekauft, ein paar Biografien
und natürlich die Mosaiksammelbände, die mich manchmal in
die Tage zurückfühlen ließen, an denen ich noch glücklich war.
Neue Belletristik kaufe ich mir nicht. Ich lese die alten Romane.
Immer wieder.*

*Ich habe meine kleine Bibliothek alphabetisch geordnet. Nach den
Namen der Autoren. Es ist die einzige Bibliothek, die mir geblieben ist. Die große hat mich vor drei Jahren entlassen. Ich kann
niemandem mehr Bücher empfehlen, ausleihen, Gebühren kassie-
ren, wenn jemand den Rückgabetermin verpasst hat, keine Stem-
pel mehr in die kleinen Blättchen drucken, die auf der vorletzten
Seite klebten. Wie habe ich diese Blättchen geliebt. Jahre verstri-
chen auf diesen Seiten. Man konnte hineinsehen und feststellen,
wie lange ein Buch geschlafen hatte. Manchmal hatte es zwei, drei
Jahre niemand in der Hand. Dann wechselten die Leser wieder
jeden Monat. Meine Bücher haben fremde Zimmer gesehen,
haben Betten mit Menschen geteilt, bevor sie wieder zu mir
zurückkehrten.*

Ich liebte auch den Geruch des Büroleims, ich mochte es, wie die getrockneten Leimreste von den Hälsen der Glasflaschen splitterten, wenn man die Deckel aufdrehte. Gut, ich bin ein Buchbeamter. Aber es macht mir das Leben erträglich. Ohne Listen würde ich untergehen.

Aber mir fehlen die Leser. Meine Mutter liest leider nur die dünnblättrigen bunten Zeitschriften. Keine Bücher. Das macht es schwierig, sich mit ihr zu unterhalten.

Auf dem schmalen Schreibtisch neben dem Fenster steht mein Computermonitor, der Turm befindet sich unterm Schreibtisch. Ich sitze oft an meinem Computer. Ihm vertraue ich meine Gedanken an. Ich hätte gerne schon früher Tagebuch geführt, aber ich hatte Angst, dass meine Mutter dem Wunsch, es zu lesen, nicht widerstehen könnte. Mein Bruder hätte es sogar fertig gebracht, meine Tagebücher mit in die Schule zu nehmen, um sie seinen johlenden Klassenkameraden vorzulesen. Erst seitdem ich den Computer habe, kann ich ehrlich sein, ich kann mein Tagebuch mit einem Passwort schützen. Es ist der Vorname eines Mädchens, das ich sehr geliebt habe. Niemand weiß das. Auch das Mädchen nicht. Deswegen ist es absolut sicher.

Meine Kleider befinden sich in einem Einbauschrank in unserem Flur. Nur die Sachen, die ich nachher anziehen werde, liegen auf dem Stuhl vor meinem Schreibtisch. Bis auf das Jackett, das an einem Bügel in der Garderobe neben unserer Wohnungstür hängt. Die Tür meines Zimmers hat eine kleine geriffelte Glasscheibe, durch die man nichts sehen kann. An der Wand über meinem Bett hängen drei Plakate. Eins zeigt die Gruppe Barclay James Harvest, die in meinem Leben eine große Rolle gespielt hat, bei einem Konzert vor dem Berliner Reichstag. Eines kündigt Ulrich Plenzdorfs Stück »Legende vom Glück ohne Ende« am Theater in Schwedt an. Und eins ist die Karikatur von Karl Marx, der die Hände in den Hosentaschen vergraben hat. Darunter steht: »Tut mir leid, Jungs. War nur so eine Idee von mir.«

Es ist kein Zimmer, in dem man Besuch empfangen kann. Es gibt nur einen Stuhl, nur eine schmale Liege und keinen Tisch, an dem man sich gegenübersitzen könnte. Aber ich erwarte keinen

Besuch. Für mich ist es in Ordnung. Es ist, wie soll man sagen, ausreichend. Es ist alles drin, was ich brauche.

Aber es ist fürchterlich, denn es gleicht einer Einzelzelle im Gefängnis. Und das Schlimmste daran ist, dass ich sie verlassen könnte. Wenn ich die Kraft hätte. Ich müsste die Blicke meiner Nachbarn nicht mehr ertragen und wahrscheinlich würde ich meiner Mutter damit einen Gefallen tun.

Jetzt höre ich Rehberg. Er verlässt das Haus und hustet das erste Mal.

»**Ein bisschen locker**, ein bisschen menschelnd, Doris. Human touch, verstehst du. Es ist jetzt fünf Jahre her. Entspann dich.« Henckels Stimme füllte ihren Kopf, während sie über den gläsernen Flur von seinem Büro zu ihrem ging und Lächeln in die Buchten ihrer Kollegen schickte. Alle Bürotüren standen offen. Wir haben nichts zu verbergen, sollte das wohl heißen. In Wahrheit fürchteten sie, etwas zu verpassen.

Human touch. Human touch. War sie beim Spiegel oder bei der Bunten?

»Hallo, Peter.«

»Moin, Doris.«

Fünf Jahre Verjährungsfrist. Es wurde immer schlimmer. Dafür war sie damals unter Carstens nicht eingestellt worden. Für Human-touch-Geschichten. Carstens hätte gar nicht gewusst, was das war: human touch. Aber Carstens war leider tot. Er hatte zu viele Rothändle geraucht. Henckels, dieses Weichbrot, lebte. Er trank Wasser ohne Kohlensäure und hatte einen Obstteller auf dem kleinen Konferenztisch. Carstens und Henckels, sie hätte es andersrum gemacht, wenn sie Gott gewesen wäre.

»Tach, Karin, toller Anzug.«

Aber sie war ja nicht Gott. Leider.

»Danke, Doris, findest du wirklich?«

»Ja, wirklich. Toll.«

Sie war nicht menschelnd. Sie wollte auch keine *Gräben zuschütten*, sie wollte sie aufreißen und nach den Knochen buddeln. Henckels wollte vergessen, besänftigen, die Leser erfreuen. Sie wollte sie verstören, in Unruhe versetzen. Er hatte zu jeder Jahreszeit ein Blumensträußchen auf seinem Schreibtisch. Das sagte ja wohl alles. Ein Sträußchen im Winter, eine Jubiläumsgeschichte zum Mauerfall. Und dann stand er vor seinem hübschen Friedrichstraßenplakat und lächelte. In zwei Jahren würden sie in den Osten ziehen, er konnte es kaum erwarten. Sie war nicht locker, wenn es um den Osten ging, verdammt noch mal. Sie war noch nicht fertig. Das wussten doch alle. Noch fünf Schritte, dann hatte sie ihre Tür erreicht. Ihr Lächeln bröckelte bereits. Noch drei Schritte.

Von der anderen Seite des Flures näherte sich Matthiesen. Holger »Immer bereit!« Matthiesen. Diese vorgespielte Elastizität. Wippender Scheitel, wippende Rockschöße. Wieso ließen sie *ihn* das nicht machen. Der war doch wandelnder *human touch*. Außerdem war er auch Ostler. Er hatte die klassische Bürgerrechtlerkarriere hinter sich. Vor fünf Jahren hatte ihm der Bart noch bis zum Bauch gehangen, jetzt sah er aus, als könne er ihr sagen, ob sie Microsoft halten oder verkaufen sollte.

»Hi, Karin.«

»Hallo, Holger.«

Hi! Sie faßte es nicht. Er hatte Hi gesagt. Gimme Five, Holgi. Dafür waren wir damals nicht auf der Straße, Alter.

Noch einen Schritt. Sie griff nach dem Türgriff wie nach einem Rettungsring, schlüpfte in ihr Büro und befreite sich von dem Ganglächeln wie von einem zu engen Schuh. Sie warf es in die Ecke und schloss die Tür.

Doris Theyssen entspannte ihre Gesichtsmuskeln. Sie hatte keinen Spiegel im Büro, sie hasste diese Redakteurinnen, die sich ihr Büro einrichteten wie eine Garderobe, aber sie wusste auch so, dass sie jetzt wieder aussah wie eine Dogge. Ihre Wangen verloren die Form, sie hatte große Ohren. Aber sie hatte gute Beine und einen erstklassigen Hintern.

Manchmal glaubte sie, Henckels fürchtete sich vor ihr. Deshalb nannte er sie Mädchen. Er liebte es, sie Mädchen zu nennen.

»Sei diesmal ein bisschen locker, Doris. Komm. Sei nicht so verbissen, Mädchen. Die Leute wollen das«, hatte Henckels gesagt, hinter ihm hing die Friedrichstraße der Zukunft. Glänzende Würfelbauten, in denen er erstklassige Wassersorten kaufen könnte und hübsche Jacken.

Sie trat gegen den grauen Drehstuhl.

Diesmal.

Niemals!

Der Stuhl surrte auf das gläserne Ende ihres Büros zu, ein Fenster von der Decke bis zum Boden. Für einen Moment hoffte Doris Theyssen, dass er es durchbrechen könnte und mit tausenden Splittern zusammen auf die Kurfürstenstraße stürzen würde.

Aber der Stuhl knallte mit der Lehne gegen das Fenster und blieb stehen. Nebenan pochte die Gundeleit an die Pappwand. Sie saß seit fünf Jahren über dem Anfang der großen Berlin-Geschichte. Wahrscheinlich hatte sie gerade den ersten Satz fertig und wollte nicht gestört werden, wenn sie über das erste Wort des zweiten nachzudenken begann.

»Die Leute wollen auch mal was anderes lesen. Das Leben geht weiter. Es ist vorbei, Doris.«

»Was ist vorbei, Richard?«, hatte sie gefragt.

»Der Krieg, Doris«, hatte er gesagt und in seiner unsäglichen blumensträußigen, glöckchenhaften Onkelart wiederholt. »Der Krieg, Mädchen.«

Sie hatte durch ihn durchgeschaut, durch diesen vernunfteinfordernden *Sei doch nicht so kompliziert, Mädchen*-Blick, den sie so hasste. Er war der Typ Mann, dem seine Frau aus heiterem Himmel nach dreißig scheinbar glücklichen Ehejahren einen stumpfen Gegenstand auf den Hinterkopf drosch, während er ihr irgendetwas erklärte. Weil ihr das die einzig mögliche Antwort zu sein schien.

Es klopfte. Sie holte den Stuhl vom Fenster, stützte sich auf die Lehne, brachte ihre Züge unter Kontrolle, drückte ein Knie durch, spürte, wie steif ihr Nacken noch war, versuchte ihn zu lockern, was nicht klappte, blies sich eine Haarsträhne aus der Stirn und rief so freundlich, wie es ging: »Jaha.«

Hoffentlich war es nicht die Gundeleit, die *reden* wollte. Dann war der Vormittag im Arsch. Die Gundeleit hatte unbegrenzt Zeit und ein großes Herz. Sie wollte ständig wissen, »wie *ihr* das gesehen habt, damals, bei euch«. Sie war sehr aufgeschlossen und hatte diesen vorauseilend abfälligen Blick auf den Westen. Doris Theyssen hatte sich die Gundeleit ein paar Mal im Osten vorgestellt. Es ging nicht. Keinen Bodyshop, keinen Radicchio, und das Weinangebot hätte sie zur Verzweiflung getrieben.

Ein grauer Kopf mit einer feschen knallroten Plastiklesebrille schob sich durch die Tür. Frau Maschke brachte das Archivmaterial, das Henckels bereits bestellt hatte. Er hatte ihr Archivmaterial bestellt, ohne zu wissen, ob sie die Geschichte überhaupt machen wollte. Wir machen uns doch nicht von der Theyssen abhängig, Frau Maschke, was? Frau Maschke hatte früher im Volksbildungsministerium gearbeitet und Doris Theyssen konnte sie sich sehr gut im Osten vorstellen. Sie hörte regelrecht, wie sie ihrem früheren Chef zugeflötet hatte: »Die Dokumente, Genosse Schneider.« Diese Art von Person war Frau Maschke. Dieser beflissene Blick über die Brille. Sie verachtete Halbschalenbrillenträger, die ihre Brille auch trugen, wenn sie es nicht mussten. Dokumentare liebten es, zu wirken wie pensionierte Professoren. »Ach, die Frau Maschke und die guten alten Oststars. Da hatten Sie ja bestimmt viel Freude beim Raussuchen.«

»Na ja«, sagte Frau Maschke. »Wie man's nimmt, Frau Theyssen.«

»Genau, Frau Maschke, ganz genau. Legen Sie es doch bitte da hin. Vielen Dank.«

Der graue Kopf zog sich aus dem Türspalt zurück. *Wie man's nimmt*. Genau der Typ war sie. Der Wiemansnimmt-Typ. Das ganze Land wimmelte von Wiemansnimmt-Typen. Deswegen musste sie diesen Scheiß hier machen. Sie griff sich den Stapel. Er war dick. Sie waren natürlich nicht die ersten, die diese Geschichte machten. Henckels war nie vorn. Ganz oben lag die Kopie eines Stern-Artikels mit dem Titel »Der Osten kommt!«.

»Ich fass es nicht«, flüsterte Doris Theyssen und machte sich daran, die Ostler rauszusuchen, die in ihrem Artikel belegen würden, dass die Ostdeutschen auf dem Vormarsch waren. Ein Thema für die Rubrik Gesellschaft.

Eine Rubrik, die Doris Theyssen völlig überflüssig fand.

Vier Stunden später hatte sie auf einer Tafel, die neben ihrem Schreibtisch hing, neununddreißig Namen notiert. Ganz oben stand der des Sonderbeauftragten. Wenigstens einen Gefallen wollte sie sich tun. Bei ihm konnte sie sogar menscheln. Sie mochte Blöger. Er war jemand, der eine Vision hatte. Ein unbeugsamer Kämpfer, nicht so ein Versöhnler wie Henckels.

Ansonsten standen ein paar Sportler auf ihrer Tafel, ein paar Fernsehfritzen, ein Schriftsteller, jemand von einer Dresdner Werbeagentur, drei Erfinder, von denen einer erst siebzehn war und angeblich schon Multimillionär, ein Mietwagenverleiher, ein Hotelier, zwei Politikerinnen, ein Verleger, ein Regisseur, der es bis nach Amerika geschafft hatte, zwei Schauspieler, eine Pop-band, ein Immobilienhändler, ein Plattenproduzent und ein Gale-rist. Der Osten würde kommen. Auch im Spiegel.

Sie war ja das beste Beispiel. Garantiert würde das im Editorial erwähnt werden. Es gab drei Ostler beim Spiegel, die mussten ins Licht.

Sie sah auf die Straße.

Es war ein nasser, windiger Frühlingstag. Es regnete nicht richtig, die Scheibenwischer der Autos liefen auf Intervall. Eine dicke Frau mit einem riesigen Kopftuch schob einen Einkaufswagen über den Bürgersteig. Drei dunkle Kinder liefen hinter ihr her. Doris Theyssen mochte die Gegend, weil sie hässlich war und flüchtig. Sie wollte sich hier nicht wohl fühlen. Sie wollte sich nicht einrichten wie Henckels mit seinen Blumen. Henckels woll-te es hübsch haben, deshalb hatte er auch den Umzug des Büros in die Friedrichstraße durchgedrückt. Er hatte viel über symboli-sche Gesten geredet, dabei wollte er nur angeben. Wenn er wirk-lich in den Osten gewollte hätte, wäre er nach Oberschöneweide gezogen und nicht in die Friedrichstraße. In Henckels Büro hing seit zwei Monaten ein großer Entwurf des Bürohauses, in das der Spiegel ziehen würde. Sie würden dann zwischen H & M und Donna Karan sitzen. Sie hasste das, es verwischte die Grenzen, der Blick wurde trübe. Deswegen war sie auch gegen den Regie-rungsumzug gewesen. Alle redeten von neuen Aufgaben, dabei hatten sie nicht mal die alten erledigt.

Schade. Dort draußen gab es Nutten und Fixer und Autos, in der Friedrichstraße bauten sie ein französisches Kaufhaus mit Fress-etage. Sie würde die kleine Nachtbar auf der anderen Straßenseite vermissen.

Sie tippte die Namen von der Tafel in ihren Computer, las sie sich noch mal durch und löschte den Namen des Bundesbeauftragten, der dort nicht hingehörte zwischen all die Unterhaltungsfuzzis. Er wusste auch so, dass sie ihn verehrte. Sie ließ die Liste ausdrucken. Dann schrieb sie mit der Hand ein paar Sätze auf einen Spiegel-Kopfbogen. Ein halbpersönliches Anschreiben an den Bundesbeauftragten Blöger. Sie tat die beiden Blätter in ihr Faxgerät und tippte Blögers Büronummer ein. Es war besetzt. Das Gerät wählte neu an.

Doris Theyssen verließ ihr Zimmer, um sich einen Kaffee zu holen. Sie hatte Appetit auf eine Zigarette und sie hatte es sich angewöhnt, nur noch zu rauchen, wenn sie Kaffee trank. Ab dreißig sollte man ein bisschen auf seine Haut achten und sie war vierunddreißig. An den Plätzen, an denen sie ihre Haut zeigte, herrschte zwar gedämpftes, schmeichelhaftes Licht. Aber irgendwann musste sie sich ja vielleicht auch mal im Tageslicht zeigen. Zumindest schloss sie das nicht aus. Sie wollte nicht allein sterben. Sie hatte keine Ahnung, wie der Mann aussehen müsste, mit dem sie alt werden könnte. Aber bisher hatte sie auch noch keine Lust, nach ihm zu suchen. Ihre Laune hatte sich verbessert. Sie würde diese *Der Osten erobert die Welt*-Scheiße durchziehen und sich dann wieder der richtigen Arbeit zuwenden. Sie hatte noch ein paar Dinge zu erledigen, bevor alles vorbei war. Ab und zu musste dieses Zeug eben gemacht werden. Sie brauchten Leser im Osten. Darum ging es. Letztlich war es in ihrem Interesse.

Außerdem würde der Umzug in die Friedrichstraße sie näher zu Blöger bringen. Und dort gehörte sie hin.

Als der Kaffee in einen braunen, gerillten Plastikbecher lief – Doris Theyssen verachtete Redakteure, die sich ihre eigenen Porzellantassen mit ins Büro brachten –, hatte ihre Routineanfrage Anschluss. Das Faxgerät saugte die beiden Blätter auf, zerhackte sie in Signale, schickte sie in die Westberliner Erde und spuckte sie in Ostberlin in ein Drahtkörbchen.

Eins
Kein Saab?

Schon die Haustür schüchterte ihn ein. Es war eine schwere Tür, die zu einem kleinen Vorraum führte, der mit grauem und weißem Marmor verkleidet war. Vielleicht war es auch nur Granit. Es gab eine weitere Tür mit einer Milchglasscheibe, in die schnörkelige Ranken graviert waren, hinter der sich eine matt beleuchtete Halle streckte. Links und rechts hingen zwei Meter hohe Spiegel zwischen Stuckranken, insgesamt war das Foyer vielleicht vier Meter hoch. Über den Spiegeln glommen Reihen aus jeweils fünf Lampen, deren Schirme aussahen wie Osterglocken. Es gab einen kleinen Springbrunnen und dahinter einen Gitterkasten, in dem der Aufzug wartete. Auf dem Brunnensims stand ein Blumenstrauß und einen Moment lang hatte er Angst, dass all die Gipsranken und Blumenlampen nur für Sonja Nothebohms Frühlingsfest angebracht worden waren. Es roch kühl und feucht, ein bisschen wie in einer Kirche.

Landers beobachtete sich in einer der Spiegelwände. Das Shampoo war mit Sicherheit keins für normales Haar, da war garantiert irgendwas Scharfes gegen Schuppen drin, jedenfalls sahen seine Haare trocken aus, sie fielen nicht, sie büschelten. Er stellte seinen roten Bordeaux vorsichtig auf den Marmorfußboden, tauchte beide Hände in den Brunnen und fuhr sich dann durch die Frisur. Jetzt sahen die Haare oben angeklatscht aus, büschelten aber an der Seite immer noch. Wenn er jemals eine Glatze bekommen sollte, würde er sich umbringen. Er nahm noch ein bisschen Wasser. Seine Haare waren jetzt nicht mehr stumpf, aber er sah aus, als habe er gerade geduscht. Er zerstrubbelte sie, vielleicht musste er einen Moment warten, bis sie trocken waren. Es war totenstill im Hausflur, er hörte nicht das kleinste Partygeräusch. Wahrscheinlich waren die Wände hier dick wie Bunkermauern. Er sah wieder in die Spiegelwand, bleckte die Zähne, kräuselte die Lippen, gut. Er bückte sich nach dem 69-Mark-Wein. Dann ging die äußere Haustür auf. Er sprang in den Fahrstuhl. Der Nachteil an diesen Gitterfahrstühlen war, dass man nicht einfach abhauen konnte, wenn sich jemand näherte. Sie waren zu langsam und zu durchsichtig. Er fuhr nicht gern mit anderen im Fahrstuhl. Es war Ilona. Landers atmete auf. Sie lachte.

51

»Warst du schwimmen?«

»Ja, in dem Brunnen da. War sehr erfrischend.«

»Ach.«

Sie stieg zu ihm in die Kabine. Sie roch nach Clin d'Oil, ein Parfüm, das es früher im Exquisit gegeben hatte. Es war sicher nicht Clin d'Oil, aber es roch so. Landers mochte den Duft. Er entspannte sich. Ilona war vertrautes Terrain. Sie war seine beste Freundin in der Redaktion.

»Wo hat die Sonja eigentlich das Geld her, um in so einem Schloss zu wohnen?«, fragte er. Der Fahrstuhl ruckte sanft an.

»Ihr Vater ist irgendein hoher Springer-Typ, aus dem Vorstand, glaub ich. Deswegen ist sie ja auch so fortschrittlich. Sie will nicht mit ihm in Zusammenhang gebracht werden. Oder sagen wir: Sie tut so. Aber seine Kohle nimmt sie trotzdem.«

»Würdest du natürlich nicht machen.«

»Nie«, sagte Ilona.

»Ich schon«, sagte Landers.

»Ich weiß«, sagte sie.

Der Fahrstuhl hielt in der dritten Etage. Es gab nur zwei Wohnungen hier, obwohl sicher Platz für vier gewesen wäre. Die Türen waren drei Meter hoch. Wozu brauchte man so hohe Türen, verdammt. Landers starrte sie an, sein Loft hatte eine flache Stahltür. Er würde es nie hinbekommen. An der Tür klebte ein kleiner Strauß Krokusse. Weiß der Teufel, wo sie die noch herbekommen hatte, es war Mitte Mai. Aber das hier war ein Frühlingsfest. Ilona lachte und zog an dem Ring unter dem Messingschild, auf dem Nothebohm stand. Ilona kam aus einfachen Verhältnissen, ihr Vater war Vertreter für Musiktruhen gewesen. In Gießen. Wo immer das war, es war sehr weit weg von diesem Hausflur. Landers fühlte sich nicht so allein in ihrer Nähe.

Sonja Nothebohm trug eine weiße Bluse deren Kragen nach oben abstand und eine Bluejeans. Die Bluse war drei Knöpfe weit geöffnet und hing über der Hose, denn dies war ein lockerer Abend, und es war Frühling. Sie schüttelte die Haare und lachte. Sie hatte dicke braune Haare und weiße Zähne, zwischen ihren Brüsten lag ein ziemlicher Abstand. Wie bei Whitney Houston. Sie galt als Nachwuchssprecherin, war aber auch schon Mitte dreißig. Sie hatte Literatur und Film an exotisch klingenden Universitäten studiert. Sie war damit ziemlich überqualifiziert für den Job, aber das merkte man nicht. Landers mochte sie ganz gern. Auch sie widersprach oft, aber er hatte immer den Eindruck, als sei ihre Erregung nur vorgetäuscht. Sie hatte es nicht nötig, zornig zu sein.

»Regnet es?«, fragte sie und fuhr Landers durch die Haare, bevor sie sich zu seiner Wange beugte. Er hasste diese Küsserei. Jeder machte es anders, aber er erkannte keine Regel. Sonja Nothebohm küsste zwei Mal und richtig. Er küsste beim ersten Mal in die Luft, beim zweiten Mal zu sehr. Sie roch nur leicht nach einer Creme. Sonja nahm ihm den Wein achtlos ab. Die Flasche pendelte in ihrer Hand, sie würde nicht erfahren, dass er einen 69-Mark-Wein mitgebracht hatte. Er hatte Perlen vor die Säue geworfen. Scheiße, es war sicher keine gute Zeit für Bordeaux.

»Nur ein Schauer«, sagte er und lachte.

»Er hat im Springbrunnen gebadet«, sagte Ilona.

»Ach so«, sagte Sonja. »Habt ihr die Blumen gesehen? Sind die nicht zauberhaft? Die hat Margarethe mitgebracht.«

Landers wäre am liebsten wieder abgehauen. Ein Frühlingsfest und er brachte Rotwein mit. Mann. Ilona zog ein kleines Paket aus der Jackentasche. Ein Notizblock, den sie in irgendeinem Laden in SoHo, New York, gekauft hatte, angeblich der Laden mit den besten Notizblöcken der Welt.

»Ich liebe diese Blöcke«, rief Sonja.

»Ich auch«, sagte Ilona.

Landers wäre nie auf die Idee gekommen, einen Schreibblock als Partygeschenk mitzubringen. Er fragte sich, woher Ilona wusste, dass Sonja diese Blöcke liebte. Jedenfalls mehr liebte als einen 69-Mark-Wein, die teuerste Flasche Wein, die Jan Landers in seinem ganzen Leben gekauft hatte. Vielleicht war sie zu teuer, das Mitbringsel eines Neureichen. Der Block sah nach gar nichts aus. Ein einfacher dunkelblauer Schreibblock. Er würde es nie lernen, aber er würde seine Flasche im Auge behalten. Wenn man als Gast überhaupt in die Küche durfte, würde er sie später öffnen.

Er wollte wissen, ob man 69 Mark schmecken konnte. Und wenn er der einzige Rotweintrinker an diesem Abend war.

Landers fotografierte die Einrichtung mit den Augen. Sie liefen durch eine quadratische Diele, von der verschiedene Zimmer abgingen. Es gab Bilder. Zwei Kohlezeichnungen von dünnen hohen Männchen in schlichten Rahmen, einen riesigen olivfarbenen Kopf eines fetten Mannes in Öl und ein altes französisches Filmplakat. Sie gingen nach rechts, wo ein Dutzend Menschen in seinem Alter standen. Hinter einer Flügeltür sah man einen weiß gedeckten Tisch. Die Leute hielten Gläser in der Hand und trugen weiße Hemden. Aus hohen, aber schmalen Boxen lief der Pulp-Fiction-Soundtrack. Das war keine Überraschung, Landers hatte ihn sich auch gekauft. Gerade begann der Dialog zwischen Bruce Willis und seiner französischen Freundin. Landers' Englisch war miserabel, aber er hatte ihn immer wieder gehört und verstand ihn jetzt. Ein breitschulteriger Typ in einem offenen weißen Hemd, das aussah, als trage er es das erste Mal ohne Krawatte, sprach die Antworten von Willis mit. Er stand mit einer hübschen Blondine einem anderen Paar gegenüber. Die Partnerin des anderen Kerls, den Landers nur von hinten sehen konnte, sprach die Französin.

»*Whose Motorcycle is this?*«, *fragte die Französin.*

»*It's a chopper baby*«, *sagte Bruce Willis.*

»*Whose Chopper is this?*«

»*Zeds.*«

»*Who is Zed?*«

»*Zed's dead, baby. Zed's dead.*«

Der Typ mit dem offenen Hemd tat so, als würde er am Gasgriff eines Motorrades drehen, dann lachten er und die Freundin seines Gegenübers herzlich, sie bogen sich vor Lachen. Der andere Mann hatte eine leichte Glatze und sah von hinten aus, als würde er vorn nicht lachen. Die Blondine schaute zu ihm und Ilona hinüber, ihr Blick war gelassen. Sie sah wirklich gut aus, ein bisschen gelangweilt, aber gut.

»Prosecco?«, fragte Sonja.

»Gern«, sagte Landers. Es gab nur ein Bild in diesem Raum. Es war groß, hellbraun und hätte einen ausgeschütteten Haufen von Mikadostäben darstellen können. Mikadostäbe ohne Markierung. An der gegenüberliegenden Wand stand ein rotes zweisitziges Ledersofa. Daneben gab es eine Holzplastik, eckig und etwa anderthalb Meter hoch. Sie sah aus, als sei sie noch nicht fertig. Die Musikanlage stand auf dem Fußboden, sie war schwarz. Eine Marke konnte Landers nicht erkennen. Er würde später nachschauen.

Er trank langsam. Ilona steckte sich eine Zigarette an. Landers würde erst später rauchen, wenn überhaupt. Er wollte die Anzahl der Raucher herausbekommen und sich der Mehrheit anschließen.

»Und?«, fragte Ilona.

»Was und?«, fragte Landers.

»Überrascht es dich?«

»Es ist schön« sagte er.

»Das war nicht die Frage.«

»Nein«, sagte Landers. »Es überrascht mich nicht, aber das ist auch nicht die Frage.«

»Was ist die Frage?«

»Ob es richtig so ist.«

»Du bist verrückt, Jan.«

»Ich weiß.«

Sonja schob einen Mann in einem grünen Kordjackett in ihre Nähe. Er hatte ein Bier in der Hand und ein weißes T-Shirt an, gegen das seine Brusthaare drückten. Er musste Unmengen von Brusthaaren haben. Er trug breite Koteletten und eine eckige schwarze Brille.

»Ronald, Jan«, sagte Sonja. »Jan, Ronald.« Dann ging sie wieder. Da standen sie nun.

»Sonja sagt, du bist auch aus, äh, Berlin«, sagte Ronald.

»Ja.«

Sonja dachte wirklich an alles. Sie hatte einen Ostler für ihn aufgetrieben, dachte Landers. Jemanden zum Spielen. Ilona sah ihn spöttisch an, aber er spielte einfach mit.

»Und wo kommst du her?«

»Ich bin in Johannisthal geboren.«

»Ich bin auch aus dem Osten«, sagte Landers.

»Ich bin 1986 geflohen«, sagte der Typ. Auch das noch. Landers fühlte sich unter Druck. Er war nicht abgehauen, was in solchen Momenten irgendwie schuldig wirkte.

»Und was machst du so?«, fragte Landers. Ilona verschwand, er hätte sie am liebsten festgehalten. »Ich meine jetzt?«

»Ich schreibe«, sagte der Typ.

»Und für wen?«, fragte Landers. Er kam sich vor, als würde er ein Verhör führen.

»Für mich«, sagte Ronald und lächelte nachsichtig. Wieso dachten die Westler eigentlich immer, die Ostler würden sich alle verstehen?

»Klar«, sagte Landers und bat Ronald, seine Fluchtgeschichte zu erzählen, um ein bisschen Ruhe vor ihm zu haben.

Ronald hatte einmal das Poetenseminar in Schwerin gewonnen. Mit einer Geschichte, die *Das brennende Doppelstockbett* hieß. Es ging um einen Berliner Jungen, der seine Familie verbrennen wollte, die ihn seit Jahren schikanierte, weil er ihr Leben nicht mitmachte. Aber als es brannte, blieb er einfach im Bett liegen, während die anderen aus dem Haus flüchteten. Niemand dachte an ihn. Und er erkannte, dass das auch eine Lösung war. Da dies als Ost-West-Parabel zu verstehen war, hatte man Ronald zu einer Schülerliteraturwerkstatt nach Göteborg geladen. Er hatte seine Geschichte vorgelesen und war anschließend dageblieben. Von Göteborg war er nach Hamburg geflogen. Das war alles. Landers schätzte, dass er Sonja damit ins Bett gekriegt hatte. Ein Junge, der über Schweden flüchtete. Ein Poet, ein brennendes Bett und eine traurige Exliteraturstudentin, die jetzt Nachrichten vorlesen musste. Für ein, zwei Nächte würde das sicher gereicht haben. Dann war ihr der Kordanzug auf die Nerven gegangen und dieser Brustpelz. Seit fünf Jahren arbeitete Ronald an einem Roman, der von seiner Heimatlosigkeit handelte. So was wie die Langfassung seiner Bettgeschichte, vermutete Landers.

»Ich bin nie wirklich im Westen angekommen«, sagte Ronald.

»Es ist auch nicht so leicht«, sagte Landers.

»Wie meinst du das?«, fragte Ronald und starrte ihn durch seine alberne schwarze Brille an wie ein Reptil. Landers hätte sich lieber über Fußball unterhalten, aber er hätte einen Kasten Bier verwettet, dass sich Ronald nicht für Fußball interessierte. Vielleicht für St. Pauli, aber Landers hasste St. Pauli, weil es nichts mit Fußball zu tun hatte. St. Pauli war nur Masche.

»Ich meine, es ist doch anders. Hier zum Beispiel, in diesem Zimmer. Andere Menschen, finde ich«, sagte Landers. Der Typ starrte immer noch wie eine Echse. »Der Sekt ist nicht süß. Und es ist, wie soll ich sagen, weniger in den Wohnungen drin. Irgendwie aufgeräumter. Als in, sagen wir mal, Johannisthal.«

»Magst du das nicht?«

»Doch, aber es ist ungewohnt. Ich lerne es, weißt du. Ich studiere es.« Der Typ starrte einfach weiter. Er war eine Zumutung.

»Wie geht es dir denn?«, fragte Landers.

»Mit fehlt der Vergleich«, sagte Ronald. »Ich war nie mehr drüben.«

»Du warst seit acht Jahren nicht mehr drüben?«

»Nein, ich fürchte es.«

Es! Landers wünschte sich, er könnte aggressiver sein, aber irgendwas an Ronalds Blick warnte ihn. Der Typ wäre in der Lage, ihn vor allen anderen als Mauermörder zusammenzuschreien. Wenn er den Osten mit dem Dritten Reich vergleichen sollte, würde er aber widersprechen, nahm sich Landers vor.

»Es?«

»Sie sind noch da. Sie tragen neue Masken, aber sie sind noch da. Die Denunzianten, die Zerstörer. Ich habe gelesen, dass es Blut- und Organhandel gab. Es wundert mich nicht. Ein Thüringer Maler hat herausgefunden, dass sie Monster züchteten, die die Olympischen Spiele gewinnen sollten. Die laufen dort noch rum.«

»Oh«, sagte Landers und überlegte, ob er sich Ronald als FDJ-Sekretär vorstellen konnte. Er konnte.

»Ich brauche noch Zeit. Es ist nie gut, zu schnell zurückzukommen. Das hat sich schon einmal gezeigt.«

Landers hätte ihn gern gefragt, was er damit meinte, aber bevor er den Mund aufbekam, rief Sonja sie ins Esszimmer. Er griff Ronald freundschaftlich an die Schulter. Ronald schüttelte seine Hand nervös ab. Er sah ihn panisch an. Landers schaute auf seine Hand, dann ging er den anderen langsam hinterher. Er hoffte, neben Ilona sitzen zu können.

Es gab ein einziges weinrotes Gemälde an einer geschlämmten Wand, es sah aus wie ein riesiges rotes Tuch. Die Teller waren groß und weiß, neben ihnen lagen steife Servietten, die von alten Silberringen zusammengehalten wurden. Das einzige Licht kam aus dem Nebenraum und den drei Lüstern, die auf dem langen, breiten Esstisch standen. Sonja tauschte im Nebenzimmer den Pulp-Fiction-Soundtrack gegen eine Klassik-CD. Bestimmt war es Mahler. Es war immer Mahler. Lilo Kneese aus der Deutschland-II-Redaktion der Tagesthemen brachte eine große Glasschale. Sie hatte in der Küche geholfen. Es gab Salat und er saß zwischen Ronald und einer hübschen Asiatin, die eine Gap-Filiale in Hamburg aufbauen sollte. Sie hieß Shi und kannte Sonja aus einem Kickboxkurs.

»Ich mag Gap«, sagte Landers.

»Wirklich?«, fragte Shi und sah ihn ernst an.

»Ja«, sagte er.

»Interessant«, sagte sie.

Was war daran interessant? Gap war ein guter Laden, man konnte fast alles anziehen, was es bei Gap gab, fand Landers. Sie sah ihn an, als habe er einen Fehler gemacht. Er hörte, wie Ronald zu jemandem von »Polizeistaat« redete und »Konzentrationslagern«. Ilona saß am anderen Ende des Tisches, sie quatschte mit Sonja, die beiden kicherten. Ihm gegenüber saß die hübsche Blonde, ihr Typ redete aufgeregt auf die Frau neben seiner Frau ein, die Pulp Fiction so komisch fand wie er selbst. Sie strahlten sich an. Der Mann mit den schütteren Haaren starrte in die Salatblätter auf seinem Teller. Er sah dicklich aus. Die Blondine schaute belustigt zu Landers rüber. Er zuckte mit den Schultern, was alles bedeuten konnte. Sie hob eine Augenbraue.

»Was hältst du von Leder in der Mode?«, fragte Shi.

»Leder?«, fragte er.

»Ja, wir haben eine Lederkollektion im Herbst. Jacken und Hosen.«

»Kommt drauf an, wie sie aussehen«, sagte Landers.

»Es ist Tierleder.«

»Ach, Tierleder«, sagte Landers. Ronald sagte der Blondine auf der anderen Seite, dass er immer noch nicht in Hamburg angekommen sei. Sie schaute interessiert. Das hätte er auch tun sollen. Einfach interessiert schauen, statt zu erzählen, dass er hübsche Lederjacken mochte.

»Der Hamburger pökelt seine Seele«, sagte Ronald leise. Landers verstand es nicht richtig, er musste sich auf Shi konzentrieren. Womöglich hatte Ronald ja gesagt: »Der Hamburger segelt auf seiner Seele.« Oder: »Er vögelt seine Seele.« Auch der Nachbar der Blonden schaute jetzt interessiert.

»Ich überlege, ob ich kündige«, sagte Shi.

»Das würde ich mir noch mal überlegen«, sagte Landers.

»Wirklich?«

Das Nachfragen nervte ihn. Das hatte ihn schon an den Mädchen seiner Seminargruppe genervt. Tierleder! Wenn es ein Steak zum Hauptgang gäbe, würde Shi Sonja wahrscheinlich zu einem Kickboxkampf herausfordern. Aber das war leider unwahrscheinlich. Es roch leicht nach Fisch. Kein Ledertier. Er schaute auf seinen Teller. Der Salat sah aus wie ein Kunstwerk, er mochte diese großen weißen Teller. Er würde sich ein paar kaufen, die Frage war, wie viele. Acht vielleicht. Er hatte zwar noch nie mehr als zwei Gäste gehabt, aber das musste ja nicht so bleiben.

»Ja«, sagte er.

»Interessant«, sagte Shi.

»Was hast du eigentlich zu Ostzeiten gemacht?«, fragte Ronald. Das Dressing tropfte ihm vom Kinn. Landers starrte auf das glänzende Kinn, als sei von dort mit einer Antwort zu rechnen.

»Ich war Discjockey«, sagte er.

»Man musste doch immer diese Friedenslieder spielen«, sagte Ronald.

Die Blonde schaute ihn an.

»Auch«, sagte Landers. Er hätte erzählen können, dass er eine

59

Kiss-Platte über Ungarn eingeschmuggelt hatte und *Deshalv spill mer he* gespielt hatte, ein Lied, das den BAP-Auftritt im Palast der Republik verhindert hatte. Aber er hatte keine Lust, außerdem kam der Fisch. Es war St. Petersfisch mit Safran. Er sah aus wie ein Kunstwerk und schmeckte auch so. Wenn es nicht so tuntig gewesen wäre, hätte Landers sich nach dem Rezept erkundigt.

Shi sah ihn an wie einen Kannibalen, als er sein Fischmesser in das St.-Petersfischfleisch trieb. Sie aß selbstverständlich ihren Fisch nicht, während Ronald alles auf seinem Teller zu einem gelben Brei zerquetschte. Das aß er dann mit offenem Mund, sicher ging auch das als animalisch durch. Landers hatte wirklich die beschissensten Tischnachbarn abbekommen. Die Blonde aß schweigend ihren Fisch, ihr breitschultriger Begleiter schwieg ebenfalls. Er sah auch ziemlich gut aus. Sehr braun und kantig, wie einer dieser Otto-Katalogmänner, die in den steifen blauen Jeans und den karierten Hemden immer verkleidet aussahen. Sie gehörten eigentlich in Anzüge. Er war sicher Anwalt. Shi erzählte über die Massenaufzucht von Regenbogenforellen. Es gab einen leichten italienischen Weißwein. Niemand trank Bordeaux.

Zum Nachtisch gab es ein Erdbeerparfait, Espresso und dann fragte Sonja, ob sie noch Scharade spielen wollten. Es war kurz nach elf. In letzter Zeit wurde auf allen Partys, zu denen Landers ging, Scharade gespielt. Man bekam von der gegnerischen Mannschaft einen Begriff ins Ohr geflüstert, den man spielen musste. Die eigene Mannschaft musste ihn erraten. Vielleicht lag es am Alter, vielleicht an Hamburg. Früher hatten sie getanzt, gesoffen und, wenn es gut lief, gevögelt, heute spielten sie Scharade. Landers kam sich in diesen Runden manchmal vor, als sei er in einen der langweiligen englischen Landfilme mit Emma Thompson und Anthony Hopkins geraten. Wenn er sich vor zehn Jahren die Serviette ins Hemd gesteckt hätte wie der Freund der blonden Frau auf der anderen Seite des Tisches, hätten ihn seine Kumpels ein Jahr lang verscheißert. Ihre Feten hatten allerdings auch nicht Feste geheißen. Schon gar nicht Frühlingsfeste. Scharade, großer Gott. Er hatte immer Angst, einen Begriff zu kriegen, den er nicht kannte. Im vorigen Jahr sollte er bei irgendeiner Freundin von

Ilona in St. Georg einen Film mit Tom Waits spielen, von dem er noch nie im Leben gehört hatte. Die Gäste hatten in zwei großen Sofas gesessen und ihn angesehen wie ein geistig behindertes Kind. Scharade war ein Spiel für Klugscheißer.

Sie gingen rüber in den anderen Raum. Es gab erstaunlich viele Raucher. Sogar Shi rauchte. Landers schnorrte eine Rothändle von seinem Landsmann.

Er war in einer Mannschaft mit Lilo, Shi, der Blonden und zwei Kulturredakteuren, die er vom Sehen kannte. Sonja, Ilona, der Mann der Blonden, die Pulp-Fiction-Kennerin, ihr Freund und Ronald waren in der anderen.

Der Typ mit den schütteren Haaren war der Erste.

Er hieß Reinhard und ging nach vorne wie ein dicker Bär. Sonja flüsterte ihm sein Wort ins Ohr. Er schaute traurig, begab sich bärenartig in die Zimmermitte. Er stand einen Augenblick da, vielleicht war er Wissenschaftsredakteur bei der Zeit, dachte Landers. Reinhard, Mann. Plötzlich begann er die Hüften zu schwingen und sich durch die wenigen Haare zu streichen. Es war klar, dass dies Elvis Presley sein sollte. Aber sie ließen ihn zappeln, seine Freunde rieten Unsinn.

»Fred Astaire«, rief der breitschultrige Typ.

»Nana Mouskouri«, rief Reinhards Freundin, wahrscheinlich hatte sie sich den Begriff ausgedacht.

Die Bewegungen des dicken Jungen wurden immer hektischer.

»Katarina Witt.«

»Lassie.«

»Skippy, das Buschkänguruh«, rief Sonja.

»Elvis«, sagte Ilona kühl. Reinhard nickte erschöpft, seine Freundin schaute Ilona an, als habe sie sich hier in fremde Angelegenheiten eingemischt.

Sonja musste *Manche mögen's heiss* spielen, der kantige Typ *Lohn der Angst*, Lilo *Barnie Geröllheimer*. Er zog *Rimini*.

Wahrscheinlich hatte es sich Ronald ausgedacht, dieser Arsch. Es war sicher ein Film mit Mastroianni oder irgendein italienisches Nationalgericht. Es hätte aber auch ein alter Berliner Wanderzirkus oder eine Schokoladenfabrik sein können. Er starrte auf den

Zettel, und als er aufgeben wollte, sagte Sonja, dass sie ihn verwechselt hatte.

»Schade«, sagte Landers.

Er sollte *Mauerschützenprozess* spielen, wessen Idee das war, war klar. Er zwinkerte Ronald zu, spielte erst einen Maurer und dann einen Schützen. Sie hatten es in dreißig Sekunden raus. Ilona spielte *Karl Marx*, Shi musste *Speedy Gonzalez* spielen, die schnellste Maus von Neu Mexiko. Dann war die Blonde dran. Sie hieß Margarethe und hatte den riesigen Blumenstrauß im Foyer mitgebracht. Sie hatte ein lindgrünes Kleid an, das ziemlich eng war. Sie stand in der Mitte und machte gar nichts, dann drehte sie irgendwelche Hähne auf und zu. Sie trank, torkelte, was ziemlich reizvoll aussah, weil ihr Kleid so eng war und es gar nicht zu ihr passte. Es war, als würde Meg Ryan eine Alkoholikerin spielen müssen. Sie sah aber nicht aus wie Meg Ryan, sie sah aus wie Miou Miou. Landers hätte gerne rausbekommen, was sie darstellte. Er hätte ihr gern einen Gefallen getan, denn er war als Junge in Miou Miou verliebt gewesen.

»Charlie Chaplin«, rief Landers.

Die anderen sahen ihn an wie einen Schwachkopf. Margarethe lachte und torkelte weiter.

»Bier«, sagte Ilona kühl.

Die Blonde warf ihr eine Kusshand zu.

»Ihr Vater ist ein reicher Brauer«, flüsterte ihm Ilona zu.

»Danke, Marx«, flüsterte Landers zurück.

Niemand musste mehr *Rimini* spielen, Landers durfte nicht vergessen, zu Hause nachzuschauen, was das war. Als letzter war Ronald dran. Landers hatte sich für ihn Solschenyzin ausgedacht. Aus irgendeinem Grund begann sich Ronald für diese Rolle auszuziehen. Er war wirklich sehr stark behaart und sehr weiß. Er trug Turnhosen, die er aber glücklicherweise anbehielt. Ronald sprang wie ein Gorilla durch das hübsche Zimmer mit dem Mikadobild. Landers schämte sich, irgendwie fühlte er sich für ihn verantwortlich, er war sein Landsmann. Jemand aus Johannisthal. Ronald begann jetzt ein russisches Gedicht aufzusagen. Er stand dort in seinen Turnhosen und rezitierte ein langes russisches Gedicht, die Turnhosen waren grün. Sonja schossen die Tränen in die Augen, die anderen starrten, aber nicht entsetzt, sondern ergriffen. Sie waren beeindruckt. Am Ende klatschten sie. Es war, als beklatschten sie einen fernen afrikanischen Gast, der hier einen Volkstanz aufführte. Eine Art Elefantenmenschen. Einen Tarzan in Hamburg. Wahrscheinlich dachten sie, sie hätten den Osten jetzt wieder ein bisschen besser kennen gelernt. Die russische Seele und das.

»Gestatten, Solschenyzin«, sagte Ronald feierlich. Er war ziemlich betrunken. Nach der Vorstellung verließ Shi fluchtartig das Frühlingsfest. Die Kulturredakteure wollten noch tanzen gehen. Um eins gingen die beiden Paare, damit war die Luft für Landers irgendwie raus. Er rauchte noch eine Zigarette und winkte Sonja zu, die mit Ilona und Lilo Kneese zusammenstand und kicherte. Sie kam und küsste ihn schnell. Dreimal diesmal. Und feuchter als beim ersten Mal. Der dritte Kuss überraschte ihn schon beim Abdrehen, es gab keine Regel. Die Frauen wollten noch beim Aufräumen helfen. Ronald war betrunken. Sie würden Schwierigkeiten haben, ihn loszuwerden. Wahrscheinlich schlief er auf der Couch, blockierte morgen früh anderthalb Stunden das Klo und aß anschließend den Kühlschrank leer. Er war ein Künstler.

Im Flur blieb Landers einen Moment stehen, dann sah er in die Küche. Sie war erstaunlich schmal und schlicht, es gab ein Fenster und einen Ausgang, wahrscheinlich für Dienstboten. Sie hatte Metallschränke mit Milchglasscheiben, die Fußbodenfliesen erinnerten ihn an die in seiner Wohnung. Vielleicht hätte er doch nicht umziehen müssen. Ach was. Seine 69-Mark-Flasche stand noch im Seidenpapier auf dem Fensterbrett. Er überlegte einen Moment, ob er sie wieder mitnehmen sollte. Er drehte sich ruckartig um, als müsse er sich von dem Gedanken losreißen, und stieß mit Ilona zusammen, die zur Toilette ging.

»Und?«, fragte sie.

»Was und?«

»War es richtig so?«

»Keine Ahnung. Was denkst du denn?«

»Es ist sterbenslangweilig.«

»Wieso gehst du denn überhaupt hin?«

»Irgendwo muss ich ja hingehen«, sagte Ilona.

Landers gab ihr einen Kuss auf die Wange. Einen nur, und mehr wollte sie wohl auch nicht haben. Es klappte. Sie fühlte sich rauh an, roch nur noch leicht nach Clin d'Oil und küsste ganz schwach zurück.

Er lief die Treppe runter. Er hatte keine schlechte Laune. Es war wirklich frühlingshaft gewesen. Und irgendwo musste er ja hingehen, Ilona hatte recht. Unten sah er noch mal in die hohen Spiegel. Er trug auch ein weißes Hemd. Eigentlich sah er aus wie sie. Es ärgerte ihn ein bisschen.

Aber in einem grünen Kordjackett hätte er es nicht ausgehalten.

Wenn er am Tage sprach, fühlte sich Landers noch mehr wie ein Außenseiter. Die Maske wirkte bei Tageslicht viel künstlicher. Zwischen all den ungeschminkten eifrigen Redakteursgesichtern kam er sich vor wie ein Kind, das sich im Datum des Klassenfaschings geirrt hatte. An schönen Tagen war es besonders schlimm.

Es war ein wunderschöner Tag.

Das saftige junigrüne Blättermeer vor den Fenstern schwankte sanft, Zigarettenrauch tanzte in dicken flaschengrünen Lichtbündeln durch die Zimmer. Landers lief mit einer Art Latz durch die Redaktion. Einer Halskrause aus Plastik, die sperrig nach vorn abstand. Er sprach die 13- und die 14-Uhr-Nachrichten. Es war halb zwei. Der Latz sollte verhindern, dass er sich zwischen den Nachrichten die Maske auf den weißen Hemdkragen oder seinen dottergelben Krawattenknoten schmierte. Er sehnte sich nach seinem kühlen dunklen Studio wie ein Vampir, aber er musste sich die Nachrichten holen. Die Nachrichten lagen bei Jost Schäfer.

Schäfer begrüßte ihn mit einem schwachen, teilnahmslosen Kopfnicken. Er starrte auf den Monitor seines Computers. Der Monitor war leer bis auf eine dreizeilige Agenturmeldung, die ganz oben stand. Neben diesem Monitor gab es noch einen weiteren auf Schäfers Schreibtisch. Der war voller Buchstaben. Auf dem Schreibtisch türmte sich die Tagespresse. Ein Dutzend deutsche Zeitungen, ein halbes Dutzend europäische, Washington Post, New York Times, USA today, Christian Science Monitor. Schäfer zitierte auf Konferenzen mit Vorliebe amerikanische Zeitungen. Die Zitate waren wahllos, sie sollten lediglich seine Belesenheit und Weltläufigkeit illustrieren. Florian Ducke parodierte diese Neigung gern. Aber selbst die amerikanischen Zeitungen wirkten jetzt unberührt. Schäfer hatte zwei Tischtelefone, von denen eins mit einem imposanten Anbau aus hunderten von Tasten verstärkt war, und er hatte zwei Funktelefone, die neben der Tastatur des Monitors lagen, auf den er starrte. Seine Finger warteten gekrümmt über den Tasten auf ein Kommando. Vor dem Schreibtisch flirrte eine Wand von neun stummen Fernsehbildschirmen. Zwei zeigten Bilder von WM-Vorbereitungsspielen. Landers erkannte Roberto Baggio, er trug einen albernen Zopf. Ach, er freute sich auf die Fußball-WM. Es waren nur noch zwei Wochen. Auf den anderen Monitoren gab es Volksmusiksendungen, Tennismatches, Kriege, Gerichtsverhandlungen, Häuserbrände, Parlamentsdebatten. Neben einer Margarinewerbung bei RTL lief auf dem Monitor, der vierundzwanzig Stunden lang die Überspielangebote ausländischer Fernsehstationen zeigte, die Exekution eines asiatisch aussehenden Mannes, der eine graue Uniform trug. Man sah, wie der Schädel des Mannes herumgewirbelt wurde, als ihn die Kugel traf. Er knickte in den Knien ein und fiel zur Seite. Unter der Leiche lief eine Digitaluhr. Die Hundertstelsekunden zerflossen wie beim Skilanglauf. Landers versuchte eine Ziffer zu erkennen, aber er schaffte es nie. Sie sahen alle aus wie eine zitternde eckige Acht. Ein dunkler Rücken schob sich vor das Kameraauge in Asien.

Schäfer starrte auf seine drei Zeilen. Seine Hände schwebten über dem Keyboard.

Die Welt raste. Im Nebenzimmer plärrte ein Handy. Dreimal. Viermal. Fünfmal. Sechsmal. »Geht da irgendwann mal jemand ran, verdammt noch mal!«, brüllte Schäfer. »Verdammte Scheiße. Scheißhandys.«

Die grauhaarige Assistentin, die die Reihenfolge der Untertitel für die 14-Uhr-Sendung kontrollierte, schaute von ihrem Monitor auf und schüttelte den Kopf, wobei sie Landers ansah. Er wackelte, so weit es die steife Halskrause erlaubte, mit dem Kopf und rollte die Augen, um zu zeigen, dass er dachte wie sie. Wahrscheinlich sah er aus wie ein Stummfilmschauspieler am Beginn einer Friseurszene mit viel Rasierschaum. Die Assistentin schaute wieder auf ihren Monitor. Sie hatte einen dösigen, unbeteiligten Blick. Neben ihrem Tisch stand ein gut gefüllter Einkaufsbeutel, aus dem drei Stangen Lauch ragten.

»Die Meldungen liegen auf dem Tischchen, Jan«, sagte Schäfer, ohne von seinem Dreizeiler aufzuschauen, der sich nicht verändert hatte. »Ich bastle hier noch was aus einem Hausbrand in Düsseldorf zusammen. Neun Tote. Die 15.«

Landers setzte sich auf den Hocker neben das Tischchen, auf dem sein rosablauer Blätterstapel lag, und begann mit seinen Betonungszeichen. An der Wand hinter Schäfers voll beladenem Schreibtisch hingen sechs Uhren, die alle unterschiedliche Zeiten anzeigten. Unter die ersten vier hatte jemand Pappschilder geklebt. New York. London. Moskau. Singapur. Die Schilder unter den letzten beiden Uhren waren abgefallen. Vielleicht hatte dort Flagstaff und Irkutsk gehangen. Oder Lima und Pjöngjang. Es war ja völlig egal. Während Schäfer grübelte, mit welchem Wort er die Meldung eines Düsseldorfer Hausbrandes beginnen sollte, brannten irgendwo auf der Welt ganze Landstriche nieder, Menschen rannten, Autos rasten ineinander. In zehn Minuten ertönte die Sirene der Tagesschau.

»Guten Tag, meine Damenundherrn.«

Auf dem Überspielmonitor der Fernsehwand liefen die Exekutionsbilder jetzt rückwärts. Der dunkle Rücken verschwand, der Erschossene erhob sich ungelenk, sein Kopf erzitterte, bevor ihn die Kugel verließ, die Uhr lief rückwärts. Das Band stoppte. Aus den zitternden Hundertstelachten wurde eine Eins und eine Sieben. Es wurde kurz dunkel, dann lief der Beitrag wieder in umgekehrter Richtung ab. In der richtigen, wenn man so wollte.

Vor fünf Jahren hatte Jost Schäfer aufgehört, in der Kneipe zu erzählen, dass man diesen Nachrichtenjob höchstens zehn Jahre machen könne. Da war er schon zwölf Jahre dabei gewesen. Manchmal, wenn seine Frau kurz vor einer Sendung anrief, um ihn daran zu erinnern, dass er die Milch nicht vergessen sollte, während Schäfer noch mit schwebenden Händen an irgendeinem Hausbrand *bastelte*, hatte Landers ihn von seinem Katzentischchen aus zittern sehen. Als stünde er unter Strom. Eines Tages würde Schäfer fünf Minuten vor Sendungsbeginn, kurz nach dem Anruf seiner Frau, langsam aufstehen. Er würde einen Computermonitor nehmen und in die flimmernde Fernsehwand werfen, er würde seine Telefonanlagen zertrampeln, die Handys in die Uhren mit der Weltzeit werfen, bis sie stehen blieben. Dann würde er für immer gehen. Wenn er dann zufällig an seinem kleinen Katzentischchen sitzen sollte, würde Landers Beifall klatschen.

Vorerst zerlegte er die komplizierten serbokroatischen Namen der Spitzenmeldung in aussprechbare Häppchen. Er hasste die Unruhen dort unten. Sie machten ihm nur Scherereien. Endlose Ketten von Zischlauten. Ein einziges Vitschen. Grundmann, der Spucker, konnte froh sein, dass er nicht Korrespondent in Belgrad wurde. Dazu gab es Parlamentswahlen in Ungarn, einen LKW-Fahrerstreik in Frankreich und einen Militärputsch in Tansania. Viele Zungenbrecher. Viele Bögen und Striche.

Zehn Minuten später ließ Schäfer die Hausbrandmeldung ausdrucken, ohne auch nur ein Wort verändert zu haben. Landers legte sie unter seinen Blätterstapel und lief ins Studio, um sich noch nachschminken und einleuchten zu lassen. Wahrscheinlich würde Schäfer eher an einem Herzinfarkt sterben, als Amok zu laufen.

Während die Bilder des französischen LKW-Fahrerstreiks liefen, rief Schäfer über die CVD-Taste ins Studio. »Düsseldorf. Aus den neun sind zehn Tote geworden, Jan.« Landers veränderte die Zahl auf einem hellblauen Blatt, wobei er sich vorstellte, wie zufrieden Schäfer darüber war, dass in die Düsseldorfmeldung doch noch etwas Bewegung geraten war.

»Klar, Jost«, sagte Landers. »Halt mich auf dem Laufenden.« Dann murmelte er den Namen eines ungarischen Rechtsextremisten vor sich hin, dem Umfrageinstitute bis zu zwanzig Prozent Stimmen zutrauten.

Er hatte einen Aussetzer mitten im Nachnamen eines tansanischen Generals gehabt, weil er daran dachte, was er Rückers, den ehemaligen Außenminister, heute Abend in »Auf dem Zahn der Zeit« fragen würde. Außerdem hatte es nur einen einzigen Vokal in dem Namen des Generals gegeben. Fünf Konsonanten, nur ein Vokal. Das war selbst für einen afrikanischen Offizier ein sehr ungewöhnliches Verhältnis. Am Ende hatte er in einer Meldung über den verschobenen Start eines Spaceshuttles in Cape Caneveral an seinen Urlaub in Florida gedacht wie vor ein paar Wochen. Der Namen war ihm nicht eingefallen, er müsste es nachsehen wie Rimini. Rimini war ein Urlaubsort. Man konnte alles lernen. Landers saß in der Maske, und als er Susanne beobachtete, fiel es ihm ein. Sie war bunt, sie roch süß, sie war Florida.

»New Smyrna Beach«, sagte Landers.

»Wie bitte?«, fragte Susanne, von der er nur den Vornamen wusste. Sie sah allerdings auch nicht aus, als habe sie einen Nachnamen. Sie hatte unendlich lange Beine, einen hellblonden Haarturm, aus dem einzelne Löckchen in ein Gesicht fielen, das, abgesehen von den Augäpfeln, an keiner Stelle unbearbeitet war. Sie erinnerte Landers an eine Torte. Susanne hielt ein kleines marzipanfarbenes Schwämmchen in der Hand und beugte sich über ihn. Wenn man sie richtig schüttelte, würde sie wahrscheinlich in sich zusammenfallen, dachte Landers und inspizierte ihren Brustansatz, der vollkommen war.

»Mir ist nur ein Urlaubsort eingefallen, an dem ich vor ein paar Jahren mal war«, sagte er. »In Florida.«

Susanne sah ihn ahnungslos an.

Er war zu oft alleine, dachte Landers. Ganz eindeutig. Er wurde wie sein Vater, der es fertig brachte, minutenlang schweigend mit ihnen am Tisch zu sitzen, um dann plötzlich irgendwas zu sagen wie »ZFS-Abrichter für die 875er, pah« oder »Anna-Magnani-wild ist der Wind«. Wenn man sich die Mühe machte, ihn zu fragen, was das bedeuten sollte, konnte er schlüssig erklären, dass diese Wörter oder Namen am Ende von Gedankengängen standen, die er in der letzten Viertelstunde angestellt hatte. Aber es machte sich kaum jemand die Mühe, ihn zu fragen. Am wenigstens seine Frau. Landers Mutter.

»Eine lange Geschichte«, sagte Landers zu seiner Maskenbildnerin. »Ich erzähl sie dir ein anderes Mal.«

Er blinzelte ihr zu. Susanne verzog keine Miene. Sie begann mit dem marzipanfarbenen Schwämmchen auf seiner Stirn herumzureiben. Er dachte an die schwitzenden Tontechniker, die ihn befingerten, er dachte daran, wie viel Zeit seines neuen Lebens er neben aufgeklappten Schminkköfferchen, unter Schwämmchen, Bäuschchen und Pinselchen zubrachte. Als sei er ein Karnevalsprinz. Vielleicht gab es deswegen so viele schwule Nachrichten-

69

sprecher und Ansager. Es machte ihnen Spaß, sich anmalen zu lassen, sich aufzudonnern.

Es war halb drei. In ein paar Stunden würde er sowieso wieder geschminkt werden. Er sah sich im Spiegel an. Seine Beschwerde bei Ritschie hatte was gebracht. Weniger oliv. Er sah nicht mehr aus wie Lenin. Ritschie hatte in die Farben des Frühlings gegriffen, wie er es ausdrückte.

»Lass es doch drauf«, sagte er.

»Wie bitte?«, fragte die Maskenbildnerin. »War das wieder ein Urlaubsort? In Florida?«

»Nein«, sagte Landers. »Das war eine Bitte.«

»Oh«, sagte Susanne. »Und was meinst du mit *es*?«

»Was?«, fragte Landers.

»Du hast doch gesagt oder besser gebeten, lass *es* doch drauf. Was meinst du mit *es*?«, sagte Susanne.

Es war keine Frage, aber Landers beantwortete sie dennoch. Was bildete sich diese sprechende Torte eigentlich ein.

»Das Zeug, das mir im Gesicht klebt«, sagte er. »Ich weiß nicht, wie ich es nennen soll. Schminke? Ich weiß nur, dass ich in etwa acht Stunden wieder im Fernsehen zu sehen sein werde. Ich bin nämlich auch Talkmaster. Da ich schon mal richtig gepudert bin, frage ich mich, ob man es nicht besser gleich drauflassen sollte.«

Dave, der seinen Arbeitsplatz vorm Nebenspiegel aufräumte, starrte ihn mit offenem Mund an. Landers galt als unkompliziert. Er hatte wenig Falten und musste auch am Hinterkopf nicht zutoupiert werden. Sein Spiegelbild war gut zu ihm. Er konnte es sich leisten, gelassen zu sein.

»Wie du meinst«, sagte Susanne. »In acht Stunden siehst du aus wie zerlaufenes Karameleis. Aber für den MDR wird's ja wohl auch so reichen.« Dann ging sie und knallte die Tür hinter sich zu.

Er wurde das spater regeln. Er würde sich nach Susannes Nachnamen erkundigen. Er würde sie zum Essen einladen, ins Kino, oder er setzte sie einfach mit auf seine Gästeliste der ersten großen Jan-Landers-Westparty. Immerhin wusste sie, dass seine Talkshow im MDR lief.

»Ich bin ein bisschen überarbeitet, Dave«, sagte Landers. »Guck mich bitte nicht so an.«

Dave zog eine Schnute, wackelte mit dem Kopf, wandte sich aber schließlich wieder seinen Döschen und Fläschchen zu. Landers blieb noch einen Moment im Friseurstuhl sitzen. Am oberen Spiegelrand klemmten vier Fotos von den aktuellen männlichen Nachrichtensprechern. Günther Bergmann, Hans-Peter Gottschalk, Michael Gerstner und Jan Landers. Bunte Jacketts, weißes Lächeln, gefönte Haare. Sie sahen aus wie eine Varieténummer. Die News-Boys.

Landers sah über die abfallende Schulter des ehemaligen Außenministers hinweg ins flirrende nächtliche Leipzig. Die viereckige, sanft aufsteigende Kuppel der Oper, auf der ein kleines Türmchen hockte wie der Griff eines Topfdeckels, die schwankenden Straßenbahnlichter, der klobige Kopf des Kroch-Hochhauses, die feinen Spitzen von Nikolaikirche und altem Rathaus, die Fensterpunkte am Georgring und am Brühl, die Hotels am Bahnhof, Astoria, Continental, fein gemacht, goldgelb beleuchtet, im Hintergrund das hohe, dünne, kühl bestrahlte Intercontinental, das ehemalige Merkur, Maradona hatte hier geschlafen, als der SSC Neapel im Europacup gegen den Lok Leipzig spielte, die hüpfenden Autolichter, die Leuchtreklamen und schließlich der Hauptbahnhof, der wie eine Sphinx in der Stadt lag. Der größte Sackbahnhof Europas, hatte er in der Schule gelernt. Er war stolz gewesen, ohne zu wissen, was das bedeutete. Gab es noch andere Sackbahnhöfe in Europa? Baute man noch Sackbahnhöfe? Hatte irgendjemand Interesse daran, diesen Rekord zu brechen? Fragen, die er sich nicht gestellt hatte. Er war stolz, auch mal vorne zu liegen. Wie er beim Rudern stolz gewesen war, beim Rodeln und beim Medaillenspiegel in der Jungen Welt, ohne sich irgendwelche Fragen zu stellen. Es hatte im Laufe der Jahre immer mehr nachgelassen. Später, als Maradona hier schlief, hatte er sich sogar ein wenig geschämt. Für diese stinkende braune Stadt.

Er hatte Leipzig immer als braune Stadt gesehen. Das Dresden seiner Erinnerung war grün, blaugrün wie der Grünspan auf Dresdens alten Dächern, das blasse Türkis des Blauen Wunders. Berlin war hellgrau. Die Details hatte er nicht wahrgenommen. Er hatte keinen Blick für Fassaden gehabt, damals.

Er fuhr gern nach Leipzig, ohne zu wissen, warum.

Die Schulter des ehemaligen Außenministers wippte.

Der pensionierte Politiker erzählte seiner lachelnden Kollegin Ivonne die nächste Anekdote aus seinem Außenministerleben. Langweilige, pointenlose Geschichten. Entweder erlebten Außenminister nichts Komisches oder sie blieben ihr Leben lang Außenminister. Da es keine Pointen gab, markierte Rückers das Ende seiner Geschichten mit einem Lachen, das klang, als habe er einen Harzer Knaller verschluckt. Etwas, das nach innen ging. Wahrscheinlich lachten Diplomaten so.

Rückers war hier, um für sein Buch *Zwölf Jahre wie im Flug* zu werben. Es war zu befürchten, dass es so war wie sein Titel klang. Verhuscht. Essen, Empfänge, verschiedene Flughäfen. Diplomatie, von einem Beamten beschrieben. Niemand würde das lesen. Aber da Rückers vom Schutzumschlag grinste, würde es sich wohl verkaufen. Es musste Leute in diesem Land geben, die sich solche Bücher gedankenlos aus dem Regal griffen und in die Einkaufswagen legten wie Waschpulver.

Die Frauen, die Kurt Tietze, Produzent von »Auf dem Zahn der Zeit«, in die erste Reihe gesetzt hatte – eine Sache, die er sich nie nehmen ließ, weil sie angeblich wichtig fürs Image der Sendung war –, lachten. Ihre Ehemänner lachten.

»In Uganda ist es natürlich nicht gerade kühl«, sagte Erhard Rückers. Die Gäste in der ersten Reihe grinsten. Gleich würde es wieder kommen.

»Ich hatte den schwarzen Dreiteiler an. Noch den von Odessa, Sie wissen schon. Und im Koffer nur einen weiteren schwarzen Dreiteiler. Ich bin also die Gangway runter, habe dem Staatspräsidenten die Hand geschüttelt, Obote, war es, ja Obote, weiß nicht, jedenfalls lange nach Idi Amin, und als ich sah, dass er ein buntes, weites Kleid trug und überall Menschen in bunten Kleidern standen, habe ich einfach mein Jackett ausgezogen, nicht wahr.« Der Knaller in seinem Bauch explodierte. Die Gäste lachten.

»Das entsprach sicher nicht ganz dem Protokoll?«, fragte Ivonne von Jaschnewski. Weiteres Lachen.

»Das kann man wohl behaupten«, sagte der ehemalige Außenminister, lehnte sich zufrieden zurück, nippte an seinem Wasser und sagte dann: »Ich habe die Fotografen später gebeten, die Fotos nicht zu verwenden. Damals haben die Fotografen noch auf mich gehört. Nicht wahr.«

Ivonne von Jaschnewskis Mund lachte, ihre Augen lachten nicht. Sie sahen Landers an. Du bist dran! riefen sie. Hast du noch eine

Frage an ihn? Eine Handkamera filmte den Schutzumschlag von *Zwölf Jahre wie im Flug*, das auf einem Tischchen zwischen ihm und dem ehemaligen Außenminister lag. Auf dem Schutzumschlag schritt ein lachender Rückers eine Gangway hinunter. Er trug einen Dreiteiler. Vermutlich den aus Odessa.

Landers fühlte sich von dem unterwürfigen, unkritischen Leipziger Publikum provoziert. Er schämte sich für die Leute. Als sei er mit für sie verantwortlich.

Der Mann erzählte seit zehn Minuten ungestört, wie er die Gangways auf den Flughäfen dieser Welt rauf- und runtergelaufen war. Es waren die Geschichten eines Reiseleiters. Er hätte ihn gern gefragt, ob er seinen Beruf manchmal gehasst habe oder sein Land. Er hätte gern gefragt, ob Rückers in Asien mal Frauen angeboten worden waren und ob er sie angenommen hatte.

»Aber Sie hatten ja noch was drunter?«, fragte Landers und lächelte. »Nicht wahr.«

Er mochte sich nicht vorstellen, wie der weiße Bauch des deutschen Außenministers in Maputo einwippte. Rückers war klein und fett. Maputo? War das überhaupt die Hauptstadt Ugandas? Oder war es Mombasa? Alles, was er wusste, war, dass Daktari in Uganda gespielt hatte. Die Wamerustation lag in Uganda. Es gab einen schielenden Löwen, der Clarence hieß, ein Mädchen mit hellen Röhrenjeans namens Paula, das er ziemlich sexy gefunden hatte, als er zehn war, und Toto, einen Schimpansen. Das war das Uganda von Jan Landers. Er war glücklich, dass er nicht Maputo gesagt hatte. Wenn er es sich recht überlegte, wusste er nicht mal, ob Maputo überhaupt der Name einer Stadt war oder der eines putschenden Generals. Oder einer Passionsfrucht. Und hieß es nicht sowieso Mabuto? Er wusste nicht einmal mehr die Hauptstadt Tansanias, obwohl er vor ein paar Stunden eine Meldung verlesen hatte, die von dort berichtete. Er hatte den Namen der Stadt heute Mittag im Mund gehabt. Die Hauptstadt von Zaire war Kinshasa. Das wusste er, weil dort Muhammed Ali gegen George Forman geboxt hatte. Landers hatte den Kampf als Junge mit seinem Vater gesehen. Sie waren beide mitten in der Nacht aufgestanden, sie hatten allein im dunklen Wohnzimmer gesessen. Ohne seine Mutter, ohne die Frau seines Vaters. Es hatte ein ungekannter zarter Frieden geherrscht.

»Ja«, sagte Erhard Rückers, der ehemalige Außenminister. »Natürlich hatte ich etwas drunter.«

Er lachte nicht. Auch die Gäste lachten nicht. Die Frauen aus der ersten Reihe sahen Landers an, als erwarteten sie von ihm eine Entschuldigung.

»Auf dem Zahn der Zeit« hatte die Friedlichkeit einer Volksmusiksendung. Die Gäste sollten die Möglichkeit haben, sich vorzustellen, hatte Tietze ihm erklärt, bevor er ihn eingestellt hatte. Kurt Tietze war ein fetter, rotgesichtiger Choleriker, der schon zu DDR-Zeiten Unterhaltungssendungen produziert hatte. »Wir bekommen nur dann gute Gäste nach Leipzig, wenn sich herumspricht, dass man hier ungestört für seine neue Platte, das neue Buch oder den neuen Film werben kann. Wir erschließen unseren Gästen den Ostmarkt«, sagte Kurt Tietze. »Das ist die Philosophie, Jan.«

Vor ein paar Jahren hatte Tietze die Zwänge einer Fernsehsendung noch mit »der Linie« begründet. Landers fragte sich oft, wie Tietze überhaupt weiter machen konnte. Er selbst hätte sich irgendwo versteckt, verkrochen. Tietze hatte früher von seinen Jugendmoderatoren verlangt, im FDJ-Hemd aufzutreten, die meisten kannten ihn seit Jahren. Es schien ihm nichts auszumachen. Die Selbstverständlichkeit, mit der Tietze sich nicht darum scherte, was er gestern gesagt und getan hatte, schien dem Mann recht zu geben. Er hatte sich eigentlich nicht verändert. Er war auf der Seite der Vernünftigen geblieben. »Danke, Herr Rückers, und viel Glück für Ihr Buch«, sagte Landers. »Es heißt ›Zwölf Jahre wie im Flug‹, meine Damenundherrn, und ist im Siedler Verlag erschienen.«

Er lächelte, auch Rückers lächelte. Aber das Lächeln des Exministers war noch nicht frei.

»Ein gutes Buch«, log Landers. »Ich habe es gern gelesen.«

Sie sollten nach der Sendung einen Schluck zusammen trinken, dachte Landers. Er könnte ihm von seinen Nachrichtensprecheralbträumen erzählen und nach Mabuto fragen. Oder Maputo.

Aber eigentlich war es egal. Sie würden den Mann sowieso nie wieder einladen. Er war vor neun Jahren zurückgetreten. Er war in keiner Nachricht vorgekommen, die Landers in den letzten zweieinhalb Jahren vorgelesen hatte.

»Es ist mir eine besondere Freude, eine Band anzusagen, von der lange nichts zu hören war«, sagte Landers in die Kamera. Seine Standardansage für Musikbeiträge. In dieser Sendung wurden ausschließlich Bands angekündigt, von denen lange nichts zu hören war. Und von denen nach ihrem Auftritt auch lange nichts mehr zu hören sein würde. Hinter ihm waberte bereits künstlicher Nebel.

»In diesem Frühjahr meldeten sie sich mit einer neuen Platte zurück in der Öffentlichkeit. Daraus hören wir jetzt den Titelsong *Feueradler*. Die Gruppe Focus!«

Landers tätschelte den Arm des Außenministers.

»War doch gut«, sagte er leise.

Der Außenminister nickte.

»Verkauft es sich ordentlich?«, fragte Landers und zeigte auf das Buch zwischen ihnen.

Die Nebelkanonen arbeiteten, ihre Füße waren schon nicht mehr zu erkennen. »Johnny« Lehmann fing an, seine Lippen zu bewegen. Aus der Decke drang das Playback.

Er spreizt sein Gefieder

Und dann stößt er nieder

Feueradler. Feueradler. Feueradler.

Feueradler fliegen wieder

Der ehemalige Außenminister nickte und sah ängstlich auf die Nebelschwaden, die an seinen Hosenbeinen emporkrochen. Er nahm sein Buch von dem Tischchen und hielt sich daran fest. Landers tätschelte ihm noch mal den Unterarm.

Feueradler. Feueradler. Feueradler.

Feueradler siegen wieder

Manchmal fragte sich Landers, ob diese Sendung wirklich gut für ihn war. Vor zwei Jahren wäre es kein Problem gewesen. Aber jetzt war er durch das Kabelfernsehen im ganzen Land zu sehen. Wahrscheinlich trafen sich in Hamburg und München bereits die ersten Gruppen junger Menschen, um sich bei seiner Sendung zu amüsieren. »Zahn der Zeit«-Gucken. Vielleicht brachten sie Popcorn mit und bewarfen sich mit Reis, wenn Landers eine der alten Ostgruppen ansagte. Er konnte sich vorstellen, wie sie bei *Feueradler* Tränen lachten. Aber wahrscheinlich blieb Focus keine andere Möglichkeit, als Kult zu werden.

»Auf dem Zahn der Zeit« fand zweimal im Monat statt und hieß so, weil es aus dem Panoramarestaurant des Leipziger Universitätsturms übertragen wurde. Angeblich nannte die Leipziger Bevölkerung das Hochhaus wegen seines geschwungenen Daches und der Professoren, die dort ihre Büros hatten, »Weisheitszahn«, aber Landers war skeptisch, was den Volksmund anging. Es hieß auch, dass die Berliner den Fernsehturm »Telespargel» nannten, die Taxifahrer »Droschkenkutscher« und die Bockwurst »Dampfriemen«. Er hatte nichts von dem je aus dem Mund eines Berliners gehört. Und er hatte fast sein ganzes Leben in dieser Stadt verbracht. »Weisheitszahn« klang so, als habe es sich ein Funktionär ausgedacht.

Ja, die Zeiten sind nicht zart
machten meine Seele hart
doch eines Morgens wach ich auf
und schieb 'ne neue Kugel in den Lauf

Landers sah auf seine nächste Karteikarte. Nach dem Focus-Lied würde er mit Lothar Kraft sprechen, einem DDR-Schauspieler, der inzwischen in einer Daily Soap von RTL mitspielte, die »Verrückte Jungs« hieß. Kraft spielte einen Hausmeister in einem Jungeninternat am Bodensee. Die MAZ hatte einen Ausschnitt aus einem DEFA-Film anliegen, der verboten worden war. Dann einen aus der RTL-Serie. Danach würde es Beifall geben. Dann ein verklärter Blick zurück. Nichts über die Hauptrolle als lustiger Major in der vierzehnteiligen Volksarmeeserie »Manöverkritik«, mit der Kraft in den achtziger Jahren bekannt geworden war, viel über den verbotenen DEFA-Film, in dem er seine erste Filmrolle hatte. Diese Seifenoper bei RTL? Eine interessante Erfahrung. Hochprofessionelles Arbeiten. Blablabla. Außerdem musste man leben. Die Zeiten waren hart. Aber vielleicht kämen ja bald wieder anspruchsvolle Rollenangebote. Blablabla. Alles Gute. Beifall.

So würde es sein. »Auf dem Zahn der Zeit« war eine Werbesendung. Die Moderatoren befragten ihre Gäste nicht, sie präsentierten sie.

Aber Landers konnte zeigen, dass er ohne seine rosafarbenen Blätter auskam. Er konnte lachen und man sah seine Beine. Er musste keine Krawatte tragen. Er war ein Mensch, keine Maschine. Deswegen war die Sendung gut für ihn. Günther Bergmann hatte ihm geraten, sich etwas zu suchen, wo er nicht nur seinen aufgerichteten Oberkörper zeigen durfte. Es wäre psychologisch wichtig, hatte Bergmann gesagt. Wegen der Minderwertigkeitskomplexe des Sprechers. Irgendwann kämen sie. Bei jedem. »Niemand will bekannt dafür sein, dass er gut vorlesen kann«, sagte Bergmann. »Irgendwann willst du den Leuten da draußen zeigen, dass du mehr drauf hast.«

Bergmann hatte aus diesem Grund einmal in einem Tatort einen Nachrichtensprecher gespielt, er moderierte eine plattdeutsche Volksmusiksendung im Regionalfernsehen und – was weniger bekannt war – jedes Jahr ein Dutzend Tuntenbälle in ganz Deutschland.

Nach seinem Gespräch mit Kraft würde Ivonne mit einem Rostocker Komiker reden, der auf irgendeinem Kabarettfestival in North Dakota einen dritten Preis gewonnen hatte. Dann sprach Landers mit Hans-Joachim »Johnny« Lehmann, dem Sänger von Focus. Bestimmt nicht über sein Alkoholproblem. Bestimmt nicht über seine gefärbten Haare. Ein bisschen Klagen über ignorante Radiomoderatoren, Dankeschön an die Fans, Platte hochhalten und am Ende noch einen Song aus der guten alten Zeit. *Sternenreiter*. Ivonne würde mit der Direktorin eines erzgebirgischen Wanderzirkus, der kurz vor der Pleite stand, reden. Der Zirkus durfte nicht sterben. Er selbst mit einem unbekannten Zittauer Laienschauspieler, der unter 1500 Bewerbern das Casting für die Synchronstimme eines Känguruhs gewonnen hatte, das die Hauptrolle im neuesten Disney-Film spielte. Eine Sensation, hatte Tietze gesagt. Hoffentlich bekam er keinen Lachanfall. Ein Känguruh aus Zittau. Ivonne würde mit einem Jenaer Urologen sprechen, der ein Referat auf einem Aids-Kongress in Kalkutta gehalten hatte. Zum Schluss würde er mit Bianca Schröder reden, einer Eiskunstläuferin aus Chemnitz. Die neue Katarina Witt, würde unter ihrem Namen eingeblendet sein.

Sie war achtzehn Jahre alt, ihre beste Platzierung war ein vierter Rang im Kurzprogramm bei den letzten Deutschen Meisterschaften gewesen. Sie hatte noch nichts gewonnen, sie würde nichts gewinnen. Was sie mit Katarina Witt gemeinsam hatte, waren erstklassige Brüste. Außerdem gab es einen Werbespot, in dem sie nackt bis auf die Schlittschuhe die Klimaanlage eines Fiat testete. Es *war* Trash für Hamburg. Wie die Leggings der Ostfrauen und die violetten Seidenblousons der Männer. Das ostdeutsche Fernsehen musste sich im Westen lächerlich machen, um den Fernsehzuschauern im Osten zu gefallen. Sie wollten diese Gäste haben. Es war gut für ihre Seele. Kraft und Lehmann waren ehemalige Oststars. Ein bisschen Klagen. Ein bisschen Trotz. Ein bisschen *Es war ja nicht alles schlecht.* Die Zirkusdirektorin repräsentierte den brutal zerstörten Osten. Rückers war der gutmütige Westbesuch. Das Känguruh, der Komiker, der Urologe und Fräulein Schröder sollten belegen, dass der Osten auch was zustande brachte. Die Ostler eroberten die Welt. Kalkutta, North Dakota und – wenn man so wollte –Australien. Das Land der Känguruhs. Die Mischung stimmte, würde Tietze sagen. Tietze, bei dem die Mischung ebenfalls stimmte.

Wenn es schwarze Pfeile regnet
aus des dunklen Jäger Bogen
Feueradler sei gesegnet
bis der Rauch sich hat verzogen

»Johnny« Lehmann blickte versonnen zur Studiodecke, wo sich eine silberne Diskokugel drehte, er hielt das Mikrofon zwischen Daumen und Zeigefinger. Seine Lederjacke war ihm zu eng.

»Hätten Sie vor zehn Jahren gedacht, dass Sie mal mit Erhard Rückers in einer Talkshow sitzen, Manfred Kraft?«, fragte Landers.

»Lothar«, sagte Kraft.

Landers sah durch ihn hindurch. Scheiße. *Lothar. Lothar. Lothar.* Ivonne von Jaschnewski hatte bereits drei männliche Partner überlebt. Alles Westler, die Ostorte auf der falschen Silbe betont hatten. Ivonne stammte aus Fürstenwalde, wusste, wie man Magdeburg aussprach und hatte früher eine Jugendsendung des DDR-Fernsehens moderiert. Ihr konnte nicht viel passieren. Sie hatte ein Verhältnis mit Tietze. Wahrscheinlich dachte sie gerade daran, dass sie bald den fünften Moderatorenkollegen bekommen würde. Landers konnte sie jetzt nicht ansehen. *Lothar. Lothar. Lothar.* Sein Vorgänger war rausgeflogen, weil er sich bei einem ehemaligen Dresdner Nationalspieler, der seine Karriere einst bei Stahl Riesa begonnen hatte, erkundigte, in welchem Bundesland Riesa eigentlich liege. Es hatte 354 Protestanrufe gegeben, behauptete Tietze. Er hatte den Mann noch am selben Abend rausgeworfen. Tietze hatte die Macht, der Intendant vertraute ihm blind. Er stammte aus Bremen und hielt sich zurück, denn alle Sendungen, die Tietze produzierte, hatten hohe Einschaltquoten. Eine Wunschmusiksendung am Samstagabend, eine Quizshow, die es schon zu DDR-Zeiten gegeben hatte, und zwei Volksmusiksendungen. »Auf dem Zahn der Zeit« sahen durchschnittlich zweieinhalb Millionen Leute. Das war am späten Samstagabend vierzig Prozent Zuschaueranteil in Sachsen, Sachsen-Anhalt und Thüringen. Tietze wusste nicht, was Trash war. Er produzierte ihn, weil er so war wie die Menschen hier. »Unsere Menschen«, sagte Tietze. Er meinte es nicht ironisch. Das machte ihn so wertvoll.

Lothar. Lothar. Lothar.

Kraft sah zu Rückers, der immer noch sein dickes leeres Buch umklammerte und auf die letzten Kunstnebelfetzen starrte, die sich unter seinen Stuhl zurückzogen.

Was machte er hier eigentlich? fragte sich Kraft. Jacqueline hatte ihm zugeraten, diese Talkshow zu besuchen. Jacqueline von Starschnitt, der kleinen Agentur, bei der er unter Vertrag war. »Die haben fast drei Millionen Zuschauer, Lothar«, hatte sie gesagt. »Dein Gesicht sollte den Menschen vertraut bleiben, Lothar.«

Jacqueline war vielleicht zwanzig, er hatte es ihr nie angeboten, aber sie duzte ihn. Sie behandelte ihn wie ein Produkt. Alle behandelten ihn wie ein Produkt, denn er war ein Produkt. Der Außenminister konnte sich einreden, dass er es für sein Buch tat. Aber er, Lothar Kraft, er tat es für eine stümperhafte Nachmittagsserie bei RTL, deren Hauptrollen von Kaufhaus-Modellen gespielt wurden. Er hatte am Deutschen Theater gearbeitet. Er hatte sogar in Zürich gespielt damals. Er hatte die DDR nicht verlassen, weil er sie geliebt hatte. Er hatte einen freundlichen Major gespielt, obwohl er bei den Recherchen zu der Rolle keinen einzigen freundlichen Offizier kennen gelernt hatte. Er hatte geglaubt, dass das wichtig war. Dass ein Schauspieler mehr war als ein Schauspieler. Und jetzt sollte er diesem Lackaffen von Moderator, der nicht mal seinen Vornamen kannte, erklären, dass er stolz war, neben diesem vertrottelten Berufspolitiker zu sitzen. Landers dachte daran, wie Tietze toben würde. Nur weil er den Vornamen dieser blassen Nebenrolle nicht kannte. Wahrscheinlich würde Tietze erklären, dass der Name Lothar Kraft dem Moderator einer ostdeutschen Talkshow mit der Muttermilch eingegeben worden sein müsse. Einer von Tietzes Lieblingssprüchen. Lothar Kraft. Ein Hausmeister bei RTL! Er sah den kleinen, untersetzten Schauspieler an. Er hatte dünne graue Haare, die er streng nach hinten gekämmt hatte. Wahrscheinlich, um mit ihren Enden eine Glatze zu bedecken. Er musste knapp sechzig sein. Komisch, dass sie ihn damals einen Major spielen ließen. So einen weichen, blassen Typen.

»Es ist schon beeindruckend, was in dieser doch relativ kurzen Zeit alles möglich geworden ist«, sagte Lothar Kraft.

»Historisch kurzen Zeit«, sagte Erhard Rückers plötzlich, wie ein alter Mensch, der mitten in einem Gespräch kurz eingenickt war, was er sich und den anderen gegenüber aber nicht zugeben wollte.

»Ja«, sagte Kraft und sah den Mann erstaunt an. »Historisch gesehen.«

Vier Stunden später saß Jan Landers mit »Johnny« Lehmann und dem Rostocker Komiker Carsten »Hein« Lutzmann an der Bar des Hotel Astoria. Ivonne und Tietze hatten sich vor einer halben Stunde im Schamabstand von fünf Minuten verabschiedet. Tietze hatte nicht gebrüllt. Sein Charakter schien sich in Ivonnes Gegenwart zu verändern. Er wirkte wie ein satter, treuer Hund an ihrer Seite. Es war kurz vor zwei.

Landers, Lehmann und Lutzmann waren der Rest der kleinen Party, die nach jeder »Auf dem Zahn der Zeit«-Show stattfand. Rückers war gleich abgereist. Er war mit zwei jungen Männern, die Jeans trugen, denen man auf den ersten Blick nicht ansah, dass es Jeans waren, und dazu bunte Krawatten, Leinensakkos und wichtige Gesichter, in einen langen dunklen BMW mit Bonner Kennzeichen gestiegen, der auf dem Bürgersteig vorm Universitätshochhaus gewartet hatte. Er hatte ihm sein Buch signiert und dagelassen. Landers hatte ihn beiläufig nach Uganda gefragt. »Wollen Sie die Hauptstadt wissen oder den Sitz des Staatspräsidenten, junger Mann?« hatte Rückers stolz zurückgefragt.

Lothar Kraft hatte ein Bier getrunken und war gegangen. Er wollte sich mit diesen Leuten nicht gemein machen. Es war so schon alles schlimm genug. Wahrscheinlich würden sie ihn bei Starschnitt von nun an Manfred nennen.

Die anderen waren erst mal geblieben. Vielleicht hatten sie keine Lust, allein auf ihren Hotelzimmern rumzuhängen. Vielleicht wollten sie Bianca Schröder aufreißen.

Sie standen steif zusammen, setzten interessierte Mienen auf, legten die Köpfe schief, um besser zu verstehen, hatten aber eigentlich kein Interesse mehr aneinander. Es war alles gesagt, die Kameras waren aus. Landers und Ivonne waren Gastgeber einer Party, zu der sie nicht eingeladen hatten. Landers war an sich schon kein guter Plauderer, aber worüber sollte er sich mit dem Synchronsprecher eines Zeichentrickkänguruhs unterhalten?

Als sie um Mitternacht aus dem Panoramarestaurant in die Astoria-Bar wechselten, hatte er bereits fünf Bier im Bauch. Bianca Schröder war nicht mehr mitgekommen. Ihr Freund warte, hatte sie gesagt. Ein bisschen zu laut, wie er fand. Sie hatte ein enges T-Shirt angehabt. Nichts drunter. Es hatte auf Landers gewirkt wie Grundmanns Nase. Er hatte versucht andere Dinge anzustarren,

Lutzmann, die alte Zirkusdirektorin oder wenigstens die Augen der Eiskunstläuferin. Aber bei jedem Schwenk tanzte sein Blick auf ihre Brüste. Wer solche T-Shirts trug, wusste wahrscheinlich mit Blicken umzugehen. Die anderen hatten garantiert auch gestarrt.

Er war sich sicher, dass die Bemerkung ihm gegolten hatte. Wahrscheinlich sah man ihm an, dass er lange keinen Sex mehr gehabt hatte. Das letzte Mal lag ein Vierteljahr zurück, eine verkrampfte, angetrunkene Rangelei mit seiner Exfrau. Nach einem endlosen Streit und zwei Flaschen Wein hatten sie sich zufällig berührt und sich dann in ihre alte Wohnzimmercouch fallen lassen. Kaltes, milchkaffeebraunes Kunstleder über weiches Schaumgummi gespannt. Biegsame Lehnenwürste, die von Bändern gehalten wurden. Modell Corinna. Hatte er noch gekauft. 1989, im Revolutionsjahr. Während die anderen auf der Straße waren, hatte er im Centrum Warenhaus eine Kunstledercouch erstanden, die nicht für die Liebe gemacht war. Man verlor sich zwischen Lehnenteilen, kippte ab, verhedderte sich in klimpernden Haltegurten. Keiner von beiden hatte den anderen verführt. Sie hatten sich nicht gewehrt, kein guter Abschluss für ein Sexleben. Die verdammten Nachrichten schnitten ihm die Eier ab. Er war ein Mann ohne Unterleib. Ach was. Er würde einfach auf die richtige Frau warten müssen. Die 20-Uhr-Frau. Die Frau, die sich ein Hauptnachrichtensprecher leisten konnte. Irgendwann würde sie kommen. Und sie würde kein T-Shirt tragen, das ihr zu eng war. So viel war klar.

Mit Bianca Schröder hatte sie die alte Zirkusdame und das Känguruh verlassen. Lehmann war schon ziemlich hinüber. Er trank drei Bourbon in der Zeit, die Landers für ein Bier brauchte. Landers war beim dritten.

Hein Lutzmann zahlte. Als die blonde Bardame sein Wechselgeld holte, fragte er: »Kennt jemand den Unterschied zwischen einer Blondine und einem Schäferhund?«

»Halt's Maul, Witzmann!«, rief Johnny.

»Lutzmann«, sagte Lutzmann.

»Dann halt du eben dein Maul, Lutzmann«, sagte Johnny.

Landers war ihm dankbar. Lutzmann hatte sie den ganzen Abend mit faden Kalauern bedrängt. Wahrscheinlich hatten irgendwelche Truckfahrer in der Kabarettjury vom North-Dakota-Festival gesessen. Oder Lutzmann hatte seinen dritten Preis einem witzigen Dolmetscher zu verdanken. Hein Lutzmann sprach kein Englisch. Es war Ivonne in der Sendung nicht gelungen, irgendeine Information über dieses obskure Kabarettfestival herauszubekommen. Lutzmann hatte die ganze Zeit Witze erzählt.

»Pass du lieber auf, dass dir deine Feueradler nicht wegfliegen«, sagte Lutzmann kleinmütig und verschwand. Vor fünfzehn Jahren hätte sich Johnny wegen dieser Bemerkung mit ihm geschlagen, heute bestellte er den nächsten Whiskey.

Sie tranken weiter, Johnny erzählte irgendwas von Gema-Gebühren und einem Hit, den man haben müsste. In der Bar saßen ein paar versprengte Kaufleute mit gelockerten Schlipskragen und roten Gesichtern. Die letzten ihrer Art. Vor vier, fünf Jahren, in der guten alten Pionierzeit, hatten sie die ostdeutschen Hotels bevölkert, sie hatten die Preise für die muffigen Interhotelzimmer hochgetrieben. Jetzt waren sie wieder zu Hause oder besaßen hier eigene Wohnungen, Häuser, was wusste er. Die Geschäfte waren gemacht. Die Claims abgesteckt. Sie waren spät dran.

Landers sah in der spiegelnden Bar zwei Taxis, die draußen in der Einfahrt des Hotels warteten. Wohin sollte man jetzt noch fahren wollen? Verpassten sie hier was? Er hatte keine Ahnung.

Er war auf Ostbesuch. Er hatte sich hier lange nicht mehr so fremd gefühlt. Die Leute in der ersten Reihe hatten ihn heute an die mürrisch arroganten Ostler erinnert, die sich mit voll gepackten Einkaufswagen durch die glitzernden Einkaufszentren der Vorstädte schoben wie Eisbrecher. Er hatte sie regelrecht verachtet, aber sie lebten hier. Er kannte sich nicht mehr aus. In Hamburg galt er als Ostexperte, auch bei sich selbst, hier war er ein Tourist.

Vor ein paar Stunden hatte er noch oben im Turm gesessen und großkotzig Etikette an deutsche Städte geklebt. Es war lächerlich. Er kannte die Flughäfen, die Bahnhöfe, die Hotels und die Senderkantinen. Was in den Städten passierte, wusste er höchstens aus den Nachrichten, die er verlas. Demonstrationen, Bürgermeisterwahlen, Krawalle, Messeeröffnungen. Das waren seine Städte.

Es konnte also durchaus sein, dass Leipzig immer noch braun war. Er kannte nur das Zentrum. Bahnhof, Brühl, Sachsenplatz, Nikolaistraße, Universitätsstraße, Uniturm hin, Mädlerpassage, altes Rathaus, Katharinenstraße, Ring, Astoria zurück. Das waren seine Wege. Der Blick vom Turm. Aber vielleicht war ja drum herum noch Braun. Connewitz, Gohlis, Plackwitz, Möckern, Volkmarsdorf, ölig, rußig, braun. Eine braune Stadt mit einem hellen Kern. Der Treets-Schokoklicker unter den deutschen Städten. Er grinste.

Johnny Lehmann schlug ihm auf die Schulter und lallte: »Wwo wwar denn die Uniform?«

»Was?«, fragte Landers.

»Vom Hauptmann Kraft«, brummte Lehmann, starrte in sich hinein und sackte zufrieden auf die Bar.

»Er war Major, Johnny«, sagte Landers.

Er fragte sich manchmal, woher diese Ostrocker ihre Widerstandsattitüde nahmen. Focus hatte bestimmt mehr als genug NVA-Muggen gehabt. Aber jetzt tat Johnny so, als habe er die Mauer mit dem Mikrofonständer aufgehebelt.

»Aber vorher war er natürlich auch mal Hauptmann, Johnny. Er hat die Uniform ausgezogen, weißte. Wie wir alle.«

Lehmann rührte sich nicht. Eines der Taxis in seinem Rücken fuhr ab. Entweder es hatte aufgegeben oder es war wirklich noch irgendwo was los. Lehmann empfand keine Schuld. Er war eingeschlafen.

»Johnny!«

Landers rüttelte halbherzig an der Schulter des Sängers. Es gab keinen Grund, ihn noch mal zu wecken. Landers holte den Zimmerschlüssel aus Lehmanns Motorradjacke, las die Nummer ab und ließ alle Getränke auf dessen Hotelrechnung setzen. Landers bat die Bardame, irgend jemanden zu rufen, der Johnny Lehmann aufs Zimmer brachte. Sie warteten gemeinsam auf zwei verschla-

85

fen aussehende junge Männer in Livree, die Mühe hatten, den schweren Popstar wegzuschleppen. Das Mädchen hinter der Bar sah gar nicht schlecht aus. Ein Vierteljahr war eine lange Zeit. Landers bestellte noch ein Bier.

»Irgendwie tragisch das Ganze, was?«, sagte er.

»Häh?«, machte die Bardame.

»Na, ich meine, er war ja mal ein ziemlich bekannter Sänger, nicht? Johnny Lehmann. Focus. Die haben ja Goldene Schallplatten gemacht und alles. *Wenn wir keine Worte mehr haben, Rauchzeichen für meine Seele.* Diese Sachen, ich weiß nicht, ob Sie das noch kennen. Waren ziemlich große Hits damals. Nach der Wende lief es dann nicht mehr so gut. Sie haben gerade eine neue Platte draußen. Feuervogel oder so. Totaler Flop. Tja. Der Alkohol. Das Alter. Ich mein, das ist doch irgendwie tragisch, finden Sie nicht?«

»Also isch weeß ni«, sagte die Bardame.

Offenbar interessierte sie sich nicht für DDR-Pop und sah wohl auch keine Tagesschau.

Landers zahlte und ließ sein Bier stehen.

Als er an Ivonne von Jaschnewskis Hotelzimmer vorbeiging, wurde er eifersüchtig. Er überlegte, ob sie hier lagen oder in Tietzes Zimmer. Tietze hatte ein MDR-Apartment in der obersten Etage des Hotels. Landers mochte Ivonne. Er glaubte nicht, dass sie aus Karrieregründen mit Tietze schlief.

»Er ist anders als wir«, hatte sie ihm mal gesagt. »Und er braucht mich.«

Eine fremde Welt.

Auf dem Zimmer machte er sich noch eine Flasche Piccolo auf und zappte durchs Fernsehen. Er sah sich die halbe Minute Porno auf Pay-TV an, die man sehen konnte, ohne zu bezahlen, überlegte einen Moment, schaltete dann aber doch wieder um. Wenn die Position Pay-TV auf der Hotelrechnung erschien, war irgendwie alles klar. Er sah schon die Sekretärinnen aus der Reisekostenstelle des Mitteldeutschen Rundfunks kichern.

Er blieb dann noch einen Augenblick bei einer Büchersendung hängen. Offenbar war es eine Aufzeichnung, denn Rückers war da. Er saß mit einem Moderator, der einen weißen Backenbart trug, auf einer breiten dunkelroten Ledercouch und erzählte, dass er in Sri Lanka seinen Pfeifenkoffer im Regierungspalast vergessen hatte. Der Moderator grinste. Landers fiel ein, dass er »Zwölf Jahre wie im Flug« auf dem Barhocker liegen gelassen hatte. Er löschte das Licht und drehte sich auf seine Schlafseite. Es würde niemand klauen.

Die Hauptstadt von Uganda hieß Kampala, hatte Rückers ihm gesagt. Kampala. Der Staatspräsident saß in Entebbe. Entebbe. Maputo hieß Maputo. Und war die Hauptstadt von Mosambik. Mosambik.

In dieser Nacht träumte Jan Landers, dass er in einem vollen Flugzeug saß, nur der Platz neben ihm war die ganze Zeit leer. Dafür war er sehr dankbar und er hoffte, dass er frei bliebe. Aber dann, kurz bevor die Maschine auf die Startbahn rollte, kam doch noch jemand.

Es war Bianca Schröder. Sie hatte ihr Bianca-Schröder-T-Shirt an.

Sie setzte sich neben ihn, und als er von ihren unglaublichen Brüsten aufsah, lächelte sie ihn an. Sie war schwarz.

Bianca Schröder war eine Negerin und es ging nach Hamburg.

Aus dem Sony-Ghetto-Blaster in Landers' Küche rauschte die vierte Beethoven-Symphonie. Er wusste das, weil er auf die Hülle geguckt hatte. Seit einem Jahr kaufte er wahllos Klassik-CDs, am liebsten die Pappwürfel mit sämtlichen Symphonien oder allen Klavierkonzerten. Er wollte es lernen. Er mochte das meiste ganz gern, aber er erkannte es nicht. Er konnte Schubert nicht von Schumann unterscheiden. Die vierte Symphonie von Beethoven hätte auch seine zweite sein können. Er konnte die neunte erkennen und den Anfang der fünften, der mal in einem Popsong vorgekommen war. Das andere klang alles ähnlich. Er schaffte es einfach nicht.

Er ging noch mal die Liste durch.

Katschlik. Sancho, Lilo Kneese und Sonja aus der Redaktion. Er hatte auch Brahnstein eingeladen, aber der kam bestimmt nicht. Er hoffte, dass er nicht kam, und er fürchtete es. Lisa hatte versprochen zu kommen. Von den Sprechern konnte nur Michael Gerstner. Bergmann moderierte irgendeinen Tuntenball in Ostfriesland und Gottschalk hatte eine Industriemugge, wo, hatte er ihm nicht gesagt. Karin Kulisch hatte glücklicherweise Dienst, Michael brachte drei Kumpels von *ran* mit, für die Mädchen organisiert werden mussten. Sonja wollte die hübsche Blonde fragen, die neulich auf ihrer Party war. Diese Margarethe. Glücklicherweise redete sie nicht mehr von dem behaarten Poeten. Ilona brachte eine Freundin mit, die bei Geo arbeitete. Schneider und Rudi waren die einzigen, die er von früher kannte. Rudi war zufällig in Hamburg. Landers hatte die Maske eingeladen, auch Susanne, mit der er sich neulich gestritten hatte. Hans-Henning Kurze kam mit seiner Frau und zwei Beleuchtern. Landers rechnete mit zwanzig bis fünfundzwanzig Leuten. Er hatte dreißig Forellen gekauft.

Er schnitt die geräucherten Forellen nacheinander auf, trennte das Fleisch von den Graten, haufte es zu einem Berg. Er tat Gräten, Köpfe und Haut in einen großen Topf mit kochendem Wasser und stellte das Fleisch kalt. Dann begann er die Krabben zu pulen, die er heute Morgen auf dem Fischmarkt gekauft hatte.

Er war sich nicht sicher, ob es eine gute Idee war, zu kochen. Es war seine erste Party hier und er hatte noch nie für mehr als vier Leute gekocht. Aber Kochen war eine Sache, an der er sich festhalten konnte wie früher an seinen Platten. Natürlich war es möglich, dass Spaghetti del mare seit letztem Juni irgendwie out waren, weil sie in jedem Kaufhauskochbuch beschrieben wurden, oder dass man keine Forellen mehr aß, so wie man keinen Lachs mehr aß. Das wäre schlecht. Er schlitterte ungeschützt in diese Party. Er hatte sie noch nie so dicht an sich herangelassen.

Früher hatte es auf Feten immer Kartoffelsalat gegeben, dachte Landers, während er den Tintenfisch schnitt. Oder Nudelsalat, Würstchen und Buletten, Näpfe mit kleinen eingelegten Zwiebeln, die Partyzwiebeln hießen, sauren Gurken und Schmalz, große Schüsseln mit Kräuterquark und Hackepeter, Messer, Bretter mit Käsestücken, harte Wurst und Brot. Nie Fisch. Höchstens Rollmops. Oder eine dieser Riesenbüchsen mit den braunen, verschrumpelten Bratheringen, die man immer zu kaufen kriegte. Es war um gute Grundlagen gegangen. Sie gingen zu Partys, um sich zu besaufen, laute Musik zu hören, Bräute aufzureißen. Auf den Partys, bei denen er in den letzten beiden Jahren gewesen war, ging es um andere Dinge. Sie klopften sich ab. Er lernte Frauen und Männer kennen, Wohnungen, Ausblicke, Wein, Möbel, Käse und Bilder. Die Leute am Tisch waren alle in seinem Alter. Mittdreißiger. Aber Landers fühlte, dass sie älter und erwachsener wirken wollten. Sie wollten wirken wie Menschen, die in der Lage waren, Verantwortung zu übernehmen. Sie versicherten sich es gegenseitig. Es war eine Auslese, sie testeten sich, fanden zueinander und einigten sich auf einen Geschmack.

Landers hatte zugeschaut, er hatte lange Gästelisten zusammengestellt und immer wieder verworfen, Sitzordnungen festgelegt und auseinander gerissen. Auch die Gästeliste für heute Abend war nur äußerst unvollkommen, sie war vorläufig. Sie erzählte noch nicht die richtige Geschichte, er war eigentlich noch nicht so weit, er war noch nicht da. Aber es gab jetzt einen Zeitpunkt, der passte, denn er würde bald ausziehen. Die Party traf ihn in der Bewegung. Die richtigen Bücher könnten schon in Kisten sein. Bei den coolen CDs. Die guten Bilder bereits in der neuen Wohnung.

89

Er feierte ein Auszugsfest. Er nahm Abschied von einer Wohnung, die ihn noch nicht richtig beschrieben hatte.

Den Wein hatte er nach Preis und Etikett ausgesucht. Er hatte zwei Kisten Weißwein und eine mit Rotwein gekauft. Die Flasche für 24,99 Mark beziehungsweise 33,99. Und eine Kiste Prosecco für fünfzehn Mark die Flasche. Der Weißwein und der Prosecco stammten aus Italien, der Rotwein aus Spanien. Die Rotweinflaschen waren mit einem goldenen Netz umhüllt, was Landers besonders beeindruckt hatte.

Er war jetzt vierunddreißig Jahre alt. Er lebte seit zweieinhalb Jahren in Hamburg. Er hatte einige Regeln begriffen. Er hatte mitbekommen, was man tat. Was man hatte. Warum man es tat und besaß, war ihm nicht immer so klar.

Er fand Sushi roh und Mozarella geschmacklos. Er wusste nicht, welches die richtigen Bücher waren, also kaufte er die, die auf der Bestsellerliste standen, zumindest die ersten drei Plätze. Er hatte sich in Theatern gelangweilt, er war zu Inszenierungen von Castorf und Schleef gegangen, weil sie aus dem Osten kamen. Er hatte am Ende nur aus Erleichterung geklatscht, und weil er fand, dass es sich so gehörte. Er hatte sich langatmige französische und japanische Filme in kleinen leeren Kinos angesehen, er war beim FC St. Pauli gewesen, er hatte zwischen all den begeisterten Zuschauern im Stadion gestanden, sich furchtbare Fußballspiele angesehen und sich einsam gefühlt, wenn die anderen jubelten. Es war wie dieser Abba-Wahn. Plötzlich fanden alle Abba gut, ohne dass es dafür Gründe gab. Er verstand nicht, warum seine Kollegen nach Mallorca fuhren, wo es doch gestern noch als Karikatur des deutschen Urlaubsortes galt. Ihm gefiel R.E.M. immer noch, obwohl Lisa Kirchner von den Tagesthemen, die zwei Jahre älter war als er, R.E.M.-Lieder verächtlich Achtzigerjahrezeugs nannte. Er hatte sich einen Miró-Druck gekauft. Nicht, weil er ihn nun besonders gut oder anregend gefunden hätte. Er glaubte einfach, damit nicht ganz so falsch zu liegen. Das Bild sah schlicht aus, bunt, er verstand es nicht, und es war nicht billig. Er hatte es rahmen lassen, und etwa zwei Monate, nachdem er es in seinem kleinen Lokstedter Wohnzimmer aufgehängt hatte, sagte Lilo

Kneese aus der Planungsredaktion beim Mittagessen in der Senderkantine, dass sich heutzutage jede Zahnarztpraxis Mirós ins Wartezimmer hängen würde. »Diese Mirós«, hatte sie gesagt. Die Welt taumelte, er wollte nichts weiter als dazugehören. Wenn er ein paar Rezensionen gelesen hatte, traute er sich, einen Film »nicht schlecht« zu finden oder »nicht so besonders«. Zu »gut« oder »schlecht« reichte es nicht. Nicht bei der Bewertung von Restaurants, nicht mal, wenn ihn jemand fragte, ob das Kantinenessen heute geschmeckt habe. Landers' Lieblingswort in der Kritik war »ziemlich«.

»Ziemlich«, sagte er in seine stille Küche.

Er lachte, er musste an seinen Vater denken, der mit dem Toaster geredet hatte, während er ihn reparierte. Der Toaster war oft kaputt gewesen. Die beiden hatten lange Gespräche geführt. Vielleicht war der Toaster im Laufe der Jahre zum engsten Vertrauten seines Vaters geworden. Seine Eltern hatten ihn immer noch. Obwohl er fürchterlich laut war und ständig kaputtging. Es war ein großes, längliches Gerät, das die Toastscheiben langsam nach oben bewegte. Dabei surrte er die ganze Zeit, als habe er riesige Lasten zu bewegen.

Er feierte mit seiner Garderobe nicht unbedingt große Erfolge, aber er wusste, welche Jeans in Ordnung waren, wo man Hemden kaufte, wo Schuhe und wo Jacketts. Er ging nicht mehr in Kaufhäuser. Die Leute, die er dort sah, waren ihm fremd geworden. Die Hemden, Jacken und Hosen, die es dort gab, auch. Am weitesten hatte er sich von ihren Schuhen entfernt. Manchmal lief er aus Spaß an den Schuhregalen in einem Kaufhaus vorbei, um sich wohl zu fühlen. Er sah sich die langen Reihen gleich aussehender Schuhe in künstlichen Farben an, nahm einen Schuh, fühlte, wie hart er war, roch den Leim, prüfte das billige Innenleben, die reißerischen Logos, die achtlosen Nähte, die rohen Sohlen. Es gab nicht viele Plätze, an denen er die Geschwindigkeit erfassen konnte, mit der er sich in den letzten vier Jahren durch die Gesellschaft bewegt hatte, wie die billigen Schuhabteilungen in Kaufhäusern.

Er genoss es.

Landers würde nie vergessen, wie die Redakteure an ihm herunter geschaut hatten, als er beim Berliner Fernsehen vorgesprochen hatte. Es war ein Casting für Wetteransager im Februar '91 und er hatte ein dunkelblaues Kordjackett mit aufgesetzten Taschen getragen, rostbraune, knittrige Leinenhosen mit einem großen dreieckigen Markenschild auf der Gesäßtasche, schwarze Wildle derschuhe für 39 Mark, ein blauweiß gestreiftes Oberhemd, von dem er dachte, dass es irgendwie angemessen wirke, weil er diese blauweiß gestreiften Oberhemden bei verschiedenen Westdeut schen beobachtet hatte, sowie den hellbraunen Wollschlips seines Schwagers. Er selbst hatte damals noch keine Krawatten be sessen. Irgendeiner der Redakteure, ein jüngerer, nahm den Woll schlips seines Schwagers prüfend zwischen Daumen und Zeige finger, wobei er anerkennend eine Augenbraue hochzog. Die anderen bissen sich auf die Lippen. Landers wäre gerne wegge rannt, aber es ging nicht.

So mussten sich Leute fühlen, die vom Land in die Stadt zogen. Dabei war er Berliner. Er hatte immer in dieser Stadt gelebt. Sein ganzes Leben. Er war zu einem Bauer in seiner eigenen Stadt geworden. Aber er bekam den Job.

Viele seiner neuen Kollegen waren erst nach dem Mauerfall hier her gekommen. Sie fanden es spannend, eine spannende Etappe in einem spannenden Lebenslauf. Die Zahl der Länder, in denen sie studiert hatten, verwirrte ihn. Sie sprachen Französisch, sie sprachen Englisch, sie sprachen Spanisch. Sie unterhielten sich angeregt über algerische Restaurants in Paris St. Germain und den Hauswein, den es in einer Kneipe irgendwo in Lissabon gab, einer Kneipe, in der nur sechs Tische standen. Er wusste anfangs nicht, was er beisteuern konnte, wenn sie sich über ihr Leben unterhielten. Er wusste nicht, was peinlich war und was cool. Die Grenze war schmal. Er hatte immer gern Kohlrouladen gegessen, hatte zweimal in Bulgarien Urlaub gemacht, er war mal in einen Buñuel-Film geraten, weil er beim Kinoprogramm in die falsche Spalte gerutscht war, hatte ihn aber nicht zu Ende gesehen. Irgendwas mit einem Hund. Er hatte sich von seiner Mutter das Schild seiner ersten und einzigen Levi's-Jacke aus dem Kragen trennen und auf den Bund nähen lassen, weil das so gemacht wurde, und alles, was er von Fellini kannte, war ein Band mit Porträtfotografien, den er mal bei einem Freund durchgeblättert hatte. Er hatte einen Führerschein für LKWs, er hatte bei der Gesellschaft für Sport und Technik Kutterrudern gelernt und konnte immer noch ein russisches weibliches Adjektiv deklinieren.

Aja. Oi. Oi. Uju. Oi. Oi.

Aber damit konnte er auch kaum noch jemanden beeindrucken. Zwei Kolleginnen aus der Kulturabteilung hatten bereits einen Russischkurs auf der Berlitz-Schule belegt, Ilona war schon viermal in Prag gewesen und zweimal in Moskau. Er hatte keine Ahnung, was sie da suchte, aber bevor sie ihm auch noch die Sowjetunion wegnahmen, erzählte er ihnen schnell vom Moskau seiner Jugendweihereise, dem Lenin-Mausoleum, von den Russen, die in der DDR stationiert waren. Dabei merkte er, dass er nicht viel über sie wusste, außer, dass ihre Autos alt waren, ihre Haare kurz und manchmal jemand aus der Kaserne geflohen war. Er wusste überhaupt wenig. Er schien sein eigenes Land nicht mehr zu kennen. Sie stellten ihm Fragen, die er nicht beantworten konnte. Die Geschichten, die er in ihren Zeitungen über seine Heimat las, schienen detaillierter zu sein als seine Erinnerungen. Witze, Anspielungen, Vergleiche funktionierten nicht, weil sie Pawel Kortschagin, Adolf Hennecke und Gojko Mitic nicht kannten. Sie kannten nicht mal die Olsenbande, was ihn wirklich gewundert hatte. Irgendwie hatte er immer gedacht, die Olsenbande sei ein internationaler Erfolg gewesen. Er kam sich vor, als habe er nichts erlebt. Als habe er achtundzwanzig Jahre lang im Wohnzimmer gesessen.

Wenn sie von ihrem ersten Prag-Wochenende zurückkamen, schienen sie die Stadt besser zu kennen als er.

So fühlte er sich ständig überfordert. Nie konnte er sich in ein Gespräch fallen lassen. Es war immer nur Stress. Anfangs war er in jeder freien Minute nach Ostberlin geflohen, wo er sich sicher fühlte. Wo man in jedem Restaurant die Speisekarte aufschlagen konnte, ohne die Angst zu haben, auf ein Gericht zu stoßen, das man nicht aussprechen konnte.

Aber je länger er im Westen arbeitete, desto langweiliger fand er die Gespräche im Osten. Er hatte immer mehr das Gefühl, sich zurückzubewegen, wenn er abends nach Hause fuhr. Die Dünkel der Ostler gegenüber dem Westen schienen ihm unbegründeter zu sein als die Arroganz der Westler gegenüber dem Osten. Seine Ehe riss. Er konnte Kathrin nicht mehr zuhören. Sie zerrte an seinen Nerven. Abends klagte sie über westliche Lehrpläne, arbeitslose Eltern, orientierungslose Kinder und die nutzlose Verbeamtung. Er kam sich vor wie auf einer Politschulung. Sie sah ihn an wie einen Verräter, wenn er ein neues Hemd trug, sie reagierte hysterisch, als er den Tagesspiegel bestellen wollte. Sie hasste den Westen und er konnte diese spermafarbenen Herrensommerschuhe mit den kleinen Löchern und der angegossenen gelben Gummisohle nicht mehr ertragen. Als er das Angebot von der Hamburger Aktuell-Redaktion bekam, überlegte er nur eine Nacht, obwohl er wusste, dass es ihre Trennung bedeutete.

Die ersten fünf Hamburger Monate hatte er in einer kleinen Zweizimmerwohnung in Lokstedt verbracht, die er von einer Tagesthemen-Praktikantin übernommen hatte. Das Haus lag in der Nähe des NDR-Geländes, er konnte zur Arbeit laufen. Manchmal ging er zwischen zwei Sendungen nach Hause. Das war angenehmer, als in dem muffigen Wartezimmer zu sitzen. Die Wohnung lag in einem kleinen Viertel vierstöckiger Fünfzigerjahre-Mietshäuser. Die Decken waren flach, die Zimmer klein, die Leute, die hier wohnten, waren im Schnitt zwanzig Jahre älter als er oder sie hatten viele Kinder. Es roch nach Essen im Hausflur und manchmal hörte man nachts jemanden fluchen. Aber eigentlich war es ruhig und es war grün. Ein Zimmer ging zu einem großen quadratischen Hof, der im Sommer völlig zuwucherte. Er hatte sich ein Bett gekauft, ein paar Ikea-Regale, einen billigen Fernseher, ein Radio, einen Videorekorder und ein bisschen Geschirr. Er fand zwei Zimmer völlig ausreichend, in Berlin hatten sie zu dritt in zwei Zimmern gewohnt. Er hatte einen großen Balkon, auf dem er an freien Abenden saß und Bier trank. Er war eigentlich ganz zufrieden, aber er begriff schnell, dass die Wohnung keine Dauerlösung sein konnte. Seine Kollegen fragten ihn ständig, ob er schon etwas gefunden habe. Dabei hatte er gar nicht gesucht.

Nach den ersten Festen und Essen wusste er, warum sie sich nicht vorstellen konnten, in einer zweiundfünfzig Quadratmeter großen Lokstedter Altneubauwohnung zu leben. Er begriff, dass sie sich über ihre Wohnungen öffneten. Wer in einem Altneubau lebte, passte nicht zu ihnen. Landers brauchte eine neue Wohnung, denn er wollte sie nicht verlieren. Es war die Zeit, in der er anfing, seine Gästeliste zusammenzustellen. Sie war sehr kurz anfangs. Es gab kaum Leute, die man hierher einladen konnte. Schneider und Ilona, vielleicht Katschlik. Aber das war noch keine akzeptable Gesellschaft. Er brauchte einen neuen, langen Tisch. Er brauchte eine gute Musikanlage, auf der man die CDs abspielen konnte, die sie mochten. Seine Lokstedter Wohnung bedrückte ihn.

Er fand eine Wohnung, die ein Drittel seines Gehalts kostete und in einer Nebenstraße der Grindelallee lag. Im Westen der Grindelallee, nicht im feinen Osten, wo es zum Harvestehuder Mittelweg ging und zu den Tennisplätzen am Rotherbaum. Es war eine kurze Privatstraße, die man vorn und hinten mit einer Kette abschließen konnte. Sie hatte keinen Namen, sie trug eine Nummer. Im Rücken lag das zugige Universitätsgelände, Bahngleise und ein hässlicher Kongressklotz, aber es gab auch ein paar Gassen mit unscheinbaren Kneipen, in denen er manchmal ein Bier trank und mit dem Wirt über die Nachrichtenlage diskutierte. Es war ruhig und zum Dammtorbahnhof waren es nur zehn Minuten zu laufen. Das Karolinenviertel, wo es lustige Läden gab, war nicht weit und auch zur Außenalster konnte man zu Fuß gehen. Vorbei an alten Villen, teuren Autos und wuchtigen Mietshäusern aus der Gründerzeit. Es war in Ordnung.

Die Wohnung hatte zweieinhalb Zimmer, weiß gestrichene Wände, Stuck an den Decken und eine moderne Heizung. Er hatte sich wenige, helle Möbel gekauft, zwei teure Lampen, Fernseher und Musikanlage waren von Sony, einer Firma, bei der man offenbar nichts falsch machen konnte. Er hatte sich von einem Berliner Freund, der einen Schweizer Maler kannte, der sein Atelier in den Prenzlauer Berg verlegt hatte, zwei riesige Bilder besorgen lassen. Eins war eher gelb, eins eher beige. Sie waren gar nicht so teuer gewesen.

Er musste noch mal auf den Namen gucken, falls ihn heute Abend jemand danach fragte. Gründelstein, Findelstein oder so was. Er trocknete sich die Hände ab und sah gleich nach. Es war wichtig, die eigenen Bilder zu kennen. Die Geschichte dazu konnte er sich notfalls ausdenken. Er kniete sich vor das Bild, das eher gelb war. Liesenberger. Anton Liesenberger. Die Hauptstadt von Uganda hieß Kampala. Und der Regierungssitz, junger Mann? Vergessen. Er ging zurück in die Küche. Liesenberger murmelnd. Der Miró wartete in der Kammer auf neue Trends. Das einzige Möbelstück aus seinem alten Leben war ein schwerer, ramponierter Gründerzeitschreibtisch, den er von seinem Großvater geerbt hatte. Dann gab es noch ein paar Bücher und Schallplatten aus der DDR, den Rest hatte er in die Lichtenberger Neubauwohnung gebracht, die er sich besorgt hatte, nachdem Kathrin ihn rausgeschmissen hatte, weil er nur noch an jedem zweiten Wochenende aus Hamburg nach Berlin kommen wollte. Es hatte ihn nicht überrascht. Er hatte alles auf den Zwischenboden gepackt und die Wohnung an eine Studentin aus Halle vermietet. Die beiden großen Zimmer waren durch Flügeltüren verbunden. Eines war eine Art Wohnzimmer, das zweite eher ein Arbeitsraum, wobei er sich manchmal fragte, was er zu Hause arbeiten sollte. Vorlesen üben? Afrikanische Regierungssitze pauken? Jedenfalls standen hier sein Schreibtisch und vier Billy-Regale, die mit den Bestsellern von der Spiegel-Liste, ein paar Nachschlagewerken und den Ostbüchern gefüllt waren. Selbst aus drei Meter Entfernung konnte man genau bestimmen, welches Buch in der DDR erschienen war. Sie trugen blasse Rücken.

Im halben Zimmer schlief er. Auf einem Futon. Das Bad war weiß gefliest, hatte eine Wanne mit alten Armaturen, eine moderne Duschkabine und ein Fenster. Auch die Küche hatte ein Fenster, ein hohes breites Fenster mit einer Kastanienkrone davor. Hier gab es eine moderne Einbauküche mit Mikrowelle. Er hatte sie noch nie benutzt. Er traute ihr nicht.

Der Bauer gewöhnte sich an die Stadt.

Landers sah aus seinem Küchenfenster, das nach vorne zur Straße ging und nicht in den Hof wie die Küchen des Nebenhauses. Es war ein kühler, regnerischer Junivormittag. Die Kastanienblätter glänzten feucht. Er passierte die Fischbrühe durch ein Sieb und tat die Muscheln zu den Krabben und dem Tintenfisch in eine tiefe weiße Porzellanschale, deckte sie ab und stellte sie kühl. Er mochte nasskalte Frühlingstage.

Er würde nie wieder in einen Fünfzigerjahre-Bau in Lokstedt ziehen. Er hatte keine guten Erinnerungen an den schweren Kartoffelsalat, den es auf den Ostpartys gegeben hatte. Er mochte klassische Musik, er mochte seinen Saab, die Ledersitze fühlten sich gut an, es war praktisch, eine Geschirrspülmaschine zu haben, es war schön, barfuß über Parkett zu laufen, eine Kastanie vorm Fenster zu haben, eine Flasche San Pellegrino aufzudrehen, nicht heizen zu müssen, feines Olivenöl zu riechen, sehr guten Curry zu besitzen und einen Hausflur zu betreten, in dem es nicht nach Buletten roch.

Er rauchte weniger und wenn, dann leichte Zigaretten, er besuchte ein Fitnessstudio und hatte vor einem Jahr angefangen zu kochen. Er mochte das Einkaufen der Zutaten, vor allem der Gewürze und Kräuter. Estragon, Basilikum, Kerbel, Rosmarin, Majoran, Curry, Safran. Er liebte es, Einkaufszettel nach den Rezepten aus seinen Kochbüchern zusammenzustellen. Er war immer wieder überrascht, wenn er beim Gemüsehändler anderthalb Zentimeter Ingwer verlangte, Sojasprossen oder eine Papaya und dieser das gelassen irgendwo rauskramte, als habe Landers ein halbes Pfund Kartoffeln bestellt. Er genoss es, alles zu bekommen, was er wollte. Er hatte eine Espressomaschine, einen Eismacher, zwei Flaschen Scotch, die in braunen Papphüllen steckten, zwei Flaschen Jack Daniel's, eine Flasche mittelteuren Tequila und eine Flasche Moskovskaja, die bereits im Eisfach lag, er hatte zwei Kisten Jever und eine Kiste Corona. Flaschenbier selbstverständlich, denn der Blick eines Westberliner Kollegen auf die fünf Paletten Büchsenbier, die er bei einer Party vor drei Jahren in seiner Neubauküche aufgestapelt hatte, gehörte ebenfalls zu den

Dingen, die er nicht vergessen würde. Der Typ hatte jede leer getrunkene Büchse eingesammelt und die Party mit zwei großen Müllsäcken verlassen, die er in den Weißblechcontainer vor seinem Haus entleeren wollte. Landers und seine Kumpels hatten ihm lachend hinterhergeguckt.

Er hatte Limetten, frisches Baguettebrot, Käse, bei dem er sich allerdings nicht sicher war, ob Brahnstein ihm den an den Kopf werfen würde, weil er nur von der Käsetheke seines Spar-Marktes stammte. Er hatte Oliven, Trauben, Erdbeeren und, wenigstens eine Gewohnheit wollte er beibehalten, fünf Tüten Erdnussflips. Er hatte sich gewundert, dass es die auch im Westen gab. Er hatte Erdnussflips immer für eine Osterfindung gehalten. Er hatte vier Flaschen Champagner im Gemüsefach seines Kühlschrankes. Es klingelte. Ilona trug ein schwarzes Kapuzen-T-Shirt und hatte eine riesige Schüssel in der Hand.

»Riecht gut«, sagte sie und ging an ihm vorbei in die Küche. Sie war die Einzige, die seine beiden ersten Hamburger Wohnungen kannte. Sie stellte die Schüssel auf die Arbeitsplatte. Dann gingen sie zusammen runter und holten den Rest. Sie hatte einen alten Golf, im Kofferraum standen noch zwei Kisten Wein von ihrem Weinhändler.

»Der Wein ist gut«, sagte sie, setzte sich auf den Korbstuhl in seiner Küche und steckte sich eine Zigarette an. *Der Wein ist gut.* Was für ein schöner Satz, dachte Landers.

»Seit wann hörst du Beethoven?« fragte sie. Sie war so schlau, dass ihm schlecht wurde.

»Es beruhigt«, sagte er.

»Bist du denn aufgeregt?«

»Ja«.

»Du machst schon alles richtig.«

»Woher willst du das wissen?«

»Es ist so eine Ahnung. Kommt Schneider?«

»Ja«.

»Das ist gut«.

»Du bist nicht meine Mutter.«

»Jaja.«

»Brahnstein kommt vielleicht auch.«

»Na und. Lass ihn meinen Wein kosten. Der ist wirklich klasse.«
Landers war so dankbar, dass er sie hatte. Ilona stand von
Anfang an auf seiner Gästeliste. Sie hatte sie nie verlassen.

»Willst du nicht gleich hier bleiben?«

»Spinnst du. Ich sehe aus wie jemand aus der Hafenstraße. Ich will
hübsch aussehen, jetzt, wo ich weiß, dass Brahnstein kommt.«
Sie löschte ihre Zigarette unter dem Hahn der Spüle und warf sie
in den Mülleimer. Dann ging sie. Landers hätte sie gern gefragt,
ob sie auch die Nummer der Symphonie gewusst hätte. Aber er
traute sich nicht. Er sah aus dem Fenster, wie sie zu ihrem Golf
hüpfte. Sie sah aus wie ein Mädchen.

Der Regen hatte die letzten welken Blüten von seiner Kastanie
gespült. Er würde die Früchte nicht mehr erleben. Ein flüchtiges
Bedauern ergriff ihn, er dachte an die abgesackten, ausgewasche-
nen Stufen, die ihn in den Keller des Berliner Hauses brachten, in
dem er seine erste Wohnung hatte. Den feuchten Geruch, das
Tasten nach dem Kellerschloss, das Scheppern der Emailleeimer,
wenn er sie mit Kohlen füllte, den stoßenden Rhythmus der vor-
beidröhnenden S-Bahn, das Rumpeln der nicht enden wollenden
Güterzüge unter seinem Fenster. Er würde die Kastanien nicht
erleben. In zwei Monaten zog er in einen Loft um. Im fünften
Stock einer ehemaligen Konservenfabrik, die gerade umgebaut
wurde. Ein hundert Quadratmeter großer Raum mit einer offenen Küche. Es gab riesige Fenster zur Elbe und einen Doorman,
ein Parkhaus und ein Fitnesscenter im Keller. Er freute sich darauf.

Die Wohnung würde die richtige Geschichte über ihn erzählen.
Sie würde über dreitausend Mark kosten, aber so viel verdiente er
allein beim MDR. Er konnte es sich leisten. Was sollte schlecht
sein an diesem Leben.

Es war gut, nicht mehr nach Kuhmist zu riechen.

Leider hatte er vergessen, den Grand Marnier in die Mousse au
chocolat zu tun.

Schneider kam schon um halb fünf. Er drückte ihm eine kantige Flasche in die Hand, die in dünnes weißes Papier gewickelt war.

»Na, Alter«, sagte Landers. Er zog das Papier von der Flasche. Es war Whiskey, Bourbon für zwölffünfzig, billiger Fusel mit einem Büffelkopf auf dem Etikett und vielen kleinen USA-Flaggen. »Danke«, sagte Landers und stellte die Flasche in die Speisekammer.

»Nett«, sagte Schneider, nachdem er kurz die Wohnung inspiziert hatte. Das machte er immer, obwohl er schon oft hier gewesen war. Dann zündete er sich eine Zigarette an. »Sieht sogar noch besser aus, so halb verpackt. Ich werde nie begreifen, wieso du hier rauswillst. Passt doch zu deiner Frisur, die Bude.«

Landers fuhr sich durch die Haare. Für einen Tagesschausprecher waren sie ganz schön lang. Grundmann hatte ihm schon einmal mitteilen lassen, dass er *eine Frisur* benötige. Er trug ein verwaschenes blaues T-Shirt, ein verwaschenes blaues Flanellhemd und eine verwaschene blaue Jeans. Er fand sich eigentlich ganz schön locker.

»Da geht's mir ja wie dir«, sagte Landers. Sie waren schon wieder auf ihrem Studentenkneipenniveau angekommen. Schneider trug die Haare, wie sie Brian Connolly von The Sweet Mitte der siebziger Jahre getragen hatte, und wohnte in einer runtergekommenen Einzimmerbude in St. Georg. Er ließ sein Zippo, auf dem ein großer US-Adler klebte, zuschnappen und knackte sich ein Jever an der Arbeitsplatte aus Buchenholz auf. Landers hatte ihn auf seiner Gästeliste hin und her geschoben. Er passte zu niemandem mehr. Schneider sächselte, er hatte diesen Vorne-kurz-hinten-lang-Haarschnitt, er trug ein schwarzes Judas-Priest-T-Shirt, über dessen Kragen eine dicke Goldkette baumelte, auf die die Lettern SPEED KING gereiht waren, er trug Cowboystiefel und eine enge dunkelbraune Lederhose, die an den Seiten mit langen Riemen verschnürt war, und wenn er es richtig sah, versuchte er sich so ein kleines Ziegenbärtchen wachsen zu lassen. Er schien von Jahr zu Jahr einfältiger zu werden. Schneider fiel aus seinem Leben. Es war nicht zu ändern. Sein Name hatte ganz am Rande der Gästeliste gestanden, er hatte gekippelt und gewackelt, aber letztlich hatte Landers es nicht fertig gebracht, ihn runterzuschubsen. Noch nicht.

Er dachte daran, was Ilona heute Vormittag gesagt hatte. Es war romantischer Quatsch. Sie kannte ihn vielleicht doch nicht so gut, wie sie dachte.

Schneider und Landers hatten in Berlin Kulturwissenschaften studiert. Schneider kannte jeden Song von Deep Purple und jeden von Rainbow. In der siebten Klasse hatte er in den Bogen für die Berufswünsche geschrieben: Richie Blackmoore. Landers hatte dreimal in der Woche den Discjockey in einem Berliner Jugendklub gemacht. Weitergehende kulturelle Interessen hatten sie nicht, soweit er sich erinnerte. Landers hatte den Studienplatz nur bekommen, weil seine Mutter in der Sektion Kulturwissenschaften arbeitete. Als Sekretärin zwar, aber wer das nicht wusste, hätte sie auch für eine Dozentin halten können. Wie Schneider mit seinen politischen Ansichten an den begehrten Studienplatz gelangt war, konnte Landers sich heute noch nicht erklären. Es war egal. Sie hatten die Sektion Kulturwissenschaften beide nach dem ersten Studienjahr verlassen.

Landers waren die Wichtigtuer in seiner Seminargruppe auf die Nerven gegangen, ihre Konspekte und bunten Unterstreichungen in den Seminarvorbereitungen, ihre besorgten Blicke, wenn er wieder mal keine Antwort wusste. Vor allem aber hatte er nicht die geringste Ahnung gehabt, was er nach den fünf Jahren Studium lieber machen würde, als Platten aufzulegen. Schneider hatte die *rote Scheiße* nicht mehr ertragen, wie er es nannte. Er war in seinen Beruf als Drucker bei der Sächsischen Zeitung in Dresden zurückgekehrt und schrieb gelegentlich unter Pseudonym Kurzrezensionen von Heavy-Metal-Konzerten. Nach der Wende hatte er einen Redakteursjob in der Kulturabteilung der Zeitung bekommen, wo er es drei Jahre ausgehalten hatte. Als ihm endgültig klar war, dass niemand von den Westbesitzern erscheinen würde, um die alten Genossen rauszuschmeißen, kündigte er. Er ging nach Hamburg, weil es hier einen Haufen Zeitschriften gab. Er hatte an den Spiegel gedacht oder den Stern, wo man über seine handschriftlichen Bewerbungsschreiben und die beigelegten Passbilder wahrscheinlich Tränen gelacht hatte. Schneider wohnte in einer Einzimmerwohnung mit einem Außenklo, er kriegte Arbeitslosenhilfe und schrieb unter Pseudonym Kurzrezensionen von Heavy-Metal-Konzerten. Obwohl nichts darauf hindeutete, fand Schneider, dass er damit eine neue Qualität erreicht hatte.

Landers widersprach Schneider nicht, er ertrug dessen spöttische Bemerkungen, ließ sich auf Schneiders Niveau fallen und Schneider bewegte sich nicht. Das schien die einzige Möglichkeit zu sein, miteinander zu reden.

»Wer kommt denn noch so?«, fragte Schneider, während er eine der beiden Jack-Daniel's-Flaschen aufschraubte. Er goss sich das Glas halb voll.

»Eis?«, fragte Landers, er hätte Schneider am liebsten in seinen begehbaren Kleiderschrank verschleppt und gezwungen, ein paar unauffälligere Klamotten anzuziehen. Anschließend hätte er ihm die Haare geschnitten und dieses lächerliche Bärtchen rasiert.

»Nee«, sagte Schneider. »Du weißt doch, was Dean Martin gesagt hat, als ihn jemand fragte, ob er in einem neuen Leben was anders machen würde.«

Landers schüttelte den Kopf.

»Weniger Eis in den Whiskey«, sagte Schneider und sah ihn mit erwartungsvoll geweiteten Augen an. »Er würde weniger Eis in den Whiskey tun, wenn er noch mal von vorne anfangen könnte, verstehst du.«

Landers lächelte. Er hoffte, dass Schneider keine Ausländerwitze erzählen würde.

»Paar Kollegen aus meiner Redaktion«, sagte er. »Ilona kennste ja. Die anderen kennste nicht. Höchstens aus dem Fernsehen.«

»Die Kirchner auch?«, fragte Schneider und griff sich mit gespreizten Fingern in den Schritt seiner Lederhose.

»Vielleicht. Aber sie steht nicht auf Deep Purple, Schneider. Vergiss es. Halt dich an Gerstner. Der bringt seine beiden Kumpels von *ran* mit. Und Rudi, wenn er's schafft.«

»Der rote Rudi«, sagte Schneider.

Rudi hatte auch mit ihnen studiert, er war der FDJ-Sekretär ihres Studienjahres gewesen und arbeitete jetzt als Filmredakteur beim

Berliner Tagesspiegel. Er war zufällig zu einer Präsentation eines amerikanischen Action-Films in Hamburg. Anschließend hatte er eins dieser 20-Minuten-Star-Interviews in einer Hotelsuite. Mit Harrison Ford, soweit sich Landers erinnerte.

»Ich dachte, wir hätten ihn den schönen Rudi genannt«, sagte er.

»Ja, schön rot«, sagte Schneider. »Gut zusammengestellt. Du machst dich mein Lieber. Keine Chefs?«

»Was?«

»Hab ich doch gewusst. Der gute alte Jan macht nichts umsonst. Wie viele?«

»Was soll denn die Scheiße, Mann. Ich war bei so vielen Festen eingeladen in den letzten beiden Jahren. Da muss ich mich revanchieren. Ist so.«

»Feste?«

»Vergiss es.«

»Keine Angst, Alter. Ich reiß mich schon zusammen.«

»Ach«, sagte Landers. »Fühl dich frei. Sei du selbst. Sie werden dich lieben.«

»Okay, dann kümmere ich mich heute Abend um die Kirchner«, sagte Schneider und strich sich seine dicke Haarwurst aus dem Nacken.

Landers goss sich auch einen Jack Daniel's ein. Er kam eben aus einfachen Verhältnissen. Hatte ja auch seinen Charme.

»Cooler Bart«, sagte er.

Schneider griff sich verlegen ans Kinn, dann klingelte es. Es war Susanne aus der Maske. Sie roch süß und schwer, sie trug eine rosafarbene Lederhose, eine weiße Bolerojacke und auf ihrem Kopf türmte sich die höchste Frisur, die er dort je gesehen hatte. Bis jetzt sah es so aus, als würde es eine Zuhälterparty geben.

»Hoppla«, sagte Schneider. »Ich bin Martin. Bist du eine Nachrichtenfee?«

Susanne rollte genervt mit den Augen.

»Hast du den vom MDR mitgebracht, Jani?«

Es war um fünf, seine Wohnung füllte sich mit Susannes Duft. Landers betete, dass der nächste Gast nicht Brahnstein war. Nicht Brahnstein, bitte. Schneider goss sich sein Glas voll, Susanne fragte nach der Toilette, wahrscheinlich wollte sie sich noch einen Schuss von diesem Parfüm hinters Ohr tun. Landers versuchte an den Fisch zu denken. Anderthalb Jahre hatte er an einer Gästeliste gebaut und dann trugen die beiden ersten Gäste Lederhosen. Auf jeden Fall würden sie nicht Scharade spielen. Sie blieben zwei Stunden zu dritt. Dann stand der nächste Gast vor der Tür. Sie trug ein blaues Kleid und erschien Landers wie ein Engel. Es war Ilona.

Sechseinhalb Stunden später stand Landers am Küchenfenster und rauchte. Seine Sorgen waren verschwunden, der große Topf mit der Forellencremesuppe war leer. Überall lagen Käsereste herum, Olivenkerne, Trauben und Brocken von Kaviarbrot. Der Wodka war alle, der Tequila fast, die Whiskeyvorräte hatten stark abgenommen. Aus dem Wohnzimmer dröhnten Fetzen von *Woman from Tokyo*. Schneider hatte die alte Deep-Purple-Platte von Amiga ausgegraben und aufgelegt. Er machte seit drei Stunden den DJ und alle waren begeistert. Landers sah Margarethe an.
»Es regnet hier mehr als in Berlin«, sagte er.
»Es regnet gar nicht so oft hier, wie man denkt«, sagte sie.
Sie hatte blonde Haare und braune Augen und sie sah aus wie Miou Miou, obwohl sie keine Sommersprossen hatte. Es lag an den Augen, sie waren schön und schlau. Sie war Dokumentarin beim Stern, was ein guter Beruf war, wie er fand. Er machte sie erreichbar. Sie standen seit einer halben Stunde hier und redeten über den Unterschied zwischen Hamburg und Berlin, obwohl er keine Ahnung von Hamburg hatte und sie keine von Berlin. Sie hatten jeder drei Zigaretten geraucht. Sie trug ein einfaches rotes Kleid, und wenn sie lachte, hatte sie Grübchen. Sie hatte ein Champagnerglas in der Hand. Schneider hatte die Flaschen gefunden und ungefragt geköpft. Er hatte es instinktiv richtig gemacht. Denn dies hier war eine Champagnersituation.
»Ich mag Regen«, sagte Landers.
»Das ist gut, aber du tust mir eigentlich gar keinen Gefallen damit. Ich war eigentlich gar nicht viel in Hamburg«, sagte sie.

»Ich war mehr auf Sylt.«

»Sylt«, sagte er.

»Ja, wir haben dort ein Haus.«

Landers schnippte die Kippe aus dem Fenster und brannte sich sofort eine neue an. Sylt, verdammte Scheiße. Sie war doch nicht erreichbar. Er konnte nicht mithalten mit Sylt. Sein Vater hatte mal überlegt, einen Garten in Birkenwerder zu kaufen, aber seine Mutter wollte keinen Garten. Sie hatte keine Lust in Obstbeeten rumzukrauchen. Margarethe war eine Nummer zu groß für ihn. Landers hatte Angst, sie zu verlieren, bevor er sie überhaupt hatte. Er erinnerte sich unscharf daran, was ihm Ilona beim Scharade spielen ins Ohr geflüstert hatte.

»Dein Vater hat eine Brauerei, was?«

»Woher weißt du das?«

»Von Ilona.«

»Ilona?«

»Ach, so eine kleine Dunkle mit einem blauen Kleid. Sie ist auch hier. Oder war hier, ich hab sie lange nicht gesehen. Vergiss es.«

»Er hatte eine Brauerei. Er hat sie schon vor Jahren verkauft. Sie hat ihn nie wirklich interessiert, glaube ich. Er ist ein bisschen verschroben. Er mag eigentlich nur Fußball und Bilder.«

»Und deine Mutter?«

»Die ist tot.«

Die Mutter war tot und der Vater verschroben. Landers fühlte sich ein bisschen besser, stärker. Aber er wusste nicht, wie er das Gespräch von diesem Punkt aus weiterführen sollte. Aus dem Wohnzimmer sang jetzt Showaddywaddy von einer Quartettsingle *Under the Moon of Love*.

Er sah aus dem Fenster.

Margarethe lachte.

»Es ist bewölkt«, sagte sie. »Man sieht nichts.«

»Es ist eine Quartettsingle«, sagte er. Er wurde wirklich wie sein Vater. Dann würde er sich mit Margarethes Vater ja wunderbar verstehen. Sie wartete.

»Ich habe die Platte seit Jahren nicht mehr gehört. Showaddywaddy.«

»Under the Moon of Love«, sagte sie.

Jetzt lachte er.

Die Party hatte sich gut entwickelt. Die beiden *ran*-Redakteure waren volltrunken, hatten ihre T-Shirts ausgezogen und grölten vom Balkon irgendwelche Fußballlieder. Hans-Henning Kurze hatte sich offenbar neu in seine Frau verliebt, sie knutschten ohne Atem zu holen. Rudi hatte sich mit Lilo Kneese und einer Flasche Champagner ins Schlafzimmer zurückgezogen. Hoffentlich machten sie die Tür zur Kleiderkammer nicht auf. Dort stand der Miró.

Die anderen tanzten nach den Uralthits, die Schneider auflegte. Gerstner hatte auf den Knien Luftgitarre gespielt. Dave, Ritschie und Olli imitierten Backgroundsängerinnen. Katschlik lag schlafend in der Wanne. Sonja hatte gesehen, dass Brahnstein Käse gegessen hatte. Käse aus dem Spar-Markt. Der große Brahnstein redete seit einer Stunde auf Susanne ein. Sie kicherte unentwegt.

Jaspers war vor zwei Stunden gegangen, nachdem er sein Gastgeschenk ausgetrunken hatte. Eine gute Flasche Portwein aus dem Altonaer Keller. Sein Gesicht hatte die Farbe von glühenden Kohlen gehabt. Er hatte ihn beim Abschied geküsst. Links und rechts. Es war wunderbar. Er hatte etwas in die deutsche Einheit eingebracht, dachte Landers zufrieden. Er fühlte sich angekommen. Hamburg mache es einem nicht leicht, hatte er mal irgendwo gehört. Erst nach zwei Jahren könne man sagen, ob Hamburg einen Neuling angenommen oder abgestoßen habe. Im Moment sah es nicht schlecht aus. Er würde auch Sylt packen.

»Ich hätte nicht gedacht, dass ich mich so wohl fühlen würde«, sagte Landers.

»Es ist das tollste Fest, auf dem ich seit langem war«, sagte Margarethe.

»Das liegt daran, dass es kein Fest ist, sondern eine Fete«, sagte Landers. »Eine Party. Mein Beitrag zur deutschen Einheit.«

»Ach«, sagte Margarethe. »Was Politisches.«

»Ja. Nein. Ich meine, es liegt daran, dass es ein Abschied ist«, sagte Landers.

»Wovon?«, fragte sie.

»Von dieser Wohnung«, sagte Landers und suchte nach einer neuen Zigarette. »Und von ein paar anderen Sachen. Meinem früheren Leben. Was weiß ich.«

Irgendwie war alles auf diesen Moment zugelaufen. Sonja Nothebohm hatte schon so einen Kupplerblick gehabt, als sie in der Tür standen. Der Ottoversandtyp war nicht da gewesen. Sie hatten sich angesehen und irgendwie schienen sie nur noch allein hier zu sein. Sie waren sich pausenlos über den Weg gelaufen. Die anderen standen plötzlich im Dunkeln, wurden unscharf. Er fühlte sich seit langer Zeit wieder leicht. Er grübelte nicht. Er brauchte keine Orientierung. Er war lässig, er war frei, er war kein Nachrichtensprecher außer Dienst. Er war der Partykönig. Er fand keine Zigarette und er hatte ein bisschen viel getrunken.

Er küsste sie.

Sie war überrascht, sie zitterte leicht, so ein kleiner Schauer, aber dann suchte sie mit ihrem Champagnerglas die Arbeitsplatte aus Buchenholz, fand sie und entspannte sich. Sie wurde ruhig und schmiegte sich an ihn. Sie roch nach all den Tänzen und dem ganzen Fisch unglaublich frisch, ihre Zunge bewegte sich träge in seinem Mund, aber nicht so breiig, sondern genau richtig, sie legte ihre Arme um seinen Nacken, zog sich an ihm fest, so dass er sie richtig spürte, und dann kamen die beiden *ran*-Jungs in die Küche, um sich ein frisches Bier zu holen.

Sie brüllten: »Halbzeit!«

Margarethe schnellte regelrecht von ihm weg.

Im Wohnzimmer begann der *Roadhouse Blues*. Nicht von den Doors. Schneider hatte das Live-Doppelalbum von Status Quo gefunden. Unter anderen Umständen hätte Landers tanzen wollen. Er liebte diese Platte, er hatte sie seit zehn Jahren nicht mehr gehört. Aber jetzt hätte er *Hiroshima* gewünscht. Von Wishful Thinking. Oder *Lucky Man. Sailing.* So was. Wäre er der Discjockey dieses Abends gewesen, hätte er jetzt das Licht runtergedreht und eine langsame Runde eingeläutet. Eine mit den Titeln seiner Jugendzeit. Vielleicht lag es an den ganzen alten Nummern, die Schneider ausgekramt hatte, vielleicht auch an dieser komischen Situation, dass sie beim Knutschen in der

Küche überrascht worden waren, auf jeden Fall fühlte er sich jung. Er dachte an die Schuldisco in seiner Aula. An *Nights in white Satin*. Die Decke schwebte zehn Meter über ihm, auf der Bühne stand ein schwarzer Flügel unter einem grünen Wachstuch und aus der Ecke beobachteten sie die Böcke, Kästen, Pferde und Barren, weil die Aula auch ihre Turnhalle war.

»Eh, war nicht so gemeint«, sagte einer der Fußballer und der andere rief »Weitermachen«, als sie wieder verschwanden.

Margarethe starrte auf den Boden. Sie schwiegen. Landers wäre gern in das unschuldige Aulagefühl zurückgekrochen. Aber er stellte die bescheuertste Frage, die er in diesem Moment stellen konnte.

»Wo ist denn eigentlich dein Freund?«

»Jens-Uwe?«

»Wenn er Jens-Uwe heißt, dann Jens-Uwe.«

»In Amerika.«

»Gut«, sagte Landers.

»Ja«, sagte sie. »Er arbeitet dort.«

»Ach so«, sagte Landers. Er hatte es versaut. Jens-Uwe. Allein der Name zerstörte sämtliche Emotionen.

Margarethe sah auf die Uhr.

»Ach Gott, es ist ja schon kurz vor drei. Dann werd ich mal langsam. Ich muss ja morgen früh raus. Äh, heute früh raus.«

»Es ist Sonnabend«, sagte Landers.

»Eben«, sagte sie.

Landers versuchte sie nicht mehr zu überreden. Er brachte sie zur Tür und fragte, ob sie sich nicht, vielleicht schon heute, oder nein, besser morgen, das sei Sonntag, wiedersehen könnten. In drei Wochen fing die Fußballweltmeisterschaft an, dachte Landers. In ein paar Tagen spielten sie ein Vorbereitungsspiel gegen Kanada.

»Sonntag, eh, ja«, sagte Margarethe.

»Also ja«, sagte Landers. »Wir könnten, eh, wir könnten spazieren gehen.«

»Mal sehen.«

»Kann ich dich irgendwie anrufen?«

»Kann ich dich nicht besser anrufen?«

»Ja, klar. Moment, ich hol schnell eine Karte.«

Er rannte ins Arbeitszimmer, wühlte hektisch in seinem Schreibtisch rum, fand schließlich eine Visitenkarte, auf der allerdings noch seine Lokstedter Adresse stand, er strich die Telefonnummer durch, kritzelte seine neue daneben und rannte zur Tür zurück.

Er hörte nur noch ihre Hacken auf einem der unteren Treppenabsätze klacken. Vielleicht war die Haustür abgeschlossen. Sie war offen. Er hörte, wie sie langsam ins Schloss fiel, dann startete irgendwo ein Auto, das nach ziemlich kräftigem Motor klang. Landers stand noch ein bisschen verloren im Hausflur. Dann ging er zurück zu den anderen.

Schneider hatte *Whole lotta rosie* aufgelegt. Von AC/DC.

Er kannte keine langsamen Runden.

Landers hatte ihr nicht auf die Brüste gesehen. Er wusste nicht, was sie für Brüste hatte. Ein gutes Zeichen.

Sie könnte es sein, dachte Landers. Die 20-Uhr-Frau.

Landers lag angezogen auf dem roten italienischen Sofa von Möbelgut. 4500 Mark. Aber scheiß unbequem. Sein Nacken tat ihm weh. Durchs Zimmer kroch milchiges Morgenlicht. Fetzen eines Traums flatterten hinter seiner Stirn. Stechendes Klingeln. Margarethe und Gondeln. Er hob langsam den Arm, sah auf die Uhr. Kurz vor sieben. Auf den Dielen standen leere Flaschen und Gläser, überall Kippen. Hoffentlich hatten sie das Holz nicht versaut. Er hatte den Boden vor einem dreiviertel Jahr abziehen lassen. Dreitausend Mark. Klingeln, messerscharf. Vor der Musikanlage lag, in einem Berg aus Platten und CDs, Martin Schneider. Er schnarchte. Das Klingeln schraubte sich Landers in die Schläfen. Es kam irgendwo aus dem Arbeitszimmer. Er musste es abstellen. Er stand langsam auf, alles drehte sich. Er setzte sich wieder hin. Es klingelte. Er probierte es noch mal. Diesmal ging es besser, er schaffte es bis zur Flügeltür, verschnaufte kurz. In der Zwischenzeit klingelte es zweimal. Seine Lendenwirbelsäule schmerzte. Eine Wachstumsstörung, das jahrelange Boxenschleppen, die beschissene Couch. Italien. Er hatte von Venedig geträumt. Gondeln. Margarethe. Es war das Telefon auf dem Schreibtisch. Wieso sprang der verdammte Anrufbeantworter nicht an, dieses Scheißding. Klingeln. Er würde nie verstehen, wie Leute so ignorant sein konnten. Er ließ es nirgendwo länger klingeln als viermal. Wer beim vierten Mal nicht am Telefon war, wollte nicht angerufen werden, war nicht da, saß in der Wanne, auf dem Klo, wo er sich bei jedem Klingeln fragte, soll ich oder soll ich nicht, eine Folter. Er fiel in den Stuhl, es klingelte noch einmal, dann nahm er den Hörer ab: »Was um Himmels willen bilden Sie sich ein, es ist sieben Uhr morgens!« Das heißt, genau das hatte er schreien wollen, aber ihm gelang nur ein schmatzender Laut. Sein Mund war völlig ausgetrocknet.

»Hallo«, sagte eine Stimme am anderen Ende.

Es war eine leise, vorsichtige, ängstliche Stimme. Sie beruhigte Landers Nerven, sprechen konnte er immer noch nicht.

»Herr Landers, sind Sie das?«

Er schmatzte. Herr Landers hatte ihn schon lange niemand mehr genannt.

Der Mann ist aufgeregt, dachte Landers. Er glaubte jedenfalls, dass es ein Mann war. Ein Mann mit einer hohen Stimme. Einer Stimme, die selten redete.

Sie schwiegen. Landers kriegte die Lippen nicht auseinander, der Mann am anderen Ende bekam keine Antwort. Aber warum zum Teufel legte er dann nicht auf? Sie schwiegen weiter. Vielleicht zwei Minuten. Margarethe hatte ein weißes Kleid getragen.

»Hmmpf«, machte Landers. Vielleicht war er über Nacht stumm geworden. In diesem Fall müsste er sich einen anderen Job suchen.

»Herr Landers?«, fragte die Stimme, wieder mit mehr Hoffnung.

»Hallo. Hören Sie mich?«

Vielleicht hätte er jetzt reden können, aber er hatte keine Lust. Es war gut so. Ein Hochzeitskleid. Er saß in seinem kühlen Drehstuhl, den Hörer am Ohr. Ganz still. Der Schmerz in seinem Kopf sickerte weg. Er sah aus dem Fenster in den morgentrüben Hof. Das Dach der zweistöckigen Kunstdruckerei glänzte feucht. Es war kühl, angenehm kühl. Und es gab keinerlei Bewegung, alles schlief. Er versuchte seinen Atemrhythmus dem am anderen Ende anzupassen, wie er es früher gemacht hatte, wenn Kathrin schon eingeschlafen war, er aber noch wach lag. Der Schwindel verschwand. Er wurde wieder müde.

Vielleicht wäre er eingeschlafen, aber irgendwann sagte die Stimme: »Schade.«

Dann wurde aufgelegt.

Schade?

»Finde ich nicht«, sagte Landers. Es war komisch, die eigene Stimme zu hören. Sie klang fremd. Sie hatte sich irgendwie aus seinem verklebten Hals gelöst, losgerissen.

Landers legte den Hörer neben die Gabel. Kein Klingeln mehr. Er blieb noch einen Augenblick in seinem Drehstuhl sitzen. 1800 Mark, argentinisches Büffelleder. Sehr angenehm für den schmerzenden Rücken. Er schmiegte den Nacken in die Lehne. Es war ein Wahnsinn, dass seine Nummer immer noch im Telefonbuch stand. Zweimal Jan Landers gab es in Hamburg, der andere war Dipl.-Chem. Ein Versuch und man hatte den Tagesschau-Sprecher am Apparat. Er brauchte eine neue Nummer. Heute noch. Er war jetzt wach.

Schade.

Komische Stimme. Niemand, der einen Telefonstreich machte. So ernsthaft. Traurig. Vielleicht befand er sich ja noch in seinem Traum. Er hatte ihr Gesicht nicht sehen können, weil ein Schleier davor lag. Ein altes Hotel in Venedig. Er war noch nie in Venedig gewesen, aber so stellte er sich es vor. Irgendwas mit Masken und Blut, wie aus diesem Film mit Donald Sutherland. *Wenn die Gondeln Trauer tragen.* Der Anruf von Warnes. Ein Klingeln, wie es Noodles im Opiumrausch erschien. Der Anruf des Schutzengels, der ihn vor Höhenflügen bewahren wollte. Der ihn zum Nachdenken über die wahren Werte des Lebens zwang.

Aber was waren die wahren Werte des Lebens? Keine italienische Espressomaschine zu besitzen? Auf den Saab zu verzichten? Wenigstens auf die Ledersitze?

Landers hatte keine Ahnung.

Alles, was er jemals über Traumdeutung erfahren hatte, stand auf fünf Seiten eines Taschenbuches, das jemand auf einer Flughafentoilette in Dortmund vergessen hatte. Er hatte es nicht verstanden und das Buch für Bedürftige liegen gelassen.

Außerdem war das hier kein Traum.

In seinem Rücken knarrte die Schlafzimmertür. Rudi betrat den Tag. Er blinzelte in den Flur, orientierungslos, nackt. Er hielt sich ein T-Shirt vors Gemächt, entdeckte Landers im Drehstuhl und grinste. Stolz. Er hatte eine Braut erlegt. Er ließ das T-Shirt sinken und flüsterte: »Pissen.« Nur das eine Wort. Pissen.

»Viel Spaß«, sagte Landers. Das vierte und fünfte Wort, das ihn an diesem Morgen verließ. Die Badtür bewegte sich leise, Rudi kicherte, offenbar lag Katschlik noch in der Wanne. Dann hörte Landers den Urin seines ehemaligen Kommilitonen ins Becken fallen. Die Spülung. Gefolgt von einem anderen, unvertrauten Rauschen. Offensichtlich probierte Rudi das Bidet aus. Vielleicht benutzte man es ja dafür, dachte Landers.

Ihm fiel Margarethe ein. Er lächelte. Er überlegte, ob diese Wohnung Margarethe noch nackt sehen würde. Dabei stellte er fest, dass die Wörter nackt und Margarethe irgendwie noch nicht zusammenpassten. Früher hatte er sich manchmal die Hände von Mädchen, mit denen er sich im Café getroffen hatte, angesehen und sich vorgestellt, dass diese unschuldigen Hände, die gerade einen Pony ordneten oder ein Milchkännchen hielten, in ein paar Stunden in seine Hose fahren würden. Bei Margarethe reichte seine Vorstellungskraft dazu nicht aus.

Rudi schlich zurück zu Lilo Kneese in Landers' Bett. Komische Vorstellung, dass ein Filmredakteur des Berliner Tagesspiegel sich eben zu einer kunstinteressierten Hamburger Planungsredakteurin in das Bett eines Tagesschausprechers legte, nachdem er sich seine Genitalien in einem ungenutzten Bidet gespült hatte, das neben einer Badewanne stand, in der der Stellvertretende Chef vom Dienst der größten deutschen Nachrichtenredaktion schlief. So enden gute Partys, dachte Landers.

Er war um halb fünf auf seine Viereinhalbtausendmarkcouch gekrochen, er hatte maximal zweieinhalb Stunden geschlafen. Er hatte keine Lust, in den Spiegel zu schauen. Landers stand vorsichtig auf, es drehte sich nichts mehr. Er fühlte sich beinahe nüchtern. Er stieg über den schnarchenden Schneider und ging in die Küche, um das zu ändern. Sie hatten wirklich alles ausgesoffen. Er schnüffelte an ein paar Neigen, bis ihm der Billig-Whiskey in der Speisekammer einfiel. Guter alter Schneider. Er spülte ein Glas ab, goss es voll, trank es in einem Zug aus. Zum zweiten Glas rauchte er eine Zigarette, dann legte er sich wieder schlafen.

Gegen zwei wurde er von einem Gitarrensolo Ritchie Blackmoores geweckt. Schneider hatte Kaffee gemacht, Rudi war bereits weg, Katschlik und Lilo Kneese standen mit großen Kaffeenäpfen fröstelnd vor dem Küchenfenster. Katschlik sah aus wie Mitte sechzig, Lilo Kneese wirkte nicht unzufrieden.

Siebenfünf, siebenacht, siebenfünf, siebenneun, achteins, siebenzwei, sechsneun, sechsvier, sechsvier, sechsdrei, sechsneun, siebeneins, siebennull, siebenneun, achtneun«, raspelte Grundmanns feuchte Stimme. Ein feiner Speichelnebel schwebte über dem Blatt mit den Quoten der gestrigen 20-Uhr-Ausgabe.

Fünfzehn Werte. Jede Minute eine Zahl.

Landers versuchte sich zu erinnern, was er um welche Zeit gelesen hatte. Er brachte es nicht mehr zusammen. Am Anfang war der Bundesfinanzminister »schwer« unter Druck geraten, am Ende hatte der Dax eine »neue« Rekordmarke erreicht. Mittendrin war die Grenze zwischen Nord- und Südkorea durchlässiger geworden. Der Tokio-Korrespondent hatte in einem lindgrünen, unvorteilhaft engen Sommeranzug, an dem ein warmer feuchter Wind zerrte, an diesem sehr bekannten Grenzort gestanden. Panmunjom. Im Hintergrund hatte man Grenzsoldaten gesehen. Breitkinnige finstere Neger auf der einen Seite und kleine, drahtige Koreaner auf der anderen. Landers erinnerte sich daran, dass er sich über die Neger in Korea gewundert hatte. Dabei hatten ihm nun sechskommaneun Millionen Menschen zugeschaut. Oder siebenkommaeins. Oder sechskommavier.

Er schaffte drei Meldungen in einer Minute. Irgendwann würden sie die Quoten sicher nach einzelnen Meldungen aufschlüsseln. Dann endlich wüssten sie, dass eine Meldung über die Fusion zweier asiatischer Elektronikkonzerne mehr Zuschauer hatte als eine Regierungskrise in Italien. Was wären die Schlussfolgerungen? Nichts mehr übers italienische Parlament?

Es zählte zu Landers' großen Enttäuschungen, dass man mit tausend Testpersonen fast auf die Kommastelle genau berechnen konnte, wie fünfzig Millionen Menschen wählen würden. Erschütternd. Ein ganzes Volk setzte sich letztlich aus nur tausend verschiedenen Charakteren zusammen. Es war berechenbar wie eine Schafherde.

Sie saßen hier gemütlich in der Vormittagssonne und ließen die Menschenmassen aufmarschieren, die ihm gestern bei der Arbeit zugeschaut hatten. Achtkommaneun Millionen Menschen. Eine Naturgewalt. Hatte er den kleinsten Einfluss auf die Bewegungen dieser Menschenwoge? Wären es nur achtkommaachtfünf Millionen gewesen, wenn Sonja Nothebohm gestern die 20-Uhr-Nachrichten gelesen hätte? Und wenn ja, woran hätte es gelegen? Trieb er die Leute eher auf die Toilette als Michael Gerstner? Machte Lisa Kirchner sie geil?

Gab es kleine atmosphärische Veränderungen, wenn er die Nachrichten las? Waren die Körpertemperaturunterschiede zwischen den Sprechern von Bedeutung? Lösten ihre Gesten unsichtbare Turbulenzen aus, die sich in den Wind mischten, schließlich Stürme auslösten, mit denen potentielle Fernsehzuschauer in ihren Autos von der Straße gefegt wurden? Als Junge war er überzeugt davon, dass es ein Fußballspiel beeinflusste, ob er es im Fernsehen anschaute oder nicht. Er hatte gedacht, die DDR-Fußballmannschaft habe 1974 gegen die Westdeutschen in Hamburg gewonnen, weil er verschiedene Socken anhatte.

Er war kein Junge mehr. Es lag nicht an ihnen. Sie waren ohne Einfluss. Gestern hatte Deutschland zweinull gegen Kanada gewonnen. Ein Vorbereitungsspiel zur WM. Klinsmann und Sammer hatten die Tore gemacht, die Leute hatten auf Klinsmann und Sammer gewartet. Scheiß drauf. Landers freute es dennoch, dass er gestern eine Acht gehabt hatte. Mit der letzten Quote hatte er die Neun gekratzt. Das war ihm das letzte Mal passiert, als im vorigen September ein Flugzeug mit deutschen Touristen vor einer griechischen Insel ins Meer gestürzt war. Eine knappe Neun ohne einen einzigen toten deutschen Urlauber war nicht schlecht. Es hatte natürlich die Aussicht auf ein deutsches Tor gegeben, klar. Dennoch hatten sie ihn gesehen. Oder zumindest eingeschaltet. Neunmillionenmal.

Landers streckte die Beine unter dem Tisch aus und guckte zwischen den Köpfen von Jost Schäfer und Karin Kulisch hindurch aus dem Fenster. Das Blättermeer vorm Sitzungszimmerfenster hatte sein schönstes Grün erreicht.

Grundmann sah von den Quotentabellen auf. Er blickte in die Montagvormittagsgesichter seiner Untergebenen. Die Zahlen waren gut, sie erwarteten Lob.

Es war kurz nach elf am zweiten Montag im Juni. Eine weißliche Sonne tanzte zwischen schnell treibenden Wolken am klaren Himmel. Sie hellte den Sitzungsraum in Quotenstößen auf. Hell, dunkel, hell, dunkel, hell, dunkel. Die Luft in Ottensen hatte nach Leben geduftet, als Grundmann heute Morgen das Haus verlassen hatte. Frisch und kühl. Die Woche schien gut anzufangen. Er hatte in zwei schnellen Sätzen die Treppen genommen, war zu seinem Auto gehüpft wie ein Junge und hatte im dunklen Glanz seines Audi flüchtig sein Spiegelbild gesehen. Ein Fabelwesen. Ein Nachrichtenclown. Er war erstarrt. Er hatte im blättersonnenflirrenden, dunkelblauen Lack und Glas seines 68000 Mark teuren Autos gesehen, dass die Hoffnung seinen Leib verlassen hatte wie Luft einen zerstochenen Reifen. Er war zusammengesackt. Er hatte sich schnell im Wagen versteckt und war hierher gefahren. Es war nicht besser geworden. An einer Kreuzung hatte er in den Rückspiegel geschaut. Ein guter, getönter Spiegel, ein schmeichelnder Spiegel. Das Licht fiel von vorne auf ihn. Gutes Licht. Das beste Licht. Er wollte sich aufbauen. Es war ein Fehler gewesen, es war in letzter Zeit immer ein Fehler. Seine Nase hatte die Farbe eines Weihnachtsapfels gehabt, und als er die Oberlippe hob, schien ihn ein skorbutkranker Seefahrer anzugrinsen. Ein unverkaufbares Pferd.

Grundmann war sich sicher, dass er den Einser mit einer schnellen Bewegung aus dem Kiefer ziehen und auf den Sitzungstisch schleudern könnte. Er spürte die Zahnseide nicht mehr zwischen den Zähnen. Sie stieß auf keinerlei Widerstand. Und wenn er mit der Zunge von hinten gegen die Schneidezähne drückte, glaubte er zu spüren, dass sie nachgaben.

Konnte man den Vertrag eines Amerikakorrespondenten kündigen, weil seine Zähne eine Zumutung für die Fernsehzuschauer waren? Und wenn ja, wie drückte man das aus?

»Deutschland–Kanada um 20 Uhr 15 hatte im Schnitt elf Millionen Zuschauer. Ein Viertel mehr als wir«, sagte Grundmann in die erwartungsvollen Gesichter seiner Untergebenen und wischte über den feuchten Film, der auf seinem Manuskript lag. Die Zahlen verschmierten unter seinem Speichel.

Vor zehn Jahren waren es Haare gewesen, die auf seine Manuskripte fielen wie Tannennadeln von einem alten Weihnachtsbaum auf den Teppich. Rote drahtige Haare aus seinem Mittelscheitel, die mit der Zeit immer weniger drahtig und immer weniger rot wurden, bis sie schließlich so dünn, leicht und rosig waren, dass man sie kaum noch sehen konnte. Jetzt tropften die Zähne. Er zerfiel, fiel auseinander. In fünf Jahren würde ihm bei einer schnellen Bewegung die Nase aufs Manuskript fallen. Reif war sie.

Wie jeden Tag verfluchte Grundmann, dass er sich vor zwanzig Jahren entschieden hatte, zum Fernsehen zu gehen. Würde er bei einer Nachrichtenagentur arbeiten oder in einer Botschaft, interessierte sich kein Mensch für seine Zähne. Als Radioreporter wäre er unsichtbar, aber er musste sich ausgerechnet das eitelste aller Medien aussuchen, verdammt. Da hätte er gleich Model werden können. Vielleicht sollte er sich einen Bart wachsen lassen. Einen von den Bärten, die über den Mund wucherten.

»Es war ein absolutes Scheißspiel«, sagte Katschlik. »Sommernachtsfußball.«

»Danke«, sagte Grundmann. »Das erklärt manches.«

Katschlik zuckte auf eine vogelhafte Art zusammen.

Er würde ganz sicher einen Bart in der Farbe seiner Haare bekommen, dachte Grundmann. Einen feuerroten Bart. Ein Rotbart? Ein deutscher Rübezahl in Washington? Würde er nicht erst recht wie ein betrunkener Seefahrer aussehen? Die Nase vom Rum gerötet, die Zähne vom wochenlangen Pökelfleischverzehr gelockert. Hatten sie eigentlich irgendwo bärtige Korrespondenten? In Russland? In Kanada? Kanada. Wieso ging er nicht nach Kanada? Sollte ein nettes, tolerantes Land sein. Er sah sich schon mit seiner roten Nase vor vereisten Seen und verschneiten Ahornbäumen stehen. »Das war für das Erste Deutsche Fernsehen: Rudolf, das Rentier aus Toronto. Macht's gut, Leute.«

Grundmann sah sich in der Runde um. Hans-Henning Kurze war der einzige mit Bart. Ein Graubart. Gestutzt. Aber Kurze war Regisseur. In Kanada hatten sie keinen Korrespondenten, fiel ihm ein. In Moskau saß eine Frau.

Grundmann blätterte das obere, feuchte Quotenblatt um.

»Die Tagesthemen«, sagte er.

Vielleicht ein Bart. Er würde ständig nass sein. Aber die Manuskripte wären trocken.

»Vierdrei, vierzwei, vierzwei, dreineun, dreisieben, dreizwo, dreivier, dreiacht und so weiter. Immer knapp unter vier, ja, hier zwischen Zweiundzwanziguhrsechsundfünfzig und achtundfünfzig gab's noch mal 'ne Vieracht, die Zusammenfassung des Fußballspiels wahrscheinlich. Des Sommernachtsfußballspiels, um genau zu sein, Katschlik. Dann geht's sanft zu Ende. Dreisechs, viereins, viernull, dreineun, vierzwo, dreineun. Normal, was Lisa?«

»Völlig normal, Karlheinz«, sagte Lisa Kirchner und lächelte.

»Nur Theo könnte mehr kriegen.« Noch mehr Lächeln. Wunderbare Zähne. Nicht strahlend weiß, eher elfenbeinfarben, buttermilchfarben, aber sehr kräftig, gesund. Pflanzenfresserzähne. Grundmann sah zu Brahnstein, der kleine weiße Zähne hatte, wie er wusste. Obwohl er Pfeife rauchte. Es gab da keine Gerechtigkeit. Keinen Zahngott oder so was. Er hatte nie geraucht und benutzte seit Jahren Zahnseide und teure Anti-Plaque-Spülungen. Brahnstein betrachtete seine langen gepflegten Finger.

»Theo kriegt sie natürlich alle«, sagte Grundmann. Brahnstein hatte ihm vor zwei Monaten gesagt, dass er die Redaktion Ende des Jahres verlassen würde. Theodor Brahnstein betrachtete immer noch seine Finger. Er liebte sich. Man sah es, wenn er redete, wenn er beim Moderieren mit spitzen Lippen seine feinziselierten Sätze ausstieß, er pfiff sie fast. Man sah es, wenn er über seine Bonmots lachte, lächelte, wenn er die Bügelfalten seiner Hosen lockerte, bevor er sich setzte. Man sah es auch jetzt. Er war zufrieden mit seinen Händen. Er fühlte sich wohl in seinem Körper. Wo er hingehen würde, hatte er ihm noch nicht gesagt. Es ging sicher um Geld. Brahnstein war ein Star, er hatte alle Fernsehzeitschriftenpreise gewonnen, die es zu gewinnen gab, aber er verdiente hier immer noch ein normales ARD-Gehalt. Weniger als Grundmann jedenfalls. Grundmann hatte nicht versucht, ihn zu überreden. Es hatte keinen Sinn. Außerdem konnte er nicht betteln.

Er würde einen neuen Moderator für die Tagesthemen suchen. Seine letzte Amtshandlung in der Nachrichtenbehörde. Vielleicht würde er Schäfer erzählen, dass er Ducke auf der Rechnung habe, und Ducke gegenüber fallen lassen, dass er mit Schäfer plane.

Ja, darauf freute er sich jetzt schon.

»Wir gucken trotzdem mal kurz auf den Monat, wenn's dir recht ist, Theodor«, sagte Grundmann.

Brahnstein imitierte die gönnerhafte Geste eines Monarchen, indem er seine gepflegten schmalen Hände langsam nach außen fallen ließ wie eine sich öffnende Blume im Zeitraffer. Grundmann sah kurz auf seine eigenen Hände. Sie waren schwer, rosa und endeten in kurzen dicken Fingern. Auf ihren Rücken wucherten Haarbüschel wie struppiges orangefarbenes Gras. Keine Hände für große Gesten.

Grundmann schluckte den Speichel in seinem Mund herunter, schaltete den Overheadprojektor ein und lud die Quotenkanone durch.

Landers sah in den saftigen Frühsommer auf der Dachterrasse, während sein Chef Zahlen in den Konferenzraum spuckte. Es war Juni, es war WM-Juni, die Zahlen waren sicher nicht schlecht. Die Nachrichten erhöhten die Vorfreude aufs Spiel. Sie gehörten dazu.

Vielleicht war es noch zu früh, um einen gemeinsamen Urlaub zu planen. Die Party war schon zwei Tage her und Margarethe hatte noch nicht angerufen. Vielleicht im Oktober. Portugal sollte noch schön sein im Oktober. Oder eine griechische Insel. Aber sie könnten im Juni für ein Wochenende ans Meer fahren. An die Ostsee. Oder die Nordsee. Es war Juni. Ab Juli könnten sie zusammen am Pool sitzen oder auf seiner Dachterrasse. Am 17. Juli war WM-Finale, am 25. zog er in den Loft um.

Er befühlte seinen Bauch. Fest. Glücklicherweise ging er seit einem Jahr in dieses Fitnessstudio. Er neigte zu Fetthüften. Er suchte, kniff, aber bekam nur ein Stück Haut zwischen die Finger, das straff über seinem Hüftknochen gelegen hatte. Sehr schön. Vielleicht sollte er sich ein wenig vorbräunen lassen. Auf jeden Fall brauchte er neue Badehosen. Halb lange.

Es würde ein guter Sommer werden.

Zuletzt hatte er niemanden gehabt, mit dem er verreisen konnte. Abgesehen von seiner Tochter natürlich, aber das meinte er nicht. Er war im letzten Jahr mit Linda drei Wochen in einem Club auf Kos gewesen. Linda hatte nicht viel von zu Hause erzählt in den drei Wochen. Und nachdem er einmal beiläufig danach gefragt hatte, ob manchmal »neue Onkels bei Mutti übernachten«, redete sie gar nicht mehr. Sie hatte einen Tenniskurs besucht, er hatte ein wenig Surfen gelernt, abends hatten sie schweigend an einem großen runden Tisch gesessen. Anfangs hatten die Animateure ihnen immer neue wildfremde Leute an den Tisch gesetzt, die sich vergeblich abmühten, mit ihnen ins Gespräch zu kommen. Linda war ein schweigsames Kind, er war auch nicht gerade redselig. Zuletzt ließ man sie allein an ihrem Tisch. Wahrscheinlich konnten die Animateure niemanden mehr überzeugen, den beiden verbiesterten Deutschen Gesellschaft zu leisten. Er hatte jeden Abend eine Flasche Weißwein getrunken und war dann mit irgendeinem Buch von der Bestsellerliste eingeschlafen, in dem es nur um Seemannsknoten, kaltes Wasser und einen fetten Mann gegangen war, der in den hohen Norden Amerikas zog, um sein Glück zu finden. Den Titel hatte er vergessen, aber er hatte den Eindruck, dass nur noch Bücher, die im hohen Norden spielten, in die Bestenlisten gerieten.

Sie waren sehr braun geworden. Landers hatte drei Wochen als Off-Sprecher arbeiten müssen, weil Grundmann Sprecher hasste, die aussahen wie Urlauber.

Landers sah den Chefredakteur an. Grundmann hatte die Monatsmitte erreicht, legte eine neue Folie ein, die blasse Säulen an die Wand hinter ihm warf, die noch blasser wurden, wenn das Sonnenlicht in den Raum leckte, und ratterte weitere lange Zahlenreihen herunter. Manchmal dachte Landers, dass sich der Chefredakteur wirklich nur zwischen den Quoten wohl fühlte. Vielleicht hasste er nicht nur gebräunte Nachrichtensprecher. Grundmann schien Menschen zu meiden.

Linda hatte nicht gesagt, ob es ihr gefallen hatte. Auf dem Flughafen hatte sie ihm einen schwachen Kuss gegeben, war zu ihrer

Mutter gegangen, hatte die mit einem ebenso schwachen Kuss begrüßt und war mit ihr verschwunden, ohne sich umzudrehen. Es gab noch keine Absprachen für dieses Jahr. Sie war ein schwieriges Mädchen geworden. Sie war zehn, sie wurde lang und knochig. Sie war nicht mehr so anschmiegsam und ihr Blick hatte etwas Prüfendes bekommen. Er überlegte, ob sie ihm fehlte.

Landers schaute auf die Terrasse. Sie war aus Beton, in den man zur Zierde kugelförmige Steine gemischt hatte. Die Terrasse da draußen hätte auch gut an einer Klubgaststätte in Lichtenberg hängen können. Sie war von einem meterhohen massiven Betongeländer eingerahmt und von Zigarettenkippen übersät. Es gab drei weiße Plastiktische, ein Dutzend weiße Plastikstühle und vier riesige Zierbetonpflanzenkübel, aus denen wilde grüne Büsche wucherten. Von allen Seiten griffen dicht belaubte Äste auf die Terrasse. Das ganze Fernsehgelände war von etwa drei Meter hohen Bäumen bedeckt, die wahrscheinlich alle Ende der sechziger Jahre gepflanzt worden waren, als das Aktuell-Gelände gebaut worden war. Damals sahen sie wahrscheinlich hübsch aus zwischen den vielen flachen Betonwürfeln, in denen die Aktuell-Mitarbeiter untergebracht waren.

Im Gegensatz zu den Betonwürfeln waren die Bäume allerdings gewachsen. In den beiden unteren Etagen der dreistöckigen Bürobauten hatte man das Gefühl, man arbeite in einem Gewächshaus. An hellen Tagen wie heute, wenn sich Sonnenlicht durch das Blättermeer zwängte, waren die Büros von einem wunderbaren, frischen, pfefferminzgrünen Licht erfüllt. Als arbeite man im Meer. Man bekam gute Laune. Aber sobald sich eine Wolke vor die Sonne schob, musste man das Neonlicht einschalten.

Von oben sah das Aktuell-Gelände bestimmt wie eine vergessene Welt aus. Ein Witz, dass gerade in diesem abgelegenen Dornröschenschloss Nachrichten produziert wurden.

»Oder was meinen Sie, Jan?«, fragte Grundmann.

Landers' Blick löste sich aus dem Urwald. Alle sahen ihn an. Nur Brahnstein musterte nach wie vor seine Fingernägel.

Er versuchte in Karin Kulischs Augen zu lesen, worum es ging. Aber da stand nichts. Da stand eigentlich nie etwas, außer einem glänzenden Film, der Trauer, Ergriffenheit, gezügelte Wut, Sex bedeuten konnte. Als junger Mensch war er in Karin Kulisch verliebt gewesen. Er hatte ihr auf seinem kleinen sowjetischen Kofferfernseher bei der Tagesschau zugesehen, er hatte an ihrem kühlen, erotischen Blick geklebt, so fest, dass er nachher nie sagen konnte, welche Nachrichten sie da eigentlich vorgelesen hatte. Aber im Augenblick half sie ihm nicht weiter. Manchmal dachte er, dass sie dumm war. Und dass gerade diese Ahnungslosigkeit ihn erregt hatte.

»Ja, ich weiß auch nicht.«

»Was wissen Sie auch nicht?«, fragte Grundmann.

Jetzt schaute ihn sogar Brahnstein an. Er kam sich vor wie in der Schule. Sie fragten ihn doch sonst nie was. Er war der einzige Sprecher, der regelmäßig zu den Sitzungen ging. Zu ihren Sitzungen. Den Sitzungen der Kompetenten. Er hatte das Gefühl, dass sie ihn dort eher duldeten. Er war nie etwas gefragt worden. Er hatte nie irgendwas gesagt. Wenn er sich's genau überlegte, waren »Ja, ich weiß auch nicht«, seine ersten Worte auf einer Aktuell-Konferenz, seit er hier vor zweieinhalb Jahren vorgestellt worden war.

Landers sah auf das blasse Bild, das der Projektor an die Wand warf. Eine blaue und eine rote Linie, die sich immer weiter voneinander entfernten.

»Tut mir Leid, ich war nicht ganz bei der Sache. Worum ging es?«

»Gut, ich versuche einfach für Sie noch mal zusammenzufassen, was ich in den letzten fünf Minuten erzählt habe«, sagte Grundmann.

Fünf Minuten! Er konnte es nicht fassen. Wahrscheinlich wurde er doch wie sein Vater. In zwanzig Jahren würde er wahrscheinlich stundenweise abtauchen.

»Kurz gesagt, haben wir vor allem im Osten Zuschauer verloren, Landers, also in den fünf neuen Ländern. Ich will jetzt nicht noch mal die ganzen Zahlen vorlesen, aber es ist eine ganze Menge«, sagte Grundmann. Sein Kugelschreiber glitt über die blasse rote Linie. Eine tiefe, immer weiter fallende Linie. Der rote Osten. Die Westkurve war blau wie das Meer. Und sie war stabil.

»Und wir haben überlegt, woran das liegen könnte. Vielleicht zu viel Stasi? Wir hatten ja ein paar Mal den Gysi und den Wolf und den Stolpe. Da dachte ich, dass das Ihren, wie soll ich sagen, Ihren, nun, ehemaligen Landsleuten vielleicht auf die Nerven geht. Das war's eigentlich schon, was ich von Ihnen wissen wollte, lieber Landers.«

Was glaubte er eigentlich, wer er war? Ein Massenpsychologe? Und wie er *ehemalige Landsleute* ausgesprochen hatte, klang es wie Zonendödel. Menschen, die nicht ganz zurechnungsfähig waren, Menschen, die es einfach nicht packten, Leute wie er, die pennten, wenn ihre Zukunft diskutiert wurde.

»Ehrlich gesagt fühle ich mich außerstande, über die Vorlieben meiner ehemaligen Landsleute erschöpfend Auskunft zu geben. Es sind einfach ein bisschen viele. Ehemalige Landsleute meine ich. Aber ich kann Ihnen sagen, was ich denke.«

»Dann tun Sie es doch endlich«, sagte Grundmann.

Als er sah, wie Brahnstein gelangweilt die Augen rollte, bevor er sich wieder seinen Fingerspitzen zuwandte, wurde Landers doch ein bisschen wütend. Für Brahnstein war Chemnitz doch weiter weg als Salt Lake City.

»Mich nervt nicht, dass wir melden, wer bei der Stasi war und wer nicht. Mich nervt, dass wir dabei so tun, als wüssten wir, wovon wir sprechen. Dabei wissen die meisten von uns oder von Ihnen, was weiß ich, doch gar nichts über den Osten. Ich nicht mehr und Sie noch nie. Und mich nervt, wie Sie *ehemalige Landsleute* ausgesprochen haben. So kriegen Sie die Kurve nie nach oben. Ihre rote Kurve da.«

Katschlik kicherte sein verrücktes Lachen. Brahnstein strich sich mit seinen perfekten Fingern nachdenklich über sein perfektes Kinn. Karin Kulischs Blick konnte unverändert alles bedeuten. Ilona schaute traurig, Schäfer und Ducke erstaunt.

Es war ruhig. Ein Sonnenspot löschte für einen Moment beide Kurven. Die blaue und die rote.

Ihre rote Kurve da.

Landers lauschte seinen Worten nach, hätte sie gern noch mal zurückgeholt, um sie hier und da zu glätten. Zu polieren. Grundmann zeigte keine Reaktion, mit den Reaktionen der anderen war nicht viel anzufangen.

»Aha«, sagte Grundmann. Nicht mehr.

Er zog die Ost-West-Folie von der Glasfläche des Overheadprojektors und legte eine mit zwei Kreisdiagrammen auf. Das eine stellte die Altersschichten der Tagesschau-Zuschauer vom April dar, das andere die vom Mai. Die Mai-Zuschauer waren um 0,27 Prozent älter als die Aprilzuschauer.

Landers starrte auf die beiden Torten. Er bemühte sich jetzt dabeizubleiben, aber seine Aufmerksamkeit rutschte immer wieder weg.

Aha.

Er konnte nichts damit anfangen. Was sollte das heißen, *aha*? In den Gesichtern der anderen konnte man nichts lesen. Sein kurzer Ausbruch schien nichts hinterlassen zu haben. Ihm fiel ein, dass Overheadprojektor im Osten Polylux hieß. Aber er hatte genauso ausgesehen wie der hier. Offenbar hatte die DDR im Polyluxbereich die Weltspitze mitbestimmt. Oder das Gerät war nicht mehr zu revolutionieren. Es war am Ende seiner Entwicklung angekommen. So was wie ein Hammer.

Leider gab es keine Verwendung für diesen Gedanken. Er war nutzlos. Landers begriff zum ersten Mal, was in seinem Vater vorging, wenn er schweigend neben seiner redenden Ehefrau saß und irgendwann ansatzlos Dinge sagte wie: »Alles in OBI, dass ich nicht lache.«

Nach der Sitzung stoben alle auseinander, weil in fünfzehn Minuten die 12-Uhr-Nachrichten begannen. Landers war erst um 17 Uhr dran.

Dieter Wroblewski kam auf ihn zu, legte ihm die Hand auf die Schulter und sagte freundlich: »Ich bin übrigens nicht ganz deiner Meinung, Jan. Mich interessiert das zum Beispiel sehr, was da drüben passiert.«

»Ja«, sagte Landers.

Er hätte Wroblewski am liebsten mit der Faust in sein aufgeschlossenes Gesicht geschlagen.

Ein irritierendes, unbekanntes Bedürfnis.

Als er im Sprecherzimmer ankam, klingelte sein Handy. Es war Grundmanns Sekretärin, die einen Termin für ein Essen mit ihrem Chef ausmachen sollte.

Das Restaurant lag direkt an der Elbe zwischen Lagerhallen, die vielleicht auch bald Wohnungen für Leute wie ihn waren. Die ganzen Fischer und Arbeiter zogen vermutlich aufs Land. Es war gar nicht weit bis zu seinem Loft, womöglich würde er hier manchmal essen gehen.

Es hieß Fischereihafen-Restaurant, aber das war nur ein Name. Grundmann hatte am Telefon gesagt, dass hier der Kanzler verkehre, wenn er in der Stadt sei, und als Landers einen Moment lang unschlüssig in der Tür stand, stürzten zwei Männer auf ihn zu. Einer nahm ihm seinen Sommermantel ab, der andere begleitete ihn zu einem weiß gedeckten Tisch. Sie verwendeten seinen Namen so selbstverständlich, als sei er hier Stammgast.

»Herr Grundmann verspätet sich etwas, Herr Landers. Er bittet Sie, dies zu entschuldigen und ein Getränk auf seine Rechnung zu nehmen. Ist dieser Tisch genehm?«

Landers bestellte einen Gin-Tonic und sah auf den Fluss. Er hatte einen schönen Blick. Er würde ihn bald jeden Abend haben, nächste Woche bauten sie die Küche ein. Zwei Monteure hatten die Maße für die Einbaugeräte an ihm abgenommen. Der Backofen sollte die richtige Höhe haben. Ihre Küchen seien maßgeschneidert, hatte ihm eine Frau am Telefon gesagt, das sei ihre Philosophie. Er mochte diese Art von Philosophie ganz gern. In drei Tagen begann die Fußballweltmeisterschaft. Er hätte glücklich sein können, aber Margarethe rief nicht zurück. Er bekam sie nicht mal ans Telefon. Er hatte schon zweimal mit einer unfreundlichen Archivmitarbeiterin gesprochen, einer Frau Dr. Sellin. Vielleicht kannte die Jens-Uwe oder sie mochte keine Nachrichtensprecher. Jedenfalls wimmelte sie Landers beide Male ab. *Ich kann ja nicht mehr tun, als es ihr auszurichten, Herr Landers. Nicht wahr. Sie wird Sie schon zurückrufen, es sei denn, sie möchte es gar nicht.*

Wenn sich das Hanseatische gegen einen wendete, war es ziemlich unangenehm. Noch mal konnte er da nicht anrufen. Aber er brauchte Margarethe. Es zog in ihm. Er sah sie pausenlos auf der Straße. Heute morgen hatte er sie zweimal in der Mönckebergstraße entdeckt, einmal war er ihr in die Schnäppchenabteilung des Kaufhofs gefolgt. Er konnte sich Margarethe schlecht im Kaufhof-Schnäppchenkeller vorstellen und sie war es natürlich auch nicht. Aber der Sog war gewaltig gewesen.

Der Gin-Tonic tat gut. Zwei Tische weiter saß ein Mann, der Landers irgendwie bekannt vorkam. Ein Komiker oder ein Modemacher. Der Typ machte eine lässige Handbewegung zu seinem Tisch. Wahrscheinlich eher ein Modemacher. Landers grüßte lässig zurück. Er bestellte noch einen Gin-Tonic, dann kam Grundmann. Er trug ein kariertes Jackett und seine Haare standen in zwei wilden Büscheln von seinem kahlen Schädel ab. Nach anderthalb Drinks wusste Landers endlich, an wen ihn Grundmann immer erinnerte. An Clown Ferdinand, einen stummen Kinderstar aus dem DDR-Fernsehen. Allerdings war Grundmann nicht stumm.

»Tut mir Leid, wir hatten noch Medienrat, ich bin ja hier irgendwie zum Politiker geworden«, sagte er. Das Abendlicht färbte seine Haare noch roter, sie schienen zu brennen, seine Nase glühte.

»Na ja. Aber hier läßt sich's doch aushalten.«

»Sehr schön«, sagte Landers. Er spürte, dass er ein bisschen betrunken war. Er wollte aufpassen, er durfte ihm nicht auf die Nase gucken.

»Der Bundeskanzler isst hier immer, wenn er in der Stadt ist.«

»Das haben Sie mir schon am Telefon erzählt«, sagte Landers respektlos. Scheiße, er war betrunken.

»Wirklich. Was trinken Sie da eigentlich Schönes? Nehm ich auch erst mal.«

Sie schwiegen. Landers trank seinen Gin-Tonic doch aus, denn er hatte keine Ahnung, worüber er sich mit Grundmann einen Abend lang unterhalten sollte. Die einzige Möglichkeit war, sich zu betrinken und zu warten. Grundmann trank in heftigen Schlucken, er rammte sich das Glas in den Mund, als wolle er es essen.

Der Kellner brachte die Karten, Grundmann bestimmte den Wein. Er nahm Dorsch, Landers Seezunge. Dann schwiegen sie wieder. Landers bemühte sich so sehr, seinem Chef nicht auf die Nase zu gucken, dass alles unscharf wurde.

»Gab es so was im Osten auch?«, fragte Grundmann.

»Speisekarten?«

»Fischrestaurants.«

»Ja«, sagte Landers. »Sie hießen aber Gastmahl des Meeres.«

»Sie hießen wie?«

»Das Gastmahl des Meeres.«

Grundmann lachte knatternd. Es war wie eine Explosion, er riss die Hände vor den Mund und lachte in sie hinein. Landers fiel ein, dass er ihn zum ersten Mal lachen sah. Sonst grinste er immer nur. Landers fand den Namen Fischereihafen-Restaurant nun auch nicht gerade originell, aber darum ging es nicht. Er würde also vom Osten erzählen. Lenin-Mausoleum, Autoanmeldung, Maidemonstration. Das Übliche. Seine Erinnerungen an damals wurden immer mehr zu einer Kette von Anekdoten. Und darum ging es. Er war ein Opa, der vom Krieg erzählte.

Er erzählte, wie er sich beim Sender Freies Berlin mit dem Wollschlips seines Schwagers vorgestellt hatte. Das kam gut an. So gut, dass er fast von seiner Nasenoperation berichtete. Aber in diesem Moment brachten zwei Kellner den Fisch. Während er seinen Teller begutachtete, erzählte Grundmann, wie schrecklich eitel er das Medium Fernsehen finde. Logisch, wenn man so aussah, dachte Landers, und ließ die Nasenoperation weg. Er erzählte über Außenminister Rückers und seine »Zwölf Jahre wie im Flug«.

Der Fisch war ausgezeichnet.

»Er hat pausenlos von seinen Anzügen geredet. Er kam immer nur die Gangway runter.«

»Sie erleben ja auch nichts anderes. Gangway rauf, Gangway runter. Ich hab Rückers ein-, zweimal in Spanien getroffen. Nach fünf Minuten wusste ich nicht mehr, was ich ihn noch fragen sollte. Laden Sie nie einen Außenminister in eine Talkshow ein. Am besten überhaupt keine Politiker.«

Grundmann redete von Madrid, Buenos Aires und von seinen Washington-Plänen. Nach dem Essen ging er auf die Toilette, blieb lange weg und schien sehr betrübt, als er wiederkam. Als habe er dort eine schlechte Nachricht bekommen. Aber dann wurde es wieder ganz lustig, wenn auch immer noch nicht klar war, warum sie hier eigentlich zusammensaßen. Bei der dritten Flasche Wein gestand Grundmann, dass er ihm absichtlich zweimal davon erzählt habe, dass der Kanzler hier speise. Er wollte ihn testen.

»Sie sind erst der Zweite, der mir die Wahrheit gesagt hat.«

»Wer war denn der Erste?«, fragte Landers.

»Ach, das war Brahnstein. Ja, Brahnstein. Aber der ist einfach nur beleidigt, wenn man ihn langweilt. Er ist eitel.«

»Weswegen wollten Sie eigentlich mit mir essen gehen?«, fragte Landers, nachdem er wusste, dass Grundmann das klare Wort liebte.

»Ich wollte Sie kennen lernen.«

»Ich bin doch aber schon fast zwei Jahre hier.«

»Ich habe Sie da neulich in der Konferenz ganz schön vorgeführt. Tut mir Leid. Mir ist aufgefallen, dass wir wirklich ganz schön wenig von Ihrem, also vom Osten des Landes wissen. Na ja. Das war es wohl.«

Landers überlegte, was Grundmann nun über den Osten wusste. Dass es dort Fischgaststätten gegeben hatte, aber keinen Krawattenzwang. Er wusste nichts, aber Landers war vielleicht auch nicht mehr der beste Zeuge. Er hatte alles vergessen, vielleicht hätte er mit diesem behaarten Poeten reden sollen.

»Was halten Sie eigentlich von Telepromptern?«, fragte Grundmann. »Sie benutzen die Dinger jetzt beim heute-Journal.«

»Weiß nicht. Sie sind mir eigentlich egal.«

»Karin Kulisch ist dagegen.«

»Ich weiß. Die älteren Sprecher sind eigentlich alle dagegen. Sie sagen, es würde die Glaubwürdigkeit einschränken.«

»Glauben Sie das auch?«

»Nee. Ich find's ein bisschen unheimlich, weil man so an Fäden hängt. Ich meine, wir Sprecher können ja sowieso keine einzige Entscheidung treffen, aber bislang konnten wir wenigstens die Seiten umblättern.«

Grundmann starrte ihn an, als schien ihn das brennend zu interessieren. Landers bezweifelte, dass Grundmann je mit einem der

Sprecher ein ähnliches Gespräch geführt hatte. Das waren sicher alles Tunten für ihn. Landers redete von der Ohnmacht des Sprechers, er sagte, was er bei der Strittmatter-Nachricht gefühlt hatte, wie er das *ostdeutsch* anschleifen wollte, weil Walser ja auch nicht westdeutsch, sondern deutsch sei.

Grundmann starrte, als würde er gleich anfangen mitzuschreiben. Es fehlte nicht viel und Landers hätte ihm erzählt, dass er Maputo kürzlich für eine tropische Frucht gehalten hatte.

»Vielleicht lösen wir das demnächst.«

»Was?«

»Ihr Problem.«

»Wie meinen Sie das?«

»Da kann ich im Moment noch nicht drüber reden. Es gibt Pläne auf Intendantenebene«, sagte Grundmann und lachte wieder dieses krampfartige Lachen. Wahrscheinlich war er ein bisschen betrunken. »Wir entscheiden das in München. Aber absolutes Stillschweigen, klar?«

Landers versprach es, auch wenn er keine Ahnung hatte, worum es ging. Aber es klang zumindest nicht schlecht.

Nach dem Espresso bat ihn der Wirt, im Gästebuch zu unterschreiben. Landers hasste es, auf Kommando originell sein zu müssen. Er blätterte das Buch flüchtig durch, der Laden schien wirklich ziemlich berühmt zu sein. Als Letzte hatte Gina Lollobridgida irgendwas schwungvolles Italienisches über eine halbe Seite geschrieben, da konnte er ja schlecht dahintersetzen: *Hat gut geschmeckt, Ihr Jan Landers.* Der Wirt stand auf wippenden Zehen neben ihm, grinste und versuchte ihm über die Schulter zu schauen. Da er sich in der Gesellschaft einer Schauspielerin befand, schrieb Landers: »Dies könnte der Beginn einer wunderbaren Freundschaft sein.« Was glaubte er, wer er war? Humphrey Bogart? Der Wirt tippelte hinter ihm, Landers wackelte ein bisschen mit dem Federhalter. So konnte das nicht bleiben. Er setzte davor: »Der Kanzler kann sich nicht irren.«

Dann sagte er: »So.«

Er müsste sich für solche Gelegenheiten zwei, drei originelle Standardsprüche einfallen lassen, es fing ja erst an. Nach sieben Jahren war man als Fernsehansager richtig bekannt und vielleicht war ja Grundmann gewillt, die Sache etwas zu beschleunigen. Was immer seine Pläne waren, es hatte nicht so geklungen, als sollte er entlassen werden.

Vor seinem Taxi drehte sich Grundmann zu ihm um und fragte, ob er sich vorstellen könnte, dass ein Korrespondent der Aktuell-Redaktion einen Vollbart trage. Landers fiel ein, dass der Tokio-Korrespondent, der immer diese engen, flatternden Sommeranzüge in Pastelltönen trug, einen grauen Ziegenbart hatte.

»Der Tokio-Korrespondent hat doch einen.«

Grundmann seufzte, sah in den Himmel und sagte leise: »Vielleicht mach' ich Sie zum neuen Brahnstein, mein Junge.« Dann kletterte er in den Wagen. Als die Lichter des Taxis in der Nacht verschwanden, ließ Landers einen Schrei über die Elbe fliegen.

Er würde es allen zeigen.

Sein Hausflur erinnerte ihn wieder an ihren hastigen Abschied. Es war jetzt fünfeinhalb Tage her. Er wartete. Sonja hatte schon ein bisschen unwillig gewirkt, als er sie nach der Nummer aus der Stern-Dokumentation und Margarethes Nachnamen fragte. Er traute sich nicht, sie weiter zu bedrängen. Er wusste so wenig von diesem Jens-Uwe und er kannte eigentlich auch Sonja nicht richtig gut. Er wollte nicht kopflos wirken. Sie hieß Beer. Es gab keine Beers im Sylter Telefonbuch. Er hatte zehn Beers in Hamburg angerufen. Niemand kannte eine Margarethe. Er konnte nur noch warten. Er hatte die 13-, 15- und 17-Uhr-Nachrichten gelesen und ein langes, freies Wochenende vor sich. Es war ein richtiger Sommerabend, morgen war die Eröffnungsfeier der WM. Er schloss aus Pflichtbewusstsein den Briefkasten auf. Die Fanpost ging in die Redaktion, er hatte keine Zeitung abonniert, er erwartete nichts. An der Rückwand seines Briefkastens klebte ein gelbes Werbeblatt.

Er hätte jetzt gerne Post gehabt.

Im Urlaub kaufte er oft zehn oder sogar zwölf Postkarten, die er dann auch beschrieb, aber *erst mal* nicht abschickte. So hatte er bereits viele Karten an seine Kollegen geschrieben, aber nicht eine einzige abgeschickt. Sie erschienen ihm belanglos, wenn er vorm Briefkasten stand. Wenn er sie dann einwarf – was selten geschah –, lief ihm ein kalter Schauer über den Rücken. Für immer weg. Die schwingende Klappe des Briefkastens schloss sich wie das Maul eines Wals. Eine Karte einstecken war wie eine Beerdigung. Er besaß einen Schuhkarton, der mit Urlaubskarten gefüllt war, die er selbst geschrieben hatte. Und einen zweiten, in dem er die nie abgeschickten Weihnachts-, Oster- und Geburtstagswünsche aufbewahrte. Im letzten Jahr hatte er die Karten nur noch gekauft, nicht mehr beschrieben. Leider bekam er so auch nicht viel Post. Das Finanzamt schrieb, seine Bank und die Firma Quelle, bei der er 1990 mal einen Fön gekauft hatte.

Der gelbe Zettel war die Speisekarte eines russischen Restaurants, das vor ein paar Tagen in der Nähe aufgemacht hatte. Es hieß Troika und es gab Piroggen, Borschtsch, Pelmeni und ganz sicher Wodka, Wodka und Wodka. Vielleicht würde er da heute Abend hingehen. Es war Freitag, er könnte sich betrinken und seiner Trauer hingeben. Landers steckte den gelben Zettel in sein Jackett und lief nach oben. Als er seine Wohnungstür aufschloss, hörte er das Telefonklingeln in seinem Arbeitszimmer, er rannte zum Schreibtisch und riss den Hörer vom Telefon. Aber es war nicht Margarethe.

Es war der Mann mit der hohen Stimme.

»Hallo, Herr Landers?«

»Ja«, sagte Landers.

Ihm fiel ein, wie er beim letzten Mal mit trockenem Mund am Telefon gehangen hatte. Er sah den nackten Rudi vor sich, der sich nie wieder gemeldet hatte. Offenbar auch nicht bei Lilo Kneese, die ihn seit ein paar Tagen musterte wie einen Verräter. Sie machte ihn für seine treulosen Freunde verantwortlich.

Was hatte der Mann gesagt? Tut mir Leid? Leider?

Nein, schade hatte er gesagt.

Schade.

Landers hatte zwei Tage später eine neue Nummer beantragt, hatte aber immer noch keine bekommen. Der Mann schwieg. Landers hörte ihn atmen.

»Ja«, sagte er noch mal. »Ich bin's. Jan Landers. Was kann ich für Sie tun?«

»Nun«, der Mann räusperte sich, als habe er nicht damit gerechnet, zu Wort zu kommen. »Die Frage ist vielmehr, was ich für Sie tun kann«, sagte die hohe, kratzige Stimme, die ein bisschen klang wie die des Synchronsprechers von Hannibal Lecter. Wahrscheinlich telefonierte er bereits von dort unten aus der Hofwerkstatt, sah ihn hier oben im Arbeitszimmer stehen, während zu seinen Füßen der alte Kunstdrucker Bertram mit aufgeschlitzter Kehle lag. Landers schnitt Grimassen in der sich spiegelnden Fensterscheibe. »Oder besser nicht tun kann. Unterlassen soll. Es ist ein bisschen schwierig.« Er klang etwas jünger und nicht so selbstsicher wie Lecter. Landers war sich sicher, dass er seine Stimme verstellte. Aber das machte es ja nicht gerade besser.

»Versuchen Sie es mir zu erklären. Ich habe Zeit«, sagte Landers.

»Also es ist so, dass ich, gewissermaßen in Ausübung meiner

beruflichen Tätigkeit. Genauer möchte ich mich jetzt nicht ausdrücken, wie überhaupt mein Name keine Rolle spielen sollte. Verstehen Sie mich?«

»Also«, sagte Landers aggressiver, als er es wollte. Er hätte lieber mit Margarethe geredet.

»Bitte drängen Sie mich nicht«, sagte die Stimme. »Es ist etwas kompliziert. Und delikat ist es auch. Außerdem mache ich so etwas nicht jeden Tag, das müssen Sie mir glauben, darum bitte ich Sie. Genau genommen, mache ich es das erste Mal.«

»Entschuldigung, ich will Sie nicht drängen, machen Sie nur.«

»Ja, ich weiß, ich neige etwas zur Redundanz. Die Sache ist die, ich habe etwas gefunden, das Sie, nun ja, das Sie belasten könnte, vor allem als Person des öffentlichen Lebens.«

Er hustete.

Landers dachte an Kathrin. Alles, was ihn belasten könnte, hing mit Kathrin zusammen. Seine Ehe war seine Achillesferse. Außerdem war auch Kathrin immer so umständlich, wenn sie irgendwas Wichtiges von ihm wollte. Der Mann war ganz sicher aus dem Osten. Die Unfähigkeit, zur Sache zu kommen, war eine Ostmacke. Wenn sein Vater sich nicht nackend am Palast der Republik angekettet hatte, war irgendwas mit Kathrin faul.

Er überlegte, worüber sie sich beim letzten Mal gestritten hatten. Linda war in eine neue Unterhaltsklasse gerutscht, was er wirklich verpasst hatte. Er hatte das sofort geklärt. Sie wollte jetzt mindestens drei Wochen vorher wissen, wenn er Linda ein ganzes Wochenende haben wollte. Das war es. Nein, sie hatte in diesem drucksenden Ton, der ihn so nervte, gefragt, ob ihr nicht eigentlich auch Unterhalt zustünde. Sie hatte sich auf Erika berufen. Erika war eine ehemalige Staatsbürgerkundelehrerin aus ihrer Schule, die ihn immer dafür gehasst hatte, dass sie bereits von drei Männern verlassen worden war. Sie unterrichtete jetzt Ethik. Landers kannte nicht viele Sachen, die so wenig miteinander zu tun hatten, wie Ethik und Erika. Erika war in den letzten Jahren ihrer Ehe immer so was wie ein unsichtbarer Staatsanwalt gewesen. *Erika sagt auch.* Er stritt sich nicht gerne um Geld, aber sein Saab war in der Werkstatt gewesen und er hatte gerade die

Nebenkostenkalkulation für den Loft bekommen, die er unterschätzt hatte. Er hatte die Nerven verloren, er wusste nicht mehr genau, wie es zu Ende gegangen war, aber friedlich wohl nicht. Deshalb rief der Typ an, er war ein Sozialarbeiter. Wahrscheinlich ein guter Bekannter von Erika.

»Hören Sie«, sagte Landers und holte Luft. Er dachte daran, wie gern die Bild-Zeitung jetzt, wo sich das Sommerloch langsam auftat, eine Geschichte vom hartherzigen Aufsteiger aus dem Osten, der sein armes Kind und seine Frau vernachlässigte, drucken würde. Er war Tagesschausprecher und damit besonders hohen moralischen Ansprüchen unterworfen. Warum auch immer, es war so. »Ich habe keine Lust, über delikate Angelegenheiten mit jemandem, der sich mir nicht mal vorgestellt hat, am Telefon zu verhandeln. Wenn Sie irgendein Problem mit mir haben, dann teilen Sie mir das bitte schriftlich mit. Auf Wiedersehen.«

Er knallte den Hörer auf.

Schade.

Landers stand in seinem Arbeitszimmer und sah durch sein Spiegelbild auf den schmalen ruhigen Hof hinter seinem Haus. Der Rasen glänzte kühl, die Fenster der Kunstdruckerei Bertram schimmerten schwarz, aus einer Küche im vierten Stock des Nebenhauses fiel warmes, oranges Licht. Zwei Stockwerke tiefer glomm eine Zigarette vor den Umrissen eines Mannes, der sich auf sein Fensterbrett lehnte. Man sah die Glut aufleuchten, wenn er zog. Landers sah auf die Uhr. Es war Freitagabend kurz nach halb acht. Wieso rief jemand von der Sozialbehörde so spät an? Wieso war der Mann so ängstlich, scheu gewesen? Beamte waren anders.

Schade?

Landers rief Kathrin an. Es war besetzt, wahrscheinlich telefonierte sie mit Erika. Er knallte zum zweiten Mal den Hörer auf. Er hoffte, dass der Mann noch mal anrufen würde.

Er hatte immer noch seine Tasche in der Hand. Wieso nahm er eigentlich eine Tasche mit zur Arbeit? Es war sowieso nur Unsinn drin. Er warf sie auf den Schreibtisch und ging aufs Klo. Durch die Spülung hindurch hörte er das Telefon läuten. Er rannte ins Arbeitszimmer zurück, riss den Hörer von der Gabel.

Schweigen.

Er knöpfte sich die Hose zu und schaute wieder auf den Hof. Der rauchende Mann war weg, aus dem hinteren, nicht einsehbaren Teil seiner Wohnung quoll jetzt schwaches blaues Fernsehlicht. Im dritten Stock hantierte eine Frau an einem Küchenregal. Sie hüpfte, weil sie etwas im obersten Fach erreichen wollte. Schließlich kippte ihr irgendetwas entgegen, das aussah wie eine Kaffeebüchse. Sie fing es auf, schloss den Schrank, verschwand aus seinem Blickfeld und löschte das Küchenlicht. Er nahm die Tasche mit, um diesen Leuten zu zeigen, dass er zur *Arbeit* fuhr. Und nicht zum Vorlesen. Landers setzte sich an seinen Schreibtisch und wartete. Es war schön, den Leuten zuzusehen, die hier lebten. Aus den Fenstern seiner Fischkonservenfabriketage sah er nur Wasser. Zum ersten Mal fragte er sich, aus welchem Grund diese Wohnung hier nicht die richtige Geschichte über ihn erzählen sollte. Welche Geschichte erzählte denn der Loft, den er in dreieinhalb Wochen beziehen würde?

Das Telefon klingelte.

»Hören Sie, es tut mir leid, wenn ich Sie irgendwie verschreckt haben sollte, aber es ist spät, ich weiß nicht, was Sie wollen. Ich weiß ja nicht mal, wer Sie sind«, sagte Landers.

»Dein Vater«, sagte eine Stimme.

Landers lachte.

So schlagfertig hatte er seinen Vater nicht in Erinnerung, er war überrascht und erleichtert.

»Hallo, Papa«, sagte er.

»Jan?«, fragte sein Vater ängstlich. Es war doch nur sein Vater. Und nicht der Vater, den er sich gewünscht hätte. Landers dachte daran, wie er seine Eltern einer Gesellschaft auf Sylt vorstellen würde, von der er nur eine äußerst vage Vorstellung hatte. Sein Vater würde steif in einem Anzug stecken, den sie in letzter Minute zusammen ausgesucht hatten, seine Mutter in einem zu bunten Kleid, das sie in letzter Minute allein ausgesucht hatte. Sie würden zu dritt auf eine gebräunte Mauer in weißen Anzügen und

Kleidern zulaufen. Landers stellte sich die Sylter Gesellschaft gebräunt, silberhaarig und weiß gekleidet vor.

»Ja, Papa. Ich bin's.«

»Was war denn los?«, fragte sein Vater, nicht mehr so ängstlich, aber ohne Interesse. Nur um was zu sagen. Wahrscheinlich war er zu dem Anruf gezwungen worden.

»Ach nichts, ich habe dich einfach verwechselt«, antwortete Landers. Keine besonders kluge Antwort, weil die nächste Frage lauten musste: Mit wem denn?

Seine Mutter hätte es gefragt, da war sich Landers sicher. Aber sein Vater war genügsam. Er war vierzig Jahre lang Meister in einem Werkzeugmaschinenbetrieb gewesen. Von oben hatten ihn irgendwelche Abteilungsleiter gedrückt, unten maulten die Dreher und zu Hause wartete seine Frau, die Größeres mit ihm vorgehabt hatte. Sie hätte gerne einen Ingenieur gehabt. Ihr zuliebe hatte er ein Maschinenbau-Fernstudium angefangen, aber nach anderthalb Jahren abgebrochen. Wahrscheinlich hatte ihn irgend so ein frustrierter Physiklehrer gedemütigt. Er hatte nie darüber gesprochen, aber er war ein anderer Mensch geworden in jenen anderthalb Jahren. Er erinnerte Landers an einen Arbeiter aus einer anderen Zeit. Einen der Arbeiter, die Zille gezeichnet hatte. S-förmig im Profil, mit zerbeultem Hut.

»Wir haben ja lange nichts von dir gehört, Junge«, sagte sein Vater. »Wir kennen den Jan nur noch aus dem Fernsehen, sagt Mutti immer.« Auch das sah ihm ähnlich. Zu einem eigenen Vorwurf war er nicht in der Lage. Manchmal dachte Landers, dass er es vielleicht deshalb so weit gebracht hatte, weil er immer das Elendsbild seines Vaters vor Augen hatte. Er hatte immer ein bisschen säuerlich gerochen, wenn er nach Hause kam. Wie eine Stullenbüchse, die man lange nicht ausgewaschen hatte.

»Ja, ich hab ziemlich viel zu tun, weißt du. Jetzt ist Sommer, da sind einige Kollegen im Urlaub. Da kann ich kaum hochgucken.«

»Machst du denn keinen Urlaub?«

»Doch. Sicher, klar. Später. Wie geht's euch denn so?«

»Mutti macht diese Umschulung, das Computerzeug. Was ja eigentlich völlig sinnlos ist in ihrem Alter. Aber sie wollen das ja.

Da muss sie es dann machen, ist ja wichtig für das Arbeitslosengeld. Mir geht's auch gut. Muss ja. Gestern waren Kerstin und Jochen da, mit den Kindern. Wir sollen dich schön grüßen. Auch von Jochen. Sie haben ja mit dem Haus unheimlich viel zu tun.«
»Ach«, sagte Landers.
Das Schicksal seiner Schwester machte ihn traurig. Ihr Schicksal war, einen Arsch geheiratet zu haben. Er hieß Jochen, war Bauingenieur und Anfang der achtziger Jahre auf FDJ-Initiative aus Karl-Marx-Stadt nach Berlin gekommen. Jochen war einer dieser Durchreißertypen gewesen und ein Klugscheißer dazu. Bei jeder Familienfeier hatte er die Weltlage analysiert. Er hatte ihnen erklärt, warum es »politisch notwendig« sei, dass es im Augenblick nur eine Art Ersatzkaffee gab, und warum »wir» auf keinen Fall an den Olympischen Spielen von Los Angeles teilnehmen durften. Ein Arsch, ein Arsch, ein Arsch. In Landers hatte er immer nur einen »windigen Kantonisten« gesehen, wie er es ausdrückte. Er war dann praktisch über Nacht zu einem Anwalt der Marktwirtschaft geworden, als habe er einen Schalter in seinem Kopf umgelegt. Er arbeitete jetzt als Ingenieur in einem Westberliner Betrieb, der irgendwelche Plastikrohrleitungen herstellte. Er redete ständig von komplizierten Querschnitten und »der Mutter«, irgendeinem amerikanischen Konzern, dem die Plastikrohrbude gehörte. Jeder Pfennig, den sie verdienten, wanderte in eine langweilige Doppelhaushälfte am Stadtrand. Biesdorf oder Mahlsdorf oder Kaulsdorf. Landers war im vorigen Jahr einmal da gewesen.
Seine Schwester hatte ihn erwartungsvoll angesehen, er hatte nicht gewusst, was er ihr sagen sollte. Es war ein Stück Rasen, es gab nicht mal einen Baum, links und rechts hatten Leute hinter Hecken gestanden und sie beobachtet. Er hatte schief gelächelt. Dafür opferten sie ihr Leben. Seine Schwester trug Goldfuchs-Jeans, seine beiden Neffen, die ihre Namen Karl und Friedrich trugen wie Jugendsünden, sahen aus, als seien sie der Besuch aus Nowosibirsk. Sie hatten in den vergangenen sechs Jahren ein einziges Mal Urlaub gemacht. In der Tschechei. Dort konnte man wahrscheinlich noch billiger leben als zu Hause. In diesem Sommer wollten sie nach Ungarn.

Sie freue sich vor allem für die Kinder, hatte ihm seine Schwester gesagt, als er fassungslos auf dieser armseligen Parzelle gestanden hatte, die seit Monaten die Familiengespräche bestimmte. Vielleicht hatte sie verstanden, was er fühlte, vielleicht nicht. Kerstin und Jochen. Seine Schwester hatte dunkle Ringe unter den Augen, obwohl sie vier Jahre jünger als er war.

»Dann grüß sie mal zurück«, sagte Landers.

»Ja, danke«, sagte sein Vater. »Wie geht's Linda?«

Landers bekam eine Gänsehaut.

»Gut.«

»Soll ich dir noch mal Mutti geben?«

Bevor er darüber nachdenken konnte, was ein »Nein« für die kommenden Wochen und Monate bedeutet hätte, war seine Mutter am Apparat.

»Es wäre ja auch zu schön gewesen, wenn du dich mal von alleine gemeldet hättest. Ein Anruf hätte ja genügt. Das ist ja heute alles nicht mehr so schwer. Ich weiß gar nicht mehr, wann wir das letzte Mal miteinander geredet haben. Es muss Monate her sein.«

»Drei Wochen.«

»Was?«

»Drei Wochen. Es ist drei Wochen her. Ich habe euch an Papas Geburtstag angerufen.«

»Das möchte ja auch sein, dass man dem eigenen Vater zum Geburtstag gratuliert. Wenn man es schon nicht für nötig hält, persönlich vorbeizukommen.«

Es hatte keinen Zweck. Mit seiner Mutter konnte er nicht reden.

»Tut mir leid, Mutti. Ich hab zur Zeit wirklich viel um die Ohren. Die neue Wohnung und viele Urlaubsvertretungen, ich hab Papa schon erzählt, dass jetzt …«

»Ist ja gut, Jan«, unterbrach ihn seine Mutter. »Wir wissen das ja alles. Deswegen haben wir uns überlegt, dass wir am Wochenende, also nicht dieses Wochenende, sondern nächstes, mal nach Hamburg hochkommen. Da ist dann auch Hafengeburtstag. Das ist doch was für Vati, weißt du doch. Die Schiffe und das alles. Wir würden dann bei dir schlafen.«

Landers hasste es, wenn sie ihn Vati nannte. Das machte ihn noch kleiner, als er schon war. Letztlich wollte sie nur seine neue Fabrikwohnung begutachten, um ihm zu sagen, dass man mit dem vielen Geld auch Sinnvolleres machen konnte, als in einen »ehemaligen Produktionsbetrieb« zu ziehen.

»Und?«, fragte seine Mutter.

»Was und?«, fragte Landers zurück, obwohl er wusste, dass es nichts brachte.

»Ich habe dich was gefragt.«

»Entschuldige, Mutti, aber du hast nichts gefragt. Du hast festgestellt, dass ihr am nächsten Wochenende bei mir übernachten werdet. Und wenn du Wert darauf legst: Ich freue mich.«

»Wer's glaubt«, sagte sie, brachte den Satz dann aber überraschenderweise nicht zu Ende, machte eine kleine Pause und sagte: »Ich rufe dann vorher noch mal an, wann wir genau kommen.«

»Ja«, sagte Landers.

»Gut«, sagte seine Mutter, der offenbar nichts mehr einfiel, was sie ihm vorwerfen konnte. Eine Situation, die sie immer verunsicherte. Ein gutes Ende für ein Telefongespräch.

»Also dann«, sagte Landers.

»Ist ja gut, ich merk schon, ich langweile den Herrn. Ich mach ja schon Schluss. Was war denn eigentlich vorhin los? Vati war ja ganz blass.«

»Ach nichts. Ich habe ihn mit jemandem verwechselt.«

»Mit wem denn?«

Er hatte es gewusst.

»Mit irgend so einem Verrückten, der hier manchmal anruft, um die Tagesschau zu kritisieren.«

»Ruft der denn bei den anderen Sprechern wenigstens auch an?«

»Ja«, sagte Landers.

Das beruhigte seine Mutter.

Unter der Dusche beschloss er, dass der komische Anrufer wirklich nur ein Spinner gewesen war, wie er es seiner Mutter gesagt hatte. Er sollte ihn vergessen. Über die idiotischen Zuschauerbriefe regte er sich ja schließlich schon lange nicht mehr auf. In manchen Briefen wurde ihm sogar angedroht, dass man demnächst sein Gesicht zerschlitzen würde, weil er ein Feind des serbischen Volkes sei. Mit Skizzen, auf denen das Blut nur so floss. Dabei hatte er in diesem verworrenen Krieg nie durchgeblickt. Er hatte auch schon mal einen Zettel in seinem Briefkasten gefunden, auf dem das Wort Nachrichtenschwuchtel über der Zeichnung eines Mannes stand, der an einem Nachrichtensprechertisch saß. Unter dem Tisch baumelte sein riesiger Schwanz. Und einmal hatten drei angetrunkene Frauen mitten in der Nacht im Hof gestanden und seinen Namen gebrüllt.

So war es eben. Er war prominent. Er zog solche Leute an. Und es war erst der Anfang. Viereinhalb Jahre, vielleicht weniger, dann würden die Groupies vorm Sendergelände in Lokstedt rumhängen oder wo immer ihn Grundmann bis dahin untergebracht hatte.

Das war doch wirklich ein Grund, in den Loft zu wechseln. Weil er nicht mehr sicher war. Die Fabrik hatte einen Wachmann. Landers stellte sich einen bullbeißigen Kerl mit tranigen Augen und ausrasierten Schläfen vor, der alle Hannibal Lecters dieser Welt in die Flucht schlagen würde.

Er würde trotzdem Kathrin anrufen, um sie zu fragen, ob sie damit zu tun hatte. Aber eigentlich passte es nicht zu ihr. Sie war zu träge. Morgen würde er anrufen.

Versuchen Sie nicht, mich zu finden, Clarice.

Landers stieg aus der Dusche, drückte das Kreuz durch und legte die Arme eng an seine nackten Hüften, wie es Lecter getan hätte.

Die Welt ist groß genug für uns beide.

Ach, er liebte diesen Film.

Er musste ein bisschen suchen, bis er die Troika gefunden hatte. Um ehrlich zu sein, war er zweimal an ihr vorbeigelaufen. Sie sah nicht aus, wie er sich eine Russenkneipe vorgestellt hatte. Allerdings konnte er auch nicht sagen, wie eine Russenkneipe seiner Meinung nach hätte aussehen sollen. Die Troika jedenfalls wirkte von außen wie ein Kulturcafé, in dem lokale Dichter lasen und alte Damen aus dem Wohngebiet ihre Aquarelle ausstellten. Es gab ein Ladenfenster, vor dem eine graue Jalousie hing, und eine dunkle Tür, die mit Zetteln und kleinen Plakaten beklebt war. Durch die Jalousieschlitze sickerte weißes Licht. Über der Tür hing ein kleines unbeleuchtetes Schild, auf dem Troika stand. Links und rechts von dem Namen konnte man mit viel Mühe zwei stilisierte Troikas erkennen.

Landers hatte einen Moment überlegt, ob er nicht doch lieber in den Seebär gehen sollte oder ins Herings, wo er die Wirte kannte. Einen Wodka konnte er ja trinken. Er zog die Tür auf. Drinnen sah es nicht viel erfreulicher aus. Landers erinnerte es an die alternativen Billigkneipen, die nach der Wende in Prenzlauer Berg und in Mitte aufgemacht hatten. Die Wände waren vor kurzem mit einer gelben Kalkfarbe gestrichen worden oder vor langer Zeit mit einer weißen. An der Decke hing ein Paar nackter Neonlampen. Vor ein paar Wochen war die Troika wahrscheinlich ein Gemüseladen gewesen. Es gab sieben verschiedene Tische, um die Stühle gruppiert waren, die aussahen, als stammten sie aus einer ehemaligen Polytechnischen Oberschule, und einen knallrot lackierten Tresen, hinter dem ein knubbelnasiger, vierschrötiger Kerl mit einem blauweiß gestreiften T-Shirt und einer schwarzen Ledermütze stand, die ihm zu klein war. Seine Unterarme waren tätowiert, und wenn er auch der Koch war, würde Landers heute Abend nichts essen.

Landers setzte sich auf einen der beiden ebenfalls rot lackierten Barhocker, die am Tresen standen, nachdem er sich vergewissert hatte, dass er schon trocken war und bestellte einen Wodka.

»Grrosse Wodka?«, fragte der Matrose.

»Ja«, sagte Landers, weil er ihm ein bisschen entgegenkommen wollte. Er hoffte, dass »grrosse Wodka« nicht gleich hundert

Gramm bedeuteten. Und wenn, konnte er ja bei dem einen bleiben. Wodka war ein gefährliches Zeug. Dass man genug hatte, merkte man erst, wenn man bereits zu viel hatte.

Über das Gesicht des Barmanns huschte ein leichtes Lächeln. Er griff unter die Theke, wo sich offenbar ein Kühlschrank befand, und stellte ein schmales beschlagenes Glas und eine vereiste Flasche auf das rot lackierte Holz. Der Wodka lief ölig ins Glas. Fünfzig oder sechzig Gramm, schätzte Landers, ein Eichstrich war nicht zu sehen. Landers nahm das Glas, schwenkte es unter der Nase, nickte dem Kneiper kurz zu und sah sich um. Er war garantiert der einzige Gast, der eine Schönheitsoperation hinter sich hatte, und er schien auch der einzige Deutsche in der Kneipe zu sein. Es gab noch ein paar, die aussahen wie Rumänen, Jugoslawen oder Albaner, der Rest waren Russen. Breitgesichtige, knubbelnasige Russen mit roten Suffflecken auf den hohen Wangen. Wahrscheinlich waren sie alle bei der Mafia und wuschen in der Kneipe Geld. Landers hatte allerdings nie begriffen, was Geldwaschen eigentlich war.

Er konnte sich zum Beispiel nicht vorstellen, dass es irgendeinen Sinn hatte, zehntausend chinesische Restaurants mit langen Speisekarten zu unterhalten, in denen nie ein Mensch saß, nur um dort Geld zu waschen, wie es immer hieß. Wessen Geld sollte dort eigentlich gewaschen werden? Die Chinesen standen doch alle in der Küche, die Miete musste bezahlt werden, die toten Hühner, die Morcheln und das alles. Reis hielt sich ein bisschen, aber dennoch, Landers verstand das nicht.

Vielleicht sollte er mal den fetten Kutzner aus der Wirtschaftsredaktion fragen, mit dem er sich sowieso mal wegen der Aktien treffen musste.

Von denen hier schien niemand Aktien zu besitzen. Vielleicht konnte er einen schnellen Tipp für irgendein obskures aserbaidschanisches Erdölunternehmen bekommen, dessen Werte sich in den nächsten drei Tagen verfünfzigfachen würden, bevor sie ins Bodenlose fielen. Aber Landers hatte keine Nerven für so was.

Er trank die Hälfte aus und wartete auf die Wirkung, während er mit der Wärme seines Daumens und Mittelfingers Inseln in die

Eishaut des Glases rieb. Der Alkohol kletterte an seinem Nacken hoch und entspannte ihn. Er trank den Rest aus, schob dem Wirt das Glas zurück und fragte nach der Karte. Wieso sollte der Mann eigentlich kein guter Koch sein.

Insgesamt waren etwa fünfundzwanzig Leute in der Kneipe. Niemand aß. Der Mann mit der Ledermütze kramte die Flasche unterm Tresen hervor, goss Landers' Glas wieder voll und verschwand. Landers nippte an seinem Wodka und sah mit aufgeschlossenem Gesicht in die Runde. Er deutete ein Lächeln an, das niemand erwiderte. Auch gut. Er kam sich vor wie der Held einer Whiskeywerbung. Er nippte wieder und schaute auf ein Birkenwäldchen in Öl, das an der Wand vor ihm hing. Neben einem Stalinporträt, auf dem Stalin eine Ray-Ban-Sonnenbrille trug. Er sah aus wie Tom Selleck. Dann kam der Wirt wieder.

Er hatte keine Karte, er hatte eine dampfende Schale mit Borschtsch. Roter, dicker Borschtsch, mit einem fettigen weißen Sahneauge in der Mitte. Er stellte sie auf den Tresen, verschwand, brachte einen Löffel und ein Brett mit vier Scheiben schwarzen, fettigen Brotes.

Landers war jetzt unverkrampft genug, um darüber nachzudenken, was danke auf russisch hieß. Aber ihm fiel nur Daswidanja ein, Baschalsta und Glawnaja Sadatscha. Auf Wiedersehen, Bitteschön und Hauptaufgabe. Damit konnte er im Moment nichts anfangen. Er nickte wieder und tauchte den Löffel in den Borschtsch, verrührte die Sahne zu einer großen Spirale und dann weiter, bis sie die dunkelrote Farbe des Eintopfes etwas aufgehellt hatte. Er biss vom dunklen Brot ab, kaute und kostete den Borschtsch.

Er schmeckte nach Kraut und Roten Beeten, Pfefferkörnern, saurer Sahne, Salz, Lorbeer und Rindfleisch. Sein Kopf schwebte vom Wodka und sein Magen empfing die heiße, kräftige Suppe wie einen Sonnenstrahl. Er sah den Wirt dankbar an. Der Wirt lächelte leicht, nickte wissend und lief mit der kalten Wodkaflasche zu einem der Tische in Landers' Rücken. Dann goss er Landers' Glas wieder voll. Der Koch hätte Pate der Sankt Petersburger Exilmafia sein können, Landers hätte ihn nicht verraten.

Als er fertig war, nahm der Mann mit der Ledermütze die Schüssel, verschwand und kam mit einer vollen wieder, die er Landers hinstellte. Landers aß auch die leer. Anschließend gab es Rote Grütze. Und dann wieder Wodka.

Landers hatte die ganze Zeit nicht mehr gesagt, als »gut«, er wusste, dass es choroscho hieß, aber er sagte nur dreimal »gut« und einmal »sehr gut». Otschen choroscho. Der Wirt sagte gar nichts. Auch die anderen redeten kaum, der Wirt ging manchmal zu den Tischen und füllte Gläser auf. Landers fand die Ruhe sehr angenehm. Er musste nicht reden, er musste nicht überschwänglich loben. Er musste nicht witzig sein und nicht originell. Alles war irgendwie auf seine Grundbedürfnisse reduziert. Eigentlich eine perfekte Kneipe.

Irgendwann zerstörte der Wirt diesen Frieden in Landers' Kopf, als er eine Kassette einlegte, ein bisschen am Lautstärkeknopf schraubte und, nachdem eine männliche russische Stimme zu singen begann, »Wyssotzki« sagte. Jetzt fühlte sich Landers gefordert. Ihm war mehr geboten worden, als er verlangt hatte.

Er erinnerte sich dunkel an einen berühmten sowjetischen Sänger, der ganze Stadien gefüllt hatte und früh gestorben war. Er hatte eine Frau gehabt, die aus dem Westen stammte, wenn er sich richtig erinnerte. Wie dieser Berliner Schauspieler, der eine von den Geschichten auf der Schallplatte vorlas, die ihre Deutschlehrerin immer in der letzten Stunde vor den Ferien abgespielt hatte. Der war mit einer Holländerin verheiratet, was Landers ungeheuer beeindruckt hatte. Dieser Wyssotzki hatte irgendeine Italienerin oder Französin gehabt, glaubte Landers. Eine berühmte Schauspielerin, es war tragisch zu Ende gegangen. Erstaunlich, was er behalten hatte.

»War der Wyssotzki nicht mit einer Schauspielerin verheiratet?«, sagte er.

»Marina Vlady«, sagte der Wirt.

Klang gar nicht so italienisch, dachte Landers. Klang eher, als sei sie doch bloß 'ne Tschechin gewesen. Vielleicht hatte er was durcheinander gebracht.

In seinem Rücken begann ein Mann mitzusingen. Ein anderer fiel ein. Der Wirt sah sehr glücklich aus und sehr traurig. Beides zusammen. Komisch. Landers fragte sich, wo die ganzen aufgeschlossenen westdeutschen Russlandfans waren. Vielleicht war die slawische Welle schon wieder vorbei. Nach ihm war kein Gast mehr gekommen.

Einen Wodka nahm er noch.

Irgendwann hatten sie den Laden abgeschlossen, die Rumänen waren alle weggewesen und er saß mit etwa zehn Russen an einem der Tische und sang. Er brüllte russisch klingende, brummende Laute in ihre Lieder.

Zwischendurch spulte er sein Russischrepertoire ab. Er sagte, wie er hieß, wie alt er war, wo er geboren wurde, dass Erich Honecker Generalsekretär der Sozialistischen Einheitspartei Deutschlands sei, wie wichtig es sei, eine Einheit zwischen Wirtschafts- und Sozialpolitik herzustellen, und dass er Kulturwissenschaften studieren wollte. Den Rest hatte er vergessen. Sie schlugen ihm lachend auf die Schulter. Bis auf den Wirt sprach keiner von ihnen deutsch. Und bei dem wenigen, was der Wirt sagte, konnte man das auch nur vermuten. Sie waren Matrosen, wenn Landers das richtig verstanden hatte. Es gab Speck und Wodka und Brot. Irgendwann erzählte der Wirt, der nun gar kein Deutsch mehr sprach, den anderen etwas von Televisjonui und zeigte auf Landers. Offenbar hatte er ihn erkannt.

Die anderen nickten beeindruckt mit den Köpfen, Landers winkte ab. Sie bedeuteten ihm, dass er jetzt irgend etwas Kulturelles beitragen sollte.

Aber was? Stand er jetzt hier als bundesdeutscher Repräsentant? Oder als langjähriges Mitglied der Gesellschaft für Deutsch-Sowjetische Freundschaft? Als Tagesschausprecher? Als ehemaliger FDJler und Kampfgefährte jedes Komsomolzen? Als Leser von »Neuland unterm Pflug«? Gut, als Fastleser. Die deutsche Nationalhymne konnte er nicht, die DDR-Hymne wollte er irgendwie nicht singen, obwohl sie ihm als Kind ganz gut gefallen hatte. Freude schöner Götterfunken? Muss i denn, muss i denn zum Städtele hinaus? Er sang *Bu swegda, bu sweg sonze*, das er als Pionier gesungen hatte. Er sang alle Strophen von *Durchs*

146

Gebirge, durch die Steppe zog unsere kühne Division, auf deutsch
allerdings, und dann brummte er den Trauermarsch von Chopin,
den sie immer bei den Beerdigungsumzügen der Generalsekretäre
auf dem Roten Platz gespielt hatten.

Das beeindruckte sie sehr.

Immer wieder musste er den Marsch brummen, der Wirt spielte
dazu den wackligen Viktor Tschernenko bei der Beerdigung An-
dropows und einer der Matrosen war der grimmige Gromyko.

Als er kurz vor zwei bezahlen wollte, weigerte sich der Wirt, sein
Geld zu nehmen. Er drückte ihm einen Stapel der gelben Werbe-
blätter in die Hand und sagte etwas auf russisch. Wahrscheinlich
sollte er den Laden weiterempfehlen. Landers griff den Packen,
der Wirt schlug ihm auf die Schulter, die anderen winkten.

»Doswidanja«, sagte Landers und ging.

Auf dem Nachhauseweg hüpfte er. Er war beschwingt. Er fühlte
sich so, als habe er gerade etwas für den Weltfrieden getan. Er
dachte daran, wie ungerecht es war, dass die meisten seiner Russ-
landnachrichten schlechte Nachrichten waren. Oder wie schade.
Aber er konnte ja nichts ändern. Er durfte ja nicht mal ein Wort
streichen. Er war ja nur der Leser. Ableser. Vielleicht müsste er
einfach mal eine gute Nachricht einschleusen. Oder er würde
einen Russen zu »Auf dem Zahn der Zeit« einladen. Wassili Alexejew fiel ihm spontan ein. Der stärkste Mann der Welt. Oder Iri-
na Rodnina und Alexander Saizew. Bubka! Sie würden Sergej
Bubka einladen. Der sah auch aus wie ein Russe.

Als er die Haustür aufschloss, fiel ihm ein, dass Bubka Ukrainer
war. Dann eben doch Alexejew. Obwohl der ausgesehen hatte, als
stamme er aus dem Kaukasus. Da wusste man nie, ob er überhaupt noch am Leben war. Aber wenn, könnten sie ihn einladen.
Vielleicht zusammen mit Gerd Bonk. Der stammte aus dem Sen-
degebiet, was Tietze freuen würde. Landers hoffte, dass es nicht
Gerd Bonk war, dem Brüste gewachsen waren. Irgendeinem sächsischen Gewichtheber waren doch Brüste gewachsen. Die rote
Lampe seines Anrufbeantworters blinkte. Landers riet, zwei neue
Nachrichten. Ein Spiel. Er gewann häufig. Diesmal lag er total
daneben.

Sechs neue Nachrichten.

Nachricht Nummer eins: Atmen, aufgelegt.

Nachricht Nummer zwei: »Hier ist deine Mutter. Wenn es nicht zu viel verlangt ist, ruf uns noch mal zurück... Aber nicht nach halb zwölf, hörst du. Wir brauchen auch unseren Schlaf.«

Nachricht Nummer drei: Atmen, aufgelegt.

Nachricht Nummer vier: »Ja, grüß dich, Jan. Hallo. Hier ist die Margarethe. Frau von Sellin war so freundlich, mir zu sagen, dass du mich sprechen wolltest. Also hier bin ich... Ja, du scheinst nicht zu Hause zu sein. Das ist schade, weil... Ach komm doch morgen einfach mit zu einem Fest bei Freunden von mir. Das Wetter soll schön werden. Es ist auf Sylt. Anschließend könnten wir bei meinem Vater übernachten. Ja, das wäre doch toll. Ich könnte dich vom Bahnhof abholen. Gut? Toll.«

Nachricht Nummer fünf: Atmen, aufgelegt.

Nachricht Nummer sechs: »Ja, hier ist noch mal die Margarethe. Jan? Also gut: Ich habe dir eine Zugverbindung rausgesucht. 16 Uhr 35 ab Hamburg. 17 Uhr 57 an Westerland. Ich würde dich abholen. Absage bitte unter 45678901. Bis morgen. Ach so. Garderobe ist nicht förmlich. Tschüs.«

»Sie haben keine weiteren Nachrichten«, sagte die knarrende Roboterfrauenstimme.

Nicht förmlich.

Landers war beunruhigt. Sie hatte Jan ausgesprochen, als werde es mit zehn N geschrieben. Es hing bestimmt mit dem Wodka zusammen und morgen würde es ihm sicher völlig absurd vorkommen. Er hatte sie eine Woche verfolgt, in Gedanken, mit dem Telefon und einmal zu Fuß in die Schnäppchenabteilung des Kaufhofs. Er hatte sich so gewünscht, dass sie endlich anrief. Aber wenn Margarethe jetzt am Apparat gewesen wäre, in diesem Moment, dann hätte er vielleicht abgesagt.

Landers sah unentschlossen auf das kleine gelbe Päckchen mit der Werbung für die Troika, das er neben das Telefon gelegt hatte.

Er hatte keine Ahnung, an wen er die Blätter verteilen sollte.

An den verspiegelten Scheiben glitten ruhige Landschaften vorbei. Felder, Wiesen, Straßen, Orte waren friedlich verteilt und in beständige Farben getaucht. Alles schien auf die Ewigkeit vorbereitet. Keine Bewegungen würden diese Landschaften je stören, keine Bodenreformen würden sie vermengen, keine Revolutionen würden sie erschüttern. Sie lagen dort in Ruhe. Nur die Schafe wurden ab und zu umgesetzt.

Der Zug lief leise, er schien zu schweben, Landers saß allein in seinem Abteil, wahrscheinlich fuhr niemand am späten Sonnabendnachmittag nach Norden oder die Leute bereiteten sich alle auf die Eröffnungsfeier der Fußball-WM vor. Ihm sollte es recht sein. Er lehnte mit dem Kopf an der sauberen Scheibe und schaute auf die friedlichen, gesunden Bilder. Er mochte Fußball sehr, aber es gab nichts, was ihn mehr langweilte als die Eröffnungsfeier zu einer Fußball-WM. Sie erinnerte ihn an die Turn- und Sportfeste in Leipzig. Menschen mit bunten Tüchern liefen stundenlang durch ein Stadion. Manchmal sprang jemand mit einem Fallschirm über dem Rasen ab. Dann gab es noch Feuerwerk.

Landers dachte an die Weltmeisterschaft wie an die Bescherung. Sie war ein großes Geschenk. Es war schön, sich mit dem Gefühl fortzubewegen, nichts zu verpassen.

Er hatte den Vormittag in seinem Fitnessstudio verbracht, wo er sich den Wodka aus seinem Körper trieb. Er hatte Fitnessstudios immer verachtet, aber vor zwei Jahren war ihm aufgefallen, dass er in den Hüften weich wurde. Er fing an, die Hemden *anzuschoppen*. Irgendwann erzählte die Grafikassistentin beim Mittagessen von einem »total anderen« Studio, es hieß Achilles, lag in St. Pauli, und die Grafikassistentin schwor, dass es dort keine Muskelberge mit Goldkettchen gab. Landers hatte sie dort nie getroffen und im Achilles verkehrten ausschließlich Muskelberge mit Goldkettchen.

Es war ihm recht. Er war nicht scharf auf eine Fachsimpelei in Turnhosen, es musste fürchterlich sein, nackt über die Qualität der ARD-Nahostberichterstattung zu diskutieren. Er besuchte das Studio mindestens zweimal in der Woche, seit er Margarethe kennen gelernt hatte, war er fast jeden Tag da gewesen. Er genoss es. Die tröpfelnde Musik, die schweren schwarzen Kraftmaschinen, die glänzenden Armaturen in den Waschräumen, die Stille, die Gerüche der Lotionen, die dummen, braun gebrannten, weiß lächelnden Barbie-Puppen an der Rezeption, das praktische Parkdeck, die Anonymität, das Dumpfe. Er musste nicht reden, er musste nicht nachdenken, im ersten halben Jahr musste er nicht einmal bezahlen. Er war ein prominenter Gast. Er hatte dem Chef ein paar Autogrammpostkarten geschenkt. Allerdings hatte er eine davon wenig später im Anschlagkasten an der Eingangstür entdeckt. Dort hing noch ein zweiter prominenter Besucher des Studios, der aussah wie ein jüngerer Bruder von Roberto Blanco und ein bekannter Hamburger Boxpromoter sein sollte. Landers hatte sofort angefangen, Mitgliedsbeiträge zu überweisen. Einen Monat später hatte er den Chef des Studios gebeten, sein Foto aus dem Kasten zu nehmen.

Landers kuschelte sich in die grünweißen Interregio-Polster und schaute auf die beruhigende norddeutsche Landschaft. Er hätte jetzt das Buch rausholen können. Wieder eins, das im hohen Norden Amerikas spielte. Ein Fischer war ertrunken. Landers hatte keine Lust, aber er hatte sich vorgenommen, wenigstens ein Buch im Monat zu lesen. Als Ergänzung zum Fitnessstudio. Er las ein bisschen was von Erdbeerfeldern, das ihm bekannt vorkam, und schlief ein. Auf dem Bahnhof Westerland wurde er wach, er fühlte sich sehr matt. Er schaute in den kleinen Spiegel unter den Gepäckablagen. Seine Haare waren auf einer Seite angeklatscht, er hatte das Muster des Polsters auf der Backe, seine Augen waren kaum zu sehen. Er war ein bisschen sauer auf die Russenkneipe und auf seine sentimentale Ader. Er machte sich immer was vor.

Margarethe hatte wieder ein schlichtes Kleid an, diesmal ein blaues. Darüber trug sie eine verwaschene Jeansjacke. Das war es. Er fühlte sich *förmlich* in seinem Jackett. Er würde es nie lernen. Sie küsste ihn. Links und rechts und als er seinen Kopf zurückziehen wollte, noch mal rechts. Zweimal auf die Schlafbacke. Er selbst hatte zweimal in die Luft geküsst. Ihre Haut war kühl und glatt, sie waren schon weiter gewesen. Sie gingen raus zum Wagen. Es war ein weißes Mercedes-Cabriolet. Ein altes, flaches mit länglichen Scheinwerfern und roten Ledersitzen.

Margarethe lächelte und stieg ein. Er wettete, dass sie Klassik hörte. Mahler. Aber sie hörte Schlager. Udo Jürgens, Jürgen Marcus, Bernd Clüver. Landers hasste Schlager. Die Häuser und die Menschen, an denen sie vorbeifuhren, passten zur Musik. Sie erinnerten ihn an die Urlaubspostkarten, die sie in den siebziger Jahren von einem Klassenkameraden seines Vaters bekommen hatten, der vor dem Mauerbau nach Karlsruhe gegangen war. Sie waren zu bunt. Er hatte nie verstanden, warum die Erwachsenen sehnsuchtsvoll seufzten, wenn sie diese Karten ansahen.

»Auf dem Karussell fahren alle gleich schnell«, sang Jürgen Marcus. Margarethes Finger trommelten auf dem Lederlenkrad. Landers hätte gern die Kassette rausschnippen lassen und aus dem Auto geworfen. Christian Anders sang *Es fährt ein Zug nach nirgendwo*. Die Straßen waren gut, irgendwann begannen Dünen zu wachsen, sie bogen ab und begegneten Autos, die teuer aussahen, dann kamen noch mehr Dünen und *Du hast noch Sand in den Schuhen aus Hawai* von Bata Illic. Landers fragte sich zum ersten Mal, ob Jens-Uwe auch da sein würde. Sie passierten ein schmiedeeisernes Tor, fuhren langsam über einen Kiesweg auf eine Ansammlung von vielleicht vierzig Autos zu. Sie sahen nicht alle edel aus, aber die meisten doch. Margarethe parkte zwischen zwei Mercedes-Cabrios, die ihrem ähnelten. Als sie auf das Haus zugingen, bog ein schwarzer Grand Cherokee auf den Kiesweg. Ein Mann in einem silbrigen Anzug, der nicht zu dem Jeep passte, kletterte umständlich heraus. Er warf die langen graublonden Haare aus der Stirn und winkte zu ihnen herüber. Landers hatte ihn schon mal irgendwo gesehen. Vielleicht ein Schlagerkomponist. Er lächelte. Margarethe warf ihm eine Kusshand zu und flüsterte Landers einen italienischen Namen zu, den er noch nie gehört hatte. Gerade begann *Der Junge mit der Mundharmonika*.

»Magst du eigentlich Schlager?«, fragte sie.

»Es geht so«, sagte er.

Sie lachte und schaltete den Rekorder aus.

»Tut mir Leid. Ich glaube, wir müssen uns mal richtig unterhalten.«

»Ja«, sagte Landers. »Ist Jens-Uwe noch in Amerika?«

»Ja«, sagte sie. »Ich habe heute mit ihm telefoniert.«

»Wer bin ich denn heute?«

»Es ist nicht so kompliziert, wie du denkst. Ich bin nicht verheiratet. Ich bringe immer mal Freunde mit. Also entspann dich.«

Das Haus war groß und voll. Es sah nicht teuer aus, obwohl es bestimmt teuer war. Es sah aus, als sei es in den frühen siebziger Jahren eingerichtet und danach immer gut gepflegt worden. Die Leute schienen sich alle aus dieser Zeit zu kennen und irgendwie hatte Landers den Eindruck, dass auch er sie kennen müsste. Aber das tat er nicht. Sie waren wahrscheinlich prominent gewesen, als er Gojko-Mitic-Filme gut fand.

Er nickte und lächelte, wenn sie fotografiert wurden. Es gab Fotografen, die aussahen, als hätten sie eine weite Reise bis zu diesem Haus machen müssen, und es gab jede Menge Kellner mit Tabletts. Landers sah auf die Uhr und angelte sich ein Sektglas. Es war um acht. Er hielt sich dicht bei Margarethe, die unentwegt ältere Frauen küsste. Er hoffte, dass sie nicht erwarteten, auch von ihm geküsst zu werden. Im Garten gab es einen herzförmigen Swimmingpool, der mit rosafarbenen Unterwasserlampen bestrahlt war. So sahen die Prominentenhäuser und Gärten in den Derrick-Filmen aus, morgen früh würde dann eine Leiche im Herz schwimmen.

»Was ist das?«, fragte er leise.

»Ein Pool«, sagte sie. »Hör auf, ja.«

»Womit?«

»Die Leute sind nicht verkehrt. Sie sind nur anders als du.«

»Ja«, sagte Landers.

Er war seit zweieinhalb Jahren im Westen und dies war seine allererste Derrickparty. Er hatte das Bedürfnis, aus der Rolle zu fallen wie früher, als Kathrin ihn zu ihren Eltern nach Hohen Neuendorf mitnahm, wo es Aprikosenlikör gab. Er war nie aus der Rolle gefallen, aber er hatte sich auf der langen S-Bahnfahrt vorgestellt, wie es sei, Kathrins Mutter den Likör ins Gesicht zu schütten, wenn sie ihn noch einmal fragen sollte, ob Discjockey denn ein Beruf mit Zukunft sei. Er fühlte sich schwer und unbeweglich neben Margarethe. Er dachte an die anderen Freunde, die sie mitgebracht hatte. Er passte hier nicht her. Er könnte in den Pool pinkeln, um das auszudrücken. Er nahm sich noch ein Glas Sekt oder Champagner, es war sicher Champagner. Er wusste, dass es vorbeiging. Es war auch früher immer vorbeigegangen, am Ende war er jedes Mal mit Kathrins Vater versackt und hatte auf der Rückfahrt in der S-Bahn geschlafen.

»Was hast du mit den Leuten zu tun?«, fragte er.

»Nichts«, sagte Margarethe. »Außer, dass ich sie seit achtundzwanzig Jahren kenne. Ich bin hier praktisch groß geworden.«

»Ach«, sagte Landers. Er hätte fragen können: Auf der Insel? Und wo? Hier in dem Haus? Sah es früher anders aus? Aber er hatte keine Lust. Er war müde. Er hätte sich gerne ein wenig betrunken und dann an den Strand gelegt.

»Ja«, sagte Margarethe und winkte jemandem zu.

»Und was wird hier gefeiert?«, fragte Landers.

»Gleich«, flüsterte sie. Dann rief sie: »Lui!«

Ein dicker, großer Mensch mit grauen Locken und einer braunen Hornbrille stand vor ihnen. Er trug einen dunklen Zweireiher, obwohl es sehr warm war, und er schwitzte ziemlich. Seine Stirn glitzerte in der Abendsonne und die grauen Locken wirkten angeklatscht. Er hatte ein kleines, knubbliges Kasparkinn und von der Seite sah er ein bisschen aus wie ein Vogel. Landers hatte ihn schon mal irgendwo in Hamburg gesehen. Vielleicht in der Saab-Werkstatt. Der Mann sah aus wie ein Autoverkäufer.

»Jan, das ist Dr. Ludwig Gerlach. Lui, das ist Jan Landers«, stellte sie Margarethe vor.

Lui ergriff seine Hand, wobei Landers merkte, dass auch die Hand schwitzte, und rief: »Na, einer wie Sie braucht einem doch nicht vorgestellt zu werden.«

Landers wäre froh gewesen, wenn er ähnlich klar gesehen hätte. Es war wie Scharade spielen. Er wollte hier weg.

»Lui ist gewissermaßen mein Chef, er leitet den Verlag«, erklärte Margarethe.

Also doch kein Autohändler. Jemand vom Stern. Landers wusste nicht, was er sagen sollte.

»Ach«, sagte er schließlich. »Und wie macht sie sich so?«

Das kam gut an. Gerlach lachte herzlich, drosch ihm mit seiner feuchten Pranke auf die Schulter und rief: »Nichts für ungut, ihr beiden. Wir sehen uns sicher später noch. Ich muss mich mal um meine bessere Hälfte kümmern.«

Sie standen schweigend nebeneinander. Margarethes Lachen sah aus, als sei es angeklebt. Er hätte gern ein wenig geredet. Aber ihm fiel nichts ein. Gar nichts. Sie standen einfach nur da. Er starrte in den Pool, als warte er auf eine Erscheinung. Er dachte an seine Eltern, die am nächsten Wochenende kommen wollten. Vielleicht ging es ja alles zu schnell.

Als er wieder aufsah, waren sie zu dritt. Eine alte Dame mit erstaunlich blonden Haaren und erstaunlich weißen Zähnen stand neben ihnen. Irgendwie hatte er das Gefühl, neben der Gastgeberin zu stehen. Sie passte zum Pool.

»Friede!«, rief Margarethe.

»Margarethe!«, rief die alte Dame.

Sie küssten sich nicht, was er angenehm fand.

»Friede, Jan Landers. Jan, Friede Rüttgers«, sagte Margarethe. »Die Frau von Johannes Rüttgers.«

»Die Witwe«, sagte die alte Dame.

Margarethe schaute nach unten. Landers wusste nicht, wer Johannes Rüttgers war und wie lange er schon tot war. Soweit er sich erinnerte, hatte er nie eine Rüttgerstodesnachricht verlesen.

»Sie sind aus dem Osten, nicht wahr?«, fragte Friede Rüttgers.

Sie war eine Politikerwitwe, dachte Landers. Er tippte auf CDU. Er hätte beinahe gesagt, dass es ja nun gottlob keinen Osten und keinen Westen mehr gebe, sondern nur noch ein Deutschland, weil er glaubte, ihr damit einen Gefallen zu tun. Ließ es dann aber. *Gottlob*, hämmerte in seinem Kopf. Was für ein Wort!

»Ja. Aus Ostberlin.«

»Gefällt es Ihnen denn hier, bei uns auf Sylt?«

Bei uns. Sie war die Gastgeberin. Er hätte gern den Anlass für das Fest gewusst.

»Doch. Ja. Sehr«, sagte er.

»Ach«, seufzte Friede Rüttgers, »wenn das Johannes noch miterleben könnte. Dass ich hier auf Sylt neben einem jungen Ostberliner stehe, der die Nachrichten der Tageschau spricht. Unserer Tagesschau. Er hat ja sein Leben lang dafür gekämpft.«

»Ja, das wäre ihm zu gönnen gewesen«, sagte Landers.

»Ja«, seufzte Friede.

»Ja«, seufzte Margarethe.

Friede Rüttgers tat ihm leid, vielleicht hatte das Fest ja irgendwie mit ihrem verstorbenen Mann zu tun. Todestag, Geburtstag, eiserne Hochzeit, und da sie schon wieder schwiegen, erzählte er einfach, wie sehr sie gelitten hätten zum Schluss. Dass man nicht einmal mehr nach Ungarn gedurft hatte. Wie lange man auf ein Auto warten musste, und dass er, wenn er in Berlin die Leipziger Straße entlanggelaufen war, sehnsuchtsvolle Blick rüber zum Springer-Hochhaus geworfen hatte. »Einen Steinwurf entfernt und doch so weit weg«, sagte er.

Friede Rüttgers berührte ihn sanft an der Schulter.

»Das haben Sie schön gesagt«, sagte sie, drehte sich weg und ging mit schnellen Schritten in den Garten, wo sie neben einem großen Rhododendron stehen blieb. Offenbar weinte sie.

Margarethe sah ihn überrascht an. Er würde nie in einen Pool pinkeln.

»Mary-Lou!«, rief Margarethe. Eine dicke Frau, die sich in ein weißes Kleid gepresst hatte, stürmte auf sie zu.

»Tut mir Leid«, flüsterte Margarethe ihm zu, strahlte aber weiter wie ein Bauchredner. Er musste lachen. Sie spielten das hier. Es war ein Spiel.

»Maggy! Hab ich euch gestört?«

»Ach«, sagte Margarethe.

»Ihr kennt Euch ja sicher aus dem Fernsehen«, sagte Margarethe. Mary-Lou nickte. Er nickte. Es war ein Spiel. Wahrscheinlich moderierte sie eine dieser Volksmusiksendungen. Er hatte sie noch nie gesehen. Sie war laut, lachte viel und stellte ihm Fragen wie »Wie ist die Nachrichtenlage?« Irgendwann hörte er nicht mehr zu, er nickte und trank. Landers gab sich keine Mühe mehr, irgendeinen Namen zu behalten. Die Künstler erkannte man wohl an den langen Haaren und daran, dass sie ihre Hemden über den Hosen trugen, die Zeitungsleute waren meist besoffen und die Adligen immer ein bisschen verwachsen. Natürlich kannten ihn alle, und das gefiel ihm auch. Er warf Bemerkungen in die Gespräche, die immer mit Lachen quittiert wurden. Wahrscheinlich hätten sie sogar gelacht, wenn er ihnen gesagt hätte, dass sie sich möglichst schnell verpissen sollten, damit er endlich mal ein paar Worte mit der Frau reden könne, wegen der er heute Abend hier war. Aber je länger es dauerte, desto weniger Lust hatte er dazu.

Es war ein warmer Juniabend, die Gespräche waren überhaupt nicht anstrengend, irgendwann entdeckte er Karin Kulisch an der anderen Seite des Pools. Sie winkte, er winkte zurück und bemerkte zum ersten Mal, dass sie extrem dünne, knochige Beine hatte. Sie rauchte stark. Wenn er noch mehr tränke, würde er ihr heute noch erzählen, dass er mal in sie verliebt gewesen war. Er spürte das Bedürfnis in sich wachsen. Morgen würde er sich dafür schämen, aber jetzt wurde er verbrüderungssüchtig. Als Margarethe mit dem Jeepfahrer redete, berührte er ihren Rücken, der fest und warm war. Der Mann hieß Jo Risoletto und leitete einen von diesen Kunstzirkussen, in denen es keine Löwen mehr gab, aber Clowns, über die er nicht lachen konnte.

Eine blonde Frau erzählte Landers, dass sie von Bild am Sonntag sei, und fragte, ob man nicht mal eine Homestory machen könnte. »Gerne«, sagte Landers, er schrieb seine Telefonnummer auf eine Serviette, er brauchte unbedingt Visitenkarten.

Die Menschen hatten schöne Zähne, er war auf Sylt, es war warm. Er würde der neue Brahnstein werden und morgen begann die WM.

»Ist es so schlimm?«, fragte Margarethe, als sie einen Moment allein waren. Sie standen nebeneinander und lächelten der Gesellschaft zu, als seien sie ein Gesangsduo.

»Wie war es hier als Kind?«

»Es war schön. Ich liebe das Meer, meine Freunde haben hier gewohnt. Du empfindest als Kind nicht so sehr, dass deine Eltern viel Geld haben, glaube ich.«

Landers dachte wieder an seine Eltern. Sie waren nie am Meer gewesen, sein Vater wanderte lieber. Sie waren weit weg. Seine Kinder würden es besser haben.

Gegen Mitternacht begann eine Kapelle Partymusik zu spielen. Das erste Stück war *Sun of Jamaica*. Ein silberhaariger Mann kam zu ihnen und nahm Margarethe zum Tanzen mit. Sie gab Landers ihre Jeansjacke. Er setzte sich in einen der Korbstühle, die in der Nähe des Swimmingpools standen, neben ihm saß der ulkige Zirkusdirektor. Der alte silberhaarige Mann hüpfte gockelhaft um Margarethe herum. Er fühlte sich bestimmt jünger, als er aussah. Landers brannte sich eine Zigarette an und knetete die Jeansjacke.

»Der alte Sack war schon in ihre Mutter verliebt«, sagte der Zirkusdirektor mit einer Stimme, die gar nicht zu seinem tuntigen Gehabe passte. »Ich aber auch.«

Er kicherte.

Es gab noch ein paar junge Frauen wie Margarethe, die artig mittanzten, und es gab ein paar offenbar angetrunkene ältere Frauen, die ihre Arme in den Abendhimmel reckten. Sie hatten offenbar das Gefühl, in einem Popvideo mitzumachen.

»Ist es nicht schön«, sagte der Zirkusdirektor »die könnten alle bei mir auftreten. Sofort.« Er kicherte. »Ich hasse Sylt«, sagte er.

»Warum sind Sie dann hier?«

»Weil ich Geld brauche. Ich brauche das Geld der Säcke.«

»Der Zirkus darf nicht sterben, was?«

»Genau.« Risoletto lachte wieder. »Man kann über sie sagen, was man will, aber sie spenden. Sind Sie der neue Freund von Margarethe?«

»Ich weiß nicht, ob man das so sagen kann.«

»Sie ist sehr großzügig.«

»Kennen Sie Jens-Uwe?«

»Das ist dieser Rechtsanwalt aus Kalifornien, ja. Guter Junge, aber nichts fürs Leben, glaube ich.«

Landers fragte sich, wie er ihn bewertete. War er was fürs Leben? Vielleicht war der Zirkusfritze ja ganz in Ordnung. Leider hatte er mit dem Zirkus noch nie was anfangen können, nicht mal mit dem richtigen.

»Wieso haben Sie eigentlich keine Löwen?«

»Ich habe Angst vor Löwen«, sagte der Zirkusdirektor.

»Heißen Sie wirklich Risoletto?«

»Ach Quatsch. Ich hol uns mal was zu trinken.«

Er stand auf und schwankte weg, er sah aus, als habe er eine alte Verletzung. Vielleicht war er ja mal unter einen Elefanten geraten. *Was fürs Leben. Meine Kinder werden es besser haben.*

Landers fühlte zum ersten Mal, wie wertvoll Margarethe war. Sie war kostbar und er wollte sie nicht verlieren. Dies hier war ein wunderbares Leben. Er hatte nicht mehr das zehrende Gefühl, das er in der letzten Woche gehabt hatte. Und auch nicht das Prickeln aus seiner Küche. Aber so war es auch nicht schlecht. Er hielt Margarethes Jeansjacke fest wie einen Schatz. Er machte die Augen auf, kniff sie zu kleinen Schlitzen, riss sie wieder auf, kniff sie zu, Margarethe verschwamm. Einschlafen durfte er nicht. Überall waren Fotografen. Er wollte nicht mit offenem Mund in der Klatschspalte der Bunten auftauchen. *Auch Jan Landers hat sich köstlich amüsiert.*

Der alte Mann brachte ihm die Frau zurück, bevor der Zirkusdirektor mit den Drinks wiederkehrte.

»Wollen wir gehen?«, fragte Margarethe. »Ich möchte, dass du meinen Vater kennen lernst. Bevor es zu spät ist.«

Sie waren doch schon weiter, als er dachte. Er erinnerte sich vage, dass sie ihren Vater als Kauz beschrieben hatte. Ihre Mutter war tot. Landers winkte Risoletto zu, der sich mit zwei Gläsern näherte. Er würde sie auch allein schaffen.

Margarethe küsste sich bis zum Ausgang vor. Das Fest galt doch nicht Rüttgers, der mal Staatssekretär im innerdeutschen Ministerium gewesen war, wie Landers erfuhr, sondern war eine Sammelaktion für irgendein Tierheim. Im Urlaub ausgesetzte Hunde und Katzen oder so was. Am Ausgang holte Margarethe einen Scheck aus ihrer Handtasche und warf ihn in einen Kasten, der aussah wie eine goldene Wahlurne.

Sie wirkte, als bezahle sie einen Parkschein.

Das Haus hatte sich zur Straße hin als Landmann verkleidet. Es gab eine dichte Hecke, ein tief fallendes Reetdach, viel verwittertes Holz und rustikale Fenster mit diesen kleinen dicken Scheiben, die aussahen wie die Brillengläser von Karl-Eduard von Schnitzler. Als Margarethe auf eine Fernbedienung drückte, klappte eine vergammelt aussehende Holzfläche auf, die Landers für ein Scheunentor gehalten hatte. Sie fuhren hinein und parkten das Cabrio zwischen einem schlammigen Mercedes-Jeep und einem glänzenden, rotbraunen Jaguar. Dann senkte sich das Scheunentor wieder. Sie hatten fast die ganze Fahrt über geschwiegen. Er war jetzt nüchterner, Margarethe wirkte nervös.

Das Spiel war noch nicht vorbei.

Ihr Vater saß in einem Ledersessel am Rande eines riesigen Raumes unter einem Panoramafenster, hinter dem sich wahrscheinlich die Nordsee befand, und regte sich nicht. Es waren bestimmt zwanzig Meter bis zu dem Sessel und es war dunkel. Landers hoffte, dass er nicht drei Aufgaben erfüllen musste, um die Königstochter zu bekommen. Jedenfalls nicht mehr heute Nacht. Er lief ein Stück auf den Sessel zu, dann hielt ihn Margarethe am Arm fest. Zu seinen Füßen begann plötzlich die Sonne aufzugehen. Eine blaue Sonne, die immer größer wurde. Sie funkelte und wurde zu einem schmalen, von Unterwasserlampen beleuchteten Swimmingpool. Eine 25-Meter-Bahn, die sich quer durch den Raum zog, der halb Wohnzimmer, halb Lobby zu sein schien. Das alles leuchtete nun in diesem matten, kühlen Blaugrün.

Das war mehr als Derrick, das war James Bond. Hoffentlich war der Mann im Halbdunkel nicht sein böser Gegenspieler. Margarethe hielt immer noch seine Hand fest. Es war ein schwesterlicher Griff. Er fragte sich, ob sie in diesem Haus zusammen schlafen könnten.

»Eine Idee meiner verstorbenen Frau. Sie war ein bisschen größenwahnsinnig. Ich sollte das nicht tun, aber es hält die Erinnerung an sie wach«, sagte der Mann, stemmte sich aus dem Sessel und kam langsam auf sie zu. Er war groß, trug eine Latzhose, ein Kapuzenshirt, einen weißen Walter-Ulbricht-Bart und ein schwarzes Basecap der San Francisco 49ers. Die Hose war mit Farbe bekleckert.

Der Mann schwankte leicht. Wahrscheinlich würde er gleich in den Pool stolpern und Landers müsste ihn retten, um seine Tochter zu bekommen. Gehörte das noch zum Spiel? Kurz bevor er das Wasser erreicht hatte, fuchtelte der Alte mit einem schmalen schwarzen Gegenstand, woraufhin sich der Pool summend schloss. Gleichzeitig quoll von verschiedenen Ecken des Wohnzimmers warmes Licht aus unsichtbaren Lampen.

»Sie sind also der Neue. Willkommen«, sagte der Mann. Was für eine Eröffnung. Margarethe sah ihn an wie ein Kind.

»Jan, mein Vater, Dr. Johannes Beer. Papa, Jan Landers.«

»Sind Sie auch Anwalt?«

»Nein, nein«, sagte Margarethe.

»Der letzte war nämlich Anwalt.«

»Er weiß das.«

»Ein Jens-Uwe.«

»Ja, Papa. Aber das hier ist Jan Landers. Er arbeitet bei der Tagesschau. Als Nachrichtensprecher.«

»Dafür ist er aber ruhig«, sagte der Alte.

»Ja«, sagte Landers, um zu beweisen, dass er nicht stumm war.

»Guten Abend.«

Landers steckte seine Hand in einen festen Händedruck. Er versuchte ein bisschen gegenzuhalten, hatte aber das Gefühl, dass der große Kerl ihm mühelos die Hand zerquetschen könnte, wenn er es wollte.

»Ich müsste Sie sicher kennen, aber ich sehe kein Fernsehen. Es stiehlt mir die Zeit. Ich lese auch keine Zeitungen mehr, weil auch das Zeitverschwendung ist. Aber die anderen auf der Insel werden Sie ja wohl erkannt haben.«

»Darum geht es Jan nicht«, sagte Margarethe.

Landers fühlte sich ein bisschen überflüssig. Er kam sich vor wie der Goldhamster, den ein Mädchen gekauft hatte, ohne seine Eltern gefragt zu haben. Er hatte immer noch nicht mehr gesagt als »ja« und »guten Abend«. Drei Wörter. Er dachte an den Test, den Grundmann mit ihm gemacht hatte. Rimini war ein italienischer Urlaubsort. Maputo war eine afrikanische Hauptstadt, wo, hatte er vergessen. Sie würden nicht zusammen schlafen. Nicht heute Nacht.

»Jedem Fernsehmann geht es darum«, sagte der Alte.

Landers starrte durch ihn hindurch.

»Wir haben mit Friede Rüttgers geredet«, sagte Margarethe.

Der Alte schnaubte verächtlich.

»Mein Vater mag keine Partys«, sagte Margarethe.

»Das ist Unsinn. Aber Rüttgers war ein Arsch und sie war mit ihm verheiratet. Ich gehe davon aus, dass auf ihren Partys nur Ärsche rumspringen.«

»Ich war auch da.«

»Das hast du von deiner Mutter. Die hat sich auch Schwimmbecken ins Wohnzimmer bauen lassen.«

»Es war auch gar nicht Friedes Party. Ich habe nur gesagt, dass wir mit ihr gesprochen haben. Ich dachte, es freut dich.«

»Ich wüsste nicht, warum mich das freuen sollte«, sagte der Alte.

Margarethe warf Landers einen schnellen entschuldigenden Blick zu. Aber Landers fiel der Autoverkäufer vom Stern ein, die schwatzhafte Fernsehtante und all die anderen Wichtigtuer und er fragte sich, wie er es dort überhaupt so lange ausgehalten hatte. Wenn er sich recht erinnerte, hatte er sich sogar wohl gefühlt. Er hätte die Party heute Abend sicher in angenehmer Erinnerung behalten, wenn der alte Mann nicht gewesen wäre und sie mit drei Sätzen zerstört hätte.

»'nen Drink?«, fragte Dr. Johannes Beer und trottete wieder zu seinem Tisch, auf dem bereits ein dickes Glas stand.

Fast zeitgleich antworteten Landers und Margarethe auf die Einladung. Nur dass Margarethe: »Lieber nicht« rief und er: »Ja gerne«. Er hatte es vorher versaut. Sie schauten sich einen Augenblick an, Landers fühlte sich, als hätte ihn jemand mit der Axt zerteilt.

»Also kein Anwalt«, sagte der Alte.

Er hatte damit wohl eine Entscheidung getroffen. Er holte aus einem kleinen beleuchteten Kühlschrank, der neben seinem Sitzplatz unter dem Panoramafenster in die Wand eingelassen war, ein zweites Glas, ein Schälchen mit Eiswürfeln und eine halb leere Jack-Daniel's-Flasche. »Dann geh ich schon mal ins Bad«, sagte Margarethe. Es klang nicht beleidigt. Es klang fast wie ein Auftrag. Kümmere du dich um ihn. Vielleicht war sie erleichtert, dass ihr Vater sich für ihn interessierte. Jedenfalls fand sie es gut so, dass er hier saß. Landers sah ohnmächtig zu, wie sie auf die Treppe zulief, die ins Obergeschoss führte. Er schaute ihr nach, er ließ sich in den zweiten Ledersessel fallen, der neben dem Tischchen stand, und griff sich sein Glas. Er hob es an die Nase, schnüffelte ein bisschen und hielt es dann in Richtung des alten Mannes.

Er fragte sich, ob Margarethe ein Nachthemd trug.

»Interessieren Sie sich für Fußball?«, fragte der Alte.

Das war allerdings die beste Frage, die Landers gehört hatte, seit er die Insel betreten hatte.

»Ja«, sagte er und machte es sich in seinem Sessel bequem. Im oberen Teil des Hauses fiel eine Tür zu.

»Wer wird Weltmeister?«

»Brasilien«, sagte Landers, er würde auf der Couch schlafen.

»Richtig«, sagte der alte Mann. »Und wer sollte Weltmeister werden?«

»Russland«, sagte Landers.

»Wieso Russland?«

»Ich weiß nicht. Sie haben noch nie gewonnen. Ich bin aus dem Osten. Vielleicht deshalb.«

»Ich war 1974 im Volksparkstadion, als ihr uns geschlagen habt«, sagte Beer. »Wer hat noch mal das Tor geschossen?«

Das war kein Test mehr. Er wusste es nicht. Landers hätte die gesamte westdeutsche Mannschaftsaufstellung herbeten können. Er wusste, dass Overath gegen Netzer ausgetauscht worden war, aber der Mann war da gewesen und konnte sich nicht mal an den einzigen Torschützen erinnern.

»Sparwasser.«

»Ja, richtig. Sparwasser.«

»Hamann hat die Vorlage gegeben. Er hat für Frankfurt Oder gespielt. Einen Armeeverein, und das war die einzige große Tat in seinem Leben. Er hat die wichtigste Vorlage in der gesamten DDR-Fußballgeschichte gegeben.«

»Tja«, sagte der Alte. Es interessierte ihn nicht. Hamann. Landers wusste sogar, dass Roth vom FC Bayern München mal ein Tornetz zerschossen hatte. Er wusste viele Dinge über den Westen. Er kannte ihre Serienhelden der siebziger Jahre. Flipper, Ilja Richter, Stanley Beamisch, die bezaubernde Jeannie, Lou Grant und fast alle Figuren der Muppets-Show. Er konnte die Titelmelodien von Rauchende Colts, Bonanza, Westlich von Santa Fe und natürlich Die Leute von der Shiloh Ranch pfeifen, er wusste, dass Mary Roos die Schwester von Tina York und die Exfrau von Gottlieb Wendehals war. Aber niemand von ihnen kannte Meister Nadelöhr.

»Ich habe mal für den HSV gespielt«, sagte Beer.

»Ach«, sagte Landers. Vermutlich sollte das Gespräch von Anfang an dorthin laufen. Irgendwas wollte der alte Mann ihm beweisen.

»Ja. Ich war ein Rechtsverteidiger. Ein ganz passabler, sagt man.« Er schenkte ihnen nach und erzählte von damals. Landers unterbrach ihn nicht mehr. Er trank mit.

Beer wäre gern zur See gefahren, aber er war der einzige Sohn seines Vaters und musste die Brauerei übernehmen. Er hatte in Amerika studiert und die Beer-Brauerei danach dreißig Jahre geführt. Sie war ein bisschen gewachsen in den Jahren. Am Anfang war sie die fünftgrößte Brauerei Hamburgs gewesen, am Ende die viertgrößte. Als sein Vater 1985 starb, hatte Beer die Firma augenblicklich verkauft. Es gab keinen Grund mehr für ihn, Direktor zu sein. Es gab keinen Grund mehr, den Wirtschaftsteil der überregionalen Zeitungen zu lesen. Es gab überhaupt keinen Grund mehr, Zeitungen zu lesen. Beer holte sich eine Dauerkarte beim HSV und fing an zu malen. Über bildende Kunst hatte Landers mit dem Alten kaum reden können. Er erinnerte sich dunkel an die verstohlenen Blicke, die er bei einer Schulexkursion zur Dresdner Kunstausstellung auf die fleischigen Körper, wogenden Brüste und schwankenden Pimmel von Willi Sitte geworfen hatte, und wusste gerade noch, dass sich Vincent van Gogh mal ein Ohr

163

abgeschnitten hatte, weil er zu lange in der Sonne gesessen hatte. Landers wurde müde. Beer erzählte vom Meer, das er malen wolle. Das Meer. Landers trank noch einen Absacker, dann war die Flasche leer. Beer sprach jetzt über Magath, der als Trainer ein Versager sei. Landers wollte zu Margarethe ins Bett.

»Ich mag Ihre Tochter«, sagte er.

»Ich auch«, sagte Beer. »Willst du eine Decke, Junge?«

Landers nickte.

»Ich bin Hannes.«

»Ich bin Jan.«

Dann hatte es ja doch seinen Sinn gehabt. Er schleppte sich auf eine Couch am Rande des Pools. Der alte Mann löschte das Licht. Landers dachte daran, dass Hamann vielleicht so berühmt geworden war, weil Sparwasser in den Westen abgehauen war. Man musste über den Flankengeber reden, weil der Torschütze weg war. Ganz zum Schluss überlegte er, dass es gut wäre, wenn man das Dach dort oben abklappen könnte. Dann hätte man einen Freilichtpool. Sie hätten einen Freilichtpool.

Landers hielt die Augen geschlossen und überlegte, wo er war. Ein Spiel, das er als Kind oft gespielt hatte. Wenn er im Ferienlager war oder bei seinen Großeltern und beim Aufwachen spürte, dass er in einem fremden Bett lag. Wenn er zu Hause aufwachte, riet er einfach nur, auf welcher Seite seines Doppelstockbettes er lag. Zur Wand oder zum Kinderzimmer. Er hatte es schon lange nicht mehr gespielt, aber er wusste, dass er nicht zu Hause war. Er fühlte mit den Fingern eine weiche Wolldecke, er spürte, dass seine Sachen trug, und er hörte ein gleichmäßiges Rauschen.

Landers streifte die Wolldecke ab und richtete sich schnell auf. Bei Tageslicht sah der Raum ganz anders aus. Immer noch beeindruckend, aber wärmer, liebevoller. Nicht so protzig. Er trug wohl eher die Handschrift des alten Brauers. An den weißen Wänden hingen jede Menge großformatige Bilder, die, wie er seit gestern Abend wusste, größtenteils von Margarethes Vater stammten. Beer malte ausschließlich Seebilder. Keine Schinken, auf denen sich spanische und englische Kriegsschiffe beschossen. Nur Wasser. Stürmisches, glattes, wogendes, stilles, peitschendes, glitzerndes, schäumendes, schillerndes Meerwasser. Der alte Mann hatte ihm gesagt, dass er so lange nichts anderes male, bis er das Meer gepackt habe. Dann würde er anfangen, den Himmel zu malen. Aber er glaube nicht, dass er das noch in diesem Leben schaffe.

Landers hatte nach dem fünften oder sechsten Whiskey freimütig über seine Probleme beim Bilderkauf erzählt. Und von dem Miró-Druck in seiner Kammer. Der Alte hatte gelacht und ihm geraten, auf diesen Modescheiß nichts zu geben. Er habe selber zwei Mirós in seiner Hamburger Wohnung. Echte selbstverständlich. Landers schaute durch das große Panoramafenster. Jetzt konnte man auch das Meer sehen. Es sah wunderschön aus. Schöner als auf Beers Bildern.

Landers untersuchte die Decke, die Couch und die Gegend um die Couch. Dann hielt er die Hand vor den Mund und überprüfte seinen Mundgeruch. Es roch fürchterlich, aber nicht säuerlich. Er schien also nicht gekotzt zu haben. Wenigstens das nicht.

Es war ja so schon schlimm genug. Der erste Abend auf Sylt und der Zonie pennte besoffen ein. Kein Wunder, dass die da drüben nicht aus dem Arsch kamen. War er auf dem Wege zum Säufer? Beim letzten Stern-Alkoholiker-Titel hatte er im Test drei von zehn Antworten mit Ja beantwortet und bei zwei weiteren leicht geschummelt. Das einzige, was im Osten aus Westsicht gut lief, war bestimmt der Absatz der Stern-Alkoholiker-Titel. Landers überlegte kurz, ob er sich bei Margarethe erkundigen sollte, ob das stimmte. Aber vielleicht war das schon ein weiterer Punkt im Alkoholikertest.

Es war kurz nach neun. Vielleicht sollte er frische Schrippen holen und schon mal Kaffee machen. Aber er hatte keine Ahnung, ob es auf Sylt Bäcker gab. Außerdem hatte er das komische Gefühl, allein im Haus zu sein. Johannes Beer hatte nicht so ausgesehen, als läge er um kurz nach neun noch im Bett. Er hatte eher so gewirkt, als sei er um diese Zeit schon zweimal mit dem Hund draußen gewesen. Und mit Margarethe rechnete er irgendwie nicht. Die hätte er gespürt. Landers stand auf und begann sich im Haus umzusehen.

Die Schwimmbahn zu seinen Füßen sah aus wie ein breiter dunkler Glasstreifen. Landers sah sich nach der Fernbedienung um. Vielleicht hätte er ja später doch noch Lust auf ein Bad. Er fand sie nicht. Das Erdgeschoss schien wirklich fast aus einem einzigen Raum zu bestehen. Das Panoramafenster nahm eine der beiden Längsseiten ein. Auf der linken Seite gab es einen Kamin, vor dem ein einzelner Sessel stand, der mit lustig-buntem Leinen bespannt war. Rechts gab es eine große offene Küche. Allein die Espressomaschine war wahrscheinlich so teuer gewesen wie Landers komplette Einbauküche. Ein riesiges funkelndes Monster. In der Mitte der Küche hing eine matt schimmernde Abzugshaube, unter der ein Arbeitstisch mit einer dicken Buchenplatte und ein Elektroherd standen. Es war nicht das einzige hier, was Landers an die Küchen erinnerte, die er in Amerika gesehen hatte. Es gab natürlich Kellogg's Cornflakes, eine dieser wuchtigen amerikanischen Küchenmaschinen, einen hohen knallroten Kühlschrank mit einer nach außen gewölbten Tür und einem verchromten Klappgriff. Auf dem Kochbuchbord stand das New York Times

Cookbook ganz vorne und an der Wand hing zwischen einem offenen Topfschrank und einem zwei Meter hohen Weinregal Campbell's Tomatensuppenbüchse von Andy Warhol.

Er öffnete den Kühlschrank und fand einen aufgerissenen Zwölferpack mit Diet-Coke. Es war keine Cola-Light, es war wirklich amerikanische Diet-Coke. Der Alte war ein echter Fanatiker. Es gab auch Peanutbutter, Heinz-Tomatenketchup, Hershey's Schokolade, ein paar leuchtend gelbe Riegel Butterfinger und eine angebrochene Flasche kalifornischen Roséweins. Landers pulte eine Büchse Diet-Coke aus der Packung und riss sie auf. Er trank einen Schluck, rief einmal »Guten Morgen«, dann nahm er noch einen Schluck und rief noch mal »Guten Morgen«. Diesmal etwas lauter. Es meldete sich niemand. Landers stellte die Cola auf die Arbeitsplatte und stieg in den ersten Stock.

In einer kleinen offenen Diele stand ein Poolbillard. An der Wand lehnten mehrere Queue-Koffer. Offenbar war der alte Mann ein professioneller Spieler. Von der Diele gingen mehrere Türen ab. Landers rief noch mal »Hallo«, dann drückte er die erste Klinke runter.

Die Tür war verschlossen. Die zweite und dritte auch. Die vierte ließ sich öffnen. Landers zog sie vorsichtig auf und betrat einen hellen, leeren Raum. Er hatte weiß getünchte Wände, helle, mattglänzende Dielen und war nur fast leer. In der Mitte des Raumes stand ein mit hellem Korb bespannter Freischwinger mit dem Rücken zur Tür. Vor dem Stuhl hing ein Gemälde in verwaschenen Farben. Es zeigte eine Gesellschaft in flirrendem Licht auf einer mit bunten Punkten gesprenkelten grünen Wiese. Damen mit weißen Kleidern, großen weißen Hüten und Sonnenschirmen an einem späten Frühlings- oder frühen Sommertag. Landers hatte so was schon mal gesehen. Auf einer Expressionistenausstellung in der Berliner Nationalgalerie. Oder Impressionisten, oder was wusste er. Kathrin hatte ihn dort reingeschleppt. Das Bild hätte damals dort hängen können, dachte Landers. Denn dass es keine Fälschung war, machte der kleine Kasten in der Ecke klar, der wohl für die richtige Luftfeuchtigkeit sorgen sollte. Und die feinen Drähte der Alarmanlage, in denen das Gemälde fest hing wie in einem Spinnennetz. Wahrscheinlich würde sich der Boden unter ihm auftun, wenn er das Bild berührte, dachte Landers.

Als er die Tür zuziehen wollte, entdeckte er in einer Zimmerecke die unterste Stufe einer schmalen Metalltreppe, die weiter nach oben führte. Unters Dach. Landers überlegte einen Moment. Aber warum sollte er jetzt umdrehen? Er drückte sich in größtmöglicher Entfernung zum Alarmanlagenspinnennetz an der Wand entlang auf die Treppe zu.

Sie war breiter, als es ausgesehen hatte, und führte ihn ins Atelier des alten Mannes. Das Haus war offensichtlich nur auf der Straßenseite reetgedeckt. Die andere Seite, die zum Meer zeigte, war aus Glas. Trotz der etwas bedrückenden Umstände, verspürte Landers ein mächtiges Glücksgefühl in sich wachsen. Er stand vor dem riesigen Glasfenster wie ein Junge und ahnte, dass Beer recht haben könnte. Es war schwer, das Meer zu packen, es war zu mächtig. Der Himmel musste warten.

Landers sah sich im Atelier um. Erst jetzt fiel ihm auf, wie peinlich ordentlich es im gesamten Haus gewesen war. Beer hatte Seefahrer werden wollen. Aber hier oben ließ sich der alte Mann offensichtlich gehen. Auf dem Boden lagen verstreute Blätter mit Entwürfen, Kohlezeichnungen, Farbproben. In allen möglichen Ecken, auf Schränkchen und Klappstühlen lagen Paletten, standen Gläser mit Pinseln, abgebrochene Kreide- und Kohlestifte bedeckten den Boden, Fetzen von Klebeband, Bleistiftspäne, ausgedrückte Farbtuben. An den rohen Dachbalken lehnten fertige Meerbilder. Durch zwei von ihnen waren große, wütende Farbkreuze geschmiert. Beer hatte noch nicht aufgegeben.

Unter dem Glasdach standen fünf leere Staffeleien. Weiter hinten, im Schatten eines mächtigen Dachbalkens, stand eine sechste, in die ein großes Stück Karton eingespannt zu sein schien. Landers konnte es nicht genau erkennen. Als er sich dem Bild näherte, roch er die frische Farbe und den Whiskey. Und als er fast da war, sah er den alten Mann. Er lag regungslos vor der Staffelei, auf deren Ablage eine Literflasche Jack Daniel's stand. Sie war halb leer. Es war nicht die Flasche, aus der sie gestern Abend getrunken hatten. Der alte Mann hielt einen Pinsel in der Hand. Er atmete nicht.

Landers sah sich das Bild an. Es war schwarz. Völlig schwarz, bis auf ein paar Lichtreflexe. Kaum sichtbares Funkeln. Und je länger man hinsah, desto mehr merkte man, dass es an keiner Stelle war, wie an der anderen. Es funkelte, drohte und lockte. Es war angenehm kühl und frisch wie das Meer in einer warmen Sommernacht. Es war wunderbar. Er hatte es geschafft, dachte Landers.

Er kniete sich neben den Alten.

Der Schirm der 49ers-Baseballkappe war leicht zur Seite verrutscht. Zusammen mit dem weißen Grungebart machte ihn das jünger. Er sah aus wie jemand, der auf Hawaii Surfbretter verlieh, oder ein begehrter Studiogitarrist in Seattle. Nicht wie ein toter alter Brauereibesitzer aus Hamburg.

Der alte Mann schnarchte leise. Er schlief doch länger.

»Tja«, sagte Landers. »Wer keinen Hund hat, braucht auch nicht früh aufzustehen, um mit dem Hund rauszugehen. Was, Hannes?«

Er hob den schwarzen Plastikverschluss auf, der neben dem alten Mann auf dem Fußboden lag, und schraubte ihn auf die Jack-Daniel's-Flasche. Immerhin war er nicht mehr das größte Opfer des gestrigen Abends.

Als er aufstand, sah er, dass es im Obergeschoss nicht nur das Atelier gab. Durch das Fenster sah man ein Stück Dachterrasse. Die Tür war direkt hinter der Staffelei. Sie war offen. Landers betrat eine etwa vierzig Quadratmeter große Terrasse. Er kam sich vor, als sei er in einen Werbespot geraten. Und vorne am Rande der Terrasse stand auch der Rama-Soft-Frühstückstisch. Er war für eine Person gedeckt.

Für ihn.

An der verchromten Kaffeekanne klebte ein gelber Zettel, der mit ein paar Zeilen beschrieben war, die mit »Lieber Jan« begannen.

Freu Dich.
Es ist gewissermaßen eine Ehre, mit meinem Vater zu versacken.
Du bist mein erster Freund, mit dem er überhaupt mehr als einen
Satz gewechselt hat. Ich glaube, er mochte dich. Und das ist mir
wichtig, denn ich liebe meinen Vater. Ich wünschte mir manch-
mal, ich hätte mehr von ihm. Nicht das Alkoholproblem natür-
lich, aber eine gewisse Unabhängigkeit. Auch der Sylter Schicke-
ria gegenüber. Da komme ich, glaube ich, eher nach meiner Mut-
ter. Na ja, man kann sich's wahrscheinlich nicht aussuchen.
Ich verreise jetzt für ein paar Tage, weil ich etwas in Ordnung
bringen muss. Du kannst mich also nicht im Archiv erreichen. Ist
ja sowieso schwer genug, wie du gemerkt hast. Aber keine Sorge.
Was wir letzte Nacht versäumt haben, holen wir nach. Verspro-
chen!

Kuss, Margarethe

PS: Lass meinen Vater ausschlafen. Wahrscheinlich würdest du
ihn sowieso nicht wach kriegen.
Und wenn du fertig bist, ruf bitte die 309 an. Da meldet sich
Johann Fischer. Johann wird dich zum Bahnhof fahren. Er heißt
wirklich Johann, so ist das Leben. Versuch ihm bitte kein Trink-
geld zu geben. Er empfindet das als Beleidigung.

M.

Sie hatte gewusst, dass er hier auftauchen würde. Auf der Dachterrasse eines fremden Hauses. Sie hatte gewusst, dass er über
ihren bewusstlosen Vater hinwegsteigen würde, um an diesen
Tisch zu gelangen. Landers kam sich vor wie eine Versuchsratte,
die den erwarteten Weg gelaufen war. Zur Belohnung gab es frische Brötchen, Orangensaft und Kaffee. Einen Augenblick hatte
er das Gefühl, eine Gruppe Wissenschaftler in weißen Kitteln
beuge sich über das Terrarium, in dem er sich befand. Er schaute
kurz nach oben. Aber dort waren nur die Wolken dabei, sich aufzulösen.
Er setzte sich an den Frühstückstisch. Er hatte auf einmal großen
Hunger. Als er das Ei köpfte, dachte er an die blonde Reporterin,

die ihn gestern um eine Homestory gebeten hatte. Eine Homestory über ihn. Jan Landers. Er hörte die See rauschen. Gestern hatte er Champagner an einem rosa Pool getrunken, in anderthalb Monaten würde er einen Loft an der Elbe beziehen und anschließend Brahnstein werden.

Jan Landers aus Lichtenberg war am Wasser angekommen.

Er biss in seine Brötchen, die Splitter platzten weg. Frische Schrippen am Sonntag. Irgendwo wartete ein Fahrer auf seinen Anruf.

Ein Johann.

Zwei
Stille Post

Es war Sonnabendmittag und Thomas Raschke war einundvierzig Jahre alt. Er sah in den Spiegel seines modernen, lindgrün gefliesten Badezimmers, aus dessen Gaubenfenster man mit etwas Mühe ein Stück des Treptower Tors erkennen konnte. Das Treptower Tor war eins von vier Stadttoren, die so etwas wie die Wahrzeichen von Neubrandenburg darstellten. Kurz nach seinem vierzigsten Geburtstag war Raschke aus der Einraumneubauwohnung am Datzeberg in diese Zweiraumwohnung in einem der wenigen erhaltenen Fachwerkhäuser der Innenstadt gezogen. Sie war *liebevoll* saniert worden, wozu der Einbau eines *modernen* Bades gehörte. Es war lindgrün. Wenn ein Gefühl eine Farbe haben konnte, dann fühlte Raschke im Moment in der Farbe seiner Badezimmerfliesen. Lindgrün. Er war einundvierzig, sah aus wie fünfundvierzig und fühlte sich wie fünfzig.

Gestern Abend im Bugatti war noch alles gut gewesen. Ein klassischer Freitagabend mit Frentzen, dem stellvertretenden Chefredakteur. Vier Kristallweizen, Caprese, Gnocci mit Gorgonzolasauce, Fisch, fünf Grappa. Ging eigentlich. Gute Grundlage für vier Bier und fünf Schnaps. Fisch muss schwimmen. Wieso war er so fertig? Scheiße, ja, der Wein, zwei Flaschen Chianti. Anderthalb hatte er getrunken. Zu Hause hatte er sich offenbar noch einen Whiskey gemixt. Zumindest hatte eben ein Whiskeyglas neben seinem Bett gestanden. Er würde später dran riechen. Wenn er jetzt erbräche, dann sicher in den Farben eines exotischen Cocktails. Aber er kotzte nicht, er hatte schon seit Jahren nicht mehr gekotzt. Raschke starrte sein Spiegelbild an. Schlaffe graue Haut unter den Augen. Rote geschwollene Partien neben den Nasenflügeln. Kraftlose Haare, die in der Mitte seines Schädels einen kleinen Hügel bildeten und vom Hinterkopf in struppigen Büscheln abstanden, von wo sich eine Glatze ausbreitete, wie er wusste. Er probierte ein Grinsen. Er sah aus wie einer der Männer, die vor der Kaufhalle tranken. Er widerstand der Versuchung, mit einem kleinen Spiegel die kahle weiße Stelle an seinem Hinterkopf zu beobachten. Dieses furchtbare Dreieck. Es war schmal, aber es würde breiter werden. Es ging nur noch abwärts. Er hatte gelbliche Krümel in den Mundwinkeln. Wie sie sein ekliger alter ESP-Lehrer in den Mundwinkeln gehabt hatte. Einführung in die sozialistische Produktion. ESP. Es klang heute so martialisch, als habe es Opfer gefordert. In zwanzig Jahren würde es klingen wie Volkssturm. Die Krümel kamen vom Rauchen. Er hatte gestern Abend zwei Schachteln geraucht. Wenn er eine Kur machte, würde sich vielleicht seine Haut erholen. Aber dann würde er rosig aussehen. Rosig mit Glatze. Das war noch schlimmer. Es hatte keinen Zweck. Raschke löste sich von seinem Spiegelbild, steckte einen Stöpsel ins Waschbecken und drehte das kalte Wasser auf. Er ließ das Becken voll laufen und tauchte seinen Kopf hinein. Das kalte Wasser schien seine Haut nicht zu erreichen, so als läge ein dicker Fettfilm darüber, es drang in seine Nasenlöcher, er spürte das Blut in seinen Schläfen pumpen, öffnete die Augen, beobachtete die aufsteigenden Blasen, den Grund seines schönen lindgrünen Waschbeckens und kam schließlich hoch. Wasser lief an seinem teigigen, schwarz behaarten Körper hinab, kleckerte auf sein Unterhemd, ihm war schwindlig, die Haare klebten ihm in der Stirn, er sah aus wie Adolf Hitler, nur fetter. Raschke griff nach einem Handtuch. Es war hart und roch nach Wäschestärke, er rieb es über sein Gesicht und seine Kopfhaut. Dann warf er es in die Ecke, setzte sich auf die Toilettenbrille und stützte den Kopf in die Hände. Er sah seine schwarzen Socken auf den hellen Fliesen. Schwarze Socken mit weißen Rändern zwischen den Zehen, kleine Gewöllknäuel aus Haaren, Fasern und Haut.

Er konnte keine Fremdsprache, er war handwerklich unbegabt, er war einundvierzig, er fuhr zu den Huren in die erbärmlichen Wohnwagen am Tollensesee, wenn er besoffen war, und nannte sich Andreas. Ein Wunder, dass er gestern nicht da gewesen war. Vielleicht hatte er es auch nur vergessen. Er würde irgendwann auffliegen, er würde sein Leben ruinieren. Fotos auf der Wache, Fotos im Wohnwagen, Bildtexte. Er würde einsam, gedemütigt, ungeliebt und zu früh sterben. In Neubrandenburg natürlich.

Raschke schrie leise.

Zwanzig Minuten später hatte er sich wieder halbwegs im Griff. Die Kaffeemaschine knatterte, er hatte eine Flasche eiskalte

Club-Cola ausgetrunken, die ihm in die Stirnhöhlen blitzte, und ein dickes Butterbrot mit Salz gegessen. Er trug frische Strümpfe, Unterhosen und ein weites schwarzes T-Shirt, das ihm schmeichelte. Er wartete auf den Kaffee, um eine Zigarette rauchen zu können. Im Radio knarzte eine dieser verrauchten NDR-2-Stimmen. Dann kam *You aint seen nothing yet* von Bachmann Turner Overdrive. Er wusste, dass er aufhören konnte. Er wusste es einfach. Der Wille steckte in ihm. Er war ein guter Journalist, der beste, den Neubrandenburg je gesehen hatte, er hatte einen großen Text in der Zeitung. Er mochte die Menschen hier, er verstand sie. Er konnte es. »You aint seen nothing yet«, sang Raschke. »Ba-ba-ba-ba-ba-ba-baby. Aint seen nothing yet, bfff, bfff, bfff, bff.« Er hatte keine Ahnung, was das bedeutete, aber er kannte es von früher.

Die erste Zigarette holte den ganzen Kater wieder zurück, sein Kopf schien zu wachsen, sich abzukoppeln, fortzufliegen. Die zweite war besser, sie kribbelte in den Beinen, mit der dritten ging er runter zu den Briefkästen. Seinen Artikel holen.

Es war das Porträt des neuen Ministerpräsidenten von Mecklenburg-Vorpommern. Er wurde am Montag vereidigt. Ein Aufsteiger aus Torgelow, die Eltern waren Zivilangestellte bei der Nationalen Volksarmee gewesen, die Schwester Verkäuferin, sie hatte einen Berufssoldaten geheiratet, der seit zehn Jahren arbeitslos war und trank, Raschke sah ihm das an. Der Ministerpräsident hatte Bauwesen studiert, Fachschule in Magdeburg, er war Investbauleiter einer mittelgroßen LPG in Demmin gewesen, parteilos geblieben und hatte drei Kinder von einer hübschen Tierärztin. Zwei Jahre nach der Wende war er der CDU beigetreten. Seine Baufirma hatte inzwischen zweihundertfünfzig Mitarbeiter. Er war reich. Er fuhr einen dunkelroten 7er BMW und besaß ein wunderschönes altes Mietshaus am Schweriner See, dessen oberste beiden Etagen seine Familie bewohnte. Seine Firma hatte das Haus saniert, sein ältester Sohn studierte Jura im Westen. Seine Frau arbeitete wieder als Tierärztin, sie war stolz auf ihren Mann, aber sie liebte ihn nicht mehr, hieß es. Der Ministerpräsident war bis zur letzten Saison Präsident bei Post Schwerin gewesen, er sah passabel aus, er war fünfundvierzig Jahre alt. Ein Durchreißer mit dichtem blonden Pelz auf den Unterarmen.

Raschke hatte ihn auf seine unnachahmliche Art umkreist, erlegt und aufgeschnitten.

Es war ein Prinzip von ihm, nie mit dem Porträtierten selbst zu sprechen, sondern nur mit den Personen, die ihn kannten. Eine Mischung aus Feigheit, Schläue und der Sehnsucht nach Unabhängigkeit hatte ihn zu diesem Prinzip verleitet.

Er hatte auf der abgewetzten Couch der Ministerpräsidenteneltern in Torgelow gesessen, in Fotoalben geblättert, er hatte mit ehemaligen Kommilitonen aus Magdeburg geredet, mit der Klassenlehrerin aus Torgelow-Ost, er war mit dem Schwager versackt und hatte sich die Denunziationen von Mitbewerbern aus der Baubranche angehört, er hatte zwei Abende im Klubhaus von Post Schwerin zugebracht, den Schweriner BMW-Händler, den Bezirksveterinär und den CDU-Fraktionschef besucht sowie mit der langjährigen persönlichen Referentin des Ministerpräsidenten in einem piekfeinen französischen Restaurant in Schwerin zu Abend gegessen. Er hätte schwören können, dass der Ministerpräsident sie gevögelt hatte. Sie war immer noch in ihn verliebt, aber das war nicht sein Thema. Er war ein seriöser Reporter. Er hatte dreieinhalb Wochen recherchiert und ein ordentliches Porträt eines Aufsteigers gezeichnet, der nicht vergessen hatte, wo er herkam. Er war rücksichtslos und liebenswert. Kein schlechter Mann für das Land.

Raschke war auf der Titelseite angekündigt. *Lesen Sie heute auf Seite 3: Thomas Raschke über den neuen Ministerpräsidenten.* Am Tag als die Weltmeisterschaft begann, stand er im Kopf der Zeitung. Er war gut! Und wenn die Westjuroren der Journalistenpreise irgendwann ihre Dünkel ablegten, würde das endlich auch mal jemand in Hamburg, München oder Berlin mitbekommen. Und ihn hier wegholen. Dann könnte er mit dem Saufen aufhören. Dann müsste er mit dem Saufen aufhören. Dann würde er mit dem Saufen aufhören.

Raschke nahm die Zeitung aus dem Kasten und faltete die Seite eins weg. Sein Artikel war da. Das Foto zeigte, wie der Regierungschef aus dem Dienstwagen sprang. In der Bewegung, in der Luft. Darüber seine Überschrift. *Der Bauleiter.* Er hatte den Text schon zwanzigmal gelesen, er würde ihn noch oft lesen. Jetzt dreimal und heute Abend, wenn er etwas trinken sollte, und davon war auszugehen, noch vier-, fünfmal. In diesen Momenten liebte er seinen Beruf. Es hielt ein Wochenende und den Montagmorgen, den wichtigen Montagmorgen, an dem ihn aufmunternde Telefonanrufe erreichten, Lob auf dem Flur, Respekt in der Redaktionskonferenz. Wunderbar. Man müsste die Zeit anhalten können. Noch besser waren nur noch die Saufabende vorher, mit Frentzen und Schalberg, manchmal sogar mit Sitterle, dem Chefredakteur. Wenn sie auf das erste Bier warteten, wenn alles in der Schwebe war, die Artikel gerade fertig, aber noch unbekannt, ihr Geheimnis. Im Hintergrund liefen die Druckpressen an, sie hauchten ihnen Kraft ein, trieben sie an, ließen sie rotieren. Sie waren der Sinn der Maschinen. Sie waren auf dem Sprung, sie wussten die Provinz zu schätzen, verloren aber das Zentrum nicht aus den Augen. Irgendwann würden sie nach Berlin gehen, zusammen selbstverständlich. Je nachdem, wer beim Saufabend am Tisch saß, er würde mitkommen. Sie würden ihren Weg machen, sie waren ja noch jung. Raschke war einundvierzig, Frentzen sechsundvierzig und Schalberg, der Politikchef, siebenunddreißig. Wenn sie nach diesen Abenden in ihre Betten sanken, waren sie jung und bereit, die Welt einzureißen.

Am Morgen danach hasste jeder von ihnen seine Saufkumpane dafür, dass sie wussten, wovon er träumte.

Raschke klappte die Zeitung zu und holte den Rest der Post aus dem Briefkasten. Zwei schmale weiße Briefe von der Sparkasse, sein Anlageberater würde wieder wichtige Mitteilungen über die lächerlichen Fonds machen, die er Raschke aufgeschwatzt hatte. Er wusste nicht, dass Raschke über Weilandt von der Dresdner Bank, den ihm Sitterle empfohlen hatte, Computeraktien gekauft hatte. Ihr Wert hatte sich in zwei Monaten verdoppelt. Er würde bald ein reicher Mann sein. Ein Brief von der Polizei. Ein Werbebrief seiner eigenen Zeitung. Wer den Nordkurier abonnierte, bekam einen Fonduetopf, vier Gartenstühle oder einen Bohrhammer mit drei Bohrern. Man ahnte, wie die Anzeigenabteilung sich den klassischen Nordkurier-Leser vorstellte. Heimwerker, Hobbykoch, Laubenpieper. Und schließlich ein gelber, A4-großer Umschlag mit einem weißen, computerbeschriebenen Adressaufkleber. Er war schwerer als ein Manuskript für eine Zeitungsseite. Raschke drehte ihn um. Kein Absender. Werbung, bestimmt Werbung. Oder irgend so ein Heimatdichter hatte seine Adresse herausgesucht. Jetzt schickten sie ihm ihre Scheiße schon nach Hause.

Oben las Raschke seinen Artikel noch zweimal. Er ärgerte sich, dass an einer Stelle ein unsinniger Absatz gemacht worden war, um den Text zu verlängern. Und er fand, jetzt mit Abstand, das Attribut cholerisch nicht gut. Es kam sogar zweimal vor. Der Mann war eigentlich nicht cholerisch. Oder hatte Raschke wenigstens keinen Hinweis dafür geliefert. Einmal hatte er nur den versoffenen Schwager zitiert, der von Neid zerfressen war. Seine Frau hielt ihm ständig ihren Bruder vor, es hatte schlimme Szenen auf Familienfeiern gegeben, wo er als das schwarze Schaf herhalten musste. Er würde sicher abstreiten, seinen Schwager jemals einen Choleriker genannt zu haben, obwohl er weit schlimmere Dinge über ihn gesagt hatte. Raschke würde ihn notfalls daran erinnern. Er hatte in der Jacketttasche ein Band mitlaufen lassen. Hey, er war schon ein schmieriger, gerissener Hund! Er setzte neuen Kaffee auf, steckte sich die fünfte Zigarette des Tages an und überlegte, was er einkaufen sollte. Keinen Schnaps, keinen Schnaps, keinen Schnaps. Bitte nicht.

Dann riss er den gelben Umschlag auf. Es war ein Manuskript. Aber keines von einem Heimatdichter.

Neubrandenburg, 15. Juni 1994

Sehr geehrter Herr Thomas Raschke,

ich schreibe Ihnen, weil ich Ihnen vertraue.
Ich mag die Art, wie Sie die Realität in diesem Land beschreiben. Mir gefällt Ihr Rhythmus, das Tempo. Sie lassen sich Zeit. Sie

erzählen. Das hat mir den Mut gegeben, mich an Sie zu wenden. Mit einer Begebenheit, die ebenfalls nur in Ruhe erzählt werden kann. Kühlen Blutes gewissermaßen.

Ich hoffe, Sie verstehen mich. Ich würde gern im Dunkeln bleiben, auch wenn es Ihnen vielleicht sogar gelingen würde, mich ausfindig zu machen. Aber ich bin unwichtig, glauben Sie mir. Ich habe meine Aufgabe erfüllt, wenn Sie diesen Brief zu Ende gelesen haben. Ich weiß, Sie ziehen dann die richtigen Schlüsse. Mehr kann ich nicht tun. Meine Beweggründe sind einfach nachzuvollziehen. Ich fühle mich schuldig. Ich merke, wie das, was ich tue, Menschen zerstört. Das ist schlimm. Noch schlimmer aber ist, wie es Geschichte wird. Wir schreiben Geschichte. Ich führe eine Arbeit aus, von deren Richtigkeit ich nicht überzeugt bin. Ach, ich weiß, dass sie in vielen Fällen falsch ist. Ich mache sie. Ich weiß nicht, wie Sie sich fühlen. Ich weiß nicht, was Sie in DDR-Zeiten getan haben. Aber ich fühle mich in vielen Ihrer Texte zu Hause. Deswegen dieser Brief.

Ich arbeite seit zwei Jahren in der Neubrandenburger Außenstelle der Behörde des Sonderbeauftragten der Bundesregierung zum Stasiunterlagengesetz.

Vorher hatte ich mit Büchern zu tun, aber das rentierte sich nicht mehr. (Das ist kein Hinweis auf meine Identität! – Fast alle hier hatten mit Büchern zu tun, bevor sie in der Außenstelle anfingen. Wir sind Bibliothekare, Lehrer, Buchhalter, Buchhändler, Archivare.) Ich bewarb mich auf eine Ausschreibung, die im Jahre 1991 in Ihrer Zeitung gestanden hatte. Schon damals mit schlechtem Gewissen. Ich hatte ein Gefühl, dass es darum gehen würde, zu richten. Die Stimmung im Lande war nicht besonders gut, Sie erinnern sich sicher. An den Universitäten, in den staatlichen Betrieben, in Behörden, Schulen, Fernseh- und Rundfunkanstalten, überall gab es Kommissionen, überall wurde in anderen Leben herumgeschnüffelt, ich verurteilte das. Aber ich bewarb mich erst einmal.

Sie ahnen nicht, in welche Selbstzweifel mich das Bewerbungsgespräch gestürzt hat. Ich saß einem Mann gegenüber, den ich vom ersten Augenblick an nicht mochte. Ich wusste nicht, dass er mein Chef werden würde. Seine Selbstsicherheit stieß mich schon damals ab. Er saß an diesem Ort des Zweifels, aber er schien keine Zweifel zu haben. Er stellte mir Fragen, zu denen er kein Recht hatte, wie ich fand. Ich versuchte sie dennoch zu beantworten, aber er schien gar kein Interesse an meinen Antworten zu haben. Er wollte nichts verstehen, er wollte kontrollieren, rechthaben, abhaken. Ich habe gemerkt, wie er unruhig wurde, wenn ich etwas weiter ausholte. Wenn ich relativierte. Ich habe einige Male daran gedacht, aufzustehen und wegzugehen, aber ich bin nicht der Mann dafür. Ich kann das nicht. Ich habe später erfahren, dass sich 1500 Menschen für 75 Arbeitsplätze bei der Außenstelle beworben haben. Sie haben mich genommen. Warum, weiß ich nicht. Vielleicht, weil ich nicht in der Partei war. Es ist sogar sehr wahrscheinlich, dass es daran lag. Etwas schien sich zu klären, als ich die Frage von Reichelt, so heißt mein heutiger Chef, wie Sie sicher wissen, mit »Nein« beantwortete. Dabei bedeutet es nichts. Gar nichts. Ich habe kluge Menschen kennen gelernt, die Genossen waren, faire, aufrichtige Menschen, und einfältige, gnadenlose wie Reichelt, die nicht in der Partei waren. Es bedeutet nichts. Reichelt aber schien es alles zu bedeuten. Er brauchte etwas, um sich daran festzuhalten. Ja oder nein. Schuldig oder nicht schuldig. Das macht ihn, so tragisch das ist, zum besten Mann auf diesem Posten.

Aber ich verrenne mich schon wieder. Ich will keine Abrechnung mit einem Mann, obwohl es womöglich darauf hinausläuft. Ich verachte diesen Mann, denn er unterscheidet sich nicht mehr von den Männern, die hier vor zehn Jahren saßen. Er ist skrupellos, er kennt nur Papier, keine Menschen, keine Geschichten, keine Zwischentöne, keine Gnade. Er ist ein Racheengel. Als hätten ihn die Kellerräume infiziert. Von Zeit zu Zeit schleppt er uns zu Betriebsausflügen in ehemalige Gefängnisse der Staatssicherheit. »Damit Sie die Wut nicht verlieren«, sagt er. Und manchmal denke ich, er schaut mich dabei an. Als wüsste er, was in mir vorgeht. Aber das bilde ich mir wahrscheinlich nur ein.

Raschke sah auf die Uhr. Es war kurz nach zwei. Der Spar-Markt in der Fußgängerzone machte um halb drei zu. Er brauchte eigentlich nichts. Zigaretten, ja Zigaretten. Und ein bisschen Obst vielleicht. Keinen Schnaps, keinen Schnaps, keinen Schnaps. Er legte das Blatt weg, zog sich Jeans und Turnschuhe an, steckte hundert Mark ein und lief los. Vielleicht ein Bier oder zwei. Er hatte ein gutes Gefühl. Hundert Mark für Obst und Zigaretten! Er würde sich noch was dazukaufen. Was Süßes. Und dann würde er diesen verdammten Text zu Ende lesen. Er war wichtigtuerisch, gestelzt und paranoid, aber das war ja jeder Leserbrief. Raschke wollte schon immer mal was über einen dieser Stasiaktenarchivare schreiben. Er konnte sich nicht vorstellen, dass es keine Spuren hinterließ, fünf Jahre lang in der Scheiße zu wühlen. Ohne Licht. Man musste doch verrückt werden. Außerdem hatte der Typ den Reichelt gar nicht so übel charakterisiert. Reichelt war ein verbohrter Dummkopf. Er war Schichtingenieur bei NAGEMA gewesen, Raschke kannte ihn noch aus seinen Zeiten als Wirtschaftsredakteur bei der Freien Erde. Er hatte in zehn Jahren 256 Neuerervorschläge eingereicht. Viel Unsinn dabei, der natürlich abgelehnt wurde. Er hatte es später als politische Willkür ausgelegt. Ein Querulant, dem es vor allem darum ging, Recht zu haben. Vielleicht war der Briefeschreiber ja sein Mann. Vielleicht hatte er einen Fuß in der Tür. Soweit er wusste, gab es noch keine richtige große Reportage aus einer Nebenstelle der Behörde. Vielleicht war es ein Preisthema. Die Westler waren doch immer so aufgeschlossen, was den Osten anging. Vielleicht fanden die Juroren das spannend.

Raschke schlüpfte gerade noch so in die Kaufhalle. Er kaufte ein abgepacktes Brot, vier Schachteln Marlboro, vier Literflaschen Club-Cola, 200 Gramm Jagdwurst, 200 Gramm nachgemachten Emmenthaler, drei Bier, zwei Tafeln Marzipanschokolade und eine Literflasche Jim Beam. Jim Beam war im Angebot. 24,99 pro Liter. Musste man mitnehmen. Ein Liter, das reichte ja bis Weihnachten. Das sagte er auch zu der Verkäuferin. Die nickte genervt. Sie wollte nach Hause und wahrscheinlich hörte sie diese Schnapsflaschensprüche jeden Vormittag. Nicht von ihm. Er hatte ein kleines Netz für seine Spirituoseneinkäufe geknüpft. Die letzte Schnapsflasche im Spar-Markt hatte er vor zwei Monaten gekauft. Am Montag würde er aufhören.

Er huschte glücklich aus der Kaufhalle. Das Wochenende lag vor ihm. Sein Rhythmus war gut, so gut, dass er Leuten auffiel, die mit Büchern zu tun gehabt hatten. Er hatte eine schöne Wohnung, die Menschen verstanden ihn, die Sonne schien, er erzählte. Thomas Raschke sah seinen Namen auf einem Buchrücken. Es waren leicht erhabene Lettern. RASCHKE. Ohne Vornamen. Nur Raschke. Ein Name wie ein Peitschenhieb. Der Raschke.

Als ich das Gebäude zum ersten Mal betrat, dachte ich an meine Armeezeit. Es roch nach Schweiß, Bohnerwachs und Essen, ich sah Linoleum, Beton, Terrazzo, Wandzeitungen, Paneele und ich hatte Angst wie damals.

Der Speisesaal ist ein großer, externer Würfel. Die Decke ist hoch und getäfelt. Eine Seite ist verglast, vor den Fenstern hängen vergilbte Gardinen, hinter ihnen fahren Autos nach Berlin oder nur nach Neustrelitz. Die F96 ist der Weg, der aus Neubrandenburg hinausführt. Die Küche ist groß, aber die Essenausgabe ist winzig. Nichts passt zusammen, obwohl sie wollten, dass alles zusammenpasst. Sie wollten hier essen, feiern und Parteitage auswerten. Ein Saal für Aktivisten, Tschekisten und Karnevalisten. Als ich ihn das erste Mal betrat, roch, wahrnahm, konnte ich mir die Kulturprogramme vorstellen, die sie aufführten, die Reden, die geröteten Gesichter unten im Saal, die Flaschengruppen auf den Tischen. Schnapsflaschen in Kühlern aus Styropor. Die betrunkenen Grabscher, die quiekenden Frauen. Die Tische stehen in langen Reihen wie auf einem Appellplatz. Im vorigen Jahr haben sie eine Firma mit der Kantinenversorgung beauftragt. Sie hat rosa Wachstuchdecken auf die Tische gelegt, Serviettenhalter daraufgestellt, kleine Menagerien und Kunstblumensträußchen. Seitdem sieht es noch schlimmer aus. Es ist ein seelenloser, unheimlicher Ort.

Die anderen Mieter haben ihn längst verlassen. Zu Anfang waren hier noch eine große Fahrschule, ein Frisiersalon, zwei private

Versicherungen, die Landesbank und die AOK untergebracht. Aber die sind nach und nach weggezogen. Vielleicht war es rufschädigend, oder die Mitarbeiter haben es nicht mehr ausgehalten. Schade, denn damals konnte man noch ein paar hübsche Frauen und Männer (Sie kriegen mich nicht!) beim Essen treffen. Heute sitzen nur noch die Kollegen der Außenstelle hier. Der Saal ist aberwitzig groß. Wir sitzen im Bauch eines Blauwales. Wenn man dort ist, kann man regelrecht sehen, wie wir uns übernehmen, verheben. Die Sache ist eine Nummer zu groß geraten für uns Hobbykommissare und -richter.

Wir haben anfangs nur im Keller gearbeitet, unter den Rohrleitungen. Dort, wo die Staatssicherheit ihre Archive hatte. Wir haben auf ihren Stühlen gesessen, an ihren Tischen, wir haben ihre Türklinken benutzt, ihre Aschenbecher, Bestecke, Schränke, Garderobenständer und Akten. Wir sind über ihren Nadelfilz gelaufen und haben ihre Kakteen gepflegt. Sie haben ja alles stehen und liegen lassen. Ich habe das Familienfoto eines fremden Menschen in meinem Schreibtisch gefunden. Es lag im mittleren Schubfach ganz hinten. Es waren tiefe Schubladen und es klebte fest. So hat er es übersehen. Vielleicht hat er es auch absichtlich zurückgelassen oder es gehörte seinem Vorgänger. Es zeigt eine Frau mit rotbraunen Haaren und einem Sommerkleid, die mit zwei Kindern auf einer Wiese steht. Es war warm, die Jungen hatten kurze Hosen an und blinzelten in die Sonne. Alle sahen sehr blass aus. Kein schönes Bild, Rot und Grün waren zu grell, die Sachen, die sie trugen, waren zu eng und passten farblich nicht zueinander, die Frau wirkte sehr müde und man spürte, dass der Fotograf die Porträtierten nicht wirklich gemocht hatte. Ich wusste nicht, was ich damit machen sollte. Ich konnte es nicht wegwerfen. Ich hätte mich gefühlt, als würfe ich ein eigenes Familienbild weg. Es war unheimlich. Ich habe es immer noch. Ein Foto von irgendwelchen Urahnen, die ich nicht mehr kennen gelernt habe. Vielleicht lasse ich es demnächst rahmen, hahaha.

Ich werde auch nie vergessen, wie mir Reichelt nach dem Einstellungsgespräch sagte, dass wir im Raum des Bezirkschefs sitzen. Er war so stolz, als hätte er ihn persönlich erlegt und regiere nun im

Fell des Ungeheuers. Wahrscheinlich hätte er wirklich nichts dagegen gehabt, die Geschäfte zunächst in einer Oberstuniform des Ministeriums für Staatssicherheit zu leiten. Mir machte das alles Angst, jeden Tag runter in den Keller, all die Akten, die Gegenstände, die Geschichten und der Schweiß, die an ihnen klebten. Ein paar meiner Kollegen hielten es nicht aus, es waren aber nur sehr wenige, ich erinnere mich ehrlich gesagt an zwei. Eine Frau hatte herausgefunden, dass ihr Mann IM war. Sie hatte hier daran gearbeitet, ihre eigene Familie zu zerstören. Sie ist zu ihm zurückgekehrt. Ich habe sie sehr dafür bewundert damals. Es war viel schwieriger, viel mutiger. Und Guido hat aufgehört, nachdem ein Urologe aus dem Bezirkskrankenhaus entlassen worden war, der vor Jahren seinen Vater behandelt hatte. Aber die anderen haben weitergemacht. Wir anderen. Wir haben nie über Ängste geredet, oder nur auf einer sehr kontrollierten Ebene. Womöglich waren die Ängste auch behauptet. Ich weiß es nicht. Ich sitze seit fast drei Jahren mit zwei Frauen im Zimmer, die ich nicht im Geringsten kenne. Sie wirken nicht so, als empfänden sie Skrupel bei ihrer Arbeit. Es ist vielmehr so, dass sie sich einen Hass auf die Vergangenheit erarbeitet haben, weil es so besser geht. Aus ihrer Sicht MUSS diese Arbeit einfach getan werden. Unsere Tische stehen wie ein Dreieck zusammen. (Vielleicht sind es auch drei Männer und ein Viereck, oder wir sind nur zu zweit. Geben Sie sich keine Mühe.) Die beiden Frauen tauschen sich über die Akten aus, in denen sie gerade lesen, als seien es Kochrezepte oder Horoskope. »Hört mal hier! Das ist ja nicht zu fassen!« Ich erinnere mich gut an den Ibrahim-Böhme-Fall. Böhme hatte ja eine Zeit in Neubrandenburg gelebt und deswegen hier eine Akte. Es war Kantinengespräch, was in dieser Akte stand. Als sei Böhme vogelfrei. Oh ja, wir haben alle Verschwiegenheitserklärungen unterschrieben. Aber das Reden über die Akten empfindet man fast als eine Art Widerstand, wenn man diese ganze Geheimniskrämerei liest. Wir sind auf der guten Seite, wenn wir darüber reden. Wir dekonspirieren. Das ist die hohe Form der Schizophrenie. Erst gestern (oder vor einem Jahr) hat ein Kollege aus meinem Zimmer eine halbe Stunde lang über einen Fall erzählt, den er gerade liest. Eine Frau aus einem kleinen vorpommerschen Dorf, die sich umgebracht hatte, weil sie verdächtigt wurde, mit der Staatssicherheit zusammenzuarbeiten. Die Gerüchte sind von ihrem Ehemann gestreut worden, einem IM, der eifersüchtig auf den stellvertretenden Bürgermeister der Kreisstadt war, bei dem sie als Sekretärin arbeitete. Der Mann hat seine Opferakte bestellt. So sind wir auf ihn gekommen. Es ist eine unglaubliche Geschichte, nicht wahr. Wir sitzen da, als hörten wir Reality-Radio.

Alles, was wir tun, ist so vermessen. So inkompetent und unmoralisch. Dumme, neugierige Sachbearbeiterinnen wühlen in Schicksalen. Die guten Spitzel. Ich glaube, Reichelt nimmt sogar Akten mit nach Hause. Ihn würde sowieso niemand kontrollieren, denn er gilt hier als unfehlbar, aber es ist auch für die anderen kein Problem, etwas rauszuschmuggeln. Die Leute von der Wachfirma würden wahrscheinlich sogar mit anpacken. Die Männer sehen alle so aus, als hätten sie in ihrem früheren Leben schon einmal hier gearbeitet. Die alte Gleichgültigkeit mischt sich mit einer neuen Unterwürfigkeit. Ekelhaft. Es soll Stichproben geben, ich habe noch nie eine erlebt und ich kenne keinen Kollegen, der eine erlebt hätte. So hatte ich keine Scheu, es selbst zu probieren.

Nach einem Jahr zogen dann die Vorgangs- und Personenkartei, die Decknamenentschlüsselung, die Wache und die Leitung aus dem Keller ins Souterrain und in die erste Etage. Aus den meisten Fenstern kann man auf den Parkplatz des Finanzamtes sehen. Das Finanzamt ist noch im Gebäude. Es sitzt in den oberen beiden Etagen. Bei der Wahl zum unbeliebtesten Haus Neubrandenburgs hätten wir keine schlechten Karten. Hahaha!

Seit einem halben Jahr gibt es auch ein Computersystem. Wir erfassen die Vorgänge im Rechner, sind aber nicht mit anderen Außenstellen oder gar der Zentrale vernetzt. Aus Sicherheitsgründen, wie es heißt. Alle zwei Tage fährt ein Kurier zwischen Berlin und Neubrandenburg hin und her. Einmal, am Dienstag, holt er das Datenband ab und bringt es in die Zentrale. Auch innerhalb der Außenstelle ist es schwierig, die Dinge in ihrer Gesamtheit im Auge zu behalten. Oder sagen wir: In der uns verfügbaren

Gesamtheit von der Anfrage bis zur Beauskunftung. Eigentlich kann das nur Reichelt. Er besitzt als einziger das Passwort, um sich überall einzuloggen. Das glaubt er zumindest. Er und die vier Sachgebietsleiter sind auch berechtigt, in Räume vorzudringen, in denen sie normalerweise nichts zu suchen haben. Unsere Türen sind mit Chipkarten zu öffnen. Aber es sieht schwieriger aus, als es ist. Man kriegt sie mit der Parkkarte auf, die ist leichter zu beschaffen. Ich gehöre nicht zu den fünf Auserwählten (zu den siebzig anderen also!) und ich weiß, wovon ich rede, denn ich habe eine Parkkarte, obwohl ich nicht mal eine Fahrerlaubnis habe, hahaha. (Ein Scherz!) Sie geben uns nur die Informationen, die wir »brauchen«. Wir arbeiten nach Geheimdienstprinzipien. Sie sind so stümperhaft wie die der Staatssicherheit. Aber die meisten von uns merken das nicht, weil sie nicht im Traum daran denken würden, sie zu verletzen. Man kann viel besser schlafen, wenn man nicht alles weiß.

Ich habe Ihnen das erzählt, weil es dazugehört. Es gehört zu dem Fall. Und es gehört zu mir. Ohne diese Dinge erlebt und empfunden zu haben, hätte ich Ihnen nie geschrieben. Ich hätte auch nie getan, was ich getan habe.

An einem Dienstag dieses Jahres war ich im Zimmer von Reichelt, als der Bote aus Berlin da war. Reichelt wollte ihm noch irgendwas mitgeben, wovon ich nichts wissen sollte. (Er hat die Szene längst vergessen, glauben Sie mir. Und die Boten sind für den gesamten Norden zuständig. Rostock, Neubrandenburg, Schwerin. Sie rotieren, ich habe bestimmt schon zwölf verschiedene gesehen. Und ich begegne ihnen höchstens zufällig. Also vergessen Sie's.) Es war sicher irgendein Bonbon für den Bundesbeauftragten. Reichelt küsst ihm die Füße. Ich habe sie mal an einem Tag der offenen Tür zusammen erlebt. Es war widerlich. Am Jahresanfang hatten sie in der Abteilung 8 aus den tausend geschredderten Säcken, die 1992 in einer Garage entdeckt worden waren, einen ersten Fall zusammengepuzzelt. Irgendeinen Hinweis auf einen Auslandsspion, der eine Person in Neubrandenburg kontaktet hatte. Wahrscheinlich hing es damit zusammen. Jedenfalls brachte Reichelt den Boten zur Tür und ließ mich allein im Zimmer zurück. Es waren vielleicht zwei Minuten. Mir kam es wie eine Ewigkeit vor. Ich stand auf und lief in Reichelts Zimmer umher. Auf seinem Tisch lag die schwarze Plastehülle mit dem alten Datenband, daneben ein schmaler Stapel Rechercheblätter aus Berlin. Normalerweise gehen sie direkt in die Registratur, aber bei uns muss alles über den Tisch des Chefs. Seit zwei Jahren kommen nur noch wenige Rechercheaufträge aus der Zentrale. Sehr zum Bedauern von Reichelt, der in der ständigen Angst lebt, dass wir überflüssig werden könnten. Die Angst ist nicht ganz unbegründet, die Zahl der Anfragen geht extrem zurück und wir haben höchstens zwei bis drei Leser am Tage in unserem Lesesaal. Manche Mitarbeiter der Außenstelle sitzen gelegentlich eine ganze Woche tatenlos in ihren Zimmern. Die Moral sinkt. Die meisten Kollegen betrachten ihre Arbeit nicht als historische Aufgabe, sondern als puren Lebensunterhalt. Sie haben Angst, entlassen zu werden. Aber das reicht Reichelt nicht. Deswegen zwingt er uns zu diesen Betriebsausflügen, hetzt gegen die PDS und die SPD, die den Landesbeauftragten in einen Opferbeauftragten umwandeln wollen, und erzählt von anonymen Drohungen, die gegen seine Familie ausgesprochen werden. Mehrmals sei er verfolgt worden. Er hat keinerlei Beweise dafür, er denkt sich diese Sachen aus.

Jedenfalls lag dort ein dünner Stapel Rechercheaufträge aus Berlin. Wenn jemand in Berlin eine Akte bestellt, kann er vermerken, dass er in einem bestimmten Zeitraum in Neubrandenburg gelebt hat, weil er hier bei der Armee war oder in der Lehre. Dann löst die Registratur in Berlin einen Rechercheauftrag aus. Wir prüfen den entsprechenden Zeitraum ab. Oben lag eine Anfrage zu Geißler, dem Regisseur, der jetzt in New York lebt. Er hat mal anderthalb Jahre in Neustrelitz am Theater gearbeitet. Die Recherche war von einer Doris Theyssen ausgelöst worden. Eine Kollegin von Ihnen, wie ich jetzt weiß. Sie arbeitet im Berliner Büro des Spiegel. Darunter lagen die Aufträge für einen Kanuten und eine Läuferin, deren Namen ich nicht mehr weiß. Ich interessiere mich nicht für Sport. Die waren ebenfalls von Doris Theyssen ausgelöst worden. Darunter lag der Auftrag für Landers, Jan

189

Landers, diesen Nachrichtensprecher. Sie ahnen es, Auftraggeber war ebenfalls Doris Theyssen vom Spiegel. Ich klappte die oberen Blätter zur Seite, um herauszubekommen, was dieser Landers mit Neubrandenburg zu tun hatte. Geißler war hier Regisseur gewesen, der Kanute und die Läuferin hatten hier trainiert, aber Landers hatte ich bislang immer für einen Westler gehalten. War er aber nicht. Landers war hier bei der Armee gewesen, las ich. Anderthalb Jahre, vom November 1980 bis zum April 1982 Fünfeichen, Nachrichtenregiment der Luftstreitkräfte. Aber woher wusste das die Theyssen?

Ich sah noch mal auf das Rechercheblatt. Die Theyssen hatte nur den normalen Rechercheantrag ausgelöst, er war von einer Sachbearbeiterin namens Zielke übertragen und auch unterschrieben worden, die Neubrandenburger Ergänzung hatte jemand anders dazugeschrieben. Später wahrscheinlich. Auch die Priorität war erhöht worden. Mit dem gleichen Stift. Landers und die anderen wurden mit 1 gesucht. Mit der höchsten Priorität. Die 1 galt sonst nur für Leute, die vor 1920 geboren waren. Aus Altersgründen. Für Schwerkranke und für sehr Prominente. »Personen der Zeitgeschichte« heißt der Terminus. Dass zwei Olympiasieger und ein ostdeutscher Hollywood-Regisseur Personen der Zeitgeschichte waren, sah ich ja noch ein. Aber ein Nachrichtensprecher?

Ich zog Landers' Rechercheantrag aus dem Stapel und steckte mir das Blatt in die Tasche. Ich weiß nicht, woher ich in diesem Moment die Entschlossenheit nahm. Wahrscheinlich, weil ich den widerlichen Affentanz vorhersah, den Reichelt aufführen würde, wenn er die Namen las. Die Namen der zu Überprüfenden und den Namen des Auftraggebers. Er würde die Sache persönlich leiten. Wahrscheinlich wollte ich ihm eins auswischen, aber ich hatte auch das Gefühl, an diesem Blatt etwas beweisen zu können. Oder zumindest zu begreifen. Vor allem dachte ich wohl, dass ich etwas tun konnte. Endlich. Jedenfalls nahm ich das Blatt ohne jeden Skrupel, steckte es in die Tasche und wartete gelassen auf Reichelts Rückkehr. Er ließ sich Zeit. Womöglich wusste der Bote von der Theyssen-Recherche, vielleicht erzählte er in diesem Moment von dem Nachrichtensprecher. Dann wäre ich verloren

*gewesen, aber ich hatte keine Angst. Ich hatte nicht das Gefühl,
etwas Unrechtes zu tun. Vielleicht etwas Falsches, aber nichts
Unrechtes. Irgendwann kam Reichelt wieder und sagte nur: »Sie
sind ja immer noch da.«*

*In den folgenden Tagen war er natürlich ein neuer Mensch. Der
Spiegel interessierte sich für seine Außenstelle, er befand sich in
der Sonne, sein Leben hatte wieder Sinn. Er terrorisierte die Sachgebietsleiter, die terrorisierten die Rechercheure, um die drei Leute zu finden. Reichelt ging im Zweifel immer davon aus, dass man
bei der Stasi mitgemacht hatte. Wie sich herausstellte, war noch
eine Leichtathletin auf der Liste gewesen, eine Weltmeisterin
wohl, keine Ahnung. Alle rotierten.*

Ich hatte ja sowieso zu tun.

Raschke war nervös. Aufgeregt. Er hatte hier ein Geschenk auf
dem Tisch, mit dem er nicht mehr gerechnet hatte. Einen Schlüssel. Der Spiegel. Er hatte die Theyssen zweimal bei dem Neubrandenburger Dopingfall erlebt, als es gegen Krabbe und Springstein
ging. 1992. Sie hatte die Pressekonferenzen zu Zweiergesprächen
gemacht. Sie wusste immer mehr als die anderen, sie war lauter,
selbstbewusster und skrupelloser. Sie war die Frau vom Spiegel.
Raschke und die anderen hatten sich über sie lustig gemacht, später, sie sah nicht besonders gut aus, wie ein Kampfhund, na ja.
Aber natürlich hatte er Angst vor ihr. Die Angst mischte sich mit
Vorfreude. Er war noch im Spiel. Er war einundvierzig, er war
eine Kugel, und er rollte noch. Womöglich müsste er doch nicht
in Neubrandenburg sterben.

Es war noch lange nicht dunkel, aber es war *ran*-Zeit. Die Saison
war zu Ende, aber wenn sie nicht zu Ende gewesen wäre, hätte
Raschke jetzt *ran* gesehen. Er machte sich ein Bier auf. Und als er
beim Kühlschrank war, fiel ihm ein, dass er das Eiswürfelfach mit
Wasser füllen musste. Er holte es raus. Es waren nur noch vier
Fächer gefüllt. Er leerte sie, warf die Würfel in die Spüle, dann
füllte er Wasser in die Eisschablone, legte sie ins Tiefkühlfach
zurück, ging wieder zum Küchentisch, kehrte noch einmal um,
klaubte die vier Eiswürfel aus dem Edelstahlbecken, tat sie in ein

Glas, drehte die Jim-Beam-Flasche auf, goss einen guten Schluck auf das Eis, hörte zu, wie es unter dem Whiskey knackte, roch, trank, schmeckte und wartete. Der Alkohol machte ihn leicht, er spürte, wie er seinen Kopf erlöste und dann weiter in die Arme floss, seine Hände fühlten sich gut an, das Leben hatte Sinn. Es lag noch etwas vor ihm, er hatte noch Spielraum. Er wurde ruhig. Der Spiegel. Das war das Ende des Seils, auf das er seit sechs Jahren wartete. Mal sehen, ob er es zu fassen bekam.

Mir war klar, dass ich nicht so sehr viel Zeit hatte. Einserprioritäten machen wir in zwei, maximal drei Wochen. Wenn es etwas gibt. Ich musste darauf hoffen, dass es bei den anderen dreien etwas gab. Wenigstens eine Karteikarte. Das hätte mir schon geholfen. Ansonsten hätte Reichelt nach drei Tagen geantwortet, und die Theyssen, oder wer immer da Druck machte, hätte gefragt: Und was ist mit Landers?
Ich hatte die Anfrage, aber ich hatte keine Ahnung, was ich nun tun konnte oder sollte. Ich habe versucht herauszufinden, was Reichelt tat. Sein Passwort ist Luck. Nein, nicht Glück. Reichelt kann kein Wort Englisch, wie ihm auch jede Art von Ironie völlig fremd ist. Luck war sein Vorgänger. Oberst Luck. Mehr muss man nicht über Reichelt wissen. Er ist schizophren, aber er machte es mir wenigstens nicht besonders schwer. Die Sachgebietsleiter Annemarie Gloger und Gerd Kruschel recherchierten die beiden Sportler, Reichelt selbst kümmerte sich um Geißler. Geißler hatte eine Opferakte, damit war zu rechnen, der Kanute war IM. Sie waren beschäftigt. Das war die gute Nachricht, die schlechte war, dass ich diesen Landers nicht erreichte. Warum ich ihn erreichen wollte, wusste ich gar nicht so genau. Vielleicht wollte ich ihn warnen oder wenigstens herausfinden, ob er etwas wusste. Ich habe mehrfach versucht, ihn anzurufen. Er antwortete mir einfach nicht. Er schien irgendwie in Schwierigkeiten zu stecken, von denen ich nichts wusste. Oder er war extrem misstrauisch. Einmal hörte ich ihn am anderen Ende atmen. Oder jemand anderes hat unter seiner Hamburger Privatnummer an einem Sonntagvormittag den Hörer abgenommen und geatmet. Also fing ich ohne

ihn an. Es gab keine Karte in der Personenkartei. Es gab keinen Decknamen. Es gab keine Adresse. Aber ich fand ihn bei Dr. Heimann, der die Armeeakten der Hauptabteilung I auswertet. Heimann ist der Einzige, der noch nicht die neuen italienischen Archivschränke hat. Er hat einfache Metallschränke, die man mit einer Haarnadel öffnen kann. Aber das ist meistens nicht nötig, denn Dr. Heimann ist nicht mal in der Lage, seine Hose zu schließen. Er ist reichlich zerstreut. Wir nennen ihn Dr. Alzheimann. Er verwaltet die Akten der Regimenter in Burg Stargard und Fünfeichen. Sie kamen erst 1992 in unseren Bestand. Vorher lagerten sie in den so genannten Abteilungen 2000. Ich fand die Karte in der Mittagspause, als Heimann beim Essen war. Alle Türen waren offen. Es hat nicht mal fünf Minuten gedauert. Landers hatte einen Decknamen. Jimmy Page. Falls Sie sich nicht für Rockmusik interessieren: Jimmy Page war der Gitarrist von Led Zeppelin. Ein Teufelsgitarrist. Das wäre mir zu diesem Landers nun als Letztes eingefallen.

Aber mehr konnte ich nicht finden.

Ich habe nur die Karteikarte mit der Registraturnummer. Normalerweise findet man die Akte recht schnell, wenn man die Nummer kennt. Aber diese Akte lag in einem Teil des Archivs, der gerade rekonstruiert wird. Gewartet wird. Ein Teil der Akten sind vom Zerfall bedroht. Dazu zählen die Akten der Hauptabteilung I, also die Armeeakten. Sie lagen zwei Jahre in einem nassen Kellerraum. Aber ich suche weiter. Ich habe die Registriernummer auf den Kopien, die ich Ihnen schicke, geschwärzt. Verstehen Sie mich bitte nicht falsch, aber alles möchte ich nun doch noch nicht aus der Hand geben. Dazu kenne ich Sie nicht gut genug.

Es ist jetzt drei Wochen her, dass ich den Berliner Rechercheauftrag gestohlen habe. Ich bin mir sicher, dass es inzwischen eine Nachfrage aus Berlin gibt. Heute hat Reichelt uns zu einer außerplanmäßigen Mitarbeiterversammlung eingeladen. So was gab es seit 1991 nicht mehr. Sie wird am Montag stattfinden. Reichelt wird sich einreden, dass es eine Katastrophe ist. In Wahrheit wird es ihm gefallen. Ich gehe davon aus, dass er den Schuldigen unter uns sucht. Er wird sich bestätigt fühlen in seinem Misstrau-

en. Der Kampf wird nicht vorbei sein. Er wird nach wie vor gebraucht.

Jetzt ist Freitagabend, gerade habe ich noch mal ein Telefongespräch mit Landers geführt, aber es endete sehr unerfreulich. Er brüllte mich an. Entweder er hat keine Ahnung oder er hat sehr große Angst. Er hat noch etwas Zeit. Sie werden keine Karteikarte finden, denn die habe ich – Sie ahnen es vielleicht – ebenfalls mitgehen lassen. Wenn man einmal die Schlucht übersprungen hat, fällt es gar nicht mehr schwer. Hahaha.

Aber Sie werden Ihre Aufmerksamkeit auf den armen Landers richten. Und es ist natürlich sehr wahrscheinlich, dass er wirklich auch eine Akte hat. Reichelt wird sie suchen und irgendwann wird er sie finden. Er wird Spätschichten fordern. Er wird nicht eher ruhen, bis er die Landers-Akte, sollte es denn eine geben, gefunden hat.

Ich werde auch weiter suchen und so wird es eine Art Wettlauf werden. Der liebe Landers wird mit im Feld sein, ohne dass er es weiß. Er bewegt sich nicht und läuft doch.

Ich glaube, es gibt hier jede Menge Ansätze für eine gute »Story«. Aber das können Sie natürlich weit besser beurteilen als ich. Ich denke nur, wir könnten in einem »warmen« Vorgang beschreiben, was in diesem Land seit Jahren passiert.

Ich möchte Sie wirklich bitten, mich zu vergessen. Die Informationen könnten Sie von jedem anderen Außenstellenmitarbeiter haben. Einschließlich von meinem Chef. Es ist nicht nachvollziehbar. Bitte bemühen Sie sich also nicht. Und wenn Sie mich finden sollten, hätte das auch nur zur Folge, dass ich entlassen würde. Ich habe in meinem Vertrag eine Schweigeklausel. Ich habe sie verletzt.

Machen Sie das Beste daraus.

Viel Glück
Good Luck, hahahaha.
Ein Bücherfreund

Anbei: Kopie der Karteikarte. Kopie des Rechercheauftrages.

Raschke holte sich ein neues Bier und las den Brief noch mal. Dann noch mal. Zweimal versuchte er hinter das Geschwärzte zu gucken. Er hielt die Kopie der Karteikarte gegen das Licht, aber es war nichts zu erkennen. Logisch, der Typ war wahrscheinlich ein Profi im Schwärzen von Klarnamen. Dann holte er sich das dritte Bier, einen großen Whiskey und dachte nach. Es war jetzt kein scharfes Grübeln mehr, kein schmerzendes Zerlegen, es war ein sanftes, mattes Abwägen der Möglichkeiten.

Würde er die Geschichte so machen, wäre die Theyssen sauer. Womöglich würden sie sie hier auch gar nicht zu schätzen wissen. Beim Nordkurier arbeiteten außer Sitterle nur Ostler. Die wollten eigentlich keine Stasi-Geschichten mehr. Schmidt, der bei ihnen die Stasi-Themen machte, galt als tragische Gestalt. Er hörte sie schon nörgeln: Was interessiert uns denn hier ein Berliner Nachrichtensprecher. Wir wollen Geschichten aus der Region. Ihm würden sie die Geschichte vielleicht abnehmen, er war der Chefkorrespondent. Aber warf er nicht Perlen vor die Säue? Klar war, dass er die Reportage nicht in der Diktion seines Brieffreundes schreiben konnte. Sie könnten den Brief einfach abdrucken. Aber dann hätte er nichts davon. Gut, man könnte ihn im Vorspann erwähnen, aber das wäre Scheiße. Erst mal würde es gar keiner mitbekommen und dann klang es ja auch ein bisschen dämlich, wenn sich ein Denunziant aus der Behörde ausgerechnet an ihn wandte. Vor allem in Doris Theyssens Ohren würde es blöd klingen, da war er sich sicher. Außerdem musste man sowieso erst mal klären, ob da was dran war. Immerhin wurde Reichelt schwer belastet, die Behörde auch. Aber war das nicht eigentlich die Geschichte? Die Story, wie der Mann sich ausgedrückt hatte? War die Behörde die Geschichte oder war es Landers?

Schwer zu sagen. Er schlenderte zu seinem Kühlschrank. Das Eis war noch nicht ganz durch, aber darauf konnte er jetzt keine Rücksicht nehmen. Er brach ein paar halbfertige Würfel, in deren Mitte kaltes Wasser schwappte, aus der Schablone und goss reichlich Whiskey darüber.

Die interessantere Geschichte war sicherlich die Behörde. Er hatte mal einen Text geschrieben, in dem er ihre Fehler der letzten drei

Jahre einfach auflistete. Aber das war eine Liste gewesen, das hier war eine Gesellschaftsreportage. Ein Vereinigungstext. Die Geschichte, mit der er sich beim Spiegel beliebter machen und auch zitiert werden würde, wäre die Landers-Geschichte. Ein Sprecher der wichtigsten deutschen Nachrichten bei der Stasi. *Ist der Tagesschau noch zu trauen? Ein Spion am Mikrofon. Mielke im Ersten.* Die Überschriften purzelten nur so aus ihm raus. Er war ein Überschriftenexperte. Ein Headliner. Er sollte zu Bild gehen. Oder zum Spiegel. Wollte er sich beim Spiegel andienen? War er auf den Hund gekommen? Hatte er sich nicht '89 geschworen, endlich die Wahrheit zu schreiben? Zumindest seine Wahrheit? Raschke trank weiter, der Spiegel verlor an Einfluss, versank in Watte, wurde zum bezwingbaren Gegner, die Provinz gewann wieder an Charme, wurde zur Alternative, seine Leute, seine Möglichkeiten. Raschke trank weiter, wurde sentimental, nachdenklich, widerspenstig, ein sanfter Held. Irgendwann schaltete er den Fernseher ein und sah sich die Videoclips auf MTV an, wenn Werbung kam, schaltete er auf VIVA um. Er liebte das. Es war alles, auf was er sich noch konzentrieren konnte, wenn er trank. Kleine Heldengeschichten. Schöne Menschen. Tänzer. Brüste. Volle Haare. Ewige Jugend. Er trank und weinte vor Rührung. Er verbrüderte sich mit dem Archivar, er würde kämpfen, wozu war er da? Sie beide gegen den Strom. Zwei gegen die Mafia wie diese beiden berühmten amerikanischen Watergate-Journalisten. Die Unbestechlichen. Er sah die Theyssen kochen, den Spiegel wüten, aber er hätte ihre Achtung, ein rundlicher, versoffener Lokalheinrich aus Neubrandenburg würde es ihnen zeigen. Einer mit Haarausfall, ein Bruce Willis aus Vorpommern. Gegen elf hatte er einen halben Liter Whiskey im Blut, er schwebte, zwischen Washington und Neubrandenburg taumelnd, in sein Schlafzimmer, aus dessen Fenster man einen wirklich guten Blick zum Treptower Tor hatte. Das Licht da draußen kippte in die Nacht. Er hatte doch nichts zu verlieren, verdammt. Er hatte noch zwanzig Jahre, wenn er so weiter lebte. Wenigstens eine richtig gute Geschichte sollte bleiben. Er setzte sich aufs Bett, stellte sein Glas daneben, legte die Zigarette auf das Nachttischchen, warf einen Blick in das lindgrüne Badezimmer und beschloss, das Zähneputzen ausfallen zu lassen, ja, er beschloss sogar, das Licht in seinem bekackten Spießerbad an zu lassen. Er knöpfte sich seine Jeans auf und ließ sich zur Seite fallen. Er würde eine Gesellschaftsreportage schreiben, einen Text, in dem er dem Land den Bauch aufschnitt. Auch Janine, die Gestalterin, würde beeindruckt sein, wenn er sich so verhielt. Sie war unabhängig, stur, und sie war so schön. Sie nahm ihm den Atem, wenn er ihr in der Redaktion begegnete. Sie mochte ihn, das wusste er. Sie würde ihn lieben.

Es war gut zu wissen, was man tun musste. Es war gut, gegen den Strom zu schwimmen. Es war gut, ein Held zu sein. Die Zigarette verglühte auf dem Nachttisch und hinterließ in dem weichen Holz einen weiteren schwarzen Streifen.

Am Sonntagmittag saß Thomas Raschke an seinem Laptop. Sein Kopf schwebte, in seinem Magen lagen zwei Käsebrote und drei mit Jagdwurst. Er hatte vier Kaffee getrunken, fünf Zigaretten geraucht, er hatte die üblichen Selbstvorwürfe und Suizidgedanken hinter sich gelassen, er war halbwegs bei sich. Er schwitzte ein wenig auf der Oberlippe, und wenn er die Finger seiner Hände vor sich spreizte, zitterten sie leicht. Vor ihm leuchtete das weiße Dokument 1, er stellte das Format auf Normalbrief und fing an zu schreiben.

Neubrandenburg, im Juni 1994

Sehr geehrte Frau Theyssen,
werte Kollegin,

heute bekommen Sie mal Post aus der Provinz. Neubrandenburg liegt zwischen Berlin und der Ostsee, es ist klein und farblos, aber manchmal passiert auch was. Selten, zugegeben. Sie erinnern sich vielleicht an den Dopingfall Krabbe. Sie waren damals hier. Gut, gut, es ist zwei Jahre her.
Jetzt scheint sich wieder mal was zu tun.

Ich habe gestern einen dicken, anonymen Brief von einem Mitarbeiter der Behörde bekommen. Der Neubrandenburger Außenstelle der Behörde natürlich. Ein bisschen wichtigtuerisch, ein wenig paranoid, na, Sie kennen das ja zur Genüge. Der Mann hat sich erst mal sechs Seiten lang sein Herz erleichtert, bevor er zur Sache kam. Er bezog sich auf vier Rechercheaufträge, die Sie, wie er mir schrieb, ausgelöst hätten. Alles DDR-Promis. Zwei Sportler, Geißler, der Filmemacher, der jetzt in New York lebt, und Jan Landers, der Tagesschausprecher. Der Mann hat den Auftrag für Landers einfach an sich genommen, warum, weiß er selber nicht mehr so genau, aber er hat angefangen, auf eigene Faust zu recherchieren. Landers war hier bei der Armee. Er hat anderthalb Jahre in einem Neubrandenburger NVA-Regiment gedient. Und: Er war IM! Zumindest gibt es eine Karteikarte. Auch die hat unser Informant, nun, sagen wir, mitgenommen. Er sucht jetzt die Akte. Das, so vermutet er, tut auch der Rest der Außenstelle, die sich natürlich fragt, wo der Landers-Rechercheauftrag abgeblieben ist. Unser Informant sprach von einem Wettlauf. Gespenstisch, was?

Ich weiß nicht, ob Sie an dem Vorgang (mit Vorgang muss man in diesem Zusammenhang ja fast etwas vorsichtig umgehen) interessiert sind. Aber wenn Sie es nicht wären, hätten Sie wohl kaum den Rechercheauftrag ausgelöst, was? Wie auch immer. Melden Sie sich doch bitte mal bei mir.

Mit freundlichen Grüßen
Thomas Raschke,
Chefkorrespondent

PS. Ich besitze Kopien des verloren gegangenen Auftrages und der verschwundenen Karteikarte, die ich ungern mit der Post schicken würde. Ich habe ein bisschen das Vertrauen in die Behörden verloren. Sie verstehen. Der Deckname von Landers würde Sie überraschen. Der wäre sicher was für die Überschrift.

PPS. Damit Sie wissen, mit wem Sie es hier zu tun haben, lege ich Ihnen einen Text von mir aus der Wochenendausgabe dazu.

Raschke las sich den Brief noch fünfmal durch, korrigierte ihn an einigen Stellen. Dann ließ er ihn ausdrucken, unterschrieb ihn und steckte ihn in ein Kuvert, das er über die Fußgängerzone zum Bahnhof Neubrandenburg trug. Er kaufte sich im Zeitschriftenladen den letzten Spiegel, schrieb aus dem Impressum die Adresse des Berliner Büros auf sein Kuvert, setzte *Doris Theyssen, persönlich* hinzu und warf den Brief ein. Dann ging er ins Bahnhofsrestaurant, aß ein riesiges Hamburger Schnitzel mit Bratkartoffeln, trank fünf kleine Bier dazu und hinterher zwei kleine Kümmel.

Zu Hause trank er den zweiten halben Liter Jim Beam aus und fiel um neun ins Bett, um sich die Kraft für eine neue Arbeitswoche zu holen. Und für die Dinge, die sie mit sich bringen würde.

Zu den kleinen Gemeinheiten, die eine Frau wie Doris Theyssen ertragen musste, gehörte die, dass ihr Postfach in Kniehöhe angebracht war. Die beiden Sekretärinnen des Berliner Büros hatten ihr den untersten Kasten zugewiesen. Ein Fach für Zwerge. Sie gelangte nur krauchend an ihre Post, weswegen sie keine engen Röcke im Büro trug. Sie war die Besitzerin von zwei Dutzend engen Röcken, auch wenn ihr das keiner zugetraut hätte. Sie hatte gute Beine und einen einschüchternd guten Arsch. Aber ob er auch die Kollegen vom Spiegel einschüchtern würde, war nicht hundertprozentig klar. Es hatte beim Morgen funktioniert, es funktionierte in den Nachtbars, in denen sie verkehrte, aber ob es auch bei Rocher funktionierte, wusste sie nicht. Und so war sie eigentlich ganz froh, dass sie es nie ausprobiert hatte. Sie trug einen weiten dunklen Nadelstreifenanzug mit Revers, die ihr bis zur Schulter reichten, hockte vor ihrem Fach und spürte die Blicke der Sekretärinnen in ihrem Rücken. Beide kamen aus dem Osten, beide hatten vorher im Außenhandelsministerium der DDR gearbeitet, beide hatten arbeitslose Männer und *irgendwie* schienen sie Doris Theyssen für deren Schicksal verantwortlich zu machen. Und *irgendwie* hatten sie damit sogar recht. Sie kannte die Männer nicht, aber wahrscheinlich hätte sie sie auch rausgeschmissen. Allein ihre Ehefrauen waren ein Entlassungsgrund. Außenhandelsministerium! Es machte ihr nichts aus, hockend nach ihrer Post zu tasten, während ihr die beiden Tussis auf den Arsch glotzten. Ärgerlich war nur, wenn gar nichts in ihrem Fach lag. Wenn sie umsonst auf die Knie fiel. Aber die Gefahr war am Montag nie groß. Doris Theyssen tauchte mit vier langweiligen unverschlossenen Informationsbriefen auf, einem harten quadratischen Brief aus sehr weißem, teuer aussehendem Papier, sicher eine Einladung, zwei interessant aussehenden kleinen, handschriftlich adressierten Briefen, drei großen ockerfarbenen Schreiben, die nach Universitäten, Akademien oder Instituten aussahen und ganz sicher langweilig waren, einem Buchpäckchen aus dem Dietz-Verlag, das Politbürorechtfertigungsbuch, das sie bestellt hatte, um es auf maximal fünfunddreißig Zeilen zu verreißen, und dem neuen Focus.

Die hundert besten Universitäten. Oh Scheiße, der Spiegel hatte heute mit *Studentenflucht* aufgemacht. *Warum deutsche Universitäten ihren Ruf verlieren.* Deswegen hatte Henckels den Titel eben in der Konferenz als »nicht eben aufregend« bezeichnet. »Nicht eben aufregend« war allerdings sein Urteil zu jedem zweiten Text. Wenn irgendjemand »nicht eben aufregend« war, dann Richard Henckels selbst. Er hatte heute einen dichten Tulpenstrauß auf seinem Tisch gehabt. Eine lachsfarbene Tulpenbombe. Man hatte ihn dahinter kaum erkennen können. Er sollte einen verdammten Blumenladen aufmachen, dieser Langweiler.

Doris Theyssen stemmte sich aus der Hocke hoch, ordnete sich mit einer Hand die Rockschöße, klemmte sich die Post unter den Arm, schenkte den beiden Sekretärinnen einen spöttischen Blick und betrat den gläsernen Gang.

»Was macht unser Oststars-Stück?«, rief Henckels ihr in den Rücken. Es dröhnte durch den gläsernen Flur, von dessen Ende sich der alte Rocher näherte. Sie verehrte Rocher, er war ein Krieger wie sie und sie war überzeugt, dass er dem alten Carstens den Tipp gegeben hatte, sie aus der Morgen-Konkursmasse zum Spiegel zu holen. Walter Rocher war ein Wadenbeißer, jemand, der sich nie beirren ließ. Er arbeitete seit zwei Jahren daran, den brandenburgischen Ministerpräsidenten zu stürzen. Irgendwann würde er es schaffen. Er hatte bereits die Ministerpräsidenten von Sachsen-Anhalt und Mecklenburg-Vorpommern gestürzt, den Bundesbildungsminister und den sächsischen Kultusminister. Er war ein Vorbild, er hatte geweint, als sein Freund Carstens beerdigt worden war. Er hatte die Tränen nicht abgewischt, er hatte sie trocknen lassen. Er hatte anschließend mit dem Rauchen aufgehört, ohne ein Wort darüber zu verlieren, er jammerte nicht, nie, und er hielt Henckels für einen Vollidioten.

»Dein Oststars-Stück«, rief sie Henckels zu, ohne sich umzudrehen. »Es sind deine Stars. Nicht meine, Richard.«

»Doris, Doris«, sagte Henckels. Sie spürte das Blumenverkäuferlächeln in ihrem Rücken. *Soll ich Ihnen ein bisschen was Grünes dazutun?* Vielleicht wäre sie ja auch diejenige, die ihn eines Tages mit einem stumpfen Gegenstand niederschlüge. Seine Frau würde sie lieben. Und seine Geliebte würde es später auch verstehen.

»Es schiebt sich zusammen«, sagte sie und schaute ihn über die Schulter an. »Es wird schon, Richard.«

Henckels grinste, sie marschierte auf ihr Zimmer zu. Der alte Rocher grunzte irgendetwas. Er verachtete diese Geschichten, die den Chefredakteuren auf dem Klo einfielen. Diese *Der Osten kommt-, Versinkt Deutschland im Müll?-, Studentenflucht-, Die Frauen holen auf*-Stücke. »Stern-Themen«, nannte er das. Sie waren schließlich Trüffelschweine und keine Geschichtenerzähler. Sie kämpften, sie schwadronierten nicht. Sie hatte nie mit ihm darüber geredet, aber sie spürte in seinen spröden, dichten Texten, dass er dachte wie sie. Sie liebte es, von Nachrichten durch einen Text getragen zu werden. Es machte sie zufrieden, satt, wenn sie aus einem Artikel lernte. Füllwörter waren Mitesser. Sie mussten ausgedrückt werden. Sie verdrehte die Augen, als sie an Rocher vorbeilief, am liebsten hätte sie ihn geküsst, Rocher grunzte noch mal. Dann ging sie mit schnellen Schritten auf ihr Zimmer zu, schloss die Glastür auf, schmiss die Post auf den Tisch und fläzte sich in ihren Sessel.

Henckels hatte in der Konferenz das Friedrichstraßenstück von »Holgi« Matthiesen gelobt. Es war voller Mitesser. Unkritisches Geplauder. Viel Sonnenschein, schnell treibende Wolkenfetzen, Silhouetten im Betonstaubnebel und natürlich jede Menge babylonisches Sprachgewirr in Häuserschluchten. Matthiesen war ein Schwätzer. Außerdem hatte er sich im Mercedes-Laden letztes Jahr einen silberfarbenen Kombi gekauft und er war sich nicht zu dämlich, die Leiterin der zukünftigen Mercedes-Niederlassung Friedrichstraße in seinem Text mit ein paar optimistischen Sätzen zu zitieren. Die ehemaligen Bürgerrechtler hatten die größten Löffel, wenn es etwas abzufassen gab. Sie hatten ja auch schon in Ostzeiten die besten Wohnungen gehabt. Ihr Vater, der Genosse, hatte nur eine Dreizimmerneubauwohnung abbekommen. Neunundfünfzig Quadratmeter für vier Personen. Sie hatte zehn Jahre lang mit ihrem Bruder in einem winzigen Zimmer gelebt. Aber so ein gebeutelter Bürgerrechtler hatte sich eine Wohnung unter

hundertundzwanzig Quadratmetern doch gar nicht erst ange-
guckt. *Deine Freunde, Doris.* Scheiße, manchmal dachte sie, dass
sie gar keine Wurzeln hatte. Und keine Freunde. Sie schaltete
ihren Computer ein und wartete, dass er warm wurde.

Die Einladung war vom Filmpalast. Dort wurde eine Retrospek-
tive verbotener Filme eröffnet. Amerikanische, sowjetische, tsche-
chische, polnische und DEFA-Filme. Würde sie hingehen. Solche
Veranstaltungen waren gut, um den Geruchssinn nicht zu verlieren. Auch sie neigte zu falschem Mitleid. Vati ist ein verdammter
Stalinist, Doris! Sie grinste. Vati ist ein Stalinist. Klang gut. Klang
wie der Titel eines Pionierliedes: *Wenn Mutti früh zur Arbeit
geht.*

Sie schaute die beiden persönlichen Briefe an und entschied sich
für den dicken. Sie faltete die Zeitungsseite des Nordkurier auf.
Ein Porträt des neuen MP von Mecklenburg. Eine Anspielung
darauf, dass der Spiegel den alten abgeschossen hatte? Nein,
erstens hatte Rocher den alten Ministerpräsidenten abgeschossen
und zweitens tobten auf Zeitungsseiten, die aus solchen Gründen
eingeschickt wurden, wilde Kugelschreiberpfeile und Beschimp-
fungen in falschem Deutsch.

Die hier war ordentlich, fast liebevoll zusammengefaltet. Als
wollte sich jemand damit bewerben. Die Seite konnte einem Leid
tun. Das stümperhafte Layout dieser Bezirkszeitungen machte sie
schwach. Es musste furchtbar sein, dort zu arbeiten. Die meisten
dieser Zeitungen hatten nach der Wende einen neuen Chefredakteur und einen neuen Titel bekommen und weitergemacht wie
bisher. Eine Mischung aus devotem, keckem, triefnasigem und
dem alten konstruktiven Geist. Sie würde sich der Kollegen
annehmen, wenn die Studie der TU Dresden fertig war, die sich
mit den Informellen Mitarbeitern bei Bezirkszeitungen der SED
beschäftigte. Es gab jede Menge IMs, wie sie aus der Behörde
wusste. Der Bundesbeauftragte würde sie anrufen, wenn es so
weit war. Sie würden sich in einem kleinen Weinladen auf der
Glinkastraße treffen wie immer. Beim Abschied würde er ihre
Hand küssen und ihr einen Umschlag überreichen. Sie freute sich
jetzt schon darauf.

Sie kramte Raschkes Brief aus dem Kuvert und wurde munterer. Der Inhalt gefiel ihr, der Schreiber war offensichtlich ein Arschloch. Sie hasste diesen gezwirbelten Stil. Diese Einschübe und Anspielungen. *Mit Vorgang muss man in diesem Zusammenhang ja vorsichtig sein.* Das hätte Matthiesen schreiben können. Journalisten erzählten eine Geschichte, diese Vögel wollten nur beweisen, wie großartig sie waren. *Ein bisschen wichtigtuerisch, ein bisschen paranoid, na, Sie kennen das ja zur Genüge.* »Genau, du Arsch, das kenne ich von wichtigtuerischen Wichsern wie dir«, murmelte Doris Theyssen.

Die Geschichte war nicht uninteressant. Die alten Oststars, ha. Sehr gut. Vielleicht steckte sogar mehr drin. Womöglich konnte man den Informanten aus der Außenstelle der Behörde mit diesem Landers verknüpfen. Es war ein Sumpf. Sie würden ihn trockenlegen. Nach und nach. Ja, das war tausendmal besser als diese *Der Osten packt's*-Scheiße. Sie freute sich schon auf das Gesicht des Blumenfreunds. Aber erst mal musste sie mit dem Beauftragten reden und dann mit diesem Lokalreporter. Er hatte vor lauter Aufregung vergessen, seine Telefonnummer zu notieren. Sie drückte die Sekretariatstaste.

»Frau Schönlein, ich brauche die Nummer eines Thomas Raschke, der beim Nordkurier in Neubrandenburg arbeitet. Schnell, ja. Er ist da Chefkorrespondent.«

Sie legte auf, rief im Sekretariat des Bundesbeauftragten an und holte sich einen Termin für heute Nachmittag. Eine halbe Stunde war immer für sie drin, wenn er in der Stadt war. Das war die Abmachung. Er hielt sich gern dran, sie sowieso.

Als sie aufgelegt hatte, sagte ihr die Schönlein Raschkes Nummer durch. Neubrandenburg. Die Stadt verschwamm in ihrer Erinnerung zu ein paar Neubaublöcken in milchigem kalten Februarwetter. Sie sah Kathrin Krabbe zusammen mit Grit Breuer in einer baufälligen Sporthalle Runden auf ächzendem Parkett drehen. In den Augen der Krabbe hatte wenig Ausdruck gelegen. Sie schien selbstbewusst bis zum Tod zu sein. Doris Theyssen sah auf die Nordkurierseite. *Der Bauleiter.* Was für eine beschissene Überschrift. Sehr konstruktiv. *Damit Sie sich mal ein Bild machen können, mit wem Sie es zu tun haben.* »Das habe ich bereits, mein Lieber«, nuschelte sie. »Dazu brauche ich deinen Text nicht.« Sie knüllte die Zeitungsseite zusammen und warf sie in den Papierkorb. Über Bande.

Dann wählte sie die Neubrandenburger Nummer.

»Raschke.«

Der Typ hatte eine raue, verschlissene Stimme, sie kannte diese Stimmen aus der Nachtbar. Dort gehörten sie oft Männern kurz vorm Absturz, Männern, die anfingen zu heulen, wenn man ihnen ein bisschen Zuwendung schenkte. Sie würde leichtes Spiel haben.

»Ja, Theyssen hier, Doris Theyssen. Vom Spiegel.«

»Ach was. Schön, dass Sie sich schnell melden, tja, find ich gut, haben Sie Interesse, was?«

»Hören Sie mal, mein Lieber, ich will Ihnen kein Auto abkaufen oder so was. Wenn Sie was in der Hand haben, komme ich gern hoch und schaue mir das mal an. Aber das ist hier kein Handel. Klar?«

»Nein, nein, ich will keinen Handel, ich würde nur gerne an der Geschichte mitarbeiten. Mit Ihnen zusammen.«

»Na, das tun Sie doch bereits. Ich denke, ich komme morgen oder übermorgen mal hoch zu Ihnen. Passt das?«

»Ja, ich denke schon, aber rufen Sie bitte vorher an.«

»Klar.«

»Und.«

»Was denn?«

»Haben Sie meine Geschichte gelesen.«

»Ja.«

»Und?«

»Bis Dienstag oder Mittwoch.«

Sie legte auf. Was glaubte er eigentlich, wer er war. Seine Geschichte gelesen. Doris Theyssen rollte auf ihrem Stuhl zum Papierkorb, fischte das Papierknäuel heraus und faltete es auseinander. Dann rief sie noch mal bei der Schönlein an.

»Suchen Sie mir bitte ein paar aktuelle Texte von diesem Raschke raus. Ich will wissen, was er vor zwei Jahren zu dem Dopingfall

Kathrin Krabbe geschrieben hat. Und dann brauche ich ein paar Texte aus der Wendezeit und alles, was der Mann davor geschrieben hat. Alles, verstehen Sie. Gut. Ja, sofort.«

Doris Theyssen schaute auf die Kurfürstenstraße. Wenn dieser Raschke mit ihr zusammenarbeiten wollte, bitte, das konnte er haben.

Blöger empfing sie um 16 Uhr 30 in seinem Büro, weil er um 18 Uhr einen Interviewtermin mit einem Reporter vom Wall Street Journal hatte, der einen Bericht über die Akten recherchierte, die sich die CIA in den Wendetagen gesichert hatte. Er wusste nicht sehr viel darüber, doch das war nicht sein Problem.

»Any press is good press«, hatte ihm mal jemand gesagt. Die Wendung passte hier. Er mochte englische Wendungen sehr, leider beherrschte er die Sprache nicht. Aber er imitierte gern ihren Klang. Essentials. Circumstances. Facilities. Pressure. Files. Er war ein Taschenspieler. Aber ein guter. *Any press is good press.* Er brauchte Aufmerksamkeit, er musste im öffentlichen Bewusstsein bleiben. Er hatte Diagramme, mit denen er das maß. Lehnert machte sie ihm. Viele verschiedene Diagramme, die eines gemein hatten. Die Kurven zwischen ihren Schenkeln fielen. Manche sanfter, mancher steiler. Er wurde langsam vergessen. Die Zahl der Anrufer, die ihn direkt sprechen wollten, hatte sich in einem Jahr halbiert. In den überregionalen Zeitungen fiel sein Name durchschnittlich fünfmal im Monat. Im Jahr 1991 hatte die F.A.Z. ihn 1287-mal genannt, die Süddeutsche 988-mal, die Frankfurter Rundschau 882-mal. Noch schlimmer war es beim Fernsehen. Ein Diagramm erfasste die Häufigkeit, mit der er zu Talkshows eingeladen wurde. Die Kurve fiel seit 1992 steil ab. Sie hatten das Interesse an ihm verloren. In den Herbsttagen zu Jubiläumssendungen gab es kleine Hügel in seinen Kurven, aber ansonsten bekam er nur noch zweitklassige Einladungen. Zu Bezirkszeitungen, Lokalsendern, Bundeswehrveranstaltungen und Politikseminaren an bulgarischen Hochschulen. Er hatte seine Verbindungsmänner in vielen Sendern und Zeitungsredaktionen, aber auch die klagten über mangelndes Interesse. Die Leute wollten ihre Ruhe haben, das war typisch deutsch, sagte er sich. Aber genauso typisch deutsch war es, den Leuten vorzuwerfen, dass sie typisch deutsch waren, wenn sie einem nicht zuhörten.

Zu allem Unglück waren seine Verbündeten oft hitzköpfige, verbissene Leute. In den Talkrunden saß er mit Bürgerrechtlern zusammen, die sich um Kopf und Kragen redeten. Er hatte gewitzte und besonnene Gegner. Leute, die er gern auf seiner

Seite gehabt hätte. Leute, zu denen er eigentlich gehörte. Bürgerliche, humanistische, weißhaarige, verdienstvolle Männer und Frauen. Da sah man mit diesen glutäugigen Gesellen im Boot nie besonders gut aus. Die Frauen trugen Schüttelfrisuren, die Männer Bärte, die Fronten waren klar, die Gegenspieler bekannt. Sie waren verschlissen. Es wurde langweilig. Wenn in seinem Herzen wenigstens eine Wut gebrannt hätte. Wenn er irgendeine Berufung verspüren würde. Wenn er jemanden zu rächen hätte. Aber da brannte nichts, da war nichts. Nur der Wunsch, berühmt und gut und attraktiv zu sein. Er war nicht verbissen oder rachsüchtig, wie ihm manche unterstellten. Er wollte nicht vergessen werden.

Vielleicht hätte er damals einen anderen interessanteren Posten besetzen sollen. Damals wäre vieles möglich gewesen. Dieser aber schien der mächtigste zu sein. Er war in anderthalb Jahren vom lumpigen vogtländischen Küster Bernhard Blöger zum mächtigsten Mann des Landes aufgestiegen. Blögi hatten ihn die Ministranten genannt. Blögi und auch Blödi. In den letzten Jahren war sein Name zum Synonym für Allwissenheit geworden. BLÖGER. Seine amtlichen Schreiben unterzeichnete er mit BB. Bundesbeauftragter Blöger. Die Medien nannten sein Amt scherzhaft die BBB. Die Bernhard-Blöger-Behörde.

Er freute sich auf Doris Theyssen. Lehnert führte sie hinein, dann zog er sich zurück. Die Gespräche mit Doris Theyssen waren keine normalen Pressegespräche, das wusste auch sein Sprecher.

Sie trug einen dunklen Anzug, der sie sehr männlich aussehen ließ. Sehr anziehend. Sehr dominant. Ihr Gesicht war herb, verspannt, kämpferisch, es trug die Züge ihres Wesens. Eine Jägerin. Er mochte sie sehr gern, manchmal wünschte er sich, er könnte diese harten Züge glätten, lösen. Er stand auf, begrüßte sie, nahm ihre Hände in seine, drückte sie, vielleicht ein bisschen lang, aber sie schien es zu genießen, und setzte sich dann in den breiten weinroten Ledersessel, in dem er besonders gut aussah, wie er fand. Zumindest hatten sie ihn hier gerne fotografiert. Damals, als er noch fotografiert worden war. Zeit-Magazin Titel, August '92. Stern-Porträt, Februar '93. Fünf Doppelseiten in Focus,

September '92. *Der Herr der Akten.* Immer hatte er im roten Sessel gesessen. Sie nahm in dem weinroten gesteppten Ledersofa Platz, hinterm Aschenbecher, den ihr Lehnert hingestellt hatte, legte ihre Zigaretten und ein bulliges silbernes Feuerzeug auf den schlichten Tisch aus Metall und Glas, den er sich hatte anfertigen lassen. Hinter ihr brannte ein riesiges schwarzrotes Gemälde an der weißen, geschlemmten Wand. Es hieß Reue und stammte von einem ehemaligen Karlshorster Bürgerrechtler, der von Blöger bei der Aktensuche bevorzugt behandelt worden war.

Bernhard Blöger war der Ostpolitiker, der am stilsichersten auftrat. Von Anfang an. Er hatte nie diese fliederfarbenen Zweireiher getragen, mit denen die Volkskammeraufsteiger durch die Gegend rannten, er hatte nie einen Bart getragen, nie diese klumpigen Schuhe, nie weiße Socken, und er hatte sich bereits 1989 das erste Mal von Bo Steeger frisieren lassen, dem Westberliner Starcoiffeur. Er hatte blauschwarze glatte Haare, die er sehr kurz trug. Er tat morgens eine Fingerspitze Gel hinein, was den kleinen Wirbel in der Mitte seines Haaransatzes betonte. Er sah immer aus, als sei er gerade gerannt. Er schien in Eile, beschäftigt zu sein, was es besonders kostbar machte, wenn er sich Zeit nahm. Er rasierte sich zweimal am Tag, benutzte schwarze Seidenunterwäsche von Versace, was leider niemand schätzen konnte, weil sie niemand zu sehen bekam, er trug Budapester Schuhe, Socken, Hemden und Anzüge waren von Armani. Er roch gut, seine Fingernägel sahen wunderbar aus und der leichte Vorbiss, der ihn früher gestört hatte, verlieh ihm etwas Animalisches. Etwas Freddy-Mercuryhaftes. Nur, dass er sich nie einen Schnauzbart stehen lassen würde. Er hasste alles, in dem sich Schmutz und Ungeziefer sammeln konnte. Er liebte Sauberkeit. Der Gedanke daran, wie sich Männer nach dem Essen durch ihre Schnurrbärte fuhren, verursachte ihm Ekel.

»Ich bin immer noch an dieser grauenhaften Story über die erfolgreichen Ostler dran«, sagte Doris Theyssen und steckte sich eine Zigarette an. Sie rauchte Benson & Hedges. *Discover Gold* stand auf den Werbeplakaten, dachte der Beauftragte. Klang gut. »Ich habe dir doch vor vier Wochen so eine Liste rübergefaxt.«

»Ja«, sagte er. Er war ihr Beichtvater. Er machte das gern. Er wurde gern gebraucht, er war gern nützlich und er war sehr gern im Bilde. Er hatte davon geträumt, Pfarrer zu werden, aber die Frauen waren zu stark gewesen. So war er Küster geworden, er löschte die Kerzen, polierte die Weihrauchgefäße und wischte den Boden der Beichtstühle. Bis er im Oktober 1989 auf dem Kirchhof der Johannes-Gemeinde von Klingenthal die Rede verlas, die sein Pfarrer geschrieben hatte. Die *Blöger-Botschaft*, hatte es der stern genannt, der an diesem Abend zufällig eine Reporterin in Klingenthal hatte.

Zwei Tage später hatten sie ihn fotografiert, nachts, mit einer Kerze in der Hand auf dem Kirchhof. Die sanfte Revolution hatte ein Gesicht. Blögers.

»Es ist stinklangweilig. Eine Eisschnellläuferin aus Chemnitz hat mit sechzehn eine Verpflichtungserklärung unterschrieben und ein Fußballnationalspieler hat seinem Trainer gesteckt, dass zwei seiner Mannschaftskollegen sich bei einer Griechenlandreise die ganze Nacht verdrückt hatten. Kinderkram. Aber heute morgen kam ein Brief aus Neubrandenburg, der interessant war. Hast du eigentlich die Recherchen in den Außenstellen ausgelöst?«

»Nein, nicht direkt. Ich habe das gleich an die Zielke weitergeleitet. Die macht alle deine Anträge. Also überhaupt alle vom Spiegel. Sie recherchiert in den Biografien der Leute, deren Akten ihr bestellt, in Künstler-, Sportler-, Politikerlexika, im Who is Who und im Munzinger-Archiv und löst dann die Recherchen in den Bezirken aus, die in den Lebensläufen auftauchen. Worum geht's denn?«

»Der Mann, der mir geschrieben hat, ist ein Neubrandenburger Journalist, der wohl irgendwie die Chance seines Lebens wittert. Er hat einen Brief von einem Außenstellenmitarbeiter bekommen, in dem der ihm von meiner Recherche berichtete. Weiß der Teufel, warum. Es geht um zwei Sportler und Landers.«

»Den Nachrichtensprecher?«

»Ja.«

»Ich hätte schwören können, er ist ein Wessi.«

»Manchen sieht man es eben nicht mehr an.«

»Ja«, sagte Blöger und fuhr sich durch die Haare, er mochte die kleine raue Gelstelle in seinem Stirnbürzel. Ihm sah man es ja auch nicht mehr an. Er hatte Jahre gebraucht, um diesen schrecklichen vogtländischen Dialekt zu verschleifen. Wahrscheinlich war er der einzige Klingenthaler, der Hochdeutsch sprach. Dafür konnte er kein Englisch. Er würde nachschauen, was *Discover Gold* bedeutete, bevor der Wall-Street-Journal-Reporter kam. Vielleicht ließ es sich ja einbauen.

»Jedenfalls hat dieser Typ, dein Kollege aus der Außenstelle, die Karteikarte gefunden. Landers war also IM. Und dann hat er die Karte geklaut und recherchiert dem nun hinterher.«

»Versteh ich nicht. Wieso klaut er die Karte? Was hat er davon?«

»Scheinbar wissen die anderen nichts davon. Vielleicht ist er auch gar kein Rechercheur, sondern eine Reinigungskraft, was weiß ich denn. Vielleicht will er berühmt werden. Oder er hat eine Rechnung offen. Oder weiß der Teufel. Wer leitet eigentlich deine Außenstelle in Neubrandenburg?«

»Reichelt.«

»Und?«

»So ein übereifriger Ingenieur. Tobias Reichelt. Ist mir nicht ganz geheuer, der Mann. Der ruft hier dreimal die Woche an und hat pausenlos irgendwelche Verbesserungsvorschläge. Meistens technisches Zeug. Seit einem halben Jahr lass ich ihn nicht mehr durchstellen. Ich war ein-, zweimal zum Tag der offenen Tür da. Der Reichelt hatte das organisiert wie einen Staatsbesuch unter Honecker. Alles hat geglänzt, als habe er es mit Öl eingerieben. Hat mir seine automatischen Aktenschränke präsentiert. Da rotieren die Karteikarten geräuschlos auf großen Rollen. Sehr beeindruckend. Ich glaube, Neubrandenburg ist moderner ausgestattet als wir. Sie haben das größte Budget aller ehemaligen Bezirke. Wie er das hingekriegt hat, weiß der Teufel. Ich meine, Neubrandenburg ist ein Kaff. Das war vor fünfzig Jahren ein vorpommersches Dorf. Also Reichelt ist eifrig, unterwürfig und technisch interessiert. Sagen wir es so.«

»Siehst du, das wär ein Grund, die Karte zu klauen. Vielleicht wollte es der Typ ja lieber ohne Reichelt machen.«

»Kann schon sein. Und was willst du daraus machen? Du hast doch nicht mal die Karteikarte.«

»Weiß noch nicht. Ich würd gern was über den Landers machen. Der liest immerhin die ersten Nachrichten im Land. Das hat schon 'ne gewisse Komik. Der hat doch bestimmt schon manche IM-Enttarnung vermeldet. Ich frag mich immer, was die dabei empfinden. Er soll einen witzigen Namen benutzt haben.«

»Welchen denn?«

»Hat der Lokalheini nicht verraten. Er hat sowieso sehr geheimnisvoll getan. Er denkt bestimmt, er hat den großen Fisch an der Angel. Das werde ich ihm schon austreiben. Ich könnt mir auch 'ne Geschichte über den kleinen Informanten vorstellen, wenn es das hergibt. Also wenn sich da 'ne Verbindung zu Landers herstellen ließe. Vielleicht kennen sie sich aus einem früheren Leben. Was weiß ich.«

»Ach, komm.«

»Doch, überleg mal. Das ist sogar in deinem Interesse. Du hast plötzlich einen ganz neuen Aspekt in der Debatte. Der Feind arbeitet noch. Wir müssen noch wachsamer sein. Wir brauchen mehr Mittel. Außerdem schauen die Leute wieder mal hin. Ein Behördenmitarbeiter, der mit einem IM zusammenarbeitet, das hab ich bisher noch nirgends gelesen.«

»Ich weiß nicht. Das kann schnell umschlagen. Die sind zur Zeit doch eher bereit, ein Argument, das für mich spricht, gegen mich zu verwenden. Wenn sie das lesen, werden sie sagen: Na, den Sauhaufen machen wir doch besser dicht. Was ich von den Ostlern über *unsere Steuergelder* höre, die ich verprasse, kannst du dir nicht vorstellen.«

»Doch, kann ich. Wir können das ja besprechen, wenn es so weit ist. Ich will morgen mal zu dem Typen hochfahren. Mal sehen, ob wir eine Akte finden, vielleicht krieg ich sogar den Führungsoffizier. Ich bräuchte volle Handlungsfreiheit in der Außenstelle.«

»Kein Problem.«

»Und ich bräuchte alles, was du über Landers rauskriegen kannst.«

»Ich werde mir Mühe geben.«

»Wollen wir heute Abend einen Wein trinken gehen, wenn du mit dem Ami durch bist?«

»Gerne. Ich ruf dich an, wenn wir fertig sind.«

Sie drückte ihre Zigarette aus, stand auf und gab ihm einen Kuss auf die Wange. Sie fühlte sich gut an, sauber, glatt. Er war verlegen. Er stand steif vor seinem Sessel und merkte, wie er rot wurde. Er war einer der höchsten Beamten der Republik. Sie zwinkerte ihm zu und verschwand in der Tür. Lehnert zog sie von außen zu. Bis jetzt gab es keinen Grund, rot zu werden.

Blöger ging zu seinem Schreibtisch und tippte den Namen LANDERS; JAN in sein Suchprogramm. Doris war interessierter als er. Er war der falsche Mann für diesen Job. Sie würde ihn besser machen, engagierter, überzeugter. Jeder würde ihn besser machen als er. Engelmann sowieso, wenn er noch am Leben wäre. Blöger war hineingeraten, zufällig hineingeraten, weil Engelmann, Pfarrer Engelmann, krank geworden war, zu krank, zu schwach, um eine kämpferische Rede zu halten. Manchmal sehnte er sich nach seinem Küsterjob zurück. Die ersten Schritte auf dem Nachtschnee, wenn er den Hof zur Sakristei an einem weißen vogtländischen Wintermorgen überquerte, um zu heizen. Der erste Kaffee von Engelmanns Haushälterin nach der Frühmesse. Schwester Jägers Bohnenkaffee.

Suchergebnisse: 0, zeigte sein Computer.

Die Theyssen hatte eine gute Nase. Es war bestimmt was dran. Es war ja immer etwas dran. Das beruhigte ihn und es langweilte ihn, immer recht zu haben. Aber es war schon besser als die Sakristei. Die Ministranten waren aus ihren Gewändern gewachsen und waren in die Welt verschwunden. Hatten ihn zurückgelassen. Blögi. Den guten alten Blödi. Den ewigen Messdiener.

Er griff zum Hörer des Haustelefons.

»Bitte suchen Sie alles über Jan Landers raus, Frau Zielke.«

»Den Tagesschausprecher?«

»Genau den.«

»Den hatte ich neulich schon mal in der Hand. Ein Antrag von Frau Theyssen. Da war nichts so weit ich weiß.«

»So, na dann. Wieso haben Sie eigentlich die Außenrecherche in Neubrandenburg ausgelöst?«

»Jemand sagte, Landers war dort bei der Armee.«

»Jemand?«, fragte Blöger.

»Es stimmt doch?«

»Ja, ja«, sagte Blöger. Er wollte nicht zu interessiert wirken. Jemand.

Komische Sache. Die dreihundertundachtzig Mitarbeiter, die er hier hatte, waren ja auch nur Menschen. Menschen hatten Interessen. Niemand verstand das besser als er. Vielleicht gab es jemanden, der ein Interesse an diesem Tagesschausprecher hatte. Konnte er sich allerdings nicht vorstellen. Es gab doch keinen unbedeutenderen, harmloseren Job, als Nachrichten vorzulesen. Man war eine Marionette. Man hing am Manuskript. Die Nachricht war der Star, nicht der Sprecher. Er wusste, wie das war. Er wusste es leider nur zu genau. Er war ein Beamter. Ein Küster. Wieder nur ein Küster. Er liebte das Gesetz, weil es ihn zu dem gemacht hatte, was er war. Er hasste es, weil es ihn nicht der sein ließ, der er gern sein würde.

Er musste durch die Welt schleichen. Würdevoll, sich seiner Verantwortung bewusst, immer im Hintergrund, bescheiden, leise, selbstlos. Ein Mann, der auf leisen Sohlen die Kerzen löschte, wenn die Messe vorbei war. Es war langweilig. Er wäre gern der Mann, der das Feuer entzündete.

Discover Gold. Eisschnellläuferin aus Chemnitz. Diese Anzüge. Eng und glatt. Saubere klare Linien. Kein Schmutz, nirgendwo Nischen.

Blöger hatte seine Frau und die drei Kinder in Klingenthal zurückgelassen. Drei Mädchen. Alle im Chor. Der Beauftragte dachte an sie und strich sich über die Hose. Manchmal dachte er, er würde in seinem eigenen Büro überwacht. Es war unheimlich, die letzte Instanz zu sein. Es musste doch noch jemanden geben, der ihn kontrollierte. Jemand, der zwischen ihm und Gott stand. Einen Papst. Er sah an die hohe Decke seines Arbeitszimmers. Kalk. Weißer Kalk. Keine Kameras. Er musste sich unter Kontrolle halten. Selbstkontrolle. Er war seine größte Gefahr. Er rief in Neubrandenburg an. Reichelt war nicht da. Er war auf einer Büromöbelmesse in Köln. Er würde sich totärgern, wenn er erfuhr, dass der Sonderbeauftragte in seiner Abwesenheit angerufen hatte. Er bestellte seinem Stellvertreter Rößler, der sich weit ruhiger anhörte als sein Chef, dass die Spiegel-Reporterin Theyssen morgen kommen würde und sich frei bewegen dürfe.

»Sie sollte eine von Ihnen unterschriebene Vollmacht mitbringen«, sagte Rößler ruhig. »Sie können sie aber auch faxen.«

»Ja«, sagte der Sonderbeauftragte. Das war korrekt. Womöglich würde er den Mann zum neuen Chef machen, wenn Doris rausfinden sollte, dass Reichelt versagt hatte.

»Wie lange sind Sie eigentlich schon bei uns, Rößler?«

»Seit '91.«

»Und was haben Sie vorher gemacht?«

»Ich war Bibliothekar, warum?«

»Ach, nichts. Nur so. Will ja wissen, wer bei mir so arbeitet. Also dann. Richten Sie es ihm aus.«

Er ging zum Bücherschrank und schlug *Discover* nach. Entdecken. Ausfindig machen. Gold entdecken. Schatzsucher war er auch, das könnte er einbauen.

Er lief an der Fensterfront vorbei, das Parkett knarrte, er sah die Kirchenkuppeln vom Gendarmenmarkt im weichen Nachmittagslicht funkeln, er hatte die Hände auf dem Rücken verschränkt, lief langsam, aber aufrecht, ein Modell für Annie Leibovitz' Kreditkartenwerbeporträts. Aber er durfte keine Werbung machen. Vielleicht später. Vielleicht würde er irgendwann in die Wirtschaft wechseln, in einen Aufsichtsrat oder Vorstand, leider wusste er so wenig von diesen ökonomischen Dingen, aber womöglich kam es ja nicht so darauf an, und repräsentieren konnte er. Das konnte er, weiß Gott. Ein schwaches Spiegelbild flimmerte über die Fenster seines großen Büros. Das Bild eines Fabelwesens. Sie sollten Knoblauch aufhängen und die Kreuze bereithalten. Der Graf war wieder unterwegs.

Suchergebnisse 0. Er würde mit leeren Händen zu Doris kommen. Ohne ein Geschenk. Das war nicht gut. Sie sollte wissen, dass sie ihn brauchte. Immer brauchen würde. Landers. Landers. Landers. Das Holz unter seinen Budapester Schuhen knarrte. Wen kannte er da? Nachrichten. Hamburg. Tagesschau. Gründel. Grundig. Grundmann. Richtig, Grundmann. Er würde Grundmann anrufen, um ihm ein bisschen was über diesen Landers aus der Nase zu ziehen. Aus der knallroten Nase. Der schuldete ihm sowieso noch einen Gefallen. Er ging zu seinem Schreibtisch zurück, drückte mit einer Hand auf den Sekretärinnenknopf, behielt die andere auf dem Rücken, sah sein Bild im Fenster, während seine Sekretärin die Hamburger Nummer von ARD-aktuell durchgab. Er würde das gleich erledigen. Noch vor dem Amerikaner.

Er musste wieder an die Eisschnellläuferinnenhaut denken. Wie sie sich wohl anfühlte. Schöne, silbrige, flirrende Wesen. Scharrende rhythmische Bewegungen. Kratzer auf dem Eis, kräftige Schenkel. Wie sie den Rücken durchdrückten, wenn es vorbei war.

Grundmann starrte auf die Monitorwand vor seinem Schreibtisch. Zehn stumme Monitore. Ganz oben las Gottschalk die 17-Uhr-Nachrichten. Daneben lief die heute-Sendung mit diesem Laienprediger. Die beiden Sprecher waren sich ähnlich. Sie ließen sich die Haare über die Glatze toupieren. Man traute ihnen nicht. Man sah, dass sie keine Ahnung von dem hatten, was sie da vorlasen. Dass sie es nicht verstanden, nicht einschätzen konnten. Sie lasen es ab. Der Kanzler verließ schwerfällig seinen Wagen, er schien schlechte Laune zu haben. Die Kameramänner spritzten regelrecht auseinander. Wahlen in der Ukraine, Frauen mit Kopftüchern und silberzahnige Hutzelmännchen in engen braunen Jacketts vor Pappurnen. Menschen in kurzen Hosen vor einer Ausschachtung, in der vielleicht fünfzig Skelette lagen, Steine werfende südkoreanische Studenten, ein Ölteppich vor Long Island, schwarze Vögel, ein neuer Weltrekord im Stabhochspringen. Sergej Bubka kroch in Zeitlupe um die Latte. Was für ein idiotischer Sport, er schien aus der Ritterzeit übrig geblieben zu sein. Grundmann sah wieder auf den Dienstplan der Sprecher. Aber es war kein Wunder geschehen.

Landers hatte immer noch Dienst.

Noch zweieinhalb Stunden. Er musste ihn runternehmen. Er würde abwarten. Er musste ihn runternehmen. Abwarten. Runternehmen. Abwarten. Nein, er würde ihn runternehmen.

Aber warum?

Es fing immer als Gerücht an. Irgendwann würde es Beweise geben. Irgend so ein Bluthund würde nachrechnen, wann er es erfahren hatte, und dann musste er sich winden, nach Erklärungen suchen, rechtfertigen. Öffentlich-rechtlicher Rundfunk blablabla. *Wie wollen Sie den Gebührenzahlern erklären, dass sie einen Stasispitzel finanzieren?* Es war ein Gerücht. Gut. Aber aus dem Munde des Sonderbeauftragten klang ein Gerücht wie eine Tatsache.

Er mochte Landers, vor allem mochte er ihn viel mehr als diesen Gockel aus Berlin, der gerade angerufen hatte. Blöger hatte ihm ein paar Mal bei Recherchen geholfen, vor allem bei dem einstündigen Porträt über diesen Typen, der seine eigene Frau bespitzelt hatte, aber es war ihm schon damals wie ein Handel vorgekommen. Er wusste, dass der Sonderbeauftragte ihn eines Tages anrufen würde, um seine Gegenleistung einzufordern. Der Mann hatte etwas Patenhaftes. Diese Allwissenheit, die er ausstrahlte, war beunruhigend. Er tat so, als habe er jeden in der Hand. Glücklicherweise hatte Grundmann nicht dort drüben leben müssen. Für einen guten Zahnarzt hätte er jeden ans Messer geliefert.

Grundmann hatte nicht viel über Landers erzählen können. Er sah gut aus, war pünktlich und versprach sich nicht. Das waren die wichtigsten Eigenschaften eines Nachrichtenvorlesers. Er erfüllte sie. Landers war der einzige Ostler im Team. Er war nicht überprüft worden, weil er ein freier Mitarbeiter war. Nur die Festangestellten mussten Fragebögen ausfüllen. Das hatte den Sonderbeauftragten offensichtlich sehr gefreut. Er hatte nur *irgendwas* wissen wollen. Irgendwas.

Er hätte ihm erzählen können, dass er Landers noch vor fünf Minuten zu Brahnsteins Nachfolger hatte machen wollen. Dass er ihn für einen talentierten, kritischen Mann hielt, der mehr konnte, als vom Blatt zu lesen. Ein Mann, der im Unterschied zu den beiden Schießbudenfiguren da vorne, wusste, was er tat. Er hätte ihm von ihrem lustigen Abendessen erzählen können, bei dem er viel über den Osten gelernt hatte, von seinen Plänen, sich einen Bart wachsen zu lassen, der seine fleckigen, losen Zähne verbergen könnte. Und davon, wie Landers ihm, ohne es zu wissen, Mut gemacht hatte, weil ihm eingefallen war, dass Bruno Wonkrat, ihr Tokio-Korrespondent, einen Bart trug. Aber dann hätte der Beauftragte wirklich etwas in der Hand gehabt. Und Grundmann erinnerte sich gut, wie bereitwillig und missionarisch er in den Fällen, in denen sie zusammengearbeitet hatten, aus seinen Archivgeheimnissen geplaudert hatte. Dieser Sonderbeauftragte lebte davon, Geheimnisse zu kennen. Der Mann schien den zwanghaften Wunsch zu haben, gebraucht zu werden. Er wollte Beziehungen haben. Er wollte dazugehören. Grundmann mochte sich nicht vorstellen, welche Beziehungen er zur Bild-Zeitung unterhielt. SPITZEL BEI UNSERER TAGESSCHAU. WENN DAS KÖPCKE WÜSSTE.

Landers war also vermutlich IM. Sein einziger ostdeutscher Mitarbeiter war IM. Verdammter Mist. Das war eine Nachricht. Landers könnte sich um 20 Uhr 13 enttarnen, kurz vorm Wetter.
Und nun noch eine Meldung in eigener Sache. Der ostdeutsche Nachrichtensprecher Jan Landers war Informeller Mitarbeiter der Staatssicherheit. Wie der Bundesbeauftragte der Berliner Behörde zur Umsetzung des Stasiunterlagengesetzes mitteilte, überwachte er lange Jahre Kollegen, Bekannte und Verwandte. Die ARD wird ihn bis zur Klärung der Vorwürfe beurlauben. Auf Wiedersehen, meine Damen und Herren. Das Wetter.
Er musste ihn runternehmen. Es ging nicht anders. Die ARD war eine öffentlich-rechtliche Anstalt, die Leute würden sich mit Recht aufregen, wenn herauskäme, dass er Landers gedeckt hatte.
Wenn er doch nur schon in Amerika wäre. Es war ein Fehler gewesen, Chef zu werden. Dieser Sumpf griff nach ihm, zog ihn hinab, er musste Dinge tun, die er nicht wollte und auch nicht konnte.
Er hatte das Gespräch im Kopf.
»Und was mache ich jetzt?«
»Haben Sie keine Kommission?«
»Doch, aber es ist nachmittags. Die Kommission müssten wir einberufen. Das kann dauern, sie ist auch sicher etwas eingerostet. Wir sitzen hier in Hamburg, verstehen Sie. Das ist nicht Dresden. Die Kommission hat höchstens zweimal getagt. Und er hat heute Abend Dienst.«
»Sie wollen einen IM Nachrichten lesen lassen?«
»Nein.«
»Sehen Sie.«
Blöger war ihm unheimlich. Er trieb einen regelrecht vor sich her. Die Überprüfungskommission hatte Grundmann fast vergessen. Sie stand wie ein vergessenes Spielzeug im NDR-Keller. Sie müsste noch mal abgestaubt werden. Wieso hörten sie mit dem Mist nicht endlich auf. Für Leute wie diesen Küster aus Berlin war es nie vorbei.
Er würde es Landers erklären. Letztlich schützte er den Jungen dadurch sogar. Er wäre nicht mehr so interessant für Bild, wenn

er nicht mehr zu sehen war. Er wäre schon verblasst. Und wenn es sich nicht bestätigen sollte, könnte er ja wieder auf den Sender gehen. Es würde dann sicher schwerer werden, ihn als Tagesthemen-Moderator durchzubringen.

Er holte sich die Telefonnummern von Landers aus seinem Computer. Er war noch nicht im Sender. Zu Hause lief ein Anrufbeantworter und über das Handy nur eine Mailbox. Was Grundmann ihm zu sagen hatte, konnte man keiner Mailbox anvertrauen.

Grundmann sah auf die Uhr. Es waren noch zwei Stunden und zehn Minuten. Auf dem ARD-Bildschirm lief eine Wunschmusiksendung. Zwei Frauen in Dirndln hampelten herum.

Der Intendant war ein SPD-Mann. Er war mal ein guter Journalist gewesen, hieß es. Er hatte ein gelbes Gesicht und die scharfen Mundfalten des Magenkranken, denn er war seit zehn Jahren Intendant.

»Was gibt's, Karlheinz?«, fragte er.

Grundmann hörte den schweren Raucheratem des Intendanten.

»Nichts Gutes. Jan Landers, einer unserer Tagesschausprecher, soll bei der Stasi gewesen sein.«

»Soll?«

»Ich habe keine Unterlagen gesehen, keine Akte, aber Blöger hat hier vor zehn Minuten angerufen und mir das mitgeteilt.«

»Blöger persönlich?«

»Ja.«

Grundmann hörte das klobige Tischfeuerzeug seines Intendanten aufschnappen. Der Intendant inhalierte und hüstelte, als er den Rauch ausstieß. Er hielt seine Zigaretten zwischen Zeigefinger und Daumen, wahrscheinlich sah er in den Filter. Das tat er oft, wenn er überlegte. Er starrte dann auf die kleine braune Stelle in der Mitte des Filters. Der Intendant rauchte Peter Stuyvesant. Sein Zimmer sah aus, wie sich Grundmann ein Intendantenzimmer aus den späten sechziger Jahren vorstellte. An der Wand hing ein schwarz-weißes Bild, das den Intendanten lachend mit Willy Brandt zeigte. Beide rauchten und trugen Anzüge, die ihnen zu klein waren.

»Bernhard Blöger?«

»Ja«, sagte Grundmann.

»Dem ist wohl zu trauen.«

»Tja.«

»Was meinst du, Karlheinz?«

»Ich weiß es auch nicht. Ich mag ihn nicht.«

»Wen? Landers?«

»Nein, Blöger.«

»Darum geht es nicht.«

»Ich weiß.«

Grundmann überlegte, ob Blöger in der SPD war wie der Intendant. Er wusste es nicht, glaubte es aber eigentlich nicht. Sicher war Blöger jemand, der sich gern auf seine parteipolitische Unabhängigkeit berief. Der Intendant hatte einfach Angst vor dem Mann.

»Haben wir noch diese Kommission, Karlheinz?«

»Ja, das heißt, ich weiß gar nicht. Wir haben sie ja so selten gebraucht. Nur einmal eigentlich bei diesem Sportreporter. Dem, der Sportschießen gemacht hat und St. Pauli. Der blasse Sachse.«

»Liebert. Ja. Aber es gab eine ganze Menge mehr Fälle im Rundfunk, auch in Mecklenburg-Vorpommern. Aber es ist alles mindestens ein Jahr her. Hat er es im Fragebogen falsch angegeben?«

»Er mußte keinen Fragebogen ausfüllen, soweit ich weiß. Er ist ein freier Mitarbeiter.«

»Ach.«

Wieder dieser schleppende Atem, als sauge er die Luft durch einen zu engen Schlauch.

»Wir müssen den Fall vor die Kommission bringen, Karlheinz«.

»Aber er hat heute Dienst. Er ist um 20 Uhr dran.«

Der Intendant schwieg. Grundmann sah auf die Bildschirmwand.

»Ich habe keine Ahnung von dem Leben dort drüben, Karlheinz. Weißt du das?«

»Ja.«

»Sie sind mir fremd. Ich lerne es nicht mehr.«

Grundmann wartete. Das Feuerzeug des alten Rauchers schnappte noch mal.

»Nimm ihn runter.«

»Ja?«

»Sag ihm, dass wir es klären. Dass es vorübergehend ist. Und ruf die Kommission an. Deckwehrt leitet sie. Günther Deckwehrt von der Haustechnik.«

»Ja.«

Er legte auf. Der Intendant hatte ihn fünfmal Karlheinz genannt, er hatte ihn hineingezogen.

Sie überließen Landers' Schicksal einem Haustechniker. Er fühlte sich nicht besser.

Die zwei Frauen vor ihm schwenkten die Schürzen. Die meisten Zuschauer wünschten sich volkstümliche Musik. Er würde das nie verstehen. Er verstand die Menschen da draußen sowieso immer weniger. Es war wirklich Zeit, dass er hier rauskam. Aus diesem Dickicht. Er rief Gottschalk an, der die 17-Uhr-Nachrichten gelesen hatte, und bat ihn, die Hauptausgabe zu übernehmen.

»Kein Problem, wieso?«

»Landers hat eben abgesagt. Äh, er hat sich entschuldigt.«

»Ach, und warum?«

»Was? Er ist, äh, er ist krank. Zahnschmerzen.«

Zahnschmerzen! Grundmann kam sich vor wie ein Schüler aus der Feuerzangenbowle. Zahnschmerzen klang wie eine alte, ausgestorbene Krankheit. Selbst er hatte selten Zahnschmerzen, obwohl seine Zähne das Gegenteil erzählten. Wahrscheinlich hatte sich jedes Leben aus ihnen zurückgezogen. Sie waren tot.

Schmerzten Prothesen eigentlich? Er hatte von Entzündungen gelesen. Es gab spezielle Haftcremes, aber die Anzeigen dafür sahen nicht so aus, als könnte man ihnen vertrauen. In den Kosmetikabteilungen der Supermärkte verspürte er den Wunsch, die Kukidentpackungen anzuschauen, in die Hand zu nehmen, die Aufschriften zu lesen, wagte es aber nicht. Er hatte das Gefühl, dass die Regale mit den Gebisspflegemitteln in den letzten Jahren schmaler geworden waren. Wahrscheinlich starben die Gebissträger aus. Vielleicht fielen nur noch in der Dritten Welt Zähne aus, in Deutschland aber nicht. Er war von weißzahnigen Mitarbeitern umgeben. Die Haftcremeforschung würde eingestellt werden, weil es keinen Markt mehr gab. Womöglich war er der letzte

Gebissträger im Land. Ein Fall fürs Museum. Im stomatologischen Hörsaal würden Dias seines Mundraumes präsentiert werden wie zusammengewachsene Zwillinge in Alkoholgläsern. Er war der Elefantenmensch des nächsten Jahrtausends.

Grundmann bleckte die Zähne in seinem dunklen, leicht spiegelnden Monitor. Sie sahen lang und zerbrechlich aus, er schloss den Mund, merkte, wie er schwach wurde, sein Körper löste sich auf, er rieselte auseinander. Grundmann spürte die Lebensmüdigkeit wachsen, in solcher Stimmung konnte er stundenlang mit seinem Schreibtisch im Selbstmitleid treiben, aber das ging jetzt nicht.

Es war 18 Uhr 20. Er rief den Pförtner an und bat ihn, Bescheid zu sagen, wenn Landers das Sendergelände betrat.

»Herr Landers ist vor einer Minute durch, Herr Grundmann. Soll ich ihn zurückholen?«

»Nein«, sagte Grundmann, verließ seinen Raum und ging runter zum Parkplatz, um Landers mitzuteilen, dass er heute Abend frei hatte. Und auch morgen. Und übermorgen.

Er kam sich vor wie ein Henker. Er hatte in all den Jahren noch keinen Mitarbeiter entlassen. Er begriff in diesem Moment, dass er auch nicht dazu in der Lage gewesen wäre. Er ging die Treppe hinunter, seine Hand schleifte müde über das schwarze Plastikgeländer, er sah seine Schuhe an, das Terrazzo der Treppenfliesen, er sah sein Spiegelbild in der Glastür, drückte sie auf und atmete die warme Nachmittagsluft ein. Ein leiser Wind raschelte in den Akazien, die das Gelände zuwucherten. Es war noch nicht so dunkel, wie es drinnen schien. Er rauchte seit zwanzig Jahren nicht mehr, aber wenn er eine Packung in der Tasche gehabt hätte und ein Feuerzeug, dann hätte er sich jetzt eine angesteckt. Er hatte Lust, sich zu betrinken, er hatte Lust, sich Landers anzuvertrauen. Ihm von seinen Ängsten, seiner Menschenscheu, seinem Selbsthass zu erzählen. Es war zu spät. Grundmann griff in seine Jacketttasche. Aber da waren keine Zigaretten. Schon seit zwanzig Jahren nicht.

Ein schwarzer Saab erschien am Ende der schmalen Straße, die zum ARD-Aktuell-Komplex führte. Saab. Wie konnte man so viel Geld für so ein hässliches Auto ausgeben. Grundmann hob die Hand zum Gruß. Der Wagen stoppte neben dem roten Käfer-Cabriolet von Lisa Kirchner, die heute die Tagesthemen moderierte, der Motor verstummte, Landers blieb noch einen Augenblick im Wagen sitzen, wahrscheinlich fragte er sich, warum Grundmann da draußen rumstand. Sicher dachte er, dass es mit den Brahnstein-Plänen zu tun hatte. Grundmann glaubte nicht, dass er etwas ahnte. Er glaubte nicht mal, dass dieser Junge irgendwas mit der Stasi zu tun gehabt hatte. Aber es sah so aus. Und er hatte keine Ahnung, wie ein Mensch war, der mit der Stasi zu tun gehabt hatte.

Dann ging die Tür auf, Landers stieg aus, er schloss den Wagen nicht ab, er strich sich durch die Haare und kam auf ihn zu.

»Hallo«, sagte Landers.

»Tach, kommen Sie doch bitte mit in mein Büro, ja.«

»Gerne, aber ich muss in die Maske, ich bin spät dran, wissen Sie.«

»Gottschalk spricht die Nachrichten für Sie«, sagte Grundmann.

»Ach«, sagte Landers.

Sie liefen schweigend die Treppe nach oben, den langen Gang, Jost Schäfer kam ihnen entgegen, er schaute sie erstaunt an, vielleicht wusste er schon, dass Landers Zahnschmerzen hatte und vermisste eine geschwollene Backe.

»Gute Besserung«, sagte Schäfer.

Landers sah ihn überrascht an.

»Danke«, sagte Grundmann und schob Landers in sein Büro.

In Landers' Rücken flimmerten die Bildschirme. Grundmann überlegte kurz, ob er sie abschalten sollte, aber das hätte die Zeit angehalten, die Welt, und das wollte er nicht. Ein schwarzer Dreispringer zappelte mit seinen langen Beinen, bevor er in den Sand fiel. Nahmen sie eigentlich noch Sand? Die drei Tenöre, Carreras sah schlecht aus. Wieder die offene Grube in Jugoslawien. Er war müde.

»Ich hatte vor einer knappen Stunde einen Anruf aus dieser Behörde«, sagte Grundmann. Landers schwieg. Er hatte die Beine übereinander geschlagen und nestelte in seiner Jacketttasche. Wahrscheinlich suchte er nach Zigaretten.

»Rauchen Sie ruhig«, sagte Grundmann. In seinem Zimmer hatte noch nie jemand geraucht, er hatte keinen Aschenbecher. Er schob ihm ein Metallschälchen hin, das er von einem afrikanischen Fernsehdirektor geschenkt bekommen hatte. Auf dem Boden war eine goldene Giraffe abgebildet, die ein Antennengeweih auf dem Kopf trug.

»Der Sonderbeauftragte für die Stasiunterlagen war dran und hat sich nach Ihnen erkundigt.«

Landers machte ein erstauntes Gesicht. Kein erschrockenes. Er schien sich zu wundern, er wartete. Vielleicht dachte er, er sei bespitzelt worden. Grundmann überlegte, welchen Weg er einschlagen sollte. Es gab nur den direkten. Es gab keine Grautöne.

»Er hat Informationen, die darauf hindeuten, dass Sie als IM gearbeitet haben.«

»Er hat was?«

»Er hat Informationen, die darauf hindeuten, dass Sie IM gewesen sind.«

»Ich bin ja nicht taub«, sagte Landers. »Entschuldigen Sie.«

Der Abgrund hatte sich aufgetan. Grundmann überlegte, ob er sich eine Zigarette von Landers schnorren sollte. Er kam sich vor, als nehme er an einem Verhör teil. Er war sich nicht sicher, ob er es führte. Aber er war dabei und er wurde nicht verhört. Das stand fest. Er war auf der sicheren Seite.

»Wer sagt denn das?«

»Ich denke, es gibt eine Akte.«

»Sie denken?«

»Ach, hören Sie doch auf. Sie haben eine Karteikarte gefunden. Mehr weiß ich auch nicht.«

»Haben Sie sie gesehen?«, fragte Landers.

»Wir haben telefoniert, sagte ich das nicht?«

»Sie haben telefoniert, ja«, sagte Landers laut. »Ich will ja nicht zu neugierig wirken, aber ich habe keine Ahnung, was hier los ist. Nur so ein Gefühl, dass meine Zukunft auf dem Spiel steht.«

»Ja«, sagte Grundmann. Er mochte Landers wirklich. »Nur telefoniert. Ich habe keine Karteikarte gesehen.«

Sie schwiegen. Landers brannte sich eine neue Zigarette an. In seinem Rücken stieg wieder der Kanzler aus dem Auto und schritt furchtlos auf die Kameras zu.

»Das ist doch unsinnig«, sagte Landers leise. »Ich meine, ich war ein Würstchen im Osten. Also in der DDR. Ich war kein Widerständler, aber ich, ich habe sogar mein Studium geschmissen. Ich war Discjockey, verstehen Sie, ich habe ihr Spiel nicht mitgespielt. Ich hatte einen Lada und viele Mädchen, ich habe mein Leben gelebt, ich hatte Streit mit meiner Mutter. Ich war so was wie das Gegenteil von einem IM.«

Grundmann sah ihn an. Die Fetzen einer fremden Biografie flogen durch den Raum. Er bekam sie nicht zusammen. Lada? Was sollte das bedeuten. *Ich hatte einen Lada.* War es belastend oder eher entlastend. Ladas waren beim 7. Sinn gern als Unfallautos eingesetzt worden. Skodas auch. Das war alles, was er damit verband. »Aber war das Sascha Anderson nicht auch?«, sagte er. »Und Schnur? Und dieser Ibrahim Böhme? Die hatten doch auch alle schräge Biografien.«

»Ja, aber die waren, ich meine, die waren in Kirchenkreisen aktiv, in Poetenrunden, in der Opposition, die kannte ich überhaupt nicht, die habe ich alle in der Wendezeit zum ersten Mal gesehen, im Fernsehen, ich, ich, ich war doch ein Freak. Kein Revolutionär. Ich hatte nichts zu verlieren und ich wollte nichts. Ich war nicht erpressbar und ich war nicht überzeugt. Ich war kein Kandidat für die Stasi.«

Grundmann sah seinen Nachrichtensprecher vor der Monitorwand sitzen. Er konnte ihn nicht trösten, er wusste nicht, was er verbrochen hatte. Es war nicht sein Spiel, aber er sollte es entscheiden. Hinter Landers lief die Welt, die ihm vertraut war. Tote und Obdachlose, Gewinner, Verlierer, Parlamentsdebatten, Waschmittelwerbung, Militärparaden, Gameshows, Hochwasser. Landers schien aus dem Ersten Weltkrieg zu erzählen. Sein Blick ging nach innen. Vielleicht erzählte er die Wahrheit, vielleicht auch nicht. Auf jeden Fall war er kompetent. Das spürte er. Grundmann bewunderte Landers für seine Kompetenz, wie er Wonkrat dafür bewunderte, dass er japanisch fühlen konnte, weil er sein ganzes Leben in Japan zugebracht hatte.

Landers rauchte und schwieg. Er sah nicht ertappt aus. Eher fassungslos. Geschockt. Als hätte er gerade erfahren, dass er Krebs hatte.

Grundmann war das erste Mal im November '89 im Osten gewesen. Er hatte noch den Gestank in der Nase, so ein schwefliger Gestank, die knatternden Geräusche der Autos, milchiges Licht, Schattenmenschen, die Schaufenster mit unbekleideten Schaufensterpuppen und Waschmittelpyramiden, trübes Bier in Holzkisten, die Dauerwellen und Jeansjacken, Anoraks. Die Steaks, er würde nie vergessen, wie ihre Steaks ausgesehen hatten. Klein, flach und blass. Anders als die Frauen in der Lobby dieses Hotels, in dem er damals gewohnt hatte. Die waren bunt und laut gewesen.

Er ging zum Schrank, holte eine Flasche Cognac und schenkte ein. Sie kippten ihre Gläser. Grundmann füllte nach.

»Und Sie?«, fragte Landers.

»Was? Ob ich IM war?«

»Nein. Ob Sie das glauben?«

Grundmann starrte auf die Monitorwand, als suchte er dort nach einer Antwort.

»Wo wolln Se hin?«

»Was?«

»Wo Se hin wolln?«

»Ach so, fahren Sie einfach los. Irgendwohin.«

»Wohl bisken viel Krimis gesehn, wat?«

Landers sah den Mann an, der offenbar aus Berlin kam. Berlin war die Taxifahrerstadt. Wieso tat der Mann nicht einfach, was er sagte? Er wollte sich nur bewegen. Aber der Wagen stand. Der Fahrer musterte ihn im Rückspiegel. Er war um die fünfzig, trug eine Helmut-Schmidt-Mütze, einen Backenbart und hielt seinen Beifahrersitz mit einer Thermosflasche, einem Filofax und dem Hamburger Abendblatt besetzt. Die Zeitung sah aus, als habe er sie gebügelt. Landers wusste nicht, wohin er wollte. Er wollte weg. Niemanden sehen, den er kannte. Er kannte die Stadt einfach nicht gut genug, um einen Platz zu bestimmen, der seiner Stimmung entsprochen hätte. Und es war ihm jetzt auch egal, ob es den gab. Es war egal, ob sich die Zahnärzte Mirós in die Wartezimmer hingen. Seine Gästeliste zerfiel zu Staub. Die Nothebohm hätte sich wahrscheinlich nach Venedig fahren lassen. Er konnte sich gar nicht mehr richtig verhalten.

»Fahren Sie mich einfach zur Reeperbahn«, sagte er, denn er war ein Tourist in Hamburg geblieben.

Es war dunkel geworden und hatte angefangen zu regnen. Ein klopfender, heftiger Regen. Der Scheibenwischer schwappte in schnellen Zügen über die Frontscheibe. Ein beruhigendes Geräusch. Es war nur ein einziger Scheibenwischer mit einem komisch zuckenden Gelenk. Wer sich so was ausdachte, konnte wirklich was. Er konnte nichts. Er war frei, freigestellt, was immer das hieß. Es gab einen Verdacht. Er hatte keine Vorstellung, wie er entstanden war, woher er kam, weshalb er auch keine Idee hatte, wie man ihn aus der Welt räumen konnte.

Er hatte an seine Ersparnisse gedacht. Das Erste, was ihm eingefallen war, als Grundmann das Wort IM ausgesprochen hatte, war sein Loft gewesen. Sein Wagen. Sein Konto. Er hatte daran gedacht, dass er immer noch keine Aktien gekauft hatte. Er hatte an Margarethe gedacht, die Terrasse, die Fahrt zum Bahnhof.

Johann. Kein Trinkgeld. Er hätte an einen Irrtum denken sollen, an die Versteckte Kamera, daran, dass die Kollegen unterm Tisch saßen oder Ilona eifersüchtig war, aber er hatte an seinen finanziellen Absturz gedacht. An das, was er verlieren konnte. Grundmanns Schädel war gewachsen, bis er den ganzen Raum ausfüllte. Er hätte es für eine Intrige halten können, für einen Witz, für etwas, das man schnell aufklären konnte. Komischerweise hatte er das von Anfang an nicht getan.

Er hatte geredet, aber in Grundmanns Augen gelesen, dass es keinen Zweck hatte. Grundmann hatte nicht verstanden, wie absurd der Vorwurf war, weil er nicht verstanden hatte, worum es ging. Grundmann hatte sich Mühe gegeben, es schien sogar, als fühlte er mit ihm. Aber er hatte ihn nicht verstanden.

Sie hatten drei Schnaps getrunken, mechanisch weggekippt und geschwiegen. Landers hatte wenigstens versucht, sich zu erinnern. Es war nicht leicht gewesen, er hatte Schnaps im Kopf, in seinem Rücken hatte diese Bilderwand geflirrt, er saß in diesem Lokstedter Akaziendschungel, den übergroßen Grundmann vor sich, er hatte keine Lust mehr, aber er hatte nach Anhaltspunkten gesucht. Schwarzweiße Bilder. Fahnenappelle, die hohen Stimmen der Pioniere, die tiefen der FDJler, Freundschaft, der enttäuschend künstliche Stoff seines roten Halstuches, ein Tadel, weil er die Unterschrift seiner Eltern unter einer Mathearbeit gefälscht hatte, der traurige Blick seines Vaters, der entrüstete seiner Mutter, er hatte die Hälfte des Altpapiersolidaritätsgeldes behalten, der Dieb im Timurtrupp, Verkehrskontrolle am Königstor mit fünf Bier im Blut, eine Kiss-Platte im Rucksack am Grenzübergang Bad Schandau, bedruckte T-Shirts, die sie illegal nach der Diskothek verkauft hatten. Da war nichts. Keine Überzeugungen, keine Verbrechen. Er war Schriftführer bei den Thälmannpionieren gewesen, er war GST-Mitglied gewesen, er war Kompaniemeister im Dreitausendmeterlauf. Kein IM.

Aber was sollte er Grundmann von Pioniernachmittagen erzählen.

Sie hatten ihren Schnaps ausgetrunken. Dann hatte ihm Grundmann das Taxi bestellt.

Flache Häuser mit altmodischen Leuchtreklamen zogen vorbei, viele Kreuzungen, im Regen hastende Menschen, blaue Schilder, die nach Berlin zeigten. Ach, Berlin. Landers ließ sich treiben. Er wollte nicht mehr denken. Wieder Kreuzungen, lange Backsteinblöcke mit kleinen Fenstern, die dicht am Straßenrand standen. Er fragte sich immer, wer eigentlich in den Erdgeschossen hauste, an denen der Verkehr vorbeidonnerte. Arme Leute sicher. Dort würde er landen, im Erdgeschoss über einer Fernverkehrsstraße. Es würde nach Buletten riechen, Kinder würden schreien, Türen schlagen, und sein Zimmer wäre nachts voll kaltem Scheinwerferlicht. Das war das Ende. Es war schlimmer, als unter der Brücke zu liegen. Dann nach links, die rollenden, tanzenden Lichter, der Regen hatte nachgelassen, der Scheibenwischer quietschte selbst im Intervall leise.

»Wohin genau?«, fragte der Backenbart.

»Hier ist gut.«

»Dreiunzwanzichvierzich.«

»Dreißig«, sagte Landers. Er gab diesem Klugscheißer sechs Mark Trinkgeld, er würde nie gewinnen.

Das Pflaster glänzte, es roch nach Pisse und Pizza. Touristen starrten auf die filzigen Vorhänge, vor denen gedrungene Männer mit toten Augen und aufgerissenen Mündern standen und mit den Armen ruderten. Es fing wieder stärker an zu regnen. Er hatte einen hellgrauen Boss-Anzug an und ein offenes weißes Hemd. Der Anzug war nur dünn, aber er spürte keine Kälte. Er aß einen Hotdog an einem dänischen Hotdog-Stand, wo es angeblich die besten Hotdogs der Welt gab, und trank einen halben Liter Bier dazu. Dann lief er langsam über die Straße, an einem Juwelier vorbei, Mädchen mit Puppengesichtern griffen nach ihm, baten ihn mit Puppenstimmen stehen zu bleiben, er durchquerte sie wie einen dieser Perlenvorhänge, die in seiner Kindheit modern gewesen waren. Er trank ein paar Bier in einer amerikanisch aussehenden Kneipe, wo es knallrote Sitzbänke gab und große Keulen an den Zapfhähnen, der Wirt trug ein Basecap, im Fernseher über der Bar lief ein Wettkampf, in dem Autos mit riesigen Reifen Autos mit normalen Reifen überrollten. Anschließend schleppten dicke Männer große Steine durch die Gegend. Als er gehen wollte, fing eine Sendung an, in der Unfälle gezeigt wurden. Reiter fielen von Pferden, Pferde stürzten über Hindernisse, Skifahrer überschlugen sich, Rennautos schossen wie Raketen in die Luft, drehten sich und zersprangen am Boden, Motorradfahrer flogen in Fangzäune, Turner stürzten vom Reck. Er trank noch einen Schnaps und ging. Komische Sendung, sie passte zu seiner Stimmung. Er war vom Reck gefallen. Er wusste nicht, wie es passiert war, aber er lag auf der Matte.

»Wir nehmen Sie vom Sender, bis die Vorwürfe geklärt sind. Ich geh davon aus, dass da nichts dran ist. Der Intendant sieht das ebenfalls so. Aber Sie müssen das verstehen. Wir sind öffentlich-rechtliches Fernsehen. Die Opfer würden sich beschweren.«

»Opfer? Welche Opfer? Meine Opfer?«

Er war ein paar Mal auf der Reeperbahn gewesen. Im Schmidts, im Kino und einmal in Cats. Aber so wie heute hatte er sie noch nie erlebt. So ziellos. Treibend. Es war gar nicht schlecht für jemanden, der nicht denken wollte. Er trank noch ein Bier in einer süßlich riechenden Bar. Es kostete zehn Mark. Als er die Wirtin fragte, wieso es so teuer war, setzte sich eine großbusige lispelnde Frau mit schwarzen Augen zu ihm, zog den Rock hoch und zeigte einen Schwanz, der teilnahmslos zwischen ihren Frauenschenkeln lag, als habe sie ihn umgebunden. Landers zuckte zurück, trank aber trotzdem sein Bier aus. Nicht denken, er konnte morgen wieder denken. Er trank zwei Whiskeys in einem Pub. Auf einer kleinen Bühne sang ein Typ mit einem fusseligen Bart und einem orangen Wildlederhut, als ginge es um sein Leben. Als er fertig war, klatschte Landers als Einziger. Der Sänger sah ihn feindselig an.

Er lief durch die Gassen hinter der Davidswache, die Kneipenschilder sahen altmodisch aus, dämmerten in einem funzeligen Rot, als seien sie aus einem Hans-Albers-Film übrig geblieben. Irgendwann stand er vor den Toren der Herbertstraße und lief hinein. Er war ein bisschen aufgeregt, aber nicht sehr. Er hatte nichts vor und er hatte nichts zu verlieren. Er war angetrunken, er schwebte fast. Es waren vielleicht zwanzig Männer auf der kurzen Straße unterwegs. Sie bewegten sich langsam wie Museumsbesucher. Sie musterten die Frauen in den Schaufenstern so geschäftsmäßig, als liefen sie durch einen Autosalon. Die Frauen warteten in kleinen plüschigen Kammern, die Landers an Adventskalendertürchen erinnerten. Es war ein Bild aus einer anderen Zeit. Ein Jahrmarktsbild aus dem vorigen Jahrhundert. Er kam sich vor wie in einem Märchenfilm aus den fünfziger Jahren. Die falschen Farben, die falschen Stimmen, die kulissenhaften Häuser.

Landers war noch nie bei einer Prostituierten gewesen. Die hier waren hübscher, als er gedacht hatte. Einige waren richtige Schönheiten, die meisten waren blond. Er hatte immer vermutet, man sähe ihnen an, wie unangenehm ihnen ihre Arbeit sei, aber sie schienen gute Laune zu haben und wirklich an ihm interessiert zu sein. Sie öffneten die Fenster, lachten freundlich und riefen ihm etwas zu. Vielleicht erkannten sie ihn, vielleicht freuten sie sich, endlich mal einen Hübschen zu bekommen, dachte Landers. Er fühlte sich geschmeichelt.

Landers lief die Straße ein zweites Mal entlang. Etwas veränderte sich. Es kribbelte jetzt. Er war nüchterner und aufgeregter. Er blieb vor dem Fenster einer Mulattin stehen, die schweigend in einem schwarzen Drehsessel saß, der aussah wie ein Friseurstuhl. Ein kleiner weißer Hund hockte neben ihrem Sessel. Die Frau hatte schwarze Augen, die sie zur Hälfte lässig mit ihren Lidern bedeckte. Sie musterte ihn einen Augenblick, es war, als hätte er sie zum Tanzen aufgefordert und sie dachte darüber nach. Dann klappte sie ihre Glastür auf, er schlüpfte hinein, ohne nachzudenken. Er lief ihr nach, als sei er hypnotisiert worden. Sie trug rosa Unterwäsche und roch süß, nach einem preiswerten Parfümdeo, was Landers angenehm fand. Es passte zu dem Märchenfilm, in den er gestiegen war. Er folgte ihr auf einer schmalen Treppe in einen kleinen fensterlosen Raum. Er fühlte sich an die Hand genommen wie ein Kind. Es gab ein aprikosenfarbenes Bett, ein paar Plüschtiere und einen kleinen Fernseher. Auf einem schwarzen Couchtisch lag eine zerlesene Pornozeitschrift neben einer Glasschale mit Kondomen. Darunter standen eine Flasche Absolut-Wodka und zwei Wassergläser. An einer Hakenleiste hingen Lederriemen mit Nieten. Das war kein Märchenfilm und seine Mulattin hatte wohl auch keine Geheimnisse.

»Was willst du?«, fragte sie. Sie hatte eine hohe Stimme und einen Hamburger Akzent.

»Was könnte ich denn kriegen?«, fragte Landers. Er war hundemüde. Er war traurig. Er wollte getröstet werden. Er wollte vergessen. Eigentlich wollte er schlafen.

Sie ratterte mit ihrer hohen Stimme ihre Angebote runter. »Blasen«, klang aus ihrem Mund wie ein Wettbewerb auf einem Kindergeburtstag. Er war hier falsch, sie würde ihn nie verstehen.

»Weiß nicht«, sagte Landers.

Sie sah ihn an.

Er überlegte, ob es oft passierte, dass Kunden wieder verschwanden und ob man auch den Besuch in diesem kleinen Zimmer bezahlen musste. Er gab ihr hundert Mark, und weil sie damit nicht zufrieden schien, noch mal hundert. Sie verschwand.

Er setzte sich auf die Kante eines runden Bettes, er wusste nicht, was jetzt zu tun war. Sollte er sich ausziehen? Wo war sie hingegangen? Er zog die Schuhe aus und sein Jackett, es war kühl, er holte die Wodkaflasche unterm Tisch hervor und goss sich einen großen Schluck ein, trank, schüttelte sich, dann zog er die Anzughose aus, faltete sie, legte sie ordentlich über die Stuhllehne und wartete. Vielleicht wurde er betrogen. Vielleicht war das eine alte Prostituiertenmasche. Erst das Geld und dann weg. Er trank noch einen Schluck und knöpfte sich das Hemd auf. Er sah an sich herunter. Er trug blauweiß gestreifte Calvin-Klein-Shorts und schwarze Strümpfe. Er zog die Strümpfe aus. Dann trank er noch einen Schluck.

Als seine Mulattin wiederkam, war er nackt.

»Wie heißt du?«, fragte sie.

Landers überlegte, bevor er »Jan« sagte. Es wäre ihm peinlich gewesen, wenn sie ihn aus dem Fernsehen gekannt hätte.

Sie schien ihn nicht zu erkennen. Sie musste arbeiten, wenn die Tagesschau lief.

»Ich bin Jacqui«, sagte sie und öffnete ihren BH.

Dunkle Brüste fielen heraus, sie pendelten, als sie sich zu ihm beugte. Große, dunkle Glocken. Landers war kalt. Er wollte reden, fürchtete aber, dass es mit Jacqui nicht viel Sinnvolles zu bereden geben würde. Er wollte nach Hause, baden, warten, schlafen. Aber er hatte bezahlt, er wollte nicht, dass sie dachte, sie sei unerotisch. Und er wollte nicht, dass sie dachte, er sei ein Versager. Und dann wollte er auch nicht, dass sie dachte, er habe es nötig, zu Nutten zu gehen.

»Ich habe eine Freundin«, sagte Landers.

Jacqui beugte sich weiter nach vorne. Sie roch süß, marzipanhaft, was nicht zu ihrer Hautfarbe passte. Sie fasste ihm zwischen die Beine, was nicht zu ihrem Duft passte und nicht zu dieser hohen Stimme. »Versuch sie für einen Augenblick zu vergessen«, sagte sie.

Er zuckte zurück.

»Deinem kleinen Freund scheint es zu gefallen«, sagte Jacqui und lächelte ein Lächeln, das sie für spöttisch hielt. Sie sahen beide auf seinen halb aufgerichteten Schwanz.

Kleiner Freund. Großer Gott. Gab es nicht auch Nutten, die wussten, was man wollte? Wahrscheinlich saßen die nicht in Schaufenstern und waren dreimal so teuer wie Jacqui. Er sah zu den Ledergeschirren.

»Ach«, sagte sie. »Das wird dann aber teurer.«

»Nein, nein«, sagte Landers schnell. »Kann ich einen Schluck Wodka bekommen?«

»Klar«, sagte sie, goss ihm einen guten Schluck ein und brannte sich eine Zigarette an, während er trank.

»Ich habe einen schweren Tag hinter mir«, sagte er.

»Erzähl, wenn du willst«, sagte sie.

Er dachte daran, wie er vor vier Stunden auf den Parkplatz in Lokstedt gerollt war. Im Autoradio lief *Mister Jones* von den Counting Crows, NDR 2. Alles war gut gewesen in diesem Moment. Er war an Grundmann vorbeigerollt, er hatte den Wagen abgestellt, er war in einen warmen Abend gestiegen. Er hatte an die WM gedacht. Morgen spielten sie gegen Spanien. Die 20-Uhr-Nachrichten waren die letzten in dieser Woche. Vier freie Abende. Das Wetter sollte gut werden. Grundmann hatte ausgesehen wie immer. Und jetzt saß Landers hier neben einer Nutte, die einen halbstündigen Countdown zählte, bis sie ihn los war. Seine letzte Zuschauerin. Er hatte den Song im Auto zu Ende gehört, fiel ihm ein. Als hätte er geahnt, dass es gleich vorbei sein würde mit dem Glück.

»Ich bin entlassen worden«, sagte er.

»Ach«, sagte sie.

»Ja«, sagte Landers, obwohl es nicht ganz stimmte. Er war vorübergehend freigestellt worden. Aber er fühlte sich entlassen. Und es machte keinen Unterschied für Jacqui. Wahrscheinlich dachte sie, dass er Buchhalter bei einer Werft war.

»Ich könnte dich massieren«, sagte sie. »Ich habe schöne Öle.«

Landers nickte.

Er rollte sich auf den Bauch, drückte sein Gesicht in das verwaschene aprikosenfarbene Spannlaken und wartete. Er hörte, wie Jacqui sich ihre Hände ölte, er spürte das warme Öl auf seiner Haut, er roch Minze und Thymian und Limone, er ahnte, wie sie sich über ihn beugte und ihre Brüste sanft über seinem Rücken pendelten.

Vielleicht war sie nicht so dumm, wie er gedacht hatte.

Eine dreiviertel Stunde später trat Landers durch die Glastür auf die dunkle Gasse.

Er kehrte ins Leben zurück, was er daran merkte, dass er sein Jackett nach seiner Brieftasche befühlte. Sie war noch da.

»Pass auf dich auf«, sagte Jacqui, bevor sie die Glastür hinter ihm schloss. Ihre Stimme klang nicht mehr so piepsig. Sie klang vertraut. Er hatte das Bedürfnis, sie zu küssen, drehte sich auf der Schwelle um. Zu schnell. Er war betrunkener als er dachte und noch benommen von der Massage. Er geriet ins Straucheln, die rechte Hand steckte noch in der Innentasche seines Jacketts bei der Brieftasche, die linke griff ins Leere, er fand keinen Halt und stürzte umständlich und wie in Zeitlupe die drei Stufen runter auf das Pflaster der Herbertstraße. Er blieb einen Moment mit geschlossenen Augen liegen. War er angekommen? War das nicht das Leben? Taxifahrer, Transvestiten, Tagesschausprecher. Gehörte das nicht zusammen? Er öffnete die Augen, der Himmel war dunkelblau, aber sternenlos. Er schloss sie wieder.

Die Welt lief.

Der Sonderbeauftragte stand nackend vor einem schwarz glänzenden hohen Spiegel in einem Berliner Jugendstilzimmer und betrachtete die Umrisse seines kräftigen hohen Körpers. Martin Schneider saß vor einer alten Mercedes-Reiseschreibmaschine an seinem Küchentisch und suchte nach dem ersten Wort für eine Zehnzeilenbesprechung eines H-Blockx-Konzerts im Logo. Thomas Raschke lag mit einem halb vollen Glas Tullamore Dew auf der stahlblauen Auslegeware, die zur Ausstattung seiner liebevoll rekonstruierten Neubrandenburger Zweizimmerwohnung gehörte. Auf dem Bildschirm seines Fernsehgerätes lachten Liv Tyler und Alica Silverstone mit wehenden Haaren in einem rasenden Cabriolet. Er weinte. Landers' Mutter sprach auf seinen Anrufbeantworter, dass sie erst am Sonntag zum Hafengeburtstag kämen. Am Sonnabend müssten sie auf die Kinder seiner Schwester aufpassen. Sie würden also nicht bei ihm schlafen. Doris Theyssen saß in der dreieckigen Badewanne ihrer Dachgeschosswohnung in Berlin-Tiergarten. Auf den Fußbodenfliesen lag ein dicker Stapel Spiegel-Archivmaterial. Ein Blatt trieb auf der Oberfläche ihres Badewassers. Es war das Porträt einer Neubrandenburger Tiefbaubrigade, die 1987 nach Berlin-Hellersdorf aufgebrochen war. Die Bauarbeiter trugen Helme. Doris Theyssen schlief. Jan Landers lag mit geschlossenen Augen auf dem Pflaster der Herbertstraße und dachte an die blauen Schilder nach Berlin.

Landers hörte Stimmen, spürte, wie sich Menschen über ihn beugten. Er machte die Augen auf, sah drei ältere Männergesichter, dann schloss er sie wieder. Jacqui rief etwas. Es klang, als wollte sie die Männer wegjagen. Jemand nannte seinen Namen, wahrscheinlich hatte er ihn erkannt. Er hörte etwas klicken, das nach einem Fotoapparat klang. Touristenfotos. Schnappschüsse für den Kaffeeklatsch am Sonntagnachmittag. Er hatte eines der bekanntesten Gesichter Deutschlands. Männliche Tagesschausprecher brauchten sieben Jahre, um bekannt zu werden.

Er hatte es offensichtlich früher geschafft, dachte Landers.

Der Briefträger war neu in Harvestehude VI. Er war eigentlich für Rothenbaum II und Harvestehude I zuständig, aber in Harvestehude VI waren drei Kollegen krank geworden und so machte er hier seit drei Tagen Dienst.

Er stand mit seinem Wagen vor einem dreistöckigen Altbau in einer kleinen Nebenstraße der Grindelallee. Er hatte zehn Briefe, fünf Zeitschriften, drei Paketscheine und fünf Karten für die 4a. Er nahm sie unter den Arm und schloss die Haustür auf. Wieder war ein Landers dabei. Er hatte gestern schon einen Landers dabeigehabt, aber hier gab es keinen Landers. Gestern hatte es keinen gegeben, heute gab es auch keinen. Es gab einen unbeschrifteten Briefkasten. Er überlegte, ob er den braunen Umschlag dort hineinstecken sollte. Er könnte auch jemanden im Haus fragen. Aus dem Hof hörte er Geräusche. Ach was, wozu sollte er sich diesen Stress machen. Wahrscheinlich würde er ab morgen wieder am Rothenbaum Dienst schieben. Und wenn die Leute zu faul waren, sich ihre Briefkästen zu beschriften, waren sie selber schuld. War ihr Problem, nicht seins.

Er war ein Briefträger und kein Privatdetektiv. Er verließ das Haus und wollte den DIN-A4-Umschlag in das Seitenfach seines Wagens stecken, das für unzustellbare Sendungen vorgesehen war. Er sah kurz auf den Absender, dem es zurückgestellt werden würde. Es gab keinen. Der Poststempel war aus Neubrandenburg, aber es gab keinen Absender. So eine Schlamperei. Da konnte er wütend werden. Wie man einen Brief ordnungsgemäß beschriftete, lernte man doch schon in der Schule. Nicht mal die simpelsten Dinge beherrschten manche Leute. Aber auf die Post schimpfen.

Er stopfte den Brief ärgerlich in die Seitentasche und lief weiter zur 4b.

Drei
Discover gold

20. Juni

Mutter ist seit zwanzig Jahren das erste Mal in den Urlaub gefahren. Frau Reimann aus dem fünften Stock hat sie wochenlang beredet, bis sie dazu bereit war. Frau Reimann ist Witwe und hat jemanden gesucht, der mit ihr verreist. Ihr Mann hat sich tot getrunken. Er war ein mürrischer Major in Fünfeichen, der irgendwann anfing zu saufen, weil er nicht zum Oberstleutnant befördert wurde. Später konnte man ihn nicht mehr zum Oberstleutnant befördern. Zum Schluss war er immer dünner geworden, nur sein Bauch war gewachsen, er sah aus wie ein Insekt. Er hätte in der Geschichte »Gelee Royal« von Roald Dahl mitspielen können. Vor einem Jahr ist er dann endlich gestorben und die Reimann scheint seitdem jünger zu werden. Früher hat sie kaum die Wohnung verlassen und auch nie geredet. Leider hat Mutter nicht so befreit gewirkt, als mein Vater sie verließ. Es hatte genau den umgekehrten Effekt. Sie hörte auf, fröhlich zu sein. Vielleicht wäre er auch besser gleich richtig gestorben und nicht einfach abgehauen.
Vorgestern früh habe ich die beiden Frauen zum Busbahnhof gebracht. Sie sind jetzt im Schwarzwald. Mutter hat mich abends gleich angerufen.
Ich bin allein, und ich genieße es. Ich bin siebenunddreißig Jahre alt und habe zum ersten Mal im Leben eine sturmfreie Bude, hahaha.
Es ist herrlich, sich morgens allein durch die Wohnung zu bewegen. Ohne die Angst, dass es gleich klopft, knarrt, hustet oder sich eine Tür öffnet. Keine Schatten, keine Schritte, keine Scham. Nur ich. Ich brauche das Bad nicht abzuschließen. Ich könnte nackend durch die Wohnung gehen, wenn ich das wollte. Ich sitze bei offener Badtür in der Wanne und höre »The song remains the same« aus meinem Zimmer. Ich rauche in der Küche und reiße nicht sofort das Fenster auf. Es sind erst zwei Nächte, aber die Angst vor der Einsamkeit, die ich hatte, sie kam nicht. Am traurigsten bin ich eigentlich darüber, dass mir Mutter überhaupt nicht fehlt. Es ist gut, dass sie weg ist. Ich freue mich über die

Sonne. Heute scheint wieder ein schöner Tag zu werden, das Licht da draußen sieht gut aus, rosig blau und frisch, und ich habe nichts dagegen. Es erinnert mich an Sommertage meiner Kindheit. An Ferienluft. Ich werde nachher das Berlin-Konzert von Barclay James Harvest auflegen. Es ist das richtige Wetter dafür. Die richtige Stimmung.

Ich habe mir gestern Abend die alten Fotoalben angesehen. Ich war kein hässliches Kind, wie sie immer erzählt. Ich sah aus wie mein Bruder. Etwas verlegener vielleicht, aber nicht hässlicher. Eher wacher, er hatte etwas Gehetztes im Gesicht. Ich habe ihn lange nicht gesehen, ich weiß gar nicht, wie er heute aussieht. Ich fand mich immer hässlicher, schwächlicher als er. Er hat mich bekämpft, ich bekämpfe ihn. Ich werde irgendwann mit ihm reden.

Es ist komisch, ich traue meinem Tagebuch immer noch nicht hundertprozentig. Ich habe immer noch Angst, dass er es lesen könnte. Vielleicht hat er so was ja dort gelernt. Dechiffrieren.

Ich werde ausziehen! Und wenn ich das geschafft habe, werde ich sie fragen. Mein Codewort. Sie ist noch allein.

Ich habe etwas Geld gespart, ich könnte mir eine kleine Wohnung nehmen. Ich weiß nicht, wie lange es im Archiv noch gut geht. Aber es gibt auch Arbeitslose, die allein in einer Wohnung leben. Es ist keine Begründung. Ich sollte endlich mit den Ausflüchten aufhören. Mit dem Selbstbetrug.

Ich habe mich am Freitagabend einschließen lassen, weil es die einzige Möglichkeit ist, allein im Magazin zu sein. Am Tage wimmelt es dort nur so von Menschen. Es ist eine Stimmung wie auf einer Galeere, keiner sagt etwas, kein Lichtstrahl erreicht die Kellerräume, es rumpelt in den dicken Rohren an der Decke, und den ganzen Tag läuft aus unsichtbaren Lautsprechern Antenne Mecklenburg-Vorpommern. Schlager, den ganzen Tag. Kein Tageslicht und Schlager. Es ist die Hölle. Nachts hat es Vorteile. Es ist schön ruhig hier, nicht mal die Rohre rumpeln. Man kann ungestört mit der Taschenlampe leuchten, weil es keine Fenster gibt. Man muss nur ab und zu auf die Uhr sehen. Um halb drei kommen die Reinigungskräfte. Aus zahlreichen Nachtschichten kenne ich ihren

Rhythmus. Sie fangen unten an, arbeiten hier bis gegen halb vier und gehen dann nach oben in die Etagen des Finanzamtes, gegen fünf sind sie dort fertig und gehen in den Speisesaal. Die ganze Zeit bleiben alle Türen offen. Mit etwas Glück kann man zwischen vier und fünf problemlos rausmarschieren. Man darf nur nicht in die Kameras gucken und sollte einen Kittel tragen, wenn man an der Nachtwache vorbeiläuft. Besser noch einen Kittel und einen Eimer.

Es hat geklappt.

Ich glaube nicht, dass mich jemand gesehen hat, aber leider habe ich nichts gefunden. Ich habe etwa zwei Drittel der Akten, die sich in der Rekonstruktion befinden, durchgesehen. Landers' war nicht dabei. Ich war ziemlich niedergeschlagen, als ich nachts nach Hause fuhr, weil Reichelt am Montagmorgen diese außerordentliche Mitarbeiterversammlung einberufen hatte. Ich dachte, sie wissen Bescheid und es ist zu spät. Ich hatte große Angst, als ich gestern früh den Speisesaal betrat, aber Reichelt hat nur sein Konzept »BstU Neubrandenburg 2000« vorgestellt. Er redet ständig davon, wie wir noch besser, zügiger und effektiver arbeiten können. Es ist wie im Seminar für Politische Ökonomie. Ich warte auf den Tag, an dem er uns die zehn Punkte der ökonomischen Strategie der Behörde vorstellt, hahaha.

Nach seinem Vortrag ist er gleich zu einer Büromesse nach Köln geflogen, um sich über irgendwelche neuen Lagertechniken zu informieren. Ich glaube, er dreht durch.

Offenbar wussten sie also noch nicht, dass der Landers-Rechercheantrag verschwunden ist. Mit etwas Angst habe ich gestern die Montagausgabe des Nordkurier aufgeschlagen. Ich vertraue diesem Thomas Raschke eigentlich, er schreibt gut, obwohl ich mir das Porträt des neuen Ministerpräsidenten etwas kritischer gewünscht hätte. Ich habe mir den Brief an ihn noch mal durchgelesen, ich habe einen Fehler gemacht, der ihn zu mir führen könnte. Aber am Montag stand nichts in der Zeitung. Er hält dicht. Ich hoffe, er kann irgendetwas machen.

Ich habe dennoch eine Kopie meines Schreibens an Landers nach Hamburg geschickt. Ich finde das einfach fairer. Wenn er schon

243

nicht ans Telefon geht, vielleicht liest er ja seine Post. Die Adresse wusste die Auskunft. Ich hätte nie gedacht, dass prominente Leute im Telefonbuch stehen.

Ich werde mich heute Nacht wieder einschließen lassen und den Rest der Akten durcharbeiten.

Es ist ein gutes Gefühl, etwas zu tun. Ich lerne mich besser kennen. Meine Möglichkeiten. Vielleicht fängt mein Leben ja jetzt erst an. Ich hätte nichts dagegen. Vielleicht werde ich eines Tages auch einmal verreisen.

Rehberg geht los. Er hustet.

Ich hätte ihn fast verpasst.

Er wollte nichts mehr trinken, weil es nicht half. Er wurde nicht müde, nicht leicht und nicht schwer. Es blieb alles, wie es war. Er konnte sich nicht bewegen. Er saß auf der Erde und sah auf die blinkende rote Lampe seines Anrufbeantworters. Er hatte siebzehn neue Nachrichten. Keine war von Bedeutung. Er konnte nicht schlafen. Er saß einfach nur da. Ihm war klar, dass er bis zum Ende seines Lebens so dasitzen würde. Er konnte rauchen, aber das brachte eigentlich auch nichts.

Er saß einfach da.

In einer Minute kam der Zug aus Berlin in Hamburg-Hauptbahnhof an. Heute war Hafengeburtstag.

Jetzt stand seine Mutter sicher schon an der Tür.

Jetzt hielt der Zug an. Sie würden langsam aussteigen. Erst sein Vater, dann seine Mutter.

Jetzt sahen sie sich um, noch ohne Misstrauen.

Jetzt schaute seine Mutter schon ein wenig mürrisch. Sie beobachtete andere Reisende, die abgeholt wurden. Nur sie standen noch rum. Sein Vater war noch ohne Arg.

Jetzt leerte sich der Bahnsteig.

Jetzt waren sie ganz allein.

Jetzt setzten sie sich einen Moment.

Jetzt war schon eine Viertelstunde um.

Jetzt forderte seine Mutter seinen Vater auf, anzurufen.

Das Telefon klingelte. Es war Nachricht 18.

»Jan...? Jan. Hier ist Vati, also ja. Wir sind angekommen. Wir stehen auf, warte mal, wir stehen auf Bahnsteig 6 A. Wir dachten, du holst uns ab. Heute ist doch Hafengeburtstag. Also bis gleich.«

Fünf Minuten später folgte Nachricht 19, sie stammte von seiner Mutter.

»Jan, ich weiß nicht, wie du dir das vorstellst. Ich habe dir doch gestern auf den Anrufbeantworter gesprochen, dass wir 10 Uhr 53 hier sein werden. Jetzt ist es Viertel zwölf und wir warten immer noch. Wir werden uns später noch mal melden. Also ich muss schon sagen. Das ist ein starkes Stück. Vati ist sehr traurig.«

Landers saß da und wartete. Er hatte auch keinen Hunger mehr. Er hatte seit zwei Tagen nichts gegessen. Es ging auch so.

Nachricht Nummer 20 kam von der Bild-am-Sonntag-Frau. Sie heiße Gabi, sagte sie und würde morgen um zwei in seinen Loft kommen, wenn er nicht noch absagte. Sie rief bereits zum vierten Mal an. Sie wollte vielleicht eine Geschichte für Max machen, wer immer das war. Sie würden Anzüge mitbringen. Er konnte nicht absagen. Wie denn? Allerdings konnte er um zwei natürlich auch nicht in seinem Loft sein, denn er saß ja hier in seiner alten Wohnung. Und er konnte sich nicht bewegen.

Um halb eins klingelte es an der Tür. Es waren seine Eltern. Sie klingelten noch mal. Dann war Ruhe. Dann klingelten sie noch mal. Dann gingen sie. Vermutlich fuhren sie allein zum Hafen. Wozu brauchten sie ihn denn auch? Er kannte sich nicht in der Stadt aus und konnte auch nicht laufen. Sie hätten ihn tragen müssen, sie waren alt und er wollte auch gar nicht zum Hafengeburtstag. Es war windig, die Fahnen würden knattern, es gab Brötchen mit Schillerlocken und Schiffe. Warum sollte er deswegen seine Küche verlassen? Glücklicherweise brauchten sie ja keinen Schlafplatz, weil sie gestern auf seine Neffen aufpassen mussten, aber er hätte ihnen auch nicht aufgemacht, wenn sie einen Schlafplatz gebraucht hätten.

Es lag nicht an ihm. Er konnte nicht.

Er saß auf den blauweißen Fliesen, lehnte am Schrank mit der Buchenplatte. Er konnte von hier aus den Himmel sehen und die Kastanie, weswegen er wusste, dass es Tag war und windig. Gestern war es kaum windig gewesen, aber es hatte geregnet. Vor ihm stand eine Flasche Jack Daniel's, die er sich vorgestern früh am Bahnhof gekauft hatte, nachdem er seine schwarze Freundin verlassen hatte. Er hatte drei viertel ausgetrunken, aber es wirkte nicht.

Neben dem Whiskey stand das Telefon. Die Nachrichten Nummer 21, 22 und 25 schwiegen. Nachricht Nummer 23 und 24 stammte von seiner Mutter. Sie waren jetzt am Hafen. Er hörte Musik und Warnhörner und Kindergeschrei. Seine Mutter kündigte eine Dampferfahrt an. Sein Vater spielte keine Rolle mehr. Seine Mutter verlor die Wut, was ihn wunderte. Sie klang ein bisschen besorgt. Nachricht 26 kam von Margarethe.

»Hallo Jan, diese Gabi von der Bild-Zeitung hat mir gesagt, dass sie dich morgen fotografiert. Sie will mich auch zusammen mit dir fotografieren lassen. Für Max. Ich weiß nicht, ob das gut ist. Ich wollte es zumindest mit dir besprechen. Ich werde heute Nacht nach Hamburg fliegen. Ich bin in, äh, in Los Angeles. Ich werde aber bald losfahren. Sie hat mir die Adresse von deiner neuen Wohnung gegeben. Ich werde da hinkommen, ich rufe dich aber noch mal vom Flughafen an. Ich, äh, ich... ja, also bis dann.«

Nachricht 27 kam wieder von dieser Bild-Gabi. Sie sagte, dass Margarethe auch kommen werde. Vermutlich dachte sie, dass sei ein Argument für ihn, zu erscheinen. Sie wusste nicht, dass er sogar seine Eltern versetzt hatte.

Sie wusste nicht, dass er sich nicht mehr bewegen konnte.

Es bewölkte sich, der Himmel überm Baum wurde dunkel. Das fand er besser als hell.

Er war kein Kämpfer, weiß Gott nicht.

Er hätte erwartet, dass seine Eltern noch ein zweites Mal klingeln würden, aber das taten sie nicht. Am späten Nachmittag kam das Telefon zur Ruhe. Es gab einen anonymen Anruf und dann meldete sich Margarethe vom Flughafen Los Angeles. Im Hintergrund waren Ansagen zu hören.

»Ich komm dann, Jan. Ich freue mich auf dich. Mehr als ich dachte.«

Eine Minute später rief seine Mutter vom Bahnhof an. Wieder gab es Ansagen im Hintergrund. Aber sie klangen schnarrender.

»Jan, hier ist Mutti. Ich weiß nicht, was los war. Ich hoffe, es lag nur daran, dass du dein Band nicht abgehört hast. Wir fahren jetzt nach Berlin zurück. Ruf uns bitte an.«

Dann meldete sich niemand mehr.

Er saß immer noch da, aber es war jetzt anders als in den vergangenen achtundvierzig Stunden. Irgend etwas trieb ihn wieder an. Er war nicht mehr allein. Er musste etwas tun. Er musste sich bewegen. Es dauerte eine Stunde, bis er so weit war. Es war jetzt fast dunkel. Seine Eltern saßen im Zug, Margarethe im Flugzeug. Er rief Schneider an, aber der war nicht da. Robert Plant brüllte ihn von Schneiders Bandmaschine an, Landers legte verschreckt auf. Dann war er erleichtert. Er hatte es versucht, aber er konnte sich keinem Anrufbeantworter anvertrauen.

Zehn Minuten später drückte er die Wiederholungstaste seines Telefons. Robert Plant brüllte »Does anybody remember laughter?« Menschen jubelten, es war die Liveversion von *Stairway to heaven*. Es piepte, Landers sprach seine ersten Worte seit achtundvierzig Stunden.

»Hier ist Jan. Jan Landers. Es ist kurz vor zehn. Ich hab schlechte Nachrichten, Martin. Sie haben mich gefeuert. Also nicht richtig rausgefeuert. Beurlaubt. Ich soll bei der Stasi gewesen sein. Grundmann, mein Chef, sagt, die Behörde habe herausgefunden, dass ich IM gewesen sein soll. Er hat nichts gesehen. Keine Karteikarte oder so eine Bereitschaftserklärung. Aber er sagt, der Sonderbeauftragte habe ihn persönlich angerufen. Ich muss sagen, ich kann mich an ... «

Hier wurde er von Axl Rose unterbrochen. Rose kreischte: »Fuck 'em all.« Dann war Ruhe in der Leitung. Landers hatte plötzlich Angst, es war, als würde er sich auf einer Bühne offenbaren. Er drückte die Wiederholungstaste.

»Does anybody remember laughter?«

»Ja, ich noch mal. Jan. Ich erinnere mich nicht. Ruf mal an, ja? Ich weiß nicht so richtig, was ich jetzt machen soll. Sag einfach, dass du mein Freund bist. Dein Anrufbeantworter beunruhigt mich.«

Er saß da und wartete. Er war jetzt munter, aber fühlte sich schlecht, man konnte es nicht in einer Minute erklären. Es war zu kompliziert. Wahrscheinlich hatte es sich wie ein Geständnis angehört.

Er rief Ilona an und bat sie herzukommen. Sie wollte nicht, aber er bettelte. Er hatte getrunken, es war besser, wenn sie kam. Er brauchte sie. Er brauchte sie sehr. Sie war die Einzige, die ihm helfen konnte. Gut, sagte sie.

Landers duschte, lüftete und warf die Jack-Daniel's-Flasche in den Müll. Dann stand Ilona vor der Tür. Sie war klein, dunkel, und es war so schön, sie zu sehen. Sie war ein Engel wie damals, als Schneider und Susanne seine Party zu ruinieren schienen.

Er küsste sie einmal auf die linke Wange, als hätten sie es jahrelang geübt.

»Du siehst aus, als hättest du deinen Loft verpokert«, sagte sie.

»Das habe ich.«

»Dafür bist du nicht der Typ. Schade.«

»Es war auch mehr sinnbildlich gemeint. Sie haben mich entlassen, weil ich bei der Stasi gewesen sein soll.«

Sie schwieg einen Moment, dann sagte sie: »Stimmt das denn?«

»Ich weiß nicht«, sagte Landers.

»Komm, hör auf.«

»Ich weiß es nicht.«

Sie schwieg wieder, dann lachte sie.

»Und? Was willst du von mir? Gewissheit, Absolution oder beides?«

»Nein, einen Rat.«

»Dann rate ich dir: Schweige. Denke nach. Büße.«

»Was denn?«

»Woher soll ich das wissen? Ich habe nicht dort gelebt. Ich war nicht mal da, damals. Ich habe keine Ahnung. Aber die Haltung, die ich jetzt so mitbekomme, nervt mich tierisch. Niemand kann sich erinnern. Keiner kann sich vorstellen, wie das alles funktioniert hat. Das große Wundern. Alles staunt. Mich kotzt das an. So ähnlich war es '45 sicher auch.«

»Das ist doch Mist, Ilona.«

»Oh, der schlimme Vergleich, was? Es ist genau dasselbe, mein Lieber. Dieses Rauswinden, Weitermachen. Ins Licht krabbeln. Ich wünschte mir manchmal, dass ihr mal eine Pause einlegtet. Wenigstens mal kurz. Luft holen. Suchen. Was weiß ich. Honecker ist tot.«

»Ach was.«

»Du bist ja so cool, Jan. Am Anfang habe ich gedacht, du bist leiser. Es hat mir gefallen, dass du in Lokstedt gewohnt hast und keinen Bock hattest auf die Läden, in denen wir rumrennen. Deine Unsicherheit. Deine Schüchternheit. Fand ich gut. Aber dann habe ich gemerkt, dass du alles nur beobachtet hast, um dich anzupassen. Du hattest nie was Eigenes. Du wolltest nichts Eigenes. Du wolltest nur sein wie die anderen. Leute wie du schwimmen immer oben. Wie Fettaugen. Es passt zu dir, dass du ein Spitzel warst.«

»Ich war kein Spitzel.«

»Gut, es würde zu dir passen. Für mich kein Unterschied.«

»Für mich schon.«

»Siehst du, das meine ich.«

»Was denn?«

»Dir geht es nicht um das Wesen. Immer nur um den Schein.«

»Erscheinung.«

»Was?«

»Ich habe fast zwei Semester studiert, vergiss das bitte nicht. Das Verhältnis besteht zwischen Wesen und *Erscheinung*.«

»Du merkst nichts.«

»Und du bist derartig selbstgerecht. Ich wünschte, du hättest einen Tag bei uns gelebt. Du hättest dein Müsli vermisst.«

»*Du* wolltest einen Rat, nicht ich. *Ich* komme allein zurecht.«
Sie ging zur Tür.

Es war, als spielten sie das Gespräch auf einer Bühne. Er kam sich vor wie in einer Talkshow. Ilonas Argumente klangen, als habe sie sie sich vorher überlegt. Sie hatten auch gar nichts mit der Stasi zu tun. Sie hätte ihm diese Dinge auch vorwerfen können, ohne von dem Verdacht zu wissen. Sie war wütend auf ihn und sie hatte ihn einfach niedergequatscht mit ihren Floskeln.

»Du bist auch nur so eine Westziege«, sagte er.

Sie drehte sich um und schüttelte den Kopf. Theatralisch, als freute sie sich, dass er die Beherrschung verloren hatte. Er hörte die Tür und dann hörte er ihren alten Golf.

Sie hatten sich nie gestritten. Er konnte sich ihr Gesicht gar nicht wütend vorstellen. Er konnte es sich überhaupt nicht richtig vorstellen. Sie war klein und dunkel. Sie war Ilona. Deswegen hatte er sie angerufen. Sie war seine letzte Hoffnung gewesen.

Eine Stunde später traf Nachricht 28 ein.

»Hier ist Schneider. Ja, Alter, was soll ich sagen. Da musst du dir schon alleine helfen. Irgendwann ist Schluss mit lustig. Bei der Stasi zum Beispiel. Meld dich, wenn alles nur ein Witz war. Andernfalls lass mich in Ruhe. Der Anrufbeantworter ist in Ordnung. Dass er dir nicht gefällt, spricht sogar für ihn. Im übrigen bin ich nicht dein Freund. Das war ich auch nie. Mach dir nichts vor.«

Landers stand auf. Er sah in seinen Hof. Es war dunkel, in der Küche im dritten Stock leuchtete die letzte Zigarette, ganz oben schwamm schwaches blauweißes Fernsehlicht. Er fühlte sich nicht schlecht. Der Druck hatte nachgelassen, die Ohnmacht war weg. Er hatte irgend etwas angestoßen, auf das er jetzt keinen Einfluss mehr hatte. Das beruhigte ihn und es beunruhigte ihn. Andere würden die Dinge erledigen. Er war unschuldig. Aber er wusste noch nicht, woran. Der Raucher schnippte seine Kippe in die Nacht. Sie trudelte und zerstob auf dem Werkstattdach. Das Fenster schloss sich, das Hinterhaus schlief beinahe.

Nachricht Nummer 29 kam vom Mann mit der hohen Stimme. Er war sicherer geworden seit seinem ersten Anruf.

»Es tut mir Leid, Herr Landers. Es ist, die Dinge sind mir aus den Händen geglitten. Ich wollte Ihnen helfen. Ich weiß nicht, ob Sie es schon wissen. Haben Sie meinen Brief bekommen? Ich melde mich noch mal.«

Die Dinge sind mir aus den Händen geglitten.

Er hätte den Mann beim letzten Mal ausreden lassen sollen.

Nachricht Nummer 30 traf ein, als Landers schlief.

Es klang so, als weinte jemand leise ins Telefon.

Tobias Reichelt war seit mehr als vierundzwanzig Stunden auf den Beinen.

Er war gestern Mittag um halb zwei in Köln/Bonn gelandet, war zwei Stunden auf der Office 94 gewesen, hatte ein rechnergestütztes schwedisches Flachregallager und ein paar Kleinigkeiten gekauft, umfangreiches Material für das virtuelle Großarchiv bestellt, das auf der Messe aufgebaut war, und war mit der Maschine kurz nach sechs zurückgeflogen. Er war um 19 Uhr 20 Uhr in Berlin gewesen und um 22 Uhr in Neubrandenburg, er war – dafür dankte er Gott – noch mal in die Behörde gefahren, um die Beutel mit den Katalogen abzustellen. Dort hatte er Rößlers Nachricht auf seinem Schreibtisch vorgefunden. Ihn hatte fast der Schlag getroffen. Ein Anruf vom Sonderbeauftragten! Besuch vom Spiegel.

Er hatte seiner Frau gesagt, dass sie nicht auf ihn warten müsse. Das tat sie schon lange nicht mehr. Dann hatte er versucht, seinen Stellvertreter Lutz Rößler ins Büro zu bestellen. Rößler war nicht zu Hause gewesen. Reichelt hatte einen Tobsuchtsanfall bekommen, weil er es für absolut unprofessionell hielt, dass ein stellvertretender Außenstellenleiter der wichtigsten ostdeutschen Behörde am Vorabend eines Spiegel-Besuchs nicht verfügbar war. Er hatte sich beruhigt, nachgedacht und schließlich seine Sachgebietsleiter Walter Wegner, Gerd Kruschel und Annemarie Gloger angerufen. Anschließend hatte er seine Folien für den Overheadprojektor aktualisiert. Er würde je nach Lage den einstündigen oder den anderthalbstündigen Vortrag halten. In beiden legte er mehr oder weniger ausführlich dar, wie er sich die optimale Außenstelle vorstellte. Unter dem Punkt »Ausblicke« würde er vom Cyberarchiv berichten, das er auf der Office 94 kennen gelernt hatte. Insgeheim erhoffte er sich, dass seine Außenstelle in einem Pilotprojekt die virtuelle Auswertung der MfS-Akten einführen würde. Das hätte viele Vorteile. Man könnte feindliche Figuren einsetzen und so die Benutzung des Archivs auch für Kinder und Jugendliche attraktiver machen. Computeranimierte Spione, die es zu finden und auszuschalten galt. Ein Computerspiel mit ernsthaftem Hintergrund. Als Walter Wegner eintraf, hatte Reichelt sich schon wieder im Griff. Die Theyssen würde ihn nicht überraschen. Neubrandenburg mochte zwar nicht gerade eine Großstadt sein, aber seine Außenstelle befand sich auf Weltniveau.

Um 23 Uhr 30 hatte er eine kleine Leitungssitzung anberaumt. Reichelt hatte sich innerhalb der nächsten Stunde eine Zuarbeit zu den Rechercheanträgen der Doris Theyssen erbeten. Die Gloger und Kruschel machten die beiden Sportler, Wegner sollte sich um den Regisseur kümmern, obwohl er sicher war, alles über Geißler zu wissen, was die Akten hergaben. Sicher war sicher. Um 1 Uhr erschienen die drei Sachgebietsleiter zum Rapport, um 2 Uhr 15 war er weitgehend über den Recherchestand informiert. Er schickte die drei nach Hause, als die Reinigungsbrigade das Haus betrat, erbat sich aber Bereitschaft, bestellte sie um 8 Uhr 30 in die Behörde und lernte bis gegen halb vier die Eckdaten aus den Biografien der beiden Betroffenen auswendig. Zu Geißler gab es, wie er erwartet hatte, nichts Neues. Den hatte er drauf. Bis halb fünf hatte er drei weitere Folien fertig, auf denen er die Recherchewege der drei Fälle nachzeichnete. Hauptkartei. Vorgangskartei. Personenkartei. Straßenkartei. Decknamenkartei. Und und und. Da er noch Zeit hatte, sah er sich auf der großen Videoanlage im kleinen Konferenzraum zwei Filme von Ferenc Geißler an. Einen Dokumentarfilm über das Atomkraftwerk Greifswald aus dem Jahr 1987, als Ferenc Geißler noch Frank Geißler hieß, und den Spielfilm »Die letzte Sitzung« aus dem Jahr 1992. Um 7 Uhr 45 rasierte sich Reichelt in dem kleinen Bad neben seinem Arbeitszimmer, holte sich zwei Becher Kaffee aus dem Automaten und wartete auf seinen Besuch. Es war eine historische Schlacht, sie wurde an der Schwelle des neuen Jahrtausends geführt. Die Gesellschaftsordnungen rangen miteinander. Oh ja, der alte Geist war noch nicht tot. Er spürte es, wenn er hier saß. Man konnte ihn nur mit modernen Waffen bezwingen.

Tobias Reichelt fühlte sich vorbereitet.

In diesem Moment wechselte der Wachmann der Tagesschicht das Videoband in der Kamera über seiner Wachstube. Er stellte es in den Stahlschrank mit den Petschaften und Schlüsseln, wo es auf seinen nächsten Einsatz wartete. Sollte sich niemand dafür interessieren, würde es in genau einer Woche wieder eingelegt und überspielt werden. So würde die seltsame Beobachtung gelöscht werden, dass aus den vier Mitarbeitern der Neustrelitzer Reinigungsfirma Clean it up, die das Haus in der Nacht betreten hatten, am Morgen fünf geworden waren.

Mit ein bisschen Aufwand hätte man herausfinden können, dass ein Mitarbeiter der Außenstelle das Haus an diesem Montag zwar betreten, nicht aber verlassen hatte.

Sie klingelte noch mal. Das vierte Mal jetzt. Es war kurz vor acht. Es war ein kühler, milchiger Morgen.

Sie hatte die Autofahrt genossen. Nebel hatte auf den Feldern zwischen Oranienburg und Gransee gelegen und auch in dem Stückchen Märchenwald, das man kurz vor Neubrandenburg durchfuhr. Sie hatte zweimal in voller Lautstärke das schwarze Album von Metallica gehört und auf der Huckelstrecke zwischen Fürstenberg und Neustrelitz war sie in einem Tal mit 140 über einen unbeschrankten Bahnübergang gedonnert. So was liebte sie, es war, als spielte man Russisch Roulette. Sie fühlte sich erstaunlich frisch, als sie hier angekommen war, aus dem milchigen Morgen würde ein klarer, heller Tag werden, die Welt lag vor ihr, die Provinz sollte sich warm anziehen.

Sie sah ihrem Atem zu, der an die alten Feldsteine schlug, auf denen das Haus errichtet worden war. Es war ein schmales zweistöckiges Fachwerkhaus. Sie hörte die Vögel zwitschern und den Verkehr um den Ring summen, dann ächzte ein Fenster im oberen Stockwerk und ein dunkelhaariger Mann sah heraus.

Er war unrasiert, verschwollen und passte nicht zu dem hübschen alten Häuschen. Aber er passte zu der Stimme am Telefon. Wenn er auch schon weiter war, als sie gedacht hatte.

»Ich bin Doris Theyssen. Es ist schon acht Uhr«, rief sie.

»Ach was«, sagte der Mann. »Ich bin Thomas Raschke und es ist erst acht Uhr.« Er schloss das Fenster. Sie musste lachen. Der Türöffner summte, was sie überraschte. Sie hätte niemanden reingelassen, wenn sie sich in einem solchen Zustand befunden hätte. Er öffnete in einem blaugrünen Frotteebademantel, teigig, rotäugig, mit verklumpten Haaren.

»Doris Theyssen«, sagte sie noch mal.

»Ich nehme an, Sie sind mit dem Hubschrauber da«, sagte er und schlurfte von der Tür weg. Sie folgte ihm, schloss die Wohnungstür und deutete in seinem Rücken ein müdes Lächeln an.

Sie war um vier Uhr nachts frierend in ihrer Badewanne aufgewacht. Das Wasser war abgelaufen, auf ihrem Bauch hatte die Kopie einer Reportage aus dem Wohnungsbaukombinat Neubrandenburg geklebt. Sie hatte sich gefühlt wie eine Wasserleiche und auch so ausgesehen. Sie hatte trotzdem noch mal geduscht, sich die Haare gewaschen und war munter gewesen, als sie trocken waren. Rosa Tageslicht hatte über dem Tiergarten geschimmert, sie hatte sich einen starken Kaffee gemacht und den Rest der Archivmaterialien überflogen. Vor der Wende hatte Raschke das Zeug geschrieben, was sie erwartet hatte. Er war nicht besonders eifrig gewesen, aber auch nicht unangepasst. Ein Durchschnittstyp, immer auf der Suche nach konstruktiven Lösungen. Nach der Wende hatte er ein paar wirklich gute Texte geschrieben, in denen man den Mief der Provinzpolitik riechen konnte und viele durchschnittliche, die er mit ein paar flotten Formulierungen versucht hatte aufzupeppen. Er war kein Idiot, er war sogar überraschend gut für dieses Kaff, aber er war keine ernsthafte Gefahr. Er hatte sich nicht in einem einzigen Text wirklich mit jemandem angelegt. Er hatte nichts riskiert. Die drei, vier Artikel über Kathrin Krabbe waren zahnlos gewesen. Einerseits und andererseits. Er hatte Angst, Fehler zu machen. Wahrscheinlich hatte ihn die Ostzeit gebrochen. Sie hatte nichts gefunden, mit dem sie ihn unter Druck setzen konnte. Aber das brauchte sie auch nicht. Er würde ihr aus der Hand fressen. Jetzt, nachdem sie ihn gesehen hatte, war sie sicher, dass er ihr aus der Hand fressen würde.

Raschke verschwand im Bad und bat sie, Kaffee zu machen. Er ließ sie in der Wohnung allein. Als würden sie sich seit Jahren kennen. Sie war wieder im Osten.

Die Küche war sehr sauber, die ganze Wohnung war überraschend aufgeräumt. Es roch schwach nach kaltem Tabakrauch, das war alles. Sie fand die Flasche hinter Cornflakes und Reispackungen im Schrank, es war Tullamore Dew. Ein Daumenbreit schwamm auf dem Flaschenboden. Im Mülleimer lagen vier Büchsen Wernesgrüner Bier, flüchtig mit einer Zeitungsseite getarnt. Die Dusche rauschte. In zwei, drei Jahren würde er nicht mehr zurückkönnen. Er würde die Flaschen und Büchsen nicht mehr verstecken und die Wohnung nicht mehr sauber halten. Es wäre ihm egal. Sie war in ihrem Leben in genug fremden Männerwohnungen aufgewacht, um das einschätzen zu können. Sie nahm nie jemanden mit zu sich. Ein Prinzip. Sie machte einen starken Kaffee und toastete ein paar Scheiben Schwarzbrot, sie schaltete das Radio ein und sah sich die Bücherwand an. Er las Kriminalromane. Amerikaner. Hammett, Gardner, Stout, Chandler. Acht Jugendliche hatten sich in der letzten Nacht in Altentreptow totgefahren, brachten die Nachrichten von Antenne Mecklenburg-Vorpommern. Sie waren frontal aufeinander zugerast. Ein BMW und ein Golf. Was für eine Spitzenmeldung. Er hatte Kisch komplett, vergilbte Schutzumschläge, sie fragte sich, ob er ihn gelesen hatte. Sie fand Kisch totlangweilig, würde das aber nie zugeben. Die zwanzig Zola-Paperbacks, die in den achtziger Jahren erschienen waren, schienen ungelesen zu sein, vierzig, fünfzig Krimis aus der DIE-Reihe, dreißig Taschenbücher der Weltliteratur, gelesen hatte er aber offensichtlich nur »Eine andere Welt« von Baldwin. Kein Staub. Er besaß alle sechs Bände Urania-Tierreich und zwei Dutzend Reisebücher. Die meisten berichteten über die USA.

Die SPD-Fraktion im Mecklenburgischen Landtag plädierte dafür, den Landesbeauftragten des Stasiunterlagengesetzes gegen einen Opferbeauftragten einzutauschen, sagte das Radio. Diese Wichser. Mit der SPD konnte sie immer weniger anfangen. Es rauschte immer noch aus dem Bad. Wahrscheinlich versuchte er, den Restalkoholgeruch zu töten. Das schaffte er sowieso nicht. Sie ahnte, wie er riechen würde. Nach schwerem Aftershave, sie könnte sich Cool Water von Davidoff vorstellen oder vielleicht Fahrenheit von Christian Dior. Und nach süßem Restalkohol und Pfefferminz. Die Haare würden angeklatscht sein, die Haut teigig, die Augen glasig. Heute Abend spielte Deutschland gegen Spanien, aber sie interessierte sich nicht für Fußball. Es sollte siebenundzwanzig Grad warm werden und sonnig.

Nachdem sie zwei Zigaretten geraucht und eine Tasse Kaffee getrunken hatte, erschien er. Seine Haare waren angeklatscht, seine Haut war teigig, seine Augen glasig. Er benutzte Fahrenheit.

Sie fuhren mit ihrem Golf einmal um den Ring und dann wieder in Richtung Berlin. Fünf Minuten Stadtrundfahrt. Bunt gestrichene Gründerzeitvillen, ein Busbahnhof, fünziger, sechziger, siebziger Jahre Neubauten und ein paar scheußliche neue Stahlglashäuser. Fünf Minuten Langeweile. Eine Stadt für Selbstmörder. Kein Wunder, dass Raschke soff. Für einen Journalisten musste es die Hölle sein. Kurz bevor der letzte Berg der Stadt anstieg, mussten sie nach rechts in ein Neubaugebiet abbiegen. Es begann zu verrotten. Sie tippte auf frühe achtziger Jahre. Eine Tip-Kaufhalle, eine Resterampe, ein Imbisswagen mit drei Biertrinkern davor, links, hinter einem Schlagbaum, der Komplex. Die Pförtner öffneten das Tor, ohne eine Frage zu stellen. Links gab es ein paar Garagen, rechts standen zwei dreistöckige Gebäude in rechtem Winkel zueinander. Hinter dem kürzeren befand sich ein flacher Würfel, eine Turnhalle oder eine Kantine. Sie tippte auf Kantine. Raschke dirigierte sie auf den Gästeparkplatz. Als sie aus dem Wagen stiegen, sah sie ein Männchen aus dem ehemaligen Neubrandenburger Hauptquartier stürzen. Es wirkte sehr aufgekratzt.

Das musste Reichelt sein.

Sie sah Raschke an. Er nickte.

»Vergessen Sie nicht, wir sind hier in Neubrandenburg«, sagte er. »Vor fünfzig Jahren war das hier ein Kartoffelacker.«

»Und was ist es heute?«

Raschke sah sie gelangweilt an. »Waren Sie eigentlich schon immer so?«

Sie fragte sich, wieso er so respektlos war. *Sie* war die Frau vom Spiegel. *Er* kam vom Nordkurier. Wahrscheinlich machte ihn der Restalkohol mutig.

Im Foyer des Hauptgebäudes standen etwa dreißig Leute. Sie sahen aus, als hätten sie gerade einen Fahnenappell hinter sich gebracht. Reichelt musterte Thomas Raschke geringschätzig. Doris Theyssen erinnerte sich an einen Artikel, in dem Raschke die Fehler der Außenstelle aufgelistet hatte. Reichelt stellte alle dreißig Mitarbeiter vor und wollte dann mit ihnen zu einem »kleinen Rundgang« aufbrechen.

»Wir wissen eigentlich ziemlich genau, was wir wollen«, sagte Doris Theyssen vorsichtig.

»Genau, genau«, rief Reichelt. »Dann würde ich Sie in mein

Arbeitszimmer bitten. Ich habe da bereits etwas vorbereitet. Herr Rößler, Herr Wegner, Herr Kruschel und Frau Gloger werden uns begleiten. Bitte sehr.«

Sie sah Raschke an, Raschke zuckte mit den Schultern. Sie waren auf Staatsbesuch. Ein Fotograf tanzte um sie herum und machte Bilder.

Reichelt lief mit großen Schritten einen mit gelblichem Linoleum belegten Flur entlang, an dessen Wänden Fotografien von mehr oder weniger prominenten Gästen hingen, die vor ihnen die Außenstelle besucht hatten, und öffnete sein Arbeitszimmer mit einer Codekarte. Auf dem Konferenztisch standen kleine Getränkeinseln. Es gab Gläser, Tassen, Fernbedienungen für den Diaprojektor, den Videorekorder und den Overheadprojektor. Dazu lag auf jedem Platz eine kleine Mappe mit den Informationen zu den drei Fällen. Doris Theyssen setzte sich, blätterte die Mappe durch und sagte: »Wissen Sie eigentlich, dass der Kurier damals vier Anträge von mir nach Neubrandenburg gebracht hat?«

»Ja, natürlich«, sagte Reichelt, startete den Overheadprojektor und verdunkelte, ebenfalls mit einer Fernbedienung, die Fenster seines Büros. »Die beiden Sportler und der Geißler.«

»Das sind erst drei«, sagte Doris Theyssen.

»Genau«, sagte Reichelt und sah sie an. »Wussten Sie eigentlich, dass sich der Geißler erst seit '91 Ferenc nannte?«

»Nein«, sagte die Theyssen. »Wussten Sie, dass Jan Landers der vierte war?«

»Früher hieß er Frank.«

»Und wussten Sie, dass Sie auch für vier Anträge unterschrieben haben?«

»Wir haben die modernste Außenstelle der neuen Bundesländer. Ich würde Ihnen gerne ein bisschen über unsere Außenstelle erzählen, wenn Sie nichts dagegen haben. Ich habe da etwas vorbereitet.«

»Doch.«

»Doch was?«

»Ich habe etwas dagegen.«

»Ach.«

260

»Ja. Ich würde Ihnen gerne etwas zeigen. Dazu müssten Sie allerdings wieder die Vorhänge aufgehen lassen.«

»Haben Sie vier gesagt? Vier?«

Reichelt saß mit der Fernbedienung im Raum und starrte entgeistert. Rößler nahm sie ihm aus der Hand und ließ die Vorhänge aufsurren.

»Wir haben hier die modernste Technik«, sagte Reichelt abwesend. »Wir haben eine durchschnittliche Wartezeit von zweieinhalb Jahren erreicht. Das ist Spitze im Republikmaßstab.«

»Im was?«

»Im Republikmaßstab. Wir haben eine durchschnittliche Bearbeitungszeit von drei Tagen pro Antrag. Drei Tage. Das ist eine Spitzenleistung.«

»Gut«, sagte die Theyssen. »Dann wollen wir mal sehen, ob wir die noch drücken können. Wir suchen die Akte von Jan Landers. Und wenn ich die Sache richtig sehe, sind wir nicht die einzigen in Ihrer Außenstelle, die das tun. Ich wäre aber gern die erste, die sie findet. Es ist mein Job, die erste zu sein.«

»Und mein Name ist Raschke. Thomas Raschke«, sagte Raschke und grinste.

Doris Theyssen lief ein kalter Schauer über den Rücken. Sie sehnte sich nach einer einsamen Recherche. Dieser Raschke würde ihr auf die Nerven gehen. Er war ein Klugscheißer und er wollte sie beeindrucken. Sie mochten ihn hier nicht und er kam morgens nicht aus dem Bett. Aber er war der Einzige, der den Decknamen hatte, und er war als Tageszeitungsjournalist immer schneller als sie. Also hielt sie noch still.

Reichelt starrte abwesend. Offensichtlich zog sein Leben als Leiter der modernsten Außenstelle noch einmal an ihm vorbei. Sie musste mit dem Sonderbeauftragten reden, wenn sie wieder in Berlin war. Leute wie Reichelt waren eine wirkliche Gefahr für die Behörde. Wenn hier mal irgend so ein bedenkentragender Zeit-Reporter auftauchte, bekäme ihr Freund in der Glinkastraße echte Probleme. Vorläufig würde sie sich an diesen Rößler halten. Der sah aus wie ein Buchhalter.

So jemanden brauchte sie jetzt.

Landers hockte in einem silberfarbenen Lederanzug auf dem Parkett seines Lofts. Vor ihm kniete ein langhaariger Mann mit einer kompliziert aussehenden Kamera, den er Leo nennen sollte, obwohl er ihn gerade erst kennen gelernt hatte. Im Hintergrund stand die Gabi von Bild am Sonntag am Fenster und beobachtete sie. Gabi war blond und etwa fünfundvierzig Jahre alt, benutzte aber die Mimik und Gestik einer Fünfundzwanzigjährigen. Sie trug enge Sachen und riesige Schnürstiefel. Sie sah aus wie eine alt gewordene Minnie-Mouse. Sie war die Journalistin, die er auf der Sylter Party getroffen hatte.

»Toll«, rief Leo.

Sie machten die Geschichte für die Bild am Sonntag, wollten sie aber auch Max anbieten. Er kannte Max nicht, es klang irgendwie schwul, aber Gabi hatte gesagt, Max sei eine Zeitschrift für Leute wie ihn. Sie hatte eine Ausgabe mitgebracht. Es war eine Zeitschrift, die in seinen Loft passen würde. Die Küche war fertig, der Backofen befand sich auf Schulterhöhe, die Schiffsplanken, die den Boden bedeckten, waren so rau und gepflegt, wie sie sein sollten, die Wände waren geweißt bis auf die Elbfront, wo man aus großen quadratischen Fenstern sah. Es war leer und viel versprechend.

»Gute Location«, hatte Leo gesagt, als er den Raum betrat.

Gabi hatte alle daran erinnert, dass Karl-Heinz Köpcke in einer Zweizimmeraltneubauwohnung gelebt hatte. Mit Frau und Pudel. Landers stünde für eine neue Nachrichtensprechergeneration, sagte Gabi. Das Wort Anchorman war gefallen. Es würde auch in ihrem Text fallen.

Leo hatte einen Plastiksack voller Anzüge über der Schulter gehabt, Landers fühlte sich wie eine Schaufensterpuppe. Unter dem Silberjackett trug er nichts. Er war Nachrichtensprecher des Ersten Deutschen Fernsehens und ließ sich mit freiem Oberkörper für eine Schickimickizeitschrift fotografieren. Er trieb. So ähnlich mussten sich Selbstmörder fühlen, bevor sie sprangen.

»Super«, rief Leo und wischte sich eine dicke Haarsträhne vom Objektiv. Sie fiel sofort wieder zurück.

Gabi hatte sich mit ihm übers Kochen unterhalten, über Reisen und über Reinkarnation. Sie wollte wissen, wem er nicht in der Sauna begegnen wollte, was seine Lieblingsplatten, -filme und -frauenvornamen waren. Sachen, über die er noch nie nachgedacht hatte. Sie hatten ihn in Jeans und T-Shirt am Elbufer und auf dem Fischmarkt fotografiert, in einer Uniform auf einem alten Frachter und in verschiedenen Anzügen in seiner Fabriketage. Er trug jetzt den vierten oder fünften.

Aus dem Licht gehen, hatte Grundmann ihm geraten. Sie müssen die Öffentlichkeit jetzt meiden. Die drehen Ihnen das Wort im Munde um. Wenn auch nur das kleinste Gerücht aus der Behörde sickert: Keine Rechtfertigungen, keine Statements. Wenn Sie auf der falschen Seite stehen, wendet sich alles gegen Sie. Verreisen Sie ein paar Wochen. Grundmann sollte wissen, was er sagte. Aber er hatte nicht auf ihn gehört.

»Super«, rief Leo und wechselte die Kameras. Gabi lächelte aus dem Hintergrund. Sie hielt den nächsten Anzug im Arm. Sie würde keine Sekunde zögern, mit den Fotos auch einen anderen Text zu illustrieren. Vielleicht war es ja besser, wenn es gleich ganz schlimm kam.

Das Gespräch mit ihr war furchtbar gewesen.

Er hatte an sein explodierendes Leben gedacht, sie hatte über seine leuchtende Karriere geredet. Er war ein arbeitsloser Nachrichtensprecher in einem teuren Anzug, er war ein Hochstapler. Aber es ging nicht um ihn, es ging nur noch darum, was aus ihm hätte werden können. Er hatte keine Lieblingsnamen. Er hatte nicht mal eine Lieblingsfarbe. Er hatte einfach irgendetwas gesagt, was gut klang. *Lisa* und *Blau. Das weiße Album* und *Die Dinge des Lebens.* Dann zog er den nächsten Anzug an. Es war ein schwarzer mit japanisch klingendem Namen und Stehkragen.

»Cool«, rief Leo. »Diese Traurigkeit mag ich total. Diese Leere in den Augen. Fantastisch. Du bist ein echter Profi, Jan.«

»Ein Nachrichtenmann kennt die Leiden der Welt«, sagte Gabi. Offensichtlich hatte sie einen Arbeitstitel gefunden.

Margarethe kam, als er sich die Hose des letzten Anzuges zuknöpfte. Weißes Leinen. Gabi öffnete ihr, als wohnte sie auch hier.

Mir sind die Dinge aus den Händen geglitten.
Margarethe stellte sich neben Gabi ans Fenster. Landers hampelte entschuldigend. Sie lachte. Sie war braun und trug kein schlichtes Kleid. Sie hatte eine verwaschene Bluejeans an, die an den Oberschenkeln bereits aufsprang, und ein enges T-Shirt. Ihre Brüste waren größer, als er erwartet hatte. Bei ihrer ersten Begegnung schien sie eine unterkühlte Ehefrau zu sein, bei der zweiten ein schüchterner Partygast, auf Sylt war sie erst eine Gesellschaftsdame und abends die genervte Krankenpflegerin ihres Vaters. Im Augenblick erinnerte sie ihn am meisten an die Frau auf Sonja Nothebohms Party. Sie beherrschte die Szene, ohne etwas zu sagen. Leo und Gabi begannen zu stören, sie merkten, dass ihnen jetzt die Zeit weglief. Landers war Wachs in ihren Händen gewesen, aber jetzt verloren sie die Kontrolle. Gabi wurde flatterig, sie verließ ihre entspannte Fensterposition, sie redete jetzt zu viel und lachte zu laut. Sie war nur eine alt gewordene Boulevardjournalistin, und das merkte man jetzt. Leo fotografierte lustlos einen letzten Film durch, am Ende stand nur noch die Frage, ob sich Margarethe und Landers zusammen fotografieren lassen würden, im Raum.
Leo stellte sie.
»Besser nicht«, sagte Margarethe und lachte.
»Ich dachte nur, dass es eine weitere Farbe geben könnte«, sagte Gabi. »Wir müssen die Bilder ja nicht veröffentlichen. Wir könnten euch ja vorher noch mal draufgucken lassen.«
»Nein. Wirklich nicht. Seien Sie bitte nicht böse.«
Gabi schnappte noch mal kurz nach Luft, ihre Augen flehten, aber Margarethe strahlte sie mit ihrem zauberhaften Lachen tot.
Gabi gab auf. Leo packte bereits zusammen.
Er war der bessere Menschenkenner.

Als sie raus waren, zog Margarethe ihr T-Shirt aus.
Landers dachte daran, dass dies eine Filmszene sein könnte, was sicher an den Brüsten lag. Sie sahen aus wie gemalt. Rund von vorn. Sie wippten nur ganz leicht, als das T-Shirt über sie streifte. Er trug den weißen Leinenanzug. Er hätte eine Figur aus einem

Softpornofilm sein können und auch sein Loft hätte gut gepasst. Es war später Nachmittag und es herrschte Softpornolicht. *Gute Location.* Er hatte sogar einen Gürtel an der Hose, obwohl er sonst nie Gürtel trug. Die Schnalle klimperte unter Margarethes Fingern wie die Schnallen in den Filmen klimperten. Alles stimmte. Am Ende saß sie auf ihm und sah zufrieden zu ihm herab. Er stöhnte lauter, als er es gemusst hätte, weil er das Gefühl hatte, dass es dazu passte. Sie schnurrte abschließend.

Sie hatte einen leichten Schweißfilm auf der Oberlippe und er hatte sich den Steiß an den abgezogenen Dielen aufgerieben, was beim Duschen brennen würde. Aber alles andere schien unwirklich. Eine perfekte Illusion.

»Darauf habe ich mich den ganzen Flug gefreut«, sagte sie.

»Ja«, sagte Landers. Er überlegte, ob sie Businessclass flog oder first. Wahrscheinlich Business, um nicht ganz so abgehoben zu wirken.

»Das hat man gemerkt.«

Sie küsste ihn, stieg von ihm ab und holte Zigaretten und zwei kleine Flaschen Champagner aus ihrer Tasche neben dem Fenster. Er holte sich seine Shorts. Sie brannte zwei Zigaretten an und gab ihm eine. Der Champagner war kalt, Landers dachte einen Moment daran, dass sie womöglich deswegen so schnell zur Sache gekommen war. Andererseits hatte sie nur weitergemacht, wo sie aufgehört hatte. Als er sie das letzte Mal gesehen hatte, war sie die Treppe zum Schlafzimmer hochgelaufen. Dort hatte sie wieder angeknüpft.

Sie wusste ja nicht, dass zwischendurch seine Welt eingestürzt war.

»Ich habe mich von Jens-Uwe getrennt«, sagte sie.

Sie saß zwischen seinen Beinen, ihr Hinterkopf lag an seiner Brust. Sie rauchten. Sie blies ihren Zigarettenrauch steil in das brennende Abendlicht, das durch die hohen Fenster fiel. Das Parkett schimmerte blutrot, Margarethes Schamhaare leuchteten orange. Landers dachte an Grundmann.

»Und was hat er gesagt?«

»Oh. Er hat viel gesagt. Er hat gekämpft, weißt du. Wir waren

sechs Jahre zusammen. Er hat gesagt, dass er Kinder will. Er hat
überhaupt zum ersten Mal von Kindern gesprochen. Er hat
gesagt, dass er nach Hamburg zurückkommen würde. Sofort.
Aber die Vorstellung hat mir nur Angst gemacht. Ich liebe ihn
nicht mehr. Ich habe es an dem Abend gemerkt, als wir Scharade
gespielt haben, weißt du noch. Bei Sonja. Da hat sich die Beatri-
ce, also die Freundin von Reinhard, so an ihn rangemacht. Es hat
mich nicht gestört. Es hat mir viel mehr ausgemacht, wie sie beim
Scharade-Spielen den armen Reinhard fertig gemacht haben. Und
natürlich fand ich dich gut.«
Sie rieb seinen Oberschenkel.
»Hast du ihm das auch gesagt?«
»Nein.«
»Was macht er da eigentlich in Amerika?«
»Er ist Anwalt. Er vertritt europäische Schauspieler in Los Angeles, die meisten aus deutschsprachigen Ländern.«
Sie inhalierte den Rauch schnell und stieß ihn blitzartig wieder
aus. Er schoss zur Decke seiner Fabriketage. Nach vier Zügen
drückte sie die Kippe auf dem Backsteinsims unterm Fenster aus
und ließ sich wieder in seine Arme sinken. Er umarmte sie me-
chanisch. Er sah die beiden vor sich. Jens-Uwe, der auch in kur-
zen Hosen so wirkte, als trage er einen Anzug. Margarethe im
schlichten Kleid, kühl, aber nicht kalt.
»Er wird drüber wegkommen«, sagte sie.
»Bei mir gibt's auch was Neues. Sie haben mich bei der Tages-
schau entlassen, weil sie Informationen haben, dass ich bei der
Stasi war.«
»Wo?«
»Bei der Staatssicherheit. Das war der Geheimdienst der DDR.«
»Ich arbeite in der Stern-Dokumentation, ich bin nicht doof. Wer
weiß davon?«
»Niemand, soweit ich weiß. Nur Grundmann, also mein Chef.
Und der Intendant. Sonst niemand.«
»Gut. Du brauchst einen Anwalt. Ich kenn den besten. Zieh dich
an. Ist die Dusche schon angeschlossen?«
Landers brannte sich noch eine Zigarette an. Er sah aus dem

Fenster. Er hatte zweieinhalb Tage lang nichts getan, sie hatte in zwei Sekunden eine Entscheidung getroffen. Er hatte die Traum-frau gefunden. Vorm Fenster schwamm ein plumper Tanker, auf dem in kyrillischer Schrift *Pobjeda* stand. Ulkig, dass es immer noch russische Schiffe gab, die so hießen. *Sieg.* Margarethe würde sogar seiner Mutter gefallen. Sie konnte sich auf Situationen ein-stellen. Sie hatte nicht mal gefragt, ob er denn bei der Stasi ge-wesen war.

Als sie wiederkam, ging er duschen. Als er wiederkam, hatte sie ein schlichtes Sommerkleid an. Ein weißes. Sie war auf alles vor-bereitet.

»Wir treffen Matthias in einer Dreiviertelstunde bei Luigi. Mein Vater kommt auch dazu. Er hatte gerade in der Kanzlei zu tun. Matthias ist unser Familienanwalt. Er ist der Bruder von Jens-Uwe. Nur damit du Bescheid weißt. Wir müssen ihm nichts vor-spielen, aber wir müssen ihm auch nicht zu sehr auf der Seele rumtrampeln. Wenn er denn eine hat, er gilt als der härteste Hund in der Branche. Aber ich glaube, er mag seinen kleinen Bruder ganz gern. Kennst du Luigi?«

Landers schüttelte den Kopf.

»Es wird dir gefallen. Komm, das Taxi wartet.«

Das Taxi stand auf der anderen Straßenseite. Zwanzig Meter davon entfernt stand Ilona an der Hauswand einer Fischhalle. Ihre Augen waren dunkel, sie sah schmal aus und zerbrechlich. Landers blieb einen Moment stehen und starrte zu ihr hinüber. Er war nicht sicher, ob sie es wirklich war. Sie sah ihn aus Ilonas Augen an, aber sie zeigte nicht, dass sie ihn kannte. Vielleicht war es nur eine junge Nutte. Oder ein Geist. Margarethe hatte das Auto bereits erreicht. Jetzt zog sie die Tür auf. Er stand da in einem weißen Leinenanzug im Fischerbezirk, er war in Begleitung einer Brauereierbin, deren Tasche er trug. Margarethe saß jetzt im Auto, sie zog die Tür zu, gleich würde sie rausschauen.

Er stieg schnell ins Taxi.

Sie saßen zu viert in der Mitte des riesigen Speisesaals wie die Finalmannschaft eines großen Doppelkopfturniers. Draußen war es dunkel, die Kantinenfrauen waren schon seit vielen Stunden zu Hause. Über ihren Köpfen brannte ein hässlicher Kronleuchter, der Tisch war mit einem pinkfarbenen Wachstuch bedeckt, auf dem man die Spuren eines flüchtigen Wischlappens verfolgen konnte. Es roch nach dem matschigen panierten Seehechtfilet, das es heute Mittag gegeben hatte, nach alten Kartoffeln, Zwiebeln und nach Seifenlauge. Es war ruhig, man konnte die Rohrleitungen poltern hören. Der Tag lief durch ihre Köpfe. Raschke hätte gern ein Bier getrunken. Doris Theyssen sehnte sich nach einem Bad, um den Staub loszuwerden. Rößler wartete auf Anweisungen. Reichelt hatte Angst. So große Angst, wie seit zehn Jahren nicht mehr. Den ganzen Tag hatten die beiden Journalisten im Bauch seines Hauses gewühlt, ohne dass er wusste, wo sie suchten und was sie suchten. Sie waren irgendwo unter ihm gewesen. Sie hatten ihn nicht gebraucht. Am Ende war es ihm nicht mal gelungen, jemanden von der Cateringfirma zu organisieren, die die Kantine der Außenstelle betrieb. Die Theyssen hatte ihn angesehen, als habe sie auch nicht damit gerechnet. Niemand am Tisch sprach ihn an. Nicht einmal Rößler. Er sehnte sich nach Trost und Ruhe, nach seiner Frau und nach seinem Bett, aber er konnte von diesem Tisch nicht früher aufstehen als Rößler. Er musste die Dinge in der Hand behalten.

»Haben wir jetzt wirklich alle Akten gesehen, die aus den umliegenden Regimentern hergeschickt wurden?«, fragte die Theyssen. Rößler nickte. Reichelt starrte. Raschke sehnte sich nach einem Bier.

Doris Theyssen dachte an den vertrottelten alten Doktor, der die Armeeakten verwaltete. Heimann. Ständig war ihm irgendetwas runtergefallen. Zwei verblichene Mappen hatte sie hinterm Schrank gefunden. Zwei IM-Vorläufe. Einige Papiere waren mit Kaffee bekleckert gewesen, wahrscheinlich nahm er in Gedanken auch mal eine Akte mit nach Hause oder warf sie versehentlich in den Papierkorb. Der Mann war krank, er gehörte in ein Altersheim. Ihr Vertrauen in die Behörde hatte heute einen Riss bekommen. Einen feinen Riss.

Es war so saftlos gewesen, so alt, so sterbend, so staubig. Sie hatte immer das Gefühl zu kämpfen, wenn sie über die Stasi schrieb. Es war ein undankbarer Kampf, aber es war ein Kampf. Ein Kampf gegen Gewohnheiten. Gegen das Vergessen, gegen die Argumente ihres starrköpfigen Vaters, gegen die Gleichgültigkeit ihrer Mutter. Hier war sie Frauen begegnet, die diese modernen Aktenschränke bedienten wie Bohrmaschinen. Auf den Metallkästen standen ihre Stullenbüchsen. In der Straßenkartei hatte eine der Frauen kleine Fotos ihrer Kinder an den Aktenschrank geklebt. Die meisten Angestellten trugen Dauerwellen, Perlonkittel und jene Beamtenmienen, die sie von früher kannte. Die immergleichen Schicksalsverwalter. Man zog eine Tür auf und sie saßen schon da. Seelenlos, gelangweilt, brutal. Am schlimmsten war die Atmosphäre in dem lichtlosen Keller gewesen. Alte Männer in Strickjacken und mit Lesebrillen schlurften zwischen den Regalen hin und her. Sie hatten sie an die alten Männer erinnert, die in ihrer Kindheit mit mechanischen Rechenmaschinen am Straßenrand saßen, um den Verkehr zu zählen. Es roch nach Kleber, billigem Rasierwasser und Schimmel dort unten und die ganze Zeit lief Schlagermusik. Nie war ihr die Differenz zwischen ihrem Eifer und der Gleichgültigkeit der Behörde deutlicher aufgefallen als heute. Vielleicht lag es an Vorpommern, sie hoffte es. Vormittags hatte sie Dr. Heimanns Armeeakten durchsucht. Kein Landers. Raschke hatte in der Zeit gemeinsam mit Rößler die Personalakten der Außenstelle durchgesehen. Sie hatte schon an seinen Artikeln gemerkt, dass er hobbypsychologische Neigungen hatte. Sie mochte das nicht bei Journalisten, aber Raschke glaubte wirklich, den Briefeschreiber an seinem Lebenslauf erkennen zu können. Sie ließ ihn machen. Sie genoss es, allein zu sein, sie kannte den Brief bis jetzt ja auch noch nicht. Raschke gab ihn nicht heraus. Sie waren Konkurrenten und er war nicht so doof und nicht so unterwürfig, wie sie gedacht hatte.

Mittags hatten sie sich in der Kantine getroffen. Raschke hatte nichts rausbekommen. Er hatte den Decknamen preisgegeben.

Jimmy Page. Er hatte sie erwartungsvoll angesehen. Sie kannte keinen Jimmy Page, was offensichtlich eine Bildungslücke war. Sie waren mit Rößler in die Decknamenkartei gegangen und hatten einen Jimmy Page gefunden. Aber der war Kultursekretär bei der FDJ-Kreisleitung Altentreptow gewesen.

Raschke hatte den restlichen Nachmittag im Personalbüro zugebracht, sie hatte die restlichen Möglichkeiten geprüft. Es gab keine mehr. Die Straßenkartei war nutzlos, sie hatte dennoch die Anschriften der Neubrandenburger Kasernen überprüft. Nichts. Sie hatte sich aus den Armeeakten des Doktors die Namen von ein paar Führungsoffizieren notiert, die in der Hauptabteilung 1 gearbeitet hatten. Sie hatte sich vom Berliner Büro deren Anschriften raussuchen lassen und in ihren Akten nachgesehen, ob es Verbindungen zu Landers gab. Nichts. Sie hatte sich im Berliner Archiv bei Frau Maschke nach den anderen Musikern von Led Zeppelin erkundigt. Vielleicht war Jimmy Page ja nur eine Fährte, die ihr Freund hier ausgelegt hatte. Die Maschke hatte gekichert, als sie die Namen durchsagte. Wahrscheinlich machten sie in Berlin gerade Witze über sie. *Die Theyssen hat sich in einen Hardrocker verliebt.* Scheiß drauf. Es gab keinen Bonham und keinen Jones. Aber es gab zweimal den IM Robert Plant im ehemaligen Bezirk Neubrandenburg. Landers war nicht dabei, aber vielleicht war das ja trotzdem mal eine Geschichte. Sie würde sich eine Platte von Led Zeppelin kaufen. Raschke hatte ihr *Houses of the holy* empfohlen. Sie streunte ziellos durchs Magazin, sie blätterte in den Akten, die gerade rekonstruiert wurden, und sah sich auch das Dutzend an, das aus den geschredderten Säcken zusammengestellt worden war. Eine interessante Abteilung. Alte Männer saßen am Boden und puzzelten Papierstückchen zusammen. Es erinnerte an ein Spielzimmer.

Sie hatte praktisch nichts erreicht. Sie war müde und staubig. Sie würde morgen in das Regiment fahren, in dem Landers stationiert gewesen war, vielleicht erinnerte sich jemand an ihn. Viel Hoffnung hatte sie nicht. Und sie würde die vier Stasioffiziere, zu denen es noch Adressen gab, aufsuchen. Einer lebte in Berlin. Der letzte Weg würde der zu Landers sein.

Jetzt wollte sie duschen und dann ein Bier trinken gehen. Wahrscheinlich mit Raschke. Er war eine Nervensäge, aber er war ihr lieber als dieser langweilige Rößler und der durchgeknallte Reichelt.

»Brauchen Sie mich noch?«, fragte Rößler.

»Nee«, sagte Doris Theyssen und schaute zu Raschke. Der schüttelte den Kopf.

»Na, dann gute Nacht«, sagte Rößler und ging.

»Ich geh jetzt ein Bier trinken«, sagte Raschke.

»Nehmen Sie mich mit?«, fragte die Theyssen.

»Wir könnten noch mal alles durchgehen«, sagte Reichelt leise. »Die Möglichkeiten hätten wir. Ich habe da was vorbereitet, damit Sie sich mal ein Bild machen können. Die Außenstelle ist auf viele Eventualitäten vorbereitet.«

»Später vielleicht«, sagte Doris Theyssen.

Raschke schlug Reichelt tröstend auf die Schulter, sah auf seine Uhr und stand auf. Doris Theyssen folgte ihm. Sie liefen auf den Ausgang zu. Die Uhr an der Bühnenfront des Speisesaals war irgendwann stehen geblieben. Es war fünf nach zehn. Für einen Moment stimmte die Zeit.

Tobias Reichelt saß allein an dem pinkfarbenen Tisch des Speisesaals. Er hörte zu, wie sich die Schritte der Journalisten entfernten, erst über das Parkett des Saales, dann ein kurzes Stück Nadelfilz, die Terrazzotreppenstufen, klack, klack, klack, und das gelbe Linoleum, er hörte das Abschiedsbrummen der Pförtner, ein Surren, die Tür, später ächzte ein Motor, sie entfernten sich. Er war jetzt allein in dem großen Saal, verlassen, es war angenehm ruhig.

Reichelt dachte an Oberst Luck.

Luigi war ein seltsames Lokal. Es hatte keinen Namen über der Tür, es lag in St. Georg, wo Leute wie die Beers sonst sicher nicht verkehrten, und man musste klingeln, denn es war abgeschlossen. Es gab nur drei Tische in dem Restaurant. Zwei waren unbesetzt, am dritten saßen Johannes Beer und ein Mann Anfang vierzig, der Jens-Uwe ähnlich sah. Er hatte gute Knochen, kräftige dunkle Haare, ein breites Kinn und wahrscheinlich mit fünf Jahren seinen ersten Krawattenknoten gebunden. Ein dunkeläugiges Mädchen führte Margarethe und Landers an den Tisch.

»Gut rausgekommen neulich?«, fragte der alte Beer.

»Wunderbar«, sagte Landers. »Und selbst?«

»Frag nicht, mein Junge.«

Landers überlegte, ob er das Bild erwähnen sollte, das perfekte Meer, aber er erinnerte sich an den alten schlafenden Mann, er war wie ein Schnüffler in seinem Atelier herumgelaufen. Er ließ es.

»Sieht schlecht aus für dein Russland, was?«, sagte Beer.

»Mein Russland?«

»Sie haben zweinull gegen Brasilien verloren, gestern«, sagte Beer. »Mein Brasilien.«

»Unser Brasilien«, sagte Landers.

Matthias hatte einen noch kräftigeren Händedruck als der alte Beer. Vielleicht wusste er doch schon, dass Landers seinem Bruder die Frau geklaut hatte. Er zerquetschte ihm fast die Hand. Margarethe wirkte wieder so angespannt wie am Abend mit ihrem Vater auf Sylt.

Sie spielten zunächst ein normales Abendessen.

Auf der Speisekarte standen vier Gerichte. Eine Gemüsesuppe, hausgemachte Nudeln mit Pilzen, Knurrhahn, Tiramisu. Nirgendwo war ein Preis zu sehen. Keine einzige Zahl. Ein dicker, schwitzender Mann mit einer hohen weißen Kochmütze brachte Wein, Brot und Wasser. Er hieß Luigi und sprach nur italienisch. Die anderen schienen ihn zu verstehen. Landers dachte zuerst an seinen Vater und dann an Jens-Uwe. Die anderen redeten über einen Sylter Nachbarn, der eine Baufirma beschäftigt hatte, die Pleite gegangen war. Nach der Suppe sagte Margarethe: »Jan ist da in eine dumme Sache hineingeraten.«

Es klang, als habe er im Suff jemanden beleidigt. Wahrscheinlich betrachtete sie es als so was in der Art.

»Und ich dachte, Matthias kann da helfen.«

Es wirkte einstudiert, als hätten sie es schon mal am Telefon geübt, vorhin, als er unter der Dusche stand.

»Erzählen Sie nur, Jan«, sagte Matthias, der eine Stimme hatte wie ein Fernsehprediger. Seine Augen waren warm. Jetzt, wo es ums Geld ging, schien sein Bruder keine Rolle mehr zu spielen. Matthias war sicher ein guter Anwalt.

Landers erzählte von dem Gespräch mit Grundmann.

Fritz Beer begann mit Grappa, vier dunkelhaarige Mädchen, die alle aussahen wie das Mädchen, das ihnen die Tür geöffnet hatte, servierten die Nudeln, der alte Koch redete dazu ununterbrochen, küsste seine Fingerspitzen, streute Käse und Pfeffer, weidete sich an ihren verzückten Gesichtern, dann berichtete Landers kauend von der Staatssicherheit. Er erzählte von den grauen Hochhäusern an der Frankfurter Allee, während er die knackigen goldgelben Nudeln über die langen Zinken einer schweren Gabel wickelte. Er erzählte von den Männern in Anoraks, die mit Handgelenktäschchen zu den Feiertagen in Zweiergruppen an jeder Straßenecke gestanden hatten. Er wischte mit Brotstücken die Saucenreste vom Tellerboden, es war köstlich. Der Anwalt aß wenig, schaute interessiert und nickte ununterbrochen. Landers erzählte von seinem Leben in Ostberlin, von Weißensee, seinen Eltern, seiner Schule, der Humboldt-Universität, der Sektion Kulturwissenschaften, von dem Gerücht, dass in jeder der Seminargruppen zwei Stasispitzel untergebracht worden waren. Sie tranken zwei Flaschen Wein, die der Wirt behandelte, als seien es die letzten beiden dieser Art in Europa. Landers erzählte von seinem Armeedienst in Neubrandenburg, er war Kraftfahrer im Regimentsstab gewesen, er erzählte von der Diskothek, auf der er *Deshalv spill mer he* von BAP gespielt hatte. Von dem Klubleitungsmitglied, das ihn bei der FDJ-Kreisleitung angeschwärzt hatte.

Margarethe musterte ihn wie ihren talentierten Sohn, der etwas Unbekanntes vorführte, der Anwalt nickte, Fritz Beer langweilte

sich. Dann holten sich die vier schwarzen Schwestern die Pasta-
teller.

»Was soll das alles?«, sagte Beer mürrisch. »Der Junge ist in Ordnung. Das zählt.«

»Das wissen wir doch, Vater«, sagte Margarethe.

»Ich war auch in der HJ, ohne dass ich gewusst hätte, was ich da
tat.«

Landers trank einen großen Schluck Wein.

»Dein Großvater war sogar in der NSDAP. Und er war kein
schlechter Mann, Margarethe.«

»Er war ein Nazi«, sagte sie. »Und du weißt das. Jan hat diese
Art von Verteidigung nicht nötig.«

»Großvater war ein guter Brauer, niemand hat ihn jemals be-
langt. Matthias Vater war sein Anwalt.«

»Ich war nicht bei der Stasi«, sagte Landers leise.

»Na bitte«, sagte Margarethe.

»Die Deutschen spinnen«, sagte Beer.

Matthias schloss sanft die Lider und hob sie genauso sanft, als
wieder Ruhe war. Wahrscheinlich hatte er diese Art von Streit
tausendmal gehört. Vielleicht dachte er auch an seinen Vater.

»Haben Sie irgendwann einmal beim Norddeutschen Rundfunk
oder einer anderen Anstalt unterschrieben, dass Sie keinen Kon-
takt zur Staatssicherheit hatten?«, fragte der Anwalt ruhig. Sein
Blick war warm und bei ihm. Von solchen Leuten erfuhr man,
dass man Krebs hatte, dachte Landers.

»Nein«, sagte er.

Der Anwalt lächelte. Es war ein endgültiges Lächeln. Ach so, sagte das Lächeln. Dann kann ich mich ja jetzt auf den Knurrhahn
konzentrieren. Ihn interessierte nicht, ob Landers bei der Stasi
gewesen war, ihn interessierte die Rechtslage. Sie hatten andere
Fragen.

»Machen Sie sich keine Sorgen mehr.«

»Er haut dich raus, Junge«, sagte der alte Beer. »Das ist ein
Rechtsstaat.«

Ohne seine amerikanischen Klamotten sah er ein bisschen aus
wie ein alter Offizier. Er hatte sehr kurz geschnittene weiße Stop-

pelhaare, kleine Augen und dunkelrote Äderchen auf der Papierhaut über den Wangenknochen. Sein Anzug saß wie angeschmiedet. Er schenkte sich Wein nach.

»Papa«, sagte Margarethe.

»Ja?«, fragte der Alte.

Sie sahen sich an wie zwei alte Feinde in einem Duell, auf das es eigentlich auch nicht mehr ankam.

Dann kamen die vier Frauen, der Fisch und der Koch. Er begann wieder zu reden. Er jubelte, er sang, tanzte. Der Fisch hatte es verdient. Er knackte leicht zwischen den Zähnen, bevor er zerschmolz und einen Geschmack nach einem sonnigen Garten auf der Zunge hinterließ.

»Für das hier geht ein kleiner Italiener einen ganzen Monat arbeiten, was, Luigi?«, sagte der alte Beer. »Zwei kleine Italiener.«

Luigi lachte, wenigstens sein Mund lachte.

»Sollen sie«, sagte Beer und sah dem Weißwein zu, der in sein Glas floss. »Luigi ist der beste Koch in Hamburg, Jan.«

Margarethe starrte auf ihren Teller, als wünschte sie sich weg von hier.

Der Alte war ziemlich schwatzhaft, er war schon sehr betrunken. Er klopfte Luigi auf die Schulter und sah dabei Landers an.

»Keine Sorge. Matthias hat es im Blut. Sein Vater war ein guter Anwalt. Er hat unsere Brauerei verkauft, wirklich ein guter Mann. Hah.«

Er schlug nun auch Matthias auf den Rücken, der es schweigend ertrug, wie es wahrscheinlich schon sein Vater ertragen hatte.

Der Anwalt lächelte.

Sie redeten wieder über den Hausbau dieses Sylter Nachbarn, den Landers nicht kannte. Es ging um Schulden und eine obskure Baufirma, Landers nickte, er war eine Episode gewesen, zwischen Pasta und Fisch war die Nationale Volksarmee aufmarschiert, jetzt war sie wieder abgetreten. Sie war hier kein Problem, denn dies war eine Insel, auf der es keine Probleme mehr gab. Er war geschützt durch eine verschließbare Restauranttür, einen Anwalt mit guten Genen und einen reichen Brauer. Er aß beim besten Koch der Stadt und vögelte eine schöne Königstochter.

Das Tiramisu war federleicht, es war warm und feucht. Sie tranken Espresso dazu und jetzt nahm auch Landers einen Grappa. Der Alte erzählte von einem Fußballspiel aus dem Krieg.

Luigi wartete wie ein treuer alter Mops neben dem Tisch, die Züge durch lebenslange Unterwürfigkeit entstellt.

»Was ist denn mit Italien los?«, fragte Beer und grinste. Landers erinnerte sich vage, dass sie ihr erstes Spiel verloren hatten. Gegen Irland. Die Deutschen spielten heute Nacht gegen Spanien. Er hatte noch nichts mitbekommen wegen diesem Mist.

Luigi zuckte mit den Schultern, das Gesicht zu einer Geste verzerrt, die alles bedeuten konnte. Der beste Koch Hamburgs.

Landers hätte ihm gern irgendetwas gesagt, aber er wusste nichts, was dem Essen und der Situation angemessen gewesen wäre. Er kannte sich nicht mit Wein aus, er sprach kein Italienisch, er war mitgebracht worden. Er war der Ostbesuch, der emporgekommene Ostbesuch. Er hatte sich auf die andere Seite des Tisches gevögelt.

Der Anwalt ging als Erster.

»Johann kann dich bringen«, sagte Margarethe.

Er sah sie an und vielleicht erzählte dieser Blick, was er von der ganzen Situation hielt. Aber es war nicht richtig zu erkennen.

»Ich würde gerne noch ein Stück laufen. Danke, Margarethe.«

Fünf Minuten später erschien Johann vor dem Restaurant, Beer küsste Luigi und vor allem seine vier Töchter. Margarethe lächelte verkrampft. Sie setzte sich neben Johann. Landers und der Alte stiegen hinten ein.

Margarethe nannte Johann Landers' Adresse.

»Mach meine Tochter glücklich«, sagte Beer. »Verstehst du?«

Er packte Landers' Oberarm mit seinem Schraubzwingengriff.

»Ja«, sagte Landers.

»Hörst du!«

Er spuckte ein bisschen. Landers sah ihm in die Augen.

»Lass ihn in Ruhe«, sagte Margarethe.

Der alte Mann ließ Landers' Arm los. Sie stiegen aus, als Johann anhielt. Beer sagte nichts mehr. Er sah aus dem Fenster, dann rollte der Wagen weiter. Nach Sylt oder wohin auch immer. Margarethe drehte sich nicht mehr um. Sie gingen die Stufen hoch, über die sie vor drei Wochen geflüchtet war.

»Es tut mir Leid«, sagte Landers, wusste aber nicht, was er damit meinte.

»Ich habe mir die ganze Zeit nur gewünscht, mit dir allein sein zu können«, sagte sie. »Als ich Matthias reden hörte und essen sah, da sind die ganzen sechs Jahre mit Jens-Uwe noch mal an mir vorbeigelaufen. Es war die leidenschaftsloseste Zeit meines Lebens. Ich habe immer gedacht, es müsste so sein. Es läge an mir, am Alter, was weiß ich. Jedenfalls war mir der Hals zugeschnürt. Und dann noch mein Vater mit seinen Kriegsgeschichten.«

»Das Essen war großartig«, sagte Landers.

»Luigi ist ein Gott.«

»Wieso kommen dann nicht mehr Gäste?«

»Vater hat das Restaurant für heute Abend gemietet, um ungestört zu sein.«

Die rote Lampe auf seinem Anrufbeantworter leuchtete.

»Ja, hier ist Grundmann, Landers, hören Sie, Landers? Also gut, hier ist Grundmann, es ist kurz nach acht. Ich habe noch mal mit dem Intendanten gesprochen. Wir behandeln die Sache diskret. Außer uns beiden weiß niemand davon. Soweit es in unserem Einfluss liegt, wird es auch dabei bleiben. Die offizielle Begründung für Ihre, äh, Abwesenheit, sind familiäre Probleme. Lassen Sie sich was einfallen. Und, äh, lassen Sie den Kopf nicht hängen.«

Es war eine alte Meldung, die er vergessen hatte zu löschen, aber sie fasste seine Probleme noch mal schön zusammen. Die anderen drei Nachrichten waren neu.

»Jan. Mutti. Melde dich doch endlich, Mensch. Bitte.«

»Hi, hier ist Rudi, sag mal, hast du mal die Nummer von dieser Lilo, die ich nach deiner Fete umgelegt habe. Ich komm nächste Woche mal nach Hamburg, da wollte ich mich wenigstens mal bei ihr melden. Wenn du weißt, was ich meine. Alter Sack.«

»Es tut mir Leid, Jan. Es tut mir so Leid.« Es war Ilonas Stimme. Landers dachte an das Mädchen, das vor seinem Loft gewartet hatte.

Er starrte die Maschine an. Was für unterschiedliche Nachrichten.

Margarethe fragte nichts. Sie ging in die Küche und schaute in den Kühlschrank. Sie holte eine Wasserflasche heraus. Er nahm sich ein Bier. »Es war mein Chef, meine Mutter, ein Freund und eine Freundin.«

»Ist gut.«

Es war angenehm ruhig hier. Er wusste, dass die Wohnung für ihn gereicht hätte. Sie verpflichtete nicht zu großen Gesten wie sein Loft. Er hatte immer noch den weißen Anzug an. Einen Anzug konnte er behalten, hatten sie versprochen. Den hätte er sich allerdings nicht ausgesucht.

»Bist du eigentlich in Hamburg angekommen?«, fragte Margarethe.

»Was?«

»Erinnerst du dich an diesen behaarten Sänger oder Dichter auf Sonjas Party? Dieser Verrückte mit den grünen Hosen. Der war doch auch aus dem Osten. Und der hat beim Essen erzählt, dass er nach acht Jahren immer noch nicht in Hamburg angekommen sei.«

»Er hat auch erzählt, dass Hamburg seine Seele vögelt.«

»Bügelt«, sagte sie. »Hamburg bügelt seine Seele.«

Landers musste lachen. Er konnte nicht mehr aufhören zu lachen, auch Margarethe lachte, wobei nach einer Weile nicht mehr klar war, ob sie nicht vielleicht mehr weinte als lachte. Landers stellte sein Bier ab und küsste sie. Sie war ganz heiß im Gesicht und nass und er dachte an ihren ersten Kuss. Sie schmeckte wunderbar frisch nach all dem Fisch, er merkte, wie er fiel, es war wunderbar. Ihre Zunge bewegte sich genau richtig, wenn auch ein bisschen schneller als damals, sie wurde immer schneller. Sie drängte sich an ihn, sie rieb ihren Unterleib an seinem, sie keuchte und wühlte in seinen Haaren, bis er aufhörte zu fallen. Sie zog ihn zu der Arbeitsplatte. Er war jetzt wach, er dachte daran, wie Schneider hier sein Bier geöffnet hatte und an seinen wunden Steiß. Vielleicht war es das, was Jens-Uwe unter sensationellem Sex verstanden hatte. Auf dem Fußboden, wenigstens aber auf dem Küchentisch. Womöglich hatte er so seiner Krawattenwelt entfliehen können. Margarethe drückte ihn gegen den Tisch und räumte mit der rechten Hand den Messerblock ab, während sie mit der linken seine Schnalle bearbeitete, sie war geschickt, Jens-Uwe war ein Gürtelträger gewesen. Der Messerblock hatte 1500 Mark gekostet. Margarethe schnaufte und warf sich die Haare aus der Stirn. Er dachte an seine schwarze Hure. Es lag nicht an der Wohnung. Nicht nur. Margarethe wollte ihm beweisen, dass sie sich vergessen konnte.

»Lass uns ins Schlafzimmer gehen«, sagte er.

Er wusste schon im Flur, dass der Weg vergebens war. All ihre Anstrengungen machten es nur noch aussichtsloser. Sie lief hinter ihm, riss an seinen Sachen und zerrte an seinen Haaren, bis es wehtat. Er fiel wie ein Stein in sein Bett, es war schwarz und kühl in dem kleinen Zimmer. Margarethe drängte ihren Körper an seinen, sie rieb an seiner Hose, seine Hände kreisten wie Reinigungsautomaten über ihren festen Rücken, sie stöhnte und schwitzte, sie steckte ihm ihre Zunge ins Ohr, er kam sich vor, als habe er einen Medizinball im Arm, am Ende hörte er auch auf, ihren Rücken zu bearbeiten. Er lag nur da und dachte nach. Er dachte an Ilona und an den letzten Blick von Johannes Beer. Es war komisch, dass die Dinge immer zusammen passierten. Er hatte zwei ruhige Jahre in Hamburg verbracht. Sie waren fast langweilig gewesen. Rudis sorglose Ansage hätte von ihm stammen können. Und dann passierte alles auf einmal.

»Ich kann nicht«, sagte er.

Sie rieb noch einen Moment, bis sie begriff, was er gesagt hatte, dann rollte sie von ihm weg.

»Was ist denn?«, fragte sie nach einer Minute.

»Es tut mir Leid. Es ist alles zu viel.«

»Das kann ich verstehen«, sagte sie, Landers glaubte ihr kein Wort.

»Ich weiß«, sagte er.

Er hatte sie in das kleinste Zimmer seiner Wohnung geführt. Hier konnte man fast nichts anderes tun als ficken und schlafen. Beides brachte er nicht fertig.

»Möchtest du noch was trinken?«

»Ja«, sagte sie.

Er holte eine Flasche Wein, zwei Gläser und Zigaretten.

»Ich dachte eigentlich, ich wäre angekommen, als ich dich kennen lernte. Aber irgendwie sind mir die Dinge aus den Händen geglitten.«

»Was fehlt dir denn hier?«

»Eigentlich nichts«, sagte er. »Jedenfalls nichts, was ich erklären könnte.«

»Du musst mir mehr erzählen. Wo du herkommst, was alles bedeutet. Wir haben so viel Zeit. Erzähl mir, wie es bei euch war, als du ein Kind warst. Wie war eure Schule?«

»Wir hatten einen Schotterhof, auf dem die Fahnenappelle stattfanden. Wir hatten Halstücher um und standen im Quadrat auf dem Schulhof. Die Halstücher waren erst blau, später rot. Ach, es war anders.«

»Du bist anders.«

»Wie?«

»Ratloser vielleicht. Ich weiß nicht. Erzähl mir noch ein bisschen von den Tüchern, ja?«

Landers redete und begriff, dass er es nicht beschreiben konnte. Es war eine Kindheit. Es war nicht das »Freundschaft!« der FDJler, das ihn als Pionier beeindruckt hatte, es waren ihre tiefen Stimmen, die Lässigkeit, mit der sie es über den Platz riefen. Irgendwann schlief sie ein. Sie hatte eine lange Reise hinter sich, als er sie zudeckte, schlug sie die Augen auf.

»Ich versuch die Dinge einfach zusammenzuhalten, weißt du. Es soll klappen.«

»Natürlich«, sagte Landers.

»Ich bin kein Kind mehr.«

»Nein«, sagte Landers.

Er schloss die Tür und rief in Berlin an. Es war schon halb eins, aber sein Vater war noch wach. Er flüsterte.

»Es tut mir Leid, Papa, aber ich konnte euch nicht abholen. Es sind ein paar, na ja, es ging wirklich nicht. Ich komme aber morgen nach Berlin und würde euch gern alles erklären.«

»Ist gut mein Junge«, sagte sein Vater und legte auf.

Landers hätte gern noch ein bisschen geredet. Er sehnte sich nach Leuten, denen er nicht den Unterschied zwischen Thälmann und den Jungpionieren erklären musste. Er wollte weg. Die Troika war ein guter Ort, um Abschied zu feiern. Ein Zeittunnel, in dem es Wodka und Borschtsch gab. Er dachte an Luigi, wo es auch kein Namensschild über der Tür gab. Am Ende war das Schlichte Luxus, aber auf dem Weg dorthin verlor es seinen Stolz. Luigi war ein Sklave, der Russe mit dem engen T-Shirt nicht. Auf der Grindelallee traf er zwei besoffene Spanier, die ihm erzählten, dass sie einseins gespielt hatten. Klinsmann und Goicochea. Eine viertel Stunde später war er da.

Die Troika hatte zu und es sah nicht so aus, als würde sie jemals wieder aufmachen. Gestern hatte Russland gegen Brasilien verloren. Sein Russland.

Margarethe saß am Küchentisch in der fremden Wohnung und las seinen Brief. Er hatte eine kleine Handschrift und schrieb wenig.

Es tut mir Leid.
Jetzt fange ich meine Briefe schon so an. Andauernd entschuldigt sich jemand. Und meistens bin ich das. So geht das nicht weiter. Ich finde es sehr nett von dir, dass du mir den Anwalt besorgt hast, und ich glaube auch, dass er mich »raushaut«, wie es dein Vater gestern sagte. Aber das reicht mir nicht mehr. Ich will auch wirklich wissen, was ich für einer war, damals in der DDR. Es klingt jetzt eigenartig, aber ich habe es vergessen. Ich war so sehr damit beschäftigt, hier zurechtzukommen, dass ich es vergessen habe. Vielleicht verdrängt man die schlimmen Sachen ja wirklich. Ich habe gestern beim Essen gesagt: »Ich war nicht bei der Stasi.« Aber eigentlich hätte ich sagen müssen: »Ich kann mich nicht erinnern.« Denn das stimmt. Und das sagen sie alle. Jedenfalls muss ich nach Berlin zurück, um mit ein paar Leuten zu reden. Es war so erniedrigend, als ich Grundmann gegenübersaß und der sagte mir: »Blöger sagt, Sie waren bei der Staatssicherheit.« Und ich konnte mich überhaupt nicht verteidigen. Ich wusste nicht, was ich dazu sagen sollte. Auch gestern war es so, nicht so schlimm natürlich, ihr wart wirklich sehr nett alle. Aber ihr könnt mir doch gar nicht helfen. Also muss ich auf eigene Faust versuchen, etwas rauszubekommen.
Ich muss auch mit meinen Eltern reden. Sie waren vorgestern hier in Hamburg und ich sollte sie vom Bahnhof abholen, aber ich konnte nicht. Ich war so fertig von dem Gespräch mit Grundmann, dass es nicht ging. Sie machen sich Sorgen. Es sind ganz einfache Leute, nicht so wie bei dir.
Du hast recht: Ich bin anders.
Aber ich glaube, wir sollten es versuchen.

Dein Jan

Einen Johann habe ich leider nicht zu bieten. Zieh die Tür einfach hinter dir zu.

Sie machte sich noch einen Kaffee und ging durch die Wohnung. Sie war hübscher als der Loft an der Elbe, fand sie. Sie hatte mehr Charakter. Komisch, dass er hier raus wollte. Er war ein eigenartiger Junge. Als sie gerade gehen wollte, klingelte das Telefon, sie ging zum Schreibtisch und überlegte, ob sie rangehen sollte, aber sie traute sich nicht.

Der Anrufbeantworter sprang an. Er hatte ihn nicht besprochen, nach dem Piep meldete sich eine Frauenstimme.

»Bitte, Jan, lass mich nicht so hängen. Ich habe mich beschissen verhalten, ich weiß. Ruf mich an. Vielleicht kann ich dir ja helfen.«

Es war die gleiche Stimme, die gestern Abend aufs Band gesprochen hatte.

Raschke wartete in der Lobby des Hotels Vier Tore auf Doris Theyssen, die sich »frisch machte«. Die Theyssen schien ihm nicht der Typ Frau zu sein, der dafür mehr als zwanzig Minuten benötigte. Er hatte sich ein Kristallweizen bestellt, das einzige Nullfünfer Bier, das sie führten. Kristallweizen war eine gute Erfindung. Es knallte, sah aber nicht so versoffen aus. Er hatte ein Drittel des hohen schlanken Glases ausgetrunken. Es schmeckte säuerlich-frisch und wirkte langsam. Er trank schneller, fast die Hälfte war leer, er beschloss, ein zweites zu bestellen, bevor die Theyssen wiederkam. Zwei gingen. Es waren erst fünf Minuten vorbei, beim zweiten könnte er sich mehr Zeit lassen. Er steckte sich eine Zigarette an, gab dem Mann an der Rezeption, der auch für den Ausschank zuständig war, ein Zeichen für das nächste Bier und bestellte mit seinem Handy einen Tisch im Bugatti. Er würde vielleicht Frentzen treffen, den stellvertretenden Chefredakteur, aber das war nicht so schlimm. Vielleicht entstünde ein Gerücht in der Redaktion. Und es würde zum ersten Mal in Raschkes Leben jemand um ihn werben.
Er fühlte sich ganz gut.
Er hatte drei Namen aus der Personenkartei gefiltert und war sich sicher, dass einer davon sein Mann war. Die Theyssen hielt nichts von seinen Methoden, das war ihm nur recht. Er glaubte nicht, dass sie im entscheidenden Moment mit ihm zusammenarbeiten würde. Sie war mit zu viel Dampf angereist. Sie hatte die Welt hier nicht ganz so vorgefunden, wie sie sich sie vorgestellt hatte. Das verunsicherte Journalisten wie Doris Theyssen immer. Sie brauchte ein rotes Tuch, fand aber keins. Er würde ihr heute Abend den Brief zeigen, um sie in Sicherheit zu wiegen. Er würde so tun, als gäbe er auf. Und morgen würde er sich seinen Mann schnappen. Wichtig war nur, dass er halbwegs nüchtern blieb. Er durfte nicht rührselig werden und er musste morgen früh wach sein. Der Hallenchef des Vier Tore stellte das nächste Glas vor ihm ab. Es war feucht und kühl und es war wunderbar voll.

Doris Theyssen hatte mit ihrem Zimmerschlüssel eine Nachricht aus dem Berliner Büro bekommen. Sie hatte sie im Aufzug gelesen, dann war sie duschen gegangen, jetzt wählte sie die Nummer, die auf dem Zettel gestanden hatte. Eine Berliner Nummer, die so anfing wie die ihres Vaters.

»Ja«, meldete sich eine Stimme.

Sie hasste es, wenn sich Leute mit Ja meldeten. Das war auch so eine Ostmasche. Geheimniskrämerisch, maulfaul, verschlagen. Im Hintergrund murmelte ein Fernseher. Sie sagte ihren Spruch auf.

»Ach so, gut, dass Sie zurückrufen, Frau Theyssen. Ich glaube, ich hätte was für Sie. Eine Information.«

Ein Denunziant. Um diese Zeit. Sie hatte es nicht für möglich gehalten, aber in den drei Jahren, die sie beim Spiegel war, hatte sie die Achtung vor den Ostlern noch mehr verloren. Es war ein Volk von Denunzianten. Jeder zweite Anruf, den sie bekam, war ein Denunziantenanruf. Vielleicht lag es auch am Spiegel. Womöglich auch an ihr.

»Hören Sie, es ist spät. Können wir das nicht morgen besprechen, Herr...«

»Mein Name tut nichts zur Sache. Vorerst. Ich habe Zeit, es war nur so, dass Ihre Kollegin Schönlein mir sagte, dass Sie gerade in Sachen Jan Landers unterwegs sind, da dachte ich mir, es eilt vielleicht.«

»Da hat sie schon nicht unrecht, die Kollegin Schönlein«, sagte Doris Theyssen und nahm sich vor, die bescheuerte Sekretärin zusammenzuscheißen, wenn sie wieder in Berlin wäre. Wie kam sie dazu, ihre Recherchepläne an irgendwelche anonymen Anrufer auszuplaudern?

»Sehen Sie«, sagte der Typ.

Sie tippte auf Stasi. Rechthaberisch, maulfaul, paranoid.

»Und was wissen Sie über Landers?«, fragte sie.

»Das würde ich ungern am Telefon besprechen und auch nicht, ohne, sagen wir mal, die finanziellen Konditionen geklärt zu haben. Aber ich kenne ihn aus einer Zeit, die Sie interessieren dürfte. Aus seiner Neubrandenburger Zeit.«

Sie hoffte, dass es sein Führungsoffizier war, sie fummelte in ihrer Lederjacke, die auf dem Hotelbett lag, nach dem Zettel mit den

Offiziersnamen aus der Abteilung 2000. Die Stimme atmete ihr schleppend ins Ohr. Sie war sich sicher, dass er sich Mut angetrunken hatte. Sie faltete das Blatt mit einer Hand auseinander. Sie hatte eine Berliner Nummer gewählt, es gab nur einen möglichen Führungsoffizier in Berlin auf ihrer Liste. Sie probierte es einfach.

»Dann müssen wir uns eben mal in Berlin treffen, Herr Zelewski.«

Ruhe. Sie hörte den Fernsehapparat rauschen.

»Herr Zelewski, sind Sie noch dran?«

Es klackte. Das Rauschen war weg. Zelewski war ihr Mann.

Raschke leuchtete bereits leicht, als sie die Lobby betrat. Sie warf einen Blick auf seine Rechnung. Drei Weizenbier. Sie hatte nicht viel länger gebraucht als eine halbe Stunde.

»Ich habe uns einen Tisch im Bugatti bestellt. Ich weiß nicht, was Sie aus Berlin gewohnt sind, aber es ist das beste, was wir zu bieten haben«, sagte er.

Sie fragte sich, wie es ein Italiener in Neubrandenburg aushielt, aber es gab ja auch Griechen in Halle-Neustadt, Türken in Schwedt, und außerdem hatte sie gute Laune.

»Haben Sie Minderwertigkeitskomplexe, Raschke?«

»Ja«, sagte er.

Er konnte sie überraschen. Immerhin.

Das Bugatti war das klassische erste Haus am Platz einer Kleinstadt. Schweres Gestühl, Pergolas mit wuchernden Grünpflanzen, ein Springbrunnen aus blauen, grünen und gelben Mosaiksteinen in der Restaurantmitte, lindgrüne gestärkte Tischdecken, auf denen tropfenförmige lila Öllichter standen. Es war nicht voll. Raschke winkte in verschiedene Richtungen. Der Chef grüßte. Er sah aus wie ein Türke. Die Kellnerin war aus Vorpommern, die Karte war in rotbraunes Kunstleder gebunden und sehr dick.

Doris Theyssen hatte Fleischhunger. Sie bestellte Carpaccio und Lammrücken, Raschke Spaghetti d'oglio und die Seezunge. Sie nahm einen viertel Liter Chianti, er einen halben Liter Pinot Grigio und einen trockenen Martini vorneweg. Er trank viel und schnell, hatte aber noch nicht die Kontrolle verloren. Sie war schon mit Männern essen gewesen, die zwischendurch auf der Toilette verschwanden.

»War ein Scheißtag, was?«, fragte Raschke und dachte an seine drei Kandidaten.

»Kann man so sagen«, sagte die Theyssen und dachte an Zelewski. Sie fühlte sich gut. Sie hatte einen Vorsprung.

»Was halten Sie denn von dem Reichelt?«, fragte sie.

»Scheint mir kurz vorm Durchdrehen zu sein.«

»Denke ich auch. Man sollte den Blöger warnen.«

»Man sollte was?«, fragte Raschke.

»Blöger warnen. Ich meine, er ruiniert den Ruf der Behörde.«

»Kann man den denn noch ruinieren?«

»Hören Sie doch auf, Sie sind doch Journalist, oder was? Es ist das einzige, was wir wirklich noch aus DDR-Zeiten in der Hand haben.«

»Und was ist mit Zeitungsarchiven, Bibliotheken?«

Sie dachte kurz daran, dass ihr vor etwa achtzehn Stunden ein Artikel von Raschke auf dem Bauch geklebt hatte, sie bekam eine Gänsehaut.

Es irritierte sie.

»Sie wollen mir doch nicht erzählen, dass Sie es gut fänden, wenn die Archive geschlossen würden?«, fragte Doris Theyssen.

»Nein, dann hätte ich Sie nicht kennen gelernt«, sagte Raschke.

»Lassen Sie das, ja? Ich finde das zu ernst.«

»Gut.«

Raschke war warm. Er hatte zu viel getrunken. Er merkte es, aber es machte ihm nichts mehr aus. Er taktierte kaum noch. Er bewegte sich jetzt dicht an seiner Meinung entlang. Das war nicht günstig, wenn er wirklich zum Spiegel wollte. Aber er war nun furchtlos, auf dem Weg zum Helden. »Ich bin dagegen, die Akten zu verbrennen. Also kein Freudenfeuer. Aber ich finde, so eine Akte reicht nicht aus, um einen Menschen zu beurteilen.«

»Kommt drauf an, was drin steht.«

»Weiß ich nicht. Es stinkt mich an, dass man mit dieser IM-Nummer eine Gesellschaft in Gute und Böse einteilen kann. Das ist mir zu einfach. Ich glaube, dass man nicht automatisch schuldig ist, wenn man IM war, genauso wenig wie man automatisch unschuldig ist, wenn man kein IM war.«

»Klingt gut.«

»Weil es wahr ist.«

»Nein, weil man ewig drüber reden kann, ohne wirklich mal jemanden festzunageln. Ich habe Leute kennen gelernt, die von der Stasi zerstört wurden. Die heute zittern und nicht mehr schlafen können, weil sie Angst haben. Deren Ehen kaputt gemacht wurden, die jahrelang unschuldig im Knast saßen. Und die sehen jetzt zu, wie die Schweine von damals wieder obenauf sind, weil Leute wie Sie alles erst mal ausdiskutieren wollen.«

Raschke überlegte, ob er noch eine Karaffe Wein bestellen sollte, aber sein Hochgefühl kippte jetzt schon um. Freudenfeuer! Er hatte Freudenfeuer gesagt! Sein Verstand schwamm weg, die Gedanken steckten in dicker Watte. Zeit, aufzugeben oder zu pöbeln.

»Es ist schwierig«, sagte er. »Ich frage mich manchmal, wieso ich so fein raus bin und andere hochnotpeinliche Befragungen über sich ergehen lassen müssen.«

»Nee, nicht die Selbstbezichtigungsnummer. Das ist das Widerlichste. Ein bisschen Asche aufs Haupt, die Träne im Knopfloch und dann weitermachen. Ich bitte Sie. Wenn Sie wirklich Skrupel haben, hören Sie doch auf.«

»Sie waren beim Morgen, oder?«

»Machen Sie sich keine falschen Hoffnungen. Ich hab da im Januar '90 angeklopft. Ich hätte da auch keinen Tag früher angefangen. Und vorher habe ich sechs Semester Veterinärmedizin studiert, falls Sie das wissen wollten.«

»Wieso nur sechs Semester?«

»Weil ich keine Lust hatte, in ein vormilitärisches Lager zu fahren. So jemand durfte natürlich kein Tierarzt werden.«

Sie war eine harte Nuss. Er war betrunken. Er gab auf.

»Wollen Sie noch ein Dessert?«

Sie lachte.

Es irritierte ihn.

Jemand hustete, sie schlug die Augen auf wie eine Echse, sah Lamellenschatten einer Jalousie an der Zimmerdecke, einen alten breiten Holzbalken, hörte eine Tür schlagen, Husten, Schritte, sah auf die Uhr. Es war um drei. Sie hatte höchstens eine halbe Stunde geschlafen. Das Licht war stahlblau. Ein Straßenlaternennachtlicht. Ein Licht, wie es im Zentrum einer Kleinstadt schien. Fußgängerzonenlicht. Er schnarchte nicht. Er atmete schwer, wahrscheinlich schwitzte er. Sie drehte sich zu ihm um, sah ein Stück fahler Schulter, bewachsen mit störrischen Borsten, Leberflecke, eine müde Haarfontäne, die aus der Bugs-Bunny-Bettwäsche ragte. Gestern Nacht war sie mit einem Artikel von ihm aufgewacht, heute Nacht mit dem Autor selbst. Wow! Sie hatte es geschafft. Sie war das Groupie eines versoffenen Neubrandenburger Lokalreporters geworden. Sie streichelte seine haarige Schulter, bevor sie vorsichtig aufstand. Er schwitzte. Ein sanfter Bär. Es hatte sie berührt, wie er sich erkannte. Wie er sich in diesem Kaff beobachtete. Er war ungeschützt. Von dem Augenblick an, in dem er sie in seiner Wohnung allein gelassen hatte. Und er war ein Träumer. Er war kein Kämpfer. Er würde es hier nie rausschaffen. Das war sein größtes Glück. Und vielleicht hatte er es sogar begriffen, vorhin. Er hatte erleichtert geseufzt. Er hatte sich ergeben.

Er hatte ihr nichts vorgemacht, sie war es gewohnt, die Initiative zu übernehmen.

Sie sammelte ihre Sachen zusammen, zog sich im Nachtlicht der Kleinstadt an und ging ins Wohnzimmer, um den Brief und die Karteikarte zu suchen. Sie fand ein Schreiben der Deutschen Bank Neubrandenburg, die ihn über den Stand seiner Aktien informierte. Computeraktien, das hätte sie ihm gar nicht zugetraut. Wahrscheinlich bewahrte er den Brief seines Informanten im Kellerschließfach seiner Bank auf. Er war nicht so schlecht. Sie fand nichts. Sie warf einen letzten Blick auf den weißen, feuchten Bären in der Kinderbettwäsche und ging leise.

Sie lief schnell durch die schlafende Innenstadt, Mülleimer, Bänke, Blumenkübel, Papierwarenläden, Stille wie nach einem Atomschlag, sie war allein auf der Welt, sie klingelte am Hotel, nach zwei Minuten ging ein Licht an, ein zerzauster, verschlafener Mann kam durch die Lobby getaumelt, blinzelte durch die Glastür, ließ sie ein, gab ihr ihren Schlüssel und zog sich dann wieder hinter einen Vorhang zurück. Wahrscheinlich stand dort seine Pritsche. Sie schloss ihr Zimmer auf, sah sich die Nachrichten auf Videotext an, duschte, schlief drei Stunden, duschte nochmals, frühstückte und fuhr sofort nach Berlin.

Das erste Mal wachte er um sechs auf, hielt alles für einen Traum, wankte zu seiner Toilette, pinkelte aus Erschöpfung im Sitzen, wankte zurück, sah gedankenlos auf die zerwühlte andere Hälfte seines breiten Bettes, kratzte sich die schwarze, pelzige Brust und schlief bis um zehn. Diesmal wusste er, dass er es nicht geträumt hatte. Er hatte seit vier Jahren keine Frau gehabt, ohne dafür zu bezahlen. Und ausgerechnet eine vom Spiegel machte es kostenlos.

Er lachte. Er lebte. Er wurde wahrgenommen. Dass sie mit ihm ins Bett gegangen war, weil sie ihn für einen großen Journalisten hielt, war unwahrscheinlich. Sie wollte ihn. Seinen fetten, weißen, behaarten Leib, seinen Kopf, seinen Schwanz, seine Augen. Alles. Ihn. Eine vom Spiegel. Er lachte laut, er lag auf dem Rücken, sah an die Decke, spürte den Schmerz, der sich sichelförmig durch seinen Bauch zog. War die Leber sichelförmig? Oder die Bauchspeicheldrüse? Keine Ahnung. Er wollte es gar nicht wissen. Er lag da und grinste die Decke an. Es war kurz nach zehn, seit anderthalb Stunden lief seine Arbeitszeit, die Registrierkasse ratterte, er hatte verdient, während er hier lag, er verdiente in dieser Sekunde Geld dafür, dass er Chefkorrespondent des Nordkurier war, er würde verdienen, während er duschte, sich Doris Theyssen vom Leib spülte, sie vor sich sah, auf sich, einen Ständer bekam, während seine Kaffeemaschine lief, während er ein Käsebrot aß, während der ersten Zigarette würde der Konzern mit all seinen billigen Scheißzeitschriften Geld für ihn erwirtschaften. Er würde langsam losfahren, er hatte keine Eile mehr. Ob dieser langweilige Nachrichtensprecher bei der Stasi war oder nicht, war ihm inzwischen völlig egal. Vielleicht könnte er seiner Freundin ein bisschen helfen. Mal sehen.

Der Druck in seinem Kopf war weg. Er stand auf, duschte, bekam einen Ständer, war zufrieden, holte die Zeitung und fand einen Brief, den nicht der Briefträger gebracht haben konnte. Denn der war noch gar nicht da gewesen. Und eine Briefmarke trug der Umschlag auch nicht. Nur einen computerbeschriebenen Aufkleber.

Raschke spürte, wie der Druck in seinem Kopf wieder wuchs.

Er riss den Umschlag noch im Treppenhaus auf.

Schade, Raschke, schade.
Aber eigentlich hätte mir klar sein müssen, dass jemand, der unter
der SED-Bezirksleitung und unter dem Bauer-Konzern Journalist
ist, nur ein charakterloser, rückgratloser Schreiberling sein kann.
Aber da ich ein hoffnungsloser Romantiker bin, war ich doch sehr
enttäuscht, als ich Sie mit dieser Bluthündin vom Spiegel bei uns
auftauchen sah. So bringen Sie es nie zu etwas. Aber das soll nicht
mein Problem sein, Raschke.

Raschke merkte, wie er rot und wütend wurde. Er schämte sich,
er fühlte sich ertappt. Er sah durch die Glastür. Er fühlte sich
beobachtet. Er schloss seinen Briefkasten zu und ging nach oben,
um weiterzulesen. Er setzte sich ins Schlafzimmer, an die Wand
unter dem Fenster. Hier konnte man ihn von außen garantiert
nicht sehen.
Er hatte Angst.

Wissen Sie, was gut ist?
Ich hatte die Akte, als Sie das Haus betraten. Ich hatte sie in der
Nacht zuvor gefunden. Ich hatte sie in der Tasche, während ich
mit den anderen im Flur stand, um auf Sie zu warten. Also, wir
warteten auf die Theyssen, von Ihnen ahnte niemand etwas. Rei-
chelt hat uns da eine Dreiviertelstunde warten lassen. Unglaub-
lich, was? Wenn man Reichelt heute sieht, kann man sich gar
nicht vorstellen, was er gestern noch für ein Despot war. Diktato-
ren fallen am schnellsten zusammen. Ich denke, er wird durchdre-
hen. Er wird sich jetzt mehr seiner Familie zuwenden wollen.
Mein Mitleid mit Reichelt hält sich verständlicherweise in Gren-
zen. Ich weiß, dass er wieder treten würde, sollte er noch mal zu
Kräften kommen.
Ich stand da also mit meinen Kollegen im Stillgestanden und
konnte nicht mal in mein Zimmer. Wenn mich niemand aufgehal-
ten hätte, hätte ich Sie gewarnt. Ich wollte Sie warnen, ich war
panisch, nachdem uns Reichelt erzählt hatte, dass wir gleich

Besuch von einer Spiegel-Reporterin bekämen, und natürlich hatte ich Angst, weil die Theyssen meiner Meinung nach die weite Reise aus Berlin nur wegen dieses Papierstapels unternommen hatte, den ich in meiner Aktentasche trug. Und dann marschieren Sie da mit der Theyssen ein. Ich wusste nicht, ob ich heulen oder lachen sollte. Ich war so geschockt, ich war so enttäuscht, Sie zu sehen. Und so froh, Sie nicht angerufen zu haben.

Vergessen Sie's. Sie haben mir nichts angemerkt.

Ich bin nicht so untalentiert, wie ich dachte. Das macht mir Mut. Inzwischen macht es mir sogar ein wenig Spaß. Es hat was von einem Spiel. Keiner weiß, was der andere als Nächstes macht. Sie haben geblufft. Wahrscheinlich haben Sie Ihr ganzes Leben lang nur geblufft. Jetzt bin ich dran. Ich könnte Ihnen Vorwürfe machen, an Ihr Gewissen appellieren, an Ihre Vergangenheit, richtig, aber was bringt das schon. Ich kenne Sie nicht.

Und weil ich mich nicht nur in Ihnen täuschte, sondern inzwischen gar nicht mehr weiß, wo Gut und Böse sind, weil alles im Dunkeln liegt, weil sich Landers nicht meldet, weil es keine Nachrichten gibt, weil alles unter der Decke passiert, habe ich mir gedacht, ich mache ein richtiges Spiel draus. Ich habe Landers' Akte wieder zurückgebracht. Sie ist jetzt wieder zu Hause, haha. Aber nicht in ihrem alten Zimmer, um im Bild zu bleiben.

Ich habe sie neu eingeordnet. Ein Spiel, Raschke. Ich habe unserem Freund Landers einen neuen Nachnamen gegeben. Es gibt 150 000 Akten in der Decknamenkartei. 150 000 Decknamen. Ziehen wir die vielen Rose, Robin und Romeo ab, bleiben immer noch sehr viele verschiedene. Das schien mir ein bisschen viel zu sein, um unseren Freund Landers einfach in diesem Phantasienamenmeer versinken zu lassen. Ich will nicht Lotto spielen. Es soll schon mit dem Verstand zu tun haben. Ich habe ihn bei L gelassen, das grenzt es ein. Es ist ein Wort, das mit Ihnen zu tun hat. Und es ist nicht LÜGE. Lüge wäre zu nahe liegend, haha.

Es ist nicht LOB und auch nicht LOHNERHÖHUNG.

Mehr verrate ich aber nicht. Sie sind dran. Denken Sie nach, Raschke.

                                                    Ihr Spielkamerad

PS Leben Sie etwas gesünder, Sie sahen verkatert aus neulich.

Raschke las den Brief immer wieder. Er zitterte. Er kroch immer dichter an die Wand unterm Fenster. Sein gutes Gefühl war verschwunden. Dieser Typ hatte ihn durchschaut. Er hatte ihn perfekt beschrieben. Er hatte den Verräter, den Säufer und den Verdränger in ihm entdeckt, aber er hatte ihn auch scharf gemacht.
Raschke *wollte* spielen. Er würde wieder in den Staub fallen, würde im Dreck wühlen, bis er die Trüffel gefunden hatte, die sein anonymer Freund vergraben hatte.
Vor zwölf Stunden war er sich sicher gewesen zu gewinnen, vor zwölf Minuten hatte er keine Lust mehr aufs Spiel gehabt, weil er glaubte, verliebt zu sein, jetzt musste er wieder ganz von vorne anfangen. Vielleicht befand sich sein Spielkamerad unter den vier Kandidaten, aber Raschke war sich inzwischen nicht mehr so sicher, ob er ihn entdecken würde. Er hatte ihn unterschätzt. Er hätte nicht gedacht, dass es jemand war, der die Initiative ergriff. Er schloss den Brief und den Zettel mit den vier Namen in seinen Schreibtisch und fuhr dann zur Behörde.
L.
Liebe? Leidenschaft? Lust?
Bestimmt nicht.
Er dachte kurz an Doris. Er hoffte, dass sie nicht vor ihm da war. Und vor allem hoffte er, dass sie heute Morgen nicht einen ähnlichen Brief im Hotel vorgefunden hatte.
Er traute dem Verrückten alles zu.

Landers drückte die Tür im Summen auf, das sein Vater im achten Stock mit dem Daumen auslöste.

Die Gerüche hatten sich nicht verändert. Es roch nach Keller. Nach Öl, Feuchtigkeit, Gummi, Wachs, modrigem Papier und dem Kittel von Herrn Schneider. Es roch nach seiner Kindheit. Er lief durch den würfelförmigen Vorbau mit den geriffelten gelben Glasscheiben. Die Treppenstufen, das blasse Grau, mit dem das Geländer bestrichen war, die hellblauen Wohnungstüren im ersten Stock. Nur die Briefkästen waren neu. Landers hatte die Namen auswendig gelernt, während er auf den Fahrstuhl wartete. Tausende Male hatte er hier gestanden, Namen repetiert und versucht zu vergessen, wie dringend er pinkeln musste. *Ludwig, Hermann, Gimmerthal. Nitze, Scharfstall, Haferberg.* In den letzten Jahren war der Rhythmus der Namen zerfallen. Viele Leute waren ausgezogen. *Hermann* war durch *Bäcker/Wilde* ersetzt worden, *Scharfstall* durch *Krenz/Doberan*. Die zurückgelassenen Eltern empfanden ihre Wohnungen als zu groß und die verwaisten Kinderzimmer als Vorwurf. Als er klein war, war jeder Umzug eine Katastrophe gewesen. Er war neun, als Heidrichs aus dem dritten Stock wegzogen. Guido Heidrich und seine Eltern. Landers hatte sich gefragt, wie Guido das überleben konnte. Eine andere Schule, andere Kinder, ein anderes Haus. Ein Sprung in seiner Welt. Wenn andere auszogen, war es möglich, dass auch er irgendwann umziehen musste. Es waren ein paar weitere Risse hinzugekommen mit den Jahren, aber nicht zu viele.

Jetzt war seine Welt gesprengt und die Brocken regneten durchs All. Landers hätte sich am liebsten in seine Kindheit gekuschelt, in den Keller verkrochen, in dem sein Fahrrad stand, sein Schlitten und das Mofa von Schneider, dem Hausmeister. Der Hausmeister war tot, Landers riss sich zusammen.

Er war seit vier Jahren nicht mehr hier gewesen. Zuletzt hatte er nur Mitleid mit denen empfunden, die zurückgeblieben waren. Es war wie ein Krankenbesuch gewesen. Nicht unangenehm festzustellen, dass man gesund war.

Er rumpelte in dem alten Fahrstuhl nach oben. Wenn man die

Tür aufriss, blieb er stehen. Zwischen viertem und fünftem Stock hatte jemand ein Votzenkaro auf den Beton gemalt, zwischen sechstem und siebtem stand *Rolling Stones*. Mit beiden Nachrichten hatte er zunächst nichts anfangen können. Er hatte bestimmt seit zwanzig Jahren nicht mehr daran gedacht. Er sah auf die flackernden Zahlen über der Kabinentür, die Vier blieb blind, die Fünf, die Sechs, er riss die Tür auf. Der Fahrstuhl ruckelte und blieb zwischen zwei Stockwerken stehen. Nichts. Glatte graue Ölfarbe. Er schloss die Tür, der Fahrstuhl zuckelte wieder los, in der achten Etage begrüßte ihn der Gummibaum von Lebert. Ein Gummibaum im Hausflur. Wenn seine speckigen Blätter hinter der kleinen Glasscheibe der Kabinentür auftauchten, war er zu Hause.

Die Innentür des Fahrstuhls holperte auf. Landers drückte die schwere Eisentür auf, die dahinter lag.

Sein Vater trug lila Trainingshosen, Plastepantoffeln und ein kariertes Hemd mit großem Kragen. Er war unrasiert, seine Augen schwammen wie große alte Fische hinter den Brillengläsern. Friedfische.

»Grüß dich, Junge.«

»Hallo Papa. Tut mir Leid mit Hamburg.«

»Ist schon gut.«

Seine Hand war groß und rau. Sie zog ihn in die Wohnung. Es roch nach Medizin, bitter, so wie es früher bei seinen Großeltern gerochen hatte. Irgendwann würde es auch bei ihm so riechen. Er drückte seinem Vater die goldene Papphöhre mit einer Flasche 150-Mark-Scotch in die Hand, dann zog er seine Schuhe aus. Sie hatten neue Auslegeware. Sie war hellblau wie die Wohnungstür, offenbar wollten sie nicht wegziehen. Landers hatte sich immer gewünscht, dass sie hier wegzögen. Für sie, für sich, auch für Linda, die sie gelegentlich besuchte. Die Gegend schmetterte ihn nieder, es gab nur alte Leute und die, die nach den Alten kamen, waren arm. Es gab zu viel Beton hier, zu viele Arbeitslose, zu viel Alte.

Er erinnerte sich daran, wie er als Kind alte Menschen empfunden hatte. Sie rochen aus dem Mund und wollten ständig geküsst werden, Linda würde sich graulen, zu seinen Eltern zu fahren. Das wollte er nicht.

Sie liefen den Flur zum Wohnzimmer entlang. Sein Vater trug die Pappröhre wie eine Monstranz vor sich her. Links war ihr Kinderzimmer gewesen. Vierzehn Quadratmeter. Er hatte mit seiner Schwester Kerstin auf vierzehn Quadratmetern gelebt. Seine Anzüge hatten mehr Platz. Im Kinderzimmer bastelte sein Vater jetzt Modellflugzeuge. Landers hatte sich nie für Modellflugzeuge interessiert. Er hatte den Geruch der silbernen Flüssigkeit noch in der Nase, mit der die Flugzeuge schließlich bestrichen wurden. Anschließend standen sie rum wie ausgestopfte Raben. Wenn man nachts aufwachte, fürchtete man sich vor ihren Umrissen.

Dann kam das Schlafzimmer seiner Eltern, wuchtige Möbel aus poliertem Birkenholz, ein Bett, in dem schon die Eltern seiner Mutter geschlafen hatten. Und gestorben waren. Er konnte sich nicht vorstellen, wie man sich in Totenbetten liebte. Vielleicht würden Kerstin und Jochen die Betten einmal erben.

Seine Mutter wartete in einer riesigen violetten Samtcouch, die wie ein Bumerang in dem kleinen Wohnzimmer lag. Die Gardinen waren zugezogen, der Fernseher lief. Eine dieser Nachmittagstalkshows. Eine junge Frau sagte zu einer älteren Frau »Du dumme Sau.« Die ältere weinte. Darunter stand die Frage: »Bin ich eine schlechte Mutter?« Seine Mutter schaltete den Ton ab. Die ältere Frau gab der jüngeren eine Backpfeife. Landers kannte die Vorgeschichte nicht, empfand aber Erleichterung, als er das sah. Er drückte seiner Mutter eine achteckige Packung mit Brüsseler Pralinen in die Hand.

»Ach«, sagte seine Mutter.

Ihre Gleichgültigkeit war gespielt. Er war seit vier Jahren nicht mehr hier gewesen. Niemand hatte Geburtstag und er hatte sie in Hamburg auf dem Bahnhof stehen lassen. Sie wusste, dass irgendetwas schief gelaufen war. Sie war eine Nervensäge, sie war schnippisch und zickig, aber sie war seine Mutter, und sie hatte ihn immer mehr gemocht als seine Schwester. Die praktische Kerstin war der Liebling seines Vaters gewesen. Sie hatte Flugzeuge gebastelt.

Seine Mutter hatte ihn vorgezogen, weil er hübsch war, Platten auflegte und das Leben genoss. Sie liebte ihn dafür, dass er keine Lust hatte, Flugzeugmodelle zusammenzukleben. Er schien die Welt zu verlassen, die sie unzufrieden machte, nörgelig und zickig. Er hatte es besser als sie. Er war ihr Gegenbild. Ihr Trost. Er lebte das Leben, von dem sie glaubte, dass es sie glücklich gemacht hätte. Dieses Leben war in Gefahr. Sie war bereit, ihn vor der Welt in Schutz zu nehmen. Und deswegen war er hier.

»Ja«, sagte er und sah zu dem Bildschirm, wo jetzt eine hübsche rotblonde Moderatorin mit runden Brüsten und einer Karteikarte auf einer Treppe mitten im Studiopublikum stand wie eine Anklägerin im Gerichtssaal.

Seine Mutter schaltete den Apparat aus.

»Danke«, sagte Landers und setzte sich auf das andere Ende des lila Bumerangs. Als sie Rentnerin wurde, war die ganze Vornehmheit von seiner Mutter abgefallen. Jahrelang hatte die Sekretärin versucht, eine Kulturwissenschaftlerin zu spielen. Sie hatten als Einzige im Haus keinen Fernseher gehabt. Sie war jedes Wochenende im Theater gewesen. Sie hatte Sartre gelesen, Kafka, Camus und Frisch. Aus Pflichtgefühl. Jetzt ließ sie sich gehen. Brülltalkshows am Nachmittag.

»Ein Bier, Jan?«, fragte sein Vater. Es war halb vier.

»Nee«, sagte Landers. »'n Kaffee wär mir lieber.«

Sein Vater verschwand. An der Zimmerdecke hing ein dickbäuchiges graugrünes Transportflugzeug der US Navy. Der Fall der Mauer hatte ihm ganz neue Lufträume eröffnet.

»Und?«, fragte seine Mutter.

»Es tut mir Leid.«

»Das will ich hoffen, aber das meinte ich nicht.«

»Sie haben mich freigestellt. Bei der Tagesschau. Sie haben mich entlassen, wenn man so will.«

»Warum denn das?«

»Sie glauben, dass ich bei der Stasi gewesen bin.«

Seine Mutter öffnete den Mund, dann klappte sie ihn wieder zu. Ein Karpfen. Sein Vater kam mit zwei Bier ins Zimmer. Er hatte den Kaffee vergessen.

»Jan war auch dabei, Walter«, sagte seine Mutter.

Sein Vater köpfte die Bierflaschen.

»Das habe ich nicht gesagt, Mama. Ich habe gesagt: Sie glauben, dass ich bei der Stasi war.«

»Macht keinen Unterschied, mein Junge«, sagte sein Vater.

Landers sah ihn überrascht an. Sein Vater zirkelte eine steife weiße Krone auf das erste Bier. Seine Mutter starrte auf den blinden Fernseher, schnappte, litt, schwieg. Sein Vater wandte sich dem nächsten Bier zu. Es knisterte, während langsam eine zweite Blume wuchs. Es waren Biergläser vom BFC Dynamo. Landers hatte nie verstanden, warum sein Vater den Verein mochte.

»Wieso *auch* dabei?«, fragte Landers.

»Bitte?«, fragte seine Mutter mit den spitzen Lippen, die aus Universitätszeiten übrig geblieben waren. Sie wusste, dass sie einen Fehler gemacht hatte.

»Wieso auch dabei?«, fragte Landers. Er zitterte. »Was meinst du mit *auch*. Wer war denn noch dabei?«

Sein Vater. Sein Vater war doch nur Arbeiter gewesen. Werkzeugmacher. Er war nicht mal in der Partei gewesen, soweit sich Landers erinnerte. Aber was wusste er denn schon. Die Liebe zu Militärmaschinen. Flugzeuge, Fernweh. Seine Frau, die ständig nur auf ihm rumhackte. Das Werkzeugmaschinenkombinat war einer der führenden Exportbetriebe gewesen, sein Vater war ein paar Mal auf Montage im Ausland gewesen. Syrien, Schweden. Eine Messe in Italien, Mailand. Schokolade und Jeanshosen, die ersten Jeans seines Lebens. Sein Vater in der Tür mit großen Tüten. Eine Barbie für seine Schwester. Lackbilder. Kaubonbons. Wie hoch war der Preis gewesen? War er BFC-Fan geworden, weil er bei der Stasi war, oder war er bei der Stasi, weil er BFC-Fan war? *Auch dabei.* Freuten sie sich, dass er in derselben Mannschaft spielte? War der verlorene Sohn zurückgekehrt? Wie weit waren sie schon?

Seine Mutter sah ihren Mann an.

»Sag du es ihm, Walter.«

Walter Landers' Blick löste sich von den Biertulpen. Er schob ein

Glas über den Couchtisch. Ein neuer Couchtisch. Wuchtiges verchromtes Gestell, drei Rauchglasscheiben. Wahrscheinlich hatten sie ihn zusammen mit der Couch gekauft. Man sollte den Verkäufer verklagen. Die Gläser standen auf kleinen schwarzen Untersetzern aus Kunstleder, die mit goldenen Lettern für ein Pflanzencenter in Bernau warben.

»Mutter hat ihre Akte bestellt«, sagte sein Vater langsam. »Ich war dagegen, ich finde, man sollte diese Dinge ruhen lassen. Es nützt ja niemandem etwas, nicht mehr, nicht wahr? Aber Mutti wollte es so.«

Mutti.

»Ich dachte, ich kriege was über den Kaczmarek raus, den Ethikprofessor, der die Fakultät übernommen hat. Der mich rausgeschmissen hat. Dieser Arsch«, sagte seine Mutter leise.

»Aber über den stand nichts drin«, sagte sein Vater. Sie warfen sich die Bälle zu, offensichtlich hatten sie die Geschichte schon ein paar Mal erzählt. »Es gab praktisch nichts über uns. Nur ein paar Seiten. Es ging um eine Disko, die du gemacht hast. In so einem Jugendklub. Du hast irgendwelche verbotenen Lieder gespielt, und da wollten sie rausbekommen, ob Mutti zuverlässig ist. Sie hat ja an der Universität gearbeitet. Sie haben sich im Haus erkundigt. Bei Werner Wusterwitz, der unter seinem richtigen Namen in der Akte auftaucht. Er war ja mal Parteisekretär im Bremsenwerk, wahrscheinlich haben sie ihm deswegen vertraut. Er hat nur Gutes über uns gesagt. Und dann gibt es noch einen IM Fidel.«

»Fidel wie Fidel Castro?«

»Ja. Der hat einen Bericht geschrieben über unsere Familie. Und da stehen Sachen drin, die eigentlich nur einer wissen konnte. So sind wir drauf gekommen.«

»Jochen«, sagte Landers leise.

»Ja«, sagte sein Vater.

»Wir haben ihm verziehen«, sagte seine Mutter schnell.

»Ihr habt was?«

»Wir haben uns mit ihm zusammengesetzt. Er hat uns alles erklärt. Er wollte ins Ausland. Nach Südamerika. Er hat unterschrieben, als die Amerikaner damals diesen Überfall auf Granada machten.«

»Grenada.«

»Ja. Er wollte was Gutes, verstehst du? Er wollte die unterdrückten Völker befreien.«

»Jochen wollte unterdrückte Völker befreien?«

»Mitbefreien«, sagte seine Mutter. »Mithelfen zu befreien. Und Kerstin steht zu ihrem Mann.«

»Wie es sich gehört?«

»Wie es sich gehört.«

»Was hat er über uns erzählt?«, fragte Landers.

»Nichts weiter«, sagte seine Mutter.

»Was?«

Sein Vater stand auf und zog aus dem kleinen Sekretär, der in ihre Hellerauwand eingebaut war, eine Schublade. Er kam mit einer Plastefolie wieder, in der ein paar verwischte Kopien steckten. Landers zog sie heraus.

Zwei kopierte Aktendeckel, Zahlen, Namen, Abkürzungen. Alles aus dem Jahr 1983. Dann Wusterwitz' erstklassige Beurteilung. *Gute Nachbarn. Hilfsbereitschaft lobenswert. Kein unentschuldigtes Fehlen beim Subbotnik. Beflaggung einwandfrei. Kinder grüßen. Ruhig. Unauffällig.* Es war peinlich, für diese Dinge in diesem Ton gelobt zu werden.

Die Zuarbeit aus der FDJ-Kreisleitung. *Detroit is a Rock City* von Kiss. Eine umständliche Deutung der SS-Runen im Bandnamen. Stellungnahmen vom Klubchef. Eine Kopie seiner Diskothekeneinstufung! Altes Passbild, lange Haare. Ein Foto seines Disko-Hängers. *Jans Tanz,* stand drauf.

Und schließlich ein Blatt mit den Auskünften von IM Fidel.

Die Familie des Jan L. kann als gefestigt eingeschätzt werden.
Der Vater, Walter L., arbeitet seit 35 Jahren im Werkzeugmaschinenkombinat »7. Oktober«. Lehrling, Zerspanungsfacharbeiter, seit 28 Jahren Meister. Mehrfacher Aktivist. Aufenthalte im NSW ohne Auffälligkeiten. Kein Wille zur weiteren Qualifizierung

erkennbar. Zweimaliger Anregung, in die SED einzutreten, unter Verweis auf Familienverpflichtungen und Schichtdienst ausgewichen. Ruhig in Diskussionen. Intellektuelle Probleme beim Erfassen komplexer Vorgänge. Gutmütig. Familienmensch. Keine kulturellen Interessen. Wenig Einfluss auf seinen Sohn, den Jan L. Überlegt, ob er einen Besuchsantrag zum Geburtstag eines Großcousins in Kaiserslautern stellt.

Jan L. bedrängt ihn, dies zu tun. Erhofft sich als Mitbringsel Tonträger für seine Diskothek.

Die Mutter, Marianne L., arbeitet seit 30 Jahren als Schreibkraft in der Humboldt-Universität zu Berlin. Macht dort ordentliche Arbeit. Fühlt sich allerdings gelegentlich zu Höherem berufen. Bereut es, keine akademische Laufbahn eingeschlagen zu haben. Liest viel. V. a. bürgerliche Autoren. Kafka, Faulkner etc. Projiziert ihre Wünsche nach höherer Bildung auf ihre Kinder, vor allem den Jan L., dem sie das Studium der Kulturwissenschaften »verschaffte«. Marianne L. war sehr enttäuscht, als ihr Sohn nach einem Jahr die Universität verließ. Anfangs Bezugsperson, verlor sie zunehmend Einfluss auf die Erziehung des Jan L. Heftige Auseinandersetzung mit dem Jan L. auf ihrer letzten Geburtstagsfeier.

Schwester, Kerstin L.: Studentin der Außenhandelswirtschaft an der Hochschule für Ökonomie. Leistungsstipendiatin, Kandidatin der SED, Einsatz im NSW befürwortet, bescheiden, strebsam, parteilich, gefestigt.

Jan L. charakterlich problematisch, »flatterhaft«, folgt seinen »Launen«, Studienabbruch Kulturwissenschaften im 2. Semester, Mitgliedschaften in FDJ, FDGB, GST, DSF ruhen nach fehlenden Beitragseinzahlungen, häufig wechselnde Frauenbekanntschaften. Mehrere Ordnungsstrafen wegen Pöbeleien mit den Genossen der Volkspolizei, streitsüchtig im Familienkreis, Auseinandersetzungen v. a. mit Mutter, egozentrisch, »verzogen«, selbstgerecht, materiell eingestellt, fährt LADA 1800, den er auf dem »Schwarzmarkt« Altglienicke für 48 000 Mark kaufte. Teilweise illegales Bedrucken und Verkaufen von Sportbekleidung nach Diskothekenveranstaltungen.

Insgesamt sollte Vorfall nicht überbewertet werden. Familienver-

*band fest. Moralische Defizite, aber keine negativ feindlichen
Bestrebungen bei Jan L., siehe auch I / 8428 80/ NB.
Beobachtung, evtl. Gespräch mit Jan L.: Verantw.: IM Fidel.*
Gez. IM Fidel
14. April 1985

»Ihr habt ihm verziehen, ja? Ihr?«
»Ja«, sagte seine Mutter.
Sein Vater schwieg, trank einen Schluck, wischte sich raschelnd
über die unrasierte Oberlippe, schwieg, schaute auf die Rauch-
glasplatte, ordnete sein Glas auf dem Deckel.
»Auf Vater kommt's ja nicht an, er ist ja ein bisschen doof. In-
tellektuell nicht in der Lage zu erfassen, worum es hier geht.
Aber du, Mutti, solltest doch durchblicken, du kannst lesen und
fühlst dich zu Höherem berufen. Also. Sag mal, bin ich eigentlich
auch irgendwie an der Befreiung Grenadas beteiligt, weil ich in
Jochens Berichten auftauche?«
»Hör auf, Jan!«, sagte seine Mutter. »Bitte.«
»Oder war ich eher bei den US-Imperialisten als Lada-Fahrer und
illegaler Bedrucker von Turnhosen? Und was ist mit Kerstin? Sie
ist ja so was wie ne Revolutionsmutter, oder? Sie war so gefestigt,
dass sie der IM gleich geheiratet hat. Dieser Möchtegern-Fidel.
Mit so einer könnte man gefestigte Kinder machen, was?«
»Hast du nicht gehört, was Mutter sagt«, rief sein Vater schrill.
»Sei endlich still, du, du, du arroganter Schnösel.«
Seine Stimme kippte, er zitterte. Er hatte einen Ausdruck im
Gesicht, den Landers noch nie gesehen hatte. Er sah aus wie ein
verzweifeltes, schwaches Tier, das sich wehrte.
»Was glaubst du eigentlich, wer du bist? Kommst hier nach Jahren das erste Mal rein, bringst eine teure Whiskeyflasche mit, eine
teure Schachtel Pralinen und denkst, alles ist gut. Dass du uns in
Hamburg sitzen gelassen hast, du dich nicht um uns kümmerst,
gut. Wir kommen schon zurecht. Aber wie du deine Frau und
deine Tochter behandelst, ist doch das Letzte. Du bezahlst Geld,
machst Geschenke, aber du bist nie da. Hältst du dich für per-

fekt oder was? Jochen ist es ganz bestimmt nicht, wir sind es nicht, Kerstin auch nicht. Aber sie ernähren ihre Kinder, sie arbeiten, sie haben sich ein Haus gebaut. Sie halten in guten wie in schlechten Zeiten zusammen. Wer gibt dir das Recht, so über sie zu reden?«

»Für mich ist das kein Leben«, sagte Landers. Wut und Ohnmacht und Scham mischten sich und krochen mit der alten Eifersucht auf seine stille Schwester in sein Herz. Er stand mit dem Rücken an der Wand. »Für mich ist das Sparen. Aufs schuldenfreie Sterben warten. Kerstin hat ihre Jugend für diesen Schnüffler und einen Schrebergarten weggeschmissen. Kerstin hatte keine guten und schlechten Zeiten. Sie hatte nur schlechte.«

Sein Vater sah ihn mit einem fremden Blick an. Nichts Familiäres war in diesem Blick. Er hatte ihn zur Adoption freigegeben. Dann stand er auf und ließ Landers mit seiner Mutter allein.

Seine Mutter starrte auf den toten Fernseher. Landers war schlecht.

»Tut mir Leid«, sagte er. »Ich bin ein bisschen dünnhäutig.«

»Wir auch«, sagte seine Mutter und schneuzte sich in ein Taschentuch, das sie aus dem Ärmel ihres Pullovers zog.

»Ja, ist er denn, ich meine, kriegt er denn Schwierigkeiten bei dieser Rohrleitungsbude?«, fragte er. Die Worte klebten ihm im Hals. Er interessierte sich nicht für diesen Arsch. Fidel! Er fragte es für seinen Vater, aber der hörte es nicht mehr.

»Ach, das weiß doch da kein Mensch. Und dann sind das alles Amerikaner, die interessieren sich nicht für so was. Glaube ich. Was ist denn mit dir?«, fragte seine Mutter und stopfte das feuchte Taschentuch wieder in den Pulloverärmel.

»Ich weiß nicht. Ich habe keine Ahnung. Ich habe keine Akte gesehen, ich kann mich an nichts erinnern. Grundmann, also mein Chef, hat mit dem Sonderbeauftragten gesprochen. Also der Sonderbeauftragte hat in Hamburg angerufen und gesagt, dass es eine Akte gibt. Eine IM-Akte. Mehr weiß ich nicht. Grundmann hat mit dem Intendanten gesprochen, sie haben beschlossen, mich vom Sender zu nehmen, bis alles geklärt ist. Ich habe mit ein paar Freunden in Hamburg geredet, und dann bin ich hergefahren.

Weiß nicht, warum. Aber wenn es irgendwas gibt, dann ja wohl hier.«

»Was haben denn deine Freunde gesagt, da in Hamburg?«

»Ach, sie können mir auch nicht helfen. Oder wollen nicht.«

»Du weißt gar nichts mehr?«

»Nee.«

»Hast du nicht das Recht, deine Akte zu sehen?«

»Weiß nicht, es kann ziemlich lange dauern, glaube ich.«

»Aber wenn es einen Verdacht gibt, muss doch irgendjemand deine Akte gezogen haben.«

»Gezogen?«

»So heißt das. Kaczmarek war doch in dieser Ehrenkommission der Uni, daher weiß ich ein bisschen was. Und wenn sie einmal gezogen ist, dauert es nicht mehr lange. Dann kommst du schnell ran. Also du persönlich natürlich nicht. Als Täter. Äh. Du müsstest nur jemanden beauftragen, deine Akte einzusehen, der ein professionelles Interesse hat. Einen Journalisten zum Beispiel.«

Landers dachte an Gabi und Leo von Max. Gabi würde es bestimmt machen. Würde er es bis auf Seite 1 schaffen? Bestimmt. Komischerweise interessierte sich die Bild-Zeitung sehr für Nachrichtensprecher. Als sich die Kulisch die Nase machen ließ, hatten sie die obere Hälfte der ersten Seite für die Vorher-Nachher-Fotos abgeräumt. Er kannte keinen Journalisten, dem er trauen würde. *Gehen Sie aus dem Licht, Landers.*

Rudi. Ja, Rudi könnte er fragen. Aber der war Filmredakteur. Welchen Grund gäbe es für einen Filmredakteur des Berliner Tagesspiegel die IM-Akte eines Nachrichtensprechers zu beantragen? Keine Ahnung. Er würde Rudi einfach anrufen.

»Erika!«, rief seine Mutter.

»Erika?«

»Diese dicke Freundin von Kathrin.«

»Mmmhh.«

»Kathrin hat mir neulich erzählt, dass Erika jetzt in der Behörde arbeitet. Die müsste man mal fragen.«

»Ich glaube das einfach nicht. Die Erika, die ich kenne, war mal Staatsbürgerkundelehrerin.«

Seine Mutter zuckte mit den Schultern.

»Ich kann die nicht fragen, Mama. Die hasst mich. Sie hasst alle Männer dafür, dass sie so dick und hässlich ist, und mich hasst sie ganz besonders dafür, dass sie so dick und hässlich ist.«

»Dann ruf ich sie an. Aber du redest mit Kathrin, geht heute Abend essen. Wir nehmen Linda, wenn sie will. Mach es bitte. Und wenn du es für Vati tust.«

Vati.

»Was ist denn mit ihm los?«, fragte Landers.

»Was ist denn mit dir los? Du müsstest dich mal sehen. Wie du redest, wie du dich kleidest, wie du dich in dem Zimmer umgesehen hast. Ach, Jan.«

Landers sah an sich herunter. Er trug dunkelblaue Socken, Jeans, ein offenes weißes Hemd, ein Jackett. Normale Sachen. Niemand konnte von ihm erwarten, dass er im lila Trainingsanzug erschien wie sein Vater. Er hatte eine Flasche Schnaps mitgebracht und eine Schachtel Pralinen. Normale Geschenke. Das Samtsofa war hässlich. Es war zu groß für diesen Raum. Genauso schrecklich war es, am Tage irgendwelche schwachsinnigen Talkshows anzusehen. Es war nicht gut oder bescheiden oder bodenständig. Sondern dumm und falsch. Aber wenn er das jetzt sagte, würde es nur noch schlimmer werden. Sie konnten ihm nicht helfen. Selbst wenn sie es gewollt hätten, er hätte ihre Hilfe nie wirklich akzeptiert.

»Wie habe ich mich denn umgesehen?«

»Verächtlich.«

»Es tut mir Leid.«

Er war zwanzig Minuten hier und hatte sich schon zweimal entschuldigt. So würde es weitergehen. So ging es immer weiter. Alles, was ihm Leid tat, war, dass er hier war. Er sah seine Mutter an. Sie war alt, müde und ihre Haare wurden schütter. Sie toupierte sie hoch, färbte, legte und lackte sie, doch die Kopfhaut leuchtete gnadenlos. Er stellte sich vor, wie sie mühselig versuchte, die Stellen zuzudecken, und wie sie mit jeder Lücke, die sie stopfte, ein neues Loch riss. Das Make-up platzte über den Faltenschluchten, sprang ab, die Augen tränten, der Körper zer-

lief, sackte weg. Sie flickte und stopfte und spachtelte und dann
verließ sie das Bad und traf einen Mann in lila Trainingshosen
und einem Unterhemd, das mit Flugzeugfarbe bekleckert war.
Zwischen seinen langen Zähnen steckten Wurstreste, er war
unrasiert und wahrscheinlich furzte er abends vorm Fernseher.
Vielleicht verschafften ihr diese Talkshows Erleichterung. Vielleicht fand sie keine Antworten mehr in ihren Büchern. Vielleicht war die Couch bequem. Vielleicht fürchtete sie das Tageslicht. Vielleicht war es das Einfachste, sich gehen zu lassen. Er
hatte keine Ahnung von ihrem Leben. Er wusste nichts, aber das
Schlimme war, er wollte auch nichts wissen. Er wollte nichts über
ihre Bedürfnisse, Wünsche, Hoffnungen wissen. Er wollte ih-
nen nicht nahe kommen. Er wollte in ihrer Gegenwart nicht mal
Rudi anrufen oder Kathrin. Er konnte nicht offen mit ihnen spre-
chen. Sie waren Fremde. Alte Wesen aus einer untergegangenen
Welt.
Er fragte sich, ob er weinen würde, wenn sie starben. Er konnte
es sich nicht vorstellen. Er gab seiner Mutter einen Kuss auf die
Wange, er roch ihren Haarlack, schmeckte seifiges Make-up.
»Du könntest in eurem Zimmer schlafen.«
»Lass mal, ich nehme mir ein Hotel, ich wollte immer mal im
Palasthotel übernachten. Oder ich schlaf bei Kathrin. Hat sie
einen Freund?«
»Jedenfalls keinen, der bei ihr wohnt, soweit ich weiß. Bleibst du
noch zum Essen?«
»Nee. Vielleicht hat Kathrin ja Lust, mit mir essen zu gehen.«
Er verließ das Zimmer, seine Mutter blieb in der Bumerangcouch
sitzen. Er hörte das leise Knacken, mit dem der Fernseher wieder
erwachte. Die Schlafzimmerbetten aus polierter Birke warteten
auf den nächsten Toten. Er tippte auf seinen Vater. Wenn er der
Mann war, den er vor fünf Minuten kennen gelernt hatte, steckte
sein Leib voller Magengeschwüre.
Im Flur hing ein Kalender einer Versicherung, zwei Tage waren
eingerahmt. Neben dem 10. stand *Augenarzt Vati*. Neben dem
19. *Geb. Jockel.* Jockel! Er verstand nicht, wie sie ihm verzeihen
konnten. Auch wenn vielleicht gerade er Verständnis dafür haben

müsste. *Als Täter.* Er hatte keines. Er verachtete diesen Klugscheißer. Er verachtete ihn dafür, dass er ein Klugscheißer war,
dass er das Leben seiner kleinen Schwester kaputtmachte und
dass er ihn für immer von seinem Vater getrennt hatte. Jan und
Walter Landers hätten weiter mit ihren Vorurteilen leben können,
ohne sie auszusprechen. Jetzt war es zu spät. Fidel! Dieser Arsch
würde sich ja noch nicht mal trauen, einen Bart wachsen zu lassen, weil es seine Geschäftspartner in der Rohrbranche irritieren
könnte. Er blieb vor der offenen Kinderzimmertür stehen. Sie
hatten ein Doppelstockbett gehabt, er hatte unten geschlafen.
Nachttische zum Anstecken, auf denen er seine Kaugummis abgelegt hatte. Ostkaugummis waren hart wie Stein geworden und
am nächsten Morgen zersprungen. Westkaugummis blieben elas-
tisch, aber hinterließen schwarze Spuren, verklebten sich in seiner
Zahnspange, sie waren kostbar. Er hatte getestet, ob man sie
nachts im Mund behalten konnte, sie waren rausgefallen, hatten
die Bettwäsche verklebt, seine Haare auch. Er dachte an die langweiligen Sonntagvormittage, die er in diesem Zimmer verbracht
hatte, während seine Eltern noch schliefen.

»Tschüs, Papa«, sagte er in das Bastelzimmer.

Sein Vater sah auf. Er trug eine zweite Brille über der milchigen
Friedfischbrille, hielt eine Pinzette in der einen und den Rotor
eines Hubschraubers in der anderen Hand. Im Maul der Pinzette
klemmte etwas, das aussah wie eine Scheißhausfliege. Überall
standen Flugzeuge herum. Weiße, silbrige, graue, grüne. Sie baumelten von der Decke oder standen auf ihren Krähenfüßen. Flug-
zeugzeitschriften stapelten sich, es roch nach Schweiß und Kleb-
stoff. Landers verspürte den Wunsch, ein paar von ihnen auf den
Boden zu werfen und zu zertrampeln, seine Beine wurden weich,
er stützte sich mit einer Hand an der rauen Flurtapete ab. War
das der Sinn des Lebens? Saß man irgendwann mit zwei Brillen
auf der Nase in einem verlassenen Kinderzimmer und bastelte?
Lief es darauf hinaus? Sein Vater wandte sich wieder der Fliege
zu, er betupfte sie mit Kleber, seine Hand zitterte leicht. Er hatte
kein Wort gesagt. Landers schlich weiter. Aus dem Wohnzimmer
hörte er Applaus. Er zog die Tür leise hinter sich zu.

Er riss die Fahrstuhltür zwischen der vierten und fünften Etage auf. Aber auch da war nichts mehr zu sehen. Er riss sie zwischen der zweiten und dritten auf. Nichts. Erste und zweite. Nichts. Unten wartete ein älterer Mann mit stumpfen Augen und einem alten karierten Einkaufssack mit Rädern.

»Das hat ja ewig gedauert«, sagte der Mann, ohne ihn anzusehen.

Landers suchte in seinem Gesicht nach etwas Vertrautem. Aber da war nichts. Wahrscheinlich ein neuer Mieter.

Er lief die Leninallee ein Stück runter. Hinter der Dimitroffstraße gab es zwei Telefonzellen. Es war laut. Die Menschen sahen grob aus, drängelten, in der Telefonzelle roch es nach Pisse. Er hielt den Hörer mit zwei Fingern fest.

Kathrin hatte nichts dagegen, dass er vorbeikam. Aber sie schien nicht begeistert zu sein.

Rudi sagte ihm, dass er Filmredakteur sei und gab ihm eine Nummer von einem Kollegen, der sich mit *diesen* Sachen beschäftigte. Landers schrieb sie nicht auf.

Doris Theyssen war ewig nicht mehr in Lichtenberg gewesen.

Das letzte Mal hatte sie das Grab einer Freundin aus Pennezeiten besucht. Sie hieß Susanne und lag auf dem Friedhof der Sozialisten in Friedrichsfelde. Das war so was wie die letzte Rache ihres Vaters. Susanne war ein klassisches Funktionärskind, das irgendwann aufgewacht war. Sie war Freundschaftsratsvorsitzende gewesen, FDJ-Sekretärin und hatte angefangen Marxismus-Leninismus in Berlin zu studieren. Nach anderthalb Jahren hatte sie ganz plötzlich ihr Studium abgebrochen, sie hatte einen Ausreiseantrag gestellt, sie hatte auf Friedhöfen gearbeitet, Lederjacken genäht, gekellnert und war am 19. Oktober '89 endlich rausgekommen. Ihr ganzes Leben war ein Reflex auf das Leben ihres Vaters geworden. Am Ende war er Immobilienhändler in Schöneiche gewesen, sie Gelegenheitskellnerin in Kreuzberg. Im Januar '91 fand sie jemand aus ihrer WG mit aufgeschnittenen Pulsadern in der gemeinsamen Badewanne, kein Abschiedsbrief, nichts außer Ahnungen. Sie war im Westen gestorben, jetzt lag sie neben Armeegeneral Heinz Hoffmann und Hermann Axen im Osten. Der Alte hatte sie zurückgeholt. Für immer.

Es war eine Geschichte, die zum Bezirk passte. Doris Theyssen war hier geboren worden, im Oskar-Ziethen-Krankenhaus, sie war hier aufgewachsen, sie war hier zur Schule gegangen, auch ihr Vater war Funktionär gewesen, er hatte sie nicht in den Selbstmord getrieben, aber sie hatte genug Lichtenberg für zwei Leben gehabt. Lichtenberg war der furchtbarste Ostberliner Stadtbezirk. Schlimmer noch als Marzahn und Hellersdorf. Er war ohne Hoffnung. Es gab zwei Kraftwerke, einen Knast und einen Bahnhof, zu Ostzeiten hatte sich die Stasi Lichtenberg ausgesucht, danach zogen Neonazis her. Das war kein Zufall.

Sie drückte zum vierten Mal auf den Knopf.

Es war ein gefliester Zehngeschosser in dem Kessel Frankfurter Allee Süd. Eine Stasihochburg. Es roch nach Müll, Kinder schrien, auf dem Klingelschild vor ihr klafften bereits große Lücken. Es gab nur noch vier alte Namensaufkleber. Sie waren gelb und wellig, auf einem stand Zelewski. Er meldete sich nicht. Sie warf sich gegen die Tür, sie schnappte auf. Zelewski wohnte

7.01. Der Fahrstuhl hielt nur alle drei Etagen. Sie fuhr zur neunten, um dann zwei Treppen nach unten zu laufen. Als sie das dunkle Treppenhaus betrat, hörte sie unter sich eine Tür aufklappen, sie schaute in den schwarzen Schlund, ein Lichtschein, dann schloss sich die Tür wieder. Zelewski blieb in seinem Bau.

Sie musste jetzt nur einmal klingeln. Eine dicke blonde Frau öffnete. Sie trug einen schwarzen Pullover, in den ein silberner Kranich gewebt war, hatte große, von einem eckigen Büstenhalter verformte Brüste, sie roch nach Schweiß und war vielleicht vierzig. Vor fünfzehn Jahren hatte sie sich bestimmt vor Männern nicht retten können. Ihre Haut war rosig-schlaff, die Haare strohig. Das Schicksal war nicht gut zu Blondinen dieser Art. Erst recht nicht, wenn sie tranken.

»Vom Spiegel?«, fragte sie. Die Frage einer Offiziersfrau. Es gab kein Verb und genaugenommen war es auch keine Frage.

Doris Theyssen nickte. Die Frau öffnete die Tür ein Stück weiter, machte einen Schritt über die Schwelle, schob den Kopf vor wie eine Schildkröte, schaute in den Flur, zog den Kopf zurück und ließ sie ein. Es war dunkel und es roch nach fettigem, gebratenem Fleisch und nach noch mehr Schweiß. Sie passierten eine vollgeramschte Garderobe, eine gelbliche, fensterlose Küchenkabine mit einer Durchreiche, die mit farbigen Gläsern zugestellt war. Auf dem Boden lag fleckiger Nadelfilz. Frau Zelewski schwenkte ihren fetten Arsch ins Wohnzimmer, nickte mit dem Kopf auf eine Gestalt in einem fahlen Kordsessel und verschwand wieder. Zelewski schien zu überlegen, ob er aufstehen sollte oder nicht. Sie sah sich in dem abgedunkelten Raum um. Ein Gummibaum, eine glänzende Schrankwand, ein Esstisch mit vier Stühlen, eine Degas-Reproduktion, zwei historische Stadtstichreproduktionen auf Blech, Dresden, schätzte sie, die Tapete war schmutzig, rußig an den Ecken und Kanten, obwohl niemand zu rauchen schien. Die Vorhänge waren lang und braun und zugezogen. In der Küchenkabine klimperte ein Flaschenhals gegen ein Glas. Zelewski schüttelte angewidert den Kopf, stemmte sich aus dem Sessel, wischte sich die Hand an der hellen Hose ab, die er unterm Bauch trug, und streckte sie ihr entgegen. An seinem

Hemd fehlte ein Knopf, seine Hand war noch nicht völlig trocken. Doris Theyssen hasste diese Orte. Aber sie verschafften ihr auch eine gewisse Genugtuung. Historisch gesehen.

»Nehmen Sie doch Platz«, sagte Zelewski.

Sie setzte sich zwischen ein paar bestickte Kissen auf die Schondecke der Kordcouch, die zu dem Sessel gehörte, und hielt den Rücken gerade.

»Sie haben mich gestern angerufen«, sagte sie.

»Habe ich das?«, sagte Zelewski und grinste schief. Seine Augen grinsten nicht. Er hatte Angst.

Es war immer das gleiche Spiel. Sie wollten ein letztes Mal ihre Krallen zeigen. Die Karten in der Hand halten. Sie gab ihnen das Gefühl. Weil sie eine Frau war, weil sie zu ihnen gekommen war, weil sie nicht brüllte. Sie tat das, weil sie gewinnen wollte. Außerdem ahnte sie, dass die Männer ein paar Stunden später zusammenbrachen, weil sie ihre Ehre verraten hatten. In ihrem Verständnis waren sie Verräter. Es war ihr recht so.

»Nehmen wir mal an, ich hätte Sie angerufen«, sagte Zelewski.

»Gut, nehmen wir mal an, Sie hätten mich angerufen. Nehmen wir mal an, Sie hätten mir angekündigt, dass Sie etwas Interessantes über Jan Landers wüssten. Den Nachrichtensprecher Jan Landers. Und nehmen wir mal weiter an, ich wäre hier, um zu erfahren, was das ist.«

»Dann würde ich mich fragen, was diese Information Ihnen wert ist.«

»Tausend Mark«, sagte Doris Theyssen schnell und endgültig. »Informationshonorar. Steuerpflichtig.«

»Mmmhh«, machte Zelewski.

Entweder er hatte sich mehr versprochen oder er hätte gern noch ein wenig gefeilscht. Es war das letzte Mal in seinem Leben, dass sich jemand für ihn interessierte. Wahrscheinlich ahnte er das. Er hatte die Beine lässig übereinander geschlagen und stützte seinen Kopf in die rechte Hand.

»Wollen Sie einfach die Katze im Sack kaufen?«

»Ich gehe einfach davon aus, dass Sie sich nicht die Mühe gemacht hätten, wenn Sie nichts wüssten.«

»Gut«, sagte er. »Ich war sein Führungsoffizier.«

»Haben Sie was dagegen, wenn ich mein Band einschalte?«, fragte die Theyssen.

»Ja«, sagte Zelewski. »Dies ist ein Hintergrundgespräch. Noch.«

Es überraschte sie nicht. Es lief immer so. Kleine Siege, kleine Niederlagen, am Ende gewann immer sie.

Sie war ganz zufrieden. Landers hatte einen Fuß in die Bärenfalle gesetzt. Sie würde ihn zur Strecke bringen. Sie dachte kurz an Raschke, der die Falle aufgestellt hatte, sie fragte sich, ob sie noch einmal nach Neubrandenburg fahren müsste. Es hing sicherlich davon ab, wie groß sie die Geschichte in Hamburg haben wollten. Es sprach einiges dafür, sie richtig groß zu machen. Die Tagesschau wurde in Hamburg gemacht, es steckte jede Menge Symbolik in dem Fall, sie hatten bald fünfjähriges Wendejubiläum und Landers war ein Ostler, den man auch im Westen kannte. Das war Thomas Raschkes Pech. Sonst hätte sie ihm Landers gelassen.

Sie mochte den dicken Fischkopp. Aber hier ging es um mehr. Womöglich könnte sie die Geschichte erzählen, die sie schon immer mal erzählen wollte.

Raschke spürte den Blick der Sachbearbeiterin Karl im Rücken. Wahrscheinlich hielt sie ihn für verrückt. L.

Er war garantiert der erste Besucher hier unten, der *irgendjemanden mit L* suchte. Es war halb sieben. Er suchte seit vier Stunden. Zwei davon hatte sich der Blick von Frau Karl in seinen Rücken gebohrt. Die anderen beiden hatte er in der Personenkartei bei Frau Liers und Frau Jäckle zugebracht. Am anderen Ende des Flures. Wenn er bei Frau Karl einen Decknamen gefunden hatte, der zu passen schien, musste er mit der Karte rüber zu den Kolleginnen Jäckle und Liers, um anhand der Nummer, die auf der Decknamenkarte stand, den Klarnamen zu entschlüsseln. Es war eine neue Situation für die Frauen. Für ihn sowieso. Denn es war unüblich, dass Rechercheure sich in *beiden* Abteilungen aufhielten. Genau genommen war es verboten. Für Journalisten sowieso.

Aber die Situation in der Außenstelle Neubrandenburg war etwas außer Kontrolle geraten. Als Raschke hier heute Mittag aufgetaucht war, hatte sich Reichelt bewegt wie ein Roboter. Er hatte auch so gesprochen. Womöglich stand er unter Drogen. Aus dem cholerischen Kontrollfreak war ein Blumenkind geworden. Er hatte ständig genickt und gelächelt, die einzigen Einschränkungen, zu denen er in der Lage gewesen war, stellten die Kolleginnen Karl, Liers und Jäckle dar. Reichelt war durchgedreht. Raschke wusste, dass er nur so lange Zeit hatte, bis es jemand merkte. Vermutlich nur diesen einen Abend. Sicher hatte es Doris schon ihrem Sonderbeauftragten gemeldet. *Damit der gute Ruf der Behörde gewahrt bleibt.* Gleich konnte Rößler in der Tür stehen und ihn vertreiben. Rößler war ein Bürokrat. Er ließ ihn nur gewähren, weil es Reichelt endgültig den Kopf kosten würde.

Raschke wühlte sich weiter durch den Staub. Die Frauen taten ihm Leid. Sie wollten sicher nach Hause. Bestimmt hatten sie Kinder, die auf sie warteten. Hungrige Kinder. Frau Karl in seinem Rücken hatte ihm schon viermal Hilfe angeboten Das letzte Mal vor einer Viertelstunde. Aber worum sollte er sie bitten?

Sehen Sie doch mal bei Jerry Lewis nach, vielleicht ist unser anonymer Freund ein Komiker. Ich überprüfe inzwischen Lenin.

Es ließ sich einfach nicht erklären.

Er hatte mit prominenten Namen angefangen. Anfangs hatte er über einen Sinn nachgedacht. *Es ist ein Rätsel, Raschke.*

Lenin. Luther. Luxemburg. Lomonossow. Liebknecht.

Schließlich hatte sein Freund eine Botschaft. Es war ein Spiel, es müsste einen Sinn geben. Einen Schlüssel.

Lamberz. Leonhard. Leuschner. Lambsdorff. Lübke. Lumumba.

Nichts. Wenn man die Tatsache, dass es einen siebzigjährigen Neustrelitzer gegeben hatte, der den Decknamen Lumumba getragen hatte, als nichts betrachtete.

Die Decknamenkartei war in einem etwa zwanzig Quadratmeter großen Kellerraum untergebracht, durch Fensterschlitze konnte man den Unterboden eines roten Honda Civic sehen, der auf dem Parkplatz des Finanzamtes wartete. Es gab zwei Sprelacarttische, zwei Drehstühle und vier blitzende graue Aktenschränke mit vielen Schaltern und blinkenden roten Leuchtdioden an der Seite. Sie stammten aus Turin und sahen aus wie Solarbänke oder diese Einfrierbetten aus *Alien*, in die sich Ripley und ihre Tochter zum Schluss legten. Sie summten schwach und knisterten gelegentlich. Die Luft war schlecht, Frau Karl atmete schwer, stöhnte leise. Er hatte aufgehört, nach einem Sinn zu suchen. Sein Freund hatte mit Büchern zu tun gehabt.

Lessing. Lortzing. Leone. Last, James Last. Lang. Lubitsch. Lasalle. Lincke. Lincoln. Löwenthal. Liszt. Lancaster. Lindbergh. Links. Laurel. Lanzelot. Leonardo. Leibniz. Lawrence. Loriot. Li Peng. Lindgren. Lem. Laughton. Lilienthal. Lafontaine. Lerby. Lauda. Lindenberg. Leviathan. Lichtenberg.

Es hatte einen Lafontaine in Burg Stargard gegeben, einen Lilienthal in Prenzlau, einen Lassalle in Parchim, einen Lem in Strassburg und zwölf Lindenbergs, fünf allein in Altentreptow. Er hatte eine Liste angefangen, nachdem er Lindenberg zum zweiten Mal nachgeschlagen hatte.

Liste.

Wer sagte ihm denn, dass es ein Name sein sollte?

Lawine. Lichtjahr. Legende. Nach anderthalb Stunden kratzte und juckte sein ganzer Körper. Er hatte eine Stauballergie und

Durst. *Läuse. Losung. Lepra. Lorbeer. Lotse.* Der Staub, der Entzug, Frau Karl in seinem Rücken, Jäckle und Liers am anderen Ende des Flures, Doris, die irgendwo weitermachte, suchte, irgendwo. *Lump. Lippenbekenntnis.* Seine Finger schmerzten vom Kartendrehen, seine Füße vom Hin- und Herrennen zwischen den Karteien. Anfangs hatte er jeden Namen einzeln überprüft, jetzt nahm er sich immer einen Fünferpacken mit, wenn er Frau Jäckle und Frau Liers besuchte. Frau Karl brachte Kaffee, die Wörter tanzten in seinem Kopf. Sinnlose L-Wörter. Die sinnlosesten gruben sich ein. Er wurde sie nicht los. *Limbach-Oberfrohna, Littbarski, Letscho.* Immer wieder Letscho. Gab es eigentlich noch Letscho? Steak mit Letscho. Es hatte eine Grillbar gegeben im Hotel Vier Tore, in der er als Abiturient Steak mit Letscho gegessen hatte. Für drei fünfundsiebzig. *Lambada. Libero. Leipziger Allerlei.*

Manchmal dachte er, er hatte es. Als ihm *Labyrinth* einfiel zum Beispiel. Das passte. Das war das Denken seines Freundes. Aber es gab kein *Labyrinth* zwischen den Decknamen. Es gab Laabs und es gab Lack.

Lumpenproletariat. Legasthenie.

Lynchjustiz. Leichenfledderei. Landfriedensbruch. Lasso.

Raschkes Rücken schmerzte, der Kaffee von Frau Karl lag schwarz in seinem Magen. Ein Bier nur. Nur ein Bier. Es war so trocken hier. So dunkel. Kein Licht.

Licht.

Lohn. Looping. Limes. Es war ein Spiel. Sein Freund hatte Recht. *Lösung. Lust. Lotto. Lupe.* Er war gar nicht so schlecht. Es gab so viele L-Wörter. *Leitartikel. Leitlinie. Libido. Lektion. Leiche. Leid. Leben. Lübzer Pils.*

»Lübzer Pils«, murmelte Raschke.

»Wie bitte?«, fragte Frau Karl.

»Nein, ich komm schon allein zurecht«, sagte Raschke. »Sie können doch nach Hause gehen.«

»Ich darf Sie nicht unbeaufsichtigt lassen«, sagte Frau Karl. »Sie wissen doch, was der Herr Reichelt gesagt hat.«

»Herr Reichelt übertreibt es manchmal ein bisschen, finden Sie

nicht?« *Landser. Leutheusser-Schnarrenberger. Leuna. Luzifer.*
Frau Karl schwieg. Loyal wie eine japanische Ehefrau. Er drehte
sich zu ihr um. Sie schaute ihn gleichgültig an, kein Lächeln, kein
Ansatzpunkt, nichts. Eine Beamtin. Wahrscheinlich hätte Frau
Karl schon zu DDR-Zeiten hier arbeiten können. Die guten
Archivare waren seelenlos, nur so konnte man wirklich ordent-
lich sein. Und verschwiegen. Nie an die Geschichten denken, die
hinter den Namen und Zahlen standen.

»Wie lange sind Sie eigentlich schon hier, Frau Karl?«, fragte
Raschke. Irgendetwas in seinem Gehirn geriet in Bewegung. Ein
Dominostein kippte. Ganz am Anfang. Er riss den nächsten
mit, Raschke näherte sich, zu DDR-Zeiten, hier, dieses Haus,
Reichelt, der Brief seines Freundes, Archivar, L, ein Computer,
Reichelt, L, Reichelt, sein Stuhl, L, Stasi, sein Vorgänger, sein
Passwort, ein Oberst mit L, Oberst Luck.

LUCK.

»Seit halb acht«, sagte Frau Karl.

»Oh«, sagte Raschke und lief zum hinteren Teil des L-Abschnitts.
Es gab fünf Lucks. Drei Neubrandenburger, einen Templiner,
einen aus Mirow, was Raschke inzwischen an den beiden Buchstaben am Ende der Registriernummer erkannte. Er notierte die
Nummern und lief mit ihnen rüber in die Personenkartei.

Luck, Luck, Luck, Luck, Luck.

Beim dritten Neubrandenburger hatte er Glück. Auf der Rückseite der Karte klebte ein gelber Zettel mit einer Nummer. Raschke lief in die Personenkartei. Es war nicht Landers' Nummer, sie
gehörte einem Fremden, aber auf der Rückseite der Karte klebte
wieder ein gelber Zettel, auf dem sein Freund eine Nachricht hinterlassen hatte.

Das habe ich mir gedacht, Raschke.
Sie schauen nur nach oben, das ist Ihr Problem. Deswegen war
auch Ihr Ministerpräsidentenporträt so misslungen. Luck, das
wär's gewesen, was? Pech gehabt. Ich bin nicht wie Sie. Aber das
musste ich ja auch erst lernen. Und weil Sie es bis hierhin geschafft
haben, will ich Ihnen einen weiteren Tipp geben. Gute Journa-

listen sehen die Dinge von unten. Wahrheit heißt, die Dinge von unten zu sehen. Kapiert? Oder etwas profaner gesagt: Warum in die Ferne schweifen? Das Gute liegt so nah. Drehen Sie sich um, Raschke. Sehen Sie sich um!

Ihr Freund und Helfer.

Raschke starrte auf die Karte. Er war gekränkt, weil er in die Falle gelaufen war. Es tat ihm weh, für sein Porträt kritisiert zu werden, auf diese Art kritisiert worden zu sein. Er spürte, dass der Mann Recht hatte, er wusste es. Und er hatte Angst. Noch mehr Angst als heute Morgen. Er wurde nicht nur beobachtet, er wurde geführt, gelockt. Er war eine Maus.

Raschke kontrollierte noch die restlichen beiden Lucks, obwohl er wusste, dass es nichts brachte. Dann drehte er sich um.

Er sah die grauen, silbrigen Karteisärge. Acht Stück. Blinkende Lampen, Sprelacarttische, ein Kunstblumensträußchen, einen Landschaftskalender, einen Teller mit Weintrauben. Ein paar Nachschlagewerke, Bürobedarf, zwei Papierkörbe und die Frauen. Frau Jäckle und Frau Liers.

L.

L wie Liers.

Er lief ruhig in die Decknamenkartei zurück. Er lächelte. Er hatte seinen Freund verstanden.

Linda sah ihn kurz an, gab ihm eine kleine, kalte Hand, drehte sich um und verschwand in ihrem Kinderzimmer. Er hielt die Prinzen-CD immer noch in der Hand. Ein flüchtiges Geschenk. *Küssen verboten.* Erst jetzt fiel ihm auf, dass sie den Titel vielleicht missverstehen könnte. Als Vorwurf. Er steckte die CD in seine Jacketttasche, beschloss, sie umzutauschen, aber nicht gegen *Das Leben ist grausam.* Alles war deutbar.

Er gab Kathrin einen Kuss auf die Wange, wobei er die feinen Härchen auf ihrer Haut spürte, sie fühlte sich härter an als Margarethe, rauer. Sie benutzte immer noch Dune. Sie standen in dem kurzen Flur, den er vier Jahre lang jeden Abend betreten hatte. Hier hatten seine Jacken gehangen, seine Schuhe gestanden, und ganz am Anfang hatte er hier sogar mal eine Nacht auf den Kokosmatten verbracht. Nach einem Streit mit Kathrin. Die Kokosmatten waren noch da. Vielleicht waren es neue.

»Du kannst die Schuhe anlassen, wenn du willst«, sagte Kathrin. Sie war alt geworden, er konnte gar nicht genau sagen, wo. An den Augen irgendwie. Sie trug schwarze Röhrenjeans, gestrickte Hausschuhe mit einer Bastsohle und ein weites T-Shirt. Landers dachte kurz an Leo, den Max-Fotografen. Er hätte Kathrin nirgendwohin mitnehmen können in Hamburg und er wäre nicht in der Lage gewesen, ihr zu sagen warum. Gut, dass es zu Ende war. Sie war kräftig geschminkt, aber wohl nicht für ihn. Er zog die Schuhe aus, denn das hatte sie gemeint.

»Was ist denn mit Linda?«, fragte er von unten, dicht an den Kokosmatten. Es waren die alten.

»Vielleicht fehlt ihr der Vater«, sagte sie.

Er fragte sich, wie es wäre, immer noch hier zu leben. Mit ihr. Mit diesen Dialogen, mit den dümpelnden Vorwürfen, mit diesen gleichgültigen Blicken. Tach, Schuhe aus und runterschalten auf eine kühlere Körpertemperatur. Durchhalten. Einfach durchhalten. So war es zum Schluss gewesen.

Er erinnerte sich, wie sie die Wohnung zum ersten Mal betreten hatten. Es war 1984, Kathrin war schwanger, sie hatten ihre beiden Einzimmerwohnungen gegen diese Dreieinhalbzimmerwohnung getauscht. Für einen Moment hatte er sich gefreut, an den

Möglichkeiten berauscht. Er hatte schnell begriffen, dass er an Partys dachte und sie an Kindergeburtstage. Für ihn war wichtig, dass ein breites Bett ins Schlafzimmer passte, für sie, dass es neben dem Kinderzimmer lag. Eine Minute hatte er sich in dieser Wohnung wohl gefühlt. Eine Minute, dann hatte er sich nach seiner Einzimmerwohnung gesehnt. Er hatte ihren geschwollenen Bauch gesehen, er hatte an seine Mutter gedacht, an den Möbelwagen, hatte die Luft angehalten und war ins Moor gelaufen.

»Das will ich hoffen«, sagte er und grinste.

Sie schwieg, lief ins Wohnzimmer. Er folgte ihr. Man hörte die Straßenbahn auf der Prenzlauer Allee, vielleicht war es auch die S-Bahn, der Verkehr donnerte über das Kopfsteinpflaster unterm Erker. Er hatte den Lärm nie gehört früher. Dabei waren die Straßenbahnen heute sicher leiser, die Autos sowieso.

Es hatte sich kaum was geändert. Bastmatten, die Schwedenmöbel mit den hellen Sitzkissen, das gerahmte blaue John-Lennon-Poster aus dem polnischen Kulturzentrum, das Plakat von der Wissenschaftsausstellung im Fernsehturm, die bunte Smogglocke über Berlin, die hohen Bücherregale, die ihr Vater gebaut hatte, der braun bemalte Stuck an der Decke, die roten Blechjalousien, die er im Möbelladen am Spittelmarkt gekauft hatte. Dort hatte er auch die *Flachstrecke* bekommen, in der die Schallplatten standen. Sie hatten fast die gleichen Platten gehabt. Es gab ja nicht so viele. Sie waren beide keine Drupi-Fans und fanden auch Bill Haley nicht so besonders. Aber sie besaßen beide die AMIGA-Platten von Drupi und Bill Haley. Jetzt hatten sie sie wieder getrennt. Wobei noch nicht ganz klar war, ob Landers ihre Drupi-Platte mitgenommen und seine zurückgelassen hatte. Es war egal. Sie hatten sie nie gehört, sie würden sie nie hören. Sie besaßen sie. Irgendwann würden sie sterben und Linda müsste die Haushalte auflösen. Sie würde zwei Drupi-Platten finden und glauben, sie hätten sehr daran gehangen, sie würde denken, es gäbe eine romantische Geschichte dazu. Die einzige Geschichte, die es dazu gab, war die, dass sie beide einmal in verschiedenen Schlangen gestanden hatten. Als sie vorn waren, hatte es Drupi gegeben. Und weil sie schon so lange gewartet hatten, kauften sie die Platten einfach. Das war in etwa so romantisch wie ihr gesamtes siebenjähriges Zusammenleben. Aber das würde Linda nicht wissen. Im schlimmsten Fall würde sie beide Drupi-Platten behalten. Er nahm sich vor, seine wegzuschmeißen, wenn er wieder in Hamburg war.

Die Wohnung war stehen geblieben, Ende der achtziger Jahre eingeschlafen, es gab ein paar neue Gegenstände, die wie auf dem Suchrätsel einer Zeitschrift im Raum verteilt waren. *Finden Sie sieben Veränderungen!* Der Fernseher war neu. Ein großer Panasonic. Auch die Anlage war neu, es gab einen CD-Ständer und eine Stehlampe mit einem Halogenstrahler und einer muschelförmigen Milchglasschale, die nach oben zeigte. Auf dem Plattenspieler lag die Hülle einer CD, die er nicht kannte.

Gundermann und Seilschaft.

»Gut?«, fragte er und hielt sie hoch. Sie hatte immer auf Glitterrock gestanden. Slade. Sweet. Mud. Rubettes. Das würde er jetzt nicht ertragen. T-Rex vielleicht.

Sie nahm die Fernbedienung vom Couchtisch und schaltete die Anlage ein. Viel zu laut. Sie war offensichtlich stolz auf die Fernbedienung und auf diesen Gundermann. Es war schlichtes Geschrammel und heiserer deutscher Gesang mit Botschaften. Es störte ihn. Aber er wohnte hier nicht. Er setzte sich in einen der Schwedensessel und wartete, bis es vorbei war. Er hörte die Wohnungstür klappen und sah Kathrin fragend an.

»Sie fährt zu deinen Eltern, Marianne hat angerufen.«

Seit sie sich getrennt hatten, nannte sie seine Mutter Marianne wie eine alte Freundin. Er hasste das, denn die beiden hatten sich nie gemocht. Seine Mutter hätte sich eine »bessere« Frau für ihren schönen Jan gewünscht und Kathrin spürte das.

»Hat sie dir alles erzählt?«

»Sie hat angedeutet, dass du Ärger mit der Stasi hast.«

»Ich hab keinen Ärger mit der Stasi, sondern mit dem Norddeutschen Rundfunk.«

»Sei doch nicht so gereizt. Ich habe dir nicht gesagt, dass du in den Westen gehen sollst. Das wolltest du. Jetzt musst du dich nicht wundern, dass sie dich mobben.«

»Sie mobben mich nicht.«

»Ach.«

»Nein, es gibt ein Gesetz über den Umgang mit den Stasiakten. Das hat die Volkskammer verabschiedet und nicht der Bundestag. Nach dem Gesetz richten sie sich.«

»Du bist großartig. Ein Schaf, das seinen Schlächter verteidigt.«

»Alles klar, das Wolfsgesetz des Kapitalismus. Es ist auch nur so, dass ich nie hergekommen wäre, wenn meine Mutter, also die Frau, die du Marianne nennst, mich nicht darum gebeten hätte.«

»Soll ich deine Unschuld bezeugen?«

»Ja, wenn's so weit ist, gern. Vorher würde ich gern mit Erika reden. Du ahnst, wie schwer mir das fällt. Aber meine Mutter sagt, sie arbeitet bei der Behörde. Mutter glaubt, sie könnte mir vielleicht helfen.«

Sie schwieg, sah durch ihn hindurch, als würde ihr Leben noch mal an ihr vorbeilaufen. Womöglich war Erika von Weißgardisten umgebracht worden.

»Ich kann dir ihre Nummer geben. Wir haben uns etwas aus den Augen verloren.«

Landers setzte den Hebel an. Er brauchte ein bisschen Zustimmung, ein wenig Wärme, vielleicht gab es ja wenigstens einen gemeinsamen Feind.

»Fandest du das nicht auch ein wenig komisch, dass ausgerechnet Erika in die Behörde geht? Ich meine, sie als Stabü-Lehrerin.«

»Ja, schon, aber sie ist nicht bei der Behörde, sie ist so eine Art Mittler zwischen Behörde und ihren Opfern. Also Leuten, die unter Stasiverdacht geraten sind. Sie hat mal eine Lehrerin vertreten, die wegen Stasiverdacht von der Schule geflogen war. Die Frau war erpresst worden. Sie war lesbisch und die Stasi hat gedroht, das öffentlich zu machen. Hat für ziemlichen Wirbel gesorgt der Fall. Erika wurde 'ne richtige Berühmtheit. Sie hat dann viel Post bekommen von anderen, äh, Opfern. Sie hat ein Büro aufgemacht und geht jetzt in der Behörde aus und ein. Sie ist da nicht sehr beliebt, aber sie hat unglaubliche Kontakte. Deswegen hat deine Mutter wahrscheinlich gedacht, sie arbeite da. Na ja. Wie gesagt, ich kann dir ihre Nummer geben.«

»Seht ihr euch nicht mehr?«

»Nein. Sie haben dann später rausbekommen, dass sie ein Verhältnis mit der Lehrerin hatte, die sie berühmt gemacht hat. Das hat ihr aber auch nicht mehr geschadet, inzwischen sind sie wieder auseinander.«

Vielleicht hatte er Kathrin noch viel weniger gekannt als er dachte. Aber jetzt war es zu spät, sie kennen zu lernen, und er wollte keine Gewissheit. Er schrieb sich die Nummer auf und überlegte, ob er sie gleich anrufen sollte. Es war kurz vor sechs. Er könnte sich noch mit ihr treffen. Er könnte aber auch mit Kathrin Essen gehen. Deswegen war Linda ja zu seinen Eltern gefahren. Er fragte sich nur, worüber sie sich unterhalten sollten. Sie hatten keinerlei Interesse aneinander.

»Traust du mir das eigentlich zu?«

»Was?«

»Dass ich bei der Stasi war. Dass ich IM war.«

»Eigentlich nicht«, sagte sie.

»Wieso *eigentlich* nicht?«

»Du bist einfach nicht der Typ, den ich mir unter einem IM vorstelle, aber das bedeutet gar nichts. Ich meine, ich weiß nichts davon. Ich bin nie angeworben worden. Ich glaube nicht, dass du Berichte über mich geschrieben hast oder dass in unserem Schlafzimmer irgendwelche Treffen stattgefunden haben. Aber was weiß ich denn von deinen Muggen, außer, dass du mir davon Tripper mitgebracht hast. Nichts. Ich weiß nichts aus deiner Schulzeit, nichts von der Penne, auf der du warst, nichts von der Armee und studiert hast du ja wohl auch ein bisschen. Keine Ahnung, wen du da getroffen hast, was du unterschrieben hast. Und die Fälle, von denen mir Erika erzählt hat, als wir noch miteinander geredet haben, waren alle lächerlich. Irgendeine Frau hatte einen Zettel unterschrieben als sie sechzehn war. Auf der Sportschule. Ein Mann hatte sich in den sechziger Jahren zweimal mit der Stasi getroffen, hatte sich danach geweigert, mit ihnen zusammenzuarbeiten, und hatte anschließend dreißig Jahre Ärger mit denen. Jetzt soll er aber für diese zwei Treffen bestraft werden. Solche Sachen. Es gab wahrscheinlich die alltäglichsten Anlässe, wie man da reingeraten konnte. Dazu kenne ich dich nicht genug von früher. Du hast immer nur dein eigenes Leben geführt. Du hast mich rausgehalten. Deshalb eigentlich.«

»Ich habe Tripper mitgebracht?«

»Ja.«

Er erinnerte sich dunkel an einen großen Wartesaal in der Christburger Straße. Männer. Grinsen. Eine Spritze in den Hintern, ein Gespräch mit einer Frau, die seine sexuellen Kontakte erfasste. In einem kleinen gläsernen Verschlag, einer Art Pförtnerloge. Mädchen, die er vergessen hatte, Geschwitze in Hinterzimmern von Jugendklubs, aufgescheuerte Knie von rauem Nadelfilz. Betrunkene Liebesschwüre. Kalte Schlafzimmer. Türkischer Kaffee am Morgen, Krümel zwischen den Zähnen, hartes dunkles Brot mit Marmelade und das wunderbare Gefühl, wegfahren zu können. Der Abstrich mit einer komischen Nadel, die eine Art Schlinge an der Spitze hatte. Der gelangweilte, wartende Blick der Schwester auf seine geschlossene Hose, seine Panik. Die Ärztin, vom Mikroskop aufschauend: »Ja, da haben Sie Tripper.« Er hatte sich gewundert, dass in der Hautklinik offenbar nur Frauen arbeiteten und dass die Krankheit wirklich Tripper hieß. Tripper klang wie ein Gossenwort. Sie hatten auf Vordrucken mit Haftstrafen gedroht, wenn er die Namen seiner Partnerinnen verschweige. Er hatte Kathrins Namen nie angegeben, garantiert nicht. Er hatte auch kaum mit ihr geschlafen.

»Aber.«

»Ich habe mich nie beklagt«, sagte sie.

Was für ein Leben. Landers wollte sie streicheln, sie zog den Kopf zurück. Er saß mit seinem ausgestreckten Arm in dem unpraktischen Schwedensessel. Sie lehnte in der Couch, die dazu passte. Ein *Messemodell*, das seine Mutter im Möbelladen am Alexanderplatz bestellt hatte. 2800 Mark aus ihrem Ehekredit. Die Möbel waren von allen bewundert worden. Auch die Kunstledercouch mit den Schlingen, die er im Revolutionsherbst gekauft hatte. Sie stand in ihrem Arbeitszimmer. Da, wo Kathrin jetzt saß, hatte er mit Judith rumgeknutscht, als Kathrin auf dem Klo war. Judith war ihre beste Freundin gewesen. Sie hatte über die

324

Beule in seiner Hose gelacht, als seine Frau ins Zimmer zurückgekommen war. Kathrin hatte mitgelacht. Wahrscheinlich hatte sie alles gemerkt.

»Ich war ein ziemlicher Arsch, oder?«

»Das würde bedeuten, dass du jetzt keiner mehr bist«, sagte sie schnell, routiniert. Sie schwieg einen Moment. »Damals? Weiß ich nicht. Ich weiß nicht, ob du wirklich ein Arsch warst. Du hast dich zumindest so verhalten.«

»Hast du mich eigentlich irgendwann geliebt?«

»Ja«, sagte sie. »Sehr.«

Er hätte nichts dagegen gehabt, wenn sie jetzt angefangen hätte zu weinen, er wäre rübergerutscht auf den Dreisitzer, hätte sie in den Arm genommen, und dann hätten sie eine Weile so dagesessen, nichts gesagt, sie hätte geschluchzt, er hätte sein Leben vorbeiziehen lassen. Ja. Aber sie sah ihn mitleidslos an. Sie war zu stark geschminkt und trug die Klamotten einer in die Jahre gekommenen Vorstadtbraut. So sahen in Hamburg die Frauen aus, die abends, eine halbe Stunde nach Ladenschluss, aus den dunklen Supermärkten kamen. Er hatte sie nie geliebt. Nie. Es gab nichts zwischen ihnen. Keinerlei Gefühl. Sie mussten heute Abend nichts mehr bereden, er würde mit einer Fremden essen. Er stand auf und gab ihr die Hand zum Abschied. Die Küsserei war doch auch nur verlogen. Er wühlte sich langsam durch den filzigen Türvorhang gegen die Zugluft.

Landers rief Erika von einer Telefonzelle in der renovierten S-Bahnhofshalle Prenzlauer Allee an. Sie hatte Zeit, sie freute sich, es klang fast so, als habe sie mit seinem Anruf gerechnet. Sie verabredeten sich um sieben in einem brasilianischen Restaurant in der Gormannstraße. »Wir essen kurz einen Salat und gehen dann rüber in die Rosa-Luxemburg-Straße. Mittwoch haben wir unseren Vertriebenentreff«, hatte Erika gesagt. »Das passt gut.« Dann bestellte er ein Zimmer im Palasthotel, das jetzt das Radisson Plaza war, und fuhr mit der Straßenbahn zum Hackeschen Markt.

Henckels stand vor ihr, als sich die Fahrstuhltüren in der fünften Etage öffneten. Er hatte zwei große Papiertüten in den Händen. Aus einer ragte ein Baguettehals. Er würde sich wohl fühlen in der Friedrichstraße mit ihrem französischen Fresskaufhaus.

Henckels trug einen leichten grauen Sommermantel, graue Jeans, ein schwarzes T-Shirt und knöchelhohe schwarze Stiefel. Er hatte volle graue Haare, die er etwas zu lang trug, er spielte zweimal die Woche Tennis mit einem bekannten Schauspieler, dem Berliner Bild-Chef und dem SPD-Fraktionsvorsitzenden, er fuhr einen zwanzig Jahre alten Mercedes, besuchte von Zeit zu Zeit ein Solarium, hatte sich im vorigen Jahr einen hübschen Dreiseitenhof an einem kleinen See in der Uckermark gekauft, auf dem sie schon zwei *Bürofeste* veranstaltet hatten, und freute sich in diesem Moment ganz offensichtlich, nach Hause zu können, wo seine achtundzwanzigjährige Freundin auf ihn wartete. Henckels war neunundvierzig. Doris Theyssen hätte wetten können, dass er kochte. Sie sah ihn regelrecht vor sich, Gemüse hackend. Das mochte sie an Männern wie Raschke. Sie kochten nicht, sie schmierten sich eine Stulle. Henckels war der Typ des neuen Spiegel-Journalisten. Vernünftig, gesund lebend, gut aussehend. So waren auch die Spiegel-Titel in letzter Zeit gewesen. Viel über Unterhaltungselektronik und gesunde Ernährung, bald würden sie die hundert besten Fitnesscenter vorstellen.

Sie würde ein letztes Mal den Trend kreuzen. Vielleicht war Landers noch vor zwei Tagen ein Mann für den Gesellschaftsteil gewesen, jetzt gehörte er in den politischen Teil. Deutschland 1, Rubrik Stasi. Noch grinste Henckels.

»Hallo, Doris, wie geht's?«

»Geht so«, sagte sie. »Ich fürchte, du musst noch mal kurz umdrehen. Ich brauch eine Entscheidung von dir.«

»Geht das nicht morgen?«, fragte er, nickte seinen Tüten zu und verdrehte die Augen. »Die Josephine wartet.«

Auch das noch. Sie hasste es, wenn Leute mit den Vornamen wildfremder Menschen jonglierten, als müsste man sie kennen. Die Josephine. Sie hätte schwören können, dass es eine Katharina gewesen war.

»Es geht ganz schnell, ich würde dir auch die Tüten abnehmen. Die Josephine versteht das bestimmt. Deswegen liebt sie dich ja auch. Weil du ein ernsthafter Arbeiter und ein guter Journalist bist.«

»Ich weiß nicht, ob du das einschätzen kannst.«

»Ob du ein guter Journalist bist?«

»Nein, warum Frauen Männer lieben.«

»Zumindest habe ich keine Ahnung, warum Frauen Männer wie dich lieben«, sagte sie und blinzelte ihm kumpelhaft zu. Er rollte die Augen, stellte seine Tüten vor dem kleinen, halbrunden Empfangscockpit ab und lief zu seinem Zimmer zurück. Sie tippte auf Margeriten. Margeriten oder Glockenblumen.

Kurz bevor er die Tür aufschloss, roch sie, dass sie falsch lag. Es war Flieder. Ein riesiger lila Fliederbusch, der in einer schlammigroten Bodenvase steckte. Die Vase stand in der gläsernen Ecke vor seiner Terrasse. Im Frühling und Sommer pflegte er auch die Terrassenpflanzen. Sie hatte einen Gärtner zum Chef.

»Oh, Flieder«, sagte sie und setzte sich in die weiße Leinencouch unter das Heisig-Gemälde. Ein Marionettenspieler, Öl, anderthalb mal ein Meter.

Richard Henckels war jahrelang Ostberlin-Korrespondent der Süddeutschen Zeitung gewesen. Er hatte sich in der Ostbohème rumgetrieben. Er hatte mehr oder weniger dazugehört. Er hatte die Groupies gefickt und die Bilder der DDR-Stars für Spottpreise gekauft. Er hatte eine dicke Stasiakte, aber es stand eigentlich nur drin, was er für ein bequemer, lebenslustiger Hund gewesen war. Er kannte sämtliche Interhoteldirektoren persönlich, war auf jedem wichtigen Schriftstellergeburtstag und saß bei allen Premieren auf den besten Plätzen. Der Sonderbeauftragte hatte ihr die Akte eines Abends als Geschenk mitgebracht. Sie hatte sie zu Hause. Wer wusste, wozu sie mal gut sein würde.

»Was macht die Oststars-Serie?«, fragte Henckels. Er goss sich ein Glas Evian ein.

»Darum geht es gerade, Richard«, sagte sie und sah sich nach dem riesigen schwarzen Aschenbecher um, der sonst hier stand. Er war verschwunden.

»Ich finde, wir müssen hier nicht mehr rauchen«, sagte er.

»Wir?«, fragte sie, steckte aber die Zigaretten weg. Garantiert hatte sich die Josephine darüber beschwert, dass seine Anzüge immer so nach Qualm rochen.

»Ein Wasser?«

»Danke, nein. Also deine Oststars sind leider nur bedingt für einen Jubeltext zu verwerten.«

»Ich will keinen Jubeltext, das weißt du. Ich will nur einen fairen Text.«

»Gut, dann lass es mich so sagen, sie passen nicht alle in einen Text, den *du* fair nennen würdest. Ich habe sie in der Behörde checken lassen. Ein paar waren IM, ein paar andere sind bespitzelt worden. Das passt beides nicht in einen Text, den du fair nennen würdest.«

»Und jetzt? Lassen wir es ausfallen, oder?«

»Das wäre 'ne Möglichkeit, ich habe auch keine Lust den hundertsten Text über einen Fußballer zu schreiben, der mit siebzehn IM geworden ist. Aber es gibt da einen, wo es sich schon lohnen würde. Landers. Jan Landers.«

»Der Nachrichtensprecher?«

»Ja.«

»Das ist ein Ossi?«

»Ein Ostler, ja. Aber gerade, weil man ihn nicht mehr erkennt, könnte man ein schönes Stück machen. Jeder kennt ihn, keiner kennt ihn. Wie stark kann man sich anpassen? Ist man nach fünf Jahren immer noch zu erkennen? Diese Sachen.«

»Klingt gut«, sagte Henckels.

»Dazu kommt, dass ihn jemand in der Berliner Zentrale verzinkt hat und jemand in der Neubrandenburger Außenstelle schützt.«

»Neubrandenburg?« Er betonte es nach all den Jahren immer noch auf der ersten Silbe.

»Ja, er war da bei der Armee. Da liegt seine Akte.«

»Was hat er gemacht?«

»Das Übliche, Kameraden angeschissen, denke ich mal. Aber darum geht es mir nur in zweiter Linie. Ich will das System aufzeigen. Vergessen, vergeben, verdrängen, vertuschen.«

»Hast du die Akte?«

»Es gibt eine Karteikarte und ich hab den Führungsoffizier.«

»Wissen wir, wer sein Neubrandenburger Freund ist und wer ihn hier hasst?«

»Das kriege ich noch raus.«

»Wie schnell?«

»Diese Woche.«

»Mmmh.«

Sie schwieg. Es war der entscheidende Moment. Er musste seine eigene Idee verwerfen. Er musste. Es war im Sinne des Magazins. Er trank sein Wasserglas aus, sah zur Mattheuer-Plastik, die auf das Fenster zurannte. *Der Konsument oder im Kaufrausch.* Wahrscheinlich hatte Henckels das Stück 1983 gegen ein Jahresabo der SZ getauscht. Damals hieß es *Der Fliehende.* Er grummelte, murmelte, man sah jetzt, dass er fast fünfzig war. Er war fest, unbeweglich. Er hatte zu viele Beziehungen, er war nicht mehr frei. Seine alten Ostkumpels gingen ihm ständig mit der Der-Westen-erobert-den-Osten-Scheiße auf die Nerven. Er hatte ihnen sicher versprochen, mal eine andere Geschichte zu machen. Schlimmstenfalls hatte er die Oststars-Geschichte schon als seine Idee nach Hamburg verkauft. *Das lass ich mal die Theyssen machen. Die muss sich ein bisschen ihre Hörner abstoßen.* Im Büro wussten es sowieso alle. Es war nicht einfach für ihn. Sie sah ihn an.

»Also gut, mach es auf deine Art«, sagte er.

Liers war noch nicht die Lösung.

Thomas Raschke hatte die Karte zwischen *Liedermacher* und *Liesbeth* gefunden. Ein gelber Zettel mit einer Nummer auf der Rückseite. Unter der Nummer gab es allerdings immer noch keinen Verweis auf eine Akte, sondern wieder nur einen gelben Zettel. Das Rätsel ging weiter.

Raschke sah Frau Liers vorwurfsvoll an, stöhnte und las seinen nächsten Hinweis.

Gut, Raschke, Sie haben es kapiert.
Grüßen Sie Frau Liers von mir oder lassen Sie es lieber, sie wird sicher schon verwirrt genug sein, ich sehe sie richtig vor mir, die arme, dumme Liers. Sie trägt bestimmt diesen hellblauen Perlonkittel mit der roten Kante an Taschen und Revers, oder? Bestimmt.

Raschke sah hoch. Sie trug ihn.

So.
Es gibt noch ein Rätsel. Das letzte. Ich hätte gern noch weiter gespielt, aber wir haben leider keine Zeit mehr. Wenn Sie das Rätsel knacken, haben Sie die Akte. Versprochen.
Es wird nicht leicht sein, weil Sie so lange gebraucht haben. Es ist jetzt schon nach acht und ihr Archiv schließt um 19 Uhr 30. Das macht es für Sie schwierig.

Es war fünf nach acht. Er musste hier gewesen sein. Woher sollte er sonst die genaue Zeit wissen. Wenn er bei der Polizei gewesen wäre, hätte Raschke jetzt das Haus abriegeln lassen. Er war aber nicht bei der Polizei. Leider nicht, denn langsam begann er seinen Brieffreund zu hassen. Der Typ war schlimmer als die Stasi.

»War eigentlich jemand hier, als ich eben drüben bei Frau Karl war?«, fragte er die Frauen.

Sie schüttelten die Köpfe.

»Nur der Herr Rößler war kurz hier, um sich zu verabschieden«, sagte Frau Jäckle.

Frau Liers nickte.

Rößler. Vielleicht war Rößler sein Mann.

Die Akte von Jan Landers habe ich unter dem Vornamen des Sohnes eines Mannes abgelegt, den Sie kennen sollten. Sie haben ihn einst porträtiert. Mit drei Sätzen beschrieben. Skizziert. Er arbeitete in einer Jugendbrigade im Kesselbau von NAGEMA. VEB Nahrungsgütermaschinenbau. Sie erinnern sich vielleicht. Es war mal der größte Betrieb der Stadt. Sie haben die Brigade 1985 besucht und einen konstruktiv-kritischen Bericht geschrieben, wie es damals hieß. Ein paar Probleme hier und da und vor allem früher, Aussprache im Kollektiv, dann waren alle wieder auf dem richtigen Weg. Der Mann, den ich meine, war damals neunzehn. Er war Schweißer und in den Augen des Jugendbrigadiers das Schwarze Schaf in der Gruppe. Er hatte lange Haare und hatte, was sie nicht wussten, gerade die Schwester des Brigadiers, mit der er zwei Monate zusammengewesen war, verlassen. Ich kenne den Fall ein bisschen, weil der Brigadier IM war. Unser Mann hatte einen Antrag auf Akteneinsicht gestellt.

Aber das muss Sie nicht interessieren. Alles, was Sie brauchen, ist der Name des jungen Schweißers, Sie müssen ihn anrufen, um herauszufinden, wie sein jüngster Sohn heißt. Unter dessen Vornamen finden Sie Landers' Akte.

Beeilen Sie sich. Ich könnte mir vorstellen, dass morgen schon Rößler die Außenstelle leitet. Der wird Sie nie mehr an die Akten lassen. Er ist so korrekt und zuverlässig wie unsere modernen Aktenschränke. Und damit ist er fast noch schlimmer als Reichelt.

Viel Glück
Der Rätselfreund

Er versuchte clever zu sein, dachte Raschke. Er machte Schnörkel, versuchte ihm auf der Nase herumzutanzen, weil er sich absolut sicher fühlte. Das war nie gut. Er würde sich Rößler schnappen, später, es war vielleicht auf lange Sicht sogar besser, den künftigen Leiter der Neubrandenburger Außenstelle in der Hand zu haben.

Jetzt musste er sich erst mal an diesen verdammten Jugendbrigadentext erinnern. 1985, Herrgott noch mal. Alles, was ihm zu '85 einfiel, war, dass er noch volle Haare gehabt hatte. NAGEMA, NAGEMA, NAGEMA. Er war nicht so oft in dem Betrieb gewesen. NAGEMA hatte eigentlich Helmuth Reich gemacht, sein Abteilungsleiter. NAGEMA war wichtig. Es war ein riesiges Gelände, die Bushaltestelle war genau vor dem Verwaltungsgebäude, einem rotweißen Fünfstöcker. Er erinnerte sich an einen großen Speisesaal, auch an eine Halle, in der große Kessel geschweißt wurden, Brauereikessel, Kräne an der Decke, ein Geruch nach verbranntem Metall, nach Ruß, Öl und dem fauligen Schweißgas. Hämmernde, schallende Geräusche, Funken, Schweißermasken, das Klopfen der Elektroden an den E-Schweißgeräten, nackte Frauen aus dem Magazin an den Wänden, Brauseflaschen mit knallgelber Limonade. In der Wendezeit war er mal auf einer Gewerkschaftsversammlung im großen Speisesaal gewesen. Der Kombinatsdirektor hatte zitternd eine Rede gehalten. Daran erinnerte sich Raschke, aber nicht an einen Text von 1985.

»Kann man von hier aus nach draußen telefonieren?«, fragte er die Frauen.

»Nein«, sagte die Jäckle. »Nur aus den Zimmern der Sachgebietsleiter und von Herrn Rößler und Herrn Reichelt.«

»Wer von denen ist denn noch da?«

»Wenn überhaupt, nur Herr Reichelt.«

»Warten Sie bitte auf mich«, sagte Raschke und rannte in die erste Etage. Fünf nach acht. Nie und nimmer war noch jemand im Archiv.

Reichelt hockte hinter seinem Schreibtisch und starrte in einen glänzenden Büromöbelkatalog.

»Kann ich bei Ihnen mal telefonieren?«, rief Raschke.

»Wir haben eine hochmoderne Telefonanlage. Sie ist ISDN-tauglich«, sagte Reichelt. »ISDN wird die Zukunft des Telefonierens sein. Sie werden auf einem Apparat mehrere Gespräche empfangen können.«

Er probierte es mit einer Null. Nach dem sechsten Klingeln meldete sich Frau Groß. Er hätte sie küssen können. Eine große, rothaarige Person aus dem Erzgebirge, die er kannte, seit er Volontär beim Nordkurier war. Sie beschwerte sich nicht, dass er sie nach Feierabend anrief. Sie war regelrecht fürsorglich. Während sie seine alten Artikel aus dem Keller holte, ließ sich Raschke die Faxnummer von Reichelt geben, obwohl er ahnte, dass es sich dabei längst nicht um die modernste Art der Datenübertragung handelte, zu der die Außenstelle in der Lage war.

Er hörte es rascheln. Der fünfundachtziger Packen wuchs vor Frau Groß. Höchstleistungen, Weltfriedensschichten, Leistungsvergleiche, Ernterekorde, Spitzentechnologien, Importablösungen, Jugendneuerervorschläge, Bestarbeiterkonferenzen. Alles in Vorbereitung auf den Parteitag von 1986, er hatte vergessen, welcher das gewesen war. Unglaublich.

»Sie waren ganz schön fleißig, ge?«, sagte Frau Groß.

»Ja leider«, sagte Raschke. »Es muss irgendwas von NAGEMA sein, vielleicht sogar der einzige Text über NAGEMA. Das war eigentlich nicht mein Betrieb.«

Er hörte sie blättern, seufzen, kichern. Die guten alten Zeiten liefen durch ihre Finger. Wahrscheinlich wühlte sie mit einem dieser himbeerroten Gummifingerhüte in seiner Vergangenheit. Gestern Abend im Bugatti hatte er Doris erzählt, dass man die Wahrheit in Bibliotheken und Zeitungsarchiven finden würde. Welche Wahrheit stand in seinen Archivordnern? Keine. Akten, nichts als Akten. Niemand wusste, ob er geglaubt hatte, was er da schrieb. Nicht mal er selbst. Er wusste ja nicht mal, ob er es wenigstens gesehen oder gehört hatte. Er sah die feinen Staubwolken, die aus dem toten, alten Zeitungspapier stoben, regelrecht vor sich, er roch den trockenen Kleber.

»Kühler Gerstensaft für heiße Wüstentage, habe ich hier. NAGEMA rüstet ägyptische Brauerei ein.«

»Nee«, sagte Raschke. »Nichts mit Ägypten. Was über eine Jugendbrigade.«

Rascheln, Wispern, Schniefen am anderen Ende. Reichelt starrte immer noch auf dieselbe Seite des Büromöbelkataloges.

»Wenn Manni beigeht, fliegen die Funken«, las Frau Groß. »Wie sich eine Jugendbrigade von NAGEMA auf den XI. Parteitag der SED vorbereitet.«

»Das ist es«, sagte Raschke. Der XI. Parteitag also. Der elfte und der letzte. »Können Sie mir das bitte herfaxen.«

»Ja, wenn Sie mir die Nummer sagen. Und, Herr Raschke?«

»Ja?«

»Ich wollt Ihnen noch was sagen. Was Eigenartiges. Frau Novak hat mir erzählt, dass gestern und vor ein paar Tagen schon mal Leute altes Archivmaterial von Ihnen bestellt haben.«

»Ach. Wissen Sie wer?«

»Einer war wohl vom Spiegel. Aber genau weiß ich das nicht. Der andere war ein Privater. Ich hab ihn nicht gesehen. Rufen Sie doch morgen mal an. Frau Novak hat Frühschicht.«

Doris und der Rätselfreund.

Zwei Minuten später quoll der Artikel aus dem Faxgerät der Behörde. Damit hatte hier wohl auch keiner mehr gerechnet. Eine Wettbewerbsaufmachung zum Parteitag.

Wenn Manni beigeht, fliegen die Funken.

Was für eine beschissene Überschrift. Auf dem Foto war nichts mehr zu erkennen. Der Hochdruck, die Zeit, den Rest hatte das Fax erledigt. Raschke überflog den Text.

Manni hat schlechte Laune. Es ist Dienstagmittag und das Material ist nicht da. Die 270 Quadratmeter Aluminium, die ihnen versprochen worden waren. Sie haben die Fabrik des ungarischen Vertragspartners in Debrecen pünktlich verlassen, sie sind pünktlich auf dem Verladebahnhof in Berlin-Schönweide eingetroffen, aber nach Neubrandenburg haben sie es noch nicht geschafft. Montag zur Frühschicht sollte alles da sein. Sie warten seit anderthalb Tagen auf das Material für die Brauereikessel. Sie haben sich so viel vorgenommen, und jetzt das.

Sie, das ist die Jugendbrigade »Georg Schumann«, und Manni, das ist ihr Brigadier. Manfred Gillmeister, Genosse Gillmeister, 31. Ein Bär von einem Mann.

Ein schnauzbärtiger Typ mit kurz geschorenen Haaren tauchte in Raschkes Kopf auf. Manni. Sie waren saufen gewesen, in der Bauarbeitergaststätte in der Oststadt, Manni war nicht angenehm, wenn er betrunken war. Er hielt sich für den Größten, aber er war ein Durchreißer. Er war ein guter Held für die Zeitung, weil er keine Skrupel hatte. Er ließ sich dick mit Goldfarbe anstreichen. Er fuhr dann auch zum Parteitag, ja, sie waren auch im Palast der Republik einen saufen. Im Jugendtreff, unten am Wasser.

Gestern haben sie ihre Maschinen gewartet und den Auftrag für eine Betriebsküche in Parchim fertig gemacht, heute Vormittag haben sie in der Siloproduktion ausgeholfen, wo es plötzlich einen Engpass gab, aber jetzt ist wirklich nichts mehr zu tun. Sie warten. Man sieht ihnen an, wie sie das stört. Wie junge Löwen schleichen sie durch ihren Bereich, Kesselbau I, ungeduldig, geschmeidig, kraftvoll. Zupacken, das ist es, was sie jetzt wollen. Sie sind zweite im Wettbewerb und sie wollen ganz nach vorne. Nur einen scheint es nicht zu stören, dass es nicht vorwärts geht.
Ingo. Das Sorgenkind bei den »Schumanns«.
Ingo sitzt vor der Halle und raucht. Blinzelt in die Herbstsonne. Er ist neunzehn und seit anderthalb Jahren ein »Schumann«. Ein dünner, großer Junge. Ein Spacker, wie man hier sagt. Ärgert es ihn denn gar nicht, dass das Material nicht da ist? »Wieso denn, ist doch schönes Wetter«, sagt Ingo und lacht. Und der Platz im Wettbewerb? »Gewinnen will ich beim Fußball«, sagt er und schnippt seine Kippe auf die Gleise vor Halle 3.
Ingo Mattern steht für die schlechten Zeiten, die die Brigade noch nicht lange hinter sich hat. Letzter Platz im Kombinatswettbewerb. Höchster Arbeitszeitausfall, schlechteste Qualität, größte Ausschussquote. Ein Jahr ist das her.
Irgendwann beschloss die Betriebsleitung: Da muss Manni ran. Gillmeister war Brigadier bei den Schlagwerkbauern, die seit drei Jahren den Wettbewerb gewannen. Never Change a Winning Team, heißt es zwar bei den Engländern, aber Manni sah die Herausforderung sofort. »Wo Manni beigeht, fliegen die Funken«, sagt der gebürtige Neubrandenburger von sich.

Junge Löwen. Die Schumanns. Raschke bekam eine Gänsehaut. Er las den Text zu Ende. Es gab keine Überraschungen mehr. Schließlich kam das Aluminium, sie legten los, Sonderschicht und so weiter. Ingo Mattern tauchte erst ganz am Ende wieder auf. In einer Ellipse.
Auch Ingo.

Scheiße. Wenn es stimmte, was der Rätselfreund sagte, würde das kein leichtes Gespräch werden. Raschke zweifelte nicht daran, dass es stimmte. Er war nervös, gereizt, seine Haut juckte, er wollte das hinter sich haben. Er wollte ein paar Bier trinken und den Tag vergessen.

»Haben Sie ein Telefonbuch, Reichelt?«

»Ich habe eine CD-ROM mit sämtlichen Telefonnummern der drei Nordbezirke, einschließlich einer detaillierten Straßenkarte«, Raschke gab ihm den Namen, Reichelt tippte ihn ein.

Raschke ging ins Sekretariat des Außenstellenleiters und wählte die Nummer von Ingo Mattern. Er wohnte auf dem Datzeberg.

Ein Kind nahm ab. Raschke hätte es nach seinem Vornamen fragen können, die einfachste Sache der Welt, er brachte es nicht fertig, er wäre sich vorgekommen wie ein Kinderschänder, einer von diesen Anrufern, die Kinder dazu brachten, die Finger in eine Steckdose zu stecken. Er fragte nach seinem Vater, der Junge rief ihn, Raschke hörte, wie er sich näherte, wahrscheinlich lachte er seinen Sohn an, strich ihm über den Kopf, nahm ihm den Hörer ab und sagte, noch lächelnd, seinen Namen.

»Hier ist Raschke, Thomas Raschke vom Nordkurier.«

Schweigen, die Zeit lief zurück, Mattern begriff jetzt wahrscheinlich, wer am anderen Ende war, sein Lächeln fror ein, zerfiel, er wurde steif.

»Hallo«, sagte Raschke.

»Ja«, sagte Mattern. »Was wollen Sie denn?«

Erst in diesem Moment verstand Raschke, wie schwierig die Aufgabe war, die ihm der Unbekannte gestellt hatte. Ein perfides Rätsel. Er musste ausholen, in die Geschichte tauchen, große Bögen beschreiben, weil er nicht einfach sagen konnte: »Ich brauche den

Vornamen Ihres jüngsten Sohnes.« Das klänge, als bereite er eine Entführung vor.

Raschke zog instinktiv die gepolsterte Tür zu Reichelts Arbeitszimmer zu und holte aus. Er sah aus dem Fenster. Es war ein schöner heller Juniabend, rosig, zwei Frauen stiegen auf ihre Fahrräder und fuhren weg. Raschke erzählte von den Schwierigkeiten und Nöten eines Wirtschaftsredakteurs in der DDR, von den Manfred Gillmeisters und Helmuth Reichs, er umkreiste seine Armeezeit, das Studium in Leipzig, erwähnte die Träume von einer besseren, gerechteren Welt, skizzierte seine Kindheit in einem orthodoxen Elternhaus, sein Vater hatte eine Berufsschule geleitet, seine Mutter war Staatsanwältin, er beschrieb Ausbruchsversuche zu DDR-Zeiten und beschwor den Willen, sein Versagen jetzt mit einem anspruchsvollen, unbestechlichen Journalismus wieder gutzumachen. Pipapo.

Er hatte das schon oft getan, aber noch nie am Telefon. Noch nie hatte er seine Geschichte ohne jegliche Unterbrechungen erzählt, jemandem, der keine Zwischenfragen stellte, jemandem, der nicht verständnisvoll schaute, nickte oder den Kopf schüttelte. Es war, als spräche er gegen eine Wand. Es gab keine Entschuldigung für sein verpfuschtes kleines Leben. Keine Entschuldigung und keine Absolution.

Sein Wunsch, die Frage nach dem Vornamen des Sohnes von Ingo Mattern, wirkte nach dieser verquasten Beichte noch vermessener, perverser als vorher.

Mattern schwieg. Raschke hörte seine Kinder spielen. Dann legte Mattern auf.

Raschke sah auf den rosa Parkplatz, sein Auto stand noch da und der BMW von Reichelt und ein kleiner Ford. Er spürte, wie der Hass auf Mattern in ihm wuchs. Der Hass auf diese Art von Selbstgerechtigkeit, die ihn nicht gelten ließ. Mattern musste nichts erklären.

Er hätte mit dem Journalismus nach der Wende aufhören müssen, dachte Raschke. Er hätte büßen sollen. Er hätte sich bestimmt besser gefühlt. Aber er konnte nichts anderes. Kesselschweißen war bestimmt nichts für ihn. Es war schon ein guter Beruf, den er da hatte, und wer konnte schon von sich behaupten, ohne Schuld zu sein. Doris war es doch egal, ob sie Existenzen zerstörte. Ihm nicht. Ach, Doris.

Er fragte sich, ob sie bereits mehr wusste als er. Er musste irgendwie weiterkommen. Er wollte hier nicht sterben. Nicht hier und nicht so. Er zog die Tür auf, Reichelt saß immer noch über dieselbe Seite seines Büromöbelkataloges gebeugt. Er ließ sich die Nummer von Gillmeister raussuchen. Es gab mehrere, er wählte die erste. Eine Computerstimme nannte ihm eine Handynummer. Es knisterte, knackte, dann hatte er eine kräftige, gut gelaunte Stimme am Telefon eines Autos.

Raschke brachte sich in Erinnerung.

»Gute Artikel schreibst, Jung«, rief Gillmeister. Es war ein Lob vom falschen Mann, aber es freute Raschke trotzdem.

Gillmeister hatte erst mal das Bedürfnis zu erzählen, wie es ihm so gegangen war in den letzten zehn Jahren. Er war ein Angeber geblieben. Zwischendurch schaltete er, beschleunigte, bremste ab, vor allem beschleunigte er. Bis Ende 1990 war er im Kesselbau geblieben, sie hatten verschiedene westdeutsche Unternehmen beliefert. Er war rumgekommen, hatte den Markt abgecheckt, wie er das nannte, und hatte sich mit vier Kollegen selbstständig gemacht. Sie hatten einen Imbissvertrieb gegründet. Sie bauten die Küchengeräte für die Tausenden Imbisswagen, die überall im Osten aufgestellt wurden. Der Betrieb hieß Gillmeister, die Geschäfte liefen gut, er gründete ein mittelgroßes Bauunternehmen und rekonstruierte vier ehemalige FDGB-Hotels, die er der Gewerkschaft für einen symbolischen Preis abgekauft hatte. Nach dem Rechtsstreit mit einer Fastfoodkette, verkaufte er das Küchengeräteunternehmen, gerade rechtzeitig, bevor der Imbissbudenboom nachließ. Er war ein reicher Mann, alles andere hätte Raschke gewundert.

»Können Sie sich noch an einen Mattern erinnern, er hat bei Ihnen in der Brigade gearbeitet.«

»Soll das ein Witz sein, Raschke?«, rief Gillmeister, schaltete runter, vielleicht eine Kurve, atmete, schaltet ruppig hoch. »Ingo ist mein Schwager. Der hat '90 meine Schwester Kerstin geheiratet.

Danach hat er bei mir aufm Bau angefangen. Ich hab ihm einen Bürojob verschafft. Ja, der Ingo. Bisschen verschlafen, aber dicke Eier, ha. Drei Neffen hab ich inzwischen.«

Es gab kein Gut und Böse. Vielleicht hatte sich Mattern vorhin nur geschämt.

»Drei Jungen?«, fragte Raschke müde.

»Jo. Philipp, Jonas und Jakob. Zwei, drei und vier sind sie, die Burschen. Wie die Orgelpfeifen. Ich liebe sie, als wären sie von mir. Hoha.«

Raschke konnte sich vorstellen, dass sich Manni in Matterns Haushalt auch aufführte wie der Familienvater. Es hätte ihn gereizt, die IM-Geschichte anzusprechen. Raschke notierte die drei Jungennamen und legte auf. Er zuckte zusammen, als er sich umdrehte. Hinter ihm stand eine der drei Sachbearbeiterinnen aus dem Keller. Frau Jäckle. Sie trug eine dunkle Nana-Mouskouri-Brille, glatte braune Haare, der Anflug eines Bartes, dichte Augenbrauen, zwischen dreißig und fünfzig. Unscheinbar. Eine Archivmaus.

»Die anderen sind nach Hause gegangen«, sagte Frau Jäckle. »Sie müssen mit mir vorlieb nehmen.« Sie lachte. Sie hatte ganz lustige Grübchen. Offenbar gehörte ihr der kleine Ford dort draußen auf dem Parkplatz.

Diesmal hatte er gleich beim ersten Mal Glück. Philipp steckte zwischen *Pferd* und *Physiker*. Es klebte ein gelber Zettel auf der Karte, auf dem Zettel stand die Nummer *I/8428 80/NB*. Und ein Wort seines Freundes. *BINGO!*

»Finden wir die Akte mit dieser Nummer, oder müssen wir noch mal in die Personenkartei, Frau Jäckle?«

Sie schaute kurz auf die Nummer. »Wir können gleich ins Magazin gehen. In einer Minute haben Sie die Akte.«

Sie ging vor. Eine kleine energische Person. Ihre langen braunen Haare tanzten über den Kellerflur. Neonlicht, Heizungsrohre, Glaswolle, Alufolie, Summen, Poltern. BINGO! DORIS! Miriam Jäckles schmale Finger glitten routiniert an den Rücken Dutzender IM-Akten vorbei, stoppten, tippelten und zogen eine mitteldicke Akte hervor.

»Wollen Sie sie hier lesen oder im Lesesaal?«, fragte sie.

»Ich nehme sie mit«, sagte Raschke, ohne zu überlegen. Er war müde, er war durstig, er wollte hier raus. »Ich habe das mit Herrn Reichelt so abgesprochen.«

»Ach«, sagte sie und lächelte. »Gut.«

Raschke klemmte sich die Akte unter den Arm. Frau Jäckle löschte das Licht. Sie gingen gemeinsam nach oben, die Wachen grüßten ihn, als er das Haus verließ. Er jubelte leise, als er den Parkplatz betrat.

Er legte die Akte auf den Beifahrersitz, fuhr zu der Esso-Tankstelle auf der anderen Seite, kaufte zehn Büchsen Warsteiner in einem Pappkarton, einen Flachmann Chantré und zwei Päckchen Marlboro. Dann fuhr er nach Hause, um es sich gemütlich zu machen. Es würde eine lange Nacht werden und er freute sich darauf.

Sie war noch dicker geworden. Sie trug einen weiten rosaweiß karierten Poncho, einen kleinen gelben Hut und saß mit einem türkisfarbenen Getränk an der Theke des brasilianischen Restaurants in der Gormannstraße. Aus dem Glas ragten ein breiter, weißrot geringelter Strohhalm und ein Spieß mit einem silbrigen Flitterbüschchen. Erika sah aus wie ein Kakadu.

Es war ein warmer Frühsommerabend, auf den schmalen Straßen des Scheunenviertels bewegten sich die Menschen schnell und mit Vorfreude. In zugewucherten Höfen saßen entspannte Weißweinschorletrinker mit angezogenen Beinen und festen, braun gebrannten Oberarmen. Die Straßenränder waren zugeparkt, aus offenen Fenstern rumpelte Musik, es roch nach Parfüm, Nikotin und einem warmen Tag, der in das alte Pflaster gekrochen war, in der Ferne hörte man Bahnen kreischen und Autos summen. Der Tresenraum des brasilianischen Restaurants war leer bis auf einen schlanken, dunkelhäutigen Barkeeper mit wenigen Haaren, aus denen er irgendwie eine Zopffrisur gezaubert hatte, und Erika, dem Kakadu. Die leeren Holztische schimmerten speckig-dunkel, aus dem Gartenrestaurant im Hinterhof flirrten die Stimmen einer Gesellschaft, in der Küche unterhielten sich zwei Frauen in einer ihm unbekannten rauen Sprache. Die Bar wartete auf Besuch und sie wartete lässig, denn der Besuch würde kommen. Landers bestellte sich einen Mojito, um ein bisschen locker zu werden. Erika Schultze sah ihn ernst an. Ihr Poncho war mit Nacho-Krümeln übersät. Sie hatte bereits gegessen und es war kein kleiner Salat gewesen. Landers kriegte seit drei Tagen keinen Bissen runter. Er aß nichts, schlief schlecht, rauchte zu viel, aber er sah gut aus. Irgendetwas in ihm war gesprungen, und das stand ihm.

Während der Mojito in seinen Nacken kroch, hörte sich Landers die Geschichte der kämpferischen Erika an. Aus ihrem kirschroten Staatsbürgerkundelehrerinnenmund flogen schwere schwarze Wörter wie kleine Gewitterwolken. Treuhand, Westrichter, Rückgabeübertragungsansprüche, Siegerjustiz. Im Hintergrund lief dazu leichte, beschwingte Musik aus Südamerika. Sie hätten sich in einer Klubgaststätte in Marzahn treffen sollen, dachte Landers.

341

Aber der Mojito hielt es einigermaßen zusammen. Er bestellte noch einen zweiten.

Als sie eine dreiviertel Stunde später aufbrachen, hatte er einen angenehmen Schwips. Erika war ein Kolibri in der Gestalt eines Kakadus, dachte er. Sie flatterte so flink zwischen den Autos, Stühlen und Menschen hindurch, dass er Mühe hatte mitzuhalten. Fetzenhaft schilderte er sein Problem. Sie schien nicht überrascht zu sein und auch nicht neugierig. Vielleicht hatte sie sich vorbereitet, vielleicht wollte sie ihm wirklich helfen, vielleicht hatte er ihr Unrecht getan. Wahrscheinlich war es nicht.

»Ich werde dich ein paar Leuten vorstellen«, sagte sie nur. »Leute, die ein ähnliches Problem haben. Leute, die ich berate.«

Sie liefen zügig in Richtung Alexanderplatz, ab und zu blitzte das Forum-Hotel, der Fernsehturm oder das Gebäude des Berliner Verlages zwischen den Altbaumauern auf. Manchmal drehte sich jemand nach ihnen um, die Gespräche verstummten, vielleicht, weil sie ihn erkannten, vielleicht, weil sie so ein ungleiches Paar waren. Eine bunte dicke Dame, die wusste, was sie wollte, und ein nervöser junger Mann, der irgendwie von ihr abhängig zu sein schien. Sie hätte eine amerikanische Witwe sein können, die sich ein paar geerbte Häuser ansehen wollte, er ihr Anwalt. Im schlimmsten Fall hatten die Nachrichten schon was gebracht, dachte Landers. Vielleicht hatte es Gottschalk verlesen oder Karin Kulisch. Sein Bild hatte rechts oben geklebt, wie das Verstorbenenbild. Und die Kulisch hatte die Verstorbenenmiene gezeigt. Die konnte sie perfekt.

Er war nie zuvor in dieser Gegend gewesen. Wenn man glücklich war, war es bestimmt schön. Aber er war nicht glücklich, er war ein bisschen betrunken, mehr nicht. Es wisperte aus allen Ecken, unter buschigen Akazien, die zwischen Trümmermauern wuchsen, saßen Leute, die ihn anstarrten. Er gehörte hier nicht her. Er fühlte sich wie ein Eindringling. Alt und fremd.

In der Rosenthaler Straße riss die flirrende, südländische Stimmung plötzlich ab. Es wurde laut und hektisch. Eine Straßenbahn schaukelte auf dem Weg zu den Hackeschen Höfen an ihnen vorbei. Ein paar Jungs mit nackten kräftigen Oberkörpern, um die sie Deutschlandfahnen gebunden hatten, rannten zum Bahnhof. Die Fahnen flatterten. Sie spielten gegen Südkorea heute. Er dachte an das WM-Halbfinale 1990 gegen England, das er auf einer Großleinwand im Lustgarten gesehen hatte. Gascoigne hatte geweint. Diese Weltmeisterschaft war bisher an ihm vorbeigedümpelt. Ausgerechnet jetzt musste diese Scheiße passieren. Sie betraten einen dunklen, kühlen Flur. Er war hoch, schwarz getäfelt und hatte eine Zwischenwand aus geschliffenem Glas. Es war eines der innenarchitektonischen Geheimnisse, die Ostberlin vor ihm bewahrt hatte. Er hätte bestritten, dass es solche schönen Treppenhäuser im Osten überhaupt gab. Sie stiegen in die zweite Etage, Erika Schultze schnaufte, hatte aber nichts von ihrer stampfenden Entschlossenheit eingebüßt, als sie oben waren. Das Kakadukostüm stand im eigenartigen Kontrast zu der Strenge, die sie ausstrahlte. Nichts Flatterhaftes war an dieser Frau, sie hatte eine Mission. Erika Schultze zog eine angelehnte Wohnungstür auf. Es war eine Art Klub. Es gab eine quadratische Diele, in der zwei leere Garderobenständer standen. Von hier gingen vier Zimmer ab, links hörte er Stimmengewirr, Erika öffnete eine hohe weiße Flügeltür, sie betraten einen etwa siebzig Quadratmeter großen Raum. Eher ein kleiner Saal. Es gab ein Dutzend Stuhlreihen, auf den Stühlen hatten etwa hundert Menschen Platz genommen. Vorn standen zwei Tische, über die ein rotes Tuch gelegt war. Ein Präsidium, in dem noch ein Platz frei war. Es wurde ruhig, als sie eintraten. Drei, vier Besucher standen von den Stühlen auf und applaudierten.

An der Wand hinter dem Präsidium hing eine rote Fahne, daneben gab es einen Büchertisch, auf dem vorwiegend rot eingebundene Bücher lagen und Formulare, mit denen man Abonnent des Neuen Deutschland, der Jungen Welt oder der kubanischen Zeitung Granma werden konnte. Daneben, direkt vor einem wunderschönen hohen Kachelofen, der den Sozialismus überlebt hatte, stand ein Rednerpult. Nichts in diesem Raum sah aus, als könne es dazu beitragen, seine Probleme zu lösen, dachte Landers.

Erika Schultze löste sich von ihm und marschierte in Richtung

Präsidium. Jemand in Landers Alter begrüßte sie, er trug eine graublaue Windjacke mit einem weißen Silastikbündchen, ein gelbes Oberhemd und eine schmale braune Krawatte. Seine Zähne waren klein, bröckelig und braun in den Zwischenräumen, aus der Brusttasche des gelben Oberhemdes lugte eine Schachtel F6. Neben ihm stand eine dicke Dame in einer weißlichen Strickjacke. Sie hatte lila Haare, eine dunkelblaue Murmelkette am Hals und eine Brille, deren Bügel am unteren Ende der Gläser ansetzten. Daneben saß eine hübsche Mittzwanzigerin mit glatten blonden Haaren und einer engen braunen Fransenwildlederjacke sowie jemand, dem man auf den ersten Blick nicht ansah, ob er ein Mann oder eine Frau war. Vor dem Wesen stand ein Kärtchen mit dem Namen Maike. Nur Maike. Maike hatte Ringe in Nasenflügeln und Lippen, daumendicke, violette Schatten unter den Augen und einen zottigen alten Schäferhund zu seinen Füßen. Die blonde Schöne hieß Judith, nur Judith, der Windjackenträger Karsten Barthel, Erika war Erika, die Frau mit den lila Haaren hatte kein Schild.

Landers stand unschlüssig in der Tür. Wieso hatte sie ihn hierher geschleppt? Wer von den Leuten sollte ihm helfen? Allein seine Schuhe waren teurer gewesen als die Garderobe der anderen Präsidiumsmitglieder zusammen, dachte Landers.

Er sehnte sich nach Matthias. Nach Hamburg. Nach Kompetenz. Die Leute im Publikum waren älter als die im Präsidium. Sie sahen aus wie Komparsen aus einem Film über die achtziger Jahre der DDR. Große Brillen, kleine Hüte. An den Stuhlbeinen lehnten Perlonbeutel und billige Aktenkoffer, drei Herren in der ersten Reihe hatten ein Handgelenktäschchen im Schoß. In der zweiten Reihe sah er jemanden, der ihn an ein ehemaliges Politbüromitglied erinnerte. Ein langer gebeugter Mensch, der immer aus der Ehrentribüne geragt hatte, wenn Landers richtig lag. Es waren nur wenige Frauen da. Die Männer wirkten munter, belustigt irgendwie. Sie sahen kämpferisch aus und hatten ausrasierte Nacken. Wie alt gewordene Popper. Manche lächelten ihm zu, ohne ihn zu erkennen. So hatte das Publikum bei den Prozessen gegen die Mauerschützen ausgesehen, über die sie in der Tagesschau berichtet hatten. Dümmer und gesünder als sein Vater. Sie waren nicht von Zweifeln angefressen, sie standen auf der richtigen Seite. Sie hatten einen Feind und keine finanziellen Nöte.

Ein alter Mann aus der ersten Reihe hatte ihn offenbar erkannt. Er stocherte mit dem Finger in seine Richtung. Seine Frau schien ihn nicht zu verstehen. Landers wollte weg von hier, aber der schwindende Rum in seinem Blut machte ihn träge.

»Von den Nachrichten!«, rief der Alte.

Ein buckliger Mann mit dem Profil eines Raben und halb langen silbrigen Haaren, dem zwei schwere Kameras vor dem Bauch baumelten, blinzelte jetzt in Landers' Richtung. Der Fotograf. Der einzige Fotograf. Er schien ihn nicht zu kennen.

»Von den Nachrichten«, rief der Alte seiner Frau noch einmal ins Ohr. Sie nickte.

Erika redete auf den Windjackenmann ein, Landers wollte sich zurückziehen, aber von hinten schob ihn eine störrische Hand in den Raum.

»Watn nu? Rin oda raus, junga Mann?«, rief eine kräftige Alt-frauenstimme. Landers drehte sich zu einer dicken kleinen Frau mit einer roten Baskenmütze um. Ihre Augen lachten, sie trug einen Che-Guevara-Sticker am Revers ihrer braunen Kordjacke und schob ihn weiter in den Raum. Hinter ihr verstopften zwei Rentnerpaare den Ausgang. Landers versuchte der lustigen Alten auszuweichen, taumelte gegen den Büchertisch, dann wieder vor die Füße der Frau, einer der Rentner brummelte. Jetzt wurde auch die zweite und dritte Reihe auf den Gast aufmerksam. Manchen schien er bekannt vorzukommen. Aus der vierten Reihe bohrte sich ein weiterer fleckiger Finger in seine Richtung.

»Dahinten sind noch zwee Plätzken frei«, rief die Baskenmützen-frau, presste ihre rechte Hand an seine linke Lende und trieb ihn vor sich her. Sie schob ihn in die fünfte Reihe. Der Mann mit dem Finger drehte sich zu ihm um. Er musterte ihn wie einen Lepra-kranken. Bevor er sich setzte, sah Landers, wie sich der Fotograf bei dem alten Schreihals aus der ersten Reihe nach ihm erkun-digte.

Dann verschwand Jan Landers zwischen Glatzen, lila Haaren und Hüten. Wenn ihn Matthias hier sähe, würde er wahrscheinlich sofort sein Mandat niederlegen.

Meiden Sie das Licht. Die drehen Ihnen das Wort im Munde um. Verreisen Sie ein paar Wochen.

Der blasse Windjackentyp mit der F6 stand auf und lief zu dem Pult vorm Ofen. Das Gemurmel erstarb.

»Freunde«, sagte er, »Genossen, sehr verehrte Damen und Herren, ich möchte euch und Sie ganz herzlich zu unserem montäglichen Ostwind-Treff begrüßen. Gestattet mir eine Bemerkung in eigener Sache. Ostwind gibt es jetzt ein halbes Jahr, der Zuspruch ist nach wie vor rege. Wir sind gewissermaßen eine kleine Institution geworden. Das freut uns. Aber es gibt keinen Grund zum Feiern. Wir Ostdeutschen werden nach wie vor diskriminiert, verspottet, geächtet.« Er machte eine kleine Pause. Die Leute klatschten.

Landers fragte sich, ob sie den Umstand beklatschten, dass sie nach wie vor unterdrückt wurden. Er kam sich vor wie ein Heide, der in einen Gottesdienst geraten war. Immerhin war er in der DDR geboren worden. Er klatschte mit. Der silberhaarige Fotograf taperte an den Fenstern vorbei und blinzelte durch die Stuhlreihen. Er war auf der Suche nach ihm. Wahrscheinlich machte er die Ostwind-Wandzeitung. Landers hoffte, dass es nur die Ostwind-Wandzeitung war.

Jan Landers beim lang anhaltenden Beifall.

Landers hörte auf zu klatschen und zog den Kopf ein.

»Ich möchte euch zunächst das Präsidium vorstellen. Maike von den Jungen Besetzern. Dann die Judith von Rotes Brot, Erika Schultze dürfte bekannt sein, die Opfer-Täter-Beauftragte der Stadt Berlin. Unsere Ruth. Und ich bin der Karsten Barthel. Ich mach die Org-Arbeit bei Ostwind. Viele kennen mich auch als *KaBa fit.*«

Landers bekam eine Gänsehaut. Wer war *Unsere Ruth*? Die Alterspräsidentin? Und was war *Rotes Brot*?

»Ich würde Gerd Hentschel bitten, der ja praktisch Stammgast in unserer Runde ist, eine kleine Diskussionsgrundlage zum Thema

Staatssicherheit und Medien zu legen. Für die, die ihn nicht kennen, der Gerd hat jahrelang die Featureredaktion des Rundfunks geleitet.«

Landers überlegte, wann er zum letzten Mal das Wort Diskussionsgrundlage gehört hatte. Es musste zehn Jahre her sein. Für Kaba fit offensichtlich kein großer Zeitraum. Wahrscheinlich wollte er witzig sein, er hatte aber nur die Originalität eines FDJ-Funktionärs. *Kaba fit, Prenzlberg, Org-Arbeit, Info, Ostwind, Rennpappe, Telespargel.* Barthel kämpfte um Anerkennung. Er war klein, grau und hatte braune Zähne. Er rauchte F6, um dazuzugehören. Es funktionierte nicht.

Was war gut daran, schlechte Zigaretten zu rauchen, hässliche Jacken zu tragen, ungesundes Zeug zu essen, unbequeme Autos zu fahren? Landers hatte vier Jahre lang versucht, diesen Ostgeruch loszuwerden. Er gehörte hier nicht her. Er wusste nicht, wohin er gehörte, aber hierher nicht.

Hentschel sprach breites Sächsisch. Landers konnte sich nicht vorstellen, wie der Mann mit diesem schweren Dialekt beim Rundfunk hatte arbeiten können. Feature klang aus seinem Mund wie der Name eines Sahnebonbons. Nur die Nutzlosen, Hässlichen bereiteten Diskussionsbeiträge vor. Die anderen hatten keine Zeit für so was. Die hübsche Blonde würde sich als Erste aus diesen Reihen verabschieden. Sie würde merken, dass *Rotes Brot* – was immer das auch war – nichts brachte. Dass die hübschen und auch die klugen Jungs woanders waren.

Hentschel erzählte von zwei Moderatoren des Ostdeutschen Rundfunks, die als IM enttarnt worden waren. Einer sei suspendiert worden, der andere nicht. Er redete von Ränkespielen und Intrigen und von Doppelmoral. Landers hörte nicht richtig zu. Es war sein Problem, klar, aber es wurde von den falschen Leuten diskutiert. Hentschel war sicher Rentner. Wer auf solchen Veranstaltungen sprach, hatte nichts mehr zu verlieren. Aber wenn er jetzt ging, war es ein politisches Bekenntnis. Er blieb sitzen, klatschte aber nicht. Die rüstige Che-Guevara-Anhängerin neben ihm schaute ihn aufmunternd an. Er klatschte artig. Sie sah aus wie seine ehemalige Staatsbürgerkundelehrerin.

Ein großer Mann in der zweiten Reihe erhob sich. Das Politbüro-mitglied. Es wurde ruhig.

»Ich finde, dass unser Ansatz falsch ist, Genossen«, sagte er. Auch er sprach Sächsisch und trug eine schlecht sitzende Zahn-prothese. Sein Wörter knackten und zischten. Sächsische Gebiss-träger hatten es bestimmt besonders schwer. »Es ist nämlich keine Schande, Tschekist zu sein. Aber wir entschuldigen uns dauernd dafür.«

Das Wort *Tschekist* löste einen Speichelnebel aus, der einen Augenblick lang über der ersten Stuhlreihe trieb. Landers dachte kurz an Grundmann. Er würde ihn nie wieder einstellen.

Genossen!

Der Saal schwieg. Der große Mann setzte sich ächzend wieder hin. Hentschel flüchtete regelrecht vom Rednerpult. Ein paar der alten Kämpfer klatschten, sie riefen, brummelten, Erika und Bar-thel grinsten, die schöne Blonde schaute erschrocken, Maike kraulte seinen Hund.

»Danke, Horst«, sagte Erika, ohne Horst anzuschauen. »Aber ich glaube, das führt jetzt in eine falsche Richtung.«

Landers nickte erleichtert.

Sie sah ihn an. Sie entdeckte sein Nicken in der fünften Reihe. Er sah, wie sich ihr Blick klärte, und während er noch nickte, wusste er, dass sie einen falschen Schluss zog. Aber er hörte erst auf zu nicken, als Erika Schultze ihren nächsten Satz fast beendet hatte.

»Ich würde euch gerne den Fall eines bekannten Fernsehansagers schildern.«

Landers starrte sie an, sein Blick flehte, aber Erika Schultze war jetzt nicht mehr aufzuhalten. Er hoffte, dass sie seinen Namen nicht nannte, dass sie ihn nicht bat aufzustehen. Dass er uner-kannt bleiben könnte. Er wäre nur eines von Erikas Beispielen. Eine Karteileiche, die die alten Kämpfer morgen früh vergessen hatten. Niemand drehte sich zu ihm um, nicht mal der fleckige Finger in Reihe vier regte sich. Der alte Fotograf döste auf einem breiten Fensterbrett. Nur der alte Mann in der ersten Reihe brüll-te seiner Frau irgendwas ins Ohr. Fernsehansager!

»Der junge Mann ist Nachrichtensprecher im öffentlich-rechtlichen Fernsehen. Ein prominentes Gesicht aus dem Osten. Es gibt ja nicht so viele. Landers hat sich durchgesetzt. Er ist der einzige im Tagesschau-Team, der aus den neuen Bundesländern kommt. So weit, so schlecht. Vor ein paar Tagen kam der Verdacht auf, dass unser junger Mann Informeller Mitarbeiter der Staatssicherheit gewesen ist. Er wurde vom Sender genommen. Zwei Stunden vor den Abendnachrichten, unmittelbar, nachdem sie es erfahren haben. Die Entscheidungsträger in der Redaktion hatten keine Karteikarte, sie hatten keine Akte, sie hatten einen Verdacht. Nicht mehr. Aber das genügte, um den jungen Ostdeutschen ruhig zu stellen.«

Die Leute murrten.

Junger Ostdeutscher. Landers begriff zum ersten Mal, dass er nicht nur ein prominentes Opfer war. Er war ein gutes Beispiel. Ein medientaugliches Beispiel. Alle würden sich um ihn reißen, bis nichts mehr von ihm übrig war. Am Ende würden die Starreporter kommen und die traurigen Reste zusammenkehren.

»Ein Verdacht«, sprach Erika Schultz, »der in einem Telefongespräch geäußert wurde. Am anderen Ende der Leitung war niemand anderes als der Sonderbeauftragte.«

Sie machte eine Pause, in der Landers überlegte, woher sie das wusste. Er hatte nichts vom Sonderbeauftragten erzählt.

»Menschenjäger«, rief jemand.

»Freiheit ist immer auch die Freiheit des Andersdenkenden«, sagte die blonde Judith feierlich. Ihre Augen leuchteten kristallblau. Fast durchsichtig. Maikes Hund gähnte. Ruth saß mit ausdrucksloser Miene da, als überwache sie die ordnungsgemäße Durchführung einer Lottoziehung.

»Wie in der Weimarer Republik«, rief eine Fistelstimme. »Wir müssen jetzt zusammenhalten. Stichwort: Volksfront.«

»Die Dinge laufen jetzt in eine falsche Richtung«, sagte Erika wieder. Ein brauchbarer Satz in dieser Runde.

»Volksfront, Volksfront«, rief die Altmännerstimme beleidigt.

In der ersten Reihe schraubte sich ein Mann hoch und drehte sich wie ein rostiger Wetterhahn zu den hinteren Stuhlreihen um. Es war der Schreihals.

»Er ist doch da«, krähte er. »Soll er doch sagen, was los ist. Da sitzt er doch. Da.«

Der dünne Finger zeigte auf Landers' Kopf, steife Hälse drehten sich langsam zu ihm um. Der silberne Rabe erwachte auf dem Fensterbrett und zuckelte langsam in Richtung der fünften Reihe. Landers suchte Erikas Blick. Die Dinge liefen jetzt eindeutig in die falsche Richtung. Erika zuckte nur mit den Schultern. »Na kiek ma eener schau«, sagte der Tamara-Bunke-Verschnitt zu seiner Rechten und quetschte ihm den Oberschenkel. Offenbar war er bereits vogelfrei. Jeder durfte ihn anfassen. Zuallerletzt schraubte sich der Zweimetermann aus dem Politbüro in die Höhe und schaute auf ihn herunter.

»Warst du denn dabei, Junge?«, fragte er.

Landers sah ihn an. *Junge.* Wahrscheinlich würde der alte Mann ihn küssen, wenn er sich jetzt bekannte. Aber er konnte nicht. Nicht mal, wenn er gewollt hätte. Da war nichts. Nur Nebel. Er wusste nicht mal, wie er sich die Staatssicherheit vorstellen sollte. Er sah sie immer nur von außen. Die grauen Häuser an der Frankfurter Allee. Eine Betonstadt. Antennen. Die Pärchen in den Anoraks zu Staatsbesuchen. Dann Böhme und Schnur. Die Belustigung aus Ostzeiten mischte sich mit der professionellen Erschütterung aus Westzeiten. Er hatte die Stasi im Osten nicht ernst genommen, es waren die Anoraks, die Deppen. Im Westen wurde erwartet, dass er sie fürchtete und verdammte. Hier war die Stasi, der Punkt, wo der Spaß aufhörte. Das hatte sich alles vermischt, verklebt. Er hatte keine Ahnung, er hatte keine Meinung. Und es war ein Witz, dass er überhaupt darüber nachdachte. Hier! Was war das? Der große Jan-Landers-Prozess? Eine verspätete Konfliktkommission?

Landers schwieg.

Es murmelte und ächzte wie vor einer Theatervorführung. Der silberhaarige Fotograf machte seine Arbeit. Landers sah im Reflex zu ihm hinüber. Klick. Klick. Klick. Er dachte an Jacqui, die Gerüche der Herbertstraße. Hier schützte ihn niemand.

»Ich finde, es gibt wichtigere Dinge als die Zukunft von irgendwelchen Medienyuppies«, sagte Maike. »Ich würde euch zum

Beispiel gern über die letzten Übergriffe der rechten Berliner Szene auf zwei Häuser von uns informieren.«

Es setzte ein Gebrummel ein. Erika tuschelte mit dem Kaba fit, der Schreihals aus der ersten Reihe brüllte seine Frau an, das Politbüromitglied wurde von einer Hand nach unten gezogen, dann begann Maike in das Gemurmel hinein eine Art Protokoll eines Polizeieinsatzes zu verlesen. Die Leute wandten sich ihm zu, das Gebrummel verstummte. Der Fotograf klackte seine schwarze Schutzkappe aufs Objektiv und schlurfte wieder zu seinem Ruheplatz auf dem Fensterbrett. Landers war kein Thema mehr, sie ließen ihn einfach fallen. Es war wie im Altersheim.

Landers hätte Maike dankbar sein müssen. Aber er war es nicht.

Diesmal stimmte die Umgebung.

Die Leute, die ihm Erika vorstellen wollte, die Leute, die ähnliche Probleme hatten wie er, warteten im Roberto's, einer Gaststätte im Fuß eines Neubaublocks in Friedrichsfelde. Landers erinnerte sich noch gut an die Standardcafés in den siebzehngeschossigen grauen Wohntürmen. Aber erst heute fiel ihm auf, wie konspirativ sie wirkten. Eine Eingangsschleuse führte direkt zum Tresen, von dem zwei schmale Gänge nach links und rechts abzweigten, an denen Sitznischen klebten. Ein Dachsbau. Die größten Gerichte, die man hier vor fünf Jahren bestellen konnte, waren Soljanka und Würzfleisch gewesen. Die Küchen waren winzig, soweit sich Landers erinnerte. Die beiden Männer saßen in der letzten Nische, direkt neben dem Klo. Ansonsten war der linke Flügel des Dachsbaus verlassen.

Einer der Männer war Sportlehrer, der andere Musikredakteur beim Rundfunk. Damit waren sie jetzt zu sechst. Die beiden Männer, Landers, Erika, Hentschel und Barthel. Hentschel war mitgekommen, weil er den Musikredakteur kannte, und Kaba fit hatte sie hergefahren. In seinem Skoda Felicia. Er hatte die ganze Zeit über das Auto geredet, das eng und laut war, aber ein Skoda. Kaba fit bildete sich offenbar ein, damit das sozialistische Lager zu stärken. Landers' Berlinausflug schien vergeblich gewesen zu sein. Er kannte niemanden mehr in dieser Stadt, der ihm hätte helfen können. Er war fremd.

Als dieses komische Vertriebenentreffen zu Ende gewesen war, saß er auf seinem Stuhl in der fünften Reihe wie ein vergessenes Spielzeug. Unfähig, sich zu bewegen, sah er den Rentnern zu, die langsam aus dem Saal tippelten. In jedem dieser alten, zerweichten Hirne steckte die Nachricht. Sie trugen sie raus in die Welt wie einen Virus. Er konnte nichts mehr tun. Er konnte dem rabenhaften Fotografen ja schlecht den Film aus der Kamera reißen. Er hatte keinen Widerstand geleistet. Er war einfach hinter Erika hergelaufen. Er war brav in den Skoda gestiegen.

Das Roberto's schien ein italienisches Restaurant zu sein, die Tische waren mit grün-weiß-roten Tüchern gedeckt, aber auf der Karte standen verwirrend viele Gerichte aus aller Welt. Was Landers wunderte, der wusste, wie groß die Küche war. Glücklicherweise hatte er seit Tagen keinen Hunger. Es gab vier verschiedene Weine. Zwei weiße, zwei rote. Es roch nach altem Öl. Bedient wurden sie von einer Vietnamesin. Hentschel hatte das Restaurant empfohlen. Er wohnte in dem Turm darüber. »Zweieinhalb Zimmer, 450 warm. Noch«, hatte er ihm im Auto anvertraut. Landers hatte genickt. Er wusste nicht, ob das nun viel oder wenig war.

Die beiden Weißweinsorten waren halbtrocken. Seine Frau tränke sie gerne, sagte Hentschel. Landers bestellte ein Bier wie die anderen. Nur der Sportlehrer trank Apfelschorle.

Es war wie auf einem Klassentreffen. Sie redeten über Skodas, ungarische und bulgarische Rotweine und Gaststättenpreise. Barthel schien sich intensiv damit zu beschäftigen, er wusste noch, wodurch sich die Etiketten des ungarischen und des rumänischen Pinot Noir voneinander unterschieden und was ein Steak »Metzger Art« im Lindenrestaurant des Palastes der Republik gekostet hatte. Landers nickte ein paar Mal, der Musikredakteur lachte viel und laut, der Sportlehrer schwieg. Nach einer halben Stunde sagte er: »Ich heiße Martin« und erzählte seine Stasigeschichte.

Er hatte zwanzig Jahre lang bei Dynamo Berlin als Leichtathletiktrainer gearbeitet und Anfang 1990 in einer Lichtenberger Schule angefangen. Bei der Überprüfung hatte er nicht angegeben, dass er einen Offiziersrang der Staatssicherheit getragen hatte, und war von der Schule geflogen. Inzwischen unterrichtete er an einer anderen. Er war ein kantiger Typ, mit rauen Lippen, die in den Mundwinkeln aufgesprungen waren. Selbst in seinem steifen, rotbraunen Filzjackett sah er aus, als trüge er eine Trainingsjacke. Seine Stimme war heiser und er sprach zu schnell, so dass seine Worte pausenlos übereinander purzelten. Er hatte sich nach 1992 kurzzeitig einer Initiativgruppe für Mitarbeiter des öffentlichen Dienstes angeschlossen, die nach der Überprüfung ihre Arbeit verloren hatten. Von dieser Gruppe hatte Erika seine Telefonnummer bekommen. Sie hatte ihn bestimmt lange überreden müssen, hierher zu kommen. Martin sah sich pausenlos um wie ein verfolgtes Tier und sagte mehrfach, dass es keine »große

Sache« gewesen sei und wie »anständig« sich die »zuständigen Stellen« verhalten hätten. Wenn ihn Landers richtig verstanden hatte, war er zwei Monate ohne Arbeit gewesen. Inzwischen war er Beamter, in zwei Jahren würde er sich weigern, je ein Wort über seine MfS-Arbeit zu sprechen, in fünf Jahren würde er es abstreiten, in zehn hätte er es vergessen.

Martin war sein Vorname. Am Schluss seiner Geschichte sagte er, er hieße Martin M.

Der Musikredakteur hatte keine Probleme, seinen Namen zu nennen. Er hieß Karlheinz Bonhöft, aber alle würden ihn Kalle nennen. Er war der klassische Eine-Hand-wäscht-die-andere-Typ, den Landers von Plattenbörsen, An- und Verkauf-Läden und Kfz-Werkstätten der DDR kannte. Leute wie Bonhöft hatten das Klischee in die Welt gesetzt, dass sich die Menschen zu DDR-Zeiten mehr geholfen hatten als heutzutage. Er war umgänglich, umtriebig, ein bisschen verschlagen. Landers hätte schwören können, dass er damals einen Lada fuhr und ein Wassergrundstück gekauft hatte, das heute ein Vermögen wert war.

»Kalle« Bonhöft war sieben Jahre lang IM gewesen und ging damit um, als sei es die selbstverständlichste Sache der Welt. Er war groß und dick, er trug eine dieser grüngrauen Militärwesten mit vielen Taschen und Netzeinsätzen, lachte sehr viel und sprach sehr laut. Sie hatten ihn im Sender angeworben, weil er oft im Westen gewesen war, um Konzerte zu hören und Schallplatten zu besorgen.

»Ick hab Pink Floyd gesehen, die Stones und Barclay James Harvest vorm Reichstag«, brüllte Bonhöft durch ihre Nische. Martin M. schaute, als säße er in der Falle.

»Ick habe meinem Führungsoffizier sone Art Konzertrezensionen abgeliefert. Der war großer Musikfan. Werner hieße, wenna Werna hieß. Er hat vor allem für die Stones geschwärmt. Zwei Platten habe ick ihm ausm Westen mitgebracht. *Some Girls* und *Beggars Banquet. Beggars Banquet* war seine Lieblingsplatte. *Sympathy for the devil*. Klar wa.«

»Wer mit dem Teufel speist, muss einen langen Löffel haben, was?«, fragte Landers mit einem letzten Rest Schlagfertigkeit.

Sie sahen ihn fragend an. Nur Kalle brach in brüllendes Gelächter aus, obwohl er ihn sicher auch nicht verstanden hatte.

Bonhöft war nie gefragt worden, ob er bei der Stasi gewesen war. Er war ein freier Mitarbeiter. Ein Student, der über die Verstrickungen der DDR-Rockmusiker recherchierte, bekam zufällig raus, dass Bonhöft IM gewesen war.

»IM Lord«, sagte Bonhöft und blies wieder die Backen auf. »Ick war ja schwerer Purplefan gewesen.«

Landers konnte sich vorstellen, wie das »klärende« Gespräch ausgesehen hatte. Die Rundfunkkommission hatte sicher Tränen gelacht. Kalle Bonhöft konnte man nichts übel nehmen. Er war ein Original. Und sicher hatte er sich bereitwillig jede Menge Asche aufs Haupt gestreut.

»Und bei dir?«, fragte Kalle Bonhöft.

Er sah Landers an. Auch die anderen sahen ihn an. Wieso duzte er ihn? Was war das hier? Ein Kameradschaftsabend? Landers sah in das belustigte rote Gesicht des dicken Musikredakteurs. Bonhöft war neugierig und sorglos, er hatte sicher keine schlaflose Nacht verbracht. Der Blick des Sportlehrers ging nach innen. Erika schaute skeptisch, sie schaute immer skeptisch. Ein Blick, der ihn schon früher verunsichert hatte. Kaba fit klopfte sich leise stöhnend eine F6 aus der Schachtel, von Hentschel, der neben ihm saß, sah er nur die Hände, die ein Berliner Pilsener-Glas umklammerten. Zerschrammte, rote Hände. Wahrscheinlich hatte er einen Kleingarten. Zwischen Bonhöfts rotem Schädel und dem Hut von Erika hing ein Druck des Schokoladenmädchens an der Tapete. Daneben befand sich eine Wandlampe mit einem kleinen, braunen Stoffschirm. Und dann folgte Rembrandts Selbstbildnis mit Saskia und eine weitere Lampe. Vor dem Fenster wäre eigentlich noch Platz für die Sixtinische Madonna gewesen. Aber die Betreiber von Roberto's hatten sich für eine weitere kleine braune Wandlampe entschieden, deren funzliges Licht sich in der Scheibe spiegelte. Darunter sah man das Abbild ihrer kleinen Stasirunde. Landers bewegte leicht den Kopf, um zu sehen, ob er dabei war. Ob er wach war. Ja, er war dabei und wach war er auch.

»Was meinen Sie?«, fragte er.

»Na, wir haben jetzt Martins Geschichte gehört und meine, jetzt wollen wir gerne, äh, seine hören«, sagte Bonhöft.

Kalle hatte mit der dritten Person auf sein »Sie« reagiert. Klar.

»Es gibt keine Geschichte«, sagte Landers und sah ihn direkt an. Er lächelte.

Langsam verschwand der zufriedene Ausdruck aus Bonhöfts Zügen. Er wich einem mürrischen, mit dem er sich Erika zuwandte. Hier war Beschiss im Spiel. Kalle hatte seine Ware auf den Tisch gelegt, jetzt wollte er eine Gegenleistung. Und wenn die nicht kam, konnte Kalle sauer werden.

Erika zuckte mit den Schultern.

Landers wurde gelassener.

»Tut mir Leid«, sagte er. »Aber ich freue mich, dass sich für Sie alles zum Guten gewendet hat.«

»Vasteh ick nich«, sagte Bonhöft. »Vasteh ick absolut nich.« Er schüttelte den schweren roten Kopf. Martin M. sah auf die Uhr und trank seine Schorle aus. Eine abschließende Geste. Draußen explodierte ein Knaller, dann noch einer und noch einer. Deutschland hatte das 1:0 gegen Südkorea geschossen. Sie sahen sich einen Moment irritiert an.

»Fußballweltmeisterschaft«, sagte Landers.

»Richtig«, sagte Martin M., der endlich einen Grund sah, von hier zu verschwinden. Schließlich war er Sportlehrer.

»Moment mal«, sagte Barthel und sah Erika an, obwohl er offenbar mit Landers redete. »War nicht vorhin bei Ostwind die Rede davon gegangen, dass Sie entlassen wurden.«

»Freigestellt«, sagte Erika.

»Das stimmt schon«, sagte Landers. »Aber es gibt keine Geschichte zu dieser Beurlaubung. Zumindest keine, die etwas mit der Staatssicherheit zu tun hat.«

Erika klappte kurz ihren Kirschmund auf, schloss ihn dann aber wieder.

Sie sahen sich einen Moment an, es war ein kurzer Kampf. Bonhöfts bockiger Gesichtsausdruck lockerte sich, als habe man etwas Luft aus seinen Zügen abgelassen.

»Ich weiß auch nicht«, sagte Erika.

Vielleicht pokerte sie, vielleicht wusste sie wirklich etwas, aber das hier war nicht sein Spiel, irgendetwas riss. Eine Verbindungsleine, ein Seil. Er hatte mit den Leuten nichts zu tun, er hatte nichts von ihnen zu erwarten, er musste keine Rücksicht auf sie nehmen. Landers stand auf und ließ sie sitzen. An der Schleuse drehte er sich noch mal um, ging zu der kleinen Vietnamesin am Tresen und gab ihr zwanzig Mark. Sie verbeugte sich lächelnd. Er dachte an den Taxifahrer, der ihn nach St. Pauli gebracht hatte. Er schaute den Dachsbaugang hinunter. Erika redete auf den dicken Musikredakteur ein, der den Kopf schüttelte. Dann ging Landers.

Es war noch warm, der Himmel leuchtete lilaorange, Landers stand orientierungslos zwischen den Betonblumenkübeln vor der Kneipe, aus den Fenstern über ihm schrien die Stimmen von Fußballkommentatoren. Auf einer Bank saß ein alter Herr mit einer Tip-Tüte zwischen den Beinen, sie war leicht geöffnet, der Mann starrte hinein. Er trug ein kariertes Jackett, das für die Jahreszeit zu dick war. Unter ihnen rauschte der Verkehr nach Polen, ins Zentrum, nach Marzahn, ins Eigenheim.

»Gibt es hier irgendwo eine Taxihaltestelle?«, fragte Landers.

Er schaute ihn an. Er war sehr schlecht rasiert. Unter den Nasenlöchern wuchsen weiße Büschel, auch am Adamsapfel hatte er Reste stehen lassen. Es roch muffig um ihn.

»Wollen Sie sich lustig machen, junger Mann?«, sagte er mit einer feinen Stimme, die Landers an die hohen Männerstimmen aus den alten deutschen Filmen erinnerte. »Sehe ich aus, als würde ich mit dem Taxi reisen?«

Landers überlegte, ob er dem Mann etwas Geld geben sollte, ließ es dann aber. Er stieg über die Blumenkübel auf einen Parkplatz, zwängte sich durch eine Hecke, ging eine Treppe hinunter und stand auf der Rhinstraße. Aus dem Hochhausturm in seinem Rücken wurden Raketen gestartet. Offenbar war wieder ein Tor für Deutschland gefallen. Er lief den kleinen Abhang zur Straße der Befreiung hinunter, die jetzt sicher ganz anders hieß. Er sah sich immer mal um, aber es gab keine Taxis hier, warum auch. Er lief über die riesige Kreuzung in Richtung Tierpark und dann nach rechts auf den Jugendklub zu, den es hier früher gegeben hatte. Er war ein paar Mal drin gewesen, es war sechs, sieben Jahre her. Wahrscheinlich würden sie ihn heute dort sofort zusammenschlagen. Er war jetzt einer mit Anzug. Der Klub war im oberen Teil eines dieser Dienstleistungsbetonwürfel untergebracht, die es in jedem Neubaugebiet gegeben hatte. Er war mit Graffiti bedeckt, kaltes Licht schien aus den Fenstern, Bässe und Verkehrslärm mischten sich. Landers bog in die Robert-Uhrig-Straße ein, wo die U-Bahnstation war, und merkte, dass er an seinem Haus vorbeilief. Ein Vierteljahr hatte er hier gewohnt. Unvorstellbar. Er hätte es fast übersehen, so unvorstellbar war das. Ihm fiel ein, dass seine Kisten noch auf den Zwischenböden standen. Seine Hefter, seine Zeugnisse, Beurteilungen. Vielleicht brachte das was. Er ging auf das Haus zu, suchte seinen Namen und klingelte. Es öffnete niemand. Er ruckelte an der Tür, sie ließ sich immer noch öffnen wie vor vier Jahren, es roch nach Pisse im Hausflur. Anders als bei seinen Eltern, die in einem Alte-Leute-Haus wohnten, wo es nach bitterer Medizin und Desinfektionsmitteln roch.

Landers lief in die fünfte Etage und klingelte. An der Tür klebten ein paar PDS-Aufkleber, welche von Silly und diesem Gundermann, den er nicht kannte. Offenbar war seine Studentin politisch engagiert. Sie kam aus Halle, sie sprach einen furchtbaren Dialekt, aber bis jetzt hatte es nie Schwierigkeiten mit der Miete gegeben. Kerstin Fritsche. Er fragte sich, wieso er die Wohnung überhaupt noch behielt. Wahrscheinlich aus Sentimentalität. Es war niemand da. Neben der Haustür hing eine dieser Papierrollen, die er seit dem Mauerfall nicht mehr gesehen hatte. Eine Klopapierrolle für Nachrichten. Er schrieb seinen Namen auf die Rolle und die Nummer seines Zimmers im Palasthotel.

Hinter der Tür von Frau Schnollack knisterte etwas, wahrscheinlich beobachtete sie ihn durch ihren Spion. Dann schrien sie. Er hörte es von überall. Fast zeitgleich, aber nicht ganz. Deutschlands drittes Tor an diesem Abend.

Landers ging zur U-Bahn und fuhr zum Alexanderplatz.

Er hatte noch nie in einem Berliner Hotel übernachtet.

Es war ein Traum von ihm gewesen, einmal in einem der Westhotels zu schlafen, im Metropol oder im Palasthotel. Ficken im Palasthotel. Er hatte immer an Ficken gedacht, wenn er auf die goldenen, spiegelnden Fenster sah, damals. Das Palasthotel seiner Träume war eine Art Luxuspuff gewesen. Er war ein paar Mal in dem asiatischen Restaurant essen gewesen, Jade hieß es, man musste lange vorbestellen, es war der höchste Luxus.

Alles hatte sich gedreht.

Das asiatische Restaurant stand leer, die Lobby wirkte billig und die Geschäftsleute sahen aus wie Versicherungsvertreter. Man verdarb sich nur seine Erinnerungen im Osten. Er holte sich seinen Zimmerschlüssel und eine Nachricht. Seine Mutter wollte, dass er sie zurückrief. Als er sich umdrehte, sah er Ilona. Sie saß mit einem Buch in einem Sessel neben der Bar, auf dem Tisch vor ihr stand eine Tasse Tee, ihr Rucksack lehnte am Stuhlbein, sie war in ihrer Buchwelt versunken. Eine Haarsträhne fiel ihr ins Gesicht, sie strich sie zurück. Sie sah aus wie zwanzig, unschuldig, sauber, kostbar. Ein Edelstein in dieser billigen Falschgoldwelt. Die Vertreter lachten, tranken und erzählten sich von ihren Erfolgen, Abschlüssen, Eroberungen, sie hörte sie nicht, nahm sie nicht wahr. Sie war ein Engel, sie war ihm gefolgt, um ihn zu retten.

Ilona erinnerte nicht mehr an das Mädchen, das vor seinem Loft gewartet hatte. Es war eigenartig, dass sie ihn gefunden hatte, aber irgendwie schien es richtig, dass sie hier war. Er machte einen Schritt auf sie zu. Er spürte, wie er sich entspannte, sie würden einen Drink an der Bar nehmen, sie würden ein Restaurant suchen, er würde die alten Geschichten erzählen, vom Jade und den langen Schlangen, sie würde lachen, er wärmte sich jetzt schon an ihrem Lachen. Er blieb stehen, die Tränen schossen ihm in die Augen. Er durfte sich nicht fallen lassen. Er schlich zu den Fahrstühlen und fuhr zu seinem Zimmer. Es war braungelb und miefig, eine große Enttäuschung nach all den Jahren. Er setzte sich aufs Bett, es war zu weich. Er hatte einen traumhaften Blick auf den Berliner Dom.

Seine Mutter ging sofort ans Telefon. Im Hintergrund lief irgend-
eine Fernsehshow, er hörte Leute klatschen, dann sang jemand,
der wie Karel Gott klang.
»Ich glaube, ich bin an allem schuld«, sagte seine Mutter.
Landers hätte sich gewünscht, dass sie Karel Gott abstellte und
lauter sprach, aber es machte ihn nicht aggressiv wie sonst.
»Woran schuld?«
»An deiner Stasisache. Ich habe der Schultze gesagt, dass du in
Neubrandenburg bei der Armee warst. Sie hat mich vor ein paar
Wochen angerufen und gefragt, ob du mal woanders gewohnt
hast, und da ist mir gleich Neubrandenburg eingefallen. Deine
Armeezeit. Ich habe mir nichts dabei gedacht, es waren ja nur
anderthalb Jahre.«
»Hat sie denn gesagt, wozu sie das braucht?«, fragte Landers, er
dachte daran, wie sie auf dem Hof des Wehrkreiskommandos
zusammengestanden hatten. Alle mit ihren neuen Armeehaar-
schnitten. Er dachte an seine Eltern bei der Vereidigung. Sein
Vater unsicher tippelnd, seine Mutter energisch, aber besorgt. Es
hatte geregnet.
»Eine Recherche hat sie gesagt.«
»Und du hast dir nichts dabei gedacht?«
Sie sagte nichts. Es passte nicht zu seiner Mutter, dass sie nicht
nachfragte, wahrscheinlich hatte sie ihm eine Lehre erteilen wollen, aber er hatte keine Lust, ihr das vorzuhalten.
»Ist schon gut, Mama. Ich glaube nicht, dass du Schuld hast.«
»Doch«, sagte seine Mutter. »Erika hat mich vor einer Stunde
angerufen und gesagt, dass es mit Neubrandenburg zu tun hat.
Und sie muss es doch wissen. Du sollst dich bei ihr melden. Und
dann hat noch eine junge Frau angerufen. Eine Freundin aus
Hamburg, die dich sucht. Ich habe ihr das Hotel gesagt. War
doch richtig, oder?«
»Ja«, sagte Landers. Er spürte, wie seine Mutter neugierig wurde
und legte auf. Draußen war es jetzt dunkel. Er sah die Lichter des
Hochhauses an der Spandauer Straße. Er wählte Erika Schultzes
Telefonnummer.
»Was war denn vorhin mit dir los?«, fragte sie.

»Hör auf«, sagte Landers. »Ich will keinen Solidaritätskomitees beitreten, bevor ich nicht weiß, ob ich irgendetwas getan habe.«

»Weißt du das nicht?«

»Nein.«

Sie schwieg einen Moment, dann sagte sie: »In der Zentrale gibt es nichts. Höchstens in Neubrandenburg, wo du bei der NVA warst.«

Er dachte daran, wie sein Name durch die Computer der Stasibehörde gerattert war. Sie hatten nach ihm gesucht.

»Ich war in Fünfeichen.«

»Deine Mutter sagte Neubrandenburg.«

»Es ist Neubrandenburg, ein Regiment in Neubrandenburg. Am Rande von Neubrandenburg. Luftstreitkräfte. Aber was spielt das für eine Rolle? Ich bin auf einem Kinowagen gefahren. Wir haben Filme gezeigt, Beschallung gemacht, es war Armee. Nicht Staatssicherheit.«

Er merkte, wie er sich entschuldigte. Die Details wandten sich gegen ihn, sobald er sie aussprach. Luftstreitkräfte klang martialisch. Er sah sich vor der NDR-Überprüfungskommission sitzen. Er hatte anderthalb Jahre dem Sozialismus mit einer Kalaschnikow gedient, seine Waffe, von ihm gereinigt, gepflegt, immer wieder und wieder geschossen, er hatte noch den Schmauchgeruch in der Nase, er war über Sturmwände geklettert, er hatte Handgranaten geworfen und Politschulungen absolviert. Wie sollte er das erklären?

»Ja, aber wenn jemand einen Antrag auf Akteneinsicht stellt, dann wird ein Rechercheauftrag in alle Städte weitergeleitet, in denen derjenige gelebt hat. In einigen Fällen ist man nur in den Bezirken registriert.«

»Aber wer hat denn einen Antrag gestellt?«

»Der Spiegel.«

»Der Spiegel«, wiederholte Landers doof. Es war, als wiederhole er sein Strafmaß. Spiegel klang nach Männern in schwarzen Ledermänteln.

»Warum interessiert sich der Spiegel für mich?«

»Nicht für dich. Er interessiert sich für erfolgreiche Ostdeutsche. Erfolgreich und ostdeutsch heißt für die Spiegel-Redakteure Stasi. Sie können sich nicht vorstellen, dass jemand im Osten Erfolg hatte, ohne bei der Stasi gewesen zu sein. Sie sind noch im Krieg. Die DDR muss vernichtet werden. Sie ist ja schon fast tot, aber sie werden erst Ruhe geben, wenn bewiesen ist, dass auch die Erfinder des grünen Pfeils IMs waren.«

Sie war jetzt in ihrem Element, die Bilder polterten aus ihr heraus. Wenn sie irgendwann bereut hatte, ihn ans Messer geliefert zu haben, hatte sie es jetzt vergessen. Es ging um eine größere Sache. Landers dachte an Montag. Wahrscheinlich würde er von nun an jeden Montag fürchten. Sie ließen nicht locker. Er hatte die Vorabmeldungen über Gysi und Stolpe vorgelesen. Immer wieder. Er hatte sich oft gefragt, wie Stolpe das aushielt, am Ende war Landers sauer, dass der Mann es nicht endlich zugab.

»Wer hat denn diesen Auftrag nach Neubrandenburg ausgelöst?«, fragte er.

»Eine Frau Zielke.«

»Und sie wußte es von dir?«

»Ja«, sagte Erika Schultze. »Aber nicht, was du denkst.«

Er dachte gar nichts, seine Gedanken schwirrten in einem bunten Farbenwirbel in die Vergangenheit. Ein Bilderstrudel. Auf dem Grund kam er zur Ruhe, die Bilder flossen langsamer. Eisenbahnstationen. Oranienburg, Fürstenberg, Neustrelitz, Neubrandenburg. Die weinroten automatischen Fahrkartenautomaten, die nie funktionierten. Nachtfahrten, er sah immer nur Nachtfahrten, das kalte Licht auf den Bahnhöfen, die schwappende, beißende Feuchtigkeit auf den Toilettenböden, blinde Spiegel, die klappernden, schreienden Durchgänge zwischen den Waggons. Reisende, die sich in ihre Mäntel hüllten, die mit den Köpfen in den harten grünen Polstern nach Gemütlichkeit suchten. Das flackernde Licht an den Decken. Die schmierigen Fenster. Kirschwhiskey. Die Kälte. Es hatte einen harten Winter gegeben. Verspätungen, die kratzenden Mäntel, einmal war er im Suff bis nach Stralsund durchgefahren.

»Ich war zufällig da, als der Antrag reinkam«, sagte Erika.

»Ich habe ja oft in der Behörde zu tun. Weißt du. Ich habe gesagt, ich kenne dich. Es ist mir so rausgerutscht. Und da hat die Zielke gefragt, ob du auch mal woanders gelebt hast als in Berlin. Ich wollte nicht wie eine Angeberin dastehen und hab deine Mutter angerufen. Sie hat mir das mit Neubrandenburg erzählt. Es war ein Zufall, verstehst du.« Sie plapperte. Wahrscheinlich hatte sie ein schlechtes Gewissen.

Von Neubrandenburg sah er nur wenig. Ein Kleinstadtbahnhof mit vier Bahnsteigen, die mit einem Tunnel verbunden waren. Kein Restaurant. Der Busbahnhof lag gleich daneben. In den Ausgängen hatten sie sich betrunken und waren durch die tote Innenstadt zurück zum Busbahnhof gewankt. Er hatte jedes Mal in die Fußgängerzone gekotzt. Der Turm neben dem Hotel. Ein Kreisverkehr. Einmal war er in einem Saal zum Stern-Meißen-Konzert gewesen. Furchtbare Musik. Mussorgski-Adaptionen, er hatte so getan, als fände er das gut, er hatte einen Studienplatz bei den Kulturwissenschaftlern, das verpflichtete irgendwie.

»Wir dürfen uns nicht mehr wie Opfer zur Schlachtbank führen lassen«, rief Erika. Sie war wieder in der Spur. »Wir müssen uns wehren. Du musst dich wehren. Du bist bekannt. Es hat einen Zweck.«

Die Kraft, die ihn vorhin an Ilona vorbeigeschoben hatte, sickerte weg. Er wollte sich wieder anlehnen, fallen lassen. Der Zweck. Das war sein wunder Punkt. Der Zweck. Der Sinn. Die Strategie. Das Höhere. Er wusste nie, ob sie Recht hatten. Er war anfällig für die Vernunft, die überwältigende, beruhigende Vernunft. *Du musst das im Zusammenhang sehen.* Er hatte die Reden nie verstanden, die ökonomischen Strategien oder was die Lösung des Wohnungsbauprogramms *als soziale Frage* bedeutete. *Das ist ein naiver Standpunkt.* Er hatte nicht verstanden, wieso alle so über Gorbatschow jubelten, der doch nur Binsenweisheiten aussprach. Deswegen hatte er Diskotheken gemacht. Er wollte sich dem entziehen. Aber damals, 1981, als er nach Neubrandenburg kam, ging das noch nicht. Die sechswöchige Grundausbildung bei der Armee war das Schlimmste, was er jemals erlebt hatte. Das schnelle Essen, die Gerüche, die Duschen, Frühsport, die Angst,

363

nach Polen zu müssen. Jeden Abend sah er auf das Sturmgepäck auf seinem Spind, es lag bereit, draußen war es kalt, im Morgengrauen stemmten sie Panzerkettenglieder, die mit Reif beklebt waren. In einem der Sturmpäckchen lag ein Arzneipäckchen mit Schmerzspritzen, die man sich in den Oberschenkel jagen musste, es war '81 im Winter gewesen, jeden Abend Aktuelle Kamera, Streikende in Gdansk, Schmidt war bei Honecker gewesen. Der Bonbon zum Abschied. Die Barlach-Gedenkstätte ganz in der Nähe. Der schwebende Engel.

»Was ist die Sache?«, fragte er. »Die gute Sache. Der Zweck.«

»Wir beweisen ihnen, dass ihr Spiel nicht funktioniert«, sagte sie.

»Ich bin der Beweis?«, fragte Landers.

Sie schwieg. Sie hatte mit ihm angegeben. Das war alles. Sie kannte jemanden aus dem Fernsehen.

»Sie finden nichts«, sagte sie nach einer Pause. »Sie sind nervös, Jan. Der Sonderbeauftragte hat zweimal nachgefragt, was wir, also die in der Behörde, über dich haben. Zweimal hat ihm die zuständige Rechercheurin gesagt ›Wir haben nichts über Landers‹. Ich war dabei. Blöger liebt diese Theyssen vom Spiegel irgendwie. Er würde alles für sie tun. Sie ist ihm die Loyalste, die Schärfste von allen. Aber auch sie bekommt offenbar nichts raus. Sie war in Neubrandenburg, aber sie hat dort nichts gefunden. Sie kann doch auch nichts finden, Jan?

»Nein«, sagte Landers. »Nein, nichts.«

Er legte auf und ging zur Minibar. Er würde sich betrinken oder runtergehen zu Ilona. Oder beides. Er zog ein Wodkafläschchen aus dem Seitenfach. Das Telefon klingelte, er dachte an den Sonderbeauftragten, Erika, Ilona, seine Mutter, aber es war Kerstin Fritsche. Es dauerte einen Moment, bis er begriff, dass es seine Untermieterin war. Sie hatte jetzt Zeit. Er stellte das Fläschchen zurück und fuhr wieder nach Lichtenberg. Er verließ das Hotel durch die Tiefgarage.

Die Wohnung machte ihm Mut. Er hatte es hier einst ausgehalten und tiefer fallen konnte er nicht. Kerstin Fritsche trug ein schlabbriges lila T-Shirt und einen Slip. Ihm hatte seit Jahren niemand mehr die Tür in Unterwäsche geöffnet. Sie hatte schwere Brüste, schlechte Haut und eine Brille mit milchigen, verschmierten Gläsern. Ihre Augen mussten sich erst an das fahle Flurlicht gewöhnen, wahrscheinlich hatte sie gerade gelesen. Landers stand auf einem borstigen Fußabtreter mit dem Aufdruck *Die Sonne geht im Osten auf*. Es roch verschwitzt aus der Wohnung.

»Ich würde mir gern ein paar meiner Kisten vom Zwischenboden holen«, sagte er. »Hast du eine Leiter?«

»Warten Sie mal«, sagte Kerstin Fritsche. Offenbar war er in dem Alter, wo man nicht mal mehr von Studentinnen aus Sachsen-Anhalt geduzt wurde. Vielleicht lag es am Anzug.

»Rainer!«, rief sie in Richtung des Wohnzimmers, wo ein Fernseher Fußballgeräusche machte. Das Deutschlandspiel war vorbei. Rainer sah sich wahrscheinlich die Aufzeichnungen der anderen Spiele an. Von einem Rainer war nie die Rede gewesen, dachte Landers. Er überlegte sich, ob er sie jetzt auch siezen sollte.

»Was denn?!«

»Ham wir 'ne Leiter?«

Die Nachbartür ging auf. Frau Schnollack schaute heraus. Landers lächelte sie an.

»Ach«, sagte Frau Schnollack und schloss die Tür wieder.

Rainer war ein braun gebrannter Dickusch mit freiem, pelzigem Oberkörper. Er war Anfang zwanzig, hatte aber bereits eine Halbglatze. Er sah aus wie ein Baustudent. Er blinzelte Landers an.

»Ich bin der, äh, Vermieter«, sagte Landers blöd.

Rainer musterte ihn feindselig. Er trug eine dunkelgrüne Turnhose und wartete. Seine Freundin stand schweigend zwischen ihnen, als sei ihr ehemaliger Liebhaber überraschend aufgetaucht. Frau Schnollack öffnete die Tür wieder einen Spalt. So eine Chance hatte sie nicht alle Tage.

»Wohnen Sie denn noch hier, Herr Landers?«, fragte sie.

»Ja«, sagte Landers.

»Ach«, sagte Frau Schnollack und zog die Tür zu.

»Ich wollte mir bloß ein paar alte Unterlagen holen«, sagte Landers zu den beiden Schlafmützen. »Sie liegen auf dem Zwischenboden im Flur. Eine Leiter wäre nicht schlecht.«

Rainer schlurfte zur Kammer am Endes des Flurs, hinter der Riffelglasscheibe flammte Licht auf, wenn Landers richtig sah, hatte Rainer eine Art Werkbank in die kleine Kammer gezwängt. Er war ein Bastler. Rainer kehrte mit einer glänzenden blauen Eisenleiter zurück und baute sie in der Mitte des Flures auf.

»Danke«, sagte Landers. »Wie haben wir denn gespielt?«

»Wir?«, fragte Rainer. Landers fielen die Aufkleber an der Tür ein. Er sah zum Fußabtreter hinunter. Im Osten ging die Sonne auf. Wahrscheinlich betrachteten sich Rainer und Kerstin noch als DDR-Bürger und trauerten den Zeiten des Ehekredits hinterher. Rainers Turnhosen sprachen dafür.

»Die Westdeutschen«, sagte Landers.

»BRD–Südkorea 3:2«, sagte Rainer. Landers hätte 500 Mark darauf gewettet, dass im Wohnzimmer eine Wandzeitung mit dem WM-Plan hing, in die Rainer sorgfältig jedes Spiel eintrug. Er schob die Leiter ans Ende des Flurs, die Wohnungstür stand die ganze Zeit offen. Landers kletterte die Leiter hoch, Kerstin blinzelte durch ihre dicken Gläser zu ihm hinauf. Er stemmte die Spanplatte nach oben und fühlte nach den Pappkartons. Zurück würde er ein Taxi nehmen. Er spürte seine alte Aktentasche und den Styroporkasten, in dem sein Vergrößerungsgerät verpackt war, das Jugendweihegeschenk seiner Mutter. Sie hätte es gern gesehen, wenn er Fotograf geworden wäre. Vielleicht war sie mal in einen verliebt gewesen. Landers hatte zwei- oder dreimal Fotos entwickelt und dann die Lust verloren, es war ihm zu aufwändig gewesen.

»Habt ihr vielleicht auch eine Taschenlampe«, rief er runter zu Kerstin.

Rainers Stimmung würde nicht besser werden, aber Landers war sich sicher, dass er eine Taschenlampe besaß und alle zwei Tage überprüfte, in welchem Zustand sich die Batterien befanden.

Er hatte Recht.

Landers entdeckte seine alte Kraxe im Lichtkegel von Rainers Stablampe, einen Rucksack, den er sich gewünscht, aber auch nur einmal benutzt hatte. Er war nicht der Wandertyp gewesen. Seine Autorennbahn stand da, sie hatte nie richtig funktioniert. Ein paar Modellflugzeugkisten, die er nicht geschafft hatte. Jedes Jahr hatte ihm sein Vater ein neues Modell geschenkt, es war immer wie ein Vorwurf gewesen. Es gab ein Knicker-Luftgewehr, den grünen Metallkasten, in den die Schießscheiben gesteckt wurden, ein paar Bücherbündel, zwei Stapel Mosaik und ein Stapel »Melodie und Rhythmus«. Landers wäre gern in den Zwischenboden geklettert, hätte die Platte geschlossen und Rainer gebeten, sie gut zu verschrauben. Hier würde ihn niemand suchen. Er würde zwischen Rucksack, Luftgewehr und seinen alten Mosaiks verhungern. Was wäre das für eine Geschichte.

»Und?«, fragte Kerstin von unten.

Wahrscheinlich wollte sie zurück zu ihren Hausaufgaben. Kerstin war bestimmt eine Beststudentin. Die Wohnungstür stand immer noch weit offen.

»Gleich«, sagte Landers. Er reichte die staubige Aktentasche mit den wichtigsten Heftern nach unten. Dann zog er das gelbe Westpaket mit den Zeugnissen und Urkunden an den Rand des Zwischenbodens und balancierte mit ihm die Leiter hinunter.

Kerstin bewegte sich zur offenen Tür. Rainer erschien nicht mehr zur Verabschiedung. Landers kam sich vor wie ein Mietwucherer. Dabei machte er nicht einen Pfennig Gewinn mit der Bude. Kerstin murmelte irgendwas und schloss die Tür. Hinter Frau Schnollacks Tür rumpelte es, als er auf den Fahrstuhl wartete. Landers blinzelte dem Spion zu, dann klingelte er bei Frau Schnollack, schenkte ihr zwei Autogrammpostkarten, trank einen Kirschlikör in ihrem verrumpelten Wohnzimmer und bestellte sich von ihrem alten Scheibentelefon ein Taxi.

Frau Schnollack hatte Gesprächsstoff für ein halbes Jahr.

Der Schlüssel zitterte. Er bekam ihn nicht ins Schloss. Es war halb elf. Raschke schob es auf die Vorfreude. Er legte die kostbare Akte auf die kleinen fischförmigen Pflastersteine vor seiner Haustür, mit denen diese bescheuerten Architekten das bisschen mittelalterliches Neubrandenburg in ihre piefige westdeutsche Provinz verwandeln wollten, stellte den Pappkarton mit den zwölf Bieren daneben und zog die kleine Flasche Chantré aus der Innentasche seines Jacketts. Er hatte seit zwanzig Stunden nichts mehr getrunken. Wahrscheinlich war das Jahresrekord. Er erinnerte sich dunkel an alkoholfreie Tage, die er früher eingelegt hatte. Er klickte den Verschluss auf und nahm einen tiefen Zug, seifig, brennend, vertraut. Er wartete einen Moment. Er wusste, wie das für einen Nachbarn aussehen würde, aber die Innenstadt schlief fast. Es gab keine Nachbarn mehr. Aus einem Fachwerkhäuschen fiel noch schwaches Fernsehlicht. Raschke wurde ruhig, das Kribbeln und Jucken ließ nach. Mehr brauchte er nicht im Leben. Ein paar Bier und die Aussicht auf eine gute Geschichte. Er nahm noch einen Schluck, sog die Abendluft ein, schraubte die Flasche wieder zu, jetzt schon mit den sanften, nachsichtigen Bewegungen des zufriedenen Trinkers, und schob den Schlüssel problemlos ins Schloss.

Er legte die dicke Landers-Akte auf den kleinen Ikea-Glastisch in seinem Wohnzimmer, riss den Bierpacken auf, stellte zwei Büchsen neben die Couch, verstaute die anderen im Kühlschrank, ging Pinkeln und brachte auf dem Rückweg einen Aschenbecher mit. Er setzte sich auf die Couch, nahm das erste Bier, riss die Lasche auf, trank einen langen Schluck, rülpste, stellte die Büchse auf den Tisch, brannte sich eine Zigarette an und rauchte. Dies war der schönste Moment des Tages, es würde der schönste bleiben. Er nahm noch einen tiefen Schluck, die Bierbüchse war jetzt zu zwei Dritteln geleert, er dachte darüber nach, ob er vielleicht zu wenig Bier gekauft hatte. Vielleicht hätte er noch eine Flasche Wein nehmen sollen. Es wäre fast der Einkauf für eine kleinere Party gewesen. Warum nicht, es war eine kleinere Party, und er brauchte eben ein bisschen mehr, um sich zu amüsieren. Er ging sonst nie zu der Esso-Tankstelle gegenüber der Außenstelle, er hätte also nichts riskiert. Ach, es würde reichen. Es war schön, noch elf große Bierbüchsen übrig zu haben. Greifbar.

Raschke drückte die Zigarette aus und nahm sich die Akte. Es war eine dicke Klemmmappe, und sie war oben mit zwei Kunstlederbändern zusammengeschnürt, die erstaunlich neu aussahen. Er dachte kurz an eine Briefbombe, aber dazu war sein Rätselfreund zu sanft gewesen. Er zog die Bänder auf, öffnete die Akte und fand drei Tüten. Es waren derbe Tüten, verstärkt, so wie Tüten für Goldbroiler. Sie waren dunkelblau und weinrot und mit dem Schriftzug *Deutsche BA* bedruckt. Es waren Kotztüten. Raschke öffnete eine der Tüten vorsichtig.

Sie war bis zum Rand mit Schnipseln gefüllt, kleine graue Papierschnipsel. Er schüttete den Inhalt der Tüte auf seine stahlblaue Auslegeware. Ein kleiner Papierhügel entstand. Obenauf lag ein Schnipsel, der bedruckt war. Raschke nahm ihn vorsichtig vom Berg. Zwei Buchstaben hatten auf dem kleinen Papierstück Platz. Ein i und ein r. Alte Schreibmaschinenlettern. Vielleicht gehörten sie zu einem *wir*, zu einem *Fakir* oder zu einem *Verpiß dir!* Zwei Buchstaben auf einem Schnipsel. Viel Arbeit. Raschke trank die erste Büchse aus, zerknüllte sie und öffnete die nächste. Er nahm einen Schluck, fuhr mit beiden Händen in den Schnipselhügel und zerteilte ihn wie einen Kuchenteig.

Sein Brieffreund hatte ihm eine letzte Aufgabe gestellt.

Es war kurz nach halb eins, als Landers wieder im Hotel ankam. Er fuhr mit dem Fahrstuhl aus der Tiefgarage direkt in den siebten Stock. Ilona saß vor seiner Tür. Sie schlief. Landers stellte seine Kiste auf die Erde, legte die Aktentasche darauf, wackelte ein bisschen an Ilonas Schulter und rief »Hey«.

»Tut mir Leid«, sagte sie verschlafen. Sie fing an zu weinen.

»Was denn?«, fragte Landers.

»Hör auf.«

Er schob die Kiste mit dem Fuß über die Schwelle, half Ilona hoch und schloss die Tür. Er hatte Ilona immer noch im Arm. Sie fühlte sich nicht an wie ein Medizinball. Sie war hart, aber leicht und roch schwach nach Clin d'Oil.

Sie küsste ihn und wartete, was er tat. Sie forderte nichts. Sie weinte, sie küssten sich lange, dann liefen sie zum Bett und zogen sich aus, sie zerrten gemeinsam die festgestopfte Schondecke vom Hotelbett. Ilona hatte kleine Brüste, sie war knochig und fast behaarter als er, aber komischerweise machte das nichts. Es war normal, es war folgerichtig. Ilona seufzte ab und zu, ansonsten war es still. Es entsprach seiner Stimmung. Einmal dachte er, dass es komisch sei, mit seiner besten Freundin zu schlafen, aber er vergaß es wieder, und am Ende wusste er nicht mal, wie spät es war. Sie lagen einen Moment da. Er war nicht müde, auch nicht mehr erschöpft. Er war nicht allein.

»Ich war nur eifersüchtig«, sagte Ilona.

Dann schwiegen sie wieder.

»Ich hab ein bisschen Arbeit mitgebracht«, sagte Landers und zeigte auf die Kiste im Flur. »Ich will rauskriegen, wer ich war.«

»Ach«, sagte Ilona. »Kann ich in der Zeit duschen?«

Sie verschwand im Bad. Landers machte das Licht an, ging zum Bett und schüttete den Inhalt seiner alten Aktentasche auf den Schonbezug. Da lag sein Zeugnisheft. Es steckte in einem dicken grünschwarz karierten Plastikumschlag, den sein Vater aus dem Westen mitgebracht hatte. Er hatte auch einen rotschwarz karierten mitgebracht, in dem Landers sein Hausaufgabenheft eingeschlagen hatte. Aber sein Hausaufgabenheft war nicht mehr dabei. Er nahm das Zeugnisheft. Alles Einsen in der

370

ersten Klasse, nur in Betragen eine Drei und im Gesamtverhalten eine Zwei.

»Jan ist ein lustiger, offener Schüler, der bei seinen Klassenkameraden beliebt ist. Er erfasst den Unterrichtsstoff sehr schnell, muss aber lernen, dass auch andere Schüler die Gelegenheit bekommen müssen, am Unterricht teilzunehmen. Manchmal stört Jan durch Zwischenrufe den Unterricht. Jan vertrat seine Klasse bei mehreren Crossläufen. Sein außerschulischer Einsatz in der Pioniergruppe ist zu loben. Er erhielt zwölf Lobe.«

In der zweiten Klasse hatte er eine Zwei in Musik, eine Drei in Betragen, eine Zwei in Gesamtverhalten. Sonst nur Einsen. Zehn Lobe. Wieder störte er den Unterricht durch Zwischenrufe. Landers übersprang ein paar Jahre. Siebte Klasse. Drei in Betragen und Mitarbeit, Drei in Mathematik, Eins in Deutsch, Englisch und Sport. Sonst Zweien. Von Loben war keine Rede mehr.

»Jan war in diesem Jahr oft unkonzentriert. Seine Mitarbeit ließ nach, er wirkte unterfordert und gelangweilt. Im Verhalten zu Lehrern und Mitschülern muss er sich kontrollieren, denn er neigt zur Überheblichkeit. Hannelore Richter.«

Frau Richter war seine Deutschlehrerin. Er hatte diesen Beurteilungen nie viel Bedeutung beigemessen, aber das hier war ein Psychogramm. *Denn er neigt zur Überheblichkeit.*

Ende der achten Klasse wurden seine Zensuren deutlich besser. Auf dem Zeugnis standen nur Einsen und Zweien. Sogar in Betragen hatte er eine Zwei. Frau Plenikowski war jetzt ihre Klassenlehrerin, eine Staatsbürgerkundelehrerin.

»Jan hat in diesem Halbjahr eine sehr positive Entwicklung genommen, er arbeitet besser mit und tritt respektvoller auf. Er hat eine Patenschaft für einen lernschwachen Jungen übernommen. Er ist Agitator seiner FDJ-Gruppe.«

Er vermisste Frau Richters deutliche Worte.

Fred Klar war der lernschwache Schüler. Fredi. Es hatte nichts geholfen, Fredi war nach der neunten Klasse abgegangen. Er hatte fettige Haare, Pickel und er stank. Fredis Vater war bei der Bahnpolizei, sie waren fünf Kinder. Fredi hatte noch vier fette Schwestern, eine war später Kassiererin in der Kaufhalle geworden. Er hatte mit Fredi im Kellerklub seines Neubaus gelernt. Fredi hatte im Polizistenblock gewohnt. Er könnte Fredi anrufen und ihn fragen, wie er damals gewesen war. Es hatte sicher nicht viel Sinn, aber er nahm sich die Palasthotelkunstledermappe und schrieb auf das Briefblatt »Fred Klar« und »Hannelore Richter«. Ilona kam in einem braunen Frotteebademantel ins Zimmer. Ihre Haare waren nass.

»Und wer bist du?«, fragte sie.

»Ich neigte zur Überheblichkeit«, sagte er. »Zumindest in der siebten Klasse.«

»Die meisten Jungs neigen in der siebten Klasse zur Überheblichkeit.«

»Ich weiß nicht«, sagte Landers. Er legte das Zeugnisheft weg. Er hatte ein paar Hefter aufgehoben. Deutschhefter, Geografie, Biologie. Es gab kein System. In einem der Biohefter klebte die Gräte eines Herings, den sie im Unterricht seziert hatten. Er wusste nicht, was er suchte. Staatsbürgerkundehefter gab es nicht mehr, er fand ein paar Aufsätze und Bewerbungen.

»Hör dir das mal an«, sagte er. »Damit habe ich mich für Kulturwissenschaften beworben. ›In der entwickelten sozialistischen Gesellschaft nimmt die Kultur einen immer breiteren Raum im Leben der Bürger ein. Nicht umsonst spricht die Hauptaufgabe von der immer besseren Befriedigung der materiellen *und* kulturellen Bedürfnisse. Für den zweiten Teil dieser Aufgabe wäre ich gern mitverantwortlich. Bücher und Konzerte begleiten mich durch mein Leben, seit ich denken kann... blablabla... Ich würde später gern an einer Publikation mitwirken, als Lehrer arbeiten oder in einer der vielen Massenorganisationen, deren Anliegen es ist, die kulturellen Bedürfnisse der DDR-Bürger besser zu befriedigen... blablabla.‹ Damit haben die mich genommen.«

»Warum nicht. Es war das, was sie hören wollten.«

»Ja«, sagte Landers, ihre Lässigkeit regte ihn auf.

»Du hättest es nicht geschrieben, oder?«

»Ich kann's mir jedenfalls nicht vorstellen.«

»Okay.«

»Was ist okay?«

»Nichts, mir fällt nichts ein. Du hast auf der besseren Seite gelebt.«

»Weiß nicht. Ich hab keine Lust, mich zu streiten.«

»Das ist natürlich das Einfachste.«

»Ja.«

Landers raschelte sich durch das Papier, wertloses Zeug. Es sagte ihm alles nichts mehr. Die Studienhefter waren dünn, in manchen klemmten nur zwei, drei Blätter. Kulturgeschichte. Literaturgeschichte. Dialektischer und historischer Materialismus. Politische Ökonomie des Kapitalismus. Landers hatte kaum Erinnerungen an seine zwei Semester Kulturwissenschaften. Er erinnerte sich nur noch an Schneider. Er musste mit ihm reden. Er schrieb Schneiders Namen unter den von Fredi Klar und packte die Hefte und Hefter wieder in seine alte Aktentasche. Dann schüttete er den Inhalt des Pakets aufs Bett. Es waren Urkunden, Briefe und Fotos.

Er sortierte die Urkunden aus. Für jeden Mist hatte es eine Urkunde gegeben. Er war für »gutes Lernen« ausgezeichnet worden, für Kulturprogramme, Tischtennisturniere der Tausend, und einmal hatte er mit seiner Klasse den zweiten Platz bei der Stadtbezirksmeisterschaft der Jungen Sanitäter belegt, er hatte das Touristenabzeichen gewonnen und das Abzeichen für gutes Wissen, die Lessing-Medaille in Silber und die Arthur-Becker-Medaille. Er hatte vergessen, wofür. Er schmiß die Urkundenstapel auf den Teppichboden. Ilona lag in ihrem Bademantel auf der linken Seite des Betts und sah sich die Fotos an. Klassenfotos, Ausflugsbilder, Schnappschüsse meistens. Ilona hatte ziemlich behaarte Schienbeine.

Landers überflog ein paar der Briefe von Kathrin. Sie waren immer gleich. Sie beschrieb ihre einsamen Abende, ihre stressigen Tage, ihre einsamen Abende. Sie pendelte zwischen Selbstmitleid und Wut, ab und zu brachte sie Linda ins Spiel, gelegentlich fielen Namen von Frauen, die er vergessen hatte. Die Briefe hatten ihn nie erreicht, sie erreichten ihn auch heute nicht. Er hatte sich gegen Kathrin gepanzert. Ihre ungelenke, umständliche Art, sich auszudrücken, nervte ihn. Es waren drei dicke, mit roten Gummis

zusammengehaltene Bündel Papier, das mit Kathrins vorbild-
licher Lehrerinnenschrift beschrieben war. In einem der Stapel
fand er ein Dutzend Briefe, die sie ihm nach Neubrandenburg
geschickt hatte. Er zog sie heraus und warf den Rest zu den
Urkunden auf den Teppich. Er hatte Kathrin zwei Monate vor
seiner Entlassung in einer Nachtbar in Friedrichshagen kennen
gelernt. Er fand sie hübsch, aber das hatte nichts zu bedeuten. Er
kam aus dem Wald.

Sie schrieb von ihrem Studium, sie schrieb eine wichtigtuerische
Besprechung eines Herman-van-Veen-Konzerts in der Werner-
Seelenbinder-Halle, das sie besucht hatte, vom Wetter, von ihrer
Mutter, von Hermann Hesse, von John Steinbeck. Sie las gerade
»Von Mäusen und Menschen« und hätte gern seine Meinung
dazu gehört. Er hatte ihr erzählt, dass er einen Kuwi-Studienplatz
hatte, sie hatte bestimmt gedacht, sie müsse dementsprechend
schreiben. Er hatte nicht ein einziges Buch von Hesse gelesen. Er
fand nichts von der Armee in ihren Briefen, nicht den kleinsten
Anhaltspunkt. Was hätte sie auch schreiben sollen. Sie wusste
nichts. Er durfte nichts schreiben und er hätte auch gar nicht
gewusst, was er aus dem Regiment schreiben sollte. Ihn hätten
seine Briefe mehr interessiert als ihre. Kathrin hatte sich nicht
verändert. Er überflog ihre vergilbten Briefe, einmal zitierte sie
Heinz Rudolf Kunze. Gleich am Anfang, sie stellte ihrem Brief
eine Heinz-Rudolf-Kunze-Zitat voran!

»*Plötzlich finden wir, dass selbst Familienfeiern gar nicht so
schlimm sind, wie man früher immer fand. Uns kommen teil-
nahmsvolle Worte von den Lippen. Zu alten Damen sind wir
regelrecht charmant.*«

Er hätte wissen müssen, dass sie nicht zusammenpassten.

Ilona sah sich ein Foto an, auf dem er mit seiner Schwester und
seinen Eltern am Liebnitzsee saß. Sie waren immer zum Liebnitzsee gefahren. Sein Vater trug eine Dreiecksbadehose. Er auch. Er
fragte sich, wer sie fotografiert hatte. Er konnte sich nicht vorstellen, dass sein Vater »fremde Leute« angesprochen hatte.

Ilona lächelte.

In einer schmalen hellblauen Kunstledermappe der Interflug

bewahrte Landers die alten Ausweise auf. Aus seinem Jungpionierausweis schaute ihn ein schmaler Junge mit großen verschreckten Augen an. Ein Unbekannter. Schon im Thälmannpionierausweis-Passbild war er sich ähnlich. Er war auf Wirkung bedacht. Er trug einen Seitenscheitel und ein Hemd mit großem Kragen. Sein Studentenausweis war vollkommen zerfleddert. Er hatte ihn gebraucht, um in die Klubs zu kommen. Er fand einen FDJ-Ausweis, einen GST-Ausweis, einen FDGB-Ausweis, einen DRK-Ausweis, einen DSF-Ausweis. Sein Wehrpass steckte in einer Plastehülle. Das Passbild erinnerte ihn an das in seinem Jungpionierausweis. Er hatte Angst. Er sah hilfesuchend in die Kamera. Er hatte sich so nackt gefühlt, er hatte alles weggegeben. Seine Haare, seine privaten Sachen, alles. Er hatte nur die Armeeklamotten und ein Bett und einen schmalen Schrank. Als er den ersten Brief seiner Mutter bekam, hatte er geweint. Er hatte ihn nicht aufgehoben, aber er erinnerte sich an den Ton. Dieser praktische Ton, den sie immer anschlug, wenn sie ihn vermisste. *Pass auf, dass du nicht zu lange in die Sonne gehst. Schreib bitte Oma, ich habe die Karten vorbereitet. Papa hat heute nach dir gefragt.* Er hätte jetzt gern einen der Briefe gelesen, aber er hatte sie nicht mehr.

Landers klappte den Wehrpass zu, legte ihn auf den Nachttisch und setzte sich auf das Bett. Er hatte nichts gefunden. Ilona sah sich ein Jugendweihefoto an, auf dem seine Mutter ihm die Krawatte ordnete. Es war eine breite, wild gestreifte Krawatte. Sein Hemd war knallgelb, seiner Mutter sah man an, dass sie noch am Vormittag beim Friseur gewesen war. Im Hintergrund stand eine gelangweilte Garderobiere.

»Kennst du Neubrandenburg?«, fragte er.

»Nee, warum?«

»Ich war da bei der Armee. Wenn ich irgendwas mit der Stasi zu tun hatte, dann ist es da passiert.«

»Aber das musst du doch wissen.«

»Ich weiß es nicht. Ich weiß es nicht.«

Er erzählte, wie sie an einem Weihnachtsabend in den Regimentsklub bestellt worden waren. Es war eine Überraschung. Ihr Zugführer hatte sich bei den Eltern oder Ehefrauen nach einem Musiktitel für ihre Söhne oder Männer erkundigt. Sie setzten sich alle an eine große hufeisenförmige Tafel, die Ordonnanzen verteilten winzige bunte Teller und vorne spielte der Klubunteroffizier die Wunschtitel vom Band. Mit kurzen Grüßen. Seine Mutter hatte sich *Junge, komm bald wieder* von Freddy Quinn gewünscht. Landers wäre fast gestorben vor Scham. Er hatte mit hochrotem Kopf im Regimentsklub gesessen. Den ganzen Titel lang.

Es war eine Witzgeschichte, aber Ilona lachte nicht. Sie kroch rüber zu ihm und legte ihren Kopf auf seine Brust. Er roch das kräftige Shampoo, Hotelshampoo. Er strich ihr durch die Haare, sie waren noch feucht. Sie kroch wie eine Katze unter die Schondecke, sie erstrampelte sich Platz unter der Bettdecke, die Fotos rutschten von ihrer Seite auf den Boden, ein paar blieben liegen. Ein altes Schwarzweißbild, das Landers mit seinem Vater auf einem Spielplatz zeigte. Zwei Fremde. Sein Vater streckte halbherzig die Arme nach ihm aus. Jan drehte sich hilfesuchend zur Fotografin um.

Landers rutschte ein bisschen nach unten. Er spürte ihre kühlen, feuchten Haare durch sein dünnes Hemd. Sie hatte sie sicher fönen wollen, war aber jetzt zu müde. Er streichelte sie weiter, bis sie gleichmäßig atmete. Draußen leuchtete der Dom grünlich golden in der Nacht.

Er hatte sich noch nie jemandem so nah gefühlt.

Die Frankfurter Allee rauschte gleichmäßig. Das freudige Hupen der Sieger war vorbei. Er hatte bei dieser WM zum ersten Mal in seinem Haus Männer jubeln hören, wenn die Deutschen ein Tor schossen. Leider wusste er nicht, wo es genau herkam. Er hasste die jubelnden Männer fast mehr als die Fußballer, die durchmarschieren würden wie immer. Das nächste Spiel war gegen Belgien. Mannschaften wie Belgien hatten nie eine Chance gegen sie. Sie waren praktisch im Viertelfinale.

Es war jetzt kurz nach zwölf. Er kannte die Geräusche der Frankfurter Allee aus vielen Nächten, die er in seinem Kordsessel zugebracht hatte. Zergrübelte Nächte, Nächte der Rückschau, Nächte, in denen er sein Leben nach Punkten durchsucht hatte, an denen er andere Entscheidungen hätte treffen müssen, nach Weichen. Die Punkte waren schnell zu finden. In der siebten Klasse hatte er den beiden Männern im Lehrerzimmer seiner Oberschule gesagt, er würde Offizier werden. Sein Vater war lange weg gewesen, seiner Mutter hatte er nie vertraut, sein Bruder war ein Versager. In der achten Klasse war er zur Erweiterten Oberschule gegangen, die er nie erreicht hätte, wenn er nicht Offiziersanwärter gewesen wäre. Bei der Musterung hatte er nicht abgeschworen. Sein Physiklehrer hatte ihn auf höhere Weisung durchs Abitur gebracht. Er hatte den Eid geleistet, er hatte die Offiziersschule beendet, im zweiten Studienjahr hatte ihn ein Zivilist für das Ministerium für Staatssicherheit geworben. Das war es, mehr Punkte gab es nicht. Er hatte nie einen Gedanken an ein Zurück verschwendet. Er wollte weg. Weg aus Neubrandenburg, weg von seiner Mutter, weg aus dem Kinderzimmer, weg aus dem Doppelstockbett, in dem sein Bruder jeden Abend leise über ihm wichste. Dieses wiegende Geräusch.

Er fand keine Weiche, die falsch gestellt war, aber es gab auch keinen Grund, zu seiner betrunkenen Frau ins Bett zu steigen. Er hasste Alkohol, er machte weich, impotent, und außerdem war er das Einzige, was ihn an seinen Vater erinnerte. Ein verschwommener, nasser Blick, der über seinem Bett aufgetaucht war, Gemurmel, ein feuchter Kuss, Gepolter, Flüche.

So war Zelewski zum Cineasten geworden. Er sah sich die alten

Gangsterfilme mit Cagney, Robinson, Lorre und Bogart an, die romantischen Komödien mit Cary Grant, Audrey Hepburn und James Stewart und die Western mit John Wayne, Richard Widmark, Glen Ford und Gary Cooper. Den Tag verplemperte er mit Talkshows, Gameshows und Nachrichten, aber die Nächte gehörten den alten Filmen. Filme, denen es nicht das Geringste ausmachte, dass Thorsten Zelewski kein Farbfernsehen empfangen konnte. Womöglich waren sie das Einzige, was er wirklich liebte. Er war als Kind schon gern im Kino gewesen, er hatte eine Gänsehaut bekommen, wenn sich der Vorhang teilte und der Fuchs erschien, der immer auftauchte, bevor das Kinderprogramm begann. Jetzt war es der Metro-Goldwyn-Mayer-Löwe, die Columbia-Frau oder die Universal-Kugel, die ihn begrüßten. Seine Filme kamen immer spät in der Nacht. Die Nachtgeräusche der Straße waren ihm vertraut. Sie rauschte bis um zwei, dann konnte man wieder einzelne Motoren heraushören, ab halb fünf war wieder gleichmäßiges Rauschen.

Im September würden sie Schallschutzfenster bekommen. Das Schreiben war vor drei Wochen gekommen. Nach irgendwelchen Messungen stand ihnen das zu. Er hatte sich aufgeregt, dass sie erst im September kommen würden. Im Herbst tauschten sie die Fenster aus, das war typisch. Warum nicht gleich im Winter.

Er stand auf und öffnete die Fenster. Das Rauschen wurde stärker, er mochte es. Wahrscheinlich warf sich seine Frau jetzt wütend auf die andere Seite. Sie waren Feinde geworden im Laufe der Jahre. Sie zuckte zusammen, wenn er sie berührte, wand sich weg, zog sich zusammen. Sie war eine gute Frau gewesen, damals. Alle hatten sie gewollt, er hatte sie bekommen. Der Oberst war scharf auf sie gewesen, er hatte sie umgarnt, bezirzt bei den Partys im Hausgemeinschaftskeller. Er hatte die Diskothek gemacht. Sie waren ein Traumpaar gewesen. Er hatte die Schallplatten, sie die Brüste.

Sie war hübsch, aber sie konnte keine Kinder bekommen. Er hatte sich die Bemerkungen anhören müssen. Ohne Kinder war man ja wie behindert. Unfertig. Schwul, schwanzlos, unfruchtbar. Den ganzen Tag dieses Kindergeschrei. Aus den Wohnungen, im

Hausflur, vom Spielplatz. Vielleicht hatte es daran gelegen, sie hatte angefangen zu trinken, immer mehr. Sie wurde ordinär, wenn sie betrunken war. Einmal hatte ihn sogar der Oberst zur Seite genommen und ihn gebeten, sich besser um seine Frau zu kümmern. Er hatte sie geschlagen, ja, aber er hatte es bereut, denn er liebte sie. Nach der Wende, als er arbeitslos wurde und immer da war, hatte er gemerkt, wie viel sie trank. Sie brauchte es. Sie dämmerte durch den Tag, sie saß vor diesen dummen Talkshows wie ein Stück Fleisch. Manchmal drang er nachts in sie ein wie in ein betäubtes Schwein. Sie grunzte betrunken, er fühlte sich wie ein Perverser danach. Sie redeten nicht mehr miteinander. Sie hatte nicht begriffen, was er meinte, wenn er von der *Sache* sprach. Sie kannte nichts, für das es sich zu kämpfen gelohnt hätte. Es gab nur *die anderen*, die es geschafft hatten. Seine Genossen, die Versicherungsvertreter, Fahrlehrer, Immobilienmakler geworden waren.

Verräter für ihn.

Er hatte dem Oberst vorgeschlagen, in den Untergrund zu gehen. Hier in diesem Zimmer im Wendewinter. Der Oberst hatte ihn ausgelacht, laut und schallend, er hatte Karin angeschaut und gelacht, sie hatte mitgelacht. *Untergrund hahaha. Zelewski, der letzte Partisan.* Sie hatte auf der Couch gesessen und ihn ausgelacht.

Sie hatte ihn vergiftet. Sie, die Verräter und diese elenden Fernsehsendungen, die ihnen den ganzen Tag erzählten, was sie verpassten. Fernsehen war der Tod.

Er hatte sich verkauft. Er hatte sich an den Feind verkauft. Für beschissene tausend Mark. Er war übergelaufen für schmutziges Geld. Es war unverzeihlich.

Zelewski weinte. Das erste Mal seit zwanzig Jahren weinte er. Die Straße rauschte unbarmherzig.

Vier
Die Fakten

2. Juli

Zum ersten Mal habe ich keine Zeit für lange Erklärungen.
Ich spiele mein Spiel weiter und es wird immer schneller. Armer
Raschke. Er tut mir fast leid. Aber die Dinge sind nicht mehr auf-
zuhalten. Er hatte es einmal in der Hand. Wir hatten es in der
Hand. Das ist vorbei. Es hat bereits Reichelts Kopf gekostet, es ist
bis nach Berlin geschwappt. Ich fürchte, es wird auch Raschkes
Kopf kosten. Ich habe ihm mit den drei Schnipseltüten ein mög-
liches Ende angeboten. Ich hoffe, er akzeptiert es.
Es ist Zeit, Schluss zu machen.

Das Spiel hat mir geholfen. Es hat mich beschäftigt und es hat mir
den Mut gegeben, mit Miriam zu reden. Nicht nur das. Es hat
mich dazu gezwungen, mit ihr zu reden. Miriam hat mich ent-
deckt. Sie hätte mich auffliegen lassen können, aber sie hat mir
zugehört. Und dann hat sie mir sogar geholfen. Ohne sie hätte ich
den Schluss nicht so perfekt hinbekommen.
Wir waren danach im Café Eisenstein am Fußgängerboulevard,
wir haben zwei Stunden geredet. Ich habe ihr nicht gesagt, dass
sie mein Codewort ist. Wir haben über Bücher und Filme geredet.
Und natürlich über mein Spiel. Sie hat gelacht. Ich habe mich
nicht getraut, sie zu fragen. Aber ich glaube, sie hat keinen
Freund. Ich kann es nicht beschreiben, aber es macht alles leichter.
Auch das Leben in der Behörde, wo ich das Gefühl habe, dass mir
gar nicht mehr viel passieren kann. Ich werde die Sache zu Ende
bringen und dann höre ich dort auf. Es ist ein unmenschlicher
Laden.
Das Leben ist zu kurz, um dort seine Zeit zu verschwenden.
Heute Abend habe ich mich mit Miriam im Kino verabredet. Wir
wollen uns »Speed« ansehen. Soll ganz gut sein. Wir bekommen
bestimmt Karten, denn heute Abend spielen die Westdeutschen
gegen Belgien. Es ist Fußball-WM und wir gehen ins Kino. Ist das
nicht wunderbar!?
Ich würde gern mit jemandem darüber reden. Mit Mutter viel-
leicht. Seit es mir gut geht, merke ich erst, wie schlecht es ihr geht.

Sie war so traurig, als ich ihr sagte, dass ich ausziehen werde. Sie hat mir Glück gewünscht und ist in ihrem Zimmer verschwunden. Auch Thorsten geht es nicht gut, sagt sie. Berlin sei keine gute Stadt für ihn. Auch seine Frau sei keine gute Frau für ihn. Komisch, ich habe ihn immer um seine Frau beneidet. Sie ist so blond und schön. Sie war die Frau meiner Fantasie. Aber ich habe sie mindestens fünf Jahre nicht gesehen.

Vielleicht mache ich auch Frieden mit meinem Bruder.

Manchmal denke ich, ich bin zur Behörde gegangen, um ihn zu jagen. Ich wollte mich befreien. Aber ich habe das Gegenteil erreicht. Darum habe ich versucht, diesen Landers zu schützen. Weil es meinen Bruder gibt. Und weil es inzwischen auch mich gibt. Ich konnte das gar nicht mehr richtig trennen.

Es ist Zeit, Schluss zu machen.

Raschke konnte seinen Blick kaum auf Rößler einstellen, er schwamm ihm immer wieder weg. Er verstand nicht, was der Mann sagte, selbst seine eigenen Fragen schien jemand anderes zu stellen. Er fühlte sich, als beobachte er die Welt aus einem Aquarium. Alles um ihn blubberte, waberte, schwamm. Schwere Substantive trieben durch seine Gehörgänge. Raschke hoffte, dass seine Fahne nicht so stark war, wie sie sein musste. Es war halb eins, er hatte bis um vier gesoffen.

Zehn Bier und die Flasche Chantré.

Er hatte es diesmal nicht bis ins Bett geschafft. Er war mitten in diesem Scheißpuzzle aufgewacht, ein Teil des Papiers hatte er mit Bier bekippt, die letzte Zigarette hatte sich in die stahlblaue Auslegeware gefressen. Als er wach wurde, lief im Fernseher eine MTV-Unplugged-Session mit Herbert Grönemeyer. Es hatte geregnet und er hatte gewusst, dass er nie berühmt werden würde. Vor zehn Stunden war er noch voller Hoffnung gewesen. Bis zu dem Moment, als er die Akte öffnete, nach der er einen halben Tag gesucht hatte. Er hatte die Kotztüten der Deutschen BA gefunden, die letzte Aufgabe seines Freundes. Anderthalb Stunden später hatte er zwei Schnipsel gefunden, die zueinander zu passen schienen, dann versickerte seine Erinnerung, heute morgen hatte gar nichts mehr gepasst. Er hatte den Haufen zusammengekratzt und in die Kotztüten gesteckt. Dann hatte er den kleinen Zettel mit seinen drei Kandidaten gesucht und war hierher gefahren, um seine letzte Chance zu wahren.

Rößler, Vogel, Nitz. Einer von denen musste es sein.

Rößler war sein Favorit, er war gestern Abend noch da gewesen, er hätte die gelben Zettel beschriften können.

Rößler hatte die Außenstelle kommissarisch übernommen. Reichelt war im Urlaub. Raschke hatte den Eindruck, dass die Zeiten, in denen er sich frei durch die Archive bewegen konnte, damit vorbei waren. Er wusste nicht, was er mit Rößler besprechen sollte, und so hatte er ihn erst mal gefragt, wo seiner Meinung nach die Zukunft der Behörde liege. Dann hatte er sein Diktiergerät eingeschaltet. Nach dreißig Minuten hatte er die Kassette gewechselt, Rößler antwortete immer noch. Seine Sätze bestanden aus Substantiven, die er auf Genitivketten fädelte. Auch ein nüchterner Mensch hätte ihm nur schwer folgen können, und Raschke war nicht nüchtern.

Er wartete noch zehn Minuten, dann strich er Rößler von seiner Verdächtigenliste. Rößler war nicht sein Mann. Rößler hatte keine Zweifel. Er war ein selbstgefälliger Beamter. Seinen Brieffreund stellte er sich anders vor. Unsicherer.

Aber Rößler war garantiert kein Schwätzer. Deswegen weihte er ihn ein.

Rößler konnte sich niemanden vorstellen, der solche Briefe schrieb. Das war nicht überraschend. Rößler war nicht der Mann, der sich so etwas vorstellen konnte. Raschke fragte nach jemandem, der im letzten Jahr aus persönlichen Gründen gekündigt habe. Sein Brieffreund hatte einen Guido erwähnt, der es nicht mehr ausgehalten habe.

»Schreiner hat im vorigen Jahr gekündigt«, sagte Rößler.

»Wieso?«

»Es ging um einen Arzt, der seinen Bruder mal operiert hatte. Ein Orthopäde aus dem Bezirkskrankenhaus. Es gab eine Karte und eine schmale Akte, keine Verpflichtungserklärung, die Klinikleitung hat ihn suspendiert, weil er seine Kontakte nie angegeben hatte. War kein eindeutiger Fall. Schreiner hat gesagt, er kann nicht mehr hier arbeiten. Na ja. So was gibt es.«

Schreiner hieß nicht Guido, sondern Lothar, aber Raschke war sich sicher, dass er der Guido war, der im ersten Brief seines Freundes auftauchte. Er notierte sich die Telefonnummer. Blieben Vogel und Nitz. Rößler hatte nichts dagegen, dass er mit den beiden sprach.

Vogel war ein Trinker. Es war ein komisches Treffen, Raschke fragte sich die ganze Zeit, ob Vogel wusste, dass auch er ein Trinker war. Vogel war weiter als er, die roten Äderchen traten hervor, er hatte Pusteln, einen schlierigen, milchigen Blick, seine Nase hatte die Form verloren. Es roch nach Pefferminz in seinem Zimmer und nach einem starken Rasierwasser, er trank ganz sicher am Tage. Ein Blick in Vogels Gesicht war ein Blick in die Zukunft, aber es half Raschke nicht.

Der Mann, den er suchte, war kein Trinker.

Laut Personalliste war Vogel Bibliothekar in einer Armeebibliothek in Torgelow gewesen. Ein Zivilangestellter, seit 1991 war er hier in der Außenstelle. Er arbeitete in der Decknamenkartei. Sechsundvierzig Jahre alt, geschieden. Bis vor zehn Monaten war er täglich zwischen Neubrandenburg und Torgelow gependelt, dann hatte er seine Wohnung dort aufgegeben und war hierher gezogen. Rößler hatte nichts von einem Alkoholproblem gesagt. Aber was hieß das schon. Menschliche Dinge schienen Rößler fremd zu sein.

Vogel war ruhig, er hatte früher mit Büchern zu tun gehabt, er hatte keinen besonderen Ehrgeiz entwickelt und er schien allein zu sein. Deswegen hatte ihn Raschke auf seine Liste gesetzt.

»Wissen Sie, was mit Reichelt los ist?«, fragte Raschke.

»Sind Sie von der Kriminalpolizei?«, fragte Vogel zurück, er sprach durch die Nase, dennoch wehte eine Pfefferminzbrise über den Tisch.

»Nee, vom Nordkurier.«

»Ach.«

»Ja, ich schreibe einen Artikel über die Außenstelle und frage mich, was mit Ihrem Chef los ist.«

»Er ist ein ordentlicher Chef«, sagte Vogel. »Er kümmert sich um die Außenstelle und um die Mitarbeiter.«

»Mmmmh«, machte Raschke.

»Und die Kantine ist gut«, sagte Vogel. »Wir haben einen Expresso-Automaten.«

»Espresso«, sagte Raschke und ärgerte sich über sich selbst.

»Ja«, sagte Vogel.

Dann schwiegen sie. Raschke war müde. Vogel wusste offenbar noch nicht, dass Rößler die Außenstelle übernommen hatte.

»Darf ich Ihnen was zu trinken anbieten?«, fragte der Mann.

Raschke sah auf die Uhr. Es war halb zwei. Er schüttelte den Kopf.

Vogel zuckte mit den Schultern, griff unter den Tisch und goss sich einen Schluck Cola in das Glas auf seinem Tisch. Es war helle Cola, sehr helle Cola. Vielleicht war er aufgeregt. Raschke fragte sich, was er ihm angeboten hätte. Vielleicht sah er doch schon versoffener aus, als er dachte.

»Reichelt ist krank, Rößler leitet jetzt die Außenstelle«, sagte Raschke.

»Ach.«

»Ja. Was haben die Soldaten in Torgelow eigentlich so ausgeliehen?«

»Alles Mögliche«, sagte Vogel. »Schöngeistige Literatur, Klassiker, Sachbücher und was fürs Herz.«

»Was lesen Sie denn am liebsten?«

»Anspruchsvolle Sachen«, sagte Vogel. Das Adjektiv brach unter der Last seiner Zunge zusammen. Wenn er nach Hause kam, hatte er wahrscheinlich Probleme, dem Fernsehprogramm zu folgen.

»Belastet Sie die Arbeit bei der Behörde eigentlich?«

»Was?«

»Seelisch?«

Es war ein plumper Versuch. Vogel sah ihn an, sein Kopf wackelte, seine Augen tränten. Er hätte ihm sicher gern erzählt, wie schlimm das alles sei, und in drei Stunden hätte er das womöglich auch getan. Aber der Alkohol machte ihn nicht hemmungslos, er machte ihn devot.

»Es ist keine leichte Arbeit. Sicher auch keine bequeme«, erklärte ihm Vogel. »Aber es ist eine Arbeit, die gemacht werden muss. Ich persönlich habe keine Lust, meinen Kindern in zehn Jahren sagen zu müssen, dass es nicht möglich war, die Verantwortlichen zu bestimmen.«

»Haben Sie Kinder?«, fragte Raschke.

»Was hat das denn damit zu tun?«

»Nichts«, sagte Raschke. Er hatte Vogel längst verloren. Er bedankte sich und ging zum letzten Mann.

Jens-Uwe Nitz war Buchhalter im Reichsbahnausbesserungswerk Neubrandenburg gewesen. Auch er hatte mit Büchern zu tun gehabt, wenn man so wollte. Nitz war fünfunddreißig und ledig. Er war der Vertrauensmann der Behörde und arbeitete in der Kundenbetreuung, wo die Bürger hingeschickt wurden, die ihre Akten einsehen wollten. Die Kundenbetreuer holten die Akte,

388

machten Kopien, schwärzten Namen, saßen im Lesesaal und boten, bei Bedarf, psychologischen Beistand. Nitz saß mit drei anderen Kundenbetreuern in einem Souterrainraum. Durch vergitterte Fensterschlitze sah man auf einen Parkplatz. Es roch nach Leim. Aus einem alten Stern-Transit-Radio, das zwischen ein paar Grünpflanzen auf einer Blumenbank stand, lief Cat Stevens *Wild World*. Die Schreibtische verschmolzen zu einem großen Schreibtischblock. Zwei ältere Damen, ein etwa dreißigjähriger Zopfträger mit Kinnbart und ein Mittdreißiger mit schütteren blonden Haaren saßen im Kreuz. Es musste die Hölle sein. Raschke fragte sich kurz, welchen psychologischen Beistand man von den Vieren erwarten konnte.

Alle sahen auf, als er in der Tür stand. Nitz war der blasse Blonde. Er bot ihm den grünen Kunstlederstuhl an, der direkt neben seinem Schreibtisch stand.

»Wollen wir nicht in die Kantine gehen?«, fragte Raschke.

»Ich habe keine Geheimnisse«, sagte Nitz. Er stotterte ein bisschen, er schien aufgeregt zu sein.

»Schade«, sagte der Zopfträger und lachte. Auch die Damen kicherten. Nitz wurde rot.

»Zisch ab, Jensi«, sagte der Mann mit dem Zopf. »Ich betreue in der Zwischenzeit deine vielen Kunden.« Wieder kicherten die Damen. Der Junge schien der Witzbold in ihrem kleinen Quartett zu sein. Raschke schenkte ihm einen dankbaren Blick.

Nitz stand hinter seinem Schreibtisch auf, immer noch rot im Gesicht.

Die Kantine befand sich in einer großen Halle, die mit Viermanntischen gefüllt war. Die Tische waren in Karoform gedreht und zogen sich in sechs langen Reihen durch den Saal. Alle waren mit pinkfarbenen Wachstüchern belegt. Es war kurz vor halb zwei, aber nur an drei Tischen saßen Gäste. Raschke holte sich eine Cola und ein Eibrötchen, Nitz hatte schon gegessen. Die eine Seite der Halle bestand aus Glas, vorn gab es eine Bühne, rechts eine Küche, die so groß war, dass man von hier halb Neubrandenburg hätte bekochen können. Wahrscheinlich war halb Neubrandenburg bei der Stasi gewesen, dachte Raschke. Nitz steuerte mechanisch auf einen ganz bestimmten Tisch in der Mitte des Saals zu, vielleicht war er Autist, Raschke hatte kein schlechtes Gefühl. Die Cola war eiskalt, sie sprengte ihm fast die Stirn, aber er wurde munterer.

»Wie lange sind Sie eigentlich schon hier?«

»Seit 1991. Ich habe mich auf eine Ausschreibung beworben, weil ich meine Arbeit im Reichsbahnausbesserungswerk verloren hatte. Ich war dort Buchhalter.«

»Wie viele Leute haben sich denn damals beworben?«

»1500, glaube ich. Es gab 75 Plätze. Ich hab nicht gedacht, dass sie mich nehmen, und ich wäre auch nicht so böse gewesen, wenn es nicht geklappt hätte.«

»Warum denn nicht?«

»Ach kommen Sie, Sie haben doch selbst einen Artikel über die Außenstelle geschrieben. Sie wissen doch, wie attraktiv die Arbeit hier ist.«

»Hat Sie Reichelt eingestellt?«

»Ja.«

»Wie finden Sie den Reichelt?«

»Das möchte ich ungern in der Zeitung lesen.«

»Es ist nur ein Hintergrundgespräch. Ich möchte Sie kennen lernen.«

Nitz sah ihn drei Sekunden lang an, dann lächelte er. In diesem Moment wusste Raschke, dass er seinen Mann gefunden hatte.

»Ich halte ihn für einen Psychopathen. Ich habe damals schon das Einstellungsgespräch mit ihm gemacht. Er war verrückt. Sein Technikwahn wurde mit den Jahren immer schlimmer. Ich glaube, wir haben hier die modernsten Archivsysteme Europas. Reichelt ist der Star jeder Büromöbelmesse. Sie sollten über ihn schreiben. Wobei es jetzt fast zu spät ist.«

Er lachte ein meckerndes, kurzes Lachen, Raschke dachte an die eingeschobenen »Hahahas« in den Briefen seines Informanten. Er hatte ihn. Hahaha.

»Und Rößler?«

»Ein Beamter. Er ist ein bisschen seelenlos, aber er hat wenigstens nicht dieses Getriebene.«

390

»Wäre es möglich, Akten aus der Behörde zu schmuggeln?«

»Sicher.«

»Auch Ihnen?«

»Auch mir.«

»Haben Sie es schon mal getan?«

»Machen Sie sich nicht lächerlich.«

Es war jetzt ein Spiel, das Raschke Spaß machte. Es wunderte ihn nicht, dass Nitz gerade dann sicher wurde, wenn er ihn angriff. Dann spürte der Mann, wie weit er ihm voraus war.

»Kennen Sie Jan Landers?«

»Den Nachrichtensprecher?«

»Ja.«

»Das ist doch nicht Ihre Frage.«

Das stimmte. Raschke hatte eigentlich keine Frage mehr. Der Mann würde nichts zugeben. Er konnte gar nichts zugeben, wenn er nicht seine Arbeit verlieren wollte. Womöglich würde er sogar ins Gefängnis kommen. Aber er war da, es gab ihn. Deshalb war er hergekommen.

Sie hatten sich einander gezeigt. Die Briefe würden aufhören.

»Nein, natürlich nicht«, sagte Raschke. »Ich werde Ihren Namen nicht nennen.«

Nitz schwieg. Drei Frauen stellten ihr Geschirr in der Luke ab und verließen den Saal. Die beiden Männer waren jetzt ganz allein.

»Weshalb haben Sie diesen Tisch ausgesucht?«, fragte Raschke.

»Er ist der, der im Durchschnitt am weitesten von allen vier Wänden entfernt ist. Ich habe das ausgerechnet. Ich hasse Wände.«

Raschke schaltete sein Diktiergerät aus. Sie standen auf.

»Haben Sie eigentlich eine Lieblingsband?«, fragte er.

»Ja. Kraftwerk.«

Kurz bevor sie den Saal verließen, blieb Raschke noch einmal stehen.

»Wie lange braucht man, um eine zerschredderte Akte von etwa zwanzig Blatt zu rekonstruieren?«

»Oh. Das kann dauern«, sagte Nitz und lachte sein meckerndes Lachen.

391

Im Foyer klingelte Raschkes Handy. Es war Frentzen, sein stell-vertretender Chefredakteur. Raschke verabschiedete sich stumm von Nitz.

»Du bist doch an dieser Stasisache dran, Thomas.«

»Ja, ich stehe gerade in der Behörde. Wieso?«

»In welche Richtung geht die denn?«

Raschke sah Nitz nach, der im Dunkeln des Ganges verschwand.

»Vor einem Monat ist ein Rechercheantrag für ein paar promi-nente Neubrandenburger eingegangen. Darunter war der von Jan Landers, dem Nachrichtensprecher. Der hat in Fünfeichen gedient. Der Antrag ist verschwunden. Ich habe einen anonymen Hinweis aus der Behörde bekommen, hab hier ein bisschen rum-geschnüffelt. Ich glaube, ich habe gerade den Mann gefunden, der die Akte verschwinden ließ.«

»Hast du die Akte?«

»Ja. Aber in zerschreddertem Zustand.«

»Scheiße. Warte mal, Tom.«

Raschke lief mit seinem Handy am Ohr nach draußen auf den Parkplatz. Er mochte es nicht, wenn ihn Frentzen Tom nannte. Es hatte etwas Väterliches und er wollte nicht Frentzens Sohn sein. Nicht nur, weil sie etwa gleich alt waren. Frentzen war zehn Jahre lang Wirtschaftsredakteur der Schweriner Volkszeitung gewesen, war 1991 nach Neubrandenburg gekommen und hielt sich seit-dem für einen halben Westler. Raschke steckte sich die erste Ziga-rette des Tages in den Mund, zündete sie aber noch nicht an.

»Wie schnell kannst du das aufschreiben, Thomas?«

Raschke überlegte, welcher Tag war und mit wem Frentzen sich eben beraten hatte. Es war Mittwoch.

»Bis zum Wochenende. Warum?«

»Ich sitze hier gerade mit Werner Sitterle zusammen und bespre-che Themen. Wir haben an deine wunderbare Geschichte von vor zwei Jahren gedacht und uns überlegt, dass wir wieder mal was aus der Behörde bräuchten. Und wenn du sagst, der Spiegel ist dran, sollten wir uns beeilen. Hast du mit Reichelt gesprochen?«

»Ja.«

»Gut. Schreib es auf, Kisch. Freitag Bugatti?«

»Mal sehn.«

Raschke steckte sein Handy weg und zündete sich eine Zigarette an. Schreib es auf, Kisch! Das Nikotin schoss ihm ins Blut, er dachte an die Kotztüten in seinem Wohnzimmer. Einen Moment lang wurde ihm schwindlig. Er setzte sich auf den Bordstein. Er hatte den anonymen Brief. Er hatte die Karteikarte, er hatte Nitz. Er würde mit »Guido« Schreiner reden. Er konnte die Schnitzeljagd beschreiben, wenigstens bis zu dem Punkt, an dem seine Vergangenheit ins Spiel kam. Er konnte Reichelt beschreiben und Blögers Interesse. Er musste die Spiegel-Geschichte erwähnen, sie war der Ausgangspunkt. Er dachte an Doris. Er musste sie anrufen. Und er musste diesen Landers anrufen. Dann wäre es eine Geschichte. Vielleicht sogar eine gute.

Sie würden sie an die Agenturen geben. Die Tagesschau saß in Hamburg, soweit er wusste. Hamburg war eine Medienstadt. Irgendwann würden sie auf ihn aufmerksam werden. Raschke schnippte seine Kippe auf den Parkplatz.

»Er frisst mir aus der Hand«, sagte Frentzen zu den beiden Männern, die in der schwarzen Ledersitzgruppe im Büro seines Chefredakteurs saßen. Er selbst saß hinterm Chefredakteursschreibtisch am Telefon. Man sah auf die Hochstraße in die Oststadt und ein Stück vom Ring. Ein schönes großes Büro. Frentzen hatte nur einen Zweiachser, einen Schlauch, in den kein Sofa passte. Nicht mal ein kleines. »Guter Junge, der Raschke.«

»Er sieht mir ein bisschen fertig aus, gelegentlich«, sagte Sitterle, der Chefredakteur des Nordkurier. »Wie alt ist der eigentlich?«

»Mitte vierzig«, sagte Frentzen schnell, der keine Ahnung hatte, wie alt Raschke war.

»Wenn die Geschichte wirklich so erscheint, dann muss sie Sonnabend kommen, Horst«, sagte der dritte Mann im Raum. Er hieß Dr. Friedhelm Sturzacker. Sturzacker war Fraktionsvorsitzender der CDU im Schweriner Landtag und ein alter Studienfreund von Horst Sitterle.

»Wieso soll die Geschichte eigentlich jetzt so schnell ins Blatt?«, fragte Frentzen. Es nervte ihn ein bisschen, dass Sturzacker immer nur mit Sitterle redete, nie mit ihm. Schließlich hatte er den besten Draht zu ihrem Chefkorrespondenten.

»Am Montag ist die Abstimmung über den Beauftragten des Stasiunterlagengesetzes im Land. Die Sozis sind dagegen, den Posten noch einmal zu besetzten. Die PDSler sowieso. Das wird bestimmt ein wichtiger Wahlkampfstoff.«

»Klaro«, sagte Frentzen.

Sitterle schaute genervt, Frentzen bekam diesen Autoverkäufercharme nie weg. Dieser fliederfarbene Anzug war eine Beleidigung.

»Danke, Karlheinz«, sagte Sitterle.

Frentzen verließ den Chefredakteursschreibtisch und verabschiedete sich von Sturzacker. Irgendwann würde er schon in dieses Zimmer zurückkommen und bleiben. Er verstand die Mentalität der Leute hier sowieso viel besser als diese arroganten Westärsche.

»Der ist bei dir Stellvertreter?«, sagte Sturzacker als Frentzen raus war.

»Man muss nehmen, was man kriegen kann«, sagte Sitterle.

»Kannst du mir das Manuskript von diesem Geschke nach Schwerin faxen, Horst?«, fragte Sturzacker.

Sitterle überlegte, ob er Sturzacker korrigieren sollte. Aber was spielte das für eine Rolle. Geschke oder Raschke. Er war müde.

Aber er nickte, als würden sie mit ihrer Wochenendausgabe den Bundeskanzler stürzen.

Fredi Klar erschien in der Kantine des Samsung-Werks, als sei er ein Häftling, der Besuch bekam. Er trug eine dunkelblaue Uniform, auf deren Brust ein ovales Samsung-Schild klebte. Landers stand von seinem Tisch auf. Fredi musterte ihn kurz, gab ihm eine kräftige Hand. Er hatte eine Glatze und war klein geblieben. Er sah aus wie sein Vater in dieser dunkelblauen Uniform und schien sehr ruhig zu sein. Schon gestern am Telefon hatte er sehr gefasst reagiert. So als habe er mit Landers' Anruf gerechnet. Er wirkte älter, als er war.

»Hast du schon gefrühstückt, Jan?«, fragte Fredi mit einer seltsam hohen Stimme.

»Nee, Fredi«, sagte Landers.

»Das Essen ist gut hier, wir haben einen Koch, der in Korea gelernt hat. Im Stammwerk.«

»Danke, Fredi. Ist nett, aber ich hab keinen Hunger.«

»Was gibt's, Jan?«

Eine komische Frage nach zwanzig Jahren.

»Es klingt ein bisschen eigenartig, aber ich bin auf der Suche nach mir selbst.«

Fredi schaute verständnislos, aber freundlich. Er sah aus, als sei er zum Koreaner geworden. Landers begriff jetzt, wie absurd seine Idee war, hierher zu kommen. Fredi konnte ihm nichts erzählen. Er wusste nicht, worum es ihm ging. Es war zu viel passiert. Fredi lächelte.

»Ich gehe für längere Zeit ins Ausland«, sagte Landers einfach. Er würde dieses Gespräch zu Ende spielen und vergessen. »Und da wollte ich mich noch von ein paar Menschen verabschieden, die ich in den, äh, letzten fünfunddreißig Jahren kennen gelernt habe.«

»Schön, dass ich dabei bin. Wo soll's denn hingehen?«

»Bitte?«

»Wohin fährst du?«

»Nach, äh, Amerika«, sagte Landers. »USA. Zur Konkurrenz gewissermaßen.« Er zeigte auf Fredis Samsung-Schild.

Fredi Klars Miene schien sich etwas zu verdunkeln, aber womöglich bildete er sich das auch ein.

»Wie viele Kinder hast du?«, fragte Fredi.

»Eins«, sagte Landers. »Eine Tochter. Linda. Und du?«

»Fünf.«

Er war in die Fußstapfen seines Vaters getreten. Fünf Kinder. Großer Gott. Wahrscheinlich sah seine Frau aus wie eine seiner Schwestern. Er wollte keine Fotos sehen.

»Oh, das ist schön. Fünf. Schön«, sagte Landers und sah auf die Wanduhr, die mitteleuropäische Zeit zeigte. Daneben hing eine mit Seouler Zeit. Wahrscheinlich wurde man bei Samsung öffentlich geschlagen, wenn man die Pause überzog. Sie hatten noch zehn Minuten.

»Willst du Fotos sehen?«, fragte Fredi.

»Gern«, sagte Landers.

Fredi legte einen schmalen Stoß Bilder auf den Kantinentisch. Seine Frau sah dünner aus als seine Schwestern, viel dünner. Sie sah aus wie eine Maus. Fredi stand mitten in der Familie. Wie ein kleiner Pate. Er schien zufrieden zu sein. Die Fotos kosteten Landers zwei Minuten, er wollte interessiert wirken. Einen Augenblick lang hatte er das Bedürfnis, sich in ein Familiengespräch fallen zu lassen. Er hatte noch acht Minuten, um herauszubekommen, wer er war.

»Wie war ich, Fredi?«, sagte Landers, während er die Fotos behutsam ordnete. »Was war ich für ein Mensch?«

»Was?«

»Kannst du dich nicht an mich erinnern? Wir sind acht Jahre zusammen zur Schule gegangen.«

»Doch, doch. Du warst gut. Du warst ein guter Fußballer.«

Fredi lächelte. Fredi war kein guter Fußballer gewesen, wenn Landers sich richtig erinnerte. Vielleicht ein Verteidiger, ein kleiner verbissener Verteidiger. Verteidiger vergaß man immer zuerst. Landers dachte an den Platz und die hohen Gitterzäune, die verhindern sollten, dass der Ball auf die Hochstraße flog. Fredi hatte neben dem Platz gewohnt. Im Bullenhaus, wo all die Polizistenkinder lebten. Fredis Vater hatte ein Mofa gehabt. Manchmal waren sie ihm lachend hinterher gerannt. Klar war eine Witzfigur gewesen.

»War ich das?«

»Ja.«

»Und sonst?«

»Du bist ja dann auf die Oberschule gegangen. In der achten Klasse.«

»Ja. War ich ehrgeizig?«

Fredi lächelte.

»Du hast mir gesagt, dass ich in Deutsch keine Fünf bauen darf, weil du sonst nicht auf die EOS kommst. Aber ich glaube, du hattest Angst vor deiner Mutter.«

Landers merkte, wie er ein bisschen wütend wurde.

Fredi Klar war ein weicher, schwacher Junge mit fettigen Haaren gewesen. Der glatzköpfige Mann, der ihm jetzt gegenübersaß, wirkte selbstzufrieden und erwachsen. Es hatte etwas Endgültiges.

Sie hatten noch fünf Minuten.

»Hast du ein Auto?«, fragte Fredi.

»Ja, einen Saab«, sagte Landers.

»Ist er gut?«

»Er ist in der Werkstatt«, sagte Landers.

»Wir haben einen VW-Bus«, sagte Fredi. »Wegen der Kinder. Willst du wirklich nichts essen?«

»Nee, danke, Fredi«, sagte Landers und sah auf die Uhr. Sie hatten noch drei Minuten. Er wollte hier raus.

Fredi nahm seine Bilder und verstaute sie wie einen Schatz in seiner Uniform.

»Hast du Bilder?«

»Bitte?«

»Fotos. Von deiner Tochter?«

»Oh. Nein. Schade«, sagte Landers. »Beim nächsten Mal bringe ich welche mit.«

Fredi lächelte, als habe er damit gerechnet, dass Jan ein Rabenvater war.

Landers gab Klar die Hand. Wieder dieser feste Druck, Fredi war erwachsen. Er war angekommen.

»Viel Spaß in Amerika«, sagte Fredi.

Landers nickte und ging. Er hatte einen flachen Stapel Autogrammpostkarten in der Jacketttasche. Vor einer Viertelstunde
war er davon überzeugt gewesen, Fredi damit eine Freude zu
machen. Er wurde rot, als er daran dachte.

Landers fuhr mit der Straßenbahn zum Bahnhof Schöneweide.
Das Kabelwerk Oberspree sah so sauber aus wie ein Industriemu-
seum. Vom Bahnhof rief er seine ehemalige Lehrerin Hannelore
Richter an und sagte den Termin mit ihr ab. Sie hatten sich um
drei im Café Moskau verabredet, um über seine Vergangenheit zu
reden. Aber er wusste jetzt, dass er von ihnen nichts über sich
erfahren konnte. Nur etwas über sie. Dafür hatte er keine Zeit.
Frau Richter fragte nicht nach, warum er es sich anders überlegt hatte. Womöglich war sie wirklich eine erstklassige Psycholo-
gin.

Landers rief im Palasthotel an, verlängerte sein Zimmer um zwei
Nächte, hinterließ eine Nachricht für Ilona. Er kaufte sich eine
Fahrkarte für den nächsten Zug nach Neubrandenburg, der in
anderthalb Stunden von Lichtenberg abfuhr. Er hatte keinen
anderen Anhaltspunkt. Er trank einen Kaffee in der MITROPA
und ging in den Bahnhofskiosk, um nachzusehen, ob das neue
Max-Heft schon da war. Das Juli-Heft war dick und gelb, vorn
waren zwei braune Brüste zu sehen, die mit Wassertropfen
besprenkelt waren. Das Titelthema war *Sommersex*. Das Inhalts-
verzeichnis machte ihn schwindlig, aber er schien noch nicht
dabei zu sein. Vielleicht war er rausgeflogen, weil das Gerücht
bereits Max erreicht hatte. Er legte das Heft zurück zu den anderen. So viele Zeitungen. Überall konnte die Nachricht stehen. Er
sah sich um, alles voller Zeitungen. Er kaufte nichts. Er verließ
den Laden schnell und fuhr zum Bahnhof Lichtenberg.

Er hatte noch eine halbe Stunde Zeit. Er rief wieder im Hotel an,
aber Ilona war nicht da. Er vermisste sie sehr. Aber das hätte er
ihr sicher nicht sagen können. Er wählte Schneiders Nummer aus
dem Verzeichnis seines Handys.

Susanne meldete sich. Es war eindeutig die Mausestimme seiner
Maskenbildnerin. Susanne.

Er sah noch mal auf das Display, es war Schneiders Nummer und im Hintergrund lief *Enter Sandman* von Metallica.

»Susanne, hier ist Jan.«

»Hallo, Jan, na du machst ja Sachen.«

»Ja«, sagte Landers. »Ist Martin da?«

»Ja«, sagte Susanne und dann schrie sie: »Tini!« Tini. Unter anderen Umständen hätte er das komisch gefunden.

»Na, du alter Oibe«, sagte Schneider. Er schien gute Laune zu haben.

»Sehr komisch«, sagte Landers.

»Okay, okay«, sagte Schneider. »Was issn?«

»Du hast neulich auf meinen Anrufbeantworter gesprochen, dass wir nie Freunde waren. Was waren wir denn?«

»Was wird denn das jetzt? Eine Analyse? Komm doch aufn Bier vorbei.«

»Ich bin in Berlin. Also keine Freunde?«

»Kumpels. Freunde. Ich weiß nicht. Kumpels wohl eher. Ja, Suse, ich komm ja gleich. Ich sag dir, das Mädchen ist die schärfste Braut, die ich in meinem Leben hatte. Schon dafür würde ich dir alles verzeihen.«

»Aber du warst so entschieden am Telefon.«

»War ich das? Na ja. Ich hab eben nicht viel für den Haufen übrig, weißt du. Warst du nun eigentlich dabei oder nicht?«

»Ich kann mich nicht erinnern.«

»Hör auf mit der Scheiße, Jan. Ja, Susie, ich komm ja gleich. Das sagen sie doch alle.«

»Ich weiß, aber es ist die Wahrheit. Ich kann mich nicht erinnern. Manchmal denke ich, dass es darum auch gar nicht geht. Hättest du mir das denn zugetraut?«

»Ja.«

»Ja?«

»Oder nein. Ich weiß nicht. Wir hätten doch alle dabei sein können. Jaha, Susie. So, Jan, sei mal nicht sauer, aber ich muss mich um die Maus kümmern. Die will ich nämlich behalten. Ich bin ernsthaft verknallt auf meine alten Tage. Ist das nicht irre? Lass mal den Kopf nicht hängen, meld dich. Tschüssikowski.«

Landers hatte noch fünfundzwanzig Minuten, aber keine Lust mehr, jemanden anzurufen.

Der Zug war leer. Er setzte sich auf den Fensterplatz eines Sechserabteils und dachte an die schrecklichen Sonntagabendfahrten in die Kaserne.

Kurz vor Oranienburg schlief er ein, kurz hinter Gransee klingelte sein Handy. Es war ein Reporter aus Neubrandenburg. Er hieß Raschke und wollte ein paar Informationen zu einem Gerücht, wie er sagte. Landers fragte ihn nicht, welches Gerücht, er fragte ihn nicht mal, woher er die Nummer hatte. Er erzählte ihm, dass er im Zug nach Neubrandenburg saß. Raschke würde ihn abholen.

»Es gibt aber nichts zu erzählen«, sagte Landers.

»Klar«, sagte Raschke. »Ich hol Sie dann ab.«

Landers sah auf vertraute Landschaften. Kohlenplätze neben kleinen, toten Bahnhöfen. Stehen gelassene LKWs. Frauen in Schürzen, die mit ihren Rädern neben den Schranken warteten. Er dachte an die Zugfahrt nach Sylt. Das dort draußen war noch nicht so fertig, so abgeschlossen. Er schien noch Spielraum zu haben. Er hatte keine Angst vor Neubrandenburg. Er hatte auch keine Angst vor diesem Lokaljournalisten. Landers machte das Gegenteil von dem, was ihm Grundmann empfohlen hatte, aber Grundmann war Westler. Er hatte keine Angst. Er dachte an Ilona. Dann kuschelte er sich in die Polster und schlief wieder ein.

Kurz vor Neustrelitz klingelte das Telefon noch mal. Diesmal war es der Spiegel. Eine Frau Theyssen.

»Ich recherchiere an einer Geschichte über erfolgreiche Ostler, die zum fünfjährigen Einheitsjubiläum erscheinen soll«, sagte sie.

»Ein paar Sportler, ein paar Künstler und Sie. Ich würde mich gern mit Ihnen treffen.«

»Erfolgreiche Ostler zum Einheitsjubiläum?«, fragte Landers.

»Genau.«

»Dann hat es ja noch ein bisschen Zeit.«

Sie verabredeten sich für den siebten Juli im Café Einstein in der Kurfürstenstraße. Am zehnten war Halbfinale. Zum Halbfinale wäre alles vorbei.

Erfolgreicher Ostler. Sie hatte ihm nicht die Wahrheit gesagt, und er hatte gewusst, dass sie log. Er hatte einen Vorsprung. Landers war vollkommen ruhig.

Er schaltete sein Handy aus und schlief noch ein bisschen.

Raschke sah aus, wie Landers sich einen Lokaljournalisten vorgestellt hatte. Er trug eine Jeans, ein schwarzes T-Shirt und ein beiges Leinenjackett, das weder zur Jeans noch zum T-Shirt passte. Er trug braune Wildlederschuhe mit dicken Steppnähten und er rauchte. Er sah aus, als habe er eine schwierige Scheidung hinter sich. Müde, schlaff, verquollen. Er war schlecht rasiert und bewegte sich so steif, als habe er irgendwie falsch gelegen. Landers gab ihm die Hand. Raschke roch nach Fahrenheit, was Landers an die Mühen der frühen Jahre erinnerte. Fahrenheit war sein erstes Westparfüm gewesen. Raschke schien darin gebadet zu haben. Sie gingen durch die Bahnhofshalle, die sich völlig verändert hatte, über den Vorplatz, der sich völlig verändert hatte, bis zum vierspurigen Ring, an den sich Landers erinnern konnte. Sie durchquerten ein kleines Parkstück und standen dann in der Fußgängerzone, die Landers vor dreizehn Jahren so oft voll gekotzt hatte. Als Soldat und auch als Gefreiter. Landers erkannte sie wieder, aber sie erzählte ihm nichts. Gar nichts. Sie gingen den Boulevard bis zu dem Turm hinunter, der in den siebziger Jahren so was wie ein neues Wahrzeichen von Neubrandenburg werden sollte. Sie würden den hässlichen Betonklotz irgendwann sprengen. Es wäre ein Grund zum Jubeln, aber die Neubrandenburger würden protestieren. Weil sie den Eindruck hätten, ihnen würde ein Stück Heimat genommen.

In einer Nebenstraße gab es ein Café, es hieß Eisenstein und galt sicher als gute Adresse. Es war eine Mischung aus Irish-Pub, Landgasthof und Künstlerkneipe. Raschke grüßte den Wirt routiniert und führte Landers in ein kleines Séparée, über dem das Plakat von »Nicht schummeln, Liebling« hing. Einem DEFA-Musikfilm mit Frank Schöbel und Chris Doerck. Landers bestellte einen Milchkaffee, Raschke eine Cola.

»Sie waren hier bei der Armee?«

»In Fünfeichen, ja, warum?«

»Nur so. Warum sind Sie heute eigentlich hergefahren?«

»Warum wollen Sie mit mir reden?«

Raschke steckte sich eine Zigarette an.

»Okay. Es gibt ein paar Hinweise darauf, dass Sie als IM für die Stasi geführt worden sind.«

»Welche Hinweise?«

»Nun, wir haben eine Karteikarte gefunden.«

»Wir?«

»Ich habe einen Informanten in der Außenstelle der Behörde. Er hat mir einen Hinweis gegeben, ich habe sie gefunden.«

»Ich habe einen Informanten in Berlin, der mir sagte, dass der Spiegel den Antrag stellte. Eine Frau Theyssen.«

Raschke wirkte für einen Moment etwas unsicher. Der Kellner kam mit den Getränken und rettete ihn. Raschke leerte sein Glas in einem Zug und bestellte ein neues, der Milchkaffee sah erstaunlich gut aus. Für einen Neubrandenburger Milchkaffee.

»Das stimmt«, sagte Raschke, drückte seine Zigarette aus und steckte sich gleich eine neue an. »Der Spiegel war der Auslöser, wenn man so will. Irgendwo fangen die Geschichten ja immer an.«

»Welche Geschichte gibt es denn in meinem Fall?«

»Ich dachte, das würden Sie mir erzählen.«

»Ob Sie mir's glauben oder nicht, ich habe keine Ahnung. Ich erinnere mich an gar nichts. Das kann heißen, dass ich etwas vergessen habe, es kann aber auch heißen, dass es nichts gab.«

Raschke holte einen Block aus der Tasche und einen billigen blauen Kugelschreiber. Er tat es so gleichgültig, wie er konnte. Der Kugelschreiber war mit Tabakkrümeln verstopft, er pochte mit ihm auf den Block, der Zigarettenqualm brannte in seinen Augen. Irgendwann schrieb er. Zwei Zeilen. Wer sich an nichts erinnern konnte, war praktisch schuldig, dachte Landers. Es war ihm egal.

»Ich habe Ihre Akte«, sagte Raschke. »Aber ich bin nicht so an Ihrer Akte interessiert, sondern mehr an der Außenstelle der Behörde, an der Behörde selbst. Ich will verstehen, wie sie arbeitet. Und warum sie so arbeitet. Welche Interessen es gibt. Mein Informant schrieb mir, dass er versuchte, Sie zu warnen. Hat Sie jemand gewarnt?«

Landers schüttelte den Kopf. Er dachte an den Morgen nach seiner Party. An den Abend am Fenster. Der Mann war sein Freund gewesen. Er sah Raschke an. Er wusste nicht, ob er dem Reporter trauen konnte. Er sah schwach aus, fertig, aber was hieß das schon.

»Ja«, sagte Landers. »Ich glaube, ja.«

Ja, schrieb Raschke in seinen Block. Landers fragte sich, was er damit später anfangen wollte. Ein einsames Ja.

»Warum haben Sie nicht reagiert?«

»Ich weiß nicht, der Mann hat sich so umständlich ausgedrückt. Ich wusste nicht, dass er mir helfen wollte. Ich wusste ja auch nicht, wobei. Ich habe keine Ahnung, was in dieser Akte stehen könnte, die Sie haben.«

Raschke sah ihn an. Etwas veränderte sich in seinem Blick. Er entspannte sich. Es war, als gäbe Raschke irgend etwas auf, an das er sowieso nie richtig geglaubt hatte.

»Ich auch nicht«, sagte er. »Ich habe die Akte bekommen, nachdem sie den Reißwolf besucht hatte. Ich weiß nicht, was drin steht. Wir werden es rekonstruieren, aber das kann dauern.«

Landers fühlte sich leichter. Er hatte wieder Zeit. Der Journalist verlor an Größe. Die Situation schien wieder so absurd, wie sie war. Er fragte sich, wieso er das Palasthotel für zwei Nächte reserviert hatte. Er dachte an Ilona.

»Und jetzt?«

»Keine Ahnung, ich kann eine Geschichte schreiben, die von Gerüchten handelt, von Informanten und Interessen. Vielleicht die beste Stasigeschichte, die es gibt.«

Landers schwieg, es ging ihn nichts mehr an.

»Hat jemand ein Interesse, sie abzuschießen?«

Landers dachte an Hamburg, aber wer sollte ihn dort loswerden wollen? Er stand niemandem im Weg. Er dachte kurz an Kathrin und Erika, aber das war Unsinn. Alles schien sich aufzulösen. Es gab keinen Mord, und ein Motiv gab es auch nicht.

»Nicht, dass ich wüsste«, sagte Landers.

Raschke schien nachzudenken.

»Brauchen Sie mich noch?«, fragte Landers.

»Was machen Sie jetzt?«

»Ich gucke mich ein bisschen um. Ich war ja hier bei der Armee, vielleicht fahr ich mit dem Taxi nach Fünfeichen raus. Mal sehn. Wissen Sie, wann der letzte Zug nach Berlin fährt?«

Raschke schüttelte den Kopf.

»Ich könnte Sie rausfahren. Nach Fünfeichen.«

»Gut.«

Beim Hinausgehen rannten sie mit einem Zopfträger zusammen. Er hatte einen Kinnbart und eine fahle Raucherhaut. Raschke und der Mann mit dem Zopf sahen sich einen Moment an. Dann sagte Raschke: »Zisch ab, Jensi«, und sie lachten beide.

Raschkes Audi stand nur etwa hundert Meter entfernt vor einem hübschen Fachwerkhäuschen. Auf dem Boden vorm Beifahrersitz lagen eine zerknautschte Beck's-Büchse, drei leere Cola-Fläschchen, zerknüllte McDonalds-Schachteln, Servietten, Zeitungen und Kaugummipapier. Es stank nach kaltem Zigarettenrauch und dem Vanilleduftbaum unterm Spiegel. Als Kind hätte Landers in fünf Minuten gekotzt, ihm wurde immer schlecht im Auto seines Vaters, ein bisschen schlecht war ihm auch heute. Er hätte ein Taxi nehmen sollen.

»Was haben Sie gemacht bei der Fahne?«

»Ich war auf dem KlubLO. Kinofilme zeigen, Beschallung. So was.«

»Sackjob oder?«

Landers lachte. Sackjob hatte er seit Jahren nicht mehr gehört.

»Maximaler Sackjob.«

»Ich war drei Jahre in Berlin«, sagte Raschke. »Beim Wachregiment.«

»Ach.«

»Ja, weiß wenigstens einer von uns, dass er definitiv bei der Stasi war.«

Sie lachten wieder.

Sie schwiegen bis zum Regiment. Es gab einen Schlagbaum, aber als Raschke seinen Presseausweis hochhielt, klappte er auf. Sie parkten auf dem früheren Appellplatz, wo Landers bei Minusgraden stundenlang üben musste, was Stillstanden hieß.

Sie stiegen aus, liefen an den vierstöckigen, grob verputzten Neubauten vorbei, in denen sie geschlafen hatten. Im ersten Gebäude, rechts oben hatte er gewohnt. Fünf Doppelstockbetten, zehn Schränke, zwei Tische. Der leichte Hügel von der Materialhalle zum Wohngebäude war ihm am ersten Tag vorgekommen wie ein hoher Berg. Er hatte eine Tarnplane hinter sich hergeschleift, in der seine Uniform, sein Sturmgepäck, die Stiefel und das Kochgeschirr lagen, die ganze Armeescheiße. Aus den Fenstern hatten die älteren Diensthalbjahre auf ihre frisch geschorenen Schädel gestarrt. Heute liefen Zivilisten und Uniformierte über die Betonwege, es gab einen Basketballplatz, wo früher die Kohlenberge gelegen hatten. Aber die furchtbare Stimmung war immer noch hier.

Er wollte weg.

»Lassen Sie uns verschwinden«, sagte er.

»Fällt Ihnen was ein?«, fragte Raschke.

»Alles.«

Landers sah sich um. Der Essensaal, in dem er seine Mahlzeiten verschlingen musste, die letzten der Reihe schafften es nie ganz. Zweimal im Monat gab es Büchsenfraß, selbst das Brot kam dann aus Büchsen. Es roch nach Desinfektionsmitteln, Muckefuck und Kohl. Der Regimentsklub, in dem seine Filme lagerten, war offenbar abgerissen worden. Dort stand eine Traglufthalle. In dem schmalen alten Haus hatte der Politoffizier gesessen, darüber gab es die Buchhandlung, die Bibliothek, daneben war die Villa, in der der Regimentsstab untergebracht war, unterm Dach saß die Abteilung 2000. Abteilung 2000. Sie kontrollierten alle Briefe, hieß es. Er war einmal dort. Einmal hatten sie ihn gerufen. Lau hatte Angst gehabt. Lau, sein Oberfähnrich.

»Lau«, murmelte Landers. Ihm wurde schwindlig.

»Was?«, fragte Raschke.

»Nichts«, sagte Landers.

Sie liefen zurück zum Auto. Es war schwül.

Irgendwas war doch passiert. Raschke hatte recht. Auch die Spiegel-Frau. Irgendwas. Abteilung 2000. Eine Treppe höher als der Regimentsstab. Ein kleines dunkles Zimmer, ein Sessel, zwei Männer in Zivil. Sie hatten etwas zu Rauchen angeboten. Sein Oberfähnrich hatte gezittert, als er wiederkam. Hatte er denen irgendetwas gesagt, zugesichert, unterschrieben?

Die Bilder quollen ungeordnet aus dem Dunklen. Er sah sich auf dem Klo weinen, als er den Brief seiner Mutter las. *An den Soldaten Jan Landers.* Er versuchte sich in dem dunklen Zimmer festzukrallen, in den Gesichtern der Männer.

Er starrte auf die Kommandeursvilla.

Er dachte an seinen Oberfähnrich, ein kleiner, zäher Glatzkopf. Lau. Oberfähnrich Lau. Lau hatte Angst gehabt. *Was wollten die denn von Ihnen, Landers?* Zwei Männer. Lederjacken. Sein Sessel war sehr tief gewesen, die beiden Männer hatten über ihm gesessen, eine absurde Perspektive wie in einem Danny-de-Vito-Film. Danny de Vito liebte diese Kameraperspektiven, wahrscheinlich, weil er so klein war. Der Raum war verdunkelt und voller Rauch. Er hatte eine Zigarette angenommen, sie hatten ihm sein Leben erzählt. Sein kurzes Leben. Er hatte unterm Tisch gesessen, in dem tiefen Besuchersessel, sie hatten von seinen Eltern geredet, seinem Abiturzeugnis, seinem Studienplatz. Sie hatten über Musik geredet, weil Landers ja schon damals die Schuldiskotheken gemacht hatte. Sie kannten alles, sie sprangen von Station zu Station. Es war wie in einer dieser Fernsehshows gewesen, wie in *Das war Ihr Leben!*

»Aber es ist doch nicht mit damals zu vergleichen«, sagte Raschke. »Die Jungs rennen heute in Zivil durch die Kaserne, dürfen jeden Abend raus. Die haben's schon besser.«

»Sackjobs«, sagte Landers.

Raschke lachte. Raschke war ungefährlich.

Er hatte keine Angst gehabt, das war es. Deswegen hatte er es vergessen. Es war unbedeutend gewesen. Sie hatten über Platten geredet. Schallplatten. Über die Schwierigkeiten, an sie ranzukommen. Einer von den beiden kannte sich damit aus. Die

Gesichter der Männer waren verschwunden. Sie hätten ihnen jetzt entgegenkommen können, er würde sie nicht wieder erkennen. Vielleicht hatte er erzählt, dass er vierzig Mark für die AMIGA-Lizenzplatte von Deep Purple bezahlt hatte, die nur 16 Mark 10 gekostet hatte. Sie hatten womöglich über *Duett, Musik für den Rekorder* geredet, eine Mitschnittsendung beim Berliner Rundfunk, die er in seiner Armeezeit immer verpasste, weil er noch Dienst hatte, wenn sie lief. Irgendeine dieser Duett-Sendungen hätte er sehr gern gehört, aber sein Oberfähnrich hatte es nicht erlaubt. Er wusste nicht mehr, welche. Hatten sie ihm versprochen, die Sendung aufzunehmen? Er hatte kein Tonband bei der Armee. Keinen Kassettenrekorder. Es war verboten. Sie mussten die vier Ostsender, die es gab, mit Pflasterstreifen markieren, damit der Offizier vom Dienst erkennen konnte, ob man Feind hörte. *Hey Musik* auf dem SFB oder *Schlager der Woche* beim RIAS oder *Friday Fan Club* auf BBC. Er sah die Skale vor sich, eine Stern-Automatic-Skale, abgeklebt mit vier gelblichen Pflasterstreifen. Es gab nur vier Ostsender. Radio DDR I und II, Berliner Rundfunk und Stimme der DDR. Sie hatten bei *Duett, Musik für den Rekorder* auch viel Mist gespielt, aber er hatte hier seine ersten Lindenberg-Aufnahmen gemacht, die Stones, Uriah Heep, Status Quo. Lindenberg hatte er zu Hause aufgenommen. Noch in seinem Kinderzimmer. Es war eine Tonbandaufnahme, Ende der Siebziger. 1979 war er auf Kassetten umgestiegen. Es ging um irgendeine Liveaufnahme. Vielleicht war es das Doppel-Album von Status Quo mit dem *Roadhouse Blues*. Oder Led Zeppelin. *The song remains the same*. Den Teil mit der Liveversion von *Stairway to heaven*. Oder *Paris* von Supertramp, das er später in Budapest kaufte. Oder es war *Alchemy* von den Dire Straits mit *Tunnel of love*. Das wollte er unbedingt haben. Für die langsame Runde. Er hatte seine Mutter am Telefon gebeten, sie aufzunehmen, aber das klappte nie. Entweder sie vergaß es völlig oder sie fand den Sender nicht, drückte den falschen Knopf. Sie verstand nicht, wie wichtig das für ihn war. Hatte er sich darüber beklagt? Es war dreizehn oder vierzehn Jahre her. Er konnte sich nicht erinnern.

Er hatte eine Aufnahme von *Stairway to heaven* gehabt. Er hatte auch *Tunnel of love*. Er hatte es später nach seiner Entlassung gespielt, vielleicht sogar während der Armeezeit. Er hatte die Beschallung im Feldlager Lieberose gemacht, es war die Neue-Deutsche-Welle-Zeit. Nena, Joachim Witt, Trio. Aber er hatte auch alte Sachen gespielt. T-Rex. Die Stones. Damals kam Culture Club gerade hoch. *Do you really want to hurt me.*

Vielleicht hatte der jüngere Typ, der sich mit Musik auskannte, versprochen, sich um die Aufnahme zu kümmern, vielleicht hatte er es sogar für ihn aufgenommen. Dann hatte er später eine Stasiaufnahme gespielt. Die Frage, ob er was dafür tun musste. Er hatte keine Ahnung. Vielleicht lag die alte Kassette noch bei Kathrin. Die konnte ja nichts wegschmeißen.

Sie hatten ihn gefragt, ob er sich auch etwas anderes vorstellen könnte, als Kulturwissenschaftler zu werden. Hatte er sich für *Tunnel of love* an die Staatssicherheit verkauft? *And the big wheel keep on turning, neon burning up above, and I'm just high on the world.*

Landers lachte, Raschke beobachtete ihn.

Sicher konnte er sich das vorstellen. Er wollte nicht Kulturwissenschaftler werden. Seine Mutter wollte das. Aber er wusste nicht mehr, ob er das auch den beiden Männern gesagt hatte. Er wusste es wirklich nicht. Er wusste gar nichts mehr. Nicht mal, ob es die beiden Männer überhaupt gegeben hatte. Sie könnten einem der Filme entsprungen sein, die er in den letzten Jahren gesehen hatte, während er darauf wartete, die Nachrichten vorzulesen. Vielleicht wollte er eine Antwort. Vielleicht hielt er sie für die Antwort, die sie hören wollten.

Raschke schloss seinen Wagen auf.

»Wissen Sie eigentlich, wie Ihr IM-Name war?«

Landers sah ihn über das Silberdach an.

»Jimmy Page. Lustig, was?«

Landers versank im Beton des Objektparkplatzes. Er war flüssig und nahm ihn auf, zog ihn hinunter, dorthin, wo es kühler war als hier. Er konnte schlecht atmen und ihm wurde übel, alles war schwarz, aber dann brach etwas Feuerrotes in die Schwärze, es wurde orange, dann gelb und schließlich silbrig blau wie der Nordhimmel, der sich im Dach eines silberfarbenen Audi 80 spiegelte.

»Ja«, sagte Landers.

»Mögen Sie Led Zeppelin?«, fragte Raschke.

»Früher«, sagte Landers. »Früher.«

Erika Schultze passte gut. Sie hasste diese wichtigtuerische Ziege. Dass ausgerechnet Erika Schultze ihren Rechercheantrag nach Neubrandenburg verlängert hatte, gefiel ihr. Es beschrieb die Ironie des Schicksals. Die Schultze war eine wild gewordene ehemalige Staatsbürgerkundelehrerin, die nach der Wende ihr Comingout als Lesbe gehabt hatte. Eine furchtbare, fette Person. Doris Theyssen hatte mal ein Kurzporträt über sie geschrieben. Es hatte die Rechtsabteilung des Spiegel zwei Monate lang beschäftigt. Die Schultze passte in die Geschichte.

Doris Theyssen verließ die Behörde gut gelaunt. Es hatte sie vier Tage gekostet, die Sachbearbeiterinnen hatten Angst oder kein Interesse, mit ihr zu reden. Manche mochten diese schreckliche Schultze auch. Einige schienen die Behörde zu hassen, die sie beschäftigte. Aber auch das war gut für ihre große Geschichte. Es passte zu dem Neubrandenburger Spitzel. Irgendwann hatte sich eine junge Frau versprochen. Die Schultze hatte es am Telefon sofort zugegeben, fast erleichtert, als sei es nur die halbe Wahrheit. Sie würde den Rest schon rausbekommen. Wenn sie jemand zwischen den Zähnen hatte, ließ sie nicht mehr los.

Es würde ihre ultimative Stasigeschichte werden. Eine Ich-Geschichte, auf jeden Fall aber eine Namensgeschichte.

Doris Theyssen über den Mann hinter dem bekanntesten Gesicht Deutschlands. Nein. *Die Entstehung einer schlechten Nachricht. Von Doris Theyssen.*

Schon besser.

Sie hätte jetzt gern ein Glas Wein mit Blöger getrunken, besser noch Champagner. Aber Blöger war zu einem Vortrag in Buenos Aires und kam erst morgen früh wieder. Sie fragte sich, wer sich in Argentinien für die Stasi interessierte. Es war ja hier schon schwer genug, jemanden dafür zu begeistern. Es war kurz nach acht. Es war zu früh für die Bar auf der anderen Straßenseite. Sie könnte noch zu Zelewski fahren, ihm das Geld bringen und seine Aussage aufnehmen. Sie würde ihn von der Redaktion aus anrufen.

Als sie den Flur betrat, hörte sie Henckels aus seinem Büro brüllen.

»Ruuudi«, schrie er. Matthiesen lachte sein anbiederndes Matthiesenlachen. Hahaha, hohohoho.

Sie sahen die WM im Büro. Klar, Henckels Freundin hasste garantiert Fußball.

Doris Theyssen schloss ihr Zimmer auf. Es gab keine Nachrichten für sie. Sie steckte das Kuvert mit den tausend Mark Informationshonorar in ihre Jacke. Zelewski ließ es viermal klingeln, dieser Wichtigtuer. In der Zeit hätte er seine Zwergenwohnung viermal umkreisen können. Als er abnahm, hörte sie Fußballgeräusche.

»Ich bin bereit«, sagte er. »Lassen Sie mich aber bitte das Fußballspiel zu Ende sehen.«

Es war die letzte kleine Bedingung, die er noch stellen konnte. Sie erfüllte sie. Sie hatte noch eine Dreiviertelstunde Zeit.

Henckels saß hinter seinem Schreibtisch, Matthiesen auf dem Sofa. Norbert Nitzel war auch da, der Wirtschaftsredakteur, der seit vier Jahren keinen Text mehr geschrieben hatte. Er hockte auf dem ulkigen Yogaschemel, den sich Henckels aus Japan mitgebracht hatte, wohin er mit dem Regierenden Bürgermeister gereist war. Sie tranken Bier und lachten sie glücklich an, als sie ins Zimmer schaute. Der Grund dafür leuchtete rechts oben auf dem riesigen Bildschirm des Fernsehers. Es stand 3:1 für Deutschland. Sie spielten gegen Belgien.

»Völler ist unglaublich, Richard«, rief Matthiesen.

Henckels nickte, ohne ihn anzuschauen.

Richard! Nach dem nächsten Tor würde er ihn wahrscheinlich Ritchie nennen. Matthiesen hatte bestimmt keinerlei Ahnung von Fußball. Dieser Schleimer. Dafür hatte er diese ganze Bürgerrechtlerkacke letztlich gemacht. Um einmal beim Chef des Berliner Spiegel-Büros auf der Couch sitzen und Fußball gucken zu können.

»'n Bier?«, fragte Henckels.

»Nur wenn ich rauchen darf«, sagte sie.

Henckels nickte, rollte in seinem Bürostuhl nach hinten, klackte den Griff seines alten silberfarbenen Bosch-Kühlschranks auf und zog ein Flensburger heraus. Doris Theyssen steckte sich eine

Zigarette an. Matthiesen und Nitzel fassten sich gleichzeitig in die Jacketttaschen. Jetzt trauten sie sich auch, diese Flaschen.

»Doris«, sagte Henckels. »Nur Doris, bitte.«

Die beiden steckten ihre Kippen weg. Belgien griff an. Doris Theyssen trank zwei Bier und ging zehn Minuten vor Schluss. Es stand immer noch 3:1 in Chicago. Die drei Männer würden heute Abend versacken. Sie hatte Henckels lange nicht mehr so entspannt gesehen. In diesen Momenten war es nicht leicht, an eine Geschichte zu glauben, die vor fünf Jahren spielte. Alle dachten an Fußball, an morgen, nur sie wühlte in dem alten Dreck rum. Sie war eine verdammte Archivmaus geworden. Sie hätte lieber in eine Bar fahren sollen als zu diesem Stasifritzen. Vielleicht ging sie danach noch mal los. Es war eine gute Nacht. Im Autoradio hörte sie, dass Belgien noch ein Tor geschossen hatte. Dabei blieb es dann. Die Karl-Marx-Allee war wunderbar leer.

Als sie aus dem Auto stieg, spürte sie, dass etwas anders war als beim letzten Mal. Das Licht, die Geräusche waren anders. Es lag an dem Feuerwehrwagen, der vor dem gefliesten, geschwungenen Neubaublock an der Frankfurter Allee stand. Und an den Menschen, die ihn umringten. Sie lief auf die Menschengruppe zu und schob sich zwischen zwei alte Männer. Es raschelte leicht, denn sie trugen beide Jogginganzüge. Zwei Frauen in weißen Kitteln beugten sich über einen verdrehten Menschenkörper. Sie sah nur die helle Hose. Sie kannte sie. Es war Zelewskis Hose.

»Scheiße«, sagte Doris Theyssen.

Sie hatte sich manchmal vorgestellt, was sie täte, wenn so etwas passierte. Sie hatte sich gefragt, ob sie weiter schreiben könnte, wenn sich jemand umbrachte, den sie verfolgt hatte. Aber alles, was sie jetzt fühlte, war die Angst, mit dem Sprung des Mannes in Verbindung gebracht zu werden. Sie hoffte, dass er keinen Brief hinterlassen hatte. Sie hoffte, dass seine Frau nie irgendetwas erzählen würde. Sie dachte nicht ans Aufhören, sie dachte nur ans Weitermachen.

Zelewskis Oberkörper war verdreht, ein Arm lag unter seinem Rücken, er trug dasselbe Hemd wie bei ihrem letzten Besuch, der Knopf fehlte immer noch. Er bewegte sich nicht, jedenfalls nicht soweit sie ihn sah. Bis zur Brust. Einen Schritt weiter und sie hätte sein Gesicht gesehen, aber das brachte sie nicht fertig. Sie stand zwischen den Gaffern und den Sanitätern wie festgenagelt. Sie dachte an Henckels und seine beschissene Oststars-Geschichte. Die drei Männer würden jetzt weiterziehen, vermutlich irgendwo zum Stuttgarter Platz oder ins Borchards, wo sie Rabatt bekamen.

»Ist er tot?«, fragte sie.

Eine der Frauen drehte sich um. Sie war nicht mal dreißig. Jetzt gab es schon Ärztinnen, die jünger waren als sie. Die Frau sah sie mit einem ernsten Blick an. Sie hatte große graue Augen, sie war so viel wertvoller als sie. Sie wurde wirklich gebraucht. Dann wandte sie sich wieder dem Opfer zu. Doris Theyssen ging zurück, lief rückwärts durch die Büsche, fand die Lücke zwischen den beiden alten Männern und ging zum Haus. Sie warf sich gegen die Tür, fuhr in den neunten Stock und lief zwei Stockwerke nach unten. Sie klingelte viermal. Dann erschien das verquollene Gesicht von Frau Zelewski in der Tür. Sie sah furchtbar aus, sie roch nach Alkohol, Schweiß und war kaum bei Bewusstsein. Sie öffnete ihr die Tür wie eine Schlafwandlerin und trottete in ihren Bau zurück, in ein dunkles Zimmer. Doris Theyssen hörte ein Bett quietschen. Die Frau wusste nicht, dass ihr Mann tot war, und sie hätte es auch nicht verstanden. Doris Theyssen spürte den Luftzug. Ein leichter Zug. Sie schloss die Wohnungstür, ging an der gelblichen Küche vorbei ins Wohnzimmer, das nur vom schwarzweißen Bild des Fernsehapparates beleuchtet wurde. Es roch nach gebratener Jagdwurst. Auf dem Tisch standen eine Seltersflasche und ein Glas mit den Vereinszeichen der DDR-Fußballoberliga-Mannschaften. Ihr Vater hatte auch so ein Glas besessen. Daneben lagen eine Fußballzeitschrift und eine Brille. Im Fernsehen erklärte Jürgen Klinsmann, dass man auch Bulgarien nicht unterschätzen dürfe. Doris Theyssen schaltete eine kleine Troddellampe an, die auf dem Fernseher stand. Berti Vogts erklärte, dass er sich auf New York freue. Sie sah durch die Gardine, wagte aber nicht, den Balkon zu betreten. Sie hörte die Straße lärmen. Wie konnte man hier bloß wohnen. Kein Wunder, dass sich die Frau betäubte. Die Zeitschrift auf dem Tisch war ein WM-Sonderheft, das am zweiten Juli aufgeschlagen war.

»Erstes Achtelfinale« stand dort, darunter hatte Zelewski »Belgien« und »BRD« in die vorbereiteten Felder geschrieben. In die beiden Ergebniskästchen hatte er 1:3 geschrieben. Er hatte das Spielende offenbar nicht mehr miterlebt. Quer über der Seite stand in großen Buchstaben. SCHEISSDEUTSCHLAND. Die beiden S hatten die Formen der SS-Runen.

Als sie das Zimmer verließ, sah sie den Zettel. Er war vom Tisch geweht worden, als sie die Wohnung betreten hatte, und lag jetzt neben der Schrankwand. Sie hob ihn auf, ein kariertes A4-Blatt, das mit Zelewskis Druckbuchstaben beschrieben war.

»3. Juli 1994«, stand links und rechts: »Liebe Karin.«

Doris Theyssen überflog den Brief, als sie das Wort Spiegel las, faltete sie das Blatt zusammen und steckte es ein. Das Telefon fing an zu klingeln. Sie lief an dem dunklen Zimmer vorbei, in dem Karin Zelewski verschwunden war, und verließ die Wohnung. Einen Moment lang überlegte sie, ob sie die tausend Mark hier lassen sollte, aber das würde nur Fragen aufwerfen, und sie hatte kein wirkliches Mitleid mit der Frau, die zu betrunken war, um ihren Mann zu beweinen. Doris Theyssen zog die Tür leise hinter sich zu, der Fahrstuhl rumpelte im Schacht. Sie kamen. Sie nahm die Treppe bis zum sechsten Stock und lief durch den langen neonhellen Flur, der sich durch den gesamten Block zog, ans andere Ende des Hauses. Dort nahm sie den Fahrstuhl und verließ das Haus unbemerkt. Sie widerstand der Versuchung, Zelewskis Abschiedsbrief an einer Ampelkreuzung zu lesen.

Himmelstreppe.

Himmelstreppe? Raschke murmelte die Überschrift vor sich hin. Auf der Himmelstreppe? Himmelsleiter? Nein, Stairway hieß Treppe, er hatte im Wörterbuch nachgesehen. Die beste Überschrift wäre *Stairway to heaven*. Aber damit würde er nicht durchkommen. Sitterle würde auf den Neubrandenburger Leser verweisen. Sturz von der Himmelstreppe? Raschke wollte mit dem Song von Led Zeppelin spielen. Treppensturz? Treppenwitz? Die Treppe? Die Treppe in die Wolken? Den Wolken ein Stück näher? Der Himmelsstürmer? Ikarus?

Es war 15 Uhr. Er hatte noch zwei Stunden Zeit.

Sitterle hatte einen Ausdruck haben wollen. Wozu auch immer. Raschke spürte den sichelförmigen Schmerz in seinem Magen. Aber er fühlte sich immer schlecht, bevor er einen Text losließ. Wenn er gerade noch so eingreifen konnte. Wenn die Helden seiner Geschichten noch zu stürzen und die Bösen zu läutern waren. Alles war noch möglich in diesen Momenten. Er rief zum dritten Mal bei diesem Schreiner an, der im vorigen Jahr bei der Außenstelle gekündigt hatte, weil sie seinen Bruder entlassen hatten. Schreiner war immer noch nicht da. Mist, denn er hätte ihn gern als Zeugen dabeigehabt. Er wusste, dass es nachlassen würde. Mit dem ersten Bier vergingen der Schmerz und die Sorgen.

Raschke las den Text noch mal.

Der Mann auf der Himmelstreppe
Ein berühmter Hamburger Nachrichtensprecher und sein weniger
berühmter Neubrandenburger Freund
Von Thomas Raschke

Sein Gesicht passt hier nicht her.
Es ist das Gesicht eines Nachrichtenmanns. Alle Emotionen sind aus den Zügen gebügelt. Es sieht eben aus. So eben, als sei es am Computer entworfen worden. Es ist das Gesicht, das nicht von der Nachricht ablenkt. Es ist das Gesicht eines Tagesschausprechers.
Das Gesicht gehört Jan Landers.

Dieses Gesicht passt nur vor den beruhigenden blauen Hintergrund der besten und erfolgreichsten deutschen Nachrichtensendung. Aber jetzt bewegt es sich vor den Plattenbauten des Neubrandenburger Bundeswehrstützpunkts Fünfeichen. Dort passt es nicht hin. Es wirkt so fremd, als sei es schlampig aus der Studiokulisse geschnitten und in die unfertige Betonlandschaft geklebt worden. Ehrlich gesagt, passt auch der leichte graue Sommeranzug nicht hierher, die weichen schwarzen Schuhe mit den Ledersohlen, die Frisur nicht, der ganze Mann nicht. Die Offiziere und Soldaten des Regiments Fünfeichen sehen Jan Landers an wie eine Erscheinung.

Aber wenn man das Gesicht ganz genau beobachtet, dann sieht man jetzt, dass es lebt. Jan Landers' Blick schleicht an den rauen Fassaden der Soldatenunterkünfte entlang, er klebt einen Moment am Block A, vierter Stock, ganz oben rechts. Er erinnert sich. Er staunt über die Traglufthalle und saugt sich an der Jugendstilvilla fest, in der der Kommandeur der Luftwaffeneinheit Fünfeichen sitzt.

Landers kennt das alles und er kennt es nicht. Denn er ist ein Ostdeutscher, der versucht wie ein Westdeutscher auszusehen. Alle sind überrascht, wenn sie hören, dass Landers aus dem Osten kommt. Das freut ihn.

Er war von 1981 bis 1983 Soldat in Neubrandenburg. Anderthalb Jahre lang. Er fuhr hier einen Lastwagen, schoss, exerzierte hier, und im Ausgang betrank er sich mit seinen Genossen in Neubrandenburgs Kneipen. Jan Landers war einer von uns.

Er hatte es vergessen.

Aber jetzt weiß er es wieder.

Vor ein paar Wochen löste der Spiegel eine Routinerecherche in Neubrandenburg aus. Eine Reporterin sollte einen Artikel über erfolgreiche Ostdeutsche schreiben und prüfte deren Vergangenheit. Es gibt nicht so viele prominente Neubrandenburger, die meisten streifen die Stadt nur zufällig. Wie Landers. An einem Junitag fiel sein Überprüfungsantrag zusammen mit drei anderen in den Eingangskasten der Neubrandenburger Stasibehörde. Tobias Reichelt, der die Behörde im Laufe seiner Amtszeit zum modernsten Archiv Mitteleuropas hochrüstete, unterhielt sich noch mit dem Kurier aus der Zentrale, als ein Gast, der in seinem Büro wartete, den Antrag von Landers las, zusammenfaltete und in die Jacke steckte.

Ein guter Geist. Ein unbekannter Freund.

Landers las die 20-Uhr-Nachrichten, während sich ein Archivmitarbeiter auf die Suche nach seiner Vergangenheit begab. Der unbedeutende Archivmitarbeiter wusste selbst nicht so genau, was er da eigentlich tat. Er wollte Landers helfen, weil er ein diffuses Gefühl der Schuld empfand. Und wie sich bald herausstellte, konnte Jan Landers diese Hilfe auch gut gebrauchen. Denn sein Freund fand eine Karteikarte, auf der Jan Landers als IM »Jimmy Page« geführt wurde. Jimmy Page war der Gitarrist der englischen Rockband Led Zeppelin. Ihr berühmtestes Lied war wohl die Hymne »Stairway to heaven.«

Himmelstreppe.

Das passte ganz gut. Jedenfalls bis jetzt. Jan Landers hatte ziemlich viel Glück im Leben, er sieht gut aus, er ist schlau, er verdient viel Geld, und es sah so aus, als würde er bald die Tagesthemen übernehmen. »Ein außerordentlich talentierter Nachrichtenmann«, sagte sein Chefredakteur Karlheinz Grundmann dem Nordkurier.

Landers' Neubrandenburger Freund recherchierte die Telefonnummer und versuchte den Nachrichtensprecher zu warnen. Aber Fünfeichen war wohl doch zu lange her. Landers war gerade dabei, von einer 120-Quadratmeter-Altbauwohnung in einen Loft an der Elbe zu ziehen, und sein unbekannter Neubrandenburger Helfer war es nicht gewohnt, mit Prominenten zu telefonieren. Ihre Gespräche waren kurz, gestopft mit Ähs und voller Missverständnisse. Der kleine Mann war mal Buchhalter. Er hasst Wände. Seine Lieblingsband ist Kraftwerk. Sie klingt wie das Gegenteil von Led Zeppelin.

Sie waren sehr verschieden.

Landers nahm ihn nicht ernst.

Doch sein Freund war nicht böse, er arbeitete weiter. Die Akte war nicht leicht zu finden. Nächtelang durchstreifte er das Archiv.

Und eines Nachts fand er, was er suchte.

Die Akte Landers.

Es war höchste Zeit, denn am nächsten Morgen stand die Spiegel-Reporterin in der Tür der Behörde, um zu fragen, ob ihre Anfrage etwas erbracht hatte. Tobias Reichelt kapitulierte. All seine glänzenden, schnurrenden Archivkästen hatten versagt. Er hatte versagt. Reichelt befindet sich im Urlaub und es ist unklar, wann und ob er zurückkommt. Die Dinge waren nicht mehr aufzuhalten. Landers geriet in die Behörden-Medien-Maschine.

So erreichte ihn sein unbekannter Freund doch noch. Wenn auch über Umwege.

Die Reporterin kannte Blöger, Blöger kannte Grundmann, Grundmann nahm Jan Landers vom Sender. Es gab keine Beweise, aber die Möglichkeit, dass Jan Landers die Nachricht seiner eigenen Enttarnung vorlesen musste. Das reichte, um ihn ruhig zu stellen. Grundmann gab Landers den Tipp, sich zurückzuziehen, aus der Schusslinie zu gehen. Doch Landers wollte wissen, was los war. Er wollte wissen, wer er war.

Er verließ das Studio, er verließ Hamburg, er verließ seine vertraute Umgebung, er kehrte ins raue Leben zurück.

Landers recherchierte in Berlin und Anfang der Woche setzte er sich in einen Zug nach Neubrandenburg. Er hat kaum noch Erinnerungen an die Stadt. Sie hat sich verändert. Der Bahnhof, der Boulevard, alles. Auch das Regiment in Fünfeichen rüttelt ihn nicht wach. Ihm fällt seine Armeezeit wieder ein. Die Schikanen. Dort oben im 4. Stock, Block A, hat er damals geschlafen. Dort, wo die Soldaten und Offiziere heute ihre Autos parken, war der Exerzierplatz, auf dem Oberst Günther ihn und seinen Zug eine halbe Stunde lang stillstehen ließ. Im Winter '81/'82. Bei zehn Grad minus. Er kann sich an die Waffenkammer erinnern und an die Buchhandlung, er weiß noch, wo die Politoffiziere saßen, wo der Stabschef und wo der Regimentskommandeur.

Aber Landers findet keinen Faden, an dem eine IM-Geschichte hängen könnte.

Er will die Stadt gerade verlassen. Als er ins Auto steigt, sage ich ihm seinen IM-Namen. Jimmy Page.

Und in diesem Moment zerfällt das Nachrichtensprechergesicht. Es zerspringt. Ich sehe Landers. Einen Musikfan. Einen Jungen, der keine Lust zum Studieren hatte. Einen Abenteurer. Er machte Diskotheken und bekam die schönsten Mädchen. Er taumelte durch die DDR, ein Goldkind, und irgendwann sprach er mit den falschen Leuten. Vielleicht ein harmloses Gespräch, vielleicht auch mehr. Er hat es vergessen. Verdrängt. Zurückgelassen auf dem Weg nach oben.

Jan Landers ist abgestürzt.

Der einzige, der ihm im Moment helfen kann, ist sein Freund da draußen. Der Mann, der so anders ist als er. Ein Buchhalter mit schütteren Haaren. Die Dinge haben sich verschoben. Der Mann mit der Akte kann Jan Landers retten.

Aber er ruft nicht mehr zurück.

Raschke fühlte sich schlecht. Er hatte keine Beweise. Er hatte Landers nicht angerufen, um ihm den Text vorzulesen. Er hatte Angst davor, aber vielleicht sollte er es tun. Er rief noch mal bei Schreiner an. Ein allerletztes Mal. Er war nicht da.

Das Telefon klingelte.

»Guter Text, Raschke«, sagte Sitterle. Raschkes Skrupel lösten sich auf, er vergaß Landers. Jetzt war Sitterle wichtiger.

»Ich würde allerdings Spiegel durch Nachrichtenmagazin ersetzen. Oder besser nur Magazin. Erklären Sie den Leuten, was ein Loft ist. Wir müssen nicht darüber reden. Aber die Neubrandenburger, Sie wissen schon. Und Sie müssen da am Ende auch nicht persönlich durch die Geschichte tanzen. Schreiben Sie ›man‹. Das ist besser.«

Raschke schwieg.

»Glauben Sie mir.«

Raschke entspannte sich.

»Und, Raschke?«

»Ja.«

»Schicken Sie es weg, Kisch. Wir machen die ersten Ausgaben zu. Templin 4 und Torgelow 1. Ab dafür. Denken Sie an die Nachricht für die Agenturen?«

»Ja.«

Raschke machte die Änderungen, dann schrieb er *Ein Mann fällt von der Himmelstreppe* über den Text, löschte es und schrieb *Himmelstreppensturz.* Das klang zu sehr nach Schweriner Poetenseminar. Er wollte etwas Lässigeres, denn er war jetzt entspannt.

Der fremde Freund, schrieb er. Das war geklaut, aber Christoph Hein las sicher nicht den Nordkurier. Und Sitterle kannte Christoph Hein nicht. Raschke wollte den Text wegschicken, als ihm einfiel, dass aber die Hamburger Jury vielleicht Christoph Heins Buch kannte. Er starrte auf den Bildschirm. Plötzlich fiel ihm ein, dass es im Westen »Drachenblut« hieß. »Der fremde Freund« hieß »Drachenblut« im Westen. Er war gerettet, er schickte es weg.

Dann schrieb er eine kurze Nachricht.

Der Nachrichtensprecher Jan Landers war IM der Staatssicherheit. Wie der Neubrandenburger Nordkurier in seiner morgigen Ausgabe berichtet, wurde Jan Landers während seines Armeedienstes von der Staatssicherheit angeworben. Landers erinnert sich nur vage an ein Gespräch. Bis zur Klärung der genauen Umstände wurde Landers, der die Tagesschau spricht, vom Sender genommen. »Wir gehen davon aus, dass er unschuldig ist«, sagte der Chefredakteur von ARD aktuell, Karlheinz Grundmann, gegenüber dem Nordkurier.
Bislang wurde nur die Karteikarte von Landers gefunden. Demnach benutzte er den Decknamen des englischen Rockmusikers »Jimmy Page.«

Es war kurz vor fünf. Raschke gab beide Texte weg und holte sich ein Bier. Der Schmerz ließ nach, bevor es wirkte. Er dachte ans Bugatti.

»**Ganz gut geschrieben**«, sagte Sturzacker. »Bisschen umständlich, aber das ist nicht mein Problem.«

»Was ist dein Problem, Friedel?«, fragte Sitterle.

»Nimm den Spiegel raus.«

»Eine Nummer zu groß für uns, was?«

»Genau.«

»Schon getan. Was noch?«

»Es ist mir zu, äh, wabbelig. Ich könnte mir vorstellen, dass es uns sogar auf die eigenen Füße fällt. Er weiß zu wenig, oder zu viel.«

»Und?«

»Ich weiß nicht. Ich könnte ein paar Telefonanrufe machen. Versuch du die Seite so lange wie möglich offen zu halten.«

»Es ist zu spät, die ersten beiden Busse sind schon weg. Für Lokalausgaben in Templin und Torgelow.«

»Wie viele Exemplare sind denn das?«

»Bisschen über zweitausend.«

»Und wie transportiert ihr die?«

»Mit VW-Bussen.«

»Kann man die erreichen?«

»Über die Dispatcherzentrale. Ja.«

»Gut, gib mir eine Dreiviertelstunde.«

Sturzacker rief Bergflint in Güstrow an. Bergflint war der Landesbeauftragte der Behörde. Friedhelm Sturzacker mochte ihn nicht besonders, weil er nie auf den Punkt kam. Bergflint war ein Bedenkenträger, ein ewiger Bürgerrechtler. Aber er war sauber. Er hatte ein halbes Jahr in Neustrelitz gesessen, weil er Flugblätter verteilt hatte, er war erst Ende dreißig, er hatte vier Kinder und einen Bart. Er war keine schlechte Besetzung für den Landesbeauftragten des Stasiunterlagengesetzes Mecklenburg-Vorpommern. Jemanden wie Bergflint abzuschaffen, hieß den Herbst '89 zu verraten. Zumindest glaubte Sturzacker das, denn er hatte keine eigenen Erinnerungen an den Herbst '89 in Mecklenburg-Vorpommern. Von 1987 bis 1990 hatte Sturzacker an der Konrad-Adenauer-Stiftung in Washington gearbeitet.

Sturzacker mochte Bergflint nicht, aber Bergflint war seit einem halben Jahr CDU-Mitglied. Und er, Friedhelm Sturzacker, war der Fraktionschef im Landtag.

Sturzacker erzählte von Landers und seinem Freund. Aber wie er erwartet hatte, bekam er von Bergflint keine schnelle Hilfe. Es hatte ihn zehn Minuten gekostet, die Geschichte zu erzählen. Die ganze Zeit waren im Hintergrund irgendwelche nervenden Kinderlieder gelaufen. Alles, was Bergflint einfiel, war: »Ich würde mich gern mal mit den Betroffenen zusammensetzen. Das scheint mir eine ziemlich komplexe Kiste zu sein. Komplex und kompliziert. Wie wär's Anfang nächster Woche?«

Komplexe Kiste! Wenigstens hatte Bergflint die Handynummer von Blöger.

Sturzacker kannte den Sonderbeauftragten nicht sehr gut, aber er hatte weniger Probleme mit ihm als mit diesem Müslifresser Bergflint.

»Faxen Sie es her«, sagte Blöger. »Und rufen Sie in einer Viertelstunde noch mal an.«

Sturzacker steckte die vier Manuskriptseiten in sein Faxgerät. Es zerhackte Raschkes Text in Signale, schickte sie in die Erde Mecklenburgs, setzte sie wieder zusammen und spuckte sie in der Berliner Glinkastraße in ein Drahtkörbchen. Sturzacker sah aus dem Fenster seines Schweriner Abgeordnetenbüros aufs Wasser. Er zündete sich ein Zigarillo an. Und wartete.

Landers starrte aus dem Fenster des Zimmers 705 im Berliner Palasthotel. Der Dom schimmerte blaugrün und ewig. Im Fernsehen lief eine Vorschau aufs Viertelfinale. In fünf Tagen spielten sie gegen Bulgarien. Sie brachten was über die schlampigen bulgarischen Stars. Stoitschkow hatte mehr zu sagen als sein Trainer. In Amerika lief alles nach Plan, Ilona duschte. Er versuchte seit Stunden in das schwarze Neubrandenburger Stasizimmer zurückzukriechen. Aber es war ausgelöscht. Weg. Kathrin hatte die Kiste mit seinen alten Kassetten vor einem Jahr weggeschmissen. Er konnte sich an nichts erinnern.

Er konnte sich nicht verteidigen.

Es rauschte noch aus dem Bad, er rief Margarethe an.

Sie klang erleichtert. Und aufgeregt. Sie redete schneller als sonst, als fürchtete sie, er würde wieder verschwinden, wenn sie aufhörte zu reden.

»Es ist alles erledigt. Matthias hat sich erkundigt. Es gibt da irgendwelche Präzedenzfälle aus der Zeit nach dem Krieg. Frag mich nicht nach Details, aber wenn ich ihn richtig verstanden habe, kannst du morgen wieder anfangen zu arbeiten. Sie kommen damit nicht durch. Das ist doch mal eine gute Nachricht, oder? Ich habe mich jedenfalls sehr gefreut.«

»Schön«, sagte Landers.

»Jan.«

»Ja.«

»Wo bist du eigentlich?«

»In Berlin.«

»Willst du reden?«

»Ja, später. Nicht am Telefon. Es ist alles noch so frisch, weißt du. Es ist komisch, in seiner Heimatstadt im Hotel zu wohnen. Ich habe hier irgendwie keinen Halt mehr. Es war eine verwirrende Reise.«

»Es geht mir manchmal so, wenn ich nach Sylt zurückkomme. Ich sehne mich nach etwas, das es nicht mehr gibt. Oder vielleicht auch nie gab. Nur in meinem Kopf gab.«

»Ich weiß nicht, ob man das vergleichen kann. Aber vielleicht ist es ja ähnlich.«

»Ich versteh das alles nicht. Wir können uns darüber sicher unterhalten. Wir haben ja noch so viel Zeit. Und ich weiß so wenig von dir, von euch. Du hast irgendwann nach deiner Party erzählt, dass ihr keine Feste feiert, sondern Feten. Ich würde gern wissen, was das bedeutet. Wir haben so wenig Zeit gehabt, miteinander zu reden. Ich will so viel wissen.«

»Ja.«

»Es wird alles gut.«

»Ja.«

»Wann kommst du denn zurück?«

»Bald«, sagte Landers. »Bald.«

»Ich brauche dich.«

»Ja. Ich auch.«

»Schön, dass du angerufen hast.«

»Ja.«

Er legte auf. Sylt. Es war, als wären sie sich nie begegnet. Er hatte nichts mehr gespürt, keinen Zusammenhalt, sie lebten in verschiedenen Welten. Er dachte an ihre perfekten Brüste, rund von vorn und nahtlos. Alles, was er sah, war ein Pin-up-Girl. Sie war eine Illusion, er bekam sie nicht mehr zum Leben.

Er hoffte, dass Ilona bald aus dem Bad zurückkäme.

Blöger stand an der Fensterfront, er sah in den roten Berliner Abendhimmel. Er war leicht gebräunt von seiner Südamerikareise zurückgekehrt. Spanisch war auch eine gut klingende Sprache. Blöger hielt das lange Fax mit Raschkes Artikel in der Hand. Auf dem Granitsims unter ihm lag sein Telefon. Er ließ es dreimal klingeln.

Dann nahm er es und hob ab.

»Es wäre ein Eigentor, Sturzacker. Es würde uns nichts helfen. Mir nicht, Ihnen nicht und schon gar nicht dem guten Bergflint. Die Leute werden denken: Was für ein Saustall. Den können wir zumachen. Sie kennen doch die Stimmung im Lande, alle wollen ihre Ruhe haben. Außerdem steht nichts drin. Keine Beweise, nur Vermutungen, jeder Justitiar würde Ihnen das Ding um die Ohren hauen. Sagen Sie das dem Sitteler vom Nordkurier... Was?... Gut, dann sagen Sie es dem Sitterle. Wie auch immer er heißt. Wir überziehen die mit Klagen. Ja. Sagen Sie es ihm. Und verhindern Sie um Himmels willen, dass dieser Dreck erscheint...Was?... Ja. Dann machen Sie das. Und Sturzacker, noch was. Ich habe mal ein paar Informationen über diesen Raschke eingezogen. Er ist ein schwerer Alkoholiker, ja. Er hat zu DDR-Zeiten auch schon Journalismus gemacht, wenn Sie wissen, was das bedeutet. Ja, nein, das nicht, zumindest liegt uns da noch nichts vor, aber natürlich war er SED-Mitglied. Das sollte wohl reichen. Genau. Danke, Sturzacker.«

Blöger legte das Telefon wieder aufs Sims. Er zerknüllte das dünne Faxpapier mit einer Hand, bis es vollständig in seiner gebräunten Faust verschwunden war. Es sah aus, als fräße seine Hand die schlechte Nachricht. Sehr gut.

Blöger drehte sich um.

Doris Theyssen kauerte auf seinem weinroten gesteppten Ledersofa und starrte auf den zerlesenen, karierten Zettel. Seit zwei Stunden tat sie nichts anderes.

Sie sah aus wie ein Kind.

Es war die dritte Meldung auf Antenne Mecklenburg-Vorpommern. Raschke bekam einen Schreck, als er hörte, wie ein Nachrichtensprecher vorlas, was er sich eben ausgedacht hatte. Er fuhr nach rechts auf den Ring. Fünf Minuten später hielt er vorm Bugatti.

»Ich weiß, es ist ein ernstes Thema«, sagte der Antenne-MV-Moderator. »Wir haben gerade gehört, dass der Tagesschausprecher Jan Landers IM der Stasi war. Sein Tarnname war übrigens Jimmy Page. Jimmy Page war der Teufelsgitarrist von Led Zeppelin. Es ist lange her. Das hier ist für dich, Jan.« Er spielte *D' yer Maker* von Led Zeppelin.

Raschke lachte nicht. Er spürte wieder den Schmerz im Magen. Eine heiße Sichel. Jedes Wort, das er schrieb, gab er weg. Jeder Discjockey konnte mit ihm machen, was er wollte. Es war nie zu Ende. Er blieb noch einen Moment im Auto sitzen, während Robert Plant stöhnte. Wenn er gewusst hätte, dass die Fahrer der beiden Nordkurier-VW-Busse, die nach Ückermünde und Templin unterwegs waren, in diesem Moment einen Anruf aus der Dispatcherzentrale der Lokalausgaben bekamen, der sie und ihre 2354 Morgenzeitungen ins Druckhaus zurückbeorderte, hätte er vielleicht Erleichterung empfunden. Aber nur in diesem einen Moment des Zweifels, in dem er seinen Verrat begriff.

Den Verrat an Landers, der sich vor achtundvierzig Stunden in diesem Auto unter Tränen erinnert hatte. Ungeordnete Fetzen ausspuckte, die er später aus dem Gedächtnis aufschrieb. An Doris, mit der er vor sechsundneunzig Stunden geschlafen hatte. An den blonden Buchhalter, von dem er nichts wusste. An Reichelt, der in diesem Moment vielleicht in einer Nervenklinik dahindümpelte.

Raschke schaltete das Radio aus.

Frentzen saß schon da. Raschke bestellte ein Kristallweizen. Als die Kellnerin mit der Karte kam, war es leer. Der Schmerz war weg. Nach dem zweiten hoffte Raschke, dass sie ihn in die Dachzeile auf Seite 1 nahmen. *Thomas Raschke über die Stasiverstrickungen eines Tagesschausprechers. Raschke: Der Sturz des Tagesschausprechers.*

»Kennst du eigentlich Jimmy Page, Frank?«

Frentzen nickte.

Raschke erzählte ihm, was er eben im Radio gehört hatte. Sie lachten. Etwas lauter als sonst, denn sie hatten beide das Gefühl, an einer großen Sache beteiligt zu sein.

Raschke dachte an die Jurorenrunde in Hamburg.

Frentzen dachte an die morgige Landtagssitzung in Schwerin.

Als Thomas Raschke fünf Stunden später nach Hause fuhr, brachten sie im Radio nichts mehr über seine Landers-Enthüllung. Aber vielleicht war er auch nur zu betrunken. Er war sehr betrunken.

Auf MTV war gerade Werbepause, er dachte kurz daran, dass sie ja auch bald wieder Grund hätten, Led-Zeppelin-Videos zu zeigen, und schlief sofort ein.

»There's something wrong** in the world today«, kreischte Steven
Tyler auf MTV. »I don't know, what it is.«
Raschke hätte den Satz ohne zu Zögern unterschrieben, wenn er
ihn verstanden hätte. Er lag auf seiner stahlblauen Auslegeware
und zählte die guten Dinge zusammen. Es war Wochenende, die
Sonne schien, heute spielte Deutschland gegen Bulgarien, er hatte
eine große Geschichte im Blatt. Alles gute Sachen. Aber er fühlte
sich miserabel. Steven Tyler war ein Jahr älter als er, sah aber
zehn Jahre jünger aus, obwohl er diese ganzen Exzesse mitgemacht hatte. Tyler hatte volle, lange Haare. Er war durchtrai-
niert. Raschke bewegte sich vorsichtig. Bier, Chianti, Grappa. Er
hatte Lammrücken gegessen und Tiramisu. Er griff sich in den
Speckring, der auf seiner Hüfte lag. Er suchte nach dem Brandloch. Kein Brandloch. Noch eine gute Nachricht.
Raschke ging zum Klo. Die Haare fielen ihm jetzt auch vorn aus.
Ein schwarzes Büschel hatte sich in der Mitte der Stirn zu einem
Dreieck zusammengeschoben. Er ließ kaltes Wasser ins Waschbecken. Als er auftauchte, konnte er sich bereits wieder vorstellen
zu rauchen. Er füllte die Kaffeemaschine und schaltete sie ein.
Dann ging er die Zeitung holen. Es war halb zwölf. Auch die Post
war schon da. Ein Brief von der Sparkasse und ein richtiger. Er
warf einen Blick auf die Seite 1 des Nordkurier. Sie hatten seinen
Text nicht angekündigt, diese Ignoranten. Er ging nach oben und
riss den Brief auf.
Er hatte sich geirrt.
Die Briefe hörten nicht auf.

Guten Morgen, Raschke,

*es war ulkig, Sie zu sehen. Als Sie ins Zimmer kamen, dachte ich:
Er hat mich! Respekt, Raschke, dachte ich. Aber dann wollten Sie
gar nichts von mir, sondern nur von Nitz, dem ängstlichen Buchhalter. Sie sind an Ihren eigenen Klischees gescheitert. Haben Sie
gedacht, dass ich so aussehe? Blass und kahlköpfig?*
*Dass Nitz Platzangst hat, ist Ihnen doch runtergegangen wie Öl,
oder? Die Welt ist nicht so einfach wie... wie ein Videoclip.*

Haben Sie jetzt Angst?

War es gut mit Nitz?

Er kam völlig verstört in unser Zimmer zurück. Sie haben ihn nach seiner Lieblingsband gefragt? Raffiniert, Raschke. Meine ist übrigens Led Zeppelin. Aber mich haben Sie ja nicht gefragt. Ich hätte Ihnen wahrscheinlich auch T-Rex genannt. Oder Bruce Springsteen, um es nicht ganz so einfach zu machen.

Und dann habe ich Sie am gleichen Tag noch mal getroffen. Und diesmal war sogar der Landers dabei. Ich hab einen regelrechten Lachanfall bekommen. So ein Zufall. Wissen Sie, mit wem ich mich im »Eisenstein« getroffen habe? Mit Miriam Jäckle. Die Frau, die Ihnen bei Ihrer Schnitzeljagd half. Ohne sie hätte ich es nie geschafft.

Ich war ziemlich enttäuscht von Ihnen, Raschke. Aber inzwischen bin ich Ihnen dankbar. Sie haben mir geholfen. Ich musste aus meinem Panzer ausbrechen. Ich habe viel über mich gelernt in den letzten Wochen.

Die Sache hatte leider auch einen sehr traurigen Aspekt, von dem Sie nichts wissen. Ich verschone Sie damit, weil Sie nichts dafür können. Aber es ist so traurig, dass ich mich entschlossen habe, dieses Versteckspiel aufzugeben. Ich heiße Carsten Zelewski. Hier bin ich. Sie können mir nicht mehr viel schaden, denn ich habe gekündigt. Aber ich glaube, Sie wollen gar nichts mehr von mir, was?

Ich weiß nicht so richtig, was Sie treibt, aber Sie sehen nicht gerade glücklich aus. Und gesund auch nicht.

Passen Sie auf sich auf.

Und: Schmeißen Sie die drei Tüten mit den Schnipseln weg. Es ist nichts weiter als die zerschredderte Beschreibung von einer dieser italienischen Wundermaschinen, die Reichelt für uns besorgt hat. Dafür lohnt sich der Aufwand nicht.

Ihr Carsten Zelewski

Lassen Sie Miriam Jäckle bitte in Ruhe. Ja?

Raschke starrte auf den Brief. Immer wieder. Der Typ mit dem Zopf. *Zisch ab, Jensi.* Er fühlte sich nackt und benutzt. Und beobachtet. Er wurde rot.

So saß er eine Weile, bis ihm einfiel, dass er geschrieben hatte, der unbekannte Freund sei ein Buchhalter. Das stimmte dann ja nicht. Die Lieblingsband stimmte auch nicht. Kraftwerk. Er überlegte, ob Nitz klagen könnte. Raschke riss die Zeitung auf. Er suchte den entsprechenden Absatz, aber er fand ihn nicht.

Er fand den gesamten Text nicht.

Dort stand ein Porträt von Berti Vogts. Es war von einem Mitarbeiter der Sportagentur sid geschrieben und mit vielen hübschen Fotos illustriert.

Sein Text war weg.

Raschke zerwühlte die Zeitung wie ein Schwachsinniger. Nichts. Im Wochenendmagazin stand eine Reportage über die Rügenbahn. Im Kulturteil war ein Interview mit dem Intendanten des Neustrelitzer Theaters über die Schließung des hauseigenen Balletts.

Raschke schrie, aber auch seine Stimme versagte. Er machte den Mund auf wie ein Fisch.

Es war nichts mehr übrig von ihm.

Nichts.

Sie saß mit dem Rücken zum Fenster, rechts war eine Wand, sie fühlte sich eigentlich sicher, in ihrer Tasche steckte der Brief von Zelewski, und die Tasche war zu. In fünf Minuten würde Landers kommen und sie würde es beenden. Sie hatte gehofft, dass Zelewskis Tod keinen Staub aufwirbelte, aber als dann gar nichts in den Zeitungen stand, hatte es ihr das Herz zerrissen. Nur die Morgenpost hatte eine Meldung. *Der arbeitslose Thorsten Z. stürzte sich aus bislang ungeklärten Gründen aus seiner Lichtenberger Wohnung. Er erlag seinen Verletzungen am Unfallort.* Sonst nichts. Sie hatte den Brief. Sie kannte ihn auswendig.

Liebe Karin,
du schläfst, aber ich weiß nicht, ob du mir zugehört hättest, wenn du wach gewesen wärst. Wir haben ja nicht mehr so viel geredet in den letzten Jahren. Ich habe versagt. Ich hätte dir gern ein besseres Leben geboten. Mir auch. Ich kann nicht. Ich kann nicht. Ich bin für diese Zeiten nicht gemacht. Seit vier Jahren habe ich das Gefühl, dass ich mich nicht mehr bewegen kann. Alles ist zu schnell für mich. Ich habe an die sozialistische Idee geglaubt. Du lachst vielleicht, wenn du das liest. Wie du damals mit dem Oberst gelacht hast, als ich sagte, ich will im Untergrund kämpfen. Ihr habt mich ausgelacht. Ich sehe nachts alte Filme. Sie sind langsam wie ich. Das Scheißgeld, entschuldige, aber das Scheißgeld. Ich hab meine Seele verkauft. Die Frau vom »Spiegel« war doch hier, weißt du. Sie hat mir Geld geboten, wenn ich einen Mann ans Messer liefere. Jemanden von früher. Tausend Mark hat sie mir geboten. Ich hab's gemacht. Für einen Scheißtausendmarkschein. Nein, ich hab's nicht gemacht. Aber ich würde es tun. Sie ist jetzt unterwegs. Ich kann nicht. Mein Leben ist so sinnlos. Die BRD-Fußballer gewinnen wieder. 1974 war gut, aber Sparwasser ist auch rübergemacht. Was ist mit uns passiert?
Ich habe dich lieb. Du warst so schön. Trink nicht so viel.

Dein Thorstel

PS. Sag der Spiegel-Frau, der Junge hat nichts gemacht. Ich weiß es!

Sie hielt die Tasche auf den Knien, ihre Hände umklammerten das Schloss. Sie konnte den Brief nicht mehr weggeben. Karin würde nie erfahren, dass ihr Mann an sie gedacht hatte, bevor er starb. Es ging nicht.

Aber sie würde Landers entlasten.

Gestern hatte Blöger bei Landers' Chef angerufen. Er konnte ab sofort wieder arbeiten. Es gab keinerlei Beweise. Sie hoffte, dass Raschke keine Schwierigkeiten machte. Sie hatte mit ihm telefoniert, aber er hatte nur wirres Zeug geredet. Er hatte sie beschimpft und geweint. Immer abwechselnd. »Ich löse mich auf«, hatte er geschrien. Er tat ihr irgendwie Leid, aber sie konnte sich nicht um alles kümmern. Raschke stammte aus einer anderen Zeit, wenn nicht aus einem anderen Leben. Sie war erst vierunddreißig, das war nicht zu alt, um noch mal anzufangen.

Sie würde Landers entlasten. Dann würde sie in die Redaktion fahren und die Oststars-Geschichte schreiben, die Henckels von ihr erwartet hatte. Dann würde sie Urlaub beantragen. Was danach sein würde, war ihr nicht klar.

Sie winkte Landers zu, der sich nach ihr umsah. Ein hübscher Junge.

Landers sog die warme Luft ein, er nahm die Treppen vorm Einstein mit einem Sprung. Er jubelte. Er war frei.

Einen Moment lang dachte er darüber nach, was er mit dieser Freiheit anfangen sollte. Er stand auf der Kurfürstenstraße. Es war ein Sonnabend im Juli. Die Gegend war furchtbar, gerade wenn es schön war wie heute. So war Westberlin, so sah es aus. Bieder wie die siebziger Jahre. Er wollte hier weg, er bestellte ein Taxi und aus dem Taxi einen Tisch im Borchardt, einem neuen Restaurant in der Französischen Straße, und rief dann Ilona im Palasthotel an. Er war vor ihr da. Das Restaurant war nicht voll. Es hatte schöne hohe Decken und es war angenehm kühl, ein Mann mit einer Igelfrisur lief strahlend auf ihn zu.

»Wo darf ich Sie hinsetzen, Herr Landers?«

Er kannte ihn. Verdammt noch mal. Er kannte ihn.

Landers suchte sich einen Tisch in einem Séparée aus. Er hatte eigentlich nichts mehr zu verbergen, aber daran musste er sich erst noch gewöhnen. Er bestellte einen Prosecco und weil Ilona immer noch nicht kam, noch einen. Alles kribbelte, es war, als würde das Leben vor ihm liegen. Die Theyssen war so weich gewesen, mütterlich fast, obwohl sie sicher nicht viel älter war als er. Irgendwie hatte er sich den Spiegel anders vorgestellt, rechthaberischer. Sie hatte sich zehnmal entschuldigt, und wenn er es richtig verstanden hatte, würde er in einem Text über erfolgreiche Ostdeutsche vorkommen. Im Spiegel. Das Restaurant füllte sich schnell, er ertrug die Blicke der Leute langsam wieder. Es war ein angenehmes Restaurant, es hielt die Menschen auf Distanz. Er dachte an das Fischereihafen-Restaurant. Vor drei Wochen hatte er dort auf Grundmann gewartet. Drei Wochen nur. Es schien aus einer anderen Zeit zu sein. Damals sollte er der neue Brahnstein werden. Landers holte sein Funktelefon aus der Tasche, er schaltete es ein. Er hatte neunzehn neue Nachrichten.

Er löschte sie alle, dann suchte er den Wein aus.

»Eine gute Wahl, Herr Landers.«

Herr Landers. Er war wieder am Leben. Die Theyssen hatte mit Blöger telefoniert und Blöger mit Grundmann. Er war wieder im Dienst. Es war gar nichts passiert.

Er hätte sie fast übersehen. Sie trug ein graues Kostüm, das er noch nicht kannte. Sie hatte es sich anscheinend gerade gekauft, denn sie hielt eine große Papiertüte in der Hand, in der sicher ihre alten Sachen waren. Sie stand am Eingang und wartete, blinzelte in den dunklen hohen Raum. Niemand rannte auf sie zu. Wahrscheinlich brachte sie gar niemand mit ihm in Verbindung. Grau stand ihr nicht, fand Landers. Das Kostüm sah zu neu aus, er hoffte, dass hinten nicht noch ein Preisschild an der Jacke hing. Sie hatte kleine Brüste.

Sie tat ihm Leid.

Niemand brachte sie mit ihm in Verbindung. Was für eine Frau erwartete man denn neben mir, dachte Landers. Dann hob er den Arm und winkte ihr zu.

Sie lachte und lief langsam auf ihn zu.

In der kleinen Kapelle auf dem Friedhof in Berlin-Friedrichsfelde saßen drei Frauen und ein Mann mit einem Zopf. Es war eine schmucklose Kapelle, hier waren in den letzten fünfzig Jahren jede Menge Heiden betrauert worden. Es war der Friedhof der Sozialisten und den hätte Zelewski sich wohl auch ausgesucht. Zwischen den Bankreihen stand seine Urne auf einem kleinen Podest, davor lagen zwei Kränze und ein schmaler Strauß aus weißen Rosen. Das Band des rechten Kranzes war verkrumpelt. Man konnte nur Carsten und M lesen, das andere Band war richtig ausgerollt. *Warum nur Thorsten? Mutter*, stand drauf. Thorsten Zelewskis Mutter hatte lange überlegt, ob sie *Mutti* draufschreiben lassen sollte. *Warum nur? Mutti*. Aber es schien ihr dann doch nicht zu passen, jedenfalls nicht zu dem Verhältnis, das sie in den letzten fünf Jahren gehabt hatten.

Der Friedhofsbeamte an der Tür drückte die Taste des CD-Spielers. Die Aufregung eines großen Openair-Konzerts flatterte sekundenschnell durch die nüchterne Kapelle, dann sagte Robert Plant: »This is a song of hope.« Der Beamte schaute verunsichert, richtete sich dann aber so feierlich auf, wie es ihm möglich war. Es war die richtige CD, der Typ mit dem Zopf hatte sie ihm in die Hand gedrückt, und wenn nicht, sollte es ihm auch egal sein. Er hatte beim Knobeln verloren. Es war der 10. Juli 1994 und er war bestimmt der einzige deutsche Friedhofsangestellte, der in dieser Stunde Dienst hatte. Normalerweise waren sie auch bei Urnenbestattungen mindestens zu zweit. Aber heute Nachmittag spielte Deutschland gegen Bulgarien, die Gesellschaft war sehr klein und es gab keine Rede. Dafür war der verdammte Song fast elf Minuten lang. Die erste Halbzeit hatte er noch im Verwaltungsgebäude gesehen, es stand 0:0, die zweite Halbzeit musste in diesem Moment anfangen. Sie spielten in New York.

Nach sechs Minuten schrie der Sänger: »But I got some good news«, und die blonde Dicke mit der großen Sonnenbrille fing an mitzusummen. Zunächst leise, dann lauter, immer lauter. Der Friedhofsbeamte räusperte sich, er hatte viel erlebt, aber das noch nicht. Es fehlte nur noch, dass sie Luftgitarre spielte. Der Typ mit dem Zopf streichelte den Oberarm der Frau, der schlaff mitwackelte. Dann bollerte es draußen. Ein paar Feuerwerkskörper gingen über Friedrichsfelde hoch. Deutschland führte. Der Friedhofsbeamte ballte die Faust. Yeah! Die Blonde hörte auf zu singen, nur ihr Kopf schwankte noch hin und her, als sei sie in ihrem Gitarrensolo versunken.

Zelewskis Mutter verstand das alles nicht.

Sie verstand nicht, wieso ihre Schwiegertochter am frühen Morgen betrunken war, sie verstand nicht, wie man so ein Gekreische auf einer Beerdigung spielen konnte, sie kannte die Frau nicht, die ihren großen Sohn begleitete, und vor allem wusste sie nicht, wieso sich Thorsten umgebracht hatte. Er war immer der Stärkere gewesen. Sie war völlig überrascht worden. Erst war Carsten ausgezogen, dann war Thorsten aus dem Fenster gesprungen. Sie hatte sich so allein gefühlt. In ihrer Ohnmacht hatte sie den Vater der Jungs gesucht, das Schwein. Er lag in einem Pflegeheim in Chemnitz.

Kann ich ihn sprechen?, hatte sie die Schwester gefragt.

Sprechen? Sie sind gut, hatte die Schwester gesagt.

Die Frau neben Carsten weinte, obwohl sie Thorsten doch gar nicht gekannt hatte, aber sie, die eigene Mutter, konnte nicht mehr weinen. Sie hätte gerne eine Rede gehört, aber Carsten war gegen eine Rede gewesen. Er hatte sich verändert in den letzten Wochen. Er traf jetzt solche Entscheidungen.

Was sollen wir denn sagen, Mutti?

Sie wusste es auch nicht. Thorsten war ein guter Junge gewesen. Er hatte ihrem Mann Widerstand geleistet, diesem Säufer. Er hatte ihr geholfen. Er war der Stärkere gewesen, der Offenere, der Fröhlichere. Vielleicht hätte er nicht zur Armee gehen sollen. Vielleicht hätte er Kinder gebraucht. Sie hatte keine Ahnung.

Als das Gejammer endlich vorbei war, ging der Friedhofsmann nach vorn und nahm die Urne. Zelewskis Mutter holte sich ihren Kranz, den anderen nahm sein Bruder, seine Witwe stolperte und krachte mitten in der Kapelle auf die Erde, als sie sich nach den weißen Rosen bückte. Sie blieb einen Moment liegen, sie rief irgendwas, es klang wie ein Fluch, dann zuckte sie und rappelte sich wie nach einer Kneipenschlägerei auf. Es war so unwürdig.

436

Der Friedhofsmann balancierte Thorstens Urne in einer Hand, um die schwere Kapellentür zu öffnen.

Das Sonnenlicht blendete, sie gingen einen kleinen Abhang hinunter zu dem Rasenstück, auf dem die anonymen Beerdigungen stattfanden, ihre Schwiegertochter schwankte jetzt stark. Der Friedhof war menschenleer. Alle sahen das Fußballspiel. Es wurde die Fernsehsendung mit der höchsten Zuschauerzahl in diesem Jahr. In New York lief die siebzigste Minute. Als Zelewskis Mutter das Loch in der Sommerwiese sah, musste sie weinen. Carsten Zelewski dachte an seine ungehaltene Rede, die er im Computer aufbewahrte. Unter einem neuen Passwort.

Dies ist die Geschichte des älteren Bruders.
Ältere Brüder müssen vorauslaufen, aber es gibt welche, die es nicht können. Die nicht wissen, wohin sie laufen sollen, die zu schwach sind. Die werden von ihren jüngeren Brüdern überholt, von ungeduldigen, kräftigen Jungs. Das ist im »Paten« so und es ist bei uns auch so gewesen.
Wir hatten ein Doppelstockbett und ich schlief oben. Ich habe es mir ausgesucht, es war mein Recht, aber es brachte mir keinen Vorsprung, denn meinem Bruder war es egal, wo er schlief. Darum habe ich ihn beneidet. Er folgte seinen Instinkten wie ein Tier. Er wurde einfach groß und stark und behaart. Ich blieb blass und unbehaart. Er nahm sich seine Frauen, ich wusste nicht, wie man das machte. Er war fröhlich, ich war verstockt. Und je mehr ich das merkte, desto verstockter wurde ich. Er war ein ständiger Vorwurf. Ich konnte ihn nie einholen.
Bis heute nicht.
Manchmal glaube ich, er ist so früh von zu Hause weggegangen, weil er das gespürt hat. Weil er gespürt hat, dass er mich blockierte. Aber natürlich ist man in so einer Stunde auf der Suche nach dem guten Menschen. Wahrscheinlich wollte er einfach nur weg aus diesem kleinen Kinderzimmer, aus der Provinz. Der schnellste Weg war der in die Armee. Ich hatte immer Angst vor der Armee. Angst vor den Waffen, vor der Kälte und den Gemeinschaftsduschen. So haben wir uns aus den Augen verloren. Wir haben nie

437

darüber geredet, warum er dann zur Staatssicherheit ging. Wir
hätten uns darüber sicher auch zerstritten. Vielleicht war es eine
Chance, noch weiter weg von Neubrandenburg zu kommen. Ich
könnte es mir vorstellen. Er hat viel über Südamerika gelesen als
Junge. Südamerika war sein Kontinent, soweit ich weiß, ist er
dort nie hingekommen. Er ist auch in die falsche Richtung gelau-
fen, er hat in Leningrad studiert. Er sprach gut Russisch, er war
ein schlauer Bursche. Aber letztlich ist er immer wieder in diesen
Betonblöcken gelandet, in den Stasihäusern, wo man seinem
Nachbarn nicht trauen konnte. Er hat es nicht nach Südamerika
geschafft, zum Schluss ist er auf die Frankfurter Allee gesprungen.
Eine Straße, die nach Polen führt.
Ich weiß nichts über ihn.
Aber mein Leben war ein Reflex auf das seine. Bis zum Schluss.
Ich bin ihm zur Armee gefolgt, wenn auch nicht mit der Waffe.
Ich war Bibliothekar in einem Armeeregiment. Ich habe mir meine Haare lang wachsen lassen, weil seine kurz sein mussten. Ich
habe nie eine Frau dazu bringen können, mit mir zu schlafen. Und
am Ende bin ich dann auch an einem Schreibtisch der Staatssicherheit gelandet. Er war verlassen, aber der Stuhl war noch
warm. Ich habe jahrelang in anderen Leben rumgeschnüffelt. Vielleicht wollte ich was über mich erfahren. Vor kurzem habe ich
meinen Familiennamen gefunden. Ich habe Thorsten gefunden.
Ich fand meinen Bruder. Er stand in einer Akte, die ich gestohlen
hatte, und ich habe ihn anfangs wirklich nicht gesehen, obwohl er
zweimal auftauchte. Er stand da, seine Unterschrift. Ganz klein.
Oberleutnant Zelewski. Es kann natürlich auch jemand anderes
gewesen sein, aber das glaube ich eigentlich nicht.
Wir haben beide an einer Sache gearbeitet. Zum ersten Mal in
unserem Leben. Aber wir standen, soweit ich weiß, auf verschiedenen Seiten, und er hat nichts davon gewußt. Ich hätte es ihm
sagen können. Vielleicht wäre es ein Anfang gewesen. Auf jeden
Fall hätten wir etwas zum Reden gehabt. Ich hätte gern noch mit
dir geredet, Thorsten. Ich glaube, du hast mir letztlich sehr geholfen.
Ich habe zu spät angerufen. Tut mir Leid.

Er konnte diese Rede nicht halten. Er hätte niemandem einen Gefallen getan. Er wusste nicht, warum Thorsten letztlich gesprungen war. Er hatte nichts hinterlassen und Karin hatte sich an nichts erinnern können. Sie lag mit drei Promille im Bett, als man Thorsten gefunden hatte. Am schlimmsten aber war, dass er offensichtlich nur Minuten nach dem Sprung angerufen hatte. Er hatte das Gefühl, dass er es hätte verhindern können.

Er fand verlogene Friedhofsreden zum Kotzen. Es war gut so. Er fühlte sich eigentlich nicht schlecht. Carsten Zelewski drückte die Hand seiner Freundin Miriam. Es war ein komisches Gefühl, den Lauf der Dinge zu bestimmen. Aber kein schlechtes. Er hatte es jetzt in der Hand.

Als der Friedhofsbeamte die Urne in die Erde ließ, lief Stoitschkow in New York zum Freistoß an. Es war ein wunderbarer Schuss. Er schwebte über die Mauer, es schien, als sähe ihn Illgner zu spät. Es war das 1:1. Stoitschkow sah trotzig in den New Yorker Himmel, aber niemand dachte ernsthaft daran, dass er das Spiel gewinnen könne. Zehn Minuten später warfen sie den Sand auf die Urne. Als Zelewski warf, sprangen Häßler und Letschkow zum Kopfball ab. Sie schienen in der Luft zu liegen. Letschkow traf den Ball. Wieder stand Illgner falsch. Der Ball wurde immer länger. Letschkow spielte für den Hamburger Sportverein. Es war die neunundsiebzigste Minute in New York und es stand 2:1. Es gab keine Böllerschüsse über Friedrichsfelde. Elf Minuten später war Deutschland ausgeschieden, ausgerechnet gegen Bulgarien. Zelewski hätte gejubelt. Was für eine Genugtuung.

Die beiden Umschläge trafen gleichzeitig ein. Zwei schlichte braune A4-Kuverts lagen auf der großen Buchenholzarbeitsplatte seiner neuen offenen Küche. Der erste war dreimal zwischen Hamburg und Neubrandenburg hin- und hergeschickt worden. Der zweite hatte ihn auf direktem Weg erreicht. Es war Anfang August, Landers betrachtete seinen Haaransatz in der spiegelnden Edelstahlabzugshaube.

Dann riss er den ersten Umschlag auf. Er fand die Kopie einer Karteikarte und einen Brief.

Lieber Herr Landers,
ich kenne Sie nicht, und Sie kennen mich nicht. Aber ich habe diese Karteikarte in der Stasiunterlagenbehörde Neubrandenburg gefunden. Ich arbeite dort. Ich habe die Karte illegal gezogen, aber ich weiß, dass sich der Spiegel für Sie interessiert. Ich finde, Sie sollten das auch wissen.
Wir haben ein paar Mal telefoniert, aber das war nicht so glücklich. Ich bin kein großer Redner, und Sie haben mich wohl mit jemandem verwechselt. Vergessen Sie es.
Sobald ich die Akte gefunden hab, schicke ich sie Ihnen.

Ein Freund

Landers sah die Karteikarte an. Jimmy Page stand dort und eine Nummer. Auf einem zweiten Blatt fand er seinen Namen und die Adresse der Kompanie. Vierter Zug, achte Kompanie, Nachrichtenregiment Juri Gagarin. Er ließ es auf die Arbeitsplatte flattern, bevor er den zweiten, etwas dickeren Umschlag öffnete. Ein Freund. Er fühlte sich, als reiße er einen Umschlag mit seinen Röntgenbildern auf. Er war ein Krebspatient.

Es gab wieder ein kurzes Anschreiben.

Es tut mir Leid, dass ich mich nicht früher gemeldet habe. Ich habe die Akte schon lange. Aber ich wusste zum Schluss nicht mehr, was ich tun soll. Man kann nicht mit ihnen spielen, wissen Sie. Es geht nicht. Es hört nie auf. Ich kann es nicht beenden.

*Alles, was ich tue, verlängert das Spiel. Auch das hier. Ich habe
den Schluss übrig gelassen, weil er erklärt, was sie getan haben.
Wie lächerlich alles war, aber auch wie traurig.*

Viel Glück
Z.

Landers zog einen Stapel Blätter aus dem Kuvert. Alte, holzhaltige DDR-Blätter, die fleckig waren, als seien sie nass geworden.
Er sah sich über die Schulter, als werde er beobachtet. Aber da
war niemand. Niemand sah ihn.
Die Blätter waren geschwärzt, sorgfältig geschwärzt. Alle. Bei den
letzten Blättern hatte Landers das Gefühl, den Schwärzer habe
die Wut gepackt. Wilde Striche bedeckten das Papier.
Ein einziges Blatt war verschont geblieben.
Auf dem letzten Blatt stand in ordentlichen Druckbuchstaben der
Songtext von Led Zeppelins Lied *Stairway to Heaven.*
Vier Zeilen waren mit rotem Stift unterstrichen.

There's a feeling I get
When I look to the west
And my spirit is crying
For leaving

Darunter stand mit dem gleichen roten Stift die Übersetzung.

Da ist ein Gefühl, das ich habe
Wenn ich in den Westen schaue
Und mein Geist schreit
Nach abhaun!

Das waren die letzten Worte seiner Akte. Landers starrte die
Buchstaben an. Roter, bröckelnder Buntstift auf kratzigem
Papier. Wie die Nachricht eines Schiffbrüchigen. Er hatte sich nie
über Led Zeppelins Texte Gedanken gemacht.
Abhaun!

Sie hatten ihn wohl überschätzt. Die ganze Zeit hatten sie ihn überschätzt. Bis jetzt. Er legte das Blatt zu den anderen, er war jetzt richtig frei. Er hätte gedacht, dass er sich darüber freuen würde, aber er war enttäuscht.

Landers stand eine Weile so da, irgendwann sah er in die spiegelnde Abzugshaube und wuschelte ein bisschen durch seine Frisur.

Morgen

Zwanziguhrdreizehnfünf. Tschechien. Chien. *Tsch. Wembley. Wwwwwembley.*

Die Bilder waren schlecht, sie waren immer schlecht von dort unten. Graugrün und schlammig. Kleine aufgeregte Menschen wimmelten durch die dreckige Feuchtigkeit wie Ameisen, die man mit Wasser begoss. Landers fragte sich, wie viele Überschwemmungsnachrichten er in den letzten Jahren verlesen hatte. Wie viele Wasserleichen waren durch seinen Redefluss getrieben. Heute waren es vierhundertfünfzig, Kurt war Offsprecher, seine Stimme schien unbeeindruckt. Die vierhundertfünfzig Menschen konnten sich nicht beschweren, sie ertranken vor großem Publikum, denn gleich spielte Deutschland. Zehn, elf Millionen waren es bestimmt, schätzte Landers.

Es war der 30. Juni 1996, sie standen im EM-Finale. Nur noch das Wetter und die Überleitung nach London. Deutschland gegen Tschechien. Jede Menge Zischlaute. BRD gegen ČSSR wäre leichter gewesen. Er würde sich das Spiel zusammen mit Kurt angucken. Deutschland–Tschechien war sicher nicht der große Renner, aber er freute sich. Er hatte keine Lust, nach Hause zu fahren. Margarethe hasste Fußball, weil sich ihr Vater mehr für Fußball als für sie interessiert hatte, als sie ein kleines Mädchen war. Das sagte sie jedenfalls und den alten Beer konnte er nicht mehr fragen. Sie hatten kein Turnier zusammen erlebt. Landers dachte an die letzte WM. Gegen wen waren sie damals ausgeschieden? Er hatte es vergessen. Zwei Jahre war das her.

Landers sah auf sein letztes hellblaues Blatt. Bulgarien. Sie waren gegen Bulgarien rausgeflogen. Letschkow. *Tsch. Ch.*

Er hatte sich für den Spätdienst einschreiben lassen. Er war jetzt sechsunddreißig.

»Kurze Ankündigung, Jan, wir gehen gleich rüber nach London«, rief Kurze ins Studio. »Die Tagesthemen melden sich in der Halbzeitpause.«

»Fünfzehn.«

Deutschland. Deutsch. Tsch. Tschchechien.

Er hatte daran gedacht, heute nach Sylt zu fahren. Aber er konnte sie ja nicht allein lassen. Nicht in dem Zustand. Sie war im zweiten Monat schwanger und tat so, als würde es morgen losgehen. Sie hatte vorgeschlagen, dass er ein Jahr mit dem Sprecherdienst aussetzte, um bei ihr zu sein. Es wäre ja keine finanzielle Frage, und er langweilte sich. Er hatte auf die Tagesthemen verzichtet, die sie ihm vorgeschlagen hatten. Er wäre der erste Sprecher gewesen, der diesen Schritt gemacht hätte. Er hatte abgesagt, er wusste nicht, ob Margarethe begriff, was das für ein Opfer war. Er wäre nicht mehr der Vorleser gewesen. Die Tagesthemen-Moderatoren wurden ernst genommen. Sie waren Institutionen, das merkte Brahnstein jetzt auch, der inzwischen irgendeine Infotainmentshow bei RTL moderierte. Er wurde gnadenlos verrissen.

Margarethe hatte nur gesagt: Gut. Sie hatte sich eben nie etwas erkämpfen müssen. Landers hatte zum ersten Mal mit Wehmut an Kathrin zurückgedacht. Kathrin hatte im neunten Monat die Küche renoviert. Er müsste es Kathrin noch sagen. Auch Linda. Er überlegte, ob sie sich freuen würde. Eher nicht. Sie wurde immer verschlossener. Im Frühjahr war sie eine Woche mit ihnen auf Sylt gewesen. Sie hatte Margarethe mit einer Verachtung angesehen, die er einem elfjährigen Mädchen nicht zugetraut hatte. Den alten Beer hätte sie sicher gemocht, aber der war tot. Margarethe hatte sich Mühe gegeben, aber vielleicht war das ihr Fehler gewesen. Was wusste er denn. Linda wurde wirklich immer schwieriger. Von ihm konnte sie das nicht haben.

»Zehn«, rief Kurze.

Er würde bald noch ein Kind haben. Margarethe wollte sich nicht sagen lassen, ob es ein Junge oder ein Mädchen war. Aber sie hatte bereits festgelegt, dass ein Junge Noah heißen würde. Noah. Zwei Jahre. In vier Jahren würde er vierzig.

Tschechien. Tsch. Ch.

Landers sah auf die schwarzweiße Korrespondenten-Monitorwand. In London stand ein Sportreporter mit wehendem Trenchcoat bereit, in Washington diskutierte Grundmann mit einem unsichtbaren Kameramann. Grundmann trug einen buschigen roten Bart, was ihm komischerweise stand. Landers schaltete mit dem Fuß auf den Kontrollmonitor, um sich ein letztes Mal anzuschauen. Es war der linke der beiden Monitore vor ihm. Der rechte zeigte die laufenden Bilder aus Bangladesch. Er trat leicht auf das Pedal unter seinem Tisch, aber der Kontrollmonitor blieb schwarz. Er sah sich nicht. Landers trampelte auf dem Pedal herum. Es knackte und zischte, das Bild wurde blau, aber er blieb unsichtbar. In diesem Moment war die Einspielung aus Bangladesch zu Ende. Kurze schaltete auf Landers. Landers starrte auf den Kontrollmonitor, er war nicht zu sehen. Er war weg. Er sah nur ein leeres Studio, einen Nachrichtensprechertisch ohne Nachrichtensprecher.

Er trat noch mal auf das Pedal und schaute dann direkt in die Kamera. Einen Augenblick lang sahen zwölf Millionen Zuschauer seine Angst.

Dann glättete sich sein Gesicht.

Dank

Vor ein paar Jahren versuchte ich nach der Eröffnung der Berliner Niederlassung des S. Fischer Verlags angetrunken drei Bücher zu klauen. Petra Baumann-Zink, die dort arbeitet, stellte mich am Ausgang und ermunterte mich, gewissermaßen als Gegenleistung, ein Buch in ihrem Verlag zu schreiben. Dafür vielen Dank, denn damit fing es an. Ich möchte mich bei meinen Lektoren Uwe Wittstock und Jürgen Hosemann bedanken, vor allem für ihre Geduld. Regine Sylvester und Thomas Leinkauf prüften das Manuskript in einem freundschaftlichen Lektorat. Danke. Den größten Dank schulde ich meiner Frau Anja, die alle Entwürfe las und redigierte. Es waren nicht wenige.

Ich möchte mich bei Rita L. Stetter, Katharina, Karl-Heinz und Christian Funke, Hanno Harnisch und meinen Eltern dafür bedanken, dass sie mich in ihre Häuser ließen, wo ich die Ruhe fand, an diesem Buch zu schreiben. Erich Böhme, Hans Eggert, Michael Maier und Martin Süskind danke ich für Arbeitsverträge, die mir die Zeit gaben, an diesem Buch zu schreiben.

Vielen Dank an Gerhard Gundermann für »Revolution Nr. 10« und an die Gruppe Pankow für »Doris«. Beide Lieder inspirierten mich zu wichtigen Figuren des Romans.

Ich danke der Gauck-Behörde, die mir einen Besuch in ihrer Außenstelle ermöglichte, ohne zu wissen, was ich da eigentlich wollte, und den Neubrandenburger Mitarbeitern, die mir geduldig ihre Arbeit erklärten. Ich danke den Kollegen von Tagesschau und Tagesthemen, die mich in ihren Arbeitsräumen recherchieren ließen, obwohl nicht mal mir klar war, was ich daraus später machen würde. Besonderen Dank schulde ich Gabi Bauer, Eva Herman, Ulrich Deppendorf, Jan Hofer und Jens Riewa. Vor allem ihnen möchte ich versichern, dass alle Figuren dieses Buches meiner Fantasie entsprungen sind.
Aber das wissen sie ja am besten.